Küstenhass

SALIM GÜLER

Küstenhass

– Ostseekrimi –

BE

Belle Époque Verlag

Salim Güler
www.salim-gueler.de
https://www.facebook.com/salim.gueler.autor
https://www.instagram.com/salimgueler

Lizenzausgabe des Belle Époque Verlags, Inh. G. Pahlberg,
Wiesenstr. 7, 72135 Dettenhausen,
mit freundlicher Genehmigung des Autors.

Lektorat: Christiane Saathoff, *www.lektorat-saathoff.de*
Innenlayout und Schriftsatz: Hans-Jürgen Maurer
Covergestaltung: Holland Design,
hollanddesign@gmx.de, https://bit.ly/3HHlXxt

Herstellung: Custom Printing, Wał Miedzeszyński 217/1,
04-987 Warszawa, Polen

ISBN: 978-3-96357-300-2

1

17. April, Timmendorfer Strand

»Ich mag's selbst nicht glauben, aber im Moment fehlt mir mein Imbiss gar nicht«, sagte Walter, worauf er umgehend einen ungläubigen Blick von seinem Freund Aydin erntete.

»Du solltest einen Hut tragen. Die Sonne bekommt dir nicht, du redest wirr«, scherzte Brandt, der Dritte in der Runde.

»Nein, ich rede kein bisschen wirr«, blieb Walter unbeeindruckt. »Mehr kann sich ein Mann doch nicht wünschen.« Er breitete die Arme aus und sah sich mit leuchtenden Augen um. »Das Meer, Bombenwetter und die Familie beisammen.«

»Onkel Walter, wollen wir ins Wasser?«, rief Aydins jüngerer Bruder Tolga, der am Strand mit einem Ball gespielt hatte und nun zu ihnen gerannt kam.

»Für Onkel Walter ist das zu kalt«, gab Brandt zurück und bemühte sich, das Lachen zu unterdrücken. Aydin schmunzelte ebenfalls, aber Brandt sah ihm an, dass er wirklich nicht darüber lachen wollte.

»Du meinst wohl, ich bin eine Pussy?« Walter stellte seine Bierflasche ab und drückte seinen massigen Körper aus dem Strandkorb hoch. »Wer als Erster im Wasser ist«, rief er Tolga zu und beide rannten Richtung Meer. Brandt und Aydin sahen ihnen lächelnd nach.

»Diesen Urlaub haben wir uns wirklich verdient«, bemerkte Aydin.

»Du sagst es.« Brandt stieß mit seinem besten Freund und Kollegen bei der Kölner Kriminalpolizei an. »Es ist schön, Walter und Tolga so glücklich zu sehen.«

»Das stimmt. Mein Bruder vergöttert ihn regelrecht und

andersherum wird es kein bisschen anders sein. Tolga hat seit einer Woche kein Auge zugetan, so sehr hat er sich auf den Urlaub gefreut.«

»Harte Schale, weicher Kern«, bemerkte Brandt.

Walters äußere Erscheinung hätte einen Außenstehenden niemals vermuten lassen, wie weichherzig er war. Der Kölner Imbissbudenbesitzer war groß und kräftig, er trug viele Tattoos und hatte eine Glatze. In seinem früheren Leben hatte er sich im Milieu der Kleinkriminellen herumgetrieben, doch seit er seine Currywurstbude eröffnet hatte, hatte er seiner Vergangenheit abgeschworen.

»So, wie ich Tolga kenne, hat er sich vor allem auf die Currywürste gefreut, die Walter mitgebracht hat«, ergänzte Brandt.

»Das sowieso. Ist mir jedes Mal ein Rätsel, wie er derart viele Würste in seinen kleinen Magen bekommt.«

Aydins Handy vibrierte. Er hob es hoch und las die Nachricht.

»Die Frauen sind noch unterwegs«, sagte er dann. »Sie fragen, wann wir uns heute Abend mit Walter zum Grillen treffen wollen. Vielleicht gegen sechs?«

»Klingt gut, ab 18 Uhr sollte passen.«

»Okay, ich antworte Nina.«

Aydin tippte die Nachricht an seine Frau in sein Handy und Brandt ließ den Blick über die See und zu Walter und Tolga wandern, die sichtlich Spaß hatten, obwohl sie nur mit den Füßen im Wasser waren. Die Ostsee war im April einfach noch zu kalt, wobei das Wetter es sehr gut mit ihnen meinte. An diesem Tag zeigte das Thermometer in Timmendorfer Strand 24 Grad an, das war für die Osterzeit beachtlich.

Eine dritte Person stieß zu Tolga und Walter. Der junge Mann umarmte Tolga und begrüßte Walter mit Handschlag.

»Ist das dieser Jörn?«, fragte Brandt.

»Das ist er. Er und Tolga haben letztes Mal ihre Nummern

ausgetauscht, er wollte heute zu ihm an den Strand kommen. Wie es scheint, hat er Wort gehalten.«

»Das freut mich für Tolga. Er sollte öfter mit Gleichaltrigen abhängen, statt mit so alten Säcken wie Walter und dir.«

»Du bist der alte Sack, du bist älter als ich«, entgegnete Aydin grinsend.

»Ich sehe aber deutlich jünger aus.«

»Sag das mal den grauen Haaren.«

»Welchen?«, tat Brandt entrüstet.

»Na, zumindest dem einen, das du heute Morgen rausgezupft hast.«

»Du Keks, das war kein graues Haar, das sah im Licht nur so aus.«

»Und warum hast du es dann herausgezogen?«, neckte Aydin ihn weiter.

»Weil es sich nicht legen lassen wollte, beim Frisieren.«

Nun konnte Aydin nicht mehr an sich halten, er prustete los und auch Brandt hatte Mühe, ernst zu bleiben. Das Grinsen unterdrückend ließ er sich in den Strandkorb zurückfallen. Walter hatte schon recht. Mehr als das hier brauchte man nicht, um glücklich zu sein. Seine besten Freunde, die inzwischen seine Familie waren, waren bei ihm und er verbrachte seine freien Tage bei strahlendem Sonnenschein an der Ostsee.

Während er noch so in den Tag träumte, steuerte ein Mann auf sie zu. Er war groß und hatte eine sportliche Figur, der Typ Surfer, den man hier am Strand erwartete. Brandt richtete sich auf.

»Da kommt Mads«, sagte Aydin.

»Stimmt. Er hat gesagt, dass er um 14 Uhr kommen würde, und da ist er. Norddeutsche Pünktlichkeit.« Die beiden standen aus dem Strandkorb auf.

»Moin«, grüßte Mads sie, sie gaben sich die Hand.

»Schön, dass du die Zeit gefunden hast«, sagte Brandt. »Als

Kripobeamte wissen wir ja, dass das nicht selbstverständlich ist.«

»Zum Glück haben wir derzeit etwas Luft«, erwiderte Mads. »Wie geht's euch?«

»Wir können nicht klagen. Das Meer, ganz viel Sonne und ein paar Bier in der Kühltasche. Denke, es könnte schlechter laufen. Möchtest du eins?«

»Dazu sage ich nicht Nein.«

Brandt fischte zwei Bierflaschen aus der Kühltasche, öffnete die eine mithilfe des Kronkorkens der anderen und reichte Mads die offene Flasche. »Nimm doch Platz.«

»Das hat er nur gemacht, um anzugeben«, bemerkte Aydin und sah auf den Flaschenöffner, der auf dem Handtuch lag.

»Es ist ihm gelungen«, gab Mads schmunzelnd zurück. Sie setzten sich in den Sand und sahen zum Wasser.

»Ist das nicht Jörn?«, fragte Mads.

»Das ist er. Er und Tolga scheinen sich angefreundet zu haben.«

»Das freut mich. Bei Jörn müsst ihr nur etwas vorsichtig sein. Er hat echt eine große Klappe. Tolga sollte nicht alles glauben, was er erzählt.«

»Das wird schwer. Tolga ist leider unglaublich leichtgläubig«, erklärte Aydin.

»Dann werde ich Jörn mal ins Gewissen reden, vor deinem jüngeren Bruder keine Show abzuziehen.«

»Danke.« Aydin nahm einen Schluck aus seiner Pulle. »Wobei ich irgendwie das Gefühl habe, dass es zwischen den beiden einfach passt.«

Brandt nickte. Jörn und Tolga wirkten sehr vertraut, dennoch war es bestimmt nicht verkehrt, dass Mads ihn noch einmal beiseitenahm.

In diesem Moment stieß Walter zu ihnen. Mads stand auf, um Walter zu begrüßen.

»Schön, dass du es doch geschafft hast«, sagte Walter und

schüttelte ihm warmherzig die Hand. »Hast du heute Abend schon was vor?«

»Bisher nicht.«

»Super, dann bist du herzlich zum Grillen eingeladen.«

»Das hört sich gut an. Ich bringe Fleisch und Würstchen …«

Walter unterbrach Mads mit seinem tiefen, freundlichen Lachen und hielt sich den Bauch. Mads sah irritiert erst Walter, dann Brandt an.

»Es reicht, wenn du dich mitbringst, um das fleischliche Wohl kümmere ich mich, als Grillchef ist das mein Privileg. Habe extra jede Menge Würstchen mitgebracht.«

»Sag das nicht zu laut, Tolgas Appetit macht mir jetzt schon Angst«, konnte sich Aydin einen Scherz nicht verkneifen.

»Kein Wort gegen meinen Liebling. Ich wiederhole mich ungern, Tolga genießt bei mir absolute Narrenfreiheit und er darf sich so viele der besten Currywürste reinziehen, wie er mag. Schließlich sehen wir uns so selten«, widersprach Walter gespielt entrüstet.

Brandt und Aydin grinsten, nur Mads wirkte etwas irritiert, doch dann entspannten sich seine Gesichtszüge, weil er verstand.

»Als Grillmaster hast du das letzte Wort«, pflichtete er ihm bei. »Vielen lieben Dank für die Einladung. Wäre es okay für euch, wenn ich meine Schwester und meinen Onkel mitbringe? Sie wollen euch gern persönlich kennenlernen, nachdem sie bisher nur telefonischen Kontakt mit euch hatten.«

»Was für eine Frage. Es gibt genug Würstchen für alle. Deine Familie ist uns immer willkommen«, antwortete Walter mit leisem Stolz in der Stimme. Er war ein vorbildlicher Gastgeber, und was er besaß, teilte er ohne Hintergedanken, das wusste Brandt.

»Sehr lieb. Danke.«

»Nichts zu danken, das machen wir in unserer Clique so.« Walters Blick wanderte zu Brandt. »Kriege ich ein Bier?«

»Bei deinem Bauch …«, scherzte Brandt, holte aber sogleich eine Flasche aus der Kühlbox, öffnete sie und reichte sie Walter.

»Ich bin auf jeden Zentimeter dieses Bauches stolz«, entgegnete Walter und wandte sich wieder an Mads: »Schön, dass du da bist. Endlich mal einer, der unseren eingebildeten Halbnorweger vom Aussehen her in den Schatten stellt. Hast du noch mal an Muskelmasse zugenommen?« Er zwinkerte ihm zu.

»Da hat Walter recht. Neben Mads siehst du echt harmlos aus«, bestätigte Aydin schmunzelnd.

»Ehrlich gesagt, finde ich, dass Lasses Body mega in Schuss ist. Ich wäre froh, wenn ich in seinem Alter noch so definiert wäre«, erwiderte Mads.

»Lass sie nur meckern«, gab Brandt zurück und klopfte Mads auf die Schulter. »Die beiden sind halt neidisch. Mich lässt das kalt.«

»Ehrlich, Jungs, ich finde es super, dass ihr über euch selbst lachen könnt. Spricht für euch«, sagte Mads, dann wanderte sein Blick zur Ostsee. »Die Wellen stehen richtig gut.«

»Wenn ich ein Surfbrett hätte, würde ich gerne ein paar Wellen mit dir reiten«, pflichtete Brandt ihm bei.

»Cool. Ich habe noch ein zweites Board. Wenn du magst, können wir gleich morgen losziehen.«

»Klar, sehr gerne.«

Mads sah Aydin und Walter an. »Was ist mit euch? Soll ich euch auch ein Board besorgen?«

»Lieber nicht, bei Walters Bauch gibt jedes Board nach«, stichelte Brandt.

»Emre und ich schauen uns das Spektakel vom Strand aus an«, erwiderte Walter gelassen. »Vor allem, wie sich Lasse blamiert. Ich kenne ihn mittlerweile ein paar Jahre, aber ich habe ihn noch nie surfen gesehen.«

»Lass dich überraschen, ich bin früher viel gesurft«, entgegnete Brandt, obwohl Walter recht hatte. Es lag einige Jahre zurück, trotzdem hatte er große Lust, mal wieder aufs Board zu steigen, erst recht mit Mads.

In diesem Moment sprang Mads ohne Vorwarnung auf und rannte Richtung Wasser. Kurz darauf sah Brandt auch, warum. Fünf Jugendliche legten sich mit Tolga und Jörn an. Noch bevor Brandt lossprintete, lief Walter los. Nur Aydin zögerte zunächst, kam ihnen dann jedoch hinterher.

»Moin, Mads«, hörte Brandt einen der Jugendlichen sagen, der höchstens zwanzig war. »Wir wollen keinen Ärger mit dir.«

»Dann solltet ihr gehen«, antwortete Mads.

Inzwischen hatte auch Walter die Runde erreicht. Er stellte sich zwischen die Jungs und Tolga, der verunsichert dreinschaute, aber als Walter neben ihm stand, sichtlich aufatmete. Jörn hingegen wirkte, als hätte er diesen Ärger kommen sehen.

»Wenn er mir meinen Hunni gibt, gehen wir.«

»Wofür?«

»Jörn hat mir ein Handy verkauft, das nicht funktioniert.«

»Als ich es verkauft habe …«

»Jörn«, wurde Mads streng. »Hast du ihm ein kaputtes Handy verkauft?«

Jörn schaute zu Boden und bohrte mit dem rechten Fuß ein Loch in den Sand. »Ehrlich, ich wusste nicht, dass es kaputt ist.«

»Doch, das wusstest du«, schimpfte der junge Mann. »Ich will meine Kohle zurück.«

»Ich bin aber pleite.«

»Wo sind die hundert Euro?«, fragte Mads.

»Ich habe mir was gekauft.«

»Was?«

»Na ja, etwas halt.«

»Jörn«, erhob Mads erneut seine Stimme.

»Jungs, entspannt euch«, mischte sich Walter jetzt in das Gespräch ein. »Ich zahle die hundert Euro.«

»Das solltest du nicht«, antwortete Mads, er schien über den Vorschlag alles andere als erfreut zu sein.

»Doch, ich mache das. Jörn ist Tolgas Freund und sicherlich tut es ihm sehr leid, dass er ein kaputtes Handy verkauft hat. Es war bestimmt keine Absicht.«

»War es auch nicht. Thor mag es halt, zu schimpfen«, plapperte Jörn dazwischen. Brandt wusste aus einer früheren Begegnung, dass Jörn Mads Thor nannte, weil dieser dem Schauspieler Chris Hemsworth ähnlich sah.

»Jungs, kommt mit. Ich gebe euch die Kohle«, wiederholte Walter an die Jugendlichen gewandt.

»Okay, dann vergessen wir das Ganze.«

Walter winkte sie zu sich und die Gruppe folgte ihm.

Jörn sah ihnen lachend nach.

»Das ist nicht lustig«, schimpfte Mads. »Du weißt besser als ich, dass du das nicht verdient hast. Wieso verkaufst du ein kaputtes Handy?«

»Das hatte ich doch eben gesagt. Es war nicht kaputt, als ich es verkauft habe.«

»Und woher hast du das Handy?«

»Am Strand gefunden.«

Mads schüttelte den Kopf. »Du hättest es mir geben müssen.«

»Damit du es verkaufst?«

»Nein, weil ich Polizist bin, du Holz…« Mads brach ab.

Brandt konnte den Ärger seines Kollegen von der Ostseekriminalpolizei 1 gut verstehen, denn auch er ging davon aus, dass Jörn wusste, dass er etwas Falsches getan hatte, sich jetzt aber herauszureden versuchte. »Wir sprechen noch mal darüber, wenn wir allein sind. Das Thema ist nicht abgehakt«, sagte Mads mahnend.

Jörn schaute auf seine Armbanduhr. »Ich muss eh los. Hab noch was zu tun.«

»Schade. Sehen wir uns nachher? Onkel Walter grillt die

leckersten Würstchen der Welt«, meldete sich Tolga zu Wort, seine Stimme klang bedrückt.

»Ist Thor auch dabei?«

»Nenn mich gerade bitte nicht Thor. Und ja, ich bin dabei.«

»Dann ist es wohl besser, wenn ich nicht komme.«

»Das wäre richtig schade«, sagte Tolga und schaute verlegen zur Seite. Mads sah zu Tolga, dann griff er nach Jörns Arm und zog ihn zu sich.

»Wenn du heute Abend zum Grillen kommst, vergessen wir das Gespräch.«

»Echt?«

»Ja.«

»Dann komme ich gerne. Kommt mir sehr gelegen, so muss ich heute Abend nichts kochen.«

»Super. Das freut mich total«, sagte Tolga strahlend und umarmte Jörn vor lauter Begeisterung, Jörn schien das sichtlich zu genießen.

Brandt wurde das Gefühl nicht los, dass Mads recht hatte und hier jemand die Freundschaft des anderen ausnutzte. Er hoffte, dass er sich irrte.

»Bis heute Abend. Schreib mir, wo ihr grillt«, sagte Jörn und verabschiedete sich von Tolga.

»Mach ich«, antwortete Tolga. »Das wird voll cool.«

Jörn winkte und entfernte sich.

»Komm, ärger dich nicht«, sagte Brandt zu Mads, während Aydin sich mit Tolga unterhielt.

»Ihr kennt Jörn nicht. Der kann manchmal eine echte Nervensäge sein. Walter hätte das nicht tun sollen«, beharrte Mads.

»Da kennst du Walter nicht«, gab Brandt zurück. »Er hat gesehen, wie traurig und unsicher Tolga war, als die Jungs Jörn bedroht haben und er kein Geld hatte. Nur deswegen hat er das gemacht. Und wenn du mal ehrlich bist, war das doch auch der Grund, warum du Jörn zum Grillen verdonnert hast.«

Mads nickte nachdenklich. »Tolga ist so ganz anders. Ich wünschte, Jörn hätte mehr von ihm. Tolga hat es nicht verdient, wegen Jörn traurig zu sein.«

Sie erreichten Walter und Mads zog seine Geldbörse aus der Sporthose.

»Was machst du?«, fragte Walter.

»Jörns Schulden bezahlen.«

»Steck das schön weg oder willst du mich beleidigen?«

»Jörn ist mein Problem, ich zahle für ihn.«

»Steck dein Geld weg«, blieb Walter standhaft.

»Du solltest auf ihn hören, Walter kennt da keinen Spaß«, sagte Brandt schmunzelnd. Er rechnete es Mads hoch an, dass er Jörns Schulden bezahlen wollte, obwohl er sich fürchterlich über ihn aufregte.

Im selben Moment klingelte Mads' Handy, er nahm das Gespräch an.

»Moin, Schwesterherz. Ich bin gerade am Strand mit Lasse, Emre und Walter.« Er hörte seiner Schwester einen Moment zu und sein freundlicher Gesichtsausdruck veränderte sich schlagartig.

»Beruhig dich, es ist sicherlich nichts passiert. Ich komme sofort«, sagte er und legte auf.

2

Früher am selben Tag ...

»Schatz, es ist nicht meine Schuld, dass wir uns verspäten«, sagte Amir zu Emma, als er mit Pietro die Terrasse der *Seaside Lounge* betrat.

Emma lächelte und stand auf, um beide zu begrüßen.

»Glaub ihm kein Wort. *Er* braucht immer ewig im Bad«, entgegnete Pietro.

»Ich kenne doch Amir«, sagte Emma augenzwinkernd. »Aber alles gut. Bei dem schönen Wetter mit dieser herrlichen Aussicht auf die Ostsee und dem leckeren Kaffee, wie kann mir da langweilig sein?«

Beide nahmen Emma gegenüber Platz.

»Wo ist Jule?«, fragte Amir.

»Sie verspätet sich ein bisschen. Hat mir vorhin geschrieben.«

Bevor Amir etwas erwidern konnte, kam die Kellnerin und nahm die Getränkebestellung der beiden auf.

»Die Sonne verwöhnt uns«, bemerkte Amir und ließ sich in seinem ärmellosen T-Shirt gegen die Rückenlehne seines Stuhles sinken. »Das kenne ich auch ganz anders im April.«

»Bei meinen Eltern in Köln sind es 12 Grad und Regen«, bestätigte Emma.

»Eigentlich ist es sonst andersherum«, kommentierte Pietro, der Amirs Hand hielt.

Die Kellnerin kam mit der Bestellung und servierte.

»Ist das nicht Mads' Oma?«, fragte Pietro, er schaute Richtung Strand.

»Das ist sie«, bestätigte Amir.

Nun sah auch Emma sie, Jutta war auf dem Fahrrad unterwegs, und als sie die drei bemerkte, stoppte sie, stellte das Fahrrad ab und kam zu ihnen.

»Moin, ihr Lieben«, sagte sie fröhlich.

Die drei standen auf und begrüßten sie ebenfalls.

»Setz dich doch zu uns«, sagte Emma.

»Für einen Tee gerne, wenn ich nicht störe.«

»Du störst nie«, gab Emma zurück.

Jutta nahm neben ihr Platz.

»Wohin des Weges?«, fragte Amir.

»Ich wollte zum Vogelpark.«

»Bei dem Wetter eine sehr gute Entscheidung. Schön, dass du uns kurz Gesellschaft leistest.«

»Danke, dass ich das darf.«

Die Kellnerin kam und nahm Juttas Bestellung auf.

»Was machen Mads und Lena an diesem wunderschönen Wochenende?«, erkundigte sich Amir.

»Lena ist mit Christian unterwegs. Sie kommen beide später zu Kaffee und Kuchen.«

»Das ist doch ihr Ex, oder?«

»Und ihr Wiederfreund.«

»Das freut mich für sie. Und Mads?«

»Seine Freunde aus Köln machen gerade Urlaub an der Ostsee, er ist bei ihnen.«

»Meinst du Lasse und Emre?«, fragte Emma.

»Genau. Kennst du sie?«

»Nein, er hat sie nur mal erwähnt.«

»Sie müssen anständige Kerle sein, wenn Mads so von ihnen schwärmt. Es sieht ihm nicht ähnlich, dass er Fremden derart schnell vertraut. Ich hoffe, dass ich sie auch noch kennenlernen darf.«

»Mads wird es sich bestimmt nicht nehmen lassen, seiner Lieblingsoma die neuen Freunde vorzustellen«, sagte Amir.

Jutta lächelte. Emma sah ihr an, dass sie das Wort »Lieblingsoma« gern hörte. Von Mads' Schwester Lena wusste sie, dass er eine ganz besondere Bindung zu seiner Oma hatte und dass sie die einzige Person war, mit der er noch nie einen Streit gehabt hatte. Das musste schon etwas heißen, wenn Emma bedachte, wie oft sie sich mit Mads in den Haaren lag. Umgekehrt war es aber genauso, Jutta war absolut vernarrt in ihren Enkel, auch wenn sie nach außen hin ihre beiden Enkelkinder gleich liebte. Darauf, dass Jutta und Mads diese besonders enge Verbindung hatten, war Lena jedoch nie neidisch gewesen.

Die Kellnerin brachte Jutta den Tee und entfernte sich.

»Wenn euch später langweilig ist, seid ihr natürlich alle auch zu Kaffee und Kuchen bei mir eingeladen«, sagte Jutta.

»Das ist sehr lieb von dir, aber wir wollen zum *Hansapark*«, antwortete Amir.

»Ach, das ist auch eine schöne Unternehmung. Da war ich schon lange nicht mehr.«

»Nächstes Mal kommst du mit.«

»Was wollt ihr mit so einer alten Schachtel wie mir da?«, lachte Jutta.

»Man ist so alt, wie man sich fühlt, und ich hatte bei dir nie den Eindruck, dass du dich alt fühlst.«

»Das stimmt, aber mein Spiegelbild sagt mir morgens doch etwas anderes. Daher mein guter Rat an euch: Verplempert nicht eure Zeit, lebt, liebt, habt Spaß, macht Fehler und ärgert euch nicht zu sehr.«

»Schöne Worte, das werde ich mir zu Herzen nehmen«, sagte Emma. Sie hatte Jutta seit ihrer ersten Begegnung ins Herz geschlossen.

Jutta berührte Emmas Arm und lächelte ihr zu. »Ich hoffe, dass du mich mit Mads bald mal wieder besuchen kommst, es war sehr schön beim letzten Mal.«

»Das werden wir bestimmt«, antwortete Emma, dabei wusste sie nicht, ob sie diesen Worten auch Taten folgen lassen könnte. Mads und sie – das war viel zu kompliziert.

»Ich würde mich sehr freuen.« Juttas Blick wanderte zu

ihrer Armbanduhr. »Jetzt muss ich aber los. Vielen lieben Dank für eure Gesellschaft, da fühle ich mich gleich zwanzig Jahre jünger.« Sie winkte die Kellnerin zu sich.

»Ich übernehme das«, sagte Emma.

»Kommt nicht infrage«, entgegnete Jutta.

»Bitte.«

»Nein, du hast mich schon letztes Mal eingeladen. Das wird noch zur Regel.«

»Möchten Sie etwas bestellen?«, fragte die Kellnerin.

»Nein, junge Frau. Ich möchte zahlen.«

»Bar oder mit Karte?«

»Bar. Und ich zahle auch die Getränke dieser wunderbaren Gesellschaft.«

»Jutta, das können wir auf keinen Fall annehmen«, echauffierten sich Amir und Emma fast gleichzeitig.

»Doch, ich bestehe darauf. Hören Sie nicht auf sie. Ich zahle.«

»Gut.« Die Kellnerin lächelte und kam kurz darauf mit der Rechnung zurück, die Jutta mit einem großzügigen Trinkgeld aufrundete.

Danach verabschiedete sie sich von ihnen und verließ die Terrasse, um sich auf ihr Fahrrad zu schwingen und loszuradeln.

»Mads weiß gar nicht, was für eine tolle Oma er hat. Und sie nicht, was für ein eingebildeter Egoist ihr Enkel ist«, bemerkte Amir.

»So egoistisch ist er gar nicht«, beschwichtigte Emma, obwohl sie ihm irgendwie recht gab.

»Das aus deinem Mund zu hören, überrascht mich.«

»Er kann echt anders sein, wenn er will.«

»Nur will er nie«, lachte Amir.

»Mir gegenüber war er immer sehr freundlich«, ergriff Pietro Partei für Mads.

»Du kennst ihn halt nicht so gut wie ich. Logisch kann er

freundlich sein. Aber dass er jetzt Papa ist, sagt doch alles«, widersprach Amir.

»Papa? Das hast du mir gar nicht erzählt.«

»Frag Emma, die weiß mehr darüber.«

»Nicht mehr als du, und ob er es tatsächlich ist, weiß ich nicht.«

»Wie? Ich dachte, diese Karola ist mit seinem Sohn bei Jutta erschienen?«, fragte Amir.

»Ist sie auch. Sie hatten ein kurzes Gespräch. Danach ist sie wieder weg und angeblich war das Kind ihr Sohn.«

»Wieso angeblich?«

»Weil sie sich danach nicht mehr bei ihm gemeldet hat.«

»Was? Warum kreuzt sie bei der Oma auf und bricht anschließend den Kontakt ab, das macht doch keinen Sinn, oder habe ich was verpasst?«, fragte Pietro.

»Redet ihr über Mads?«, wurden sie von einer Frauenstimme unterbrochen. Sie gehörte Jule, der Exfreundin von Mads.

»Über wen sonst«, antwortete Amir. Die Gruppe stand auf und begrüßte sie. Dann nahmen alle wieder Platz.

»Geht es um seinen Sohn?«, erkundigte sich Jule.

»Genau. Emma meinte, es würde nicht feststehen, dass er wirklich Papa ist«, erwiderte Pietro.

»So, wie ich Lena verstanden habe, passt es wohl«, widersprach Jule. »Er hatte einen One-Night-Stand mit dieser Karola. Vom Alter des Jungen her kommt es auch hin.«

»Und warum hat sie sich dann nicht mehr gemeldet?«, fragte Pietro.

»Keine Ahnung, ist vielleicht so eine Kifferbraut, die mit ihrem Leben nicht klarkommt. Sie soll eine digitale Nomadin oder so sein.«

»Also glaubst du, dass er der Vater ist?«

»Ohne mit der Wimper zu zucken. Mads konnte seinen Schwanz noch nie kontrollieren. War nur eine Frage der Zeit, bis er eine schwängert«, bemerkte Jule abfällig.

Emma trafen diese Worte hart. Auch wenn sie sich seit Langem vorgenommen hatte, ihre Gefühle Mads gegenüber abzustellen, gelang es ihr nicht. Seit sie wusste, dass er ein Kind hatte, hatte sie sogar vorgehabt, ihn ganz zu vergessen, weil sie nicht mit einem Mann zusammen sein wollte, dem sie nicht blind vertrauen konnte.

Sich jedoch etwas vornehmen und es umsetzen, waren, gerade wenn es um Gefühle ging, zwei verschiedene Paar Schuhe.

»Trotzdem, warum kommt sie mit ihrem Kind zu Mads und haut dann wieder ab? Findet ihr das nicht komisch?«, beharrte Pietro.

»Ich sagte doch, das ist so eine Kifferin. Vermutlich wollte sie Mads nur einen reindrücken.«

»Nach so vielen Jahren?« Amir schien nicht überzeugt.

»Unterhalt?«, stellte Pietro ein Stichwort in den Raum. Jules überraschter Blick entging Emma nicht, selbst sie hatte nicht an diese Option gedacht.

»Würde mich nicht wundern. Diese Kifferbräute sind doch notorisch pleite.« Jule atmete hörbar ein und aus. »Auf Mads kommt noch einiges zu. Mit der hat er sich keinen Gefallen getan.«

»Die Geister, die ich rief«, philosophierte Amir und warf Emma einen kurzen Blick zu, den sie nicht deuten konnte.

Die Kellnerin kam und begrüßte Jule, die gleich ihre Bestellung aufgab. Die anderen schlossen sich der Bestellung an.

»Genug über Mads geredet. Er ist erwachsen, und es kann nicht schaden, wenn er endlich mal Lehrgeld für sein Handeln zahlt, dann überlegt er es sich hoffentlich bei der nächsten Braut, bevor er …«

»Wieso die nächste? Ist er nicht mit dieser Daniela zusammen?«, erkundigte sich Pietro.

»Die ist doch bloß eine Nascherei. Glaubt ihr wirklich, dass er es ernst mit ihr meint?«

»Sie ist sehr lieb. Ich mag sie«, entgegnete Pietro. »Und irgendwann ist immer das erste Mal. Irgendeine wird Mads' Herz erobern. Und dann ist alles möglich.«

Jule schwieg, sie wirkte plötzlich nachdenklich, und Emma ahnte, warum. Vermutlich musste sie daran denken, dass es ihr nicht gelungen war, Mads' Herz zu erobern.

Die Kellnerin servierte ihnen die Getränke.

»Mädels, wie Jule sagte, genug über Mads geredet. Jetzt geht es nur noch um uns. Außerdem ruft der *Hansapark*«, sagte Amir und hob sein Glas.

»Auf uns«, antwortete Jule. »Ich bin schon gespannt, wer nass aus der Wasserrutsche kommt.«

»Ich sicherlich nicht«, lachte Amir.

»Doch, genau du, Schatz«, entgegnete Pietro und gab Amir einen Kuss.

»Und wenn schon.«

Mit diesen wenigen Sätzen war das Thema Mads in der Runde abgehakt und das Gespräch erreichte endlich seichtere Gewässer. Nur Emma konnte ihre Gedanken nicht von Mads lösen. Irgendwie tat er ihr leid. Er glaubte Karola, dass er der Vater war, aber sie enthielt ihm sein Kind vor.

Lag es tatsächlich daran, dass sie einen miesen Plan verfolgte, um Mads zur Zahlung von Unterhalt zu bringen? Dabei hatte Emma keinen Zweifel, dass Mads dies freiwillig tun würde, wenn er sein Kind nur sehen könnte. Sie konnte sich nicht vorstellen, dass Mads sein eigen Fleisch und Blut verstoßen würde, denn trotz seiner Schwächen war er durch und durch ein Familienmensch. Selbst Jutta hatte an dem Tag, als Karola ihm seinen Sohn vorgestellt hatte, keinen Zweifel daran aufkommen lassen, dass ihr Urenkel in der Familie Johannsen willkommen sei und dass Mads seine Pflichten als Vater erfüllen werde, ohne Bedingungen zu stellen. Genau deswegen wollte Emma nicht glauben, dass es Karola nur um den Unterhalt ging.

Aber worum ging es ihr dann? Gab es da ein Geheimnis?

3

»Alles okay?«, fragte Brandt besorgt.

Mads brauchte eine Sekunde, er konnte gerade keinen klaren Gedanken fassen.

»Ich muss zu meiner Schwester«, brachte er schließlich hervor.

»Was ist denn passiert?«

»Das weiß ich nicht, aber sie kann meine Oma nicht erreichen.«

»Vielleicht hat sie ihr Handy auf lautlos«, sagte Walter.

»Nicht Jutta. Sie hat ihr Handy immer laut eingestellt und Lena versucht sie bereits seit einer Stunde zu erreichen.«

»Es ist sicherlich nichts passiert«, bemühte sich Aydin, Mads zu beruhigen, doch der schüttelte den Kopf.

»Ich muss nach ihr sehen. Es tut mir sehr leid, dass ich euch den Tag ruiniere, aber ich muss los.«

»Natürlich musst du nach deiner Oma schauen, was für eine Frage. Du ruinierst unseren Tag doch nicht. Können wir helfen?«, fragte Walter.

»Nein, ist schon gut. Ich fahre zu ihr.«

Brandt stand auf. »Walter, Emre, ihr bleibt hier. Ich fahre mit Mads zu seiner Oma und schau nach dem Rechten.«

»Das musst du nicht. Ich wollte euch echt …«, setzte Mads an, aber Brandt unterbrach ihn.

»So ein Quatsch. Ich sehe doch, dass du komplett neben der Spur bist. Ich fahre dich, keine Widerrede.«

»Gut, wo steht dein Auto?«

»Komm.«

Die beiden verabschiedeten sich. Mads rechnete es Brandt hoch an, dass er ihn trotz seines Urlaubs begleitete.

Auf dem Weg zum Wagen versuchte Mads mehrmals, Jutta zu erreichen, doch sie nahm das Gespräch nicht an.

»Vielleicht ist sie nur gestürzt«, sagte Brandt, als sie im Auto saßen und er Richtung Niendorf fuhr.

»Ich weiß nicht. So elend habe ich mich schon lange nicht mehr gefühlt. Ich möchte mir gar nicht ausmalen …«

»Denk nicht mal dran. Es gibt ganz sicher eine einfache Erklärung dafür. Wo ist Lena?«

»Sie ist auch auf dem Weg zu Jutta. Sie war mit Christian in Lübeck und wollte eigentlich zu Kaffee und Kuchen zu ihr fahren.«

Nervös tippte Mads mit dem Finger auf das Handy, das auf seinem Oberschenkel lag. Er wollte die schrecklichen Bilder, die sich gerade in seinem Kopf breitmachten, nicht zu nah an sich heranlassen. Aber die Angst wurde immer stärker, so sehr er sich auch dagegen wehrte. Sie flüsterte ihm die schlimmsten Dinge zu und er war kurz davor, durchzudrehen, nur Brandts Gegenwart sorgte dafür, dass er seine Angst nicht herausschrie.

Zehn Minuten später parkte Brandt vor der Anschrift von Jutta. Mads sprang aus dem Wagen und lief zum Eingang. Er hatte einen Schlüssel zur Wohnung seiner Oma, also öffnete er die Eingangstür, nahm die Treppe und schloss auch die Wohnungstür auf.

»Oma, ich bin's, Mads«, rief er. Brandt war ihm gefolgt und stand neben ihm.

Sie gingen durch alle Zimmer, doch von Jutta keine Spur. Er wählte erneut ihre Nummer, aber sie nahm das Gespräch nicht an.

»Hast du ein Freizeichen?«, fragte Brandt.

»Genau, das ist ja das Komische. Warum klingelt das Handy und sie nimmt das Gespräch nicht an?«

»Wenn wir ein Signal haben, können wir das Handy orten«, sagte Brandt ruhig.

»Stimmt. Warum bin ich nicht früher darauf gekommen? Tim kann das«, sagte Mads. Ein wenig Hoffnung machte sich in ihm breit. »Vielleicht ist sie vom Fahrrad gestürzt und kann nicht rangehen. Jutta fährt für ihr Leben gerne Fahrrad.«

Kurz überlegte er, ob er seinen Onkel anrufen sollte, widerstand aber der Versuchung, und rief stattdessen Tim, der die IT-Abteilung bei der Polizei in Lübeck leitete, auf seinem privaten Handy an.

»Moin, Mads«, meldete sich Tim und Mads schaltete auf Lautsprecher.

»Moin, Tim. Tut mir leid, dass ich ausgerechnet am Ostersonntag anrufe. Ich hoffe, ich störe nicht.«

»Tust du nicht, bin eh im Büro.«

»Lasse ist neben mir, ich habe das Gespräch auf Lautsprecher.«

»Moin, Lasse! Freut mich, dich zu hören«, sagte Tim, er klang ehrlich erfreut.

»Das gebe ich gerne zurück«, antwortete Brandt deutlich zurückhaltender. Tim konnte nicht wissen, weshalb Mads anrief.

»Wie kann ich euch denn helfen?«, erkundigte sich Tim.

»Ich erreiche meine Großmutter nicht. Sie geht seit einer Stunde nicht an ihr Handy, ich habe aber ein Freizeichen. Langsam mache ich mir Sorgen. Könntest du versuchen, ihr Handy zu orten?«

»Klar, gib mir zehn Minuten. Ich rufe dich zurück, sobald ich es lokalisiert habe. Okay?«

»Danke dir«, sagte Mads und beendete das Gespräch. Die Anspannung wollte nicht weichen.

»Wo könnte ich nach ihr suchen?«, überlegte er laut.

»Ich verstehe deine Unruhe, aber gib Tim Zeit. Du suchst sonst nur nach der berühmten …«

»Nadel im Heuhaufen«, beendete Mads Brandts Gedanken. »Ich weiß, aber einfach rumsitzen fällt mir gerade echt schwer.«

Bevor Brandt antworten konnte, hörte Mads, wie die Tür geöffnet wurde.

»Oma?«, rief er und eilte zur Wohnungstür, doch es waren nur Christian und Lena, die in ihrem Rollstuhl hereinrollte.

»Ich kann sie noch immer nicht erreichen«, sagte Lena. Sie wirkte nicht weniger besorgt als er.

»Wir auch nicht. Ich habe Tim eben angerufen, er versucht ihr Handy zu lokalisieren.«

»Sehr gut.« Lena schaute zu Brandt. »Sind Sie Lasse Brandt?«, fragte sie.

»Das bin ich. Ich wünschte, wir hätten uns unter anderen Umständen kennengelernt. Wir können uns gerne duzen.« Er reichte Lena und Christian die Hand.

»Ich auch. Danke fürs Du.«

Vielleicht lag es an der Antipathie, die Mads gegen Lenas Freund hegte, aber ihm war, als wäre Christian weniger besorgt über das Verschwinden Juttas als Brandt es war, dabei kannte der Jutta nicht einmal.

»Hast du in der Wohnung geschaut, ob etwas fehlt?«, fragte Lena.

»Nein, habe ich nicht. Mist«, antwortete Mads. »Das sollten wir machen, obwohl es erst mal nicht so aussieht, als ob jemand eingebrochen wäre.«

Lena nahm ihr Handy und wählte die Nummer von Jutta. »Ihr Handy ist zumindest nicht hier.«

»Und wenn sie es auf lautlos gestellt hat?«, fragte Christian.

»Nein, das tut sie nicht«, erwiderte Lena.

»Wäre trotzdem möglich.«

»Meine Oma hat ihr Handy niemals auf lautlos, weil wir und Onkel Gustav sie darum gebeten haben, damit sie immer erreichbar ist«, antwortete Mads deutlich schärfer als beabsichtigt. Seine Nerven waren zum Zerreißen gespannt.

»Lass uns die Wohnung dursuchen«, schlug Brandt vor.

Mads nickte nur. Brandts gemäßigter Ton und die Klarheit in seiner Stimme halfen ihm ein wenig, sich zu beruhigen. Am liebsten wäre es ihm gewesen, wenn Christian die Wohnung verlassen hätte, doch aus Rücksicht auf Lena sprach er diesen Gedanken nicht aus.

Sie durchsuchten alle Zimmer, fanden jedoch nichts, was auf einen Einbruch hätte schließen lassen können. Da klingelte Mads' Handy. Es war Tim.

»Hast du was?«, fragte er sofort.

»Ja, ich konnte das Handy auf zwanzig Meter genau lokalisieren. Ich schicke dir die Koordinaten.«

»Danke dir. Du hast was gut bei mir.« Mads atmete auf. Endlich hatten sie eine erste Spur, alles andere wollte er lieber nicht detaillierter in Gedanken durchgehen.

Wenig später erhielt er die Koordinaten, die er über Google Maps aufrufen konnte.

»Das ist in der Nähe des Vogelparks«, sagte er.

»Dann lass uns dahin«, erwiderte Lena.

»Lasse und ich fahren. Du bleibst bitte hier, falls Oma doch noch aufkreuzen sollte.«

»Gut, das klingt sinnvoll. Ruf mich bitte sofort an, wenn du was hast.«

»Mach ich.«

Mads beugte sich vor und umarmte seine Schwester, dann verließ er mit Brandt die Wohnung.

»Hier muss es sein«, sagte Mads, als Brandt den Wagen am Straßenrand parkte. Sie stiegen aus. »Aber was zum Geier sollte sie hier an der Landstraße machen?«

»Du hast gesagt, dass sie gerne Fahrrad fährt. Vielleicht ist sie in den Graben gestürzt und braucht Hilfe«, schlug Brandt vor.

»Oma!«, rief Mads. Sollte Brandt recht haben, müsste sie ihn hören. Der Gedanke war gar nicht so unrealistisch. Die

Straße war recht befahren und niemand würde es hören, wenn eine ältere Frau bei einem Sturz schrie. Fußgänger kamen hier nicht entlang.

Und Radfahrer? Die müssten Omas Schreie gehört haben, durchzuckte Mads ein Gedanke, der ihm sofort den Magen zusammenzog.

Er lief weiter die Straße entlang und rief Juttas Namen, doch seine Rufe blieben unbeantwortet, was dazu führte, dass er immer nervöser wurde. Panik machte sich in ihm breit. Da sah er, dass Brandt stehen geblieben war und auf den Boden starrte. Mads eilte zu ihm.

»Was hast du?«, fragte er und dann sah er es mit eigenen Augen: Blut auf dem Straßenbelag.

Juttas Blut?

4

Wie konnte man hier nicht glücklich sein?

Gustav blieb stehen und schaute auf die Ostsee. Es war fast windstill. Das Meer lag ruhig, der sanfte Wind streichelte sein Gesicht und die Sonne wärmte ihn angenehm.

Gustav atmete tief ein und aus. Ein intensives Glücksgefühl überkam ihn. Das waren die Momente, die ihm sagten, dass er auf dem schönsten Fleck der Erde lebte. Der Erde, die seine Heimat war.

Das Bellen von Meiko holte ihn aus seinen Gedanken, er beugte sich vor und kraulte seinen Schäferhund. »Unsere Vorfahren hatten einen guten Riecher, als sie in diese Ecke gezogen sind«, sagte er und seine Gedanken wanderten zu seinem Vater, mit dem er früher oft hier am Strand gewesen war. Auch Mikkel hatte einen Schäferhund gehabt und er erinnerte sich noch gut daran, wie sie mit dem Hund am Strand herumgealbert hatten.

Die Persönlichkeit seines Vaters war schwer zu beschreiben. Auf der Arbeit war er der strenge Polizeichef gewesen, der kein Mitleid mit Kriminellen kannte, aber zu Hause war er das genaue Gegenteil. Unglaublich fürsorglich und liebevoll.

Gustav hatte sich immer vorgenommen, wie sein Vater zu sein, aber ob ihm das gelungen war, wusste er nicht. Wenn er an seinen Neffen Mads dachte und ihr häufig angespanntes Verhältnis, fürchtete er, dass die Fußstapfen seines Vaters doch ein paar Nummern zu groß für ihn waren. Er vermisste seinen Vater.

Meiko bellte erneut, als würde er ahnen, dass Gustav gerade schwer ums Herz wurde.

»Du passt auf mich auf, mein Großer«, sagte er und kraulte

Meiko ein weiteres Mal. »Na komm, lass uns losgehen, der Bürgermeister wartet.«

Sie verließen den Strand. Es war deutlich zu sehen, dass die Saison langsam anrollte. Einige Touristen und Ortsansässige lagen bereits im Sand oder in ihren Strandkörben, um das schöne Wetter zu genießen. Noch durften Hunde an den Strand, daher hatte Gustav den Moment ausgenutzt.

Wenige Minuten später erreichte er mit Meiko die Terrasse des *Café Wichtig* an der Promenade in Timmendorfer Strand.

Albert Lange, der Bürgermeister der Gemeinde und sein langjähriger Freund, winkte ihm zu. Gustav ging zu ihm und sie grüßten sich. Albert ließ es sich nicht nehmen, Meiko ausgiebig zu streicheln, bevor dieser es sich vor Gustavs Füßen bequem machte.

»Trinken wir einen Wein?«, fragte Albert.

»Warum nicht. Weiß?«

»Würde ich vorschlagen. Einen Sauvignon Blanc?«

»Hört sich gut an.«

»Logisch, war ja auch meine Idee«, gab Albert zurück und grinste breit.

Der Kellner kam und Albert gab die Bestellung auf. »Und bring uns bitte noch zwei Espresso. Ohne den wird der Polizeichef womöglich mürrisch.«

»Sollten wir hinkriegen«, antwortete der Kellner und entfernte sich.

»Sehr aufmerksam, heute hätte ich tatsächlich auf den Espresso verzichtet.«

»Aber sicherlich nicht auf den Keks. Gib doch zu, dass du den Espresso nur wegen des Kekses dazu haben willst.«

»Ich sehe schon, du bist heute zum Scherzen aufgelegt.«

»Wie könnte ich an einem so wunderbaren Ostersonntag schlechte Laune haben? Aber den Tag möchte ich sehen, an dem du keinen Espresso trinkst. Das wäre ja, als würde man mir verbieten, meinen Wein zu trinken. Nein, schlimmer.« Er lachte. »Ich kann mich jedenfalls an keinen Tag erinnern, an dem du nicht deinen Espresso getrunken hast.«

»Ich auch nicht«, gestand Gustav.

Der Kellner kam mit der Bestellung und servierte, dann entfernte er sich.

Gustav trank den Espresso in einem Zug aus und nickte anerkennend. »Sehr gut.«

»Das können die hier. Oder hattest du im *Wichtig* je einen schlechten Espresso?«

»Nicht, dass ich mich daran erinnern könnte.« Er ließ den Keks in seinem Mund verschwinden.

Albert hob sein Glas. »Auf eine tolle Sommersaison«, sagte er und Gustav stieß mit ihm an.

»Wenn Ostern schon so startet, was kann da noch schiefgehen?«, pflichtete Gustav ihm bei.

»Sag das nicht zu laut. Wir brauchen eine erfolgreiche Saison.«

»Mein Gefühl sagt mir, dass es ein sehr guter Sommer wird, und die Menschen werden dich hinterher noch mehr lieben, als sie es ohnehin tun.«

»Das müssen sie nicht, sie sollen nur bei den nächsten Wahlen für mich stimmen«, antwortete Albert und zeigte seine strahlend weißen Zähne.

»Das werden sie. Kannst du dir Timmendorfer Strand mit einem anderen Bürgermeister als dich vorstellen?«

»Auf keinen Fall! Solange ich mich zur Wahl stelle, möchte ich daran nicht mal denken«, erwiderte Albert und lachte. »Was gibt es denn bei euch Neues?«

»Glücklicherweise ist es derzeit recht ruhig bei uns auf der Dienststelle. Nach den aufregenden letzten Wochen darf das gerne eine Weile so bleiben.«

»Das ist gut. Die Kriminellen dürfen immer einen großen Bogen um meine Gemeinde machen. Was machen Jutta, Mads und Lena an so einem schönen Tag?«

»Lena müsste jetzt bei meiner Mutter sein. Sie waren zu Kaffee und Kuchen verabredet. Mads wollte sich mit den Kölner Jungs treffen.«

»Du meinst die beiden Kriminalpolizisten?« Albert nahm einen Schluck aus seinem Weinglas.

»Genau. Lasse Brandt und Emre Aydin, tolle Typen. Haben uns schon das ein oder andere Mal auf dem kurzen Dienstweg geholfen. Ich werde sie die Tage hoffentlich persönlich kennenlernen.«

»Wenn es dir nichts ausmacht, wäre ich gerne dabei. Als Bürgermeister wäre es auch mir wichtig, ihnen Danke zu sagen.«

Gustav schmunzelte. »Meinetwegen. Was hältst du davon, wenn ich die beiden, Mads, Lena und dich zum Essen einlade?«

»Gute Idee, aber ich zahle.«

»Ich lade euch ein und du zahlst? Finde den Fehler.«

»Als Bürgermeister sehe ich das …«

»Es sind Mads' Freunde und Kollegen, überlass das bitte dem Polizeichef der Gemeinde, sonst sieht dieser sich gezwungen, den Bürgermeister auszuladen.«

»Durch und durch ein Johannsen«, sagte Albert schmunzelnd. »Erinnert mich an deinen Vater. Du weißt sicherlich noch, wie ich zum Bürgermeister gewählt wurde und wir mit deinem Vater essen waren. Ich wollte die Rechnung übernehmen, immerhin war ich gerade ins Amt gewählt worden, und was hat dein Vater gesagt?«

»Solange ich am Tisch sitze, zahlt keines meiner Kinder«, antwortete Gustav.

»Genau, und er hat bestimmt nicht gewusst, wie viel mir seine Worte in dem Moment bedeutet haben. Ich habe mich als Teil eurer Familie gefühlt.«

»Du warst ein Teil unserer Familie. Als meine Eltern dich bei uns aufgenommen haben, haben sie keinen Unterschied zwischen dir und uns gemacht. Selbst Jahre später noch warst du für Jutta und meinen Vater wie ihr Sohn.«

»Ich weiß. Das werde ich ihnen nie vergessen.« Alberts Augen leuchteten auf, er schien gerade ein besonders schönes Bild aus der Vergangenheit vor Augen zu haben. »Ohne sie hätte ich den Tod meiner Mutter niemals verarbeitet und ohne sie wäre ich niemals Bürgermeister geworden. Ich werde immer in ihrer Schuld stehen.«

»Red nicht so einen Unsinn. Du schuldest niemandem etwas. Es war dein Ehrgeiz, der dich so weit gebracht hat«, entgegnete Gustav, aber er wusste, was Albert meinte. Auch wenn er häufig mit seinem alten Freund aneinandergeriet, weil dieser seinem Erfolg oft alles unterordnete und nicht der moralischste Mensch war, hatte er nie daran gezweifelt, dass Albert seine Eltern geliebt und sehr zu Mikkel aufgeschaut hatte.

»Doch, doch. Ich werde deinen Eltern, vielmehr jetzt deiner Mutter gegenüber immer in der Schuld stehen. Und es freut mich, dass das so ist. Jutta erdet mich ungemein.«

»Das stimmt. Ich kenne zumindest niemanden, bei dem du so still bist und auf dessen Rat du so ernsthaft hörst wie bei Jutta. Das könntest du in meiner Gegenwart gerne öfter ähnlich halten.«

»Diesen Gefallen werde ich dir sicherlich nicht tun.« Albert grinste. »Egal, wie sehr wir uns zoffen, wichtig ist, dass wir uns am Ende vertragen.« Darauf erhob er sein Glas und stieß erneut mit Gustav an.

Sein Freund aus Kindheitstagen erschien Gustav heute ungewöhnlich freundlich und harmoniebedürftig. Eine Seite, die er für seinen Geschmack viel zu selten zeigte.

Für einen Moment wurde es still zwischen ihnen und Gustavs Blick wanderte über die Terrasse. Einige Gesichter kannte er, andere wiederum schienen Touristen zu sein, die das schöne Wetter genossen, doch schon bald würde es in seiner Gemeinde nur so von fremden Menschen wimmeln, weil viele es ans Meer zog. Die meisten von ihnen würden nur ein paar angenehme Tage an der See verbringen wollen, während einige, sehr wenige kommen würden, um Ärger zu machen. Aber Gustav und sein Team waren bereit, diejenigen, die mit dem Gesetz in Konflikt gerieten, aus dem Verkehr zu ziehen.

»Was ist eigentlich mit dieser Karola?«, ließ sich Albert vernehmen.

Gustav schreckte leicht auf. Dieses Thema hatte er gar nicht mehr auf dem Schirm gehabt.

»Gute Frage«, erwiderte er. »Ich habe mich mit Mads darüber unterhalten. Er weiß nichts über sie und seit ihrem Besuch bei meiner Mutter hat er weder sie noch das Kind erneut gesehen.«

»Glaubst du denn, dass das Kind von ihm ist?«

»Ich weiß es nicht.«

»Hast du jemanden aus deinem Team gebeten, Informationen über sie einzuholen? Dieser Tim aus Lübeck ist doch ein Spezialist für solche Dinge.«

»Das ist er. Aber Mads möchte nicht, dass wir ihr nachspionieren.«

»Warum nicht?«

»Mads halt«, antwortete Gustav, der sich ebenso wenig erklären konnte, warum sich sein Neffe so anstellte.

»Das ist doch unlogisch. Was, wenn sie eine Lügnerin ist und sich Unterhalt erschleichen möchte?«

»Diesen Gedanken hatte ich auch schon.«

»Dann solltest du Informationen über diese Karola einholen«, beharrte Albert.

»Ich habe Mads und meiner Mutter versprochen, dass ich nichts tun werde, was ich nicht mit Mads abgestimmt habe.«

»Großer Fehler. Gut, dass du mich hast.«

»Wieso?«

»Ich habe niemandem versprochen, dass ich es nicht tun würde«, erklärte Albert vielsagend.

»Das kannst du nicht machen. Mads hat mein Wort!«

»Genau, aber nicht meines. Wann habe ich denn schon auf dich gehört?«

»Ich möchte nichts mehr darüber hören«, erwiderte Gustav streng, obwohl er froh war, dass Albert ihm diesen Vorschlag unterbreitet hatte. Seit Tagen bereute er, Mads dieses Versprechen gegeben zu haben.

»Wir verstehen uns«, stellte Albert fest und beugte sich ein wenig vor. »Das ist doch alles sehr komisch. Sie taucht aus dem Nichts auf und verschwindet ebenso plötzlich wieder. Dass Mads das kaltlässt und er keine Nachforschungen anstellt, sieht ihm nicht ähnlich.«

Gustav wiegte nachdenklich den Kopf. »Ich habe den Eindruck, er möchte, dass dieser Junge sein Sohn ist, und er hat Angst, sie könnte seinen Sohn von ihm fernhalten, wenn sie herausfindet, dass er ihr nachspioniert.«

»Sieht er ihm so ähnlich?«

»Laut meiner Mutter ist die Ähnlichkeit geradezu verblüffend.«

»Wenn er es nicht ist, wäre das ein wirklich mieser Trick von dieser Frau, die Ähnlichkeit ihres Sohnes dafür auszunutzen, Mads zu schaden.«

»Ich weiß nicht. Sie hatten nur einen One-Night-Stand. Welchen Grund soll sie haben, Mads deshalb einen reindrücken zu wollen?«

»Das fragst du als Polizeichef? Schau in deine alten Fallakten, dann hast du hunderte Gründe, warum Menschen Dinge tun, die jeder Logik entbehren. Aber keine Sorge, ich finde heraus, wer diese Karola ist.«

»Wovon ich offiziell nichts weiß«, antwortete Gustav.

»Wovon weißt du nichts?« Albert nahm einen letzten Schluck aus seinem Weinglas. »Wir sollten eine neue Flasche bestellen.«

»An mir soll es nicht liegen. Ich habe heute nichts vor.«

»Soll ich uns einen Tisch im *Wullenwever* reservieren?«

»Wie könnte ich zu so einer feinen Adresse Nein sagen?« Das *Wullenwever* war ein Sternerestaurant in Lübeck und als bekennender Gourmet konnte Gustav so einen Vorschlag einfach nicht ausschlagen. Wie es schien, war heute ein perfekter Sonntag, der am Abend einen wunderbaren Abschluss finden würde. Gustav fühlte sich herrlich entspannt. Dass er am nächsten Tag wieder Dienst hatte und sich mit den bösen Jungs würde herumschlagen müssen, berührte ihn gerade nicht.

»Du siehst sehr zufrieden aus«, bemerkte Albert, als könnte er Gustavs Gedanken lesen.

»Das bin ich. Die Idee mit dem *Wullenwever* ist die Kirsche auf diesem Tag.«

In diesem Moment klingelte Gustavs Handy. Es war Mads.

»Was gibt es?«, fragte er. Es sah seinem Neffen nicht ähnlich, dass er ihn sonntags ohne Grund anrief. Doch von Mads war kaum etwas zu hören. Offensichtlich wollte er etwas sagen, aber seine Stimme versagte, dann fing er an zu weinen.

Gustav war sofort in Alarmbereitschaft, denn das hatte er noch nie erlebt. Sein Magen zog sich zusammen.

»Was ist los, Mads?«, fragte er betont ruhig, weil er nicht verstand, was gerade vor sich ging.

5

Der emotionale Ausbruch von Mads überraschte Brandt nicht. Er kannte ihn noch nicht sehr lange, aber er wusste, dass ihm seine Familie alles bedeutete. Mads war kaum in der Lage, ein vernünftiges Wort herauszubringen. Die Tränen schüttelten ihn dermaßen, dass Brandt nach dem Handy griff und das Gespräch übernahm. Er informierte Mads' Onkel und schickte ihm die Koordinaten ihres Standorts über WhatsApp. Gustav wollte sich unverzüglich auf den Weg machen.

»Es ist okay«, sagte Brandt, während Mads versuchte, sich die Tränen vom Gesicht zu wischen, er zitterte noch immer am ganzen Körper.

»Ich …«, begann Mads und schluckte, dann fing er wieder an zu weinen. »Nicht Oma, bitte nicht Oma.«

Brandt wusste sich nicht anders zu helfen, als Mads an sich zu drücken, damit er seinen Emotionen freien Lauf lassen konnte.

Es half. Mads beruhigte sich langsam.

»Tut mir leid«, sagte er schwach.

»Das muss es nicht. Ich bin ein Familienmensch wie du und ich kann deine Sorgen sehr gut verstehen.«

»Das Gefühl, dass meiner Oma etwas Schlimmes passiert ist, zerbricht mich innerlich«, gestand Mads.

»Wir finden sie. Aber es ist wichtig, dass du stark bleibst.«

»Ich bin es leid, immer stark zu sein. So leid.«

»Noch wissen wir nicht, was vorgefallen ist. Du darfst diese finsteren Gedanken nicht an dich heranlassen. Damit hilfst du niemandem.«

»Du hast recht.« Mads zog die Nase hoch, richtete sich auf

und Brandt war, als würde der junge Polizist einen Schutzschild vor sich hochziehen, damit keiner sah, wie verletzlich er eigentlich war.

Brandts Handy klingelte. Es war Aydin. Er nahm das Gespräch an und trat ein paar Schritte zur Seite.

»Und, habt ihr die Oma gefunden?«

»Leider nicht, aber Tim hat ihr Handy lokalisiert. Wir sind auf der Bundesstraße und ich habe Blut auf dem Straßenbelag entdeckt. Ihr Fahrrad ist nicht in der Nähe.«

»Glaubst du, es stammt von ihr?«, fragte Aydin besorgt.

»Wo bist du? Wir kommen sofort dahin«, hörte Brandt nun auch Walters Stimme. Aydin hatte das Gespräch offenbar auf Lautsprecher geschaltet.

»Das hat keinen Sinn. Mads' Onkel kommt gleich. Schätze mal, die Straße wird abgesperrt, da könnt ihr nicht viel machen. Lasst mich erst mal einen Überblick über alles gewinnen, dann schauen wir weiter.«

»Bist du sicher? Wir könnten helfen, das Gelände abzusuchen«, schlug Aydin vor.

»Okay, ihr habt recht. Kommt her. Was ist mit Tolga?«

»Die Frauen sind da, ich habe sie angerufen. Er bleibt bei ihnen.«

»Gut, ich schicke euch die Koordinaten«, erwiderte Brandt und beendete das Gespräch. Eine Suchaktion war sicher sinnvoll, obwohl sein Gefühl ihm sagte, dass sie Jutta nicht finden würden. Aber möglicherweise würden sie auf Hinweise stoßen, was mit ihr geschehen war.

Kurz darauf hörte Brandt Polizeisirenen, ein Wagen parkte hinter seinem. Zwei Männer stiegen aus und eilten auf sie zu, einer von ihnen war Mads' Onkel. Brandt kannte ihn aus dem Polizei-Intranet, er hatte seinen Namen dort nach seinem ersten Treffen mit Mads einmal nachgeschlagen.

»Was ist geschehen?«, fragte Gustav.

»Ich weiß es nicht. Lena und ich können Oma seit geraumer Zeit nicht erreichen. Tim hat ihr Handy lokalisiert. Wir haben es gefunden, dazu das Blut auf der Straße.«

»Wo ist das Handy?«

»Ich habe es«, antwortete Mads und fügte rasch hinzu: »Keine Sorge, ich habe Handschuhe benutzt und es in eine Tüte gelegt. Die Tüte liegt in meinem Wagen.«

»Danke.« Nun wandte sich Gustav an Brandt. »Verzeihen Sie. Ich bin Gustav Johannsen, der Onkel. Wir haben eben telefoniert.«

»Lasse Brandt aus Köln.«

Gustav reichte ihm die Hand, er hatte einen festen Händedruck und schien im Gegensatz zu Mads deutlich gefasster.

»Es tut mir leid, dass wir uns unter diesen Umständen treffen«, fuhr Gustav fort, dann wies er auf seinen Begleiter. »Das ist Albert Lange, ein alter Freund der Familie und der Bürgermeister unserer Gemeinde.«

Auch sie begrüßten sich mit Handschlag. Lange musste etwa in Gustavs Alter sein.

»Wo ist das Blut?«, fragte Gustav.

»Gleich da vorne«, antwortete Brandt und zeigte ihnen die Stelle. Sie mussten aufpassen, denn immer wieder fuhren Autos an ihnen vorbei.

Gustav beugte sich vor und sah sich die Stelle gründlich an, dann überlegte er kurz. »Sieht aus, als wäre hier jemand vom Fahrrad gestürzt. Sehen Sie die feinen Risse im Belag? Sie sind kaum erkennbar, aber ein deutliches Zeichen dafür, dass an dieser Stelle jemand einen Unfall hatte, so was passiert nicht beim Überqueren einer Straße.«

»Den Eindruck habe ich auch«, bestätigte Brandt.

In diesem Moment ertönten erneut Sirenen, diesmal von mehreren Fahrzeugen.

»Endlich ist die Verstärkung da«, sagte Gustav. Die Fahrzeuge parkten am Straßenrand und vier Männer von der Streife traten zu ihnen.

»Ich möchte, dass die Straße abgesperrt wird. Komplett in beide Richtungen«, ordnete Gustav an.

»Und was machen wir mit dem Verkehr?«

»Der wird umgeleitet.« Brandt sah die Verärgerung über diese Frage in Gustavs Augen.

Die Kollegen von der Streife entfernten sich und machten sich daran, die Straße abzusperren, sehr zum Ärger der Autofahrer, von denen der ein oder andere lautstark seinen Unmut kundtat.

»Du hast meine volle Rückendeckung, egal welche Entscheidung du triffst«, hörte Brandt Albert sagen. »Wir finden Jutta.«

»Was halten Sie davon, wenn wir die Gegend durchkämmen? Möglicherweise finden wir Hinweise darauf, was geschehen ist«, schlug Brandt vor.

»Das sollten wir tun. Ich werde Verstärkung anfordern.«

»Danke. Zwei Freunde von mir würden gerne bei der Suche behilflich sein.«

Gustav schüttelte den Kopf. »Sie sollten gar nicht hier sein. Sie sind im Urlaub. Es tut mir leid, dass Mads Sie da mit reingezogen hat.«

»Das hat er nicht, ich habe darauf bestanden«, widersprach Brandt.

»Danke, dass Sie ihn hierher begleitet haben, aber jetzt fahren Sie bitte zu Ihren Freunden und Ihrer Familie. Genießen Sie Ihren Urlaub.«

Brandt machte einen Schritt auf Gustav zu. So leicht würde er sich nicht abwimmeln lassen.

»Was glauben Sie, was Mads tun würde, wenn er Emre und mich in Köln besuchen würde und Emres Frau verschwunden wäre? Oder was würden Sie tun? Würden Sie einfach Ihren Urlaub fortsetzen?«

Gustav antwortete nicht sofort, er schien zu überlegen und warf Brandt einen prüfenden Blick zu, schließlich nickte er. »Danke, ich weiß das sehr zu schätzen, das ist nicht selbstverständlich. Immerhin verstehe ich jetzt, warum Mads so von Ihnen schwärmt.«

Mit dieser Antwort hatte Brandt nicht gerechnet, sie überraschte ihn. Dass er gleich einen besonderen Draht zu Mads gehabt hatte, hatte er schnell gespürt, aber dass es umgekehrt genauso war, berührte ihn.

Wieder ertönten Polizeisirenen und weitere Fahrzeuge parkten in der Nähe. Die Kollegen von der Kriminaltechnischen Untersuchung stießen zu ihnen.

»Lasse Brandt? Was machst du denn hier?«, hörte er Ole, den Leiter der Lübecker KTU sagen.

»Ich versuche zu helfen. Bin gerade mit Emre und der Familie in der Gegend.«

»Wir können jede helfende Hand gebrauchen.« Ole klopfte ihm dankend auf die Schulter. »Habt ihr was für mich?«

Brandt klärte Ole auf.

»Zeig mir das Handy bitte.«

»Komm mit.« Sie gingen zu Brandts Fahrzeug, er holte die Tüte mit dem Handy vom Rücksitz und reichte sie Ole. »Das sollte sich Tim schleunigst anschauen.«

»Was glaubst du, was hier geschehen ist?«, fragte Ole leise.

»Ich weiß es nicht. Sieht nach Unfall mit Fahrerflucht aus.«

»Glaubst du, der Unfallverursacher hat Jutta mitgenommen?«

»Vermutlich. Oder wir finden sie hier irgendwo im Graben oder im nahegelegenen Wald«, erwiderte Brandt ebenso leise.

»Das wäre fürchterlich. Du musst wissen, dass Jutta für die Familie heilig ist, sie ist der Mittelpunkt, der alle zusammenhält. Es würde Gustav und die anderen bis ins Mark erschüttern, wenn sie nicht mehr bei ihnen wäre. Wollen wir hoffen, dass sie lebt.«

Brandt nickte stumm, denn jetzt trat Gustav zu ihnen.

»Die Verstärkung sollte bald eintreffen, dann können wir jeden Stein in dieser Gegend umdrehen. Wir finden heraus, wo Jutta ist«, sagte er.

»Wir gehören zu Mads und Lasse«, hörte Brandt da eine ihm vertraute Stimme. Es war Walter.

»Meine Mitarbeiter haben die Anweisung, niemanden durchzulassen, der nicht bei der Lübecker Polizei beschäftigt ist«, erklärte Gustav und eilte mit Brandt zu Walter und Emre.

»Du kannst sie durchlassen«, sagte er zu seinem Mitarbeiter und an die Neuankömmlinge gewandt: »Sie sind sicherlich Emre Aydin und Walter.«

Sie stellten einander vor und begrüßten sich mit Handschlag.

»Wie geht es Mads?«, erkundigte sich Walter, nachdem sich Gustav entfernt hatte.

»Nicht gut«, antwortete Brandt. »Es nimmt ihn ungemein mit. Aber langsam hat er sich wieder gefasst.«

»Harte Schale, weicher Kern, woher kenne ich das nur?«, rutschte es Walter heraus, dabei schaute er Brandt an.

»Wie können wir denn helfen?«, fragte Aydin.

»Wir fangen gleich mit dem Durchkämmen der Gegend an. Wenn wir Glück haben, finden wir was.«

Mads kam auf die Freunde zu.

»Danke, dass ihr hier seid. Ich wollte euch hier auf keinen Fall mitreinziehen oder euren Urlaub bloß meinetwegen …«, begann Mads, doch Walter unterbrach ihn.

»Vergiss das ganz schnell. Du bist unser Freund und Freunde halten zusammen, mach dir darüber keinen Kopf. Sag uns lieber, wann wir loslegen können. Wir finden deine Oma lebend, red dir bloß keinen anderen Schwachsinn ein.«

»Du hast recht, ich will es versuchen. Sobald mehr Kollegen da sind, legen wir los.«

Brandt sah Mads an, dass er versuchte, ruhig und selbstsicher rüberzukommen, aber in ihm tobte ein Sturm, da er nicht nur mit dem Schlimmsten rechnete, sondern bereit war, bis zum Äußersten zu gehen, um Jutta lebend zu finden.

Der Bürgermeister trat zu ihnen.

»Mads, wir finden Jutta«, sagte Albert. Mads nickte nur, dann wandte Albert sich an Aydin und Walter. »Danke, dass Sie hier sind. Jede helfende Hand ist wichtig. Ich bin der Bürgermeister dieser Gemeinde.«

»Dass wir helfen, sollte selbstverständlich sein«, bekräftigte Walter und reichte ihm die Hand. Aydin sah nachdenklich aus. Auf Brandt wirkte es so, als teilte er Walters Optimismus nicht, dass sie Jutta finden würden.

»Das ist kein bisschen selbstverständlich. Wir wissen das sehr zu schätzen. Die Suche müsste gleich losgehen. Ich bin gerade dabei, mit Gustav zu diskutieren, ob wir einen öffentlichen Aufruf starten sollten.«

»Zu diesem Zeitpunkt würde ich das nicht tun«, schaltete sich Brandt ein.

»Und warum nicht?«, fragte Gustav, der den letzten Satz wohl mitgehört hatte.

»Weil wir nicht wissen, womit wir es zu tun haben. Wenn es ein Unfall mit Fahrerflucht ist, wird der Täter nervös sein, da könnte ein öffentlicher Aufruf ihn zu einer Dummheit verleiten. Sollte er Jutta entführt haben, steht der Täter unter großem psychischem Druck und ist unberechenbar.«

»Mag sein, aber durch den Aufruf erreichen wir größtmögliche Aufmerksamkeit. Wenn er bisher unbescholten war, ist es doch möglich, dass er dem öffentlichen Druck nachgibt und sich zu erkennen gibt«, hielt Albert dagegen.

»Ich sehe das wie Lasse«, schaltete sich nun Mads ein. »Wir wissen nicht, was mit meiner Oma ist. Wo sie ist und wer in ihr Verschwinden involviert ist. Wir sollten kein Risiko eingehen. Öffentliche Fahndung nur über den internen Polizeifunk.«

Gustav warf zuerst seinem Neffen einen nachdenklichen Blick zu, dann Albert und schließlich Brandt.

»Sie haben recht. Kein Aufruf. Nur Polizeifunk.«

»Bist du dir sicher?«, fragte Albert.

»Ja, es ist entschieden.« Gustav entfernte sich.

»Bilden wir ein Team?«, fragte Mads an Brandt gerichtet.

»Das wäre auch mein Vorschlag.« Brandt wollte Mads in diesem Zustand ungern allein lassen.

Mittlerweile waren weitere Fahrzeuge eingetroffen, die Verstärkung war da. Gustav teilte sie in Teams ein, endlich begann die Suche. Brandt hoffte so sehr, dass sie Hinweise auf Juttas Verschwinden finden würden. Hinweise, die ihre Hoffnung nährten, dass ihre Sorgen unbegründet waren.

Nur sein Bauchgefühl, dem er so oft vertraute, sagte ihm etwas anderes.

6

»Alles wird gut, Schatz«, versuchte Christian Lena zu beruhigen. Es tat ihr ungemein gut, dass er bei ihr war. Er gab ihr Halt in dieser schweren Stunde.

Gemeinsam hatten sie die Wohnung erneut gründlich durchsucht, doch nichts deutete auf ein gewaltsames Eindringen hin oder darauf, dass hier ein Verbrechen stattgefunden hatte.

»Es sieht Oma einfach nicht ähnlich, dass sie sich nicht meldet«, sagte Lena.

»Und wenn sie nur ihr Handy verloren hat? Kann doch passieren. Sie hat es nicht bemerkt und hängt mit ihren Freundinnen ab.«

»Oma? Wenn sie sich mit uns verabredet hat? Da kennst du Jutta schlecht. Sie ist der pünktlichste und zuverlässigste Mensch, den ich kenne.« Lena schüttelte den Kopf. »Warum meldet Mads sich bloß nicht?«

»Weil er sie sucht. Was meine Annahme bestätigen würde.«

Lena warf ihrem Freund einen skeptischen Blick zu. Es war ja süß, dass er versuchte, ihr die Sorgen zu nehmen, aber seine Überlegungen waren für sie absolut unrealistisch. In diesem Moment klingelte ihr Handy.

»Hallo, Gustav«, nahm sie das Gespräch an.

»Bist du noch bei Oma?«, fragte ihr Onkel.

»Ja, bin ich. Aber von Oma kein Lebenszeichen. Wo bist du?«

»Ich bin bei Mads. Wir haben ihr Handy an der Landstraße in der Nähe des Vogelparks im Straßengraben gefunden und werden gleich das Gelände weiträumig nach weiteren Spuren absuchen.«

Lena schnappte nach Luft, kurz wurde ihr schwarz vor Augen. Zum Glück saß sie auf der Couch.

»Ich komme zu euch.«

»Nein, tust du nicht. Du bleibst in Omas Wohnung. Möglicherweise meldet sich jemand bei ihr oder sie taucht doch noch auf. Es ist wichtig, dass du zu Hause bleibst.«

Lena antwortete nicht sofort, sie konnte gerade keinen klaren Gedanken fassen. Es fühlte sich so an, als wollte ihr Onkel sie nicht bei der Suche dabeihaben, weil sie nicht gut zu Fuß war.

»Lena, kann ich mich auf dich verlassen?«, fragte er.

»Ja, kannst du«, erwiderte sie.

»Ich melde mich, sobald ich etwas habe. Du bitte auch.«

»Mach ich«, sagte Lena und ihr Onkel beendete das Gespräch.

»Was ist los?«, fragte Christian. Er saß neben ihr und strich ihr tröstend über den Oberschenkel.

»Sie haben Omas Handy«, antwortete Lena und berichtete, was Gustav wusste.

»Das muss nichts heißen. Das Handy kann auch beim Fahrradfahren heruntergefallen sein. Ihr Fahrrad haben sie nicht gefunden, richtig?«

»Bisher nicht.«

»Siehste. Das würde erklären, warum nur ihr Handy entdeckt wurde.«

Lena rutschte auf der Couch nach vorne. »Ich kann doch hier nicht einfach rumsitzen und warten, dass was passiert!«, sagte sie verzweifelt.

»Schatz, Gustav hat schon recht. Wie würdest du vor Ort helfen wollen? Du bist nicht gut zu Fuß. Und die Ecke da beim Vogelpark ist wild bewachsen, dazu gibt es noch den Wald. Du würdest weder deinem Onkel noch dir einen Gefallen damit tun, wenn du dort durchs Gebüsch kriechst.«

Genau das hatte Lena von ihrem Freund nicht hören wollen, obwohl sie wusste, dass er recht hatte. Seit ihrer schweren Verletzung, die sie sich während eines Einsatzes zugezogen hatte, war sie auf den Rollstuhl angewiesen. Kurze Strecken konnte sie zwar ohne Hilfsmittel zurücklegen, aber für längere brauchte sie Krücken oder den Rollstuhl. Ein Zustand, der ihr auch so schon keine Ruhe ließ.

»Hier rumsitzen kann trotzdem keine Option sein«, entgegnete sie. Es ging hier schließlich um ihre Oma und sie wollte nicht diejenige sein, die einfach nur dasaß und wartete.

»Ich fürchte, uns bleibt nichts anderes übrig«, sagte Christian und zuckte die Schultern.

»Doch«, antwortete Lena, denn sie hatte eine Idee.

7

Seit mehr als einer Stunde durchkämmten sie nun die Gegend rund um die Unfallstelle. Sie waren viele. Mads hatte zwar nicht mitgezählt, aber er wusste, dass sein Onkel jeden angefordert hatte, der zur Verfügung stand. Doch trotz dieser großen Masse an Helfern hatten sie bislang keinen Hinweis auf den Verbleib seiner Oma gefunden.

Inzwischen hatte er seine Nerven wieder im Griff und er schämte sich ein wenig, dass er sich Brandt gegenüber als so verletzlich offenbart hatte, denn er wollte nach außen hin auf keinen Fall Schwäche zeigen. Letztlich war er jedoch froh, dass nur Brandt es mitbekommen hatte, da seine Menschenkenntnis ihm sagte, dass der Kölner Kollege damit nicht hausieren gehen würde.

Auch wenn sie sich noch nicht lange kannten, spürte er, dass er sich auf Brandt und die anderen blind verlassen konnte, und das wollte er tun. Hoffentlich täuschte ihn sein Gefühl nicht. Dass sie ihm so selbstlos bei der Suche halfen, rechnete er ihnen auf jeden Fall hoch an. Emre und Lasse konnten als Polizisten vielleicht gar nicht anders, aber dass auch Walter sofort die Erholung gegen eine nervenaufreibende Suche eintauschte, war nicht selbstverständlich.

»Hier«, hörte Mads in diesem Moment eine Stimme rufen. Er schaute in die Richtung, ein Kollege hielt die Hand hoch. »Wir haben ein Fahrrad.«

Mads lief zu ihm, Brandt folgte ihm. Hatte der Kollege das Rad seiner Oma gefunden? Aber warum lag es knapp vierhundert Meter von der Unfallstelle entfernt?

Weil der Verkehrsrowdy damit sein Verbrechen verbergen wollte, fuhr ihm ein furchtbarer Gedanke durch den Kopf.

Der Kollege stand neben einem Damenfahrrad und für einen Augenblick war Mads zu keiner Regung fähig.

»Ist das das Rad deiner Oma?«, fragte Brandt behutsam.

Mads schaute erneut auf das Rad und sammelte sich. »Nein, nein. Das ist nicht ihr Fahrrad.«

Erleichterung!

»Es ist nicht das Fahrrad«, rief Brandt den anderen zu.

Gemeinsam kehrten sie zu ihrer Position bei Walter und Emre zurück. Mads spürte, wie Verzweiflung in ihm aufstieg.

»Was, wenn wir nichts finden?«, fragte er.

»Damit müssen wir immer rechnen«, antwortete Brandt. »Aber uns werden andere Optionen bleiben. Über ihr Handy können wir zurückverfolgen, wo sie sich aufgehalten hat. Tim weiß, was zu tun ist. Außerdem fragen wir die Anwohner und jeden, der mit ihr in Kontakt stand.«

Mads nickte. Es war das kleine Einmaleins der Ermittlungsarbeit, aber es tat gut, die sachliche Aufzählung von Brandt zu hören, um endlich diese verdammte Angst abzuschütteln und sich nur auf eines zu konzentrieren: die Rettung seiner Oma.

»Du hast recht, das Handy muss sofort zu Tim. Ich weiß nicht, ob Gustav das schon veranlasst hat.«

»Hat er, Ole hatte es ja gleich an sich genommen und weitergeschickt. Tim ist sicherlich längst dabei, die Daten auszulesen.«

»Gut, dann haben wir wenigstens einen Plan, falls das hier ins Leere läuft.«

Brandt nickte und beide konzentrierten sich wieder auf die Suche.

Eine weitere Stunde verging und noch immer hatten sie kein Ergebnis, es war geradezu niederschmetternd.

Gustav kam mit Albert auf sie zu.

»Wir sollten ins Büro fahren, wir haben eine Menge Dinge zu besprechen. Die Kollegen werden hier weitermachen«, sagte er.

»Du hast recht«, stimmte Mads zu. Sie verloren hier nur noch wertvolle Zeit.

»Herr Brandt, Sie und Ihre Freunde sollten uns begleiten, wenn Sie einverstanden sind. Ich glaube, Ihre Expertise wäre jetzt von großer Bedeutung. Es sei denn, Sie möchten …«

»Wir möchten Ihre Mutter finden. Worauf warten wir noch?«, unterbrach Walter.

Die Andeutung eines Lächelns umspielte Gustavs Lippen, doch seine Miene wurde sofort wieder ernst. Er nickte nur und die Gruppe verließ mit schnellen Schritten das Feld.

»Was machst du denn hier?«, fragte Gustav erstaunt, als die kleine Gruppe das Vorzimmer seines Büros betrat.

»Helfen«, antwortete Petra Wiese, Gustavs langjährige Sekretärin, schlicht. »Als ich davon gehört habe, bin ich sofort ins Büro.«

»Du hast doch heute frei.«

»Mir egal. Ich bringe euch gleich Kaffee und Getränke.«

»Danke«, sagte Gustav und erstmals meinte Mads herauszuhören, wie sehr auch seinen Onkel das Ganze mitnahm.

Sie traten in sein Büro und setzten sich an den Besprechungstisch. Kurz darauf kam Petra herein und fragte die Kölner, was sie trinken wollten, danach verließ sie das Büro.

»Kurzes Update«, begann Gustav. »Die Polizei in Schleswig Holstein ist bereits informiert. Intern wird nach einer unbekannten Person gesucht, die Fahrerflucht begangen hat. Wenn wir Glück haben, finden Ole und die Kollegen von der Spurensicherung Hinweise, die Rückschlüsse auf das Fluchtfahrzeug geben.«

»Was ist mit Hamburg, Niedersachsen und Mecklenburg-Vorpommern?«, fragte Mads. Die Suche auf ihr Bundesland zu begrenzen, hielt er nicht für zielführend.

»Da ist angefragt. Die Antwort erwarte ich alsbald«, antwortete Gustav.

»Und Dänemark?«, fügte Brandt hinzu. »Der Täter könnte genauso gut Richtung dänischer Grenze geflohen sein.«

»Guter Einwand, darum kümmere ich mich sofort. Ich kenne da jemanden bei der dänischen Polizei, der uns helfen kann.« Nicht nur weil die Familie Johannsen zur dänischen Minderheit in Schleswig-Holstein gehörte, hatte Gustav einen guten Draht zu den Kollegen jenseits der Grenze.

Er stand auf und im selben Moment betrat Petra das Büro, um die Getränke zu servieren. Die Runde bedankte sich und Petra ging wieder ins Vorzimmer.

Mads nahm sein Handy und rief seine Schwester an, damit sie auch herkam. Sie sollte nicht das Gefühl haben, außen vor zu sein. Sie versprach, sich gleich auf dem Weg zu machen.

»Die dänischen Kollegen werden uns unterstützen«, erklärte Gustav, als er wieder am Tisch Platz nahm.

»Das ist gut. Lena ist übrigens auf dem Weg zu uns«, sagte Mads.

»Hervorragend, daran habe ich gar nicht gedacht.« Gustav griff nach seiner Espressotasse und leerte sie in einem Zug. »Mads, rufst du bitte Tim an.« Er nahm die zwei Kekse von der Untertasse und steckte beide in den Mund.

»Mach ich.«

Mads griff nach dem Hörer des Telefons, das auf dem Besprechungstisch stand, da sie hierüber alle gemeinsam per Freisprecheinrichtung mit dem Angerufenen reden konnten, und wählte Tims Büronummer.

Tim nahm das Gespräch an und grüßte in die Runde.

»Hast du schon was?«, erkundigte sich Gustav.

»Gib mir noch eine halbe Stunde.«

»Okay. Ruf mich bitte unter dieser Nummer zurück«, bat Gustav und beendete das Gespräch.

»Ich weiß, dass du es für keine gute Idee hältst, aber vielleicht sollten wie trotzdem einen öffentlichen Aufruf starten. Die Straße ist gut befahren, da wäre es doch sehr wahrscheinlich, dass jemand den Unfall und die Fahrerflucht gesehen hat«, wiederholte Albert seinen Vorschlag.

»An dem Argument ist was dran. Nur, warum hat die Person, die da was beobachtet hat, nicht gleich die Polizei kontaktiert?«

»Weil die Menschen träge und egoistisch sind. Oder sie glauben, jemand anderer übernimmt das schon für sie. Wir sollten diese Option nicht so leichtfertig ad acta legen.«

Mads sah seinem Onkel an, dass er hin und hergerissen war.

»Albert hat recht«, sagte er daher. »Trotzdem ist das Risiko zu hoch. Wir wissen nicht, mit wem wir es zu tun haben. Wir kennen ja nicht mal die Hintergründe von Juttas Verschwinden. Außerdem können wir nicht ausschließen, dass das Blut auf der Straße tatsächlich ihres ist. Ich bleibe dabei, das Risiko für eine öffentliche Suche ist zu hoch. Auch wenn ich Alberts Gedankengang sehr gut nachvollziehen kann.«

»Ich bin bei Mads«, schaltete sich Aydin ein. »Zum jetzigen Zeitpunkt sollten wir kein Risiko eingehen.«

»Was ist mit euch?«, fragte Gustav an Brandt und Walter gewandt.

Die beiden schlossen sich Mads' Argumentation an.

»Gut, dann fahren wir wie geplant fort, behalten Alberts Idee aber im Hinterkopf.« Gustav holte kurz Luft. »Die Wahrheit ist doch, dass wir Stand jetzt nichts, aber auch gar nichts haben, was uns helfen könnte, herauszufinden, was mit Jutta geschehen ist. Ich bin für jeden Vorschlag offen.«

»Leider ist das Handy unsere heißeste Spur. Ansonsten müssen wir uns aufteilen und die Nachbarschaft befragen. Irgendwer wird sie gesehen haben«, sagte Brandt.

Gustav atmete hörbar aus, vermutlich, weil er wusste, dass Brandt recht hatte. Dennoch war das hier kein gewöhnlicher Vermisstenfall, es ging hier nicht um eine Fremde, sondern um ihre Oma und Mutter.

Es klopfte an der Tür und Lena kam in ihrem Rollstuhl ins Büro.

Die Runde begrüßte sich und Lena nahm am Konferenztisch Platz.

»Habt ihr was Neues?«, fragte sie.

»Leider nicht. Die Suche verlief bisher enttäuschend.«

Lena nickte. »Ich war nicht untätig und habe mich mal umgehört. Ich konnte unmöglich in der Wohnung sitzen und warten.«

»Hast du was herausgefunden?«

»Jemand hat sie an der Promenade auf ihrem Fahrrad gesehen und sie war wohl auch auf der Terrasse der *Seaside Lounge*, mit Jule und Emma.«

»Jule und Emma? Hast du sie angerufen?«, fragte Mads.

»Ja, aber ich erreiche niemanden. Ich habe beiden eine Nachricht hinterlassen, dass sie mich zurückrufen sollen.«

»Ich versuche es auch gleich noch mal«, sagte Mads, stand auf und verließ das Büro.

Im Flur rief er Emmas Nummer an. Wenn er ehrlich war, nicht ganz ohne Hintergedanken. Natürlich wollte er erfahren, was sie wusste, doch in Wahrheit wollte er vor allem ihre Stimme hören. Sie beruhigte ihn und seltsamerweise sehnte er sich gerade nach ihr, er konnte es nicht verhindern.

»Hallo, Mads«, meldete sich Emma nach dem zweiten Klingeln.

»Wo bist du?«, fragte Mads.

»In Sierksdorf. Wir waren im Hansapark. Warum?«

»Meine Schwester hat versucht, dich zu erreichen.«

»Ich hatte mein Handy auf lautlos. Ist was passiert?«

»Wir können Oma seit Stunden nicht erreichen. Ihr Handy haben wir auf der Landstraße gefunden.« Mads spürte, dass seine Stimme zu kippen drohte.

»O mein Gott«, rief Emma. »Das tut mir sehr leid.«

»Hast du dich heute mit Jutta getroffen?«, fragte Mads.

»Ja, sie war in der *Seaside Lounge*. Wir haben einen Kaffee zusammen getrunken.«

»Wann war das?«

Emma nannte ihm die Zeit.

»Weißt du, wo sie hinwollte?«

»Ja, zum Vogelpark. Danach wollten Lena und ihr Freund sie besuchen.«

»Hat sie noch etwas anderes erwähnt? Etwas, was merkwürdig war?«

»Nein, sie war gut gelaunt«, erwiderte Emma.

»War sie mit ihrem Fahrrad unterwegs?«

»Das war sie.« Es entstand eine kurze Pause, dann sagte Emma: »Es tut mir so unendlich leid. Soll ich vorbeikommen?«

Mads schluckte, er hatte plötzlich einen Kloß im Hals. Nur zu gern hätte er sie jetzt gesehen, doch das ging nicht.

»Danke für dein Angebot. Wir sind gerade noch mit der Suche beschäftigt, aber falls dir was einfällt, ruf mich bitte sofort an.«

»Mach ich. Ich frage die anderen auch noch mal. Wenn du reden möchtest, ruf mich bitte an, ich bin für dich da. Egal wann du anrufst, mein Handy ist immer an.«

»Danke«, antwortete Mads, mehr brachte er gerade nicht über die Lippen. Er beendete das Gespräch und nahm sich einen kurzen Augenblick allein. Emmas Stimme zu hören, hatte für einen Moment geholfen, die Dämonen aus seinen Gedanken zu verbannen.

»Nicht schwach werden. Lena braucht einen starken Bruder an ihrer Seite«, sagte er zu sich, richtete sich auf und betrat das Vorzimmer, wo Petra am Rechner saß.

»Möchtest du noch einen Espresso?«, fragte sie.

»Danke, gerade nicht.«

»Wenn ich irgendwie helfen kann, auch wenn es nur ein Ohr zum Zuhören ist, bin ich für dich da.«

»Ich weiß, das ist sehr lieb.«

»Wir finden Jutta«, bekräftigte Petra.

»Bestimmt«, antwortete Mads und versuchte, ihr ein Lächeln zu schenken, doch es misslang. Als er Gustavs Büro betrat, hörte er Walter fragen: »… die Krankenhäuser in der Region haben auch nichts?«

»Die Krankenhäuser?« Gustav wirkte irritiert.

»Ja, es wäre doch möglich, dass es sich um einen Autounfall handelt und der Fahrer sie ins Krankenhaus gefahren hat.«

Gustavs Augen wurden groß, er fixierte Walter mit seinem Blick und man sah, dass es in ihm arbeitete. Walter wirkte ein wenig, als fürchtete er, etwas Falsches gesagt zu haben, denn er war der einzige Zivilist unter den Polizeibeamten.

Gustavs Blick wanderte zu Mads. »Du hast nicht die Krankenhäuser abtelefoniert?«

»Nein, ich dachte, du kümmerst dich darum«, antwortete Mads und ahnte, was gleich passieren würde. Gustav würde ihm vor versammelter Mannschaft einen Einlauf verpassen. In Wahrheit hatte er keine Sekunde ans Krankenhaus gedacht, weil er sich viel zu sehr auf die Suche nach dem flüchtigen Fahrer und eine mögliche Entführung konzentriert hatte. Dabei hätte doch jeder normale Mensch einen Rettungswagen gerufen.

»Du …«, setzte Gustav an und seine Augen wurden schmal, dann atmete er tief durch. »Du hast recht. Es war meine Aufgabe und mein Fehler, als Leiter dieser Dienststelle hätte ich das delegieren müssen.« Er sah zu Walter. »Sie sehen, auch Chefs sind nur Menschen.« Mit diesen Worten stand Gustav auf und verließ das Büro, sicherlich um Petra zu bitten, alle Krankenhäuser in der Umgebung abzutelefonieren.

Mads setzte sich. Für einen Augenblick herrschte beklemmende Stille im Büro, bis Gustav wieder die Tür öffnete und Platz nahm.

»Petra kümmert sich darum«, sagte er, dann faltete er die Hände auf dem Tisch und sah in die Runde. »Auch wenn die

Familie Johannsen persönlich in diesen Fall verwickelt ist, ist es sehr wichtig, dass wir mit derselben Gründlichkeit arbeiten und ermitteln wie in jedem anderen Fall. Unsere Emotionen führen dazu, dass wir Fehler machen, und ihr wisst, dass ich in meiner Abteilung keine Fehler dulde. Diese Worte gelten genauso für mich. Zugleich besteht die Stärke eines Teams darin, dass die Fehler eines Einzelnen durch die anderen Teammitglieder ausgebügelt werden. Deswegen ist ein guter Zusammenhalt so enorm wichtig für jede Ermittlung, und mein Gefühl sagt mir, dass wir mit den Kölner Kollegen und Walter ein sehr gut funktionierendes Team haben. Ich kann von Ihnen nicht erwarten, dass Sie über diesen Tag hinaus Ihren kostbaren und wohlverdienten Urlaub und die Erholung für die Suche nach meiner Mutter opfern. Sollten Sie uns allerdings weiterhin unterstützen wollen, sind Sie alle drei uns mehr als willkommen. Leider werden Sie wissen, dass diese Vereinbarung unter uns bleiben muss. Zwei Kollegen aus Köln kann ich der Chefetage in Lübeck noch irgendwie klarmachen, aber wie ich Walter bei denen durchboxen soll …«

»Das müssen Sie nicht. Walter gehört zu uns. Niemand außer uns braucht zu wissen, dass wir Ihnen bei den Ermittlungen helfen. Ich kann jetzt nur für mich sprechen, aber ich werde so lange helfen, bis wir Jutta finden«, erklärte Brandt.

»Ich auch«, sprang Aydin ihm bei.

»Ohne mich kriegen die beiden Jungs eh nichts gebacken«, stimmte Walter mit seiner tiefen Stimme zu. »Und wenn wir Jutta wohlauf finden, schmeiße ich den Grill an und wir feiern ihre Rückkehr mit der leckersten Currywurst Kölns.«

»Ich habe schon davon gehört«, sagte Gustav und zum ersten Mal lächelte er. Anschließend warf er Albert einen kurzen Blick zu, und als dieser nickte, war Mads sicher, dass sie auch die Zusage des Bürgermeisters hatten, dass alles, was heute in diesem Büro geschah, unter ihnen bleiben würde.

Das Tischtelefon klingelte. Mads sah an der Nummer, dass

es Tim war. Er nahm das Gespräch an, sodass wieder alle mithören und -sprechen konnten.

»Hast du was?«, fragte Mads.

»Ja, einiges.«

»Schieß los.«

»Ich habe euch eine E-Mail mit der Auswertung des Handys geschickt. Laut den mir vorliegenden Daten war sie zuerst an der Promenade in Niendorf, hat dort knapp dreißig Minuten in der *Seaside Lounge* verweilt und ist dann mit dem Fahrrad zum Vogelpark gefahren.«

»Dass sie mit dem Fahrrad unterwegs war, steht außer Frage?«, wollte Albert wissen.

»Ja, wegen der digitalen Zeitstempel, die das GPS speichert. Sie sprechen für eine gemächliche Geschwindigkeit mit dem Fahrrad.«

»Emma hat das bestätigt, ich hatte eben ein Gespräch mit ihr. Oma war bei ihnen und ist dann mit dem Fahrrad weiter zum Vogelpark gefahren. Was hast du noch herausgefunden?«, meldete sich Mads Wort.

»Sie muss sich noch kurz in der Nähe aufgehalten haben, dann ist sie weitergefahren.«

»Welche Strecke?«

»Sie ist zurück auf die Landstraße. Die Stelle, an der ihr das Handy gefunden habt, ist der letzte Standort, den ich identifizieren konnte.«

»Sie wird ein Stück über die Landstraße gefahren sein, um von da die Strandstraße zu erreichen«, überlegte Gustav laut. »Hast du noch etwas für uns?«

»Nein, auf dem Handy waren keine weiteren Hinweise. Ich habe auch den Fotospeicher geprüft, wäre ja möglich, dass die Automatik den Fotomechanismus aktiviert hat, als ihr das Handy heruntergefallen ist, aber da war nichts gespeichert.«

Es klopfte an der Tür und Petra trat ein.

»Was gibt es?«, fragte Gustav etwas ungehalten.

»Heute wurde eine ältere Frau von einer Privatperson in die Notaufnahme der Schön Klinik Neustadt eingeliefert. Sie hat keine Personalien angegeben.«

Gustav sog hörbar die Luft ein. »Ich fahre sofort hin. Mads, übernimm du das Meeting. Albert, du kommst mit.«

8

»Ich fahre«, bestimmte Albert, als er und Gustav den Dienstwagen erreichten. Gustav nickte nur und stieg auf der Beifahrerseite ein.

»Das wäre was, wenn Walters Vorschlag uns zu Jutta führt«, sagte Albert.

Während sein Freund den Motor startete, versuchte Gustav, klar zu denken und nicht zu sehr darauf zu setzen, dass es tatsächlich seine Mutter war, die in der Schön Klinik lag.

»Wir werden sehen. So oder so lässt es uns nicht gut dastehen, dass weder Mads noch ich daran gedacht haben, die Krankenhäuser anzurufen.«

»Mach dir keinen Druck. Es ist mehr als verständlich, dass ihr in diesem Moment nicht an alles gedacht habt. Und mal ganz ehrlich: Der Vorschlag kam nicht von den Kölner Kollegen, sondern von diesem zwielichtigen Walter.«

»Zwielichtig?«

»Na ja, wie jemand, mit dem man ein Glas Wein trinken würde, sieht der nicht gerade aus. Ich steige da eh nicht ganz durch, was zwei angesehene Polizisten mit so jemandem zu tun haben. Ob er ihr Informant ist?«

»Nach Mads' Worten sind die drei beste Freunde.«

»Mutig, mutig. Ich würde so jemandem nicht trauen.«

»Du vertraust doch niemandem, nicht einmal mir.«

»Das stimmt nicht. Findest du diesen Walter etwa vertrauenswürdig?«

»Ohne ihn wären wir jetzt nicht auf dem Weg zu unserem ersten Hinweis, und was ihn als Person betrifft: Mir ist nur aufgefallen, dass er sich sofort an der Suche beteiligt und auch sonst nie den Eindruck erweckt hat, als würde seine Hilfe nicht von Herzen kommen. Mads vertraut ihm und ich werde sicherlich nicht den Fehler begehen und Walter misstrauen, bloß weil er vom Äußeren her nicht in dein oberflächliches Weltbild passt.«

»Das habe ich gar nicht so gemeint. Ich habe lediglich gesagt, dass ich ihn seltsam finde«, lenkte Albert ein.

»Behalte diese Meinung bitte für dich. Die drei sind meine Gäste, und ich erwarte von dir, dass du Walter gegenüber ebenso aufgeschlossen bist wie den beiden anderen. Kriegen wir das hin? Und auch, dass wir uns mal nicht streiten?«

»Kriegen wir hin«, antwortete Albert und sah auf die Straße. Gustav sah ihm an, dass er nicht weniger unter Strom stand als er. Schließlich war Jutta wie eine Ersatzmutter für ihn gewesen, als er nach dem plötzlichen Tod seines Vaters und der Krebserkrankung seiner Mutter, die einen Krankenhausaufenthalt nötig gemacht hatte, bei den Johannsens gewohnt hatte.

Tausende Gedanken schwirrten Gustav durch den Kopf. Warum hatte derjenige, der seine Mutter ins Krankenhaus gefahren hatte, nicht den Rettungswagen gerufen? Das wäre weitaus einfacher gewesen.

Vielleicht ist er ein Arzt, der wusste, dass sie wegen der Schwere ihrer Verletzung nicht auf den Rettungswagen warten konnte.

»Aber warum ruft er dann nicht die Polizei?«, presste er heraus.

»Wen meinst du?«, fragte Albert.

»Den Flüchtigen. Warum ruft er nicht die Polizei, nachdem er meine Mutter in der Notaufnahme abgeliefert hat?«

»Die Antwort darauf werden wir gleich erfahren«, antwortete Albert.

»Hoffentlich.«

»Wir finden Jutta. Alle Kollegen der Region werden sich an der Suche beteiligen. Wo immer sich dieser Feigling versteckt, wir werden ihn aufspüren.«

»Und wenn nicht?«

»Verschwende keine Sekunde an so einen schrecklichen Gedanken.«

Das wollte Gustav gerne tun, aber es war verdammt schwer. Als Polizist musste er immer mit dem Schlimmsten rechnen, das brachte sein Job mit sich. Er wusste nicht, ob er diesen Verlust verkraften könnte.

Fokussiere dich!, ermahnte er sich.

Auch wenn es arrogant sein mochte, er war überzeugt davon, dass es jetzt mehr denn je auf ihn ankam und darauf, dass er diese Ermittlungen mit kühlem Kopf leitete. Mads war zu emotional, aber Brandt schien ein Auge auf ihn zu haben. Wie es Lena ging, konnte er nicht einschätzen, sie wirkte deutlich gefasster als ihr Bruder.

Albert erreichte das Krankenhaus und parkte den Wagen. Beide stiegen aus und eilten zum Empfang der Schön Klinik.

»Moin. Mein Name ist Gustav Johannsen, ich bin der Leiter der Ostseekriminalpolizei.«

»Moin. Wie kann ich Ihnen helfen?«

»Heute wurde eine ältere Frau, deren Identität nicht bekannt ist, in der Notaufnahme eingeliefert.«

»Davon weiß ich nichts.« Die Frau am Empfang hatte die Ruhe weg, was man von Gustav nicht gerade sagen konnte.

»Das sollte doch im System hinterlegt sein«, beharrte er ungeduldig.

»Möglich, aber ich darf Ihnen darüber keine Auskunft geben.«

»Sie machen wohl Witze, ich bin Polizist!«

»Haben Sie Ihren Dienstausweis dabei?«

Gustav zückte seinen Dienstausweis. Aus dem Augenwinkel sah er, dass Albert einen Schritt zurück gemacht hatte. Er telefonierte.

Die Frau prüfte Gustavs Ausweis, dann nahm sie den Hörer und wählte eine Nummer. Während sie sprach, war es Gustav, als würde die Zeit stillstehen. Das Gespräch schien ewig zu dauern.

»Sie können da drüben im Wartebereich Platz nehmen, es kommt gleich jemand zu Ihnen«, sagte die Frau ebenso gleichgültig wie zuvor und gab Gustav seinen Ausweis zurück.

»Wir haben keine Zeit, zu warten«, entgegnete Gustav. »Sagen Sie mir bitte, auf welcher Station die Frau liegt, wir finden uns auch so zurecht.«

»Sie können nicht einfach so auf die Intensivstation. Gedulden Sie sich bitte fünf Minuten.«

Gustavs Magen zog sich zusammen, als er das Wort Intensivstation hörte. Wenn seine Mutter dort lag, war sie sicher schwer verletzt. Schwebte sie in Lebensgefahr?

»Wo liegt die Frau?«, wurde er nun ruppig.

»Moin, Albert«, hörte er da eine Stimme. Ein Arzt war zu Albert getreten.

»Schön, dass du so spontan Zeit gefunden hast«, erwiderte Albert und gab ihm die Hand.

»Nicht der Rede wert. Folgt mir bitte«, sagte der Arzt und jetzt verstand Gustav. Albert hatte eben mit diesem Bekannten telefoniert.

Die Empfangsdame schaute ihnen verärgert nach. Gustav hörte sie noch sagen: »Wieso muss ich mich an jede Vorschrift halten, wenn die Herren Professoren doch machen, was sie wollen. Und ich habe immer nur Stress deswegen.«

Sie stiegen in den Fahrstuhl und der Arzt drückte auf den Knopf zur Intensivstation.

»Was weißt du über die Frau?«, fragte Albert.

»Nicht viel. Ihre Identität ist unbekannt. Alter Ende siebzig.«

»Und ihr Zustand?«, erkundigte sich Gustav bang.

»Sehr kritisch. Diese Nacht wird zeigen, ob sie über den Berg kommt.«

Gustav griff nach dem kleinen Geländer im Fahrstuhlinneren, ihm wurde plötzlich schwindelig. Hoffentlich bemerkten Albert und der Arzt das nicht.

»Wer hat sie gebracht?«, fragte Albert weiter.

»Das weiß ich nicht. Wird aber sicherlich irgendwo dokumentiert sein.«

Sie stiegen aus dem Fahrstuhl und folgten dem Arzt bis zu einer Zimmertür.

»Maximal eine Minute, alles andere kann ich in ihrem Zustand nicht vertreten.«

»Danke, das reicht«, sagte Albert.

»Ich muss weiter. Ich hoffe, wir sehen uns mal auf ein Glas Wein.«

»Machen wir. Ich melde mich.«

Der Arzt verabschiedete sich.

»Ich geh alleine rein«, sagte Albert.

»Nein, wenn das meine Mutter ist, muss ich sie sehen«, entgegnete Gustav. Er hatte plötzlich wieder weiche Knie und ihm war, als müsste er jeden Moment erbrechen. So schlecht hatte er sich schon sehr lange nicht mehr gefühlt. Das letzte Mal, als sein jüngerer Bruder bei einem Einsatz ums Leben gekommen war.

Gustav betrat das Patientenzimmer.

9

»Das war's von mir. Ich habe aber immer noch ein paar andere Programme über das Handy laufen. Falls ich etwas Neues entdecke, informiere ich euch«, sagte Tim.

»Danke, mach das. Ich bin nonstop erreichbar«, antwortete Mads und beendete das Gespräch.

»Wir sollten die Anwohner befragen und die Mitarbeiter im Vogelpark. Vielleicht hat irgendjemand etwas gesehen«, schlug Brandt vor. Leider hatten sie bisher nicht einen neuen Anhaltspunkt oder einen wertvollen Hinweis erhalten. Es blieb nur zu hoffen, dass die Unbekannte in der Schön Klinik tatsächlich Jutta war, doch darauf warten konnten sie nicht.

»Der Vogelpark ist bereits geschlossen«, bemerkte Lena. »Da fahre ich gleich morgen früh hin.«

»Ich begleite dich«, sagte Mads. »Trotzdem frage ich mich, wie jemand aus dem Vogelpark gesehen haben soll, was sich auf der Landstraße ereignet hat?«

»Deine Argumentation leuchtet ein, da wir bisher von einem zufälligen Autounfall mit Fahrerflucht und/oder Entführung ausgehen. Wir müssen allerdings berücksichtigen, dass wir es hier auch mit etwas ganz anderem zu tun haben könnten«, erklärte Brandt.

»Was meinst du?«, fragte Lena.

»Ich kann dir nicht sagen, was es genau sein könnte, aber wir wissen doch alle aus unserer Tätigkeit, was für kranke Gestalten durch die Welt laufen«, blieb Brandt mehrdeutig. Er wollte nicht laut aussprechen, dass auch ein Sexualdelikt vorliegen könnte. Lena und Mads sollten sich nicht noch größere Sorgen machen als ohnehin.

»Du hast recht. Wir müssen jede Option, so klein und unwahrscheinlich sie ist, in Betracht ziehen«, stimmte Mads zu.

In diesem Moment vibrierte Aydins Handy. »Ich muss da leider kurz ran«, sagte er.

»Logisch.« Mads nickte.

Aydin verließ den Besprechungsraum und gab sich beinahe mit Petra die Klinke in die Hand.

»Ihr habt doch sicherlich Hunger. Soll ich euch was zu essen bestellen?«, fragte Gustavs Sekretärin.

»Das wäre sehr lieb. Habt ihr einen speziellen Wunsch? Sonst wäre ich für Pizza«, schlug Mads vor.

»Pizza hört sich gut an«, stimmte Brandt zu.

»Besondere Vorlieben?«

»Nein, bestellen Sie bitte einfach, was die Kollegen sonst auch so essen«, sagte Brandt.

»Gut.«

Petra verließ das Büro.

»Vielleicht hat sich das alles ja schnell erledigt, wenn die Frau im Krankenhaus Oma ist«, sagte Lena in die einsetzende Stille hinein.

»Gustav müsste gleich dort sein. Es ist eine Frage von Minuten, bis wir Gewissheit haben«, bestätigte Mads.

Das Telefon auf Gustavs Schreibtisch klingelte. Mads nahm das Gespräch über das Telefon auf dem Konferenztisch an.

»Moin. Mads hier«, meldete er sich. Die anderen konnten mithören.

»Moin, Mads. Ist Gustav da?« Es war einer der Kollegen, die am Unfallort die Umgebung durchkämmt hatten.

»Nein, der ist auf dem Weg ins Krankenhaus. Habt ihr die Suche abgeschlossen?«

»Genau, deswegen rufe ich an. Ich würde die Kollegen jetzt nach Hause schicken.«

»Habt ihr was gefunden?«

»Leider nichts, was euch bei der Suche nach der Vermissten nützlich sein könnte.«

»Richte der gesamten Suchmannschaft ein großes Dankeschön von uns aus und sag ihnen, dass sie alle nach Hause gehen können. Alles Weitere wird Gustav mit euch besprechen.«

»Mach ich.«

Mads beendete das Gespräch. »Eine weitere Chance, die keinen Erfolg gebracht hat«, stellte er enttäuscht fest.

»Ermittlungsarbeit ist mühselig, das muss ich dir sicher nicht erklären. Wir stehen doch noch ganz am Anfang, aber die Hinweise werden uns bald zu dem Täter führen, daran dürfen wir niemals zweifeln«, versuchte Brandt ihn zu motivieren. Bis eben hatte er das Gefühl gehabt, dass Mads sich wieder gefangen hatte und die Ermittlungen mit der nötigen Professionalität anging, doch jetzt schien er in das Loch zurückgefallen zu sein.

»Ich weiß, es ist nur verdammt schwer, sich daran zu erinnern.«

»Wir schaffen das«, bekräftigte Lena.

Wieder klingelte das Telefon auf Gustavs Schreibtisch, diesmal war es Ole.

»Wenn du ans Telefon gehst, ist der alte Herr nicht da, richtig?«, fragte der Leiter der KTU aus Lübeck.

»Er ist auf dem Weg ins Krankenhaus. Eine ältere Dame wurde dort eingeliefert.«

»Aber ihr wisst noch nicht, wer sie ist?«

»Nein, wir dürften gleich Gewissheit haben. Hat die Spurensicherung ihre Arbeit beendet?«

»Eben gerade, genauso wie die Kollegen, die die Gegend durchkämmt haben, wie ich gehört habe.«

»Das hast du richtig vernommen. Habt ihr etwas Verwertbares?«

»Nicht wirklich. Die wenigen Spuren werden wir erst auswerten müssen. Ihr kennt sicherlich die Blutgruppe eurer Oma, oder?«

»Ja, ich sorge dafür, dass du alle Informationen bekommst. Das Labor kann das Blut auf dem Straßenbelag mit der Blutgruppe unserer Oma abgleichen. Gleich morgen früh werde ich ihren Hausarzt bitten, dass er alle Daten an das Labor schickt.«

»Du weißt, dass die Labore Ostermontag geschlossen sind? Ich kann die Werte beim Hausarzt abholen, wenn er erreichbar sein sollte.«

»Das ist er. Hier ticken die Uhren anders als in Lübeck. Wäre toll, wenn du das einrichten kannst, danke dir.«

»Gut. Ich hole die Unterlagen morgen früh gegen 10 Uhr ab. Und jetzt sage ich mal gute Nacht in die Runde.«

Man verabschiedete sich voneinander und Mads legte auf.

»Das Labor wird bestätigen, dass das Blut, das wir gefunden haben, von meiner Oma stammt«, bemerkte Mads und presste die Lippen zusammen.

Brandt zweifelte auch keine Sekunde daran. Erneut trat Stille ein.

Wenig später wurde die Tür geöffnet und Aydin und Petra kamen mit vier Pizzakartons in der Hand herein.

»Ich bringe noch Teller und Getränke«, sagte Petra.

»Wir brauchen keine Teller«, entgegnete Brandt. »Wir können aus dem Karton essen.«

»Gut.«

»Petra, setz dich doch zu uns. Du hast bestimmt auch Hunger«, bat Mads.

»Ich habe schon gegessen, bevor ich hergekommen bin«, antwortete Petra. »Aber ein Stück werde ich trotzdem stibitzen.« Sie zog sich ein Stück Salamipizza aus dem Karton und verließ das Büro. Die anderen langten ebenfalls zu.

»Nicht schlecht, aber kein Vergleich zu einer leckeren Currywurst«, stellte Walter fest.

Petra kam mit den Getränken und ein paar Gläsern zurück, stellte alles auf dem Tisch ab und verschwand wieder.

»Ich würde vorschlagen, wir teilen uns gleich auf. Walter und ich befragen die Anwohner vom Vogelpark bis zur Unfallstelle. Du und deine Schwester auf der entgegengesetzten Seite an der Straße bis zur Unfallstelle«, sagte Brandt.

»Und ich?«, fragte Aydin.

»Du fährst nach der Pizza zu Frau und Kind.«

»Auf keinen Fall, ich helfe euch!«

»Meine Schwester und ich wissen deinen Einsatz sehr zu schätzen, aber Lasse hat recht. Deine Familie sollte auch noch etwas von dir haben«, sprang Mads ihm bei.

»Ich hatte eben ein langes Telefonat mit ihnen, sie wissen Bescheid«, beharrte Aydin.

»Emre, tu mir bitte den Gefallen und verbringe den Abend heute mit deinen Liebsten. Leah Selma hat sich so auf den gemeinsamen Urlaub mit Papa, Mama und Tolga gefreut. Morgen bist du wieder mit im Boot«, schlug Walter vor.

»Deine Freunde und Mads haben recht. Du hilfst niemandem, wenn du den Abend mit uns verbringst«, bekräftigte Lena.

»Auch wenn es mir schwerfällt, ihr habt vermutlich recht«, gab sich Aydin geschlagen und Brandt atmete innerlich auf.

»Geht mein Vorschlag für euch in Ordnung?«, fragte er.

»Finde ich gut«, antwortete Lena.

Die Gruppe konzentrierte sich nun ganz aufs Essen, wobei alle verstohlen zum Telefon starrten, denn Gustav hatte sich noch immer nicht gemeldet. War das ein gutes Zeichen? Brandt konnte es nicht einschätzen.

Nachdem alle aufgegessen hatten, klappte Brandt seinen Pizzakarton zu und rückte den Stuhl nach hinten. »Wir sollten los.«

Die anderen stimmten zu und die Runde erhob sich.

»Grüß mir Leah und Tolga ganz lieb und sag Tolga, dass wir das Grillen nachholen, und zwar indem wir den ganzen Tag lang leckere Currywurst grillen«, sagte Walter zu Aydin.

»Lieber nicht, du weißt, er wird keine Ruhe geben, bis du das wirklich machst.« Aydin schmunzelte.

»Das ist auch mein voller Ernst! Wenn wir Jutta gefunden haben, haben wir alle uns diesen Tag absolut verdient.«

»Wie du meinst«, antwortete Aydin und wandte sich an Brandt. »Sehen wir uns morgen zum Frühstück?«

»Klar, ich schreibe dir, wenn wir im Hotel sind. Ylva rufe ich nachher an. Grüß mir die Familie.« Seine Freundin Ylva würde sicherlich Verständnis dafür haben, dass er anstelle von Aydin bei der Suche half.

»Mach ich.«

»Danke, dass du da warst«, sagte Mads. Er und seine Schwester verabschiedeten sich von Aydin und gemeinsam verließen sie das Büro. Auf dem Weg nach draußen unterrichteten sie Petra über ihren Plan und eilten anschließend zum Parkplatz.

»Meldet euch, sobald ihr irgendeinen Hinweis haben solltet«, sagte Mads.

»Ihr auch.«

»Machen wir.«

Walter stieg bei Brandt ins Auto und sie fuhren los.

»Mads wirkt mittlerweile deutlich gefasster«, bemerkte Walter.

»Sieht so aus, der erste Schock scheint verarbeitet, und jetzt ist er wieder ein Kripobeamter, der sich nur auf die Rettung seiner Oma fokussiert.«

»Man merkt, dass er und seine Schwester absolute Familienmenschen sind, die beiden scheinen sich sehr nahe zu stehen.«

»Soweit ich weiß, ist das so. Das haben wir mit den Johannsens gemeinsam: Nichts geht über die Familie und die Freunde, die zur Familie geworden sind.«

»Du sagst es. Wäre doch gelacht, wenn die besten Polizisten Kölns und der coolste, unerschrockenste und härteste Imbissbudenbesitzer, der darüber hinaus immer noch beste Kontakte in die Unterwelt hat, Jutta nicht finden würden.«

»Dass du so hart bist, da habe ich so meine Zweifel. Du hast doch sehr nahe am Wasser gebaut«, konnte sich Brandt einen kleinen Scherz nicht verkneifen.

»Lach du ruhig«, blieb Walter unbeeindruckt. »Wusstest du, dass ich auch hier im Norden den einen oder anderen Kontakt habe? Nur für den Fall, dass Jutta von dunklen Gestalten entführt wurde.«

»Ich komme darauf zurück«, antwortete Brandt und seine Mundwinkel hoben sich. »Mein Bauchgefühl sagt mir, dass wir es mit jemandem zu tun haben, der nicht nur Fahrerflucht begangen, sondern auch das Opfer verschwinden lassen hat.« Dass er noch weitere Möglichkeiten sah, wollte er Walter lieber nicht mitteilen.

»Glaubst du, Jutta ist tot?« Walters Stimme klang erschrocken.

»Ich weiß es nicht. Ihr Zustand wird sicherlich sehr ernst sein. Wenn sie leicht verletzt wäre, hätte er sie nicht mitgenommen.«

»Aber warum hat das niemand gesehen? Die Straße ist doch gut befahren.«

»Eine berechtigte Frage, auf die ich ebenfalls keine Antwort habe.«

Brandt sah nachdenklich auf die Straße, da kam ihm ein Gedanke. »Es sei denn, Jutta wurde beim Aufprall in den Graben geschleudert. Es herrscht da schon reger Verkehr, aber nicht so, dass Auto an Auto klebt. Es gibt auch größere Abstände, jedenfalls war das so, als ich mit Mads dort stand. Zum Teil kam eine Minute lang kein Fahrzeug. Es wäre denkbar, dass er Jutta ungünstig erwischt hat und sie in den Graben gestürzt ist. Da sieht kein Autofahrer sie, erst recht nicht, wenn er sich nur auf die Straße konzentriert. Der Fahrer könnte rechts rangefahren sein, um nach ihr zu schauen. Er sieht, dass sie schwer verletzt ist, kriegt es mit der Panik zu tun, eilt zum Wagen zurück und fährt am Seitenstreifen langsam rückwärts, dann packt er sie und das Fahrrad in den Kofferraum und verschwindet.«

Walter bekam große Augen beim Zuhören. »Du bist echt gut in diesem analytischen Kram. Was mich halt nur wundert, die meisten begehen doch Fahrerflucht und nehmen das Opfer auf keinen Fall mit. Jedenfalls habe ich noch von keinem solchen Fall gelesen.«

»Das stimmt. Es ist nur eine Möglichkeit, weil wir Jutta nicht gefunden haben. Es könnte alles auch ganz anders gewesen sein.«

Walter kratzte sich nachdenklich am Nacken. »Es macht trotzdem Sinn. Die Menschen sind so gleichgültig, und mal ehrlich, wenn ich auf der Landstraße fahre, achte ich selten auf das, was rechts und links ist, erst recht, wenn am Straßenrand ein Graben verläuft.«

»Das ist leider so. Die Menschen sind viel zu sehr mit sich und ihren Problemen beschäftigt, als dass sie sich auf die Umwelt konzentrieren könnten. Oftmals steckt nicht mal Böswilligkeit dahinter«, bestätigte Brandt.

Das Navigationssystem zeigte an, dass er nach rechts abbiegen sollte, und bald sah er auch das Schild, das zum Vogelpark wies. Er parkte in der Nähe und beide stiegen aus.

Da es bereits dunkel war, öffnete Brandt den Kofferraum und holte zwei Taschenlampen heraus, eine davon reichte er Walter.

»Danke.«

»Lass uns mal kurz hier am Vogelpark umschauen«, sagte Brandt.

»Was versprichst du dir davon?«

»Ich möchte Juttas Weg zur Landstraße nachspielen.«

Walter nickte und folgte ihm. Zuerst sahen sie sich am Vogelpark um. Leises Vogelzwitschern war zu hören. Da Brandt in Hamburg aufgewachsen war, war er oft an der Ostsee gewesen, aber nie im Vogelpark. Dabei hatte er nur Gutes darüber gehört. Es sollte auch einige exotische Tiere hier geben.

Nachdem sie alles abgesucht hatten, folgten sie dem Pfad, der zur Straße führte.

»Sie ist links abgebogen«, sprach Brandt, als sie an der Kreuzung standen, und ging anschließend weiter. »Der Graben ist doch recht breit und tief«, bemerkte er mit einem Blick zur Seite.

»Wenn sie hier gelegen hat, übersieht das jeder Autofahrer«, bestätigte Walter.

»Abgesehen vom Unfallverursacher«, ergänzte Brandt. »Lass uns zum ersten Haus gehen, das hier gleich kommt.«

»Ist dir aufgefallen, dass der Verkehr nicht mehr so stark ist?«, fragte Walter.

»Ist mir nicht entgangen, wobei es mittlerweile recht spät ist. Als ich mit Mads hier war, war der Verkehr etwas intensiver. Möglicherweise ist am Mittag noch weniger Verkehr.«

»Genau deswegen kann es nur so gewesen sein, wie du es im Auto beschrieben hast.«

»Möglich. Vielleicht hat ja einer der Anwohner etwas gesehen.«

»Was deiner Theorie allerdings widersprechen würde«, gab Walter zurück.

»Wie meinst du das?«

»Die Unfallstelle ist zu weit von den Häusern entfernt. Wie soll da jemand etwas bemerkt haben? Und wenn doch, müssen sich Jutta und der Täter früher begegnet sein.«

Brandt schwieg einen Moment, bevor er sagte: »Möglich. Trotzdem müssen wir die Anwohner befragen.«

»Weil der Teufel im Detail steckt?«

»So ungefähr. Als Ermittler darfst du nichts ausschließen und musst jeder noch so kleinen Spur Aufmerksamkeit schenken, obwohl du weißt, dass die Zeit gegen dich arbeitet.«

»Ihr Bull… äh … Polizisten seid echt nicht zu beneiden«, stellte Walter fest.

Brandt lachte, weil sein Freund recht hatte.

Sie erreichten das erste Haus und traten vor die Haustür. Die Taschenlampen hatten sie ausgeschaltet.

Brandt betätigte die Klingel und kurz darauf hörte er ein Geräusch. Jemand war im Haus, aus dem Zimmer rechts neben der Tür schien Licht nach draußen. Dann wurde die Tür geöffnet. Ein Mann, der einen Kopf kleiner war als Walter, stand vor ihnen. Er sah Walter wie versteinert an.

»Sag nicht, dass du das bist?«, brachte er endlich hervor.

»Verdammt, der Teufel soll mich holen. Mücke, bist du das?«

10

»Ich muss sagen, deine Kölner Freunde sind schwer in Ordnung. Dass sie uns so selbstlos helfen, ist nicht selbstverständlich«, sagte Lena, als Mads ihren Dienstwagen Richtung Niendorf steuerte.

»Ich weiß, dafür bin ich ihnen auch sehr dankbar. Schade, dass du sie nicht unter anderen Umständen kennengelernt hast. Tolle Typen. Brandt wäre eigentlich was für dich.« Er zwinkerte ihr zu.

Lena lächelte. »Ich habe Christian, und wenn ich richtig zugehört habe, hat Lasse doch diese Ylva.«

»Was nichts heißen muss.«

Der Gedanke, dass Lena und Brandt ein Paar sein könnten, gefiel Mads um ein Vielfaches besser als die Vorstellung, dass sie weiter an diesem Versager Christian hing.

Lena antwortete nicht, sie schaute aus dem Beifahrerfenster und erst als ihr Handy vibrierte, wandte sie den Blick ab und sah aufs Display. Christian hatte ihr eine Nachricht geschrieben. *Als wäre es ein Zeichen,* dachte Mads.

Lena las die Nachricht und beantwortete sie, während Mads sich auf die Straße konzentrierte und sich fragte, warum Gustav immer noch nicht anrief. Inzwischen müsste er doch wissen, ob die Frau im Krankenhaus Jutta war.

Oder sie ist noch im OP, überlegte Mads und widerstand dem Drang, seinen Onkel anzurufen.

Seine Gedanken wanderten zu Karola und ihrem Kind. Seit der Begegnung mit ihnen bei seiner Oma hatte er sie weder gesehen noch etwas von ihr gehört. Trotzdem verging seit diesem Moment kein Tag, an dem er nicht an den Jungen dachte und sich fragte, ob er wirklich sein Sohn war. Mittlerweile hatte er sich sogar mit dem Gedanken angefreundet, dass er Vater sein könnte, weil das Kind ihm so ähnlichsah. Ihm war, als hätte er seine Kindheit vor Augen gehabt.

Was für ein fucking Jahr, dachte er bitter, weil das Glück mal wieder einen großen Bogen um das Haus der Johannsens machte.

Er erreichte die Strandstraße und parkte den Wagen am Straßenrand. Beide stiegen aus. Mads holte den Rollstuhl aus dem Kofferraum, dann folgten sie der schmalen Straße bis zum ersten Haus, weil nur dieses eine Sicht auf die Landstraße bot.

»Beim Seehaus könnten wir auch fragen«, schlug Lena vor. »Möglich, dass Spaziergänger die Landstraße überquert haben.«

»Gute Idee«, pflichtete Mads ihr bei, doch jetzt standen sie erst einmal vor dem Einfamilienhaus und Mads drückte auf die Klingel.

Kurz darauf wurde die Tür geöffnet.

»Moin. Mein Name ist Mads Johannsen und das ist Lena Johannsen. Wir sind von der Ostseekriminalpolizei.«

»Moin. Seid ihr mit Jutta verwandt?«, fragte die ältere Dame, die wohl etwas jünger war als Jutta.

»Das ist unsere Oma«, bestätigte er.

»Habe ich mir fast gedacht. Du hast ihre Gesichtszüge«, erklärte die Frau, die laut Klingelschild Stieß mit Nachnamen hieß. »Kommt doch rein.«

Lena stieg aus ihrem Rollstuhl. Mads wollte ihr helfen, aber sie gab ihm zu verstehen, dass sie es allein schaffen würde.

»Das tut mir leid, die Treppe habe ich nicht bedacht«, sagte Frau Stieß, der das Ganze etwas unangenehm zu sein schien.

»Ist schon gut. Sieht wilder aus, als es ist«, beschwichtigte Lena und überwand die zwei kleinen Treppenstufen, um den Flur zu betreten. Mads folgte ihr.

Sie gingen ins Wohnzimmer.

»Möchtet ihr etwas trinken?«

»Nein, vielen Dank«, antwortete Mads.

»Wie ihr mögt. Was führt euch denn zu mir? Habe ich etwas verbrochen?«, fragte sie beunruhigt.

»Nein, machen Sie sich keine Sorgen. Es geht um unsere Oma.«

»Was ist mit Jutta?«

»Haben Sie meine Oma heute gesehen?«, reagierte Mads mit einer Gegenfrage.

»Das habe ich.«

»Wann?«

»Heute Mittag. Im Vogelpark.«

»Wissen Sie, um wie viel Uhr das war?«

»Nicht genau. Es müsste nach 13 Uhr gewesen sein, wenn ich mich nicht irre.«

»Wie lange waren Sie bei ihr?«, bohrte Mads weiter.

»Wir haben uns nur kurz unterhalten. Ich war bereits auf dem Weg zum Ausgang.«

»Worüber haben Sie gesprochen?«

»Möchtest du mir nicht endlich sagen, was los ist? Du machst mir langsam Angst«, bat die alte Dame.

»Unsere Oma wird seit heute Mittag vermisst«, antwortete Lena. Sie hatte sich an der Wand abgestützt.

Sofort schlug sich Stieß die Hand vor den Mund. »Das ist ja schrecklich! Wie kann das sein?«

»Das wissen wir nicht. Wir wissen nur, dass sie im Vogelpark war, danach wollte sie nach Hause. Auf der Landstraße muss sie ein Wagen auf ihrem Fahrrad erwischt haben, der Unfallverursacher hat offensichtlich Fahrerflucht begangen. Wir gehen davon aus, dass er Jutta mitgenommen hat, um seine Tat zu vertuschen«, erklärte Lena.

»Unvorstellbar. Jutta?« Stieß schüttelte fassungslos den Kopf. »Sie fuhr doch so gerne mit dem Fahrrad und ich habe sie immer wieder ermahnt, den Verkehr nicht zu unterschätzen. Die Autofahrer fahren heutzutage alle wie die gesengten Säue.«

»Deswegen ist es umso wichtiger, dass Sie uns alles erzählen, was mit Jutta zu tun hat. Ist Ihnen irgendetwas merkwürdig vorgekommen?«, fragte Mads.

»Ehrlich gesagt nicht. Sie war gut gelaunt. Wie schon gesagt, wir hatten nur einen kurzen Schnack.«

»Ihr Haus liegt sehr nahe an der Landstraße. Haben Sie da vielleicht etwas bemerkt, etwas Ungewöhnliches? Ein Geräusch oder etwas in der Art?«, erkundigte sich Lena.

»Nein, ich muss aber auch gestehen, dass ich nicht aus dem Fenster geschaut habe. Man sieht höchstens aus dem Obergeschoss etwas von der Straße. Hier stehen die Hecken im Weg, die den Lärm zurückhalten sollen.«

Mads trat an das große Fenster. Stieß hatte recht. Die lange hohe Hecke behinderte die Sicht, dennoch konnte man Geräusche hören, die von der Straße kamen.

»Vielleicht haben Sie etwas gehört, was ungewöhnlich klang«, versuchte es Mads noch einmal.

»Du meinst einen Aufprall?«

»Genau. Diese monotonen Geräusche von der Straße nimmt man sicherlich irgendwann gar nicht mehr wahr, einen plötzlichen Aufprall vielleicht schon eher.«

Stieß schien zu überlegen. Sie hielt sich die Hand vors Kinn, dann schüttelte sie den Kopf. »Ich wünschte, es wäre so. Leider habe ich nicht mehr das beste Gehör. Es tut mir so leid, dass ich euch nicht helfen kann. Jutta ist so ein liebenswürdiger Mensch.«

Mads sah ihr an, dass sie wirklich ein schlechtes Gewissen hatte.

»Machen Sie sich keine Vorwürfe«, tröstete er daher. »Sollten Sie sich doch an etwas erinnern, rufen Sie mich bitte an. Egal zu welcher Uhrzeit.« Er reichte ihr seine Visitenkarte.

»Das mache ich ganz bestimmt und ich drücke fest die Daumen, dass ihr Jutta unbeschadet findet.«

»Danke«, antwortete Lena, Mads schwieg.

»Ihr solltet auch die Nachbarn fragen. Ihre Kinder wohnen im Obergeschoss und es sind doch Ferien. Die waren sicher auf ihrem Zimmer. Ihre Mutter schimpft immer, dass die Lütten nur noch zocken.«

»Danke, das werden wir machen.«

Mads und Lena verabschiedeten sich und verließen das Haus.

Lena stieg in ihren Rollstuhl und beide begaben sich zum Nachbarhaus.

Mads betätigte die Klingel. Diesmal wurde die Tür von einem Mann geöffnet, den Mads auf Anfang vierzig schätzte.

»Moin, Herr Thode«, grüßte Mads. Der Name stand auf dem Klingelschild.

»Moin. Wie kann ich helfen?« Thodes Blick wanderte zu Lena.

»Wir sind von der Ostseekriminalpolizei. Das ist meine Kollegin Lena Johannsen und ich heiße Mads, ebenfalls Johannsen.«

»Ist Gustav Johannsen Ihr Vater?«, fragte Thode sogleich.

»Nein, unser Onkel«, antwortete Mads. »Kennen Sie ihn?«

»Nicht direkt. Ich hatte einmal mit ihm zu tun, ist schon ein paar Jahre her. Wie kann ich Ihnen helfen?«

Thodes Blick wirkte prüfend, er schien angespannt. Warum, konnte Mads nicht einschätzen. Möglicherweise war es der normalen Reaktion geschuldet, wenn abends die Kripo vor der Haustür stand.

»Es geht um Jutta Johannsen, unsere Oma. Sie wird seit heute Nachmittag vermisst«, erklärte Mads.

»Und wie kann ich Ihnen in dieser Angelegenheit helfen?« Thode wirke überrascht, kein Wort der Anteilnahme wie bei Stieß.

»Wir gehen davon aus, dass unsere Oma Opfer eines Autounfalles mit Fahrerflucht geworden ist. Sie wurde vermutlich auf der Landstraße, die hinter Ihrem Grundstück verläuft, überfahren«, antwortete Lena.

»Ich verstehe immer noch nicht, was das mit mir zu tun haben sollte. Ich bin heute nicht Auto gefahren, falls Sie glauben …«

»Wir glauben gar nichts. Wir ermitteln nur und verdächtigen Sie keinesfalls«, stellte Mads klar. Er wurde das Gefühl nicht los, dass mit Thode etwas nicht stimmte. Sicherlich hatte es mit seinem Onkel zu tun.

»Warum kommen Sie dann zu so später Stunde zu mir und stören meine Nachtruhe?«

Dieser Spruch ärgerte Mads. Von Nacht konnte gar keine Rede sein.

»Es tut uns sehr leid, dass wir Sie um diese Zeit stören müssen, aber wir befragen die gesamte Nachbarschaft in der Hoffnung, dass jemand etwas gesehen haben könnte«, schaltete sich Lena vermittelnd ein und verhinderte damit, dass Mads ein dummer Spruch herausrutschte.

»Ich habe nichts gesehen. Sind wir fertig?«, erwiderte Thode knapp.

»Nein sind wir nicht«, entgegnete Mads. »Eine alte Frau wird vermisst, vermutlich ist sie schwer verletzt und wurde entführt, da dürfen wir wohl erwarten, dass Sie sich etwas Zeit nehmen, statt den Ignoranten zu geben.«

»Würden Sie das auch tun, wenn es nicht Ihre Oma wäre?«, giftete Thode. »Wenn es wer anders wäre, hätten Sie sich doch längst in den Feierabend verabschiedet.«

»Es ist unerheblich, dass das Opfer unsere Großmutter ist. Wir möchten jetzt gerne mit den anderen Personen im Haushalt sprechen.«

»Die haben auch nichts gesehen.«

»Das möchten wir von Ihrer Frau und Ihren Kindern selbst

hören. Anderenfalls führen wir das Gespräch auf der Dienststelle weiter.«

Thode machte eine abwertende Geste. »Wie der Onkel, so die Sippe.«

Mads spürte, wie Lena seinen Oberschenkel berührte, damit er sich beherrschte.

»Ich weiß nicht, was zwischen Ihnen und meinem Onkel vorgefallen ist, aber wir haben sicherlich nichts damit zu tun. Bitte behindern Sie nicht die Ermittlungen. Wir möchten nur unsere Fragen stellen, dann sind wir weg«, sagte Lena.

»Schatz, mit wem sprichst du?«, hörte Mads eine Frauenstimme aus dem Hintergrund. Thodes Frau trat an die Tür.

»Mit den Bullen, die einen sogar am Sonntag nerven«, gab er gepresst zurück.

»Frau Thode, es tut uns leid, dass wir Ihre Sonntagsruhe stören, aber wir benötigen dringend Ihre und die Aussage Ihrer Kinder, da sich auf der Landstraße ein Unfall ereignet hat. Möglicherweise haben Sie oder Ihre Kinder etwas gesehen«, erklärte Lena.

»Schatz, geh doch wieder ins Haus. Ich kläre das«, sagte die Frau.

Thode brabbelte etwas vor sich hin und entfernte sich.

»Wie genau kann ich Ihnen denn helfen?«, fragte die Frau.

Lena klärte sie kurz auf und erkundigte sich dann, ob sie etwas gesehen habe.

»Leider nicht. Ich bin erst vor einer Stunde nach Hause gekommen, aber lassen Sie uns doch meine zwei Kinder fragen. Die haben den ganzen Tag nur irgendwelche Computerspiele gezockt, statt das schöne Wetter draußen zu genießen. Die Jugend von heute.« Die Mutter hob ratlos die Schultern. »Wenn Sie kurz warten mögen, hole ich die beiden her.«

»Vielen lieben Dank«, erwiderte Lena.

Die Mutter entfernte sich.

»Was ist denn mit dem Typen schiefgelaufen?«, konnte sich Mads einen Kommentar nicht verkneifen.

»Das sollten wir Gustav fragen. Jedenfalls scheint er ein großes Problem mit ihm zu haben.«

Nach einer Weile kam die Mutter mit ihren beiden Söhnen zurück.

»Ich habe sie gebrieft«, sagte sie.

Mads nickte und wandte sich an die Jungs. »Und, habt ihr etwas gesehen?«

»Nichts gesehen, aber gehört«, antwortete der Ältere. »Als ich aufs Klo musste.«

Mads wurde hellhörig, hatten sie endlich ihre erste Spur?

11

»Unglaublich. Ich dachte, du wärst irgendwo im Kölner Raum hängen geblieben. Das jedenfalls erzählt man sich«, sagte Mücke. Walter, Brandt und er standen inzwischen in dessen Wohnzimmer. Mücke öffnete eine Schublade und holte eine Schnapsflasche heraus.

»Das stimmt. Ich lebe seit einigen Jahren in Köln«, erwiderte Walter.

»Sag nicht, dass dann auch die Geschichte mit dem Currywurstimbiss stimmt?«

»Doch, das ist richtig.«

»Unglaublich, ich kann mir gar nicht vorstellen, dass du Currywürste grillst. Sag jetzt aber nicht, dass du mit dem hier verwandt bist?«

»Nein, wir sind sehr gute Freunde.«

»Alles andere hätte mich bei deiner hässlichen Visage auch gewundert«, lachte Mücke, dem zwei Zähne fehlten. Er füllte drei Schnapsgläser und reichte den beiden je eines. »Auf den Schock müssen wir anstoßen.«

»Schock? Na, frag mich mal«, sagte Walter und die drei stießen an, um sogleich das Gläschen mit einem Schluck zu leeren. Der Schnaps brannte in der Kehle. Er war nicht nur sehr stark, sondern auch lecker.

»Brennst du den noch immer selbst?«, wollte Walter wissen.

»Logisch. Den Fusel aus dem Supermarkt kann man doch nicht trinken.« Bevor Brandt etwas erwidern konnte, füllte Mücke ihre Schnapsgläser auf und sie tranken sie auf ex.

»Das hast du nicht verlernt«, lobte Walter schmunzelnd.

»Mir fällt es noch immer schwer, mir vorzustellen, wie du hinterm Grill stehst.«

»Walter macht das sehr gut. Die leckersten Currywürste Kölns gibt es in seinem Imbiss«, sagte Brandt.

Mücke lachte. »Wenn ich mal nach Köln komme, muss ich mich selbst davon überzeugen.«

»Jederzeit«, gab Walter zurück.

»Was führt euch eigentlich an die Ostsee? Und vor allem: Was hast du mit diesem Schönling zu tun?«

»An sich sind wir im Urlaub hier. Aber …«

»So eine Scheiße«, unterbrach Mücke ihn. »Bist du jetzt auch noch ein Homo?«

»Nein, bin ich nicht«, entgegnete Walter noch immer mit freundlicher Stimme. »Du könntest mich ruhig mal ausreden lassen.«

»Ist gut. Schieß los«, forderte Mücke ihn auf, doch er machte nicht den Eindruck, dass er wirklich zuhörte. Er war sehr hibbelig.

»Freunde und ich machen Urlaub in Timmendorfer Strand. Leider gab es heute einen Autounfall, an dem eine Radfahrerin beteiligt war. Wir suchen jetzt den Flüchtigen, der den Unfall verursacht hat.«

»Wieso sucht ihr den? Das sollte doch die Aufgabe der Bullen sein.«

»Ich bin Polizist, allerdings bei der Kölner Kripo«, antwortete Brandt, den die überdrehte Art von Mücke etwas nervte.

»Ich verstehe nur noch Bahnhof. Trotzdem ist das doch dann die Aufgabe von den Bullen in Timmendorfer Strand, oder nicht? Dieser Gustav Johannsen müsste zuständig sein.«

»Ist er auch. Seine Mutter ist das Unfallopfer und wir versuchen, ihm zu helfen.«

»Geschieht dem nur recht.«

»Wie bitte?« Zum ersten Mal gewann Walters Stimme an Schärfe.

»Geschieht diesem Tyrannen recht. Ich habe ihm damals gesagt, dass man sich immer zweimal im Leben trifft. Soll ich jetzt etwa Mitleid heucheln?«

»Eine ältere Frau wurde überfahren und der Autofahrer hat sich nicht nur vom Tatort verpisst, sondern diese arme Frau vermutlich auch noch im Kofferraum verschleppt. Möglicherweise ist sie schwer verletzt und das geht dir am Arsch vorbei?«, ereiferte sich Walter.

»Entspann dich. Du kennst diesen Johannsen nicht. Der ist ein richtiges Arschloch, wegen dem saß ich drei Jahre im Bau.«

»Nicht wegen ihm hast du eingesessen, sondern wegen dir. Weil du wieder irgendeine Scheiße gebaut hast«, konterte Walter.

Brandt beschloss, noch abzuwarten, bevor er Mücke etwas unsanfter anpacken würde. Erst einmal sollte Walter die Gelegenheit bekommen, Informationen aus ihm herauszuholen, gerade weil Mücke ein Problem mit Polizisten hatte.

»Da irrst du dich«, widersprach Mücke. »Diesmal war ich wirklich unschuldig. Aber der Bürgermeister und Johannsen stecken unter einer Decke. Ich wurde allein aufgrund von Indizien eingelocht. Die beiden denken, die Gemeinde gehört ihnen.« Mücke schnaubte. »Ganz sicher werde ich keinen Finger krumm machen, um diesem arroganten Dänen zu helfen.«

»Jetzt hör mir mal genau zu. Wegen der alten Zeiten werde ich dir keine Tracht Prügel verpassen«, sagte Walter unheilvoll und trat gefährlich nahe an Mücke heran. Der schien von Walters Statur und seinen Worten ehrlich beeindruckt.

»Entspann dich, mir tut das Kinn von deinem letzten rechten Haken noch immer weh. Was hast du nur mit diesem dämlichen Dänen? Weißt du, wie viele Freunde von uns der auf dem Gewissen hat?«

»Wir sind keine Freunde und wir waren nie Freunde. Wir haben nur in denselben falschen Kreisen verkehrt«, stellte Walter klar. »Im Gegensatz zu dir habe ich das wenigstens vor langer Zeit begriffen, während du noch immer ein Gefangener dieser Zeit bist.«

»Du scheinst diesen Ich-bin-jetzt-Imbissbudenbesitzer-Kram ziemlich ernst zu nehmen. Junge, Junge.« Mücke schüttelte den Kopf und lachte verkrampft.

»Kennen Sie die Mutter von Gustav Johannsen?«, schaltete sich Brandt nun ein, da er fand, dass die Diskussion nicht mehr zielführend war.

»Ich sehe sie ab und zu. Aber von Kennen kann keine Rede sein.«

»Haben Sie sie heute gesehen?«

Mücke antwortete nicht sofort. Schließlich sagte er: »Nein.«

»Du lügst doch«, wurde Walter laut.

»So ein Quatsch. Ich habe sie nicht gesehen.«

»Erzähl mir keine Märchen. Du zuckst noch immer mit dem rechten Mundwinkel, wenn du lügst. Manche Dinge ändern sich nicht.«

»Ich habe sie nicht gesehen.«

Walter packte Mücke und zog ihn am Hemdkragen ein Stückchen hoch. »Warum lügst du mich an?«

Er war einen Kopf größer als Mücke und deutlich beleibter. Mückes Füße schwebten in der Luft und Brandt sah ihm an, dass er ganz schön ins Schwitzen kam.

»Lass mich los.«

»Erst wenn du mir die Wahrheit erzählst, sonst ist das hier das Geringste, was ich dir antun werde.«

»Sie sind doch Bulle, wollen Sie zulassen, dass dieser fette Glatzkopf mich zusammenschlägt?«, jammerte Mücke.

»Welcher Glatzkopf?«, fragte Brandt. Er dachte gar nicht daran, Walter zu stoppen. Aydin hätte das vermutlich getan, weil er von solchen Aktionen wenig hielt. Brandt war da deutlich pragmatischer veranlagt.

»Warum lügst du mich an, was Gustavs Mutter anbelangt? Was verheimlichst du uns?«, fragte Walter.

»Du spinnst, ich verheimliche nichts.«

Walter wollte gerade mit der Faust ausholen, als Mücke schrie: »Nicht, ich habe sie gesehen.«

12

»Denkst du an Mads?«, fragte Amir. Er hatte Emma mit dem Auto bis nach Hause gebracht und parkte vor ihrer Haustür.

»Nein, an Jutta.«

»Also auch an Mads.«

»Er und Lena tun mir unendlich leid, aber ich möchte mir nicht vorstellen, was Jutta gerade durchmacht.«

»Wir wissen doch noch gar nicht, was mit ihr ist.«

»Wenn Mads und seine Kollegen sie bis jetzt nicht gefunden haben, kann das meiner Meinung nach nur bedeuten, dass sie in den Händen eines Wahnsinnigen sein muss.« Emma überkam unwillkürlich eine Gänsehaut.

»Lass das nicht zu nahe an dich heran, du weckst damit nur Dämonen, die man besser nicht heraufbeschwören sollte.«

»Ich weiß, aber ich bin machtlos dagegen«, gestand Emma ein. Sie selbst war erst im vergangenen Jahr Opfer einer Entführung geworden, nachdem ihr damaliger Verlobter ermordet worden war. Ein Psychopath hatte sie in einem kleinen dunklen Raum gefangen gehalten und gequält, bis Mads und Lena sie im Rahmen eines Polizeieinsatzes befreit hatten. Noch heute gab es Tage, an denen sie schweißgebadet aufschreckte, auch wenn sie sich einredete, dass sie das Ganze gut verarbeitet hatte. Jetzt allerdings war es, als wäre sie wieder mittendrin in dieser schlimmen Zeit.

»Das tut mir so leid, Süße«, sagte Amir und umarmte Emma.

»Mach dir um mich keine Sorgen. Ich kriege das hin, aber Jutta ist deutlich älter. Was, wenn sie schwer verletzt ist? Ohne ärztliche Versorgung …« Wieder fröstelte Emma. »Hölle.«

Sie hatte einen Kloß im Hals. Jutta war so ein herzensguter

Mensch und hatte sie mit offenen Armen empfangen. »Heute früh hat sie noch mit uns einen Tee getrunken und wirkte glücklich und zufrieden, und jetzt?« Sie sprach das Offensichtliche nicht aus.

»Das Leben ist ein Arschloch, leider«, antwortete Amir und löste den Sicherheitsgurt. »Ich begleite dich in deine Wohnung, so kann ich dich nicht alleine lassen.«

Emma schüttelte den Kopf. »Mach dir keine Sorgen. Pietro wartet auf dich.«

»Er kann ruhig warten, das schadet ihm nicht, dann weiß er wenigstens, was er an mir hat. Ich mach uns beiden gleich einen schönen Beruhigungstee, du hast doch Melissentee?«

»Erst letzte Woche gekauft.«

»Sehr gut. Ich möchte keine Widerrede hören.«

»Das ist sehr lieb von dir«, antwortete Emma. Sie war doch froh, dass Amir in diesem Moment bei ihr sein wollte. Dieses diffuse Angstgefühl war übermächtig, sie konnte sich nicht erklären, warum es sie so plötzlich und heftig überkam. Fast fühlte es sich wie eine Panikattacke an, aber es war keine, damit kannte sie sich leider sehr gut aus.

Sie stiegen aus und Emma schloss die Haustür auf.

»Jule war auch sichtlich betroffen«, sagte Amir, als sie oben in Emmas Wohnung traten.

»Wer kann es ihr verübeln. Immerhin ist Mads ihr Ex.«

»Wenn du mich fragst, steht sie noch immer auf ihn.«

»Das glaube ich nicht«, entgegnete Emma, obwohl sie ab und an auch diesen Eindruck hatte, was ihre komplizierte Beziehung zu Mads nicht gerade einfacher machte. Das Leben und vor allem Gefühle konnten ausgesprochen schwierig sein.

Sie betraten ihre Wohnung.

»Du setzt dich auf die Couch und ich kümmere mich um den Rest«, sagte Amir, der sich in Emmas vier Wänden sehr gut auskannte. Sie waren Arbeitskollegen in der Redaktion der Ostseezeitung und mittlerweile eng befreundet.

»Das ist wirklich lieb von dir«, sagte Emma und nahm auf der Couch im Wohnzimmer Platz. Sie nahm ihr Handy und sah, dass sie eine Nachricht von Jule bekommen hatte:

Hast du Mads noch mal zu erreichen versucht? Mir ist es telefonisch nicht gelungen,

schrieb sie. Emma antwortete:

Nein, bis jetzt nicht. Er ist bestimmt damit beschäftigt, potenzielle Zeugen zu befragen. So wie ich ihn einschätze, gönnt er sich keine Pause.

Möglich. Ich hatte schon Sorge, dass er mich ignoriert.

Quatsch. Warum sollte er das? Er weiß doch, dass du dich mit Jutta gut verstehst. Mach dir keinen Kopf.

Die Antwort ließ nicht lange auf sich warten.

Du hast recht. Ich schreibe ihm eine WhatsApp und versuche, ihn morgen anzurufen. Lena rufe ich auch morgen an.

Das ist ein guter Plan,

antwortete Emma, dabei musste sie an Amirs Worte denken, dass Jule noch immer Gefühle für Mads hatte. Jule gehörte zu ihren besten Freundinnen, wie sollte sie da jemals mit Mads zusammenkommen? Der Ex der Freundin war doch tabu.

»Was machst du dir Gedanken, du hast doch eh damit abgeschlossen«, sagte sie zu sich.

»Womit hast du abgeschlossen?«, fragte Amir, der gerade mit zwei Bechern in der Hand das Wohnzimmer betrat.

»Mit meiner Vergangenheit, mit dieser schrecklichen Zeit, in der mich dieser Psycho gefangen gehalten hat«, erwiderte

Emma. Sie fühlte sich schlecht, weil sie Amir anlog, dabei vertraute sie ihm bedingungslos. Nur was ihre Gefühle Mads gegenüber anbelangte, wollte sie mit niemandem sprechen, nicht einmal mit Amir. Vielleicht weil sie wusste, was der über ihn dachte. Er würde ihr die Sache ganz schnell ausreden, erst recht, seit sie wussten, dass Mads Vater war.

Emma nahm ihm einen Becher ab und Amir setzte sich neben sie.

»Das wird dir guttun.«

»Danke«, sagte sie und nahm vorsichtig einen Schluck. »Auf den Punkt.«

»Logisch, ich bin der Meister des Teekochens.«

Emmas Mundwinkel hoben sich. »Möchtest du nicht Pietro anrufen, damit er sich keine Sorgen macht?«

»Ich habe ihm eine WhatsApp geschrieben.«

»Sehr gut. Dann kriege ich wenigstens kein schlechtes Gewissen.«

»Das musst du ohnehin nicht haben. Ich kann mich nur wiederholen, du musst öfter an dich und dein Wohlbefinden denken. Auch wenn du es nicht hören magst, in solchen Situationen wäre ein Freund an deiner Seite doch etwas Gutes.«

»Mag stimmen, aber find erst mal einen.«

»Ein Wort: Stefan«, antwortete Amir und Emma presste die Lippen zusammen. »Eine bessere Partie kann man sich nicht wünschen.«

»Ich weiß«, sagte sie, »er ist ein ganz Lieber. Aber meinst du, dass er so eine schreckliche Frau wie mich verdient? Ich denke nicht, er braucht etwas Süßes an seiner Seite.«

»So kann man sich auch aus der Verantwortung schleichen. Ich weiß, wir haben das Thema zig Mal durchgekaut, aber ich werde seit heute wieder das Gefühl nicht los, dass du von Mads nicht loskommst. Es war so ein schöner Tag im Hansapark, aber nach dem Anruf von Mads warst du wie ausgewechselt, auch wenn du versucht hast, es zu überspielen.«

»Da irrst du dich. Meine Sorgen galten allein Jutta. Wir haben noch heute Vormittag gemeinsam im Café gesessen und plötzlich fehlt jede Spur von ihr. Wie kann ich da zur Tagesordnung übergehen?«

Amir antwortete nicht, er sah sie nur an, als würde er Mitleid mit ihr haben, weil sie sich selbst belog.

»Mads und ich, das wird nie was«, fuhr Emma fort. »Wie kann man einem Mann trauen, der nicht einmal weiß, wen er schwängert? Eine Beziehung ohne Verlässlichkeit und Vertrauen kann nicht funktionieren.«

»Noch wissen wir nicht, ob er der Vater ist.«

»Wenn du den Jungen gesehen hättest, würdest du nicht daran zweifeln. Er ist ihm wie aus dem Gesicht geschnitten. Ein echt süßer und lieber Junge. Mein erster Eindruck von ihm war wirklich positiv, ein Kind, das man schnell in sein Herz schließen kann.«

»Muss nichts heißen«, blieb Amir bei seiner Meinung.

»Wir müssen Mads und Lena irgendwie helfen«, versuchte Emma das Gespräch von dem Jungen wegzulenken. Gleichzeitig nahm sie sich vor, später Lena und Mads anzurufen, sobald sie allein wäre.

»Und wie stellst du dir das vor?«

»Wir könnten einen Artikel schreiben und eine öffentliche Suche nach Jutta anstoßen. Vielleicht hat jemand etwas gesehen.«

»Warte, ich check mal, ob die Ostseekriminalpolizei auf ihrer Facebookseite oder der Webseite was dazu gepostet hat.« Amir griff nach seinem Handy. Nach einer Weile sagte er: »Nichts.«

»Meinst du, die wollen das nicht?«, überlegte Emma.

»Sieht danach aus. Möglicherweise gehen sie von einer gewaltsamen Entführung aus und möchten nicht, dass der Täter weiß, dass sie ihn jagen, oder dass er eine Dummheit begeht, sobald öffentlich nach ihm gefahndet wird.«

»Aber nichts tun kann doch keine Option sein.«

»Ich wüsste nicht, was wir sonst machen könnten. Außer ihnen anzubieten, dass wir für sie da sind und pressetechnisch aktiv werden können, wann immer sie es wünschen.«

Amirs Handy vibrierte und Emma sah, dass er eine Nachricht erhalten hatte. Sie konnte die erste Zeile lesen:

Ich habe ein paar Infos über Karola gefunden.

13

18. April, Timmendorfer Strand

Gustav hatte kaum ein Auge zugetan. Schweißgebadet war er mitten in der Nacht aufgewacht. Er hatte sein Gesicht gewaschen und die Unterwäsche gewechselt, dann war er zurück ins Schlafzimmer gegangen, wo Meiko vor seinem Bett lag. An sich hatte er seinen Schlafplatz im Wohnzimmer, doch heute schlief er hier, weil er spürte, dass es seinem Herrchen nicht gutging.

Da Gustav nicht mehr richtig in den Schlaf finden konnte, war er viel früher als sonst aufgestanden. Ohne Pause kreisten seine Gedanken um Juttas Verschwinden, denn die alte Dame, die in die Schön Klinik eingeliefert worden war, war nicht seine Mutter gewesen.

Im Wohnzimmer fiel sein Blick auf ein Foto, das auf einer Kommode stand. Seine Eltern, sein jüngerer Bruder, Albert und er waren darauf zu sehen. Er mochte damals Anfang zwanzig gewesen sein, so genau wusste er es nicht mehr. Das Foto zeigte eine glückliche Familie und seinen besten Freund.

»Ich vermisse euch, jeden Tag und heute ganz besonders«, sagte Gustav. »Papa, ich finde Mama, versprochen. Lebend.«

Kurz war ihm, als würde sein Vater ihm zunicken, mit ernstem Blick, weil er nichts anderes von seinem ältesten Sohn erwartete, da er jetzt der Beschützer der Familie war. Eine Aufgabe, die sein Vater Mikkel Zeit seines Lebens mit Bravour gemeistert hatte. Zumindest konnte sich Gustav an keine Situation erinnern, in der er Angst gehabt hatte, weil er wusste, dass er sich immer auf seinen Vater verlassen konnte, egal was geschah.

Er erinnerte sich noch gut an Mikkels Worte, als er nicht

mehr lange zu leben gehabt hatte: *»Ich liebe dich, mein Sohn, wie ich auch deinen Bruder liebe, aber Jutta ist meine Sonne. Sie hat mich erst zu einem Mann gemacht, der weiß, was Liebe bedeutet. Sie ist mein größtes Glück und meine große Liebe. Wenn ich nicht mehr bin, musst du auf die Familie aufpassen und ganz besonders auf deine Mutter.«*

Gustavs Augen wurden feucht. »Ich werde das niemals vergessen, Papa. Ich finde Mama«, wiederholte er und zog die Nase hoch. Meiko kam zu ihm und schmiegte sich an sein Herrchen.

»Du bist der Einzige, der meine Tränen sehen darf. Ich darf keine Schwäche zeigen, gerade jetzt nicht.« Gustav straffte sich. »Meiko, wollen wir ein wenig spazieren gehen? Wir haben noch reichlich Zeit, bis wir im Büro sein müssen.«

Meiko wedelte mit dem Schwanz. Gustav zog seine dünne Jacke an und steckte die gesicherte Waffe in die Jackentasche. Dann verließ er mit Meiko die Wohnung und lief bis zum Strand. Dort angekommen, blieb er stehen und ließ seinen Blick zum Horizont wandern. Die Sonne war bereits aufgegangen, man merkte, dass die Tage wieder länger wurden.

Dass heute Ostermontag war, erkannte man nur daran, dass kaum eine Person hier unterwegs war. Für Gustav war es ein ganz normaler Arbeitstag, wenn auch ein besonders schwerer, weil nach wie vor jede Spur von seiner Mutter fehlte.

Kurz schloss er die Augen und atmete tief die frische Seeluft ein. Dann öffnete er die Augen und sah aufs Meer.

»Genug gejammert. Was würde Papa zu dir sagen? Egal wie persönlich ein Fall ist, lass die Emotionen aus deinen Ermittlungen heraus, sie sind wie ein Klotz am Bein.« Er beugte sich zu Meiko und kraulte ihn. »Papa hat recht. Keine Emotionen.«

Sein Handy vibrierte. Albert hatte ihm eine Nachricht geschrieben.

Schon wach?

Wie wäre es mit einem Guten Morgen? Ja, bin ich. Bin gerade am Strand,

antwortete Gustav.

Wollen wir zusammen frühstücken?

Klar. Wo?

In zwanzig Minuten vor der Strandküche in Niendorf? Das Frühstück dort ist vorzüglich.

Sehr gerne. Bis gleich.

Kurz fragte Gustav sich, warum Albert nicht in Timmendorfer Strand frühstücken wollte. Egal, er kannte die *Strandküche* und war schon länger nicht mehr dort gewesen. Höchste Zeit also, diesem hübschen Restaurant an der Strandstraße mal wieder einen Besuch abzustatten.

»Wir können noch zehn Minuten am Strand spielen«, sagte Gustav zu Meiko, fischte einen Ball aus der Jackentasche und warf ihn weg, damit Meiko ihn holen konnte.

Meiko rannte wie der Wind, er schien mit sich im Reinen zu sein.

»Wir Menschen machen alles immer so kompliziert. Wir können viel von euch lernen«, sagte Gustav zu sich und dachte an Drogo, einen Rottweiler, den er seinem unfähigen Herrchen weggenommen hatte. Jetzt war Drogo bei einer Familie, die ihm den nötigen Respekt entgegenbrachte. Auch für Gustav war Meiko ein Familienmitglied, dem er mit derselben Wertschätzung begegnete wie den anderen. Möglich, dass er Meiko sogar noch mehr nachsah als den anderen, dachte er schmunzelnd. Sein Hund bedeutete ihm alles.

»Wir müssen, Großer«, sagte Gustav nach einer Weile und

ging mit ihm Richtung Promenade. Dort angekommen, lief er Mads in die Arme, der ein Surfbrett bei sich trug.

»Moin! Wohin so früh?«

»Ein bisschen surfen, den Kopf frei bekommen. Und du?« Mads bückte sich und kraulte Meiko ausgiebig, der das sichtlich genoss.

»Das habe ich gerade hinter mir. Albert und ich wollen gleich gemeinsam frühstücken, du darfst uns gerne Gesellschaft leisten.«

»Danke, aber ich brauch etwas Zeit für mich. Nachher muss ich Lena abholen, wir wollen im Vogelpark die Angestellten befragen.«

»Mach das. Wir sehen uns im Büro.«

Mads nickte nur und lief weiter zum Strand.

Gustav sah seinem Neffen nach. Er fand es gut, dass er sich eine kurze Auszeit nahm, der gestrige Tag war auch für seinen Neffen emotional überaus anstrengend gewesen. Das Surfen würde ihm helfen, seine Gedanken zu sortieren. Die beiden Geschwister sollten sich auf keinen Fall vor Kummer und Sorge um Jutta komplett vergessen. Das hätte auch Jutta niemals gewollt.

Als Gustav die Terrasse der *Strandküche* erreichte, saß Albert bereits an einem Tisch. Er hatte Sportkleidung an.

»Sag nicht, dass du joggen warst?«, fragte Gustav erstaunt, nachdem sie sich begrüßt hatten. Er nahm Albert gegenüber Platz und Meiko bekam seine Streicheleinheiten von Gustavs altem Freund.

Albert sah auf. »Doch, irgendwie war mir danach. Ich musste den Kopf frei bekommen, und was soll ich sagen? Es hat geholfen.«

»Dann solltest du das regelmäßig tun.«

»Genau das habe ich vor.«

Der Kellner kam und fragte nach ihren Wünschen.

»Einmal das Genießerfrühstücksbuffet«, sagte Albert.

»Dazu einen Espresso und frisch gepressten O-Saft.«

»Für mich bitte das Gleiche«, ergänzte Gustav.

»Gerne. Sie dürfen sich schon einmal am reichhaltigen Buffet bedienen«, sagte der Kellner und entfernte sich. Gustav und Albert folgten seinem Rat und nahmen kurz darauf mit ihren Frühstückstellern wieder auf der Terrasse Platz.

»Sehr aufmerksam«, sagte Albert und zeigte auf die Wasserschüssel, die der Kellner für Meiko auf den Boden gestellt hatte, während sie am Buffet gewesen waren.

Gustav nickte anerkennend, denn er selbst hatte glatt vergessen, darum zu bitten.

»Guten Hunger«, sagte Albert, da kam auch schon der Kellner mit den Getränken. Er servierte und entfernte sich.

»Ebenfalls«, antwortete Gustav und schnitt sich ein Brötchen auf.

»Ich habe mir ein paar Gedanken gemacht«, sagte Albert nach einer Weile.

»Und die wären?«

»Wie ich euch vielleicht doch helfen kann.«

»Möchtest du mir wieder vorschlagen, dass wir eine öffentliche Suche starten sollen?«

»Nein, vermutlich hast du recht, dass das ein zu großes Risiko wäre. Ich habe eine andere Idee.«

»Und die wäre?« Gustav sah Albert mit gemischten Gefühlen an.

»Mundpropaganda.«

»Mundpropaganda?« Gustav verstand nicht, worauf Albert hinauswollte, aber sein Bauchgefühl sagte ihm, dass es mal wieder eine nicht ganz ausgegorene Idee war, die der Bürgermeister ihm da präsentierte.

14

Sein Onkel war die letzte Person, die Mads um diese Zeit am Strand erwartet hätte. Er kannte ihn zumindest nicht als denjenigen, der früh morgens hier spazieren ging, geschweige denn Sport trieb. Vermutlich hatte Gustav nicht gut geschlafen, genau wie er, und war ans Meer gegangen, um seine Gedanken zu sortieren.

Die Ostsee war schon ein magischer Ort. Der Blick aufs Wasser half ungemein, Klarheit zu erlangen und die Sorgen abzuschütteln. Mads atmete tief ein und aus. Als er nach rechts Richtung Seebrücke schaute, sah er weit entfernt einen Jogger, ansonsten war keine Menschenseele unterwegs. Nur er, das Meer und einige Möwen, die über ihm kreisten.

Mads packte sein Surfbrett und ging ins Wasser, dann legte er sich darauf, schwamm ein paar Meter hinaus und sah auch schon die erste Welle. Er stand auf, positionierte sich und glitt auf dem Wasser entlang, ohne vom Board zu fallen.

Das Surfen lag ihm im Blut, ebenso wie viele andere Sportarten. Er war schon immer sportlich gewesen, ein Leben ohne Sport, vor allem ohne Surfen, war für ihn undenkbar. An diesem Morgen lagen die Wellen sehr günstig und Mads musste an den Satz eines Kumpels denken, der ein viel verrückterer Surfer war als er: *»Surfen ist fast wie fliegen, nur schöner.«* Immer wenn Mads auf dem Brett stand und eine Welle ritt, verstand er, was sein Freund damit meinte. Er spürte, wie die Energie durch seinen Körper schoss, und ein Gefühl von Freiheit überkam ihn. Er nahm noch ein paar Wellen, dann schwamm er an den Strand zurück und sah einen Jogger aus der entgegengesetzten Richtung wie zuvor auf ihn zusteuern. Ob es derselbe war wie vorhin, konnte er nicht erkennen.

Als die Person näherkam, sah er, dass es eine Frau war, und zwar nicht irgendeine, sondern Emma. Er wartete.

»Moin«, grüßte er sie, als sie bei ihm ankam.

»Guten Morgen. Seit wann surfst du um diese Zeit?«

»Mir war danach. Und du joggst morgens?«

»Klar, meistens vor der Arbeit und mehrmals die Woche, da ist der Strand noch schön leer. Kann es was Besseres geben?«

»Ja, Surfen.«

»Irgendwann musst du mir das beibringen«, sagte Emma lächelnd. Mads sah ihr an, dass ihr etwas auf dem Herzen lag, es aber noch nicht ansprach.

»Das sollten wir hinkriegen, wenn die Zeit dafür da ist.«

»Natürlich.« Sie zögerte einen Moment, bevor sie sagte: »Das mit deiner Oma tut mir sehr leid. Ich hatte gestern versucht, dich zu kontaktieren.«

»Ich weiß. Ich war nicht in Stimmung.«

»Nur zu verständlich. Wenn ich irgendwie helfen kann …«

»Danke für das Angebot. Wir haben bereits alle Hebel in Bewegung gesetzt und meine Polizistenfreunde aus Köln helfen auch bei der Suche. Du musst dir deswegen nicht den Kopf zerbrechen. Es reicht, wenn es mir zusetzt.«

»Mads, das ist mir egal«, erwiderte Emma eindringlich. »Ich möchte für dich da sein, dir einen Teil deiner Last abnehmen. Mach dir um mich keine Gedanken. Es geht um dich!« Sie machte einen Schritt auf ihn zu. Ihre Blicke trafen sich und er konnte riechen, dass sie geschwitzt hatte, was ihn nicht im Geringsten störte. Eher im Gegenteil.

»Das ist sehr lieb von dir«, antwortete er. Er wusste, dass Emmas Worte von Herzen kamen, aber er wollte auf keinen Fall, dass sie sich in Gefahr begab, daher konnte er ihr gerade nicht mehr sagen, ohne ihr das falsche Gefühl zu vermitteln, dass sie sich aus seinem Leben heraushalten sollte.

»Es muss doch etwas geben, was ich tun kann, und wenn es nur die Einladung zu einem Espresso ist, damit du quatschen kannst.«

»Darauf komme ich gern zurück.«

»Jetzt?«

»Leider nicht. Ich muss meine Schwester abholen. Wir wollen zum Vogelpark und uns umhören.«

Emma legte den Kopf schief. »Hat der denn heute auf? Es ist doch Ostern.«

»Gerade an den Feiertagen lohnt es sich, solche Parks zu öffnen.«

»Stimmt auch wieder.« Emma stemmte die Hände in die Hüften und zog die Schultern hoch. »Zu meiner Schande muss ich gestehen, dass ich noch nie da war.«

»Das holen wir nach, wenn wir meine Oma gefunden haben«, versprach Mads.

»Das wäre sehr schön.«

»Ist es auch. Ich mag den Vogelpark.«

Emma atmete tief durch, dann sagte sie: »Ich könnte einen Artikel über das Verschwinden von Jutta schreiben, vielleicht hat jemand was gesehen.«

»Nein, bloß nicht«, widersprach Mads sofort. »Wir wissen nicht, wer sie entführt hat. Wir dürfen den Entführer nicht unter Druck setzen.«

»Stimmt, mein Fehler. Verzeih.« Emma sah kurz zu Boden und blickte Mads dann wieder aus ihren strahlend blauen Augen direkt an. »Habt ihr denn schon eine Spur?«

»Nicht wirklich.« Mads atmete aus, presste die Lippen zusammen und sah Emma an. Ihre Blicke trafen sich erneut und verharrten für einen kurzen Augenblick. Heute kam sie ihm noch schöner vor, als er sie ohnehin fand. Ein leichter Wind wehte und klebte eine Haarsträhne an ihre Wange. Er berührte sie vorsichtig und strich die Strähne nach hinten, dabei kam er ihr noch näher. Ihm war, als würde er ein Knistern hören.

Emma sah ihn unverwandt an, dann sagte sie leise: »Darf ich dich einmal in den Arm nehmen?«

Mads antwortete nicht, stattdessen drückte er sie an sich. Er spürte ihre Wärme, er roch ihr schwach aufgetragenes Parfüm. Das Gefühl, sie so nahe bei sich zu haben, war unbeschreiblich schön.

»Es tut mir so leid«, schluchzte sie. Es brach einfach aus ihr heraus. Mads streichelte ihr übers Haar.

»Alles wird gut. Ich finde Oma, mach dir keine Gedanken.«

»Wenn es einer schafft, dann du«, sagte sie mit tränenerstickter Stimme. »Du hast auch mich gefunden und mir das Leben gerettet, das werde ich dir nie vergessen.«

Mads schwieg, er streichelte sie nur und in diesem Moment wurde ihm wieder klar, warum es so wichtig war, dass er stark blieb, dass seine Gefühle ihn bei den Ermittlungen nicht behinderten. Alle setzten darauf, dass er das Richtige tun würde, selbst Emma, deswegen durfte er keine Schwäche zeigen.

»Ein schöner Zufall, dass wir uns am Strand getroffen haben«, sagte er schließlich, denn er wollte nicht länger über die Entführung sprechen. Emma sollte sich keine Sorgen machen.

»Das stimmt«, gab sie zurück und zog die Nase hoch. Mads löste die Umarmung langsam.

»Verzeih, dass ich geweint habe, aber die Erinnerungen haben mich übermannt. Jutta ist der liebenswürdigste Mensch, den ich kenne.«

»Du musst dich in meiner Gegenwart niemals für deine Gefühle entschuldigen«, antwortete Mads.

Sie nickte. »Und du dich niemals für deine. Versprochen?«

»Versprochen.«

Mads' Blick wanderte zum Meer, dann wieder zu Emma. »Ich muss leider los. Lena abholen.«

»Wenn was ist, ruf mich bitte an«, sagte Emma.

»Mach ich. Und du versprichst mir, dass du nichts in Eigenregie unternehmen wirst.«

»Sollte ich hinkriegen.« Emma schmunzelte. Dann verabschiedeten sie sich und Emma joggte weiter. Mads sah ihr eine Weile nach.

Dieses kurze Zusammentreffen mit ihr war unbeschreiblich schön gewesen und zu gerne hätte er sie geküsst, aber er wusste, dass das nicht richtig gewesen wäre. Emma war verletzlich und er wollte die Situation nicht ausnutzen, zumal er in seinem Privatleben genug Baustellen hatte. Da war sein Sohn, den er nur kurz gesehen hatte und von dem er nicht wusste, wo er gerade mit seiner durchgeknallten Mutter war. Und da war Daniela, mit der er gestern Abend telefoniert hatte und die die ganze Zeit am Telefon Rotz und Wasser geheult hatte, als sie erfuhr, dass jemand Jutta entführt hatte.

Mads hatte das ungemein leidgetan und es hatte ihm gezeigt, wie jung Daniela war und wie sehr sie an ihm hing. Viel mehr als er an ihr.

»Ich muss das mit Daniela beenden«, sagte er zu sich, packte sein Surfboard unter den Arm und verließ den Strand.

Als wäre es das Schicksal, das sein Gewissen auf die Probe stellen wollte, bekam er eine Nachricht von Daniela:

Guten Morgen, Schatz, musste die ganze Nacht an dich und deine Oma denken. Hast du Neuigkeiten?

Mads schluckte. So eine Nachricht half nicht gerade, Daniela den Laufpass zu geben. Er schrieb ihr zurück:

Noch keine. Ich bin auf dem Weg zur Dienststelle. Werde den ganzen Tag leider keine Zeit haben, dir zu antworten.

Das verstehe ich, Schatz. Mach dir keinen Kopf, ich komme schon irgendwie klar. Das Einzige, was zählt, ist, dass ihr Oma findet. Ich bin den ganzen Tag erreichbar, egal wann, melde dich bitte.

Mach ich,

antwortete Mads und fragte sich, ob es Daniela entgangen war, dass er ihr recht kühl geantwortet hatte, oder ob sie glaubte, dass es an seiner Sorge um seine Oma lag. Auf jeden Fall wusste er es zu schätzen, wie sehr sie mit ihm fühlte, weil er wusste, dass sie es aufrichtig meinte, hier war nichts gespielt. Daniela war ein überaus empathischer und liebenswürdiger Mensch. Aber sie war nicht Emma. Das war das eigentliche Problem und deshalb zögerte er es immer wieder hinaus.

Knapp dreißig Minuten später parkte er vor Lenas Anschrift. Sie wartete auf dem Bürgersteig. Mads stieg aus, umarmte seine Schwester, gab ihr einen Kuss und nahm den Rollstuhl, um ihn in den Kofferraum zu legen.

Dass sie bereits draußen war, konnte nur heißen, dass sie die Nacht nicht allein verbracht hatte. Sicherlich war Christian bei ihr gewesen. Mads wollte das Thema aber lieber nicht ansprechen.

»Wie geht's dir?«, fragte Lena, als beide im Wagen saßen und Mads Richtung Vogelpark fuhr.

»Deutlich besser. Gestern war ich ziemlich neben der Spur. Und dir?«

»Mir auch. Christian war die Nacht über bei mir. Wir haben viel geredet. Er ist eine unglaubliche Stütze gerade.«

Dass Christian seiner Schwester zur Seite stand, war gut, und wenn es ihr half, mit dem Ganzen besser fertig zu werden, war ihm das recht. Dennoch konnte er nicht über seinen Schatten springen. Er würde Christian vermutlich nie mögen.

»Das ist gut. Oma wollte nie, dass wir uns Sorgen um sie machen. Sie wollte immer, dass wir nach vorn schauen und uns nicht unserem Kummer ergeben«, erwiderte Mads.

»Das stimmt. Sie ist ein unglaublich positiver Mensch.

Selbst als Papa und Mama gestorben sind, war sie voller Hoffnung und hat es sich nicht nehmen lassen, uns zum Lachen zu bringen. Was sagte sie, als du und ich noch nach Wochen schwermütig und lustlos waren?«

»Wollt ihr wirklich, dass euer Onkel Omas berühmten Apfelkuchen allein aufisst?«, antwortete Mads und ein Lächeln huschte über sein Gesicht.

»Genau. Christian hatte recht, als er sagte, dass wir es Oma schuldig sind, nicht in Trauer zu versinken.«

Mads nickte nur, denn das war leichter gesagt als getan. Seine Oma hatte das Talent, auch in dunklen Stunden den Weg zum Licht zu finden, ob er diese Gabe hatte, bezweifelte Mads.

Sie erreichten den Vogelpark, Mads hielt an, holte Lenas Rollstuhl aus dem Kofferraum und gemeinsam begaben sie sich zum Eingang. Es war kurz nach 8 Uhr und der Park hatte gerade seine Pforten geöffnet. Einige Besucher standen an der Kasse an.

»Moin, Mads«, hörte er eine Stimme hinter sich. Als Mads sich umdrehte, erkannte er Roland, einen langjährigen Tierparkmitarbeiter.

»Moin«, grüßte Mads zurück, Lena tat es ihm gleich.

»Was führt euch zu so früher Stunde zu uns?«, fragte Roland erstaunt.

»Wir sind leider nicht zum Vergnügen hier. Es geht um unsere Oma«, antwortete Mads.

»Jutta? Was ist mit ihr?«

»Sie war gestern Mittag im Park. Du hast sie nicht zufällig gesehen?«

»Klar habe ich sie gesehen. Ich hatte Schicht.« Roland schien nicht zu verstehen, worum es den beiden ging. »Kommt doch rein, hier vor dem Eingang stören wir nur die Besucher.«

Mads und Lena folgten ihm in den Park, hier waren die vielen unterschiedlichen Vogelgeräusche noch deutlicher zu vernehmen. Früher war Mads öfter in den Park gegangen, vor allem mit seiner Oma, die sehr gern hier war.

Sie betraten einen Raum, der augenscheinlich Rolands Rückzugsgebiet im Park war.

»Wollt ihr einen Kaffee?«

»Für mich nicht«, antwortete Mads und Lena verneinte ebenfalls.

»Jetzt schießt mal los, weswegen ihr genau hier seid.«

»Wie gesagt, es geht um Jutta. Wir wissen, dass sie gestern Mittag im Park war. Danach fehlt jede Spur von ihr.«

»Das ist ja schrecklich«, erwiderte Roland. Er wirkte sichtlich berührt. »Glaubt ihr, dass ihr etwas zugestoßen ist?«

»Das wissen wir noch nicht. Vielleicht hast du oder ein Kollege etwas mitbekommen. Du sagtest ja vorhin, dass du sie gesehen hättest«, antwortete Mads. Er entschied, ihm zunächst nichts von dem Unfall zu erzählen, und hoffte, dass Lena das ebenfalls nicht tun würde. Roland sollte ihre Fragen unvoreingenommen beantworten, denn Mads hatte immer wieder erlebt, dass Zeugen in ihren Aussagen beeinflusst wurden, wenn man ihnen zu viele Informationen gab.

»Ich hatte ein kurzes Pläuschchen mit Jutta. Sie war sehr guter Laune, es war ja auch ein schöner Frühlingstag, aber mir ist nichts Merkwürdiges aufgefallen, tut mir leid. Glaubt ihr, dass sie entführt wurde?«

»Das wissen wir nicht. Möglicherweise hängt ihr Verschwinden mit dem Besuch im Park zusammen«, antwortete Mads. Er wusste, dass das nur ein winziger Strohhalm war, erst recht, wenn seine Oma Opfer eines Autounfalls geworden war. Wie hätte in dem Fall jemand im Vogelpark etwas mitbekommen sollen? Dennoch durfte er nichts unversucht lassen.

»Ich wünschte, ich könnte euch helfen. Aber wie gesagt, wir haben nur kurz geschnackt, dann musste ich schon weiter.«

»Weißt du, ob noch jemand anderer Kontakt zu ihr hatte?«, fragte Lena.

»Ehrlich gesagt nicht. Ich war ziemlich beschäftigt. Gerade über Ostern haben wir eine Menge Besucher, die viel Dreck machen.«

»Wir würden gerne noch die anderen Kollegen befragen«, sagte Mads. »Sollte dir doch etwas Neues einfallen, ruf mich bitte an. Es wäre auch gut, wenn du deine Kolleginnen und Kollegen fragen könntest, die heute nicht hier sind.« Er reichte Roland seine Karte.

»Mach ich. Ich hoffe, dass ihr eure Oma schnell findet und dass das alles nur ein großes Missverständnis ist. Es will mir nicht in den Kopf, warum jemand eine nette alte Dame wie Jutta entführt. Werden nicht eher junge Frauen gekidnappt?«

»Die Welt ist voll von kranken Spinnern«, blieb Mads vieldeutig, weil auch für ihn das Verschwinden seiner Oma keinen Sinn ergab. Warum sollte man sie entführen? Es sei denn, die Theorie mit dem Autounfall stimmte und Jutta war schwer verletzt oder bereits tot und der Täter wollte seine feige Tat vertuschen.

»Da hast du leider recht«, stimmte Roland zu. »Passt auf euch auf.«

»Du auch.«

Mads und Lena verließen den kleinen Raum und betraten den Vogelpark.

»Wir sollten zur Information gehen, da sind doch die Aufenthaltsräume für die Mitarbeiter, die wissen bestimmt, wer Schicht hatte«, schlug Lena vor.

»Daran hatte ich auch gedacht.«

Mads schob Lenas Rollstuhl. Die Sonne schien und es war bereits zu spüren, dass spätestens ab Mittag wieder T-Shirt-Wetter herrschen würde. Gut gelaunte Besucher kamen ihnen entgegen, Familien und Paare, die den Ostermontag genossen.

Bald erreichten sie die Information und grüßten Doreen, die gerade Dienst hatte.

»Euch beide habe ich ja lange nicht mehr gesehen«, sagte

sie. Ihr Blick wanderte zu Lenas Rollstuhl, doch sie sprach nicht aus, was ihr offensichtlich auf der Zunge lag. »Wie kann ich euch helfen?«, fragte sie stattdessen.

»Wir sind leider dienstlich hier«, antwortete Mads. »Es geht um Jutta. Sie war gestern zur Mittagszeit bei euch im Park. Seitdem gilt sie als verschwunden.«

»Jutta? Verschwunden? Wie schlimm.« Doreen schlug sich die Hand vor den Mund. »Sie war doch bester Laune. Wie kann das sein?«

»Genau das möchten wir herausfinden. Hattet ihr ein Gespräch?«

»Immer, wenn sie im Park ist. Jutta kommt mich jedes Mal am Infohäuschen besuchen. Gestern war ein genauso toller Tag, um durch den Park zu schlendern, wie heute. Sie hat so davon geschwärmt, dass ihre Enkeltochter und deren Freund sie besuchen würden. Sie wollte ihren berühmten Apfelkuchen backen.«

Mads schluckte. Er war froh, dass Lena jetzt übernahm.

»Ist dir irgendetwas aufgefallen? Vielleicht jemand, der sie beobachtet hat?«, fragte sie.

»Du meinst, sie wurde von jemandem entführt, der sie im Park beschattet hat?«

»Wir wissen es nicht, wir ermitteln in jede Richtung«, schaltete sich Mads wieder ein.

Doreen sah nachdenklich auf die Menschen, die an dem Infohäuschen vorbeigingen. »Mir ist nichts aufgefallen. Jutta hat auch nicht den Eindruck gemacht, als würde sie verfolgt werden. Und ihr kennt eure Oma, die hat einen guten Riecher für so was. Jutta war immer sehr aufmerksam. Als Frau des ehemaligen Polizeichefs ja kein Wunder. Ich fürchte, ich bin euch keine große Hilfe.«

»Kannst du bitte die anderen im Team fragen, ob sie etwas Ungewöhnliches beobachtet haben?«, bat Lena.

»Mach ich doch gerne.«

Mads' Gefühl, dass sie im Vogelpark nur ihre Zeit verschwendeten, wurde immer stärker.

»Danke dir. Hier ist meine Karte«, sagte Lena und reichte sie Doreen.

»Ihr findet Jutta. Wenn nicht Gustav und ihr, wer dann?«, erwiderte diese.

In dem Moment betrat eine Kollegin den Infostand.

»Moin«, machte sie sich bemerkbar.

»Moin«, antwortete Doreen. »Sag mal, hast du gestern Jutta gesehen?«

»Nein, warum?«

»Sie wird seit gestern vermisst.«

»Echt? Wann war sie denn hier?«, fragte die Kollegin erstaunt.

»So gegen 13 Uhr rum.«

»Da war ich noch nicht auf Arbeit. Ich bin kurz vor 14 Uhr mit dem Rad angekommen. Sind Sie von der Polizei?«, fragte sie an Mads und Lena gewandt.

»Das sind wir«, antwortete Lena.

»Hat eigentlich gestern jemand den Wildunfall gemeldet?«, fragte sie dann.

»Welchen Wildunfall?«

»Gestern kurz vor 14 Uhr auf der Landstraße, bevor man zum Vogelpark abbiegt. Das war ein heftiger Knall.«

»Haben Sie den Unfall gesehen?«, fragte Mads hellhörig.

»Nein, ich habe an sich nur dieses laute Geräusch gehört, wie wenn ein Wagen mit hoher Geschwindigkeit Wild rammt.«

»Haben Sie das Auto gesehen?«

»Nicht so richtig, ich weiß nur, dass es ein weißes Auto gewesen sein muss.«

15

Als Brandt den Frühstücksraum ihres Hotels betrat, saßen Walter und Tolga bereits am Tisch. Sie schienen sich prächtig zu vergnügen.

»Hallo, Onkel Lasse«, sagte Tolga, als er Brandt sah. Er stand auf und umarmte Brandt.

»Na, Großer, hast du Hunger?«

»Und wie. Fehlt nur noch Emre«, kicherte Tolga. »Er ist wie jedes Mal der Letzte. Abgesehen von den Frauen, die schlafen immer aus.«

»Das stimmt. Dein Bruder ist nicht gerade ein Pünktlichkeitsgenie.«

»Wer lästert da über mich?«, hörte Brandt Aydins Stimme, er hatte soeben den Frühstücksraum betreten. »Wir sagten doch 8 Uhr, und wenn meine Uhr sich nicht irrt, ist es jetzt 7:58 Uhr.«

Tolga schaute auf seine Uhr. »Das stimmt.« Dann stand er auf und begrüßte seinen Bruder genauso überschwänglich wie Brandt.

»Was ist mit den Frauen und Leah?«, fragte Walter.

»Die frühstücken später am Strand.«

»Es sei ihnen gegönnt.«

Frühstück am Strand hörte sich gut an, aber diesen Luxus konnten sie sich gerade nicht leisten, sie mussten um 9 Uhr auf der Polizeidienststelle in Timmendorfer Strand sein, zur Besprechung mit Gustav und seinem Team. Brandt war froh, dass Ylva und Aydins Frau verständnisvoll genug waren und ihnen gestatteten, dass sie bei den Ermittlungen halfen.

»Kann ich schon zum Buffet? Ich hab echt Hunger«, sagte Tolga und rutschte auf seinem Stuhl nach vorn.

»Klar doch«, erwiderte Brandt. Tolga ließ sich nicht zweimal bitten und sprintete los.

»Wie er bei seiner Körpergröße so viel essen kann, ohne anzusetzen, wird mir immer ein Rätsel bleiben«, bemerkte Aydin.

»Nur kein Neid. Zum Glück hat er nicht deine Gene. Ich könnte schwören, du hast wieder zugenommen«, zog Brandt seinen besten Kumpel auf. Es war ein mittlerweile eingeübter Schlagabtausch zwischen ihnen.

»So ein Quatsch. Der Pulli ist nur ungünstig geschnitten«, hielt Aydin dagegen und zog instinktiv den Bauch ein.

Brandt grinste. Es war so leicht, seinen jüngeren Kollegen aufzuziehen.

»Ist doch egal. Lass dich von Lasse nicht ärgern. Ihr findet mich am Buffet«, brummte Walter und stand auf.

Ein Kellner kam und fragte nach ihrer Zimmernummer und den Getränkewünschen. Da Brandt wusste, was Walter und Tolga tranken, bestellte er für sie gleich mit.

Danach gingen er und Aydin zum Buffet und bedienten sich. Vor der Auslage mit dem süßen Gebäck sah Aydin unauffällig zu Brandt und drehte dann ab.

»Stell dich nicht an. Ich weiß doch, wie sehr du diese Schokocroissants magst«, ermunterte Brandt ihn.

»Heute ist mir aber nicht danach«, blieb Aydin standhaft und ging weiter zu der Ecke mit den Früchten und dem Joghurt. Nachdem sie sich an all den guten Sachen bedient hatten, kehrten sie zu ihrem Tisch zurück.

»Willst du das alles essen?«, fragte Aydin seinen jüngeren Bruder mit großen Augen.

»Logisch«, lachte Tolga. »Ist doch gar nicht so viel.«

Brandt wusste, dass Aydin seinem Bruder jeden Genuss gönnte, er war nur in Sorge, dass Tolga zu viel aß.

»Lass ihn. Er hat nun mal den Hunger eines Löwen«, sprang Walter ihm bei.

»Wenn ich deinen Teller sehe, stehst du Tolga in nichts nach. Sieht eher danach aus, als würde Tolga Onkel Walter nacheifern«, neckte Brandt und begann sein Rührei zu essen.

»Ist halt nicht jeder so ein Mädchen auf Dauerdiät wie du«, konterte Walter und lachte herzlich.

Aydin reichte Walter die Hand zum Abklatschen. »Der Punkt ging an dich.«

»Wenn es euch glücklich macht«, erwiderte Brandt und gönnte sich einen Schluck Kaffee.

»Sehen wir uns heute?«, fragte Tolga und schob sich einen Löffel Cornflakes in den Mund.

»Das kann ich leider noch nicht sagen. Du weißt ja, dass wir Mads helfen.«

»Ja, das hat mir Emre gestern Abend erklärt. Ich finde das toll. Mit eurer Hilfe findet ihr die bösen Männer bestimmt.«

Brandt wusste, dass Aydin seinem Bruder sicher nicht erzählt hatte, dass Jutta möglicherweise entführt worden war. Tolga hatte Trisomie 21, daher sah er viele Dinge wie ein Kind, obwohl er schon volljährig war. Mit seinen knapp einen Meter sechzig war er für sein Alter auch recht klein.

»Das werden wir ganz bestimmt«, bekräftigte Walter.

»Und dann grillen wir, oder?«

»Logisch. Den ganzen Tag, und du kannst so viele Würstchen essen, wie du magst. Da wird nicht mal dein Bruder meckern.«

»Echt?« Tolga strahlte.

»Nein, werde ich nicht«, antwortete Aydin etwas gequält.

»Wow, wie cool ist das!« Tolga klatschte in die Hände. »Wir grillen bestimmt ganz schnell, weil meine besten und coolsten Freunde und Thor die Oma retten werden. Wer sollte euch noch stoppen?«

»Thor?«, fragte Aydin irritiert.

»Ups«, kicherte Tolga. »Jörn hat mir das gestern so doll eingeredet, dass ich schon ganz unsicher bin. Ist Mads wirklich Thor?«

»Nein, ist er nicht. Du darfst Jörn nicht alles glauben. Er erzählt gerne Geschichten«, erklärte Aydin.

»Aber das klang ziemlich logisch und dann hat er mir ein Foto gezeigt.« Tolga presste nervös die Lippen zusammen.

»Mads ist Mads«, bekräftigte Brandt. Er bewunderte Tolgas Gutmütigkeit manchmal, denn der Junge sah in einem Menschen nie das Schlechte, sondern nur das Gute. Leider gab es Leute, die das eiskalt ausnutzten. Brandt würde Mads bitten, Jörn noch einmal ins Gewissen zu reden, Tolga gegenüber nicht zu viele Märchen zu erzählen.

»Okay. Also ist Mads nicht Thor. Mir kam das auch irgendwie komisch vor.«

»Da lagst du mit deinem Gefühl ganz richtig. Er ist einfach nur ein verdammt guter Polizist.«

Tolga lachte. »Dann muss ich Jörn wohl sagen, dass er sich irrt.«

»Nein, sag ihm besser nichts. Lass Jörn glauben, was er will«, entgegnete Aydin.

»Aber vielleicht weiß er gar nicht, dass Mads Mads ist.«

»Mach, was du für richtig hältst«, mischte sich Walter nun ein und warf Aydin und Brandt einen strengen Blick zu.

»Onkel Walter hat recht«, lenkte Aydin ein und sofort entspannten sich Tolgas Gesichtszüge. Er schien mit der Situation für einen Moment überfordert gewesen zu sein.

»Ich habe Mads total lieb. Ob er mal mit mir surft? Jörn mag es mir nicht beibringen, aber er hat es Mads beigebracht. Wäre cool, wenn Mads mit mir surft, aber nur, wenn er Zeit und Lust hat.«

Brandt musste ein Grinsen unterdrücken, und er sah, dass auch Walter sich zusammenriss, nicht zu lachen. Jörn hatte vor Tolga offensichtlich extrem dick aufgetragen.

»Wird er bestimmt, sobald wir die bösen Männer gefasst haben«, antwortete Aydin, dann sah er zu Walter und Brandt. »Jungs, wir müssen langsam.«

»Ich bin ready«, sagte Walter.

»Sehr gut. Ich bringe Tolga zu Nina. Treffen wir uns im Flur?«

»Machen wir«, antwortete Brandt.

»Tolga?«

»Bin fertig«, sagte Tolga und ließ das letzte süße Teilchen in seinem Mund verschwinden. Dann umarmte er Walter und Brandt zum Abschied und entfernte sich mit seinem Bruder.

»Mit diesem Jörn muss ich mal ein Wörtchen sprechen. Er will also Mads das Surfen beigebracht haben.« Walter schüttelte den Kopf.

»Mads hat uns doch erzählt, dass Jörn gerne Geschichten zum Besten gibt, um im Mittelpunkt zu stehen. Ich rede mit ihm, dass er sich bei Tolga zügeln soll. Er ist zu gutgläubig.«

»Lügen haben einen noch nie weitergebracht. Ich weiß, wovon ich spreche. Wenn Tolga andere Freunde hätte, hätte ich diesen Jörn längst zum Teufel gejagt.«

»Sei nicht so gemein. So ein schlechter Junge ist er nicht, nur sehr unsicher, daher diese Geschichten«, entgegnete Brandt.

Walter brummte etwas vor sich hin.

Mittlerweile waren sie in der Lobby angekommen und warteten auf Aydin.

»Ich bin gespannt, ob Mads oder sein Onkel einen neuen Hinweis haben«, sagte Walter.

»Nicht nur du. Die Zeit arbeitet gegen uns. Wir wissen nicht, wie der Zustand von Jutta ist. Je schwerer die Verletzung, desto höher der Druck.«

»Wenn sie nicht schon …« Walter brach ab.

»Das ist leider auch eine Option. Aber solange wir keine Beweise haben, gehen wir davon aus, dass sie noch am Leben ist.«

»Es wäre für uns alle zu hoffen. Sie scheint eine tolle Frau zu sein.«

»Das glaube ich auch. Wir müssen übrigens mal mit Gustav sprechen.«

»Ohne Mads?«

»Ganz sicher ohne. Dein Kumpel Mücke ...«

»Er ist nicht mein Kumpel«, korrigierte Walter. »Wir kennen uns aus einer Zeit, für die ich mich heute sehr schäme.«

»Wie auch immer. Mücke hat da ein paar Dinge ausgeplaudert, auf die uns Gustav Antworten schuldig ist.«

»Wenn sie denn stimmen. Mücke darf man nicht trauen.«

»Das werden wir sehen«, antwortete Brandt. Sein Gefühl sagte ihm nämlich, dass Mücke nicht gelogen hatte.

16

Das Frühstück mit Albert hatte ihm gutgetan. Jetzt saß Gustav in seinem Büro, Meiko lag vor dem Schreibtisch auf dem Boden. Es war inzwischen 8:45 Uhr, also hatte er noch ein paar Minuten, bevor die Besprechung begann. Er startete seinen Rechner und ließ sich gegen die Stuhllehne sinken.

Mittlerweile hatten sie einige Hinweise gesammelt, die sie jetzt in gründlicher Feinarbeit freilegen mussten, wie Archäologen, die unter Staub und Schmutz den wertvollen Kern der Sache hervorzubringen suchten.

Gustav atmete tief ein und aus, dann prüfte er seinen E-Mail-Posteingang. Er war voll. Die Entführung seiner Mutter hatte sich offenbar schnell herumgesprochen, doch er beschloss, die Mails später zu beantworten, da keine von ihnen dringlich war.

Sein Handy klingelte, es war Arndt Schumacher, ein Kollege von der Lübecker Polizei. Soweit er wusste, war er mit seiner Frau und seinem Kind im Urlaub in Thailand.

»Moin, Arndt«, nahm er das Gespräch an.

»Moin, Gustav. Ich habe erst vorhin erfahren, dass deine Mutter vermisst wird«, sagte Arndt.

»Ja, leider. Wir sind dabei, allen Hinweisen auf den Grund zu gehen.«

»Das tut mir unglaublich leid. Ich kann den Lufthansa-Flug morgen nehmen und euch bei der Suche behilflich sein.«

»Spinnst du?«, sagte Gustav, obwohl es ein außerordentlich gutes Gefühl war, so viel Hilfsbereitschaft zu erfahren. »Du bist mit deiner Familie im wohlverdienten Urlaub in Thailand und genau da bleibst du. Wir haben genug Männer vor Ort. Außerdem unterstützen uns Brandt und Aydin, Kollegen aus Köln und Freunde von Mads.«

»Echt? Die Kölner Jungs sind im Norden?« Arndts Stimme klang ehrlich erfreut.

»Ja, sie machen eigentlich Urlaub, aber ich konnte sie und Walter nicht davon abhalten, uns zu helfen. Du siehst, wir sind genug. Mach bloß keine Dummheiten.«

»Vielleicht hast du recht. Trotzdem, solltest du doch Unterstützung brauchen, zögere bitte nicht, mich anzurufen. Elkes und meine Gedanken sind bei euch.«

»Das weiß ich zu schätzen. Richte ihr ganz liebe Grüße aus.«

»Mach ich. Und du grüß bitte Lena und Mads. Und natürlich die Kölner Jungs, mit denen hast du richtig gute Leute an deiner Seite.«

»Ich weiß. Mach ich. Genug geschnackt, ab in die Sonne mit dir«, erwiderte Gustav und beendete das Gespräch.

Arndt und er kannten sich seit vielen Jahren und Gustav wusste, dass er sich immer auf ihn verlassen konnte. Arndt gehörte wie er zur alten Schule, sie hatten, im Gegensatz zu Mads, der an der Polizeihochschule studiert hatte, die Polizeiarbeit auf der Straße gelernt. Daher waren sie für unkonventionelle Methoden auch eher zu haben als Mads. Jedenfalls konnte Gustav sich nicht daran erinnern, dass er sich je mit Arndt in den Haaren gelegen hätte, was er von Mads leider nicht sagen konnte.

Gustav stand auf, Meiko folgte ihm sogleich und sie gingen zum Besprechungsraum. Noch war niemand dort, aber sein Team hatte noch fünf Minuten. Er nahm Platz und Meiko legte sich wie zuvor etwas von ihm entfernt auf den Boden. Sein Blick wanderte kurz zu Gustav und der nickte ihm zu. »Du passt auf deinen alten Herrn auf«, sagte er sanft.

Es klopfte an der Tür und Petra trat ein.

»Was machst du denn hier?«, fragte Gustav. Petra hatte eigentlich frei.

»Was wohl? Dafür sorgen, dass ihr Kaffee und Getränke habt.«

»Woher wusstest du, dass wir heute eine Besprechung haben?«

»Lena hat es mir gestern erzählt.«

»Ehrlich gesagt, habe ich ein schlechtes Gewissen. Du solltest an Ostern nicht arbeiten«, sagte Gustav.

»Allein für diesen Satz hat es sich gelohnt, herzukommen. Wie oft passiert es schon, dass mein Chef ein schlechtes Gewissen hat«, gab Petra schmunzelnd zurück. Sie und Gustav waren ein eingespieltes Team und wussten ihre gegenseitigen kleinen Seitenhiebe zu nehmen. »Ich kümmere mich dann mal um die Getränke, Knabbereien und eine Wasserschüssel für Meiko.«

Der Schäferhund bellte, als er seinen Namen hörte, und Petra lächelte ihm zu. Anschließend verließ sie den Besprechungsraum. Gustav wurde wieder einmal bewusst, was er an ihr hatte.

Kaum war sie gegangen, betraten die Kölner den Raum. Gustav stand auf und begrüßte sie. Es freute ihn, dass sie pünktlich waren, darauf legte er großen Wert – wohl wissend, dass er es bei ihnen nicht erwarten konnte, da sie im Urlaub waren und nicht offiziell ermittelten.

»Das ist doch sicherlich Meiko«, sagte Walter und ging zu dem Hund.

»Seien Sie bitte vorsichtig, Fremden gegenüber ist er am Anfang misstrauisch«, warnte Gustav. Immerhin hatte er Meiko als Polizeihund ausgebildet, nicht als Kuschelhund, und Walters Erscheinung wirkte nicht gerade friedfertig. Doch Meiko stand ruhig auf und wedelte mit dem Schwanz, er genoss es sichtlich, dass Walter ihn kraulte und streichelte.

»Du bist ein ganz lieber, mein Meiko. Ein wunderschöner und starker Hund. Du weißt, wer ein gutes Herz hat«, sprach Walter zu ihm.

»Hunde sind eben die besseren Menschen«, bemerkte Aydin, was Gustav nur bestätigen konnte.

Auch Brandt und sein Kollege streichelten Meiko. Zu Gustavs Erstaunen reagierte sein Hund weiterhin kein bisschen nervös, vielmehr schien es, als würde er die Kölner ewig kennen. Eine Vertrautheit, die bei Gustav Eindruck hinterließ.

»Haben Sie Hunger?«, fragte er.

»Danke nein, wir haben uns am reichhaltigen Buffet im Hotel bedient«, antwortete Walter.

»Dann nehmen Sie doch bitte Platz. Lena und Mads müssten auch jeden Augenblick kommen. Sie sind noch im Vogelpark.«

Die Kölner setzten sich, Brandt wählte den Stuhl an seiner linken Seite.

»Ich möchte mich noch einmal bei Ihnen bedanken, dass Sie uns sogar am Ostermontag helfen, statt mit Ihren Liebsten diesen schönen Tag am Strand zu genießen.«

»Das ist für uns selbstverständlich«, gab Brandt zurück.

»Nein, ist es nicht. Ich werde diese Geste nicht vergessen. Ach ja, ich soll Sie alle ganz lieb von Arndt Schumacher und seiner Frau Elke grüßen.«

»Danke. Sind sie auch hier?«

»Nein, sie machen Urlaub in Thailand. Glücklicherweise konnte ich Arndt davon abhalten, herzukommen.«

»Gut so. Ich denke, wir sind genug«, pflichtete Brandt ihm bei. »Es spricht auf jeden Fall für Arndt, dass er seine Hilfe angeboten hat. So habe ich ihn auch eingeschätzt.«

»Das stimmt. Auf ihn kann ich mich zu hundert Prozent verlassen. Leider ist er in Lübeck tief verwurzelt, sonst hätte ich ihn gerne bei mir an der Ostsee gehabt.«

Es klopfte an der Tür und Petra trat mit einem großen Tablett ein.

»Guten Morgen, die Herren, ich dachte, Kaffee und Gebäck könnten nicht schaden«, sagte sie und Walter stand sofort auf.

»Lassen Sie mich Ihnen helfen.«

»Ganz sicher nicht. Das ist mein Job oder wollen Sie mir Konkurrenz machen?«, scherzte Petra auf ihre trockene Art, die Walter verlegen machte.

»Petra, die Kölner verstehen deinen Humor noch nicht«, bemerkte Gustav und zwinkerte ihr zu.

Walter nahm wieder Platz, während Petra die Getränke und das Gebäck abstellte. Danach stellte sie die Wasserschüssel vor Meiko auf den Boden und streichelte den Hund.

»Ich habe jetzt leider nur für Gustav einen Espresso gebracht. Kaffee und schwarzer Tee sind in den Thermoskannen. Möchte jemand von Ihnen vielleicht auch einen Espresso?«

»Ich hätte gerne einen, wenn es keine Umstände macht«, antwortete Brandt.

»Tut es nicht.« Als Petra gerade den Raum verlassen wollte, traten Mads und Lena ein. »Möchtet ihr einen Espresso?«, fragte sie daher.

»Ich nehme gerne einen«, erwiderte Mads, Lena verneinte.

Meiko bellte einmal und eilte zu den beiden. Lena streichelte ihn kurz, während Mads sich deutlich mehr Zeit ließ. Wohl auch aus diesem Grund wollte er es sich neben Mads auf dem Boden gemütlich machen, aber als er Gustavs Blick sah, lief er wieder in seine Ecke.

»Ihr müsst wissen, Meiko mag mich mehr als seinen alten Herrn, weil er einfach weiß, wer der Coolere von uns beiden ist«, erklärte Mads grinsend, was Gustav nur mit einem Grummeln kommentierte.

Die Kölner lachten, dann begrüßte sich die Runde und alle nahmen Platz.

Gustav konnte endlich seinen Espresso genießen, bevor er kalt wurde, und genehmigte sich die beiden Kekse, die daneben lagen. Egal wie oft er Espresso trank oder diese Kekse aß, sie wurden nie langweilig.

»Wie ich sehe, sind wir vollzählig«, startete er dann die Besprechung. »Bedient euch bitte an den Getränken und dem Gebäck. Sollten wir Tims Unterstützung benötigen, hat er sich bereiterklärt, per Videostream dazuzukommen. Die Ergebnisse aus dem Labor werden wir wegen Ostern leider nicht erhalten, die Labore sind geschlossen. Wir müssen uns bis Dienstagabend, vermutlich sogar bis Mittwoch gedulden. Ole wird daher nicht an der Besprechung teilnehmen und auch mein restliches Team nicht, weil ich es inoffiziell halten möchte, dass Sie uns helfen.« Gustav warf den Kölnern einen kurzen Blick zu.

»Das klingt vernünftig«, stimmte Brandt zu. »Wir sollten umgekehrt auch nicht an offiziellen Meetings mit Ihren Mitarbeitern oder der Lübecker Polizei teilnehmen oder in den Berichten auftauchen. Es würde schwer erklärbar sein, warum wir und vor allem Walter als Zivilist an Ermittlungen beteiligt werden.«

»Gut, dass Sie es ansprechen, genau das ist die Herausforderung. Wie ich bereits gestern erwähnte: Egal was passiert, ich übernehme die volle Verantwortung für jede Ihrer Handlungen. Sie müssen sich keine Sorgen machen, dass Ihnen irgendwelche Konsequenzen drohen könnten.«

»Machen Sie sich da mal keinen Kopf. Keiner von uns hat Angst vor Konsequenzen«, bekräftigte Walter.

»Dann wollen wir keine Zeit verlieren. Mads, Lena, möchtet ihr starten?«

»Können wir gerne machen. Verzeiht die Verspätung. Wir kommen gerade vom Vogelpark«, erklärte Mads.

»Wie waren die Gespräche?«

»Möglicherweise haben wir was.« Mads holte kurz Luft. »Eine Mitarbeiterin hat, als sie zum Vogelpark fuhr, einen lauten Knall gehört, als hätte ein Autofahrer Wild überfahren.«

»Hat sie das Fahrzeug gesehen? Passt es von der Uhrzeit her?« Gustav spürte ein flaues Gefühl in der Magengegend.

Konnte es sein, dass dieser laute Knall vom Zusammenstoß des Fahrzeugs mit seiner Mutter herrührte?

»Von der Uhrzeit her könnte es passen. Die Mitarbeiter haben Jutta gegen 13 Uhr im Park gesehen. Frau Stieß, eine Bekannte von Oma, bestätigt die Uhrzeit. Die Mitarbeiterin, die das Geräusch gehört hat, hat den Park kurz vor 14 Uhr erreicht«, berichtete Mads.

»Christian und ich wollten um 15:30 Uhr zu Oma«, fügte Lena hinzu.

»Von der Uhrzeit her würde es also tatsächlich passen«, stimmte Gustav zu.

Es klopfte an der Tür und Petra trat ein. Sie reichte Mads und Brandt ihren Espresso.

»Wenn ihr noch was braucht, ich bin an meinem Schreibtisch.«

»Danke dir. Du kannst auch gerne gehen. Wir haben alles«, erwiderte Gustav.

»Ich bin an meinem Platz«, gab sie zurück und verschwand wieder.

»Genau nach meinem Geschmack«, bemerkte Walter, doch niemand ging darauf ein.

»Hat die Zeugin den Wagen gesehen?«, fuhr Gustav fort.

»Nicht wirklich. Sie glaubt, ein weißes Fahrzeug gesehen zu haben. Aber an das Modell kann sie sich nicht erinnern.«

»Dann sollten wir sie noch mal befragen«, forderte Gustav leicht ungehalten, mit so einer Aussage konnte er nichts anfangen.

»Das haben wir vor. Wir haben ihre Kontaktdaten und sie unsere. Lena und ich dachten, es wäre gut, wenn wir ihr etwas Zeit geben, damit sie sich sortieren kann.«

»Zeit, die Jutta nicht hat«, rutschte es Gustav heraus. »Gib mir die Daten rüber. Ich werde sie nach unserer Besprechung aufsuchen.«

Mads nickte nur und leerte seine Espressotasse, den Keks rührte er im Gegensatz zu Gustav nicht an.

»Was haben die anderen Gespräche ergeben?«, wollte Gustav wissen. Gleichzeitig waren seine Gedanken bei seiner Mutter. Wenn der Aufprall tatsächlich so laut gewesen war, wie die Zeugin behauptete, und es kein Wildschaden war, konnte das nur bedeuten, dass seine Mutter sehr schwer verletzt oder gar tot war.

Der Wichser will die Leiche verschwinden lassen, dachte er wütend, zugleich hoffte er, dass sich seine Befürchtungen nicht bewahrheiteten.

»Wir haben uns gestern noch mit Ulrike Stieß unterhalten. Wie eben erwähnt, hat sie die Zeitangabe, wann Jutta im Park war, bestätigt. Sonst konnte sie keine Hinweise liefern«, antwortete Mads.

»Und wir hatten ein Gespräch mit den Nachbarn von Stieß. Familie Thode«, sagte Lena.

»Thode? Sören Thode?«, erkundigte sich Gustav.

»Genau. Er war nicht gut auf dich zu sprechen«, erklärte Mads. »Was genau ist denn zwischen euch vorgefallen?«

»Nicht der Rede wert«, wiegelte Gustav ab. »Sören glaubt, er würde über dem Gesetz stehen. Diesen Zahn musste ich ihm auf unbequeme Weise ziehen. Dass er so nachtragend und sich keiner Schuld bewusst ist, sieht dem Querulanten ähnlich. Lass mich raten, von ihm habt ihr keine Informationen erhalten?« Dass Thode ihnen in irgendeiner Weise nützlich sein könnte, schloss Gustav aus. Er mochte ihn nicht und er hatte seine Gründe dafür. Darüber wollte er jedoch gerade nicht sprechen.

»Von ihm nicht, seine Frau war deutlich kooperativer.«

»Und das heißt?«

»Ihre beiden Kinder haben an dem Tag auf ihrem Zimmer gesessen und gedaddelt. Der Ältere von ihnen hat ebenfalls einen lauten Knall gehört. Die Uhrzeit konnte er zwar nicht einschränken, aber es war vor 14 Uhr.«

»Inzwischen haben zu viele Leute diese Uhrzeit genannt

und ein lautes Geräusch gehört. Wir müssen davon ausgehen, dass es sich dabei um den Zusammenstoß des Wagens mit Jutta handeln muss«, schlussfolgerte Gustav. Es machte keinen Sinn, das Offensichtliche aus Angst nicht anzusprechen. »Habt ihr noch was?«

»Die anderen Nachbarn, die wir verhört haben, konnten leider keine Hinweise liefern. Wobei wir einen Haushalt, dessen Haus günstig liegt, nicht erreichen konnten«, antwortete Mads.

»Danke. Informiert mich, wenn ihr dort jemanden angetroffen habt«, gab Gustav zurück.

»Machen wir.«

»Was ist mit Ihnen?« Gustavs Blick wanderte zu den Kölnern, die aufmerksam zugehört hatten, und verharrte kurz bei Brandt, da er das Gefühl hatte, dass er derjenige war, der in der Gruppe den Ton angab.

»Wir haben gestern jeden Haushalt erreicht. Bis auf einen waren alle anderen leider eine Sackgasse«, antwortete Brandt.

»Erzählen Sie mir davon.«

»Bei der betreffenden Person handelt es sich um Tjark Gier«, berichtete Brandt und Gustav hatte Mühe, keine Emotionen zu zeigen.

»Tjark Gier ist in Niendorf?«, fragte er dann.

»Seit einem Jahr wohnt er dort. Wir haben es Walter zu verdanken, dass er überhaupt mit uns gesprochen hat.«

»Inwiefern?«

»Ich kenne Mücke schon sehr lange«, schaltete sich Walter nun ein, »hatte ihn aber aus den Augen verloren. Er war schon immer jemand, der Ärger sucht. Kein Wunder, dass Sie mit ihm aneinandergeraten sind und ihn verhaftet haben.«

»Das stimmt. Er hat einen Kioskbesitzer überfallen, brutal zusammengeschlagen und schwer verletzt. Soviel ich weiß, hat er drei Jahre dafür bekommen. Er saß aber irgendwo in Süddeutschland ein. Dass er sich zurück in meine Gemeinde traut, hätte ich nicht erwartet.«

»Seiner Meinung nach ist er unschuldig. Sie hätten ihm übel mitgespielt«, entgegnete Walter.

»Ich? Das Einzige, was ich gemacht habe, war, ihn festzunehmen, damit er niemandem mehr Schaden zufügen konnte. Er war gefährlich und ist es sicherlich immer noch.«

»Da gebe ich Ihnen recht. Menschen wie Mücke werden sich niemals ändern«, pflichtete Walter Gustav bei, doch Brandt wirkte, als läge ihm etwas auf der Zunge.

»Was gibt Ihnen zu denken?«, fragte Gustav ihn daher direkt.

»Er behauptete, Sie und der Bürgermeister hätten dafür gesorgt, dass er keine Bewährung erhielt. Es sei in dem Prozess wohl nicht alles rechtens gewesen«, erklärte Brandt.

Gustav rechnete es ihm hoch an, dass er seine Zweifel direkt ansprach und nicht darum herumredete, daher war er sich auch nicht zu schade, die Hintergründe zu erklären.

»Bei dem Kioskbesitzer handelt es sich um einen damals zweiundachtzig Jahre alten Mann. Gier hat 58 Euro von ihm erbeutet und ihn dafür krankenhausreif geschlagen. Nur weil der Rettungswagen schnell vor Ort war, hat der gute Mann überlebt. Albert und ich haben dafür Sorge getragen, dass Gier keine Bewährungsstrafe kriegt. Aber weder er noch ich haben das Urteil gesprochen, das wurde von einem Richter gefällt. Ich habe nur dafür gesorgt, dass Gier weit weg von meiner Gemeinde seine Zeit im Gefängnis absitzt. Ob ich mein Handeln bereue? Nein, tue ich nicht!« Gustav machte eine kleine Gedankenpause. »Warum ich Ihnen das erzähle? Weil ich nicht möchte, dass irgendwelche Geheimnisse zwischen uns stehen, die für die Ermittlungen hinderlich sein könnten.« Gustav war schonungslos ehrlich. Er hasste Gier und selbst die drei Jahre Knast waren in seinen Augen noch zu wenig. Der Kioskbesitzer war durch den feigen Angriff für sein Leben gezeichnet, und er fragte sich ernsthaft, warum Gier ausgerechnet zurück nach Niendorf gezogen war. Er musste doch wissen, dass er in seiner Gemeinde nicht mehr willkommen war.

Gustav sah, dass Aydin erschrocken wirkte über so viel Offenheit. Walter jedoch schien das Ganze überhaupt nicht zu stören, weil er vermutlich Mitleid mit dem Kioskbesitzer hatte. Brandts Reaktion konnte Gustav nicht einschätzen. Seine Körpersprache verriet ihn nicht.

»Mads meinte, dass Sie Ihre Ausbildung bei der Hamburger Polizei gemacht haben«, sprach er Brandt an.

»Das stimmt.«

»Wer war Ihr Ausbilder?«

»Josef Peters.«

»Josef? Der Josef? Gebürtiger Niendorfer, groß, dunkle Haare, immer zum Rechtsscheitel gekämmt. Ein Schneidezahn fehlte ihm.«

»Genau der«, antwortete Brandt und Gustav sah ein Leuchten in den Augen seines Kollegen. Es war nicht zu übersehen, dass er eine besondere Beziehung zu Josef hatte.

»Dann kennen Sie meine Methoden besser als irgendjemand anderer hier. Wobei Josef wirklich erbarmungslos war.«

»Aber immer fair«, wandte Brandt ein. »Er hat nur die schweren Jungs mit aller Härte angefasst. Ich kenne niemanden mit einem höheren Gerechtigkeitssinn, Walter mal ausgenommen.«

Gustav nickte, denn nun war klar, dass auch Brandt mit seinen Methoden im Einklang war.

Nur Aydin schien nicht überzeugt, er zeigte dieselbe ablehnende Körperhaltung wie Mads. Sein Neffe hielt ganz offensichtlich aus Rücksichtnahme auf seine Freunde einen dummen Spruch zurück.

Beide Akademiker, keine Straßenbullen wie Brandt und ich, dachte Gustav. *Was wissen die von der brutalen Realität?*

»Gut, nachdem wir das geklärt haben, was hat das Gespräch mit Gier ergeben?«, erkundigte sich Gustav.

»Ich möchte kurz betonen, dass Lena und ich andere Methoden bevorzugen als mein Onkel und der Bürgermeister«, mischte sich Mads nun doch ein. »Ich denke, es ist wichtig, dass wir das klarstellen. Nicht, dass hier das Gefühl entsteht, wir würden alle der Versuchung des norddeutschen Klüngels erliegen.«

Gustav sog unmerklich die Luft ein. Warum tat Mads das? Vor allem in der aktuellen Situation, wo man keine Maßnahme ausschließen durfte, um Jutta zu befreien.

»Ich weiß, nichts anderes habe ich von dir erwartet«, antwortete Aydin. »Wir beide sind eine andere Generation als Lasse und dein Onkel.«

»Gut, das wäre also geklärt. Wir haben deinen Standpunkt zur Kenntnis genommen. Trotzdem sind wir hier, um Jutta zu befreien, und nur darauf sollten wir uns konzentrieren«, entgegnete Brandt. Es war, als würde er Gustavs Gedanken lesen.

»Dem ist nichts hinzuzufügen und ich muss sicherlich nicht erwähnen, dass uns die Zeit davonrennt. Wenn der Aufprall tatsächlich in Verbindung mit meiner Mutter steht, muss man kein Arzt sein, um zu wissen, dass sie höchstwahrscheinlich schwere Verletzungen davongetragen hat. Erzählen Sie uns bitte, was das Gespräch mit Gier gebracht hat«, bat Gustav.

»Mücke hat auch einen lauten Knall gehört«, antwortete Walter. »Was zu den Informationen passt, die Mads und Lena haben.«

»Hat er das Auto gesehen?«

»Er hat es zunächst bestritten, aber nachdem ich ihm klargemacht habe, dass wir ihm nicht glauben, hat er eingestanden, eines gesehen zu haben.« Walter holte kurz Luft.

»Wir haben uns das Zimmer angeschaut, von wo aus er den Wagen beobachtet haben will, und die Sicht auf die Landstraße vom oberen Stockwerk aus ist gut, gerade bei Tage. Es ist daher absolut möglich, dass seine Angaben stimmen«, erklärte Brandt.

»Aber?«, fragte Gustav. Brandt klang unschlüssig, etwas schien ihn nicht zu überzeugen.

»Im Gegensatz zu der Mitarbeiterin im Vogelpark will Gier ein blaues Auto gesehen haben.«

»Konnte er das Fahrzeug eindeutig identifizieren?«

»Ein alter VW Passat.«

»Danke. Ich werde mit Gier sprechen«, antwortete Gustav. Er war entschlossen, aus ihm herauszubekommen, ob er den Kölnern die Wahrheit gesagt hatte, denn die Mitarbeiterin im Vogelpark hatte sicherlich keinen Grund, Mads zu belügen.

17

Emma konnte sich ihren emotionalen Ausbruch bei Mads nicht erklären. Vielleicht lag es daran, dass sie eine der Letzten gewesen war, die Jutta gesehen hatte. Sie hatten gemeinsam auf der Terrasse der *Seaside Lounge* gesessen, sie war bester Laune gewesen und kurz darauf wurde sie vermisst. Konnte es einen schlimmeren Albtraum geben?

Emma seufzte. Es war schön gewesen, Mads' starken Körper zu spüren. Er hatte unbeschreiblich gut gerochen, der Hauch eines frischen Eau de Toilette, dazu sein Körpergeruch, den sie ebenso anziehend fand. In diesen wenigen Sekunden, in denen sie sich an ihn geschmiegt hatte, war die Welt in Ordnung gewesen, als könnte niemand ihr Glück zerstören.

Aber das war eine Lüge. Die Welt war nicht in Ordnung. Ein Wahnsinniger hatte Jutta in seiner Gewalt und sie wollte sich nicht ausmalen, was die warmherzige alte Dame gerade durchmachte. Dennoch hatte Amir recht, sie durfte das Ganze nicht zu nah an sich heranlassen.

Nach ihrer Joggingrunde war sie mit ihrem Fahrrad auf dem Weg zur *Seaside Lounge*, wo sie mit Amir, Pietro und Jule zum Frühstück verabredet war. Als sie ihr Fahrrad vor dem Restaurant anschloss, sah sie aus dem Augenwinkel, dass die anderen bereits am Tisch saßen. Emma betrat die Terrasse und begrüßte die Runde.

»Was ist denn das?«, fragte sie, als sie auf ihrem Platz einen kleinen Osterhasen entdeckte.

»Der ist von mir. Jeder hat einen bekommen«, antwortete Jule.

»Das ist so lieb von dir. Ich habe an gar nichts gedacht für euch, das tut mir leid.« Emma bekam ein schlechtes Gewissen.

»Das muss es nicht. Deine Anwesenheit reicht«, sagte Jule lächelnd, und Emma wusste, dass es von Herzen kam. Emma umarmte sie.

»Fangt jetzt vor lauter Rührseligkeit bloß nicht an zu weinen«, zog Amir die beiden auf.

»Lass sie mal, darum sollte es doch im Leben gehen, dass man einander was Gutes tut und lieb zueinander ist«, entgegnete Pietro.

»Mir reicht es, wenn du mich liebst. Mehr brauche ich nicht«, konterte Amir.

»Du kleine sexy Bitch.« Pietro drehte Amirs Gesicht zu sich und drückte ihm einen Kuss auf die Lippen.

Die Kellnerin kam und nahm die Getränkebestellung auf.

»Was frühstücken wir?«, fragte Emma, nachdem sie wieder gegangen war.

»Heute ist Ostern, also Cheatday«, sagte Amir. »Es darf gerne sehr süß sein.«

»Dann wären Pancakes doch genau das Richtige«, schlug Jule vor.

»Vielleicht als Dessert?«, wandte Emma ein. Sie brauchte ein ordentliches Frühstück. Pancakes waren in ihren Augen nur ein Nachtisch.

»Klar doch. Ich werde Avocado-Toast mit Spiegelei bestellen«, erwiderte Jule.

»Das hört sich lecker an, da gehe ich mit.«

»Ich brauch auch erst mal was Herzhaftes. Wurst und Käse. Als Nachtisch nehme ich mit euch die Pancakes«, sagte Amir.

»Das Gleiche für mich«, stimmte Pietro seinem Freund zu.

Die Kellnerin kam und servierte die Getränke, dann nahm sie ihre Bestellung auf und entfernte sich.

»Hat sich Mads eigentlich bei einem von euch gemeldet?«, erkundigte sich Jule.

»Bei mir nicht. Kann mir aber gut vorstellen, dass er gerade andere Sorgen hat, als sich bei mir zu melden«, antwortete Amir.

»Ich habe ihn heute Morgen am Strand getroffen, als ich joggen war«, sagte Emma. Der überraschte Blick von Jule entging ihr nicht.

»Was hat Mads denn am Strand zu suchen gehabt?«

»Er hat eine Runde gesurft, um den Kopf freizubekommen. Ich soll euch ausrichten, dass er euch nicht vergessen hat. Aber wie Amir schon vermutete, er hat gerade keine Muße, uns zu antworten.«

»Nur zu verständlich. Er hat aus dem Grund schon früher gerne gesurft. Ich möchte mir gar nicht vorstellen, was er momentan durchmacht«, kommentierte Jule.

»Mag sein, aber das wird nichts im Vergleich zu dem sein, was Jutta durchlebt. Gibt es denn Neuigkeiten?«, fragte Amir.

»Ich denke nicht. Und wenn, hat Mads es mir nicht verraten. Ich hatte ihm vorgeschlagen, einen Aufruf zu posten, was er aber aus guten Gründen abgelehnt hat.«

»Schrecklich. Wie kann ein Mensch am helllichten Tag verschwinden, ohne dass jemand etwas gesehen hat. Gerade die Landstraße ist doch gut befahren«, bemerkte Pietro.

»Wie gesagt, wenn die Polizei etwas weiß, enthält sie uns das vor, um Juttas Leben nicht zu gefährden.«

»Aber wir müssen doch irgendwas tun können«, beharrte Jule.

»Ich fürchte nicht. Wir haben überhaupt keinen Anhaltspunkt«, entgegnete Emma.

Die Kellnerin kam mit dem Frühstück und servierte. Schweigend begannen alle zu essen. Emma fragte sich, was Mads wohl gerade machte und wie es ihm ging. Zu gerne wäre sie jetzt bei ihm gewesen. Ihr Ärger darüber, dass er Papa war, ohne es auch nur geplant zu haben, war längst der Sorge um ihn und Jutta gewichen.

Amir hatte ihr am vergangenen Abend erzählt, dass er begonnen habe, ein paar Informationen über Karola zu recherchieren, aber Emma war nicht mehr in der Stimmung, sich damit auseinanderzusetzen. Es fühlte sich nicht richtig an, dass sie sich hinter Mads' Rücken über diese Frau schlaumachte, während er in Sorge um seine Oma war.

»Ich weiß nicht«, äußerte Jule unvermittelt.

»Was weißt du nicht?«, fragte Amir.

»Ob es so klug ist, die Öffentlichkeit außen vor zu lassen. Ihr beide arbeitet doch für die Ostseezeitung und die wird im Umkreis von vielen Haushalten gelesen. Wenn es Fahrerflucht war, wäre es möglich, dass jemand was gesehen hat.«

»Mag sein, aber wenn der Täter ein Psychopath ist und wegen des Artikels in Panik verfällt, würde Jutta echt Schwierigkeiten bekommen«, erwiderte Amir.

»Als ob sie die nicht schon hätte«, konterte Jule. »Könnt ihr euch nicht über Mads hinwegsetzen und es einfach tun?«

Amir warf Emma einen kurzen Blick zu.

»Nein, können wir nicht«, antwortete Emma. Es war ausgeschlossen, dass sie ihm in dieser Sache in den Rücken fiel.

»Du kannst es nicht. Aber ich könnte. Was, wenn Mads sich irrt und wir mit unserem Einsatz helfen, Jutta zu finden? Ich könnte den Artikel posten«, wandte Amir ein.

Wut stieg in Emma auf. Meinte Amir das wirklich ernst oder war das nur ein schlechter Scherz?

»Denk doch nur an deine Entführung«, fuhr er da schon fort. »Glaubst du, dieser Psychopath hätte dich ermordet, wenn jemand die Öffentlichkeit viel früher eingeschaltet hätte? Denk bitte in Ruhe darüber nach, bevor du es kategorisch ausschließt.«

Emma atmete ein und versuchte, ihren Ärger außen vor zu lassen, und tatsächlich kam ihr plötzlich der Gedanke, dass Amir vielleicht gar nicht so falschlag und es ihre journalistische Pflicht war, die Öffentlichkeit zu informieren.

»Was genau schwebt dir denn vor?«, fragte sie, doch der Zweifel, ob sie das Richtige tat, wollte nicht verschwinden.

18

Zum Ende der Besprechung hatte Gustav ein paar Aufgaben verteilt, Lena hatte die wichtigsten Informationen in die Polizeidatenbank eingepflegt und nachdem sie das weitere Vorgehen besprochen hatten, hatte Gustav die Sitzung aufgelöst. Während er mit Meiko zurück in sein Büro gegangen war, hatten die Kölner sich mit Mads und Lena in deren Büro begeben.

»Was haltet ihr davon, wenn wir alle Hinweise, die wir bisher haben, an dem langen Whiteboard anbringen?«, schlug Lena vor.

»Gute Idee«, antwortete Brandt und so begannen sie, Zettel zu beschriften und nach und nach an dem Whiteboard zu befestigen. In der Mitte hing der Zettel mit Juttas Namen.

Als sie fertig waren, stellten sie sich ein paar Schritte entfernt davor und schauten auf die Sammlung.

Mads' Blick wanderte kurz zu Brandt, dann wieder zum Whiteboard. Dass er von Josef Peters ausgebildet worden war, verriet viel über ihn. Mads kannte Peters zwar nicht persönlich, aber sein Ruf war legendär. Sein Onkel hatte oft Storys von ihm erzählt und Mads wusste, dass Peters und sein Opa gute Freunde gewesen waren.

Es wunderte ihn daher nicht, dass Brandt mit den Methoden seines Onkels keine Probleme hatte, während Aydin Bedenken zeigte, auch wenn er das in der Besprechung nicht so offensichtlich kundgetan hatte. Aydins Körpersprache hatte ihn jedoch verraten und er kannte Aydin noch gut aus der Akademie. Schon damals hatte er zu denen gehört, für die das Gesetz immer an erster Stelle stand. Er war ein Mann mit klaren Prinzipien. Etwas, was Mads von sich selbst ebenso sagen würde. Doch diesmal war es anders, jetzt ging es um seine Oma, und das erste Mal war er mit seinem Onkel einer Meinung, dass nichts ausgeschlossen werden durfte, um Jutta zu befreien.

»Wenn wir ehrlich sind, haben wir nur drei Aussagen, die bestätigen, gegen 14 Uhr einen lauten Knall oder ein lautes Geräusch gehört zu haben«, brach Brandt das Schweigen.

»Zwei von ihnen haben Autos dazu gesehen«, ergänzte Aydin.

»Aber mit unterschiedlichen Farben. Es könnte sein, dass keines davon das Tatfahrzeug ist«, gab Brandt zu bedenken.

»Gustav wird herausbekommen, ob dieser Mücke die Wahrheit gesagt hat«, erwiderte Mads.

»Ich möchte mir gar nicht vorstellen, wie er das tun wird. Vielleicht hätten wir das lieber übernehmen sollen«, bemerkte Aydin.

»Mücke hat nicht die Eier, mich zu belügen. Er wird schon die Wahrheit gesagt haben«, erklärte Walter.

»Das denke ich auch. Gustav wird genau dieselbe Information von ihm erhalten. Es liegt an uns, wie wir sie dann nutzen«, pflichtete Brandt ihm bei.

»Und da kommt Tim ins Spiel«, ergänzte Lena. »Wir werden das Auto zur internen Fahndung ausschreiben. Hoffentlich kann Tim mehr über das Fahrzeug herausfinden. Immerhin hat die KTU Reifen- und Lackspuren gefunden. Wenn diese Lackspuren blau sind, wie von Mücke behauptet, wissen wir ganz sicher, dass es das Fahrzeug ist.«

»Nur kommt uns immer noch Ostern in die Quere. Es gibt kein Labor, das uns die Ergebnisse schnell liefern kann«, ärgerte sich Mads.

»Wartet mal ab. Ihr habt doch Lackspuren gefunden, und die Spurensicherung wird sicherlich irgendwo vermerkt haben, welche Farbe diese haben«, sagte Brandt.

»Stimmt«, erwiderte Mads und ärgerte sich, dass er nicht

selbst darauf gekommen war. »Ich rufe Tim an, der ist in der Dienststelle in Lübeck. Ole hat heute frei.«

»Mach das«, sagte Brandt nickend und Mads trat an seinen Schreibtisch, um Tim anzurufen.

Der Leiter der IT-Abteilung nahm das Gespräch sofort an.

»Die Kölner Jungs sind bei mir«, sagte Mads nach der Begrüßung.

»Freut mich. Wie geht's euch?«

»Es würde uns allen besser gehen, wenn wir Jutta finden«, antwortete Brandt. »Schön, deine Stimme zu hören. Walter ist auch bei uns.«

»Walter? Der berühmte Imbissbudenbesitzer Walter?« Das Erstaunen in Tims Stimme war deutlich zu hören.

»Genau der. Ich wünschte, ich könnte euch alle zum Grillen einladen.«

»Das werden wir tun, sobald wir meine Oma gefunden haben«, sagte Mads und sah im Augenwinkel, wie Walter eifrig Zustimmung signalisierte.

»Danke für die Einladung«, erwiderte Tim. »Wie kann ich euch helfen? Gustav hatte schon angedeutet, dass ihr mich vielleicht benötigt.«

»Hast du noch was auf dem Handy gefunden?«, erkundigte sich Mads.

»Leider nicht. Ich habe gerade ein anderes Programm laufen, das Fischer und ich aktuell testen.«

»Wie es scheint, stehst du in regem Austausch mit Fischer«, kommentierte Aydin.

»Das tue ich, nicht nur beruflich«, blieb Tim vieldeutig.

Mads wusste, dass Fischer, sein Kollege bei der Kölner Kripo, und Tim begnadete Hacker waren, die ihre Dienste glücklicherweise dem Guten widmeten, indem sie für die Polizei arbeiteten.

»Was hat es denn mit diesem Programm auf sich?«, hakte Mads nach.

»Es greift auf die Coretechnik zu und analysiert das Handy. Selbst wenn keine Fotos oder Videos aufgezeichnet werden, sind die Handykamera und das Mikrofon trotzdem aktiv und es werden ständig Informationen ans Betriebssystem und die Apple-Apps gesendet. Informationen, die meistens dazu dienen, personenbezogene Nachrichten und Werbung zu erhalten. Sicherlich ist euch auch schon aufgefallen, dass ihr immer mal wieder unerwartete Werbung bekommt, weil ihr euch gerade an einem bestimmten Ort aufhaltet oder euch über etwas unterhaltet. Dass dem so ist, verdankt ihr eurem Handy, vor allem der Kamera und dem Mikrofon.«

»Wem sagst du das, hab ich erst letzte Woche wieder gehabt. Da war ich auf dem Sportplatz und keine Stunde später kriege ich Werbung für diese komischen Apps, mit denen man trainieren kann«, bemerkte Walter.

Brandt grinste. »Da sieht man, dass dieses personalisierte Marketing seine Tücken hat.«

Walter grummelte etwas und warf Brandt einen gespielt finsteren Blick zu, weil er natürlich verstand, dass Brandt damit auf sein Übergewicht anspielte. Aber diese Nickligkeiten gehörten bei den drei Jungs einfach dazu.

»Zurück zu unserem Fall. Das ist eine gute Sache, Tim«, fuhr Brandt fort. »Willst du damit sagen, dass du möglicherweise herausfinden kannst, ob zur Tatzeit jemand mit Jutta gesprochen hat oder in ihrer Nähe war?«

»Das wäre das Optimum. Ich kann nichts versprechen, aber wir versuchen alles, um genau das zu erreichen.«

»Das würde uns enorm helfen«, sagte Mads und schöpfte endlich ein wenig Hoffnung. Wenn jemandem das gelingen konnte, dann Tim und Fischer. »Wir haben auch noch eine Bitte an dich, weil Ole seinen verdienten freien Tag hat.«

»Das stimmt. Was möchtet ihr?«

»Ich weiß, dass gestern unter anderem Lackspuren am Tatort gefunden wurden, allerdings wissen wir nicht, welche Farbe dieser Lack hatte. Kannst du das herausfinden?«

»Sollte ich hinbekommen. Ich weiß zwar nicht, wie viele Lackspuren gesichert wurden, aber ich denke mal, dass sie alles ins Labor zur Analyse geschickt haben.«

»Davon gehe ich auch aus. Ich habe es leider nicht mitbekommen«, erwiderte Mads.

»Gebt mir fünfzehn Minuten. Ich schaue, ob Ole diesbezüglich etwas notiert hat, und falls nicht, sehe ich in der Asservatenkammer nach.«

»Das ist sehr lieb von dir«, meldete sich Lena zu Wort.

»Kein Ding. Ich rufe euch zurück.«

»Mach das«, sagte Mads und verabschiedete sich.

»Endlich haben wir neue Möglichkeiten«, sinnierte Lena.

»Genau. Jede neue Option kann ein Weg zu Oma sein«, stimmte Mads zu. »Wenn nur dieser Feiertag nicht wäre.«

»Du könntest doch Ole bitten …«, schlug Brandt vor, wurde jedoch sogleich von Mads unterbrochen.

»Nein, Tim kriegt das hin. Eigentlich wäre das Labor wichtiger wegen der DNA-Spuren und dem Blutgruppenabgleich. Aber da haben wir keine Chance, das ist erst morgen wieder besetzt.«

Brandt nickte, dann sagte er: »Wir sollten noch zwei Verweise am Whiteboard anbringen.«

»Die wären?«

»Einmal der Weg vom Vogelpark Richtung Landstraße mit einem Fragezeichen. Auch wenn es kaum wahrscheinlich ist, aber es wäre denkbar, dass sie auf dem Rückweg angehalten hat und entführt wurde.«

»Und das Blut auf der Straße?«, fragte Aydin. Er schien nicht überzeugt.

»Könnte tatsächlich von einem Wildunfall herrühren.«

»Und das Handy? Warum sollte das Handy genau an der Stelle liegen?«

»Das ist ein gewichtiges Argument. Der Täter könnte es weggeworfen haben. Möglicherweise hat er den Wildunfall ebenfalls gesehen und ist dabei auf die Idee gekommen«, überlegte Walter.

»Du meinst, er hat Jutta entführt und dabei gesehen, dass jemand einen Wildunfall hatte. Daraufhin hat er das Wild in den Kofferraum gelegt, dann das Handy dort liegen gelassen und ist weitergefahren?«, führte Mads Walters Überlegung aus.

»So in etwa?«, antwortete Walter ein wenig fragend. »Das wäre sehr schräg, ich weiß.«

»Verdammt schräg, um ehrlich zu sein. Wenn es ein Wildunfall war, hätte die KTU Spuren von Wild gefunden. Fell, Tierhaare, etwas in der Richtung«, gab Lena zu bedenken.

»Da wir den Bericht von Ole noch nicht haben, können wir es aber auch nicht ausschließen«, antwortete Brandt und Mads nickte zustimmend.

»Wir tappen einfach völlig im Dunkeln. Wir brauchen den Bericht von Ole«, sagte er und überlegte, ob Brandt nicht doch recht hatte mit dem Vorschlag, Ole privat zu kontaktieren. Zunächst wollte er jedoch das Gespräch mit Tim abwarten.

»Du hattest von einem zweiten Hinweis gesprochen. Welcher wäre das?«, fragte Lena.

»Vermutlich ist er fast so unwahrscheinlich wie mein vorheriger Gedanke, aber ich sage es trotzdem: Was, wenn ihr das Handy aus der Tasche gefallen ist und sie ganz woanders entführt wurde?«

Mads schluckte, an diese Option hatte er noch gar nicht gedacht.

»Dieser Gedanke ist gar nicht so abwegig«, antwortete er daher und es lief ihm kalt den Rücken herunter. Wenn es wirklich so war, bedeutete das, dass sie einen ganzen Tag verschwendet hatten.

19

Gerade als Gustav sein Büro verlassen wollte, klopfte es an der Tür und Petra trat ein.

»Der Bürgermeister ist da.«

»Dann soll er eintreten«, antwortete Gustav.

Petra verließ das Büro, ließ die Tür offen und Albert trat ein.

»Gut, dass du da bist, ich wollte dich eh von unterwegs anrufen«, empfing Gustav seinen Freund.

»Wohin geht es denn?«, fragte der.

»Du wirst nie erraten, wer nach Niendorf gezogen ist.«

»Meinst du Tjark Gier?«

»Woher weißt du das?«

»Ist meine Gemeinde.«

Gustav spürte, wie sein Pulsschlag sich erhöhte. »Und warum erfahre ich das nicht? Du weißt, dass ich Gier deutlich gemacht habe, dass er in Niendorf nichts mehr zu suchen hat.«

»Ich habe das erst vor ein paar Tagen erfahren. Ich wollte es dir nach Ostern erzählen …«, verteidigte sich Albert.

»Wieso glaube ich dir nicht?«, reagierte Gustav verärgert.

»Das solltest du aber. Es ist die Wahrheit. Was hat Gier mit dem Verschwinden von Jutta zu tun?«

»Das weiß ich nicht. Noch nicht.«

»Sag nicht, dass du auf dem Weg zu ihm bist?«, fragte Albert und zog die Brauen hoch.

»Genau das hatte ich vor.«

»Ich begleite dich.«

Gustav schüttelte den Kopf. »Das kriege ich allein hin.«

»Kommt nicht infrage, ich begleite dich. Du bist gerade

sehr emotional und wir beide kennen Gier. Der kann einen bis zur Weißglut provozieren. Möchtest du seinetwegen eine Dummheit begehen?«

»So ein Quatsch, ich habe mich unter Kontrolle. Ich möchte nur wissen, warum er nach Niendorf gezogen ist und in welcher Verbindung er zum Verschwinden meiner Mutter steht.«

»Ich doch auch. Genau deswegen brauchst du mich«, blieb Albert hartnäckig.

Gustav überlegte und presste die Lippen zusammen.

»Was grübelst du? Ich komme so oder so mit«, erklärte Albert entschlossen.

»Ist ja gut. Aber ich führe das Gespräch und ich möchte nicht, dass du irgendwelche Fallstricke bei dem Gespräch einbaust.«

»Was du immer von mir denkst. Ich stehe auf deiner Seite.«

»Dann erklär mir lieber, warum dieser Spast wieder in meiner Gemeinde ist?«

»Woher soll ich das wissen? Das wolltest du ihn doch fragen«, entgegnete Albert und fuhr sich übers Haar. Eine Geste, die Gustav zeigte, dass er nervös war.

Gustav schüttelte den Kopf, nahm seine Waffe und beide verließen das Büro. Meiko folgte ihnen.

»Petra, mach bitte Feierabend. Ich brauche dich nicht mehr hier«, sagte Gustav im Vorzimmer.

»Was ist mit Meiko?«

»Den nehme ich mit.«

»Gut. Wenn was ist, ruf mich an«, bat Petra.

»Mach ich«, sagte Gustav, aber das würde er niemals tun. Petra sollte noch etwas vom Feiertag haben.

»Ich wünsche Ihnen einen frohen Ostermontag, trotz aller Hindernisse«, sagte Albert und Petra wünschte ihnen das Gleiche, dann gingen beide zu Gustavs Wagen. Meiko nahm auf der Rückbank Platz.

»Weißt du, wo er wohnt?«, erkundigte sich Albert.

»Säße ich sonst hier?«, konterte Gustav. »Lena hat seine Kontaktdaten eingepflegt, nachdem Brandt sie ihr in der Besprechung genannt hatte.«

»Sie scheint vor allem das Administrative zu machen.«

»Ist auch besser so. Das ist nicht gerade Mads' Stärke.«

»Es war auch nie deine.«

»Woher willst du das wissen?«

Ein Lächeln huschte über Alberts Gesicht. »Dein Bruder hat es mir erzählt. Er hat das für euch beide erledigt, ebenso die Berichte.«

»Behalt das bloß für dich. Wenn Mads das erfährt, fühlt er sich noch ermutigt. Ich möchte, dass er sich angewöhnt, genau wie Lena Berichte zu schreiben.«

»Vergiss es. Da bringst du eher einem Kiwi das Fliegen bei«, sagte Albert schmunzelnd.

Gustav unterdrückte ein Lachen, er fand den Vergleich ziemlich merkwürdig.

»Das mit der Mundpropaganda hast du angeleiert?«, fragte er.

»Ja, ich habe die Anweisung bereits per E-Mail an alle wichtigen Verteiler weitergeleitet. Morgen ist wieder Sprechstunde in den Verwaltungen. Die Angestellten sind angehalten, die Bürger zu fragen, ob sie einen Autounfall an der Landstraße beobachtet haben.«

»Sehr gut.« Vielleicht würden sie auf diese Weise einen Zufallstreffer landen.

»Ich weiß, es ist nur ein kleiner Strohhalm, aber besser als keiner. Übrigens, auch wenn du nicht möchtest, dass wir die Fahndung öffentlich machen, Tobias von der Ostseezeitung kann uns jederzeit mit einem Artikel unterstützen. Die Reichweite des Blattes in der Gemeinde und der Umgebung ist enorm.«

Gustav seufzte. »Und wenn du es zum tausendsten Mal ansprichst, meine Antwort bleibt dieselbe: keine Öffentlichkeit und erst recht keine Presse.«

»Hat Mads das auch dieser Emma Falk gesagt?«

»Warum sollte er?«

»Na ja, die ist doch bekannt dafür, dass sie in jedes Fettnäpfchen tritt«, ätzte Albert. Er hatte keine hohe Meinung von der Journalistin, die schon öfter über die Fälle der Ostseekriminalpolizei berichtet hatte.

»So blöd wird sie nicht sein«, widersprach Gustav, »sie kann gut mit Jutta. Tobias muss doch jeden Artikel absegnen, oder?«

»Eigentlich schon, aber du weißt, wie notgeile Männer sind.«

»Glaubst du, er will was von ihr?«

Albert lachte abfällig. »Glaubst du, er hat das Blondchen wegen ihrer Qualifikationen eingestellt? Es ist doch offensichtlich, dass Tobias ebenso wie Mads nur mit dem Schwanz denkt, was diese Emma anbelangt.«

»Du bist mal wieder richtig nett. So schlecht schreibt sie nicht. Ich habe einige ihrer Artikel gelesen.«

»Als ob du Ahnung von diesen Dingen hast.«

»Jutta mag ihre Artikel sehr«, beharrte Gustav.

»Jutta ist ein ausgesprochen empathischer Mensch. Jede Wette, dass Mads ihr gegenüber von Emma nur so geschwärmt hat? Du weißt wie ich, was für einen Narren Jutta an ihrem Enkel gefressen hat. Sie hat ihm immer alles durchgehen lassen.«

»Schon mal darüber nachgedacht, dass Emma wirklich eine gute Journalistin sein könnte, du aber nicht über deinen Schatten springen kannst, weil sie deine Eitelkeit beleidigt hat?«

»Werd nicht albern. Sie ist nicht mein Niveau.«

»Wie du meinst. Wir sind da. Genug über Emma gesprochen.«

Gustav parkte und beide stiegen aus, dann öffnete er die hintere Tür und streichelte Meiko.

»Du musst im Wagen bleiben. Ich bin nicht lange weg«, sagte er. Meiko schien zu verstehen und legte sich wieder hin. Gustav fuhr das Fenster etwas herunter, damit es im Auto nicht zu heiß wurde. Obwohl er im Schatten geparkt hatte, wollte er kein Risiko eingehen.

»Ich frage mich, wie Gier sich die Miete für das Haus leisten kann«, sinnierte Albert mit Blick auf das Anwesen.

»Hatte er nicht einen Vater, der Eigentum besaß?«

»Geerbt, das wäre möglich.« Albert nickte. »Ist er deswegen zurückgekommen?«

»Das werden wir gleich erfahren.« Gustav trat an die Haustür und klingelte.

Niemand öffnete.

»Ausgeflogen?«, bemerkte Albert.

Statt zu antworten, klingelte er erneut. Mit demselben Ergebnis.

»Wir sollten uns auf dem Grundstück umsehen«, schlug Albert vor.

Gustav nickte und beide gingen ums Haus herum bis zum hinteren Bereich, wo eine Terrasse zu sehen war. Davor lag ein kleines Grundstück mit Rasenfläche. Von Gier keine Spur.

Gustav betrat die Terrasse und schaute durch eines der bodentiefen Fenster. Im Wohnzimmer war niemand zu sehen. Es wirkte tatsächlich, als wäre Gier nicht zu Hause.

»Hast du seine Handynummer?«, fragte Albert.

»Haben wir. Das muss man Brandt und seinem Team lassen, sie arbeiten sehr gründlich. Haben aus Gier eine Menge Daten herausgekitzelt, die Lena sofort in die Datenbank eingepflegt hat.«

»Dann sollten wir Gier anrufen.«

»Ganz sicher nicht.«

»Warum?«, fragte Albert erstaunt.

»Weil er sich nicht auf unser Gespräch vorbereiten soll und ich ihm in die Augen schauen möchte, wenn er mir antwortet.«

»Und wie willst du jemandem in die Augen sehen, dessen Aufenthaltsort du nicht kennst?«

»Indem ich später wiederkomme.«

Albert schien nicht überzeugt, sagte aber nichts. Beide verließen die Terrasse und gingen zurück zum Vorgarten.

Gustav ließ es sich nicht nehmen, ein letztes Mal zu klingeln.

»Als ob er jetzt plötzlich da wäre«, spöttelte Albert.

Er behielt recht, die Tür blieb verschlossen.

»Gustav, was machst du denn hier?«, hörte er da eine Stimme hinter seinem Rücken.

Als er sich umdrehte, erkannte er Markus Ziegler.

»Moin, Markus.«

Gustav trat zu ihm und reichte ihm die Hand, Albert tat es ihm gleich.

»Wir wollten zu Tjark Gier. Du kennst ihn nicht zufällig?«, fragte Gustav.

»Ich wohne in dem Haus etwas weiter runter. Klar kenne ich ihn.«

»Sehr interessant. Ich dachte, du wohnst auf der Höhe des ehemaligen Schwimmbades.«

»Seit zwei Jahren schon nicht mehr. Bin hierher gezogen«, erwiderte Ziegler.

»Verstehe. Was weißt du über Gier?«

»Nicht viel. Nur dass er in der Nachbarschaft nicht beliebt ist. Ein arrogantes Arschloch. Verzeih den Ausdruck.«

»Wann ist er hergezogen?«, bohrte Gustav weiter.

»Gute Frage. Das müsste vor einem Jahr gewesen sein. Hat er was verbrochen?«

»Nein, wir wollen uns nur mit ihm unterhalten«, antwortete er und beschloss, Ziegler vorerst nicht darüber zu informieren, dass seine Mutter entführt worden war.

»Es gibt da so Gerüchte«, deutete Ziegler an.

»Was für Gerüchte?«

»Dass er mal im Knast saß.«

»Diese Gerüchte sind wahr«, antwortete Albert.

Ziegler sog scharf die Luft ein. »So jemand hat uns in unserer Nachbarschaft gerade noch gefehlt. Haben wir keine Möglichkeit, ihn loszuwerden?«

»Ich fürchte nicht. Wenn er hier rechtmäßig wohnt und kein Verbrechen begeht, habt ihr keine Chance, ihn loszuwerden.«

»Ist doch nur eine Frage der Zeit, bis er wieder zuschlägt. In dieser Straße gibt es bereits Nachbarn, die überlegen, wegzuziehen, weil sie Angst vor ihm haben.«

»Warum haben sie denn Angst vor ihm?«, fragte Gustav.

»Weil er sie einschüchtert.«

»Konkret? Droht er ihnen Gewalt an?«

»Das glaube ich eher nicht, es ist seine dominante und penetrante Art. ich finde ihn schon sehr furchteinflößend …«

»Er ist aber einen Kopf kleiner als du«, entgegnete Gustav.

»Seine Augen sind gefährlich, allein dieser Blick.« Plötzlich war Ziegler wie erstarrt und nun sah Gustav auch, warum. Auf der anderen Straßenseite stand Gier und wollte die Straße überqueren.

»Ich muss dann mal weiter.« Ziegler wartete Gustavs Erwiderung nicht ab und eilte davon.

»Was für ein Feigling«, spottete Albert und sah wie Gustav zu, wie Gier über die Straße zu ihnen kam.

»Sie sind früher da als erwartet. Hatten Sie Angst, allein zu mir zu kommen?«, giftete Gier.

»Ich habe ein paar Fragen an Sie. Führen wir das Gespräch in Ihrem Haus oder soll ich Sie mit zur Dienststelle nehmen?«, gab Gustav ungerührt zurück.

»Entspannen Sie sich. Ich bin nicht Ihr Feind. So wie ich Walter verstanden habe, brauchen Sie mich.« Ein gehässiges Lächeln huschte ihm übers Gesicht. Er trat zu seiner Haustür und ließ die beiden Besucher hinein. Dann gingen sie ins Wohnzimmer.

»Laut Walter haben Sie gestern einen Knall gehört«, kam Gustav direkt zum Punkt. Je kürzer das Gespräch mit diesem Gier dauerte, desto besser. Er verachtete ihn abgrundtief, und wie es schien, hatte sich sein Charakter durch den Gefängnisaufenthalt nicht zum Besseren verändert.

»Das stimmt. Wie der Zufall es will, war ich gerade oben.«

»Dürfen wir uns das ansehen?«

»Ich weiß nicht. Ist das nötig?«

»Das ist es.«

»Muss Ihr Schoßhund überall mit?«, fragte Gier und zeigte seine unregelmäßige Zahnreihe.

»Werden Sie nicht frech«, antwortete Gustav. »Haben Sie im Knast denn gar nichts gelernt?« Er schluckte seinen Ärger herunter. Dass Albert ruhig blieb und nichts dazu sagte, sah ihm gar nicht ähnlich.

»Sie meinen diesen Resozialisierungsmist?«

»Diese Programme haben schon ihren Sinn. Sie möchten doch wieder ein wertvolles Mitglied der Gesellschaft sein, oder ist es nur eine Frage der Zeit, bis ich Sie erneut festnehmen muss?«, konnte sich Gustav eine kleine Spitze nun doch nicht verkneifen.

»Sie haben sich kein bisschen verändert, noch immer dieser arrogante Ton, als wären Sie was Besseres. Nur wegen Ihnen musste ich in den Knast.«

»Nein, nicht wegen Herrn Johannsen, sondern weil Sie einen alten Mann krankenhausreif geschlagen haben, und das für ein paar mickrige Euro«, fiel Albert Gier ins Wort.

»So ein Quatsch. Das war doch alles inszeniert. Ich habe den Mann nicht zusammengeschlagen!«, echauffierte sich Gier.

»Sie glauben diesen Unsinn noch immer, was?« Gustav schüttelte den Kopf, er fühlte sich mächtig auf den Arm genommen.

»Dieser Quatsch ist die Wahrheit. Ja, ich wollte den Mann

überfallen, aber ich habe ihn nicht so zugerichtet. Ich bin wahrlich kein Kind von Traurigkeit und gegen eine ordentliche Schlägerei habe ich nichts einzuwenden, aber immer auf Augenhöhe. Sicherlich schlage ich keine alten Männer.«

»Genug. Ich möchte diesen Mist nicht mehr hören. Ich begreife sowieso nicht, warum Sie zurück in meiner Gemeinde sind.«

»Ich habe geerbt und fühle mich hier wohl.« Giers Blick bekam ein gefährliches Funkeln, seine Augen wurden zu Schlitzen, sie forderten Gustav geradezu heraus.

»Zeigen Sie mir das Zimmer im Obergeschoss«, antwortete Gustav kühl. Eine Diskussion mit jemandem wie ihm war sinnlos.

»Jawohl, Herr Zuchtmeister.« Wieder blitzten Giers Zähne auf. Gustav musterte ihn abschätzig. Gier hatte abgenommen, er wirkte noch hagerer als sonst, hatte aber noch immer eine für seine kleingeratene Erscheinung ziemlich große Klappe.

Vielleicht gerade deswegen, überlegte Gustav, *damit andere erst gar nicht auf die Idee kommen, in ihm ein Opfer zu sehen.*

Sie folgten Gier ins Obergeschoss und betraten das Zimmer.

»Hier war es.«

Gustav trat an das Fenster und schaute hinaus auf die Landstraße. Die Aussicht war sehr gut, nichts verdeckte den Blick.

»Was genau haben Sie gesehen?«, wollte Gustav wissen.

»Das habe ich Walter doch schon gesagt.«

»Ich möchte es aber von Ihnen hören.«

Gier rollte mit den Augen. »Einen lauten Knall und dann habe ich ein Auto mit erhöhter Geschwindigkeit wegfahren sehen.«

»War der Knall, bevor Sie das Auto gesehen haben?«, hakte Albert nach.

»Ja, logisch. Weil ich den Knall gehört habe, bin ich ja erst ans Fenster.«

»Haben Sie außer dem Fahrzeug noch etwas anderes gesehen?«

»Nein, nur das Heck des Autos. Es sah nach einem Wildunfall aus. Davon bin ich jedenfalls ausgegangen.« Gier lachte. »Konnte ja nicht ahnen, dass es Ihre Olle ist.«

»Was heißt hier Olle?«, reagierte Albert scharf und machte einen Schritt auf Gier zu.

»Entspannen Sie sich. Ich habe meine Alte immer Olle genannt. War nicht beleidigend gemeint.«

»Sie haben also nur das Fahrzeug gesehen, wie es weiterfuhr. Kam danach ein weiteres Fahrzeug?«, fragte Gustav, noch immer bemüht, ruhig zu bleiben.

»Ja, etwas später, aber der ist einfach weitergefahren. Vermutlich hat er den Knall nicht mitbekommen.«

»Auf derselben Spur?«

»Genau.«

»Und die Gegenfahrbahn?«

»Keine Ahnung, da habe ich kein Auto gesehen. Um die Zeit ist die Landstraße nicht so stark befahren wie zu Feierabend.«

»Und niemand hat angehalten?«

»Nein, warum? Juckt doch niemanden, wenn da eine Alte überfahren wurde.« Giers Mundwinkel hoben sich. »Deutschland ist eh überaltert.«

Unvermittelt packte Albert Gier am Hals und drückte zu. »Wie kann ein Mensch so niederträchtig sein wie Sie«, wurde er laut.

»Lassen Sie mich los, sonst erfahren Sie gar nichts mehr«, jammerte Gier. Sein Gesicht lief rot an, doch Albert dachte gar nicht daran, loszulassen. »Ich zeige Sie an, Sie Mistkerl«, keuchte er.

»Tun Sie sich keinen Zwang an. Mal sehen, wem die Polizei glauben wird.«

»Verdammt, machen Sie doch was«, ächzte Gier und sein Blick wanderte zu Gustav.

»Können Sie sich denn beherrschen?«, fragte Gustav, der Gier gerne noch etwas zappeln lassen wollte.

»Ja, dieser Wahnsinnige soll mich nur endlich loslassen, ich kriege keine Luft.«

Gustav gab Albert ein kurzes Zeichen und dieser löste den Griff. Gier rang theatralisch nach Atem.

»Haben Sie einen Radfahrer auf der Landstraße gesehen?«

»Nein, nur das Auto.«

»Haben Sie nach dem Knall eine Person gesehen, die zur Unfallstelle gelaufen ist?«, bohrte Gustav weiter.

»Nein, auch das nicht.«

»Und Sie sind davon ausgegangen, dass es ein Wildunfall war?«

»Genau.«

»Wieso haben Sie dann nicht das Wild auf der Straße gesehen? Der Fahrer hat laut Ihrer Aussage ja nicht angehalten, um seine Unfallspuren zu verwischen?«

Gier schien von dieser Frage überrumpelt und Gustav ahnte auch warum. Er verschwieg ihnen etwas.

20

Endlich rief Tim zurück. Brandt sah, wie angespannt Mads und Lena waren. Glücklicherweise kein Vergleich zu gestern. Da war vor allem Mads völlig neben der Spur gewesen, aber wie es schien, hatte er sich mittlerweile gefangen.

Mads nahm das Gespräch an und stellte auf Lautsprecher.

»Wie ihr vermutet habt, wurden tatsächlich einige Lackspuren gesichert«, begann Tim.

»Welche Farbe?«

»Es scheint Weiß zu sein. Trotzdem ist es gut möglich, dass diese Lackspuren überhaupt nicht in Verbindung zu dem Unfall stehen«, erwiderte Tim.

»Du meinst, dass es ältere Lackspuren sind?«, fragte Brandt.

»Genau. Hier müssen wir die Analyse aus dem Labor abwarten.«

»Wobei die Farbe zur Angabe der Mitarbeiterin aus dem Vogelpark passen würde«, gab Lena zu bedenken.

»Was heißt, dass uns Mücke belogen hat«, knurrte Walter.

»Es ist zu früh für Schlussfolgerungen. Uns bleibt nichts anderes übrig, als aufs Labor zu warten. Selbst Ole kann uns jetzt nicht helfen«, beschwichtigte Mads.

»Was ist mit Hinweisen, die auf einen Fahrradunfall schließen lassen? Bei so einem Aufprall muss doch das Fahrrad in Mitleidenschaft gezogen worden sein, da muss es Splitter vom Licht oder Ähnliches geben«, ergänzte Aydin.

»Das halte ich für sehr wahrscheinlich. Aber soweit ich das überblicken konnte, gab es keine solchen Spuren auf der Landstraße«, sagte Tim.

»Es wäre doch möglich, dass der Fahrer das Rad in einem so günstigen Winkel erwischt hat, dass es keinen Schaden genommen hat«, überlegte Lena laut.

»Klingt plausibel. Der Metallrahmen könnte nachgegeben haben und aufgrund des geringen Widerstandes könnte das Fahrrad in den Graben gestürzt sein«, stimmte ihr Tim zu. »Ich fürchte, dass ich mich wiederhole, aber wir müssen auf die Ergebnisse aus dem Labor warten.«

»Gab es Spuren von Wild?«, fragte Mads.

»Die gab es. Es wurden tierische Haare gefunden. Allerdings kann auch hier keine Zuordnung gemacht werden und wir müssen abwarten.«

»Hast du sonst noch was Interessantes, was uns weiterhelfen könnte?«, erkundigte sich Mads.

»Ich fürchte nicht. Tut mir leid.«

»Das muss es nicht.«

»Wenn keine Fragen mehr sind, würde ich mich wieder an die Arbeit machen. Habe gerade eine Konferenzschalte mit Fischer wegen der Programmierung«, deutete Tim an.

»Hat noch jemand eine Frage?«, wollte Mads wissen, und da keiner etwas hinzuzufügen hatte, beendete er das Gespräch.

»Wirklich schlauer sind wir nicht«, sagte Walter enttäuscht. »Ich finde das Ganze irgendwie komisch. Wenn ein Auto ein Fahrrad mit hoher Geschwindigkeit rammt, kann ich mir kaum vorstellen, dass das Rad heil bleibt. Hat einer von euch eigentlich den Graben genauer in Augenschein genommen?«

»Meinst du, dass das Gebüsch und das Gras beschädigt sein müssten?«, fragte Mads.

»Genau. Wenn etwas mit Wucht in den Graben fällt, müsste das Spuren hinterlassen. Ich zumindest habe dem Graben leider keine große Aufmerksamkeit geschenkt.«

»Wir sollten hinfahren«, schlug Brandt vor. Der Tatort war nicht weit entfernt, daher war es besser, sich das Ganze mit etwas Abstand noch einmal genauer anzuschauen, als sich wilden Spekulationen hinzugeben.

»Das wollte ich auch gerade vorschlagen«, stimmte Mads zu, da klingelte sein Bürotelefon.

»Moin, Ole«, nahm Mads das Gespräch an. Es war wieder auf Lautsprecher geschaltet. »Lena, Lasse, Emre und Walter sind bei mir.«

Ole grüßte in die Runde. »Gibt es Neuigkeiten?«, fragte er dann.

»Leider nicht. Wir suchen die Nadel im Heuhaufen und ohne das Labor wird es nicht einfacher.«

»Ich werde gleich morgen früh dort aufschlagen. Kann ich euch sonst noch irgendwie helfen?«, erkundigte sich Ole.

»Gib uns mal eine Einschätzung. Es wurden ja Spuren von Wild an der Stelle gefunden. Gleichzeitig fragen wir uns, ob irgendetwas darauf hindeutet, dass ein Fahrrad in den Unfall verwickelt gewesen sein könnte. Soviel wir wissen, gibt es keine Spuren, die das bestätigen.«

»Das muss nichts heißen«, erwiderte Ole. »Ich habe schon einige Auffahrunfälle von Radfahrern mit Fahrzeugen gesehen, wo außer einem verbogenen Rad nichts zu sehen war.«

»Und der Graben? Müsste man im Graben nicht anhand des Gebüsches oder der Gräser erkennen, wenn ein Rad dort hineingestürzt ist?«, insistierte Walter.

»Auch das kommt drauf an. Ihr solltet euch die Unfallstelle noch mal anschauen. Dort gibt es kein Gebüsch und im Graben ist das Gras schon platt getreten. Ich wünschte, ich könnte euch etwas anderes sagen.«

»Trotzdem danke für deinen Anruf. Genieß deinen restlichen Ostermontag«, sagte Mads und beendete das Gespräch.

»Lass uns zur Unfallstelle fahren«, wiederholte Brandt seinen Vorschlag.

Mads nickte und die Runde verließ das Büro. Sie beschlossen, mit zwei Fahrzeugen zu fahren, damit sie danach noch die

Aufgaben, die Gustav ihnen aufgetragen hatte, erledigen konnten.

»Jungs, ich finde das alles sehr seltsam«, sagte Walter, als sie in Brandts Auto saßen.

»Wie meinst du das?«, wollte Aydin wissen.

»Es gibt null Spuren, die auf einen Fahrradunfall schließen lassen. Jede Wette, dass wir selbst im Graben nicht fündig werden.«

»Aber Ole hat doch gesagt, dass das nichts heißen muss.«

»Trotzdem sehr seltsam. Was, wenn es eben nicht der Tatort ist?«, sinnierte Walter.

»Du meinst, sie wurde woanders entführt?«

»Ja, die dritte Option, von der Lasse gesprochen hat. Je länger ich darüber nachdenke, desto logischer erscheint es mir.«

Brandt hörte der Unterhaltung schweigend zu. Ihr alter Freund Walter überraschte ihn mit seinem scharfsinnigen Denken immer wieder.

»Und wessen Blut ist dann auf der Straße?«, fragte Aydin.

»Das von einem Wildschwein oder Fuchs. Es wurden Haare von Wild gefunden.«

»Die aber noch nicht einem Zeitpunkt zugeordnet werden können«, gab Aydin zu bedenken. »Was ist mit dir? Du bist so still?«, fragte er an Brandt gerichtet.

»Ich höre euch gerne zu«, erwiderte dieser.

»Hast du keine Meinung?«

»Ich halte mich lieber an Fakten.« Brandt lächelte.

»Jungs, erinnert euch an meine Worte. Etwas stimmt hier nicht. Mein Bauch irrt sich da selten.«

Brandt verstand, was Walter meinte. Auch ihm kam hier einiges komisch vor, aber ohne die Ergebnisse aus dem Labor blieb alles eine bloße Vermutung. Die drängendste Frage war im Moment, wie viel Zeit Jutta noch hatte.

»Gustav scheint ja ziemlich anzuecken«, lenkte Aydin das Gespräch in eine andere Richtung.

»Wegen Gier und Thode?«, fragte Brandt.

»Genau. Die Quote ist überdurchschnittlich.«

»Könnte Zufall sein. Gustav ist ein Polizist der alten Schule. Ich kann euch Geschichten über unseren Ausbilder Josef erzählen, da würde Kollege Aydin schwarz vor Augen werden. Da sind Sachen gelaufen, die heute nicht mehr durchgehen würden.«

»Aber er hat die bösen Männer hinter Gitter gebracht?«, wollte Walter wissen.

»Er hatte eine unglaubliche Erfolgsquote, genau wie Gustav. Wusstet ihr, dass die Dienstelle in Timmendorfer Strand in den letzten Jahren in der Statistik über erfolgreiche Festnahmen immer auf Platz 1 stand? Bis auf ein Mal. Da waren wir es.«

»Mag alles sein, aber ich finde nicht, dass der Erfolg jedes Mittel rechtfertigt«, äußerte sich Aydin kritisch.

»Du bist auch Absolvent einer Hochschule. Ihr seid viel zu verweichlicht. Wenn ich daran denke, was dieser Mücke dem alten Mann angetan hat, finde ich drei Jahre geradezu lächerlich.«

»Obwohl ich Emre ungern widerspreche, aber da hat Lasse recht. Ich an Gustavs Stelle hätte Mücke sämtliche Knochen gebrochen. Dieser feige Hund. Na ja, so einer war er schon immer. Er fühlte sich Schwächeren gegenüber stark und starken gegenüber nur, wenn er klar im Vorteil war, weil er bewaffnet war oder jemand ihm den Rücken deckte. Ich habe nie viel von ihm gehalten.«

»Gewalt rechtfertigt keine Gewalt. Erst recht nicht, wenn man Polizist ist«, blieb Aydin bei seinem Standpunkt.

Da Brandt sah, dass Mads, der vor ihm fuhr, blinkte und das Tempo verlangsamte, um am rechten Straßenrand anzuhalten, drosselte er ebenfalls die Geschwindigkeit und parkte hinter ihm. Auf Aydins Worte ging er nicht mehr ein, diese moralischen Diskussionen waren müßig. Er konnte Aydin ja verstehen und er fand es auch bewundernswert, dass er noch immer an das Gute im Menschen glaubte, aber er konnte ebenso gut Gustavs Vorgehensweise nachvollziehen. Manche Gangster musste man anders anpacken, damit die Gesellschaft Ruhe vor ihnen hatte, was nicht hieß, dass das ein Freibrief für jeden Polizisten war.

Sie stiegen aus. Brandt öffnete den Kofferraum und holte ein Warndreieck heraus, das er etwa fünfzig Meter hinter seinem Auto positionierte, damit der ankommende Verkehr langsamer fuhr.

»Sollen wir den Verkehr nicht umleiten?«, fragte Mads, als Brandt zu ihnen trat.

»Ich denke, das ist nicht nötig. Das Interessanteste ist der Graben. Auf der Straße werden wir keine verwertbaren Spuren mehr finden. Weißt du noch, wo genau die Stelle war?«

»Ja, etwa zwanzig Meter vor uns.«

Mads ging voraus. Lena wartete im Auto, vermutlich weil Mads es für zu gefährlich hielt, wenn sie mit dem Rollstuhl auf der vielbefahrenen Straße fuhr, was nur zu verständlich war.

»Hier muss es sein. Man sieht noch immer die Blutspuren auf dem Straßenbelag«, sagte Mads. Brandt folgte seinem Blick und nickte.

Sie traten an den Straßengraben, Mads ging in die Knie. Brandt tat es ihm gleich und versuchte mit seinen Blicken jede ungewöhnliche Veränderung am Boden zu registrieren. Der Graben war lang, er führte ohne Unterbrechung am Straßenrand entlang. An einigen Stellen wuchsen wilde Gräser, an anderen kleine Büsche, deren Zweige über den Rand des Grabens hinausragten, doch leider war hier alles platt getreten und kaum Grasbewuchs zu sehen.

»Das kommt von den Tieren, die hier die Straße überqueren«, erklärte Mads und schaute weiter die Straße herunter, dann beugte er sich wieder vor. »Dieses Gras hier, das platt auf dem Boden liegt, wurde erst gestern festgetreten. Seht ihr die Trittsiegel und Spuren von Tieren?«

»Kann das nicht nach dem Unfall geschehen sein?«, fragte Aydin.

»Nein, ausgeschlossen.«

»Warum kannst du solche Spuren lesen?«, erkundigte sich Walter. Ihm war anzusehen, dass er von Mads' Ausführungen begeistert war.

»Das lernt man bei der Bundeswehr. Gerade wenn man in den Bergen Afghanistans ist, kann das einem das Leben retten«, erwiderte Mads nachdenklich.

»Hört sich an, als hättest du diese Erfahrung gemacht.«

»Leider«, blieb er vieldeutig.

Brandt stellte wieder einmal fest, wie interessant er Mads' Persönlichkeit fand. Vieles von ihm erinnerte ihn an sich selbst, als er noch jünger gewesen war. Damals war Brandt allerdings immer mit sich im Reinen gewesen, bei Mads dagegen hatte er das Gefühl, als wäre er ein Gejagter, als würde er sich selbst unnötig unter Druck setzen.

Lüg nicht!, ermahnte ihn eine innere Stimme, die ihn daran erinnerte, dass er nicht immer so ausgeglichen gewesen war. Als vor Jahren sein Partner und damaliger bester Freund bei einem Einsatz ums Leben gekommen war, hatte es ihn ziemlich aus der Bahn geworfen. Erst sein neuer Partner und mittlerweile bester Freund Aydin hatte ihn aus diesem Loch herausholen können. Etwas, was Brandt ihm nicht vergessen würde und was ihm deutlich vor Augen führte, wie kostbar gute Freunde waren.

»Als Kind wollte ich immer Pfadfinder werden, weil die auch so coole Sachen können«, holte Walter Brandt aus seinen Gedanken. »Ich hoffe, du zeigst mir irgendwann, wie das geht.« Seine Augen leuchteten.

»Das kriegen wir hin«, erwiderte Mads und berührte mit der Hand den Boden. »Der Sand ist trocken, da es die letzten Tage nicht geregnet hat, aber so beschaffen, dass leichte Spuren zurückbleiben würden, wenn ein Fahrrad und eine Frau hier hineingestürzt wären.« Mads wischte etwas von dem trockenen Sand zur Seite, doch für Brandt war da immer noch nichts zu sehen. Gleichzeitig fragte er sich, warum Mads dieses Wissen nicht schon gestern angewendet hatte.

Weil er emotional überhaupt nicht in der Lage war, einen klaren Gedanken zu fassen, beantwortete er sich die Frage selbst.

Mads richtete sich wieder auf und Brandt folgte seinem Beispiel.

»Willst du damit sagen, dass hier kein Fahrrad umgestürzt ist?«, fragte er.

»Ich halte es für so gut wie ausgeschlossen.«

»Ich hab's doch gesagt«, äußerte Walter.

Aber wenn das so war, wo war Jutta?

Brandt schwante nichts Gutes, denn er musste wieder an Gustav denken, der augenscheinlich viele Feinde in der Gemeinde hatte.

21

»Was macht ihr denn hier?«, fragte Tobias, als er das Großraumbüro betrat.

»Arbeiten«, antwortete Amir dem Chefredakteur und Eigentümer der Ostseezeitung.

»Am Ostermontag?«

»Klar. Guter Journalismus kennt keine Feiertage.«

»Solange ihr mir nicht die Gewerkschaft auf den Hals schickt oder mir mit Feiertagszuschlägen kommt, soll es mir recht sein. Amir, du gibst den redaktionellen Teil für die Druckerei heute Abend frei, ich bin gleich wieder weg, wollte nur schnell was aus dem Büro holen«, erwiderte Tobias.

»Geht klar. Genieß deinen letzten Urlaubstag.«

»Mach ich. Und ihr macht nicht so lange. Ostern sollte sich jeder eine kleine Auszeit nehmen.« Tobias drehte sich um und betrat sein Büro.

»Hätten wir ihm nicht sagen sollen, was wir vorhaben?«, fragte Emma.

»Warum? Er hat nicht gefragt.«

»Na ja, immerhin geht es um Jutta, und Tobias ist mit Gustav befreundet.«

»Dann wird er von der Entführung bereits wissen. Willst du kneifen?«

»Nein, aber ich weiß schon jetzt, dass Mads sich fürchterlich aufregen wird.«

»Kleingeistiger Macho halt. Wir helfen ihm, der wird dir noch die Füße dafür küssen.«

»Mads?« Emma hob zweifelnd die Augenbraue. Sie hatte so ihre Bedenken, dass er sich für diese gutgemeinte Aktion bedanken würde. Manchmal machte er auf sie den Eindruck, als würde er nur bis zur nächsten Abbiegung denken, und alles, was er nicht gut oder richtig fand, war automatisch falsch. Sie selbst dachte deutlich komplexer.

»Vermutlich nicht«, lenkte Amir ein. »Bevor der von seinem hohen Ross runterkommt, muss schon einiges passieren. Am Ende tun wir das hier für Jutta, vergiss also Mads.«

»Stimmt. Ich will mir gar nicht ausmalen, was sie gerade durchmacht.« Emma bekam eine Gänsehaut und bemühte sich, die finsteren Erinnerungen an ihre eigene Entführung zu verdrängen, doch der dunkle Raum, der Gestank und die kaum zu bändigende Angst waren ihr allgegenwärtig.

»Genau deswegen ist das hier wichtig«, bestimmte Amir. »Vorhin warst du meiner Idee gegenüber noch aufgeschlossener. Ich weiß, dir bedeutet Mads viel, aber ...«

»Das stimmt nicht«, unterbrach Emma ihren besten Freund.

Amir seufzte. »Süße, möchtest du diese Diskussion erneut beginnen?«

»Na gut, er bedeutet mir etwas, aber nur als Freund. Auch wenn er manchmal anstrengend ist, ist er immer für mich da, wenn ich mal wieder in der Klemme stecke.«

»Er ist Superman und du Lois«, witzelte Amir.

»Du Scherzkeks.«

»Also, was nun? Schreiben wir den Artikel oder kneifst du?« Amir sah sie auffordernd an.

Emma drehte unsicher eine Haarsträhne zwischen den Fingern. Amir hatte ja recht, es war geradezu fahrlässig, die Öffentlichkeit nicht einzubinden und zu fragen, ob jemand Jutta gesehen hatte. Auf der anderen Seite hatte Mads sie eindringlich gebeten, auf keinen Fall etwas zu unternehmen, und das hatte er nur aus Sorge wegen Jutta getan, das war Emma klar. Aber bedeutete das gleichzeitig, dass Mads das Richtige tat? Emma war unschlüssig.

»Ich schreibe meinen Willy drunter, und du kannst Mads sagen, dass du mit dem Artikel nichts zu tun hattest, dass du nicht einmal Kenntnis von meinem Plan hattest, wenn du dich dann besser fühlst.«

Emma warf Amir einen kurzen Blick zu. Es sprach für ihn, dass er sie da raushalten wollte, aber so ging das nicht. Sie schüttelte den Kopf. »Nein, kommt nicht infrage. Das ist mein Zuständigkeitsbereich und ich sollte das auch allein verantworten. Wenn Mads ein Problem damit hat, soll er mir das ins Gesicht sagen. Es wäre nur gut, wenn du den Text redaktionell abnehmen könntest. Ich möchte Tobias jetzt nicht damit behelligen.«

»Sicher? Ich habe kein Problem damit, meinen Willy drunterzuschreiben. Immerhin habe ich dich dazu überredet. Dass ich den Text abnehme, ist selbstverständlich.«

»Ganz sicher und denk nicht so was. Ich wollte es eigentlich auch, hatte aber Angst vor den Konsequenzen. Tja, als Journalistin ist Angst immer ein schlechter Ratgeber.« Emma zuckte die Achseln.

»Dann sollten wir keine Zeit verlieren«, forderte Amir.

»Ich habe auch schon den Titel«, sagte Emma und schrieb ihn auf einen Zettel:

Jutta Johannsen seit Sonntagmittag vermisst!

22

»Wo seid ihr?«, fragte Gustav am Telefon. Lena hatte das Gespräch gerade angenommen.

»Am möglichen Tatort.«

»Mit den Kölnern?«

»Ja, die schauen sich den Straßenabschnitt noch mal genauer an. Ich bin im Auto geblieben.«

»Gut, ich möchte, dass ihr alle zurück zur Dienststelle kommt.«

»Ist was geschehen?«

»Das weiß ich noch nicht. Wir müssen einiges besprechen.«

»Okay, wir machen uns auf den Weg«, antwortete Lena und beendete das Gespräch. Warum tat ihr Onkel so geheimnisvoll?

Gerade als sie aussteigen wollte, klingelte ihr Handy erneut.

»Ja«, nahm sie das Gespräch an, ohne zu schauen, wer anrief. Sicher war es ihr Onkel, der etwas vergessen hatte.

»Ich bin's, Christian, alles okay?«, hörte sie die Stimme ihres Freundes.

Ein Lächeln legte sich auf Lenas Gesicht. »Verzeih, Schatz, ich dachte, Gustav würde anrufen.«

»Bist du im Stress?«

»So ziemlich.«

»Das tut mir leid. Habt ihr inzwischen einen neuen Anhaltspunkt?«

»Nein, gar nichts. Wir tappen völlig im Dunkeln. Gerade sind wir noch mal auf der Landstraße.«

»Kann ich dir irgendwie helfen?«

»Nein. Dass du so bedingungslos für mich da bist, ist mehr, als ich erwarten kann.«

»Das ist ja wohl keine Frage. Du musst wissen, dass ich immer für dich da bin«, bekräftigte Christian.

»Ich weiß«, erwiderte Lena, dabei spürte sie, wie ihr Herz vor Freude heftiger klopfte. Sie konnte nicht in Worte fassen, wie gut es ihr tat, dass er ihr seine Schulter zum Anlehnen anbot. Sie versuchte sich zu sammeln und fragte dann: »Gibt es einen besonderen Grund, warum du anrufst?«

»Ja, dich. Ich musste an dich denken und wollte deine Stimme hören.«

»Das ist sehr süß von dir.« Christians Worte taten ihr ungemein gut.

»Ach ja, ich habe auch Mads zweimal angerufen, aber er hat nicht abgenommen«, fügte Christian hinzu.

»Nimm's nicht persönlich, Mads hat gerade tausend Dinge um die Ohren. Er hat sich bestimmt gefreut, dass du ihn angerufen hast.«

»Schön wär's«, erwiderte Christian mit leicht spöttischem Unterton. »Das Gefühl gibt er mir nicht gerade. Ich glaube, er geht mir aus dem Weg.«

»Du kennst doch Mads. Momentan dreht sich alles um unsere Oma.«

»Natürlich, da ist alles andere unwichtig, das verstehe ich. Wenn Jutta wieder zu Hause ist, finden Mads und ich bestimmt eine ruhige Minute, um uns bei einem Bierchen auszusprechen.«

»Garantiert. Ich muss auflegen. Gustav erwartet uns im Büro.«

»Ich liebe dich.«

»Ich dich auch.« Lena legte auf und ließ das Handy sinken, um dem Gespräch einen Moment Raum zu geben. Sie spürte, wie ihr warm ums Herz wurde, obwohl es immer noch etwas komisch war, die berühmten drei Worte zu sagen. Schließlich hatten sie und Christian schlimme Zeiten hinter sich. Zeiten, in denen sie ihn gehasst hatte und nie wieder sehen wollte.

Aber das war Vergangenheit. Dass er jetzt für sie da war, zählte. Und sobald Jutta wieder bei ihnen wäre, würde sich das Verhältnis zwischen Christian und Mads sicher bessern. Das zumindest hoffte sie.

Lena stieg aus und ging auf die anderen zu. Ohne Rollstuhl und Krücken konnte sie schon eine kleine Strecke zurücklegen, die für ihren Geschmack allerdings noch viel zu kurz war. Hoffentlich würde sie diese Phase bald überwunden haben und endlich wieder normal gehen können. Ihre Ärzte sagten ihr jedes Mal, dass sie von den physischen Werten her okay sei, sich aber aufgrund der Schwere der Verletzung noch gedulden müsse.

Mads hatte sich gerade zum Graben gebeugt, um den Boden dort genauer zu betrachten, Brandt stand neben ihm. Die beiden wechselten immer wieder Blicke, das war auffallend. Es bestand eine Vertrautheit zwischen ihnen, die Lena nicht erklären konnte.

Brandt schien mächtig Eindruck bei Mads zu hinterlassen, ihr ging es da ähnlich. Obwohl sie ihn noch nicht richtig kannte, mochte sie ihn, und ihr Gefühl sagte ihr, dass Mads bei ihm sehr gut aufgehoben war. Ihr Bruder hatte nicht übertrieben, als er ihr gegenüber vor einiger Zeit erwähnt hatte, dass Brandt ein attraktiver Mann sei. Mit über fünfzig Jahren war er für ihren Geschmack allerdings etwas zu alt. Vielleicht lag es auch daran, dass sie mit Christian glücklich war, da musste sie keine Gedanken an andere Männer verschwenden.

»Was machst du hier?«, fragte Mads, als Lena sie erreichte.

»Onkel Gustav hat angerufen. Wir sollen zurück zur Dienststelle. Er möchte mit uns reden.«

»War er nicht bei diesem Mücke?«

»Ja.«

»Mir schwant nichts Gutes.« Mads richtete sich auf.

»Glaubst du, er hat Gewalt gegen Gier angewendet?«, fragte Aydin.

»Ich weiß es nicht, aber deswegen will er uns bestimmt nicht sprechen. Es geht sicher darum, was Mücke ihm anvertraut hat.«

»Ist Gier jetzt ein Verdächtiger?«, hakte Aydin weiter nach.

»Keine Ahnung. Wir sollten meinen Onkel auf jeden Fall nicht warten lassen. Es muss schon was Dringendes sein.«

»Sollen wir mitkommen?«, fragte Brandt.

»Gustav meinte, er wolle uns alle sehen«, antwortete Lena.

»Gut, dann hören wir uns an, was euer Onkel zu sagen hat.«

Mads ging Richtung Auto, die anderen folgten ihm. Lena humpelte hinterher und verlor den Anschluss. Brandt blieb stehen.

»Du kannst dich gerne an mir abstützen«, bot er an.

»Danke, das ist sehr nett. Normalerweise würde Mads …«

»Ist schon gut. Er steht mächtig unter Strom. Du wirkst deutlich besonnener.«

»Mads war schon immer der Emotionalere von uns beiden. Er und Oma, das ist etwas ganz Besonderes. Normalerweise ist Mads ein Spaßvogel.«

»Und ein Familienmensch. Etwas, was ich sehr an ihm bewundere.«

»Du auch?«

»Ja, meine Eltern bedeuten mir alles. Und meine besten Freunde«, erwiderte Brandt lächelnd.

»Ihr drei seid schon ein sehr ungleiches Gespann.«

Brandt lachte auf. »Genau das ist das Schöne an unserer Freundschaft. Sie ist nicht oberflächlich, und ich weiß, dass Emre und Walter ihr letztes Hemd für mich geben würden, selbst eine Kugel würden sie sich für mich einfangen.« Er unterbrach sich kurz. »Was heißt, ›würden‹. Aydin hat es schon getan in seinem jugendlichen Leichtsinn.«

Lena zog die Brauen hoch. »Das ist in der Tat bewundernswert. Mads hat keinen solchen Freund, er hat nur mich.« Sie hielt einen Moment inne. »Ich würde mir wünschen, dass ihr beide auch so gute Freunde sein könntet. Er hält ungemein viel von dir.«

In dem Augenblick eilte Mads zu ihnen.

»Schwesterherz, verzeih, ich war mit meinen Gedanken komplett …«, er suchte nach einer Entschuldigung. »Aber wie ich sehe, hat Lasse übernommen.«

»Und das sehr gerne.«

»Danke euch beiden«, sagte Lena. »Ich hoffe, dass ich irgendwann nicht mehr auf Hilfe angewiesen bin.«

Mittlerweile hatten sie das Auto erreicht.

»Wir sehen uns im Büro«, sagte Brandt und ging zu seinem Wagen, wo seine Freunde bereits auf ihn warteten.

Lena und Mads stiegen ebenfalls ein und Mads fuhr los.

»Glaubst du, unser Onkel hat Mist gebaut?«, sagte Mads in die Stille.

»Meinst du, dass er nur durch Androhung von Gewalt etwas aus diesem Mücke herausbekommen hat?«, fragte Lena.

»Androhung? Du kennst doch Gustav. Er hasst diesen Mücke, und das zu Recht. Nein, ich fürchte, er ist noch weiter gegangen. Hier geht es um seine Mutter, nicht nur um unsere Oma.«

»Am Ende wird Gustav noch gefeuert.«

»Mach dir keine Sorgen um ihn. Der hat Albert, so schnell feuert unseren Onkel niemand. Und wenn, in ein paar Jahren wäre er eh in Pension.«

»Du nimmst das ganz schön auf die leichte Schulter.«

»Nein, Schwesterherz, ich bin nur ehrlich. Gustav ist momentan das kleinste Problem, das ich habe. Was hattest du denn mit Lasse zu besprechen?«

»Nichts, wir haben uns nur über den Fall unterhalten«, antwortete Lena. Sie wollte Mads nicht stecken, dass sie Brandt indirekt gebeten hatte, ein Auge auf ihren Bruder zu haben.

»Ihr habt sehr vertraut gewirkt.«

»Wie meinst du das?«

»Na ja, irgendwie gefiel mir das. Ihr saht wie ein tolles Paar aus«, erwiderte Mads augenzwinkernd.

»Ich habe Christian. Außerdem ist er viel zu alt für mich.«

»Quatsch. Schau dir mal seinen Körper an, der steckt Christian in Sachen Intellekt und Body zweimal in die Tasche.«

»Träum weiter. Ich liebe Christian. Komm ja nicht auf den Gedanken, Lasse irgendetwas Falsches zu erzählen. Außerdem hat er doch eine Freundin«, wurde Lena deutlicher, als sie es beabsichtigt hatte.

»Keine Sorge, ich spiele nicht Amor, ich gebe nur wieder, was meine Augen gesehen haben.«

»Da ist nichts«, gab sich Lena kühl. Sie war überzeugt davon, dass Mads das vor allem tat, weil er nach wie vor nichts von Christian hielt. Er musste aber nun mal akzeptieren, dass sie Christian liebte. Außerdem hatte er ihr versprochen, ihrem Freund eine echte Chance zu geben.

Schweigend schaute Lena aus dem Beifahrerfenster. Ihre Gedanken kreisten nun wieder um Jutta und wie sie auf ihrem Fahrrad vom Vogelpark nach Hause gefahren war. Sie sah sie jetzt ganz deutlich, wie sie auf dem Rad saß, in die Pedale trat und Meter um Meter gutmachte. Sie lächelte und …

Lena erschrak. Sie glaubte, ihre Oma im Außenspiegel zu sehen.

»Geht's dir gut?«, fragte Mads, dem ihr Schreck augenscheinlich nicht entgangen war.

»Ja, ja. Ich war nur in Gedanken.« Lena holte tief Luft. Das Bild war so real gewesen, als hätte sie sie tatsächlich gesehen, das konnte aber unmöglich sein.

»Du hast Gänsehaut. Sicher, dass alles okay ist?«, ließ Mads nicht locker, er wirkte besorgt.

»Ganz sicher. War nur in Gedanken.«

»Du weißt, dass du mit mir über alles sprechen kannst.«

»Ich weiß.«

»Das mit Christian eben tut mir leid. Ich hätte nicht so über ihn reden sollen.«

»Danke. Christian ist ein wichtiger Teil meines Lebens und somit auch meiner Familie.«

»Du hast recht. Ich muss lernen, meine Emotionen zu beherrschen. Wenn wir Oma gefunden haben, lade ich Christian auf ein Bier ein.«

Lena drehte sich zu Mads. »Das machst du?«

»Klar doch, weil ich weiß, dass dir das wichtig ist.«

»Das ist es. Danke.« Lena strahlte. Es wäre zumindest ein erster Schritt, mit dem ihr Bruder und Christian eine normale Beziehung aufbauen könnten.

Als Lena, Mads und die Kölner das Vorzimmer zu Gustavs Büro betraten, saß Petra noch an ihrem Schreibtisch.

»Gustav möchte uns sprechen«, sagte Mads. »Wieso bist du eigentlich hier? Du hast doch frei.«

»Ich weiß«, erwiderte Petra, »aber ich habe schon geahnt, dass ihr mich noch braucht. Er ist mit Herrn Lange in seinem Büro.«

»Das ist sehr lieb von dir«, sagte Mads und straffte seine Schultern. »Dann wollen wir mal in die Höhle des Löwen.« Er klopfte kurz an und die Gruppe betrat das Büro.

»Schön, dass ihr da seid. Nehmt bitte am Besprechungstisch Platz«, sagte Gustav von seinem Schreibtisch aus, wo Albert ihm gegenübersaß.

Als sie sich gerade gesetzt hatten, klopfte es und Petra trat mit einem Tablett mit Getränken ein.

»Hier sind Wasser und Softgetränke. Wer möchte einen Espresso, Kaffee oder Tee?«

Die Kölner, Mads und Lena gaben ihre Wünsche weiter, dann wandte sich Petra um. »Und die Herren am Schreibtisch?«

»Für uns einen Espresso«, antwortete Albert. »Das wäre sehr aufmerksam.«

»Also wie immer«, sagte Petra und verließ das Büro.

Lena fragte sich, was Gustav und Albert so abgesondert zu besprechen hatten. Es wirkte in ihren Augen den Kölnern gegenüber recht unhöflich.

Endlich kamen beide zu ihnen an den Besprechungstisch und Petra trat mit den warmen Getränken ein. Walter stand auf und wollte helfen.

»Bleiben Sie bitte sitzen, noch kann ich geradeaus laufen«, scherzte sie. Walters Mundwinkel hoben sich und er nahm wieder Platz.

Petra servierte und entfernte sich.

Gustav leerte sogleich seinen Espresso und steckte sich die beiden obligatorischen Kekse in den Mund.

»Möchtest du uns nicht endlich erzählen, warum du uns alle sehen wolltest?«, fragte Mads.

Gustav nickte. »Wir müssen unsere Strategie grundlegend überdenken.«

»Wie kommst du darauf?«

»Albert und ich hatten ein sehr aufschlussreiches Gespräch mit Gier. Er hat Walter und Brandt belogen.«

Lena sah das Entsetzen in Walters Gesicht, in das sich merklich Wut hineinmischte.

23

Brandt und Walter saßen in der Bar des Hotels an einem Tisch, jeder hatte ein Bier vor sich. Aydin war oben auf dem Zimmer bei seiner Frau, seiner Tochter und seinem Bruder.

»Tolga wäre am liebsten noch geblieben«, sagte Brandt schmunzelnd.

»Wer kann es ihm verübeln? Er liebt uns und genießt jede Sekunde unserer Gesellschaft. Ich mag den Kleinen unheimlich. Es wäre schön, wenn er endlich einen ehrlichen Freund in seinem Alter findet, der ihn ebenso mag. Dieser Jörn ist mir einfach suspekt.«

»Das geht mir nicht anders. Ich hoffe, Tolga bleibt immer der aufrichtige freundliche Kerl, der er ist.«

»Dem ist nichts hinzuzufügen.« Walter erhob sein Glas und sie stießen an.

Brandt gönnte sich einen großen Schluck, dabei wanderte sein Blick aus dem Fenster, hinaus aufs offene Meer. Es war zwar schon dunkel, doch die paar Straßenlaternen und die Mondsichel reichten aus, um den starken Wellengang zu sehen. Nachts war es noch recht frisch, obwohl man tagsüber mit Sonne satt verwöhnt wurde. Der Norden zeigte jetzt seine raue Seite, die das Wesen der Menschen von hier etwas kühler und zurückhaltender machte als im Rest der Republik.

»Woran denkst du?« Er wandte den Blick vom Fenster ab und sah Walter an, der ebenfalls gedankenversunken schien.

»An unsere Besprechung mit Gustav.«

»Meinst du das, was Mücke gesagt hat?«

»Genau. Ich kenne Mücke, er hasst Gustav. Überleg mal,

vielleicht hat er uns doch die Wahrheit erzählt, aber Gustav belogen, nur um ihn zu ärgern.«

»Das ist ihm gelungen. Immerhin gab es heute eine großangelegte Suche mit Rettungshunden und jeder Menge Polizisten.«

»Die kein Ergebnis geliefert hat«, gab Walter zu bedenken. Jutta war und blieb wie vom Erdboden verschluckt.

»Trotzdem muss das nicht heißen, dass Mücke Gustav belogen hat.«

»Es schließt es aber auch nicht aus. Mücke konnte noch nie mit Bull… Polizisten. Er hat seit jeher ein Problem, sich unterzuordnen.«

»Und was schlägst du vor?«

»Wir knöpfen ihn uns noch mal vor.«

Brandt wiegte zweifelnd den Kopf. »Ich kann mir schwer vorstellen, dass Gustav das gutheißen würde. Er hat ausdrücklich gesagt, dass Mücke sein Problem ist.«

»Als ob dich das je gekümmert hat«, bemerkte Walter und trank einen Schluck Bier.

»Wir sind hier aber nicht in Köln, wir sind nur Gäste. Außerdem möchte ich Mads nicht in Bedrängnis bringen. Mir ist nicht entgangen, dass er und sein Onkel ein schwieriges Verhältnis haben.«

»Da hast du recht«, lenkte Walter ein. »Allerdings bin ich kein Polizist, mir kann niemand verwehren, einen alten Bekannten zu besuchen, um ein Bierchen mit ihm zu trinken. Der alten Zeiten wegen.« Er grinste.

»Du wirst doch keine Dummheiten …« Brandt beendete den Satz nicht. »Du willst ihn tatsächlich heute noch aufsuchen?«

»Nach unserem Feierabendbier. Uns rennt die Zeit davon. Ich werde die Wahrheit schon aus ihm herausbekommen.«

Brandt schnaufte leise, dann sagte er: »Gut, ich komme mit.«

»Quatsch. Ich kriege das alleine hin«, protestierte Walter.

»Ganz sicher nicht. Dein Gerechtigkeitssinn bringt dich noch in Teufels Küche. Ich begleite dich.«

»Sicher?«

»Absolut.«

»Okay, dann sollten wir dem Dreckskerl einen Besuch abstatten.«

»Aber nur unter der Bedingung, dass du dich zu beherrschen weißt«, mahnte Brandt.

»Ich werde mich zügeln, auch wenn ich davon überzeugt bin, dass er eine ordentliche Tracht Prügel verdient hat. Was er diesem armen alten Mann angetan hat, macht mich extrem sauer, und wenn ich mir jetzt vorstelle, dass wir wegen seiner Spielchen Mads' Oma nicht rechtzeitig finden und sie durch die Hölle geht, kann ich kaum ruhig bleiben.«

»Wir müssen es aber. Wir müssen besser sein als diese Verbrecher«, widersprach Brandt, dabei konnte er seinen guten Freund absolut verstehen.

Er winkte den Kellner zu sich, ließ die Rechnung auf das Hotelzimmer schreiben und beide gingen hinaus zu Brandts Auto. Auf dem Weg nach draußen schrieb Brandt Ylva eine Nachricht, dass er mit Walter noch einen dringenden Besuch zu erledigen hatte. Glücklicherweise reagierte sie auch diesmal verständnisvoll.

Keine zehn Minuten später erreichten sie das Haus von Mücke. Brandt parkte und beide stiegen aus.

»Kein Licht«, stellte Brandt fest. Es war kurz vor 23 Uhr. Möglich, dass Mücke schon schlief.

Walter klingelte, doch niemand öffnete.

»Tiefer Schlaf?«, bemerkte Brandt.

»Nicht Mücke. Leute wie der mit jeder Menge Dreck am Stecken schlafen nur mit einem Auge«, erwiderte Walter bitter und klingelte erneut, aber Mücke öffnete nicht.

»Jede Wette, der hängt in irgendeiner Kneipe ab.«

»Bleibt die Frage, welche. Ich könnte Mads anrufen und nach seiner Handynummer fragen oder welche Kneipen …« Brandt brach ab. »Vergiss es. Mads soll Ruhe haben, außerdem wäre es besser, wenn wir Mücke überraschen. Ich google mal, welche Kneipen es in der Nähe gibt. Sicherlich wird Mücke keine weiten Wege in Kauf nehmen, oder?«

»Nicht Mücke. Der ist faul. Die nächstgelegene wird es sein«, antwortete Walter.

Brandt fischte sein Handy aus der Hosentasche und suchte nach Kneipen im näheren Umkreis.

»*Hennings Kajüte*, knapp vierhundert Meter von uns entfernt. Hat bis 2 Uhr morgens offen«, sagte er dann.

»Da wird er sein.« Walter nickte und ging los.

»Wo willst du hin?«, fragte Brandt, da Walter auf das Auto zusteuerte. »Zu Fuß sind wir viel schneller. Oder bist du so gehfaul wie Aydin?«

»Da kennst du Walter schlecht. Ich bin mal fünfzig Kilometer am Stück gegangen«, brüstete sich der Imbissbudenbesitzer.

»Ist aber sehr lange her, oder?« Brandt hob eine Augenbraue.

»Na ja, ein paar Jährchen. Trotzdem habe ich das mal durchgezogen«, grummelte Walter.

»Und warum?«

»Das war, als ich auf einem alten Schiff angeheuert hatte und irgendwo in Ägypten war. Frag mich nicht wo. Weit und breit keine Seele. Nur die Sonne, jede Menge Sand und ein übel gelaunter Walter.«

»Diese Geschichte musst du uns mal erzählen, Aydin wird sie auch gerne hören wollen. Eins scheint ihr beiden jedenfalls gemein zu haben, ihr seid ziemlich verpeilt«, scherzte Brandt.

Walter quittierte das mit einem missbilligenden Blick, was Brandt nur noch mehr zum Schmunzeln brachte.

Sie erreichten die Kneipe und traten ein. Es saßen nur Männer hier, alle deutlich über vierzig. Vermutlich war es eine dieser berüchtigten Dorfkneipen, die um diese Zeit nur von Männern aufgesucht wurden. Brandt kannte sie aus der Zeit, als er noch in Hamburg gelebt hatte. Die Einrichtung war urig, das Mobiliar stammte aus dem letzten Jahrhundert. *Siebzigerjahre-Möbel,* dachte Brandt mit leichtem Grausen.

Der Wirt schaute zu ihnen herüber und beäugte dabei vor allem Brandt, doch das schien Walter kaum wahrzunehmen. Sonst war es meistens genau anders herum, wenn er mit Walter ein Restaurant betrat. Hier fiel jemand wie Brandt, der penibel auf sein Äußeres achtete und auch im Urlaub eher Poloshirt statt T-Shirt trug, eben auf.

Er schaute sich um, konnte Mücke aber nirgends entdecken. Sie traten an den Tresen.

»Moin«, grüßte der Wirt, der ungefähr Walters Statur hatte, im Gegensatz zu ihm jedoch mit langen lockigen Haaren und einem leicht ergrauten Vollbart gesegnet war. »Pils?«

»Zwei«, antwortete Walter und kam Brandt damit zuvor, der fragen wollte, ob Mücke überhaupt hier war. Vermutlich war Walters Taktik die bessere. An so einem Ort fiel man nicht sofort mit der Tür ins Haus.

»Ihr seid nicht von hier, oder? Jedenfalls habe ich euch noch nicht hier gesehen«, stellte der Wirt fest.

»Stimmt. Wir kommen aus Köln. Machen Urlaub an der Ostsee.«

»Ihr beide?« Der Wirt musterte sie kritisch und schien sich seine Gedanken zu machen. Er war nicht gerade erfreut über Walters Antwort, seine Körpersprache verriet ihn.

»Entspann dich, wir sind keine Schwuchteln«, stellte Walter klar, dabei war Walter alles andere als homophob. Sicher wollte er nur das Vertrauen des Wirtes gewinnen. Und tatsächlich, seine Strategie schien aufzugehen. Die Gesichtszüge ihres Gegenübers entspannten sich deutlich.

»Nicht falsch verstehen, aber ein Schönling und jemand wie du aus Köln, die Urlaub in meiner Gemeinde machen, das ist schon verdächtig. Ich habe nichts gegen Männerficker, aber ich möchte sie nicht in meiner Kneipe haben.«

Brandt spürte, dass Walter eine bissige Bemerkung auf der Zunge lag, deshalb versuchte er schnell, die Situation mit einem Scherz aufzulockern: »Trinken Schwule überhaupt Pils?«

»Ganz sicher nicht. Die saufen Prosecco oder diesen neuartigen Aperol, wie die Mädchen. Oder schlimmer noch: Kölsch, echtes Spülwasser«, lachte der Wirt, zapfte zwei Bier und reichte sie den beiden. »Dein Humor gefällt mir. Seid ihr das erste Mal an der Ostsee?«

»Ja«, antwortete Brandt. Der Wirt musste nicht alles wissen. Da kam ihm eine Idee. »Und gleich am ersten Tag hatten wir eine üble Begegnung mit den Bullen.«

»Bullen? Warum?« Der Wirt beugte sich neugierig über den Tresen vor.

»Wir haben heute am Strand an einem wirklich einsamen Fleck gegrillt und da kam gleich dieser Polizeichef mit …«

»Du meinst doch nicht Gustav Johannsen?«

»Johannsen, genau. Den Vornahmen von diesem Idioten habe ich mir nicht gemerkt. Er war mit so einem Snob unterwegs. Arrogantes Arschloch. Hieß Lange oder so.«

Der Wirt lachte, es war ein höhnisches Lachen. »Das kann nur Johannsen gewesen sein und dieser aalglatte Affe ist Albert Lange, unser Bürgermeister.«

»Sind die immer so schrecklich herablassend? Man hatte fast das Gefühl, dass sie glauben, ihnen würde die Gemeinde gehören. Wegen eines Grills so einen Aufstand zu machen, das war echt nicht schön. Hat uns richtig die Urlaubsstimmung vermasselt.«

»Jungs, ich verstehe euch. Ich hasse die beiden, und glaubt mir, nicht nur ich. Die Gemeinde ist für die wie ein

Selbstbedienungsladen. Sie arbeiten eng zusammen und jeder deckt den anderen. Dabei gehören die selbst längst in den Bau.«

»Warum wird dieser Lange dann nicht als Bürgermeister abgewählt?«, fragte Walter.

»Weil die Menschen Feiglinge sind, alles Lemminge. Die wählen, was ihnen vertraut ist, und keiner hat die Eier, sich Lange entgegenzustellen. Meine Stimme jedenfalls hat er seit zig Jahren nicht bekommen.«

»Hört sich an, als hättest du auch ein privates Problem mit ihm.«

Der Wirt schnaubte abfällig. »Nicht nur ich. Er hat schon einige Male meine Kneipe dicht gemacht, weil ihm meine Gäste missfielen. Sie würden die zahlenden Gäste in seiner Gemeinde verschrecken, meinte er. So ein Trottel. Die verdienen echt eine Abreibung. Geschieht diesem Johannsen nur recht, dass seine Mutter entführt wurde.«

Jetzt wurde das Gespräch interessant.

»Wie meinst du das? Was ist denn passiert?«, erkundigte sich Brandt.

»Könnt ihr nicht wissen, Johannsen und Lange kehren das unter den Teppich. Vermutlich aus Sorge, dass die Touristen ausbleiben.« Der Wirt gab ein verächtliches Geräusch von sich. »Das musst du dir mal vorstellen, da wird deine Mutter entführt und du machst dir in erster Linie Sorgen, dass die Touristen wegbleiben, wenn sie es erfahren.«

Brandt wusste es besser und ging daher auf diese absurde Behauptung nicht ein.

»Glaubst du, jemand will es Johannsen heimzahlen?«, fragte er stattdessen.

»Ganz klar. Warum sollte man sonst eine alte Frau entführen? Klar, es gibt perverse Männer, die alte Frauen vögeln«, antwortete der Wirt und schüttelte angewidert den Kopf, während er die nächsten zwei Bier zapfte. »Aber so was in meiner

Gemeinde? Nein, das ist eine persönliche Sache. Jemand will Johannsen an die Eier, und jeder weiß, wie sehr er an seiner Mutter hängt.«

»Ist das nicht verdammt feige?«, rutschte Walter eine Bemerkung heraus. Er hatte sich augenscheinlich zu lange zurückhalten müssen.

»Das hat nichts mit feige zu tun. Es ist pure Rache.« Der Wirt schob ihnen die zwei Pils über den Tresen. »Die gehen aufs Haus. Ich glaube, ihr seid echt korrekt. Das mit der Schwuchtel war nicht so gemeint.«

»Danke, du scheinst uns auch in Ordnung zu sein. So wie man sich das im Norden vorstellt, rau, aber ehrlich.« Brandt gönnte sich einen Schluck.

»Das bin ich. Das Herz liegt mir auf der Zunge und auch wenn ich eine Entführung nicht gutheiße, glaubt mir, es gibt genug Leute, die finden, dass Johannsen eine Abreibung verdient hat, ebenso wie der Bürgermeister. Da ist die Mutter vom Polizeichef das perfekte Mittel.«

»Na ja, den Bürgermeister wird das doch kaltlassen, auch wenn er mit Johannsen befreundet ist«, wandte Brandt ein.

Der Wirt lachte. »Man merkt, dass ihr nicht aus der Ecke seid. Lange ist ein arrogantes Arschloch, nur gegenüber Jutta nicht. Der frisst er aus der Hand.«

»Wie kommt das?«

»Seine Eltern sind früh verstorben und Jutta war wie eine Ersatzmutter für ihn. Ich habe mit eigenen Augen gesehen, wie sich der Bürgermeister in Gegenwart von Jutta jedes Mal verändert. Kaum wiederzuerkennen. Trotzdem bleibt ein Arschloch ein Arschloch.«

Brandt nickte. Das Gespräch mit dem Wirt brachte jede Menge nützlicher Informationen zu Tage, damit hätte er nicht gerechnet. Hatten sie es also tatsächlich mit einer geplanten Entführung zu tun und nicht mit einem Autounfall mit Fahrerflucht und anschließender Entführung? War es demnach möglich, dass Jutta nicht schwer verletzt war und noch lebte? Brandt hoffte es.

»So schmierig hatte ich diesen Bürgermeister auch eingeschätzt«, sagte er zu dem Wirt. »Meinst du, jemand aus der Gemeinde hat die Mutter entführt?«

Im Augenwinkel registrierte er, dass sich Walter immer mehr zügeln musste, den Wirt nicht zu packen und ihm eine gehörige Tracht Prügel zu verpassen. Er konnte nur hoffen, dass Walter sich zurückhalten würde, bis er den einen oder anderen Namen von Personen hatte, die für die Entführung verantwortlich sein könnten.

»Da fragst du mich was«, antwortete der Wirt, er wirkte mit einem Mal zögerlich, als hätte er zu viel preisgegeben. »Ihr solltet euch darüber wirklich nicht den Kopf zerbrechen. Genießt euren Urlaub. Die Lübecker Bucht hat mehr zu bieten als diese zwei schmierigen Kerle aus einem langweiligen Mafiafilm.«

»Walter und der Kölner Bulle. Was macht ihr denn hier?«, hörte Brandt in dem Moment die Stimme von Mücke. Er kam gerade aus dem hinteren Bereich der Kneipe, vermutlich von der Toilette.

»Bulle?«, fragte der Wirt. Seine Augen wurden groß und er schnaubte.

Mücke trat zu ihnen. »Henning, ein Helles«, sagte er und lachte. Er schien bester Laune.

»Kennst du die beiden?«

»Klar. Walter und ich haben eine gemeinsame Vergangenheit und dieser geschniegelte Schnuckel ist sein Kumpel, Bulle aus Köln.« Er lachte dreckig. »Köln, mehr muss ich wohl nicht sagen.«

Die Miene des Wirtes verfinsterte sich zusehends, da er begriff, dass er gerade mächtig an der Nase herumgeführt worden war. Doch ehe er etwas unternehmen konnte, platzte Walter der Kragen und er packte Mücke.

»Du kleine dreckige Made. Wir beide werden jetzt ein Wörtchen wechseln. Draußen.«

»Lass mich los, du tust mir weh«, rief Mücke und versuchte sich zu wehren, aber Walter hatte den schmächtigen und deutlich kleineren Mücke gut im Griff. Er zerrte ihn hinaus.

Brandt blieb in der Kneipe sitzen.

»Wir zwei unterhalten uns jetzt«, erklärte er kühl.

»Warum?«

»Sie haben Andeutungen gemacht, dass Jutta Johannsen entführt sein könnte. Ich möchte ein paar Namen.«

»Drecksbulle«, schimpfte Henning.

»Entspannen Sie sich. Ich will nur zwei, drei Namen.«

»Sie haben hier keine Befugnisse«, gab Henning förmlich zurück.

»Was meinen Sie, was geschehen wird, wenn ich Gustav Johannsen anrufe und ihm von unserem Gespräch erzähle?«

»Glauben Sie, ich habe Angst vor diesem Hund? Ich habe Ihnen doch vorhin erzählt, dass ich weder vor ihm noch vor dem Bürgermeister kusche. Los, rufen Sie ihn an.«

»Sie sollten lieber kooperieren. Jutta hat niemandem etwas getan. Warum soll sie für ihren Sohn büßen?«, beharrte Brandt.

»Verlassen Sie meine Kneipe. Sofort«, brüllte Henning. Die wenigen Gäste schauten zu ihnen rüber. Zwei standen von ihren Plätzen auf.

»Brauchst du Hilfe?«, fragte einer von ihnen.

»Nein. Der Wichser wollte gerade gehen.«

Brandt entschied, dass es klüger war, Walter zu folgen. Vielleicht hatte er mittlerweile etwas aus Mücke herausbekommen. Wenn nicht, würde ihm nichts anderes übrigbleiben, als Gustav anzurufen. So leicht wollte er Henning nicht aus der Verantwortung lassen.

»Du brichst mir den Arm«, hörte er Mücke jammern, als er vor die Kneipe trat.

Walter hatte ihn im Schwitzkasten, von Armbrechen konnte da kaum die Rede sein.

»Mich zu belügen, war ein Riesenfehler«, fauchte Walter.

»Mensch, entspann dich. Ich wollte nicht dir eins auswischen, sondern diesem ekligen Johannsen. Als du mir erzählt hast, dass seine Mutter vermisst wird, hatte ich diesen Einfall. Ich wusste, dass Johannsen auf den Zug aufspringen würde. Dass er und dieser Lange mich anschließend aufsuchen und unter Druck setzen, damit hatte ich nicht gerechnet. Ich möchte nicht wieder in den Bau.«

»Dann sag uns ein paar Namen. Wer könnte Interesse daran haben, die arme Jutta zu entführen?«

»Verdammt, sagen Sie diesem Gorilla mit dem Spatzenhirn, dass er mich loslassen soll«, jaulte Mücke in Brandts Richtung.

»Dann beantworten Sie seine Frage«, antwortete Brandt.

»Woher soll ich das wissen?«

»Lass diesen Mist«, knurrte Walter. »Du warst schon immer ein Speichellecker, ein echtes Wiesel. Wenn es einer weiß, dann du.« Er zog Mückes rechten Arm ein Stück höher und Mücke schrie, als hätte Walter ihm den Arm ausgekugelt.

»Ist ja gut! Verfickte Scheiße. Wenn es einer weiß, dann Bulle.«

»Bulle? Du meinst Feik?«

»Ja, Mann, und jetzt lass mich los.«

Walter ließ Mücke los, aber sein Blick wirkte sehr ernst und besorgt, als befürchtete er das Schlimmste.

24

19. April, Timmendorfer Strand

Daniela hatte die Nacht bei Mads verbracht. Anfangs hatte er noch mit dem Gedanken gespielt, sie nach Hause zu schicken, sich dann aber dagegen entschieden.

Es war die richtige Entscheidung gewesen. Sie hatten die ganze Nacht geredet und zum ersten Mal hatte Mads nicht das Gefühl gehabt, dass sie jung und unerfahren war. Sie hatte ihm aufmerksam zugehört, ihn gestreichelt und irgendwann waren sie eng umschlungen eingeschlafen.

In dieser Nacht war Emma kein Teil seiner Gedanken gewesen.

Jetzt war Mads in der Küche der Polizeidienststelle, um für Lena und sich einen Kaffee zu holen. Dank Daniela hatte er tatsächlich einige Stunden schlafen können, daher fühlte er sich heute deutlich fitter und auch sein Verstand wirkte aufgeräumter.

Mit den zwei Kaffeebechern in der Hand betrat er ihr Büro.

»Das ist sehr lieb von dir«, sagte Lena.

»Nichts zu danken. Dafür schreibst du die Berichte, darin bin ich eine Niete.«

»Mir macht das Spaß. So kann ich die Querverbindungen überprüfen und manchmal fällt mir dabei etwas auf.«

»Diesmal auch?«

»Ich wünschte, es wäre so, aber leider nicht.« Lena zog eine Schnute.

Mads wusste, dass sie sich nicht weniger Sorgen um ihre Oma machte als er, dennoch schien sie das Ganze weniger an sich heranzulassen.

»Wo ist Lasse?«, fragte sie dann.

»Lasse?« Mads hob die Augenbrauen.

»Lasse, Emre und Walter meine ich«, korrigierte sich Lena.

»Hat der schöne Halbnorweger doch Eindruck bei meiner Schwester hinterlassen?«

»Quatsch. Ich habe nur seinen Namen erwähnt, weil er den Eindruck macht, als wäre er der Kopf der Gruppe.«

Mads grinste, er kannte seine Schwester besser. Brandt war eine beeindruckende Persönlichkeit und für sein Alter ungemein fit. Einen solchen Partner würde er sich für seine Schwester wünschen, weil er wusste, dass er immer für sie da wäre und er sich deshalb keine Sorgen um sie machen müsste. Das war bei Christian anders, er war ein Egoist, davon war Mads überzeugt. Brandt würde er so etwas niemals unterstellen.

»Der Kaffee ist heute echt gut«, lenkte Lena ab, um aber doch auf ihre Frage zurückzukommen: »Wo sind denn die Kölner? Haben die sich heute freigenommen?«

»Ich würde es ihnen nicht verübeln, sie helfen uns schon mehr, als wir erwarten können. Nein, sie haben sich nicht freigenommen, Brandt und Walter gehen einer Spur nach, von der sie noch nicht wissen, ob sie erfolgversprechend ist. Dieser Mücke hat ihnen einen Tipp gegeben, Walter kennt den Informanten von früher.«

»Weiß Gustav Bescheid?«

»Ja, er ist informiert und hat grünes Licht gegeben. Trotzdem habe ich den Eindruck, dass Gustav nicht so überzeugt ist von der Spur.«

»Er vertraut Lasse«, antwortete Lena, um schnell hinzuzufügen: »Genauso wie Emre und Walter.«

Wieder grinste Mads. »Emre ist nicht dabei. Er ist mit der Familie im Hansapark, aber nur unter größtem Protest, wie Lasse mir versichert hat. Vor allem Walter hat darauf bestanden, dass er mit Frau, Kind und Bruder in den Hansapark fährt. Seine Tochter und Tolga sind wohl ganz große Freizeitpark-Fans.«

»Das ist gut. Dieser Walter hat das Herz am rechten Fleck. Man kann ihn nur gern haben.«

»Du sagst es.«

Mads' Bürotelefon klingelte, es war Petra. Er nahm das Gespräch an und hörte ihr zu, dann legte er auf.

»Was ist los?«, fragte Lena.

»Gustav will mich sehen.«

»Dich oder uns?«

»Nur mich.«

»Das hört sich nicht gut an«, sagte Lena besorgt.

»Keine Ahnung, welche Laus dem wieder über die Leber gelaufen ist.«

»Soll ich besser mitkommen?«

»Das ist sehr lieb von dir, Schwesterherz, aber damit werde ich noch allein fertig.«

Lena presste die Lippen zusammen und nickte. Mads stellte seinen Becher ab und verließ das Büro. Auf dem Weg zu seinem Onkel grübelte er, was der Grund sein könnte, dass er ohne Lena zu ihm kommen sollte.

Plötzlich wurde ihm ganz warm.

Ob er Oma gefunden hat?

Konnte es sein, dass Jutta tot war und Gustav das zunächst nur ihm erzählen wollte, um gemeinsam zu überlegen, wie sie es Lena beibringen sollten? Mads schluckte. Ein flaues Gefühl überkam ihn und er meinte, seinen Herzschlag zu hören.

Er erreichte das Vorzimmer.

»Wie ist er drauf?«, fragte er Petra.

»Nicht gut. Selbst durch die geschlossene Tür konnte ich seinen Tobsuchtsanfall hören«, erwiderte Petra.

»Weißt du, worum es geht?«

»Leider nicht.«

»Es hat aber nichts mit Oma zu tun?«

»Nein, ganz sicher nicht. Er ist angepisst, nicht wütend vor Kummer.«

Mads atmete erleichtert aus. Egal was der Grund für Gustavs Wut war, alles war besser, als dass seine Oma tot war.

Er klopfte und betrat das Büro. Sein Onkel saß am Schreibtisch.

»Hast du mir was zu sagen?«, fragte Gustav und funkelte ihn wütend an.

»Was meinst du?«, reagierte Mads mit einer Gegenfrage. Ob Brandt ihn vielleicht angeschwindelt und Gustav doch nicht über sein Vorhaben von diesem Vormittag informiert hatte? Nein, das traute er ihm nicht zu.

»Du weißt nicht, was ich meine?«, gab Gustav drohend zurück. »Was ist das hier für ein Mist?« Er klopfte mit dem Zeigefinger auf die Zeitung, die vor ihm auf dem Schreibtisch lag. Es war die aktuelle Ausgabe der Ostseezeitung.

»Ich habe wirklich keine Ahnung, was ich mit der Zeitung zu tun haben sollte. Worum geht es denn?« Kaum hatte Mads die Frage ausgesprochen, ahnte er schon, was das Problem war. Emma.

»Wieso glaube ich dir nicht«, sagte Gustav. »Ich hätte es kaum bemerkt, wenn Albert mich heute Morgen nicht darauf aufmerksam gemacht hätte.«

»Jetzt sag endlich, was los ist.«

»Der Artikel, den deine Freundin geschrieben hat, ist los«, schnauzte Gustav ihn an.

»Sie ist nicht meine Freundin. Was für einen Artikel hat sie denn geschrieben?«

Gustavs Atem ging schnell, er schob ihm die Zeitung über den Schreibtisch zu und Mads nahm sie an sich. Die Überschrift fiel ihm sofort ins Auge:

Jutta Johannsen seit Sonntagmittag vermisst!

Seine Knie wurden weich und er musste sich setzen. Er konnte nicht glauben, was er da las. Noch während er den Artikel überflog, schnürte es ihm den Hals zu. Hatte Emma tatsächlich so einen Vertrauensbruch begangen, obwohl er sie ausdrücklich gebeten hatte, nichts in dieser Angelegenheit zu unternehmen? War sie bereit, das Leben seiner Oma zu riskieren, nur um eine höhere Auflage zu erreichen?

Wut und Enttäuschung machten ihn sprachlos.

»Du weißt also wirklich nichts davon?«, fragte Gustav. Ihm schien Mads' Reaktion nicht entgangen zu sein.

»Nein, ich habe sie eindringlich gewarnt, etwas über das Verschwinden von Oma zu schreiben.« Er schlug die Zeitung zusammen und legte sie zurück auf den Schreibtisch. »Ich werde sie zur Rede stellen.«

»Das musst du nicht. Albert wird Tobias in die Mangel nehmen. Diese Emma wird keinen Artikel mehr für die Ostseezeitung schreiben, dafür sorgen wir. Darauf hast du mein Wort.«

Mads schluckte. Er war zwar wütend und enttäuscht von Emma, aber was Albert und Gustav jetzt unternahmen, war zu viel. Allerdings war Mads clever genug, das seinem Onkel gegenüber nicht anzusprechen, da dieser ohnehin kurz vor der Explosion stand.

»Hast du noch was für mich?«, fragte er stattdessen.

»Nein, derzeit nicht. Hat dich Brandt über diesen Feik informiert? Er meinte, dass er dich anrufen wollte.«

»Das hat er. Er und Walter wollen mit ihm reden.«

»Und glaubst du, da ist was dran?«

»Ich weiß nur, dass wir keine anderen neuen Hinweise haben. Was kann es also schaden, wenn sie sich mit diesem Feik unterhalten?«, erwiderte Mads.

»Du hast recht.«

Mads sah seinem Onkel an, dass ihm noch etwas auf der Zunge lag, er sprach es aber nicht an.

»Hast du noch was?«, fragte er daher.

»Nein, das war's fürs Erste«, antwortete Gustav und holte Luft. »Ehrlich gesagt bin ich mit meinem Latein am Ende. Selbst die großangelegte Suche mit deutlich erweitertem Radius von gestern hat keine neuen Hinweise geliefert. Eine Frau wie Jutta, die im Ort bekannt ist, kann sich doch nicht in Luft auflösen.«

»Was ist mit dem Wirt?«

»Du meinst Henning?«

»Genau. Brandt und Walter hatten gestern Nacht ein Gespräch mit ihm. Soll ich ihm noch mal auf den Zahn fühlen?«

»Nein, ich mache das.«

»Sicher? Laut Brandt habt ihr beide kein gutes Verhältnis«, wandte Mads ein.

»Gerade deswegen. Ich kann mir nicht vorstellen, dass jemand Jutta entführt, um mir eins auszuwischen. Der Gedanke ist etwas abwegig.«

»Aber welche andere Option haben wir, als nach jedem Strohhalm zu greifen?«, erwiderte er, obwohl er die Sache ähnlich sah.

»Genau deshalb gehe ich ja nachher zu ihm.«

»Gut. Wenn du sonst nichts mehr hast ...«

»Das war's. Du kannst gehen.« Gustav nickte ihm zu und Mads verließ das Büro.

Der Gedanke an Emma ließ ihn nicht los, also rief er sie vom Flur aus an.

»Hallo, Mads«, nahm Emma das Gespräch an. Ihre Stimme wirkte freundlich, als freute sie sich über den Anruf.

Mads holte tief Luft, er wollte sie nicht gleich verbal auseinandernehmen.

»Möchtest du mir nicht was sagen?«, fragte er, bemüht, seine Emotionen zu kontrollieren.

»Was meinst du?«

»Warum du diesen Artikel geschrieben hast, obwohl ich dich gebeten habe, das auf keinen Fall zu tun.«

»Du verstehst das falsch. Amir und ich sind der Meinung, dass wir jeden Kanal nutzen müssen, um Jutta zu finden«, erwiderte Emma.

»Du und Amir? Seit wann seid ihr beide Polizisten?«

»Das sind wir nicht. Aber ich war selbst die Geisel eines Psychopathen und ich weiß, wie wichtig …«

»Du weißt gar nichts!«, fiel Mads ihr wütend ins Wort. »Mit dieser dämlichen Aktion hast du das Leben meiner Oma gefährdet! Als ob es dir überhaupt um Jutta geht.«

»Du tust mir unrecht«, gab Emma zurück.

»Ach ja, tue ich das? Gib doch zu, dass du nur an die Auflage denkst. Du machst Karriere mit dem Leid der anderen.«

»Nein, darum geht es überhaupt nicht, das würde mir im Traum nicht einfallen. Jutta ist mir sehr ans Herz gewachsen. Wie kannst du mir unterstellen, dass ich so ein gefühlloser Mensch bin?«

»Dann hättest du diesen verdammten Artikel nicht veröffentlicht. Du bist von Ehrgeiz zerfressen.«

»Ich hatte nur das Wohl von Jutta im Sinn«, blieb Emma standhaft.

»Wer's glaubt.« Mads hatte Mühe, ruhig zu bleiben. »Und ich dachte, wir sind uns etwas nähergekommen. Aber mit so einer karrieregeilen Frau wie dir will ich nichts zu tun haben. Ich bin einfach nur enttäuscht von dir, Emma.«

Emma antwortete nicht, doch Mads konnte hören, dass sie die Nase hochzog und dann schluchzte. Ihre Tränen ließen ihn jedoch gerade vollkommen kalt.

»Leb wohl, Mads. Dass ausgerechnet du in mein Leben treten musstest, war das größte Missverständnis.«

Bevor Mads etwas erwidern konnte, legte sie auf.

»Verdammt«, fluchte er. Sein Atem ging schwer und er wartete kurz, bis er sich beruhigt hatte, bevor er zurück in sein Büro ging. Lena sollte ihn nicht in diesem Zustand sehen.

»Alles klar?«, fragte Lena, als er eintrat.

»Mehr oder weniger«, antwortete Mads.

»Was hat unser Onkel denn?«

»Emma hat einen Artikel über Juttas Verschwinden veröffentlicht, mit der Bitte um Hinweise.«

»Echt?« Lenas Augen wurden groß.

»Ja.«

»Aber sicherlich doch nur, um uns zu helfen. Emma mag Jutta und anders herum ist es genauso.«

»Bei Emma wäre ich mir da nicht so sicher. Ihr Ehrgeiz zeigt einen wirklich hässlichen Teil ihres Charakters.«

»Sag nicht, das hast du ihr am Telefon so gesagt?«, fragte Lena erschrocken.

»Nicht direkt.«

Lena schüttelte den Kopf. »Du hast es also verbockt.«

»Wieso ich? Sie hat diesen Artikel geschrieben, obwohl ich sie gebeten habe, dass sie die Füße stillhalten soll«, ereiferte sich Mads.

»Du solltest sie mittlerweile besser kennen. Wenn ich mir in einer Sache sicher bin, dann darin, dass sie niemals etwas tun würde, was Jutta oder dir schaden könnte. Du tust ihr unrecht.«

Mit so einer Antwort hatte Mads nicht gerechnet. Er wusste, dass Lena und Emma sich gut verstanden, aber dass Lena sie gerade derart verteidigte, kam doch überraschend. War er etwa übers Ziel hinausgeschossen?

»Tue ich nicht«, erwiderte er dennoch. »Sie hat sich meiner Bitte widersetzt.«

»Deiner Bitte oder deiner Anweisung?«

»Ist doch egal. Hier geht es um Jutta.«

»Genau deswegen sollten wir nicht so stur wie unser Onkel sein. Wir müssen jede Option in Betracht ziehen. Emma war selbst eine Geisel, und sie weiß, wie wichtig es ist, dass die Polizei schnell Hinweise erhält. Selbst die großangelegte Suche gestern hat nichts gebracht. Die Öffentlichkeit zu befragen, ist möglicherweise unsere letzte echte Chance.«

Mads starrte auf seine Hände. Lena schien von ihren Worten wirklich überzeugt zu sein, und jetzt, da er sich beruhigt hatte, tat ihm sein Angriff gegen Emma leid. Er sah wieder auf.

»Vielleicht gibt es noch eine andere Option«, sagte er.

»Was meinst du?«

»Lasse hält es für möglich, dass jemand, den Gustav ins Gefängnis gebracht hat, sich an ihm rächen will und deswegen Jutta entführt hat.«

»Glaubst du das auch?«

»Momentan weiß ich nicht mehr, was ich glauben soll, aber möglicherweise sollten wir die Anwohner an der Landstraße nicht weiter befragen, sondern diesen Mücke aufsuchen.«

»Das haben doch schon Lasse und Walter getan«, wandte Lena ein.

»Genau. Sie haben einen Namen aus ihm herausbekommen und ich möchte erfahren, wer noch alles ein persönliches Problem mit Gustav hat. Jemand, der in unserer Gemeinde lebt oder an der Lübecker Bucht. Jemand, der Jutta beobachten und überwältigen konnte, als die Gelegenheit günstig war.«

25

Emma konnte ihre Tränen nicht mehr zügeln. Zum Glück war sie gerade allein im Großraumbüro. Sie wollte nicht, dass jemand sie weinen sah.

»Hat er recht?«, fragte sie sich und wischte sich übers Gesicht. »War es ein dummer Fehler, diesen Artikel zu schreiben?«

Wieder schossen Tränen aus ihren Augen. »Ich wollte doch nur helfen …« Sie schluchzte. »Oder bin ich wirklich so ehrgeizig, dass ich …« Sie sprach den Gedanken nicht aus, er war zu verletzend.

Sie konnte sich nicht vorstellen, dass sie und Mads nach diesem Streit je wieder ein Wort wechseln würden. Er würde ihr diesen Vertrauensbruch niemals verzeihen, so gut kannte sie ihn, und sie wusste, wie vernarrt er in seine Oma war.

Wenn Jutta jetzt stirbt, wird er mich dafür verantwortlich machen. Der Gedanke war wie ein Faustschlag.

Noch mehr Tränen strömten ihr Gesicht herunter, sie kam kaum hinterher, sie fortzuwischen.

»Süße, was ist denn passiert?«, fragte Amir erschrocken, als er mit zwei Bechern Kaffee in der Hand zu ihr trat. Er reichte ihr einen.

»Ich glaube, ich habe ganz großen Mist gebaut«, brachte Emma hervor.

Amir nahm neben ihr Platz und umarmte sie. Es tat gut, half aber nicht, die Tränen zu stoppen.

»Lass es raus. Und dann erzählst du mir, was geschehen ist«, sagte Amir ruhig und strich ihr über den Rücken.

»Mads hat mich eben angerufen«, schluchzte sie.

»Ich habe es geahnt. Irgendwann muss ich diesen arroganten Idioten zu einem Boxduell herausfordern.«

Emma löste sich aus der Umarmung und richtete sich auf. »Nein, er hat ja recht. Mit dem Artikel habe ich Juttas Leben gefährdet.«

»Süße, so einen Unsinn darfst du nicht mal denken. Außerdem war der Artikel meine Idee«, entgegnete Amir.

Emma schüttelte den Kopf und putzte sich die Nase. »Nein, es ist meine Schuld.«

»Tu das nicht.«

»Was?« Sie sah ihn ratlos an.

»Dich für Mads' Unfähigkeit verantwortlich zu machen. Du weißt, was Jutta möglicherweise gerade durchmacht, weil du selbst entführt wurdest. Jeder Hinweis, vor allem jeder schnelle Hinweis, ist jetzt wichtig. Dieser Artikel war das Beste, was wir beide tun konnten.«

»Meinst du?«

»Ja, ganz sicher. Spätestens wenn die ersten Hinweise eintrudeln, wird es dir klar werden. Lass dich von Mads nicht immer niedermachen und lass dir erst recht nicht gefallen, dass er dich für jeden Mist verantwortlich macht.«

»Am Telefon habe ich das geschafft. Ich habe ihm sogar klargemacht, dass ich nichts mehr mit ihm zu tun haben möchte.«

Amir lachte und hielt sich schnell die Hand vor den Mund.

»Was lachst du?«, schmollte Emma.

»Schon morgen werdet ihr wieder eure Nähe suchen. Ihr könnt nicht anders, ihr seid nur unfähig, das einzusehen.«

»Ganz bestimmt nicht. Und ja, du hast recht, er versucht mich immer kleinzuhalten. So einen Freund brauche ich nicht an meiner Seite«, bemühte sich Emma, hart zu wirken, dabei wusste sie tief in ihrem Herzen, dass Amir recht hatte. Aber die Sache mit Mads war sehr kompliziert, nicht nur wegen Juttas Verschwinden, sondern auch wegen seiner plötzlichen Vaterschaft. Außerdem gab es da noch Daniela und Jule. Wie sollte sie Jule begreiflich machen, dass sie für Mads mehr als nur Sympathie empfand? Sie würde ihr sicherlich die Freundschaft aufkündigen und sie hatte jedes Recht dazu. Emma würde es nicht anders empfinden, wenn eine ihrer besten Freundinnen mit einem Ex von ihr zusammenkäme. Zudem war Mads kompliziert, und es war an der Zeit, alles Komplizierte aus ihrem Leben zu verbannen.

Ihr Handy vibrierte, sie hatte eine WhatsApp bekommen. Da das Handy auf dem Tisch lag, konnte auch Amir sehen, wer ihr geschrieben hatte.

»Ein Zeichen«, sagte er lächelnd.

Die Nachricht kam von Stefan. Er war ein Mann, von dem sie wusste, dass er sie mochte und der keinen Stall voller Probleme in eine mögliche Beziehung brachte. Stefan war herrlich unkompliziert.

26

Gustav rieb sich die Stirn. Die Probleme wurden immer größer. Als wäre die Suche nach seiner Mutter nicht schon schwierig genug, hatte diese Emma in ihrem Überehrgeiz auch noch einen Artikel geschrieben, um den Entführer stärker unter Druck zu setzen, seiner Mutter etwas Schlimmes anzutun. Er konnte es einfach nicht fassen.

Albert hatte ihn schon immer vor Emma Falk gewarnt und ihm deutlichgemacht, dass die Beziehung seines Neffen zu ihr über kurz oder lang Probleme mit sich bringen würde. Wie es schien, hatte er die bessere Menschenkenntnis.

Dass Mads doch von dem Artikel gewusst haben könnte, nahm Gustav nicht an, dafür hatte er zu überrascht und wütend reagiert. So gut kannte er seinen Neffen.

Er rief sein E-Mail-Programm auf. »Wann kommen endlich die Ergebnisse aus dem Labor?«, murmelte er, aber es gab nichts Neues.

Also stand er auf, steckte seine Waffe ins Holster, zog seine dünne Jacke an und verließ das Büro.

»Wohin gehst du?«, erkundigte sich Petra.

»Zu Henning.«

»Zu Henning Empen, dem Wirt?«

»Genau.«

»Ich dachte, ihr könnt euch nicht leiden.«

»Können wir auch nicht, aber welche Wahl habe ich? Brandt hatte gestern Nacht ein Gespräch mit ihm. Möglicherweise weiß er was.«

»Du klingst nicht gerade überzeugt.«

»Bin ich auch nicht«, gab Gustav zurück und trottete mit gesenktem Blick hinaus.

Als Polizeichef hatte er jede Menge Feinde, aber dass ausgerechnet jemand aus dem Dunstkreis von Henning seine Mutter entführt haben könnte, klang für ihn ziemlich abwegig. Jutta war beliebt in Niendorf und sie konnte mit jedem, selbst mit einem Arschloch wie Henning.

Mama ist eben anders als du. Sie mag die Menschen, du nicht, dachte er. *Aber nur, weil du weißt, wie böse sie sein können.*

Er verließ das Gebäude, stieg in seinen Wagen und fuhr nach Niendorf.

Wenige Minuten später hatte er die Kneipe erreicht. Leider war sie noch geschlossen, Henning würde erst in einer guten Stunde öffnen.

Kurz überlegte er, ob er zurück ins Büro fahren sollte, entschied sich dann jedoch, ein wenig am Strand spazieren zu gehen.

»Hallo, Herr Johannsen«, hörte er nach einer Weile eine Frau sagen. Er hatte sie kaum bemerkt, so sehr war er in Gedanken. Als er aufschaute, stand Emma Falk vor ihm. In der Hand hielt sie einen Coffee-to-go-Becher.

»Moin«, antwortete Gustav. Er war gerade nicht in der Stimmung, sich mit ihr zu unterhalten.

»Sicherlich wissen Sie schon von dem Artikel«, begann Emma.

»Ja, warum?«

»Sie werden jeden Grund haben, auf mich wütend zu sein. Seien Sie aber bitte versichert, dass ich Jutta damit nicht schaden, sondern ihr helfen wollte.«

»Dann hätten Sie den Artikel besser nicht geschrieben, so wie Mads es von Ihnen erbeten hatte.«

»Ja, das hat er getan. Aber im Gegensatz zu ihm war ich schon selbst Opfer einer Entführung und erst mithilfe der öffentlichen Fahndung ist Mads dem Täter auf die Spur gekommen und konnte mich retten. Der Täter hat durch die Öffentlichkeit nicht die Nerven verloren und mich getötet.«

»Das kann man nicht vergleichen«, erwiderte Gustav knapp.

»Wie Sie meinen. Ich wollte nur, dass Sie wissen, dass ich den Artikel weder in böser Absicht noch aus Ehrgeiz geschrieben habe, sondern nur, weil ich Jutta sehr lieb habe. Da Mads und ich den Kontakt zueinander abgebrochen haben, würde ich es Ihnen sehr hoch anrechnen, wenn Sie das auch Mads sagen könnten. Mir tut das alles unendlich leid.«

Bevor Gustav etwas erwidern konnte, entfernte sie sich.

Obwohl er jeden Grund hatte, auf Emma wütend zu sein, musste er sich eingestehen, dass dieses kurze Gespräch Eindruck bei ihm hinterlassen hatte. So wie sie argumentierte, ergab die Veröffentlichung ihres Artikels Sinn, auch wenn sie damit sehr kurzsichtig gehandelt hatte.

War Mads zu forsch mit ihr?, überlegte er. Vermutlich war er selbst nicht ganz unschuldig daran, denn er hatte seinem Neffen zuerst einen heftigen Einlauf verpasst.

Gustav musste an die Worte seiner Mutter denken: *»Zu vergeben, ist schwerer, als zu hassen. Vergib, so oft du kannst, mein Sohn, das bedeutet Größe.«*

Damals war er ein Teenager gewesen und hatte sich mit Albert gestritten. So sehr, dass er nichts mehr mit ihm hatte zu tun haben wollen. Da er wusste, dass Albert aus Sturheit niemals zu ihm gekommen wäre, um sich zu entschuldigen, hatte er Albert ebenfalls nicht vergeben wollen, bis seine Mutter ihn zur Seite genommen und ihm diese Worte gesagt hatte. Einige Stunden später war er zu Albert gegangen und hatte ihm vergeben. Albert hatte Tränen in den Augen gehabt und ihn umarmt. Danach hatte sich der Streit in Luft aufgelöst.

An seine Mutter zu denken, machte ihn schwermütig. Er erreichte die Seebrücke und ging hinaus bis an ihr Ende. Ein leichter Wind wehte ihm übers Gesicht. Er atmete die frische Luft tief ein, dann wanderte sein Blick über den Horizont. Er konnte weit schauen und wie so oft sah er auch heute ein Segelschiff dort draußen und musste an Albert und ihre Abmachung denken: Sobald er in Pension wäre, würden sie auf einem Segelschiff die Welt bereisen.

Ein Gedanke, der ihm in dieser schweren Stunde etwas Trost spendete.

»Gustav, was machst du denn hier?«, hörte er plötzlich Alberts Stimme.

»Träumen«, antwortete Gustav, ohne sich umzusehen. Albert trat zu ihm und folgte seinem Blick.

»Ein schöner Traum. In einigen Jahren werden wir frei von jedem Druck sein«, sagte er nachdenklich.

Gustav seufzte.

»Komm, lass uns einen Espresso trinken«, schlug Albert vor.

»Warum nicht«, antwortete Gustav. Er hatte noch Zeit und etwas Ablenkung würde ihm guttun.

Sie betraten die Terrasse des *Seehotel LUV*, das unweit der Seebrücke lag. Beide nahmen an einem Tisch Platz und wurden sogleich bedient.

»Hast du mal gezählt, wie viele Tassen du so am Tag trinkst?«, fragte Albert.

»Nicht wirklich, dürften aber einige sein. Du?«

»Auf jeden Fall nicht so viele wie du«, sagte Albert grinsend. »Manchmal frage ich mich, wie du überhaupt noch schlafen kannst bei all dem Koffein.«

»Wikingergene«, konterte Gustav augenzwinkernd.

»Was machst du hier?«

»Bei Henning vorbeischauen.«

»Dem Wirt?«

»Genau.«

»Was willst du von dem sturen Esel?«

»Brandt und Walter hatten gestern ein Gespräch mit ihm«, antwortete Gustav und klärte Albert kurz auf.

»Und du glaubst ihnen?«

»Keine Ahnung, ich greife nur nach jedem Strohhalm. Rumsitzen und Däumchendrehen macht mich wahnsinnig«, gab Gustav ehrlich zurück. »Und was treibt dich her?«

»Ich sagte doch, dass ich unser Problem ein für alle Mal loswerde.«

»Unser Problem?«

»Diese entsetzlich neugierige und neunmalkluge Journalistin Emma Falk. Ich hatte eben ein sehr gutes Gespräch mit Tobias. Er versteht meine Argumentation, warum sie ein Problem ist. Gerade jetzt, wo die Saison richtig Fahrt aufnimmt.«

»Die Saison?« Gustav wollte seinen Ohren nicht trauen. »Meine Mutter wurde entführt und du denkst an deine Saison?«

»Krieg doch nicht gleich alles in den falschen Hals, so habe ich das gar nicht gemeint. Zweifelst du an meiner Wertschätzung für Jutta? Dass wir sie finden und befreien, hat für mich höchste Priorität. Frau Falk ist ein Hindernis auf diesem Weg, das ich fortgeschafft habe. Und ja, natürlich bedeutet Juttas schnelle Befreiung auch, dass die Gemeinde die Angelegenheit unbeschadet übersteht.«

Gustav kam nicht dazu, dem sogleich etwas entgegenzusetzen, da der Kellner mit den beiden Espresso zurückkam.

Gustav leerte die Tasse in einem Schluck und sah auf seine Uhr.

»Ich muss. Übernimmst du?«

»Was für eine Frage«, antwortete Albert. »Wenn du heute etwas Zeit findest, lass uns was essen gehen.«

»Ich melde mich«, erwiderte er knapp und verabschiedete sich von Albert, um zur Kneipe von Henning zu gehen.

Welche Gemeinheit sich Albert wohl für Emma ausgedacht hatte? Würde Tobias sie von nun an mit langweiligen Recherchen beschäftigen, bis sie Jutta gefunden hatten? Schaden konnte es zumindest nicht.

So in Gedanken erreichte Gustav die Kneipe, er betrat sie mit einem flauen Gefühl im Magen.

Henning stand hinter dem Tresen, er hatte ihm den Rücken zugewandt und stellte einige Schnapsflaschen ins Regal.

»Moin«, machte sich Gustav bemerkbar.

Henning drehte sich um, er wirkte nicht überrascht. »War klar, dass du herkommen würdest«, sagte er, »aber den Weg hättest du dir sparen können.«

»Es geht hier nicht um mich oder unsere Streitereien …«

»Streitereien?«, unterbrach Henning ihn sofort. »Deinetwegen und wegen diesem arroganten Arschloch von Bürgermeister hätte ich fast meine Existenz verloren.«

Fast, hätte Gustav beinahe erwidert, stattdessen sagte er: »Da machst du es dir zu einfach, das war nicht unseretwegen. Das hast du dir alles allein zuzuschreiben.«

Henning hob die Brust und seine Augen wurden schmal. »So bist du schon immer gewesen. Schuld haben die anderen, wenn es dir nicht in den Kram passt.«

»Mensch, Henning, du hast Drogen vertickt.«

»Und deswegen ruiniert ihr mir mein Leben?«

»Ich habe dich ermahnt, es nicht wieder zu tun, aber du hast die Warnung ignoriert, und dann erwischen wir deinen Mitarbeiter dabei, wie er harte Drogen an Jugendliche verkauft. Du wolltest es einfach nicht kapieren, weil du schon immer ein sturer Esel warst«, platzte Gustav heraus.

»Ich hatte nichts damit zu tun«, verteidigte sich Henning.

»Lächerlich. Dein Mitarbeiter hat gegen dich ausgesagt. Du warst der Beschaffer und er hat es unter deinen Gästen verteilt.«

»Dass du ihm mehr geglaubt hast als mir, habe ich dir damals echt krummgenommen. Ich dachte, wir wären Dudes. Wie lange kennen wir uns? Vierzig Jahre?«

»Möglich.«

»Kann ich da nicht erwarten, dass du mir glaubst?« Er machte ein abfälliges Geräusch. »Ich kann dir sagen, warum du diesem Wichser eher geglaubt hast als mir, weil ich Albert schon immer ein Dorn im Auge war. Er mochte einige meiner Gäste nicht, weil sie nicht in sein Idealbild vom Ostsee-Urlaubsort passten, und du hast Albert aus der Hand gefressen. Gib's doch zu.«

»Du spinnst. Du bist noch immer zu engstirnig, um die Wahrheit zu akzeptieren. Es hätte viel schlimmer kommen können, immerhin hast du deine Kneipe noch«, erwiderte Gustav und holte kurz Luft. »Ich bin aber nicht wegen der ollen Kamellen hier, sondern wegen meiner Mutter.«

»Ich kann dir nicht helfen. Du solltest lieber gehen.«

»Verdammt, Henning, es geht hier nicht um mich, es geht um Jutta. Du hattest doch nie Probleme mit ihr.«

»Es tut mir sehr leid um sie, aber das ist nicht meine Angelegenheit.«

»Bist du wirklich so herzlos? Geht es dir echt am Arsch vorbei, dass Jutta möglicherweise gerade von einer Person, die du kennst, misshandelt wird?« Gustav wählte absichtlich solch drastische Worte, die ihm einen Stich in die Magengrube versetzten. »Du kannst mich hassen, meinetwegen. Aber lass deine Wut auf mich nicht an Jutta aus.«

Henning schwieg. Gustavs offene Worte schienen ihn kalt erwischt zu haben.

»Vergiss, was ich den Kölnern gestern gesagt habe. Woher soll ich wissen, wer Jutta entführt hat? In der Zeitung stand heute, dass es sich um einen Auffahrunfall gehandelt haben könnte.«

»So ein Unsinn. Jutta wurde entführt, von jemandem, der ein Problem mit mir hat. Und du kennst diese Jungs. Möglicherweise ist mal einem etwas rausgerutscht, der sich hier über mich ausgekotzt hat«, entgegnete Gustav, obwohl er sich tief in seinem Herzen weiterhin schwer damit tat, dass Jutta seinetwegen entführt worden sein könnte. Er glaubte noch immer an einen Auffahrunfall.

Henning atmete laut aus, dann zapfte er ein Bier und

gönnte sich einen großzügigen Schluck. »Du solltest mit Raffi reden«, sagte er schließlich.

Gustav schluckte. Er kannte Raffi und traute ihm einiges zu. Auch, dass er in seinem Zorn Jutta entführt hatte.

27

»Gut, dass Emre nicht mit ist«, bemerkte Walter, als Brandt den Wagen Richtung Grömitz steuerte.

»Inwiefern?«

»Na, weil er lieber Zeit mit seiner Familie verbringen soll. Gerade Tolga sieht er viel zu selten.«

»Und noch?« Brandt kannte Walter, es gab einen weiteren Grund.

»Weil es schmutzig werden könnte. Emre ist zu …«

»Gesetzestreu«, beendete Brandt den Satz.

»So ungefähr. Feik ist ein harter Brocken. Mit netten Worten kommen wir da nicht weit.«

»Woher kennt ihr euch eigentlich, was ist er für ein Typ?« Bisher hatte Brandt keine Gelegenheit gefunden, Walter diese Fragen zu stellen. Es war sicher besser, sich auf die Begegnung mit Feik vorzubereiten.

»Im Gegensatz zu Mücke hat Bulle eine sehr kurze Zündschnur, der scheut keine Schlägerei. Mücke tritt nur auf die Kleinen und Schwachen ein, aber Feik ist sich für keine Keilerei zu schade. Ich habe ihn in meiner wilden Zeit in Hamburg kennengelernt. Damals hat er für den einen oder anderen dubiosen Kerl auf dem Kiez gearbeitet. Gelder eingetrieben und so.«

»Vielleicht hat er sich geändert«, äußerte Brandt.

»Wäre ihm zu wünschen. Manchmal hatte ich den Eindruck, dass er sich einfach gerne prügelt, Dabei kann er auch freundlich und sogar lustig sein.«

Aus der Tatsache, dass er ein bewegtes Leben hinter sich hatte, hatte Walter gegenüber Brandt und Aydin nie einen

Hehl gemacht, dennoch gab es vieles, was Brandt nicht über ihn wusste. Er hoffte, dass er irgendwann einmal die Zeit finden würde, Walter zu lauschen, wenn er mehr von seiner Vergangenheit preisgab.

»Ich würde vorschlagen, du lässt mich reden. Ich konnte mit Bulle schon immer besser als mit Mücke. Irgendwie hat er mich respektiert. Keine Ahnung warum.«

»Gut, warum nicht? Wir sollten allerdings nicht erwähnen, dass ich Polizist bin.«

Walter winkte ab. »Das ist am Ende eh nur eine Randnotiz. Bulle ist zwar nicht die hellste Kerze auf der Torte, aber er wird sich schon seine Gedanken machen, warum wir uns für Jutta interessieren. Er ist unglaublich misstrauisch.«

»Wir werden uns was einfallen lassen.«

»Wir könnten sagen, dass wir private Ermittler sind. Du und ich, das wäre doch was!« Walters Augen leuchteten auf, der Gedanke schien ihm sehr zu gefallen. Schon in Köln war Walter immer ganz erpicht darauf, für ihn und Aydin als Informant tätig zu sein, da er noch jede Menge Leute aus der Unterwelt kannte.

Brandt wiegte zweifelnd den Kopf. »Warum sollte der Polizeichef Detektive engagieren?«

»Stimmt.« Walter überlegte einen Moment, dann sagte er: »Ich habe eine viel bessere Idee. Ich kenne Jutta von früher und fühle mich dazu verpflichtet, sie zu suchen.«

»Das könnte klappen. Du bist ein empathischer Mensch und verrückt genug, dich auf so etwas einzulassen.«

Im Augenwinkel sah Brandt, wie Walter die Stirn in Falten zog und aus dem Beifahrerfenster schaute. Sie schwiegen einen Moment und Brandt konzentrierte sich wieder auf den Verkehr und das Navi. Die Sonne lachte und die Ostsee zeigte sich auch heute von ihrer schönsten Seite. Bald waren sie in Grömitz und erreichten die Zielanschrift.

»Ein Bauernhof«, stellte Walter fest, als Brandt parkte.

»Sieht danach aus.«

»Der perfekte Ort, um jemanden zu verstecken.«

»Wir wollen mal nicht gleich mit dem Schlimmsten rechnen. Noch wissen wir nicht, was überhaupt passiert ist«, bremste Brandt seinen Freund. »Traust du ihm denn eine Entführung zu?«

»Logisch. Obwohl er ehrlich gesagt eher der Typ fürs Grobe war.«

Sie stiegen aus und betraten das Grundstück, das von einem Holzzaun umgeben war.

Walter klingelte an der Tür, doch niemand öffnete.

Er klingelte erneut.

»Bei dem Wetter könnte er überall sein«, bemerkte Brandt. »Wir sollten uns auf dem Grundstück umschauen.«

»Wollte ich auch gerade vorschlagen«, erwiderte Walter und zog seinen Finger vom Klingelknopf zurück.

»Sieht man«, konnte sich Brandt eine Spitze nicht verkneifen.

»Und wenn er nur schläft?«, fragte Walter.

»Komm.« Brandt ging voraus.

Manchmal machte Walter einen ähnlich naiven Eindruck wie Aydin, sie ähnelten sich vom Typ her, obwohl sie rein äußerlich nicht unterschiedlicher hätten sein können.

Sie gingen zum hinteren Teil des Gebäudes. Es war alt, wirkte aber gut gepflegt, jedenfalls deutete nichts auf Investitionsstau hin. Bulle schien sehr fleißig zu sein, die Pflege dieses Hauses nahm sicherlich viel Zeit in Anspruch. Das Grundstück dahinter war zudem noch größer, als das Gebäude erahnen ließ.

»Dass hier jemand wie dieser Bulle wohnt, glaubt man gar nicht«, sagte Brandt.

»Glaub mir, der lässt für sich arbeiten. Jede Wette, dass er mit ein paar krummen Deals eine Menge Kohle gescheffelt hat. Du glaubst doch nicht im Ernst, dass so einer Rasen mäht.

Der war zumindest damals sogar zu dämlich, um Kaffee zu kochen.«

Sie schauten sich auf dem Grundstück um, konnten Feik aber nirgends entdecken.

»Ganz klar ausgeflogen. Mücke soll mir seine Handynummer schicken, dann schauen wir weiter«, sagte Walter.

Sie gingen zurück zum Vordereingang, doch gerade als Brandt die Gartenpforte hinter sich schloss, hörte er das Fahrgeräusch eines Motorrades.

»Das ist er. Hört sich verdammt nach einer Harley an. Schon damals hatte der ein Faible dafür«, sagte Walter. Sie warteten und tatsächlich kam ihnen ein Fahrer auf einer Harley Davidson entgegen, er stellte seine Maschine hinter Brandts Auto ab.

»Das ist Bulle«, äußerte Walter.

Der Fahrer stieg von seinem Motorrad, nahm den Helm ab und trat an die beiden heran.

»Bist du das, Walter?«, fragte er.

»Kein Geringerer«, antwortete Walter.

»Was treibt dich nach Grömitz und ausgerechnet zu mir?« Feik schien nicht sonderlich begeistert zu sein.

»Bin gerade in der Nähe, und Mücke meinte, du wohnst hier. Wollte nur kurz Hallo sagen.«

»Mücke? Du treibst dich noch immer mit solch einem Gesindel herum?«

Feik warf Brandt einen kurzen Blick zu, dann sah er wieder zu Walter. Er war groß, fast so groß wie Walter, und hatte langes Haar, das erstaunlicherweise nicht ergraut war, dabei musste er weit über fünfzig sein. Sein Gesicht war kantig und die Nase schief, vermutlich die Folge von mehreren Brüchen.

»Nein, tue ich nicht. Wir waren in einer Kneipe in Niendorf.«

»Meinst du Hennings?«, fuhr Feik dazwischen. Wieder wanderten seine Augen kurz zu Brandt. Er konnte sich vorstellen, warum.

»Genau. Da sind wir zufällig auf ihn gestoßen. Ich wusste

nicht, dass er in Niendorf wohnt. Das letzte Mal habe ich ihn in Hamburg gesehen, aber das ist mittlerweile locker zwanzig Jahre her.«

»Er hat das Haus von seinen Eltern geerbt. War eine Zeit lang im Knast, soweit ich weiß. Halt dich echt fern von dieser Ratte, oder bist du noch aktiv?«

»Nein, ich habe seit einigen Jahren einen Grillimbiss in Köln.«

»Das passt zu dir. Hast schon immer gerne gegessen. Hoffe, du lässt den Gästen genug übrig«, bemerkte Feik und lachte grollend, seine Gesichtszüge entspannten sich deutlich. »Und wer ist dein hübscher Begleiter?«

»Das ist ein sehr guter Freund aus Köln. Wir machen hier mit ein paar weiteren Freunden Urlaub.«

»Da hast du ja einen richtig schnuckeligen Typen an Land gezogen. Er ist nicht zufällig vom anderen Ufer?«

»Nein, bin ich nicht«, antwortete Brandt, dem etwas schwante,

»Wirklich schade.« Feiks Mundwinkel senkten sich.

»Sag nicht, dass du schwul geworden bist?«, fragte Walter ungläubig.

»Ich war schon immer gay.«

»Du? Du hattest doch immer die heißesten Mädels am Start.«

»Ja, das stimmt. Damals waren die Zeiten anders, der Umgang auch. Wie hätte das wohl ausgesehen, wenn sich auf dem Kiez herumgesprochen hätte, dass ich auf Männerärsche stehe?«

»Unglaublich. Das hätte ich niemals erwartet.« Walters Mund stand weit offen.

»Ist das denn schlimm?«

»Nein, kein bisschen, aber es passt irgendwie nicht zu dem, was Mücke über dich erzählt hat.«

»Was hat er denn erzählt?«

»Dass du ein großes Problem mit Gustav Johannsen hast, weil du seinetwegen im Knast warst«, erwiderte Walter.

Brandt war auf Feiks Antwort gespannt. Immerhin hatte Gustav heute Morgen bei ihrem Telefonat bestätigt, dass er Feik vor Jahren verhaftet hatte.

»Das stimmt, ich wurde von Gustav festgenommen und war zwei Jahre im Knast. Das liegt jetzt zwölf Jahre zurück. Damals hatte ich einen mordsmäßigen Hass auf ihn, aber im Knast habe ich mich geändert. Ich habe viel über mich nachgedacht und bin zu dem Schluss gekommen, dass es nicht Gustavs Schuld war, dass ich im Bau gelandet bin, sondern meine. In den letzten Jahren hat sich mein Leben komplett geändert. Dank meines Mannes.«

»Dein Mann?«

»Jetzt mach deinen Mund wieder zu. Ja, mein Mann. Ich habe vor fünf Jahren geheiratet.« Kaum hatte er das ausgesprochen, kam eine Person auf sie zu.

»Bist du schon zurück, mein Schatz«, grüßte Feik den Mann und gab ihm einen Kuss auf den Mund.

Brandt musste sich zusammenreißen, um nicht laut zu lachen. Die Vorstellung, dass dieser Feik alias Bulle etwas mit dem Verschwinden von Jutta zu tun hatte, war einfach absurd. Mücke hatte sich einen Scherz auf ihre Kosten erlaubt.

»Vielleicht können Sie uns trotzdem helfen«, schaltete sich Brandt deshalb ein, er wollte mit der Wahrheit rausrücken.

»Warum?«

»Jutta Johannsen wurde entführt.«

»Jutta? Die Mutter von Gustav?«, fragte Feik erschüttert.

»Ja, wir sind Freunde von Mads Johannsen und helfen ihm bei der Suche. Wir glauben, dass sie von jemandem entführt wurde, der ein persönliches Problem mit Gustav hat«, antwortete Brandt.

»Und jetzt wollt ihr Namen von mir?« Feik runzelte die Stirn.

»Wenn Sie einen haben, wäre das sehr wichtig. Jutta schwebt in Lebensgefahr. Jede Stunde, die wir verlieren, ist eine, die sie nicht hat.«

Feik warf seinem Ehemann einen kurzen Blick zu. Der lächelte und sagte: »Wenn du helfen kannst, dann solltest du es tun.«

28

Mittlerweile war Mads' Wut auf Emma so gut wie verflogen und am liebsten hätte er zum Hörer gegriffen und sich bei ihr entschuldigt, doch er tat es nicht, weil ihm seine Männlichkeit im Weg stand. Zudem war Emma eine Baustelle, um die er sich jetzt nicht auch noch kümmern konnte.

Gemeinsam mit Lena war er zu Mückes Haus gefahren und hatte bereits den Rollstuhl aus dem Kofferraum geholt, damit Lena sich setzen konnte.

»Bist du böse, wenn ich die Krücken nehme?«, fragte Lena.

»Nein, überhaupt nicht. Bist du dir sicher?«

»So ziemlich. Ich muss mich ans Gehen gewöhnen, sonst komme ich nie davon weg.«

»Gut.« Mads verstaute den Rollstuhl wieder im Kofferraum und reichte seiner Schwester die Krücken.

Sie gingen zur Haustür und Mads betätigte die Klingel. Kurz darauf wurde sie geöffnet und Mücke stand vor ihnen. Eine leichte Wolke Marihuana schlug ihnen entgegen.

»Bist du nicht der Neffe vom Alten?«, fragte Mücke.

»Ja, Mads Johannsen. Ich arbeite für die Ostseekriminalpolizei.«

»Ich hatte eher damit gerechnet, dass Walter und dieser Schönling wegen meinem Scherz hier antanzen.« Mücke lachte und nun sah Mads auch den Joint in seiner Hand.

»Das mit Feik war nicht in Ordnung«, erwiderte Mads. Er riet einfach ins Blaue, weil er nicht wusste, was Mücke genau meinte.

»Echt schade, dass ich Walters Gesicht nicht gesehen habe, als Bulle ihm verraten hat, dass er eine Schwuchtel ist.« Mücke lachte und klopfte sich auf den Oberschenkel.

»Und was hat Ihnen das Ganze jetzt gebracht? Unsere Großmutter wird vermisst und Sie haben keine anderen Probleme, als sich einen Scherz mit Walter zu erlauben?«, zeigte sich Lena angesäuert.

»Entspann dich, Lady. Walter hat es nicht anders verdient, so arrogant wie er sich mir gegenüber verhalten hat. Was juckt mich eure Oma.«

Fast hätte Mads den schmächtigen Kerl gepackt, aber er konnte sich bremsen. Stattdessen schob er Mücke zur Seite und betrat das Haus.

»Was soll der Mist?«, beschwerte der sich und lief Mads hinterher, der mit schnellen Schritten ins Wohnzimmer ging.

Sein Gefühl wurde nicht enttäuscht. Auf dem Tisch lag eine Tüte voller Stoff. Er hob sie auf.

»Das dürften knapp hundert Gramm THC sein«, sagte er.

»Ist nicht meins.«

»Deswegen liegt es auch in Ihrem Wohnzimmer und deswegen haben Sie einen Joint in der Hand. Diese Menge reicht aus, um Sie richtig in Schwierigkeiten zu bringen. Gerade mit Ihrer Polizeiakte.«

»So ist das also. Wie der Onkel so der Neffe. Selbstjustiz nennt man das«, giftete Mücke.

»Rechtsstaatlichkeit nennt man das. Verdrehen Sie die Tatsachen nicht. Der Besitz dieser Menge Marihuana ist verboten und somit strafbar.«

»Und Sie haben sich unrechtmäßig Zutritt zu meiner Wohnung verschafft«, schimpfte Mücke.

»Auch das stimmt nicht. Ich habe den Joint in Ihrer Hand gesehen und die richtigen Schlüsse gezogen. So oder so, ich nehme Sie fest und dann war's das für eine sehr lange Zeit mit dem Kiffen. Angesichts Ihrer Polizeiakte kriegen Sie locker drei Jahre«, gab Mads zurück, wobei er streng genommen das Strafmaß gar nicht einschätzen konnte, aber das musste Mücke nicht wissen.

»Sie verarschen mich«, brüllte Mücke.

Mads fackelte nicht lange, er packte Mücke, drehte seine Arme hinter den Rücken und ehe sich's dieser versah, hatte Mads ihm Handschellen angelegt. »Genug Kindergarten gespielt. Wir fahren in die Dienststelle, Sie werden noch heute dem Haftrichter vorgeführt«, stellte Mads klar, der Mücke mit seinen fast ein Meter neunzig körperlich deutlich überlegen war.

»Entspann dich, das muss doch nicht sein«, jammerte Mücke und ging wie nebenbei wieder zum Du über. Seine Stimme klang plötzlich viel weicher. »Du bist doch wegen was ganz anderem hier.«

»Was wissen Sie über die Entführung meiner Oma?«, fragte Mads und lockerte den Griff ein wenig.

»Hör zu, ich sage dir alles, was ich weiß, aber dafür hast du hier nichts gesehen«, sagte Mücke und zeigte auf den Stoff.

»Wenn Sie mich anlügen, komme ich wieder und nehme Sie fest. Und damit ich ganz sichergehen kann, dass Sie nicht lügen, wird meine Kollegin jetzt ein kurzes Video aufnehmen. Nicht, dass Sie auf die dumme Idee kommen und Beweise verschwinden lassen.«

»Hast du eine Ahnung, was der Shit wert ist? Glaubst du, ich spül das die Toilette runter? Kann ich mir gar nicht leisten, außerdem gehört das Zeug nicht mal mir, ist nur auf Kommission«, ereiferte sich Mücke, wohl ohne zu merken, dass er sich damit um Kopf und Kragen redete. Allein diese Aussage reichte aus, um einen Haftbefehl gegen ihn zu erwirken, doch Mads war nicht an diesem primitiven Kleinkriminellen interessiert. Er wollte nur seine Oma finden.

»Lena, machst du ein kurzes Video?«

Die nickte, zückte ihr Handy und filmte die Tüte mit dem Gras und dazu Mücke.

»Muss das sein?«, reagierte Mücke verärgert.

Lena beendete die Aufzeichnung. »Das ist unsere Versicherung«, antwortete sie und steckte das Handy zurück in die Hosentasche.

»Und woher soll ich wissen, dass ihr mir nicht doch ans Bein pinkelt?«

»Sie haben mein Wort darauf«, erklärte Mads.

Mücke lachte verächtlich. »Das Wort eines Johannsen ist nichts wert.«

»Ich bin nicht mein Onkel«, entgegnete Mads.

Mücke sah ihn prüfend an. »Hat dir schon mal jemand gesagt, dass du diesem Thor ähnlich siehst?«

»Lassen Sie den Unsinn. Erzählen Sie mir, was Sie über die Entführung meiner Oma wissen«, drängte Mads.

»Ehrlich, ich weiß nicht viel.«

»Ist nicht Ihr Ernst?«

»Entspann dich.«

»Wo ist meine Oma?«

»Woher soll ich das wissen?« Mücke pustete seine Wangen auf und ließ die Luft mit einem leisen Plopp entweichen. »Ich hab nur letztens in der Kneipe ein paar Gespräche belauscht.«

»Was für Gespräche?«

»Machen Sie mir erst die Handschellen ab.«

»Was für Gespräche?«, wiederholte Mads und öffnete die Handschellen.

»Na ja, dass es an der Zeit wäre, diesem Johannsen eins auszuwischen.« Mücke zeigte seine Zähne. »Nicht dir, deinem arroganten Onkel.«

Mads fühlte sich bestätigt, aber reichte so eine Aussage aus, um jemanden festzunehmen in der Annahme, dass dieser Jutta entführt hatte? Vermutlich nicht, allerdings war es Grund genug, dieser Person einen Besuch abzustatten.

»Und wer hat das gesagt?«, fragte Lena.

»Raffi und Franz.«

»Franz Döring?«, hakte Mads nach.

»Ja, du kennst ihn?«

»Ihn nicht, aber seine Tochter.« Fast hätte er geschmunzelt. Vor unzähligen Jahren hatte er mit Franz' Tochter eine kurze, heiße Affäre gehabt. »Sind Sie sicher, dass es Franz Döring war?«

»Ganz sicher. Warum sollte ich lügen?«

»Ich möchte für Sie hoffen, dass es die Wahrheit ist. Wann war das?«

»Vor einem Monat etwa.«

Mücke zog die Nase hoch. »Wir beide sind nicht wirklich verschieden, abgesehen von deinen Muskeln, die dich ein bisschen dumm aussehen lassen. Aber im Gegensatz zu mir glaubst du, du wärst was Besseres, weil du diese Marke trägst, nur für deine Oma scheißt du auf das Gesetz.«

Mads reagierte nicht darauf, sondern gab seiner Schwester ein Zeichen, dass es Zeit war, zu gehen.

»Lösch das verdammte Video. Ich habe meinen Teil der Abmachung eingehalten«, rief Mücke ihnen noch nach.

»Sag nicht, dass du die Tochter von diesem Döring gevögelt hast?«, fragte Lena, als sie wieder im Auto saßen und Mads Richtung Bad Schwartau lenkte.

»Das ist lange her. Wir hatten ein paar Wochen was am Laufen. In meiner kurzen wilden Zeit.«

»Kurze wilde Zeit? Ich habe nicht das Gefühl, dass diese Zeit kurz war. Ich bin damals gar nicht mehr mitgekommen, wer deine aktuelle Flamme war.«

»Ich war halt begehrt.« Mads grinste.

»Möchte mir gar nicht ausmalen, wie vielen jungen Mädels du das Herz gebrochen hast.«

»Quatsch. Ich habe immer mit offenen Karten gespielt.«

»Und trotzdem haben sie sich reihenweise in dich verliebt.«

»Dafür kannst du mich nicht verantwortlich machen«, erwiderte er achselzuckend.

»Doch, irgendwie schon. Du hättest dich für eine entscheiden sollen.«

Insgeheim stimmte Mads seiner Schwester zu. Vielleicht hätte er das tun sollen, dann wäre sein Leben in geordneteren Bahnen verlaufen, denn als er das letzte Mal geglaubt hatte, sich endlich für die Eine entscheiden zu können, wurde es noch viel komplizierter. Dass sein Herz sich ausgerechnet Emma ausgesucht hatte, hatte ihn schon manche Nerven und schlaflose Nächte gekostet.

Vergiss Emma, nach dem Telefonat wird sie nie wieder ein Wort mit dir sprechen, dachte er.

»Warum plötzlich so nachdenklich?«, fragte Lena.

»Nichts, ich dachte nur gerade an Franz' Tochter.«

Lena klatschte in die Hände und schmunzelte. »Du warst schon immer ein ganz schlechter Lügner, zumindest mir gegenüber.«

»Du hast recht. Ich musste an Emma denken und daran, dass ich am Telefon zu harsch zu ihr war.«

»Dann sag es ihr doch.«

Mads schwieg.

»Wenn man Mist baut, sollte man genug Mut haben, sich zu entschuldigen.«

»Omas Worte.«

»Genau. Und sie haben nichts an Bedeutung verloren. Warum tust du dich bei Emma immer so schwer? Du bist doch sonst nicht auf den Mund gefallen«, sagte Lena und schüttelte den Kopf.

»Ich wünschte, ich hätte eine ehrliche Antwort darauf.«

Die Antwort kennst du: weil du Angst vor deinen Gefühlen ihr gegenüber hast, sagte seine innere Stimme.

»Ruf sie an, in einer ruhigen Minute. Sie wird sich freuen, vertrau mir«, ermunterte Lena ihn.

»Gut, werde ich machen.« Mads schenkte seiner Schwester ein Lächeln und sie berührte seine Hand.

Es gab nur zwei Menschen, denen er blind vertraute und von denen er wusste, dass sie eher sich Schaden zufügen würden als ihm: seine Oma und seine Schwester.

Sie erreichten Bad Schwartau und Mads bog in die Bahnhofstraße ab. Da er einige Male bei Franz' Tochter zu Besuch gewesen war, wusste er, wo ihre Eltern wohnten. Was jetzt aus ihr geworden war, war ihm nicht bekannt.

Er fand vor der Anschrift einen Parkplatz und beide stiegen aus.

»Krücke oder Rollstuhl?«

»Rollstuhl.«

Mads nickte und holte den Rollstuhl aus dem Kofferraum, Lena setzte sich und sie begaben sich vor die Haustür.

Während er klingelte, fragte er sich, warum jemand wie Franz Döring ein Problem mit Gustav haben sollte. Döring war ein erfolgreicher Unternehmer, soweit er wusste. Das jedenfalls hatte seine Tochter immer gesagt. Das großzügige und überaus hochwertig ausgestattete Einfamilienhaus, in dem sie wohnten, bezeugte das.

Die Tür wurde geöffnet und Frau Döring erschien.

»Mads, was machst du denn hier? Komm doch rein.« Die Frau schien sich aufrichtig zu freuen. Mads hatte schon damals ein sehr gutes Verhältnis zu ihr gehabt. Mit Franz Döring hatte er wenig Kontakt gehabt, gefühlt war er immer auf Geschäftsreise gewesen.

Mads und Lena folgten ihr ins Wohnzimmer.

»Kira wohnt nicht mehr hier, falls du zu ihr wolltest«, sagte sie.

»Ich hoffe, es geht ihr gut«, erwiderte Mads, um nicht gleich mit der Tür ins Haus zu fallen.

»Den Umständen entsprechend«, gab Frau Döring ausweichend zurück.

»Was meinst du damit?«

»Ihr Papa, mein Mann, ist vor drei Wochen bei einem Autounfall ums Leben gekommen.«

29

Etwas früher …

Noch war kein Anruf eingegangen.

»Entspann dich«, sagte Amir, als ahnte er, wie sehr Emma unter Strom stand. »So schnell meldet sich keiner, das solltest du doch wissen.«

»Ja, hast recht. Trotzdem …« Emma widerstand dem Drang, an den Fingernägeln zu kauen.

»Du solltest dich mit deinem eigentlichen Artikel beschäftigen«, schlug Amir vor.

»Wieder hast du recht«, antwortete Emma und sah auf ihren Bildschirm, wo sie gerade für ihre aktuelle Story recherchierte. Sie konnte sich jedoch kaum darauf konzentrieren, weil sie immer wieder in ihr Postfach schaute in der Hoffnung, dass sich jemand meldete.

»Süße, vielleicht solltest du dir ein bisschen die Beine vertreten. So wird das mit dir nichts.«

Emma presste die Lippen zusammen, dann nickte sie. »Wollen wir einen Kaffee trinken gehen?«

»Würde ich sehr gerne, aber ich bin gerade dabei, meinem Artikel den letzten Schliff zu geben. Ich muss leider passen. Heute ist Redaktionsschluss.«

»Ich bring dir was mit«, sagte Emma und stand auf.

»Das ist sehr lieb. Ich nehme einen Latte mit Hafermilch.«

»Sollte ich hinkriegen.« Sie umarmte Amir und verließ die Redaktion.

Das schätzte sie an ihrem Job, Tobias gab seinen Mitarbeitern alle Freiheiten. Es gab keinen Bürozwang, wichtig war nur, dass die Artikel und Beiträge rechtzeitig fertig wurden. Alles in allem war er ein guter Chef, auch wenn seine Nähe zu

Albert Lange und Gustav Johannsen nicht immer einfach für Emma war. Daher wunderte sie sich, dass er sich bisher nicht zu dem Artikel über Jutta geäußert hatte. Möglicherweise lag das an seinem Osterurlaub. Amir hatte den Beitrag gestern sehr spät noch in die Zeitung eingebunden. Da er schon länger in der Redaktion arbeitete, hatte er deutlich mehr Rechte als sie. Es wirkte fast, als wäre Amir die rechte Hand von Tobias. Bei ihr dagegen wurde jeder Artikel vor der Veröffentlichung vom Chefredakteur abgenommen, was für sie jedoch nicht schlimm war, das kannte sie von größeren Zeitungen.

Sie erreichte die Strandpromenade und beschloss, Jule einen Besuch abzustatten. Während sie so in Gedanken über die Promenade schlenderte und sich fragte, ob Mads noch immer sauer auf sie war, fielen ihr zwei Personen ins Auge. Auf der Terrasse eines Restaurants saßen Tobias und der Bürgermeister ins Gespräch vertieft. Schnell lief sie weiter, da sie davon ausging, dass die beiden sie nicht gesehen hatten.

»Das kann ja was werden«, murmelte sie. Immer wenn sich dieser Lange und Tobias trafen, war für sie Ärger vorprogrammiert.

Wenig später erreichte sie die Terrasse der *Seaside Lounge* und nahm an einem freien Tisch Platz, doch leider konnte sie Jule nicht sehen. Möglicherweise hatte sie frei.

Eine Kollegin von Jule trat an ihren Tisch und grüßte sie.

»Ist Jule nicht da?«, fragte Emma.

»Doch. Sie ist nur kurz auf Toilette. Möchtest du was bestellen oder wartest du auf Jule?«

»Nein, du kannst mir gerne einen Cappuccino bringen«, antwortete Emma.

Die Kellnerin nickte und entfernte sich.

Emma ließ ihren Blick über die Promenade und zur Ostsee schweifen. Es war ein wunderschöner sonniger Tag mit knapp 22 Grad, so jedenfalls hatte es ihr die Wetterapp angezeigt. Der Himmel war blau und die Ostsee hatte fast die Farbe, die man eigentlich nur aus der Karibik kannte. Einige Möwen kreisten über dem Wasser.

An sich war es ein wundervoller Tag, viel zu schön, um im Großraumbüro zu hocken. Am liebsten wäre sie an den Strand gegangen, hätte ihre Turnschuhe ausgezogen und wäre barfuß über den Sand gelaufen.

Ihr Blick wanderte wieder zur Promenade und blieb bei einer Radfahrerin hängen. Sie erschrak.

»Jutta?«, entfuhr es ihr, und kurz war sie nicht fähig, sich zu regen.

»Jutta?«, hörte sie Jules Stimme wie aus weiter Ferne.

Erst jetzt realisierte sie, dass die ältere Frau nicht Jutta war, sie sah ihr nur besonders ähnlich.

»Ich sehe schon Geister.« Emma schüttelte sich. »Für einen Moment dachte ich, die Frau da auf dem Fahrrad wäre Jutta.«

Jule schaute in die Richtung. »Stimmt, eine Ähnlichkeit ist da.« Sie setzte sich Emma gegenüber und beugte sich zu ihr. »Du lässt das Ganze zu nah an dich heran.«

»Es belastet mich mehr, als ich zugeben möchte.«

»Nur zu verständlich. Vermutlich erinnert dich vieles an deine eigene Entführung.«

Emma nickte stumm, sie wollte die Gedanken daran lieber nicht heraufbeschwören.

Die Kellnerin kam mit Emmas Cappuccino zu ihnen.

»Maus, kriege ich auch einen? Ich mache eine kurze Pause.«

»Sollte machbar sein«, antwortete die Kellnerin lächelnd und entfernte sich.

»By the way, ich habe euren Artikel gelesen. Der war echt gut. Hat sich schon jemand gemeldet?«, fragte Jule.

»Bis auf Mads niemand.«

»Oh, das hört sich aber nicht gut an.«

»Stimmt. Ich hatte einen Riesenstreit mit ihm. Er hat mir die Freundschaft gekündigt«, gestand Emma, gleichzeitig fragte sie sich, ob sie mit Mads überhaupt wirklich je befreundet gewesen war. Echte Freunde standen zueinander und verziehen einem, wenn man mal etwas Dummes gemacht hatte.

»Mads halt. Er hat Angst um seine Oma. Das mit dem Artikel könnte auch in die Hose gehen.«

»Ich weiß. Aber was hätten Amir und ich tun sollen? Wir wollten doch nur helfen«, beharrte Emma.

»Wofür ich größtes Verständnis habe. Ich wollte dir nur Mads' Sicht deutlich machen. Als Polizist möchte er alle Fäden in der Hand halten, erst recht, weil es hier um seine Oma geht.«

Emma presste die Lippen zusammen. Jule wollte ihr wohl durch die Blume verständlich machen, dass sie Mist gebaut hatte.

»Der Artikel ist jetzt raus. Ich kann es nicht ändern«, stellte sie fest.

»Lass Mads ein paar Tage in Ruhe, das ist mein Rat an dich. Spätestens wenn sie Jutta heil gefunden haben, ist seine Wut verflogen. Er war noch nie ein nachtragender Mensch.«

»Ist vermutlich das beste«, erwiderte Emma. Dass auch sie Mads ein paar unschöne Worte an den Kopf geknallt hatte und extrem von ihm enttäuscht war, behielt sie für sich. Ebenso, dass es aus ihrer Sicht einige Gründe gab, keinen Kontakt mehr zu ihm haben zu wollen. Gestern jedenfalls war sie noch davon überzeugt gewesen, dass sie ohne Mads besser in ihrem Leben zurechtkäme. Heute hingegen hatte dieses Bild erste Risse bekommen.

Scheiß Gefühle!, dachte sie.

»Hat denn sonst noch jemand auf den Artikel reagiert?«, wiederholte Jule.

Emma trank einen Schluck aus ihrer Tasse und schüttelte den Kopf. »Leider nicht. Aber oft dauert es eine Weile, bis sich jemand auf solche Beiträge meldet.«

»Wollen wir's hoffen. Es wäre uns allen und vor allem Jutta

zu wünschen. Kann ja nicht sein, dass sie sich in Luft aufgelöst hat.«

»Als ich damals entführt wurde, hat es auch ewig gedauert, bis die Polizei auf mein Versteck gestoßen ist. Ich will mir gar nicht vorstellen, dass Jutta durch die gleiche Hölle gehen muss.«

»Hat Mads wenigstens erzählt, ob sie einen Hinweis haben?«

»Nein, er hat mich nur rundgemacht.« Wieder presste Emma die Lippen zusammen.

»Leider ist auch das Mads. Ein verdammter Egomane.«

Die Kellnerin kam zurück und reichte Jule ihren Cappuccino.

Emma bestellte noch einen Latte to go, da sie gleich wieder ins Büro wollte. Das Gespräch mit Jule hatte ihr gutgetan, sie fühlte sich deutlich entspannter als vorhin.

»Danke, dass du ein offenes Ohr für mich hast.«

»Das ist bei Freunden doch selbstverständlich. Ich bin immer für dich da. Immerhin war ich einige Zeit mit Mads zusammen, ich weiß, was für ein Macho er sein kann.«

Emma nickte. »Sehen wir uns heute Abend?«, fragte sie dann. »Amir und ich wollten in die *Roof Bar* nach Scharbeutz.«

»Gerne. Habe bisher nichts geplant. Wann?«

»Gegen 20 Uhr. Ich melde mich bei dir.«

Mit dem Latte macchiato in der Hand betrat sie etwas später die Redaktion.

»Das war eine Superidee, rauszugehen«, sagte sie zu Amir. »Dein Latte. Geht aufs Haus.«

Amir sah sie ernst an, beinahe besorgt, was gerade bei ihm nur selten der Fall war. Emma wurde sofort unbehaglich.

»Ist was passiert?«

»Du sollst zu Tobias ins Büro«, sagte Amir. »Er war nicht gut drauf.«

»Mist. Kann mir schon denken, warum. Er und dieser dämliche Bürgermeister waren an der Promenade.«

»Soll ich mitkommen?«

»Nein, das kriege ich schon hin.«

»Sicher?«

»Ganz sicher.«

Emma ging zu Tobias' Büro, klopfte an und trat ein.

Tobias saß an seinem Schreibtisch und warf Emma einen kurzen, aber vernichtenden Blick zu. Er musste kein weiteres Wort sagen, seine Miene verriet alles. Vermutlich würde sie gleich ihren Job verlieren.

»Du wolltest mich sprechen.«

»Setz dich, ich bin sofort bei dir. Muss nur diese E-Mail beantworten«, sagte Tobias und Emma nahm am Besprechungstisch Platz. Sie wagte gar nicht zu fragen, worum es ging. Es konnte sich ja nur um den Artikel handeln.

Die Sekunden wurden zu Minuten, und es schien, als würde sich Tobias extra Zeit lassen, um sie zu quälen. Endlich stand er auf und nahm ihr gegenüber Platz.

»Arbeitest du gerne für die Ostseezeitung?«, fragte er.

»Sehr gerne«, antwortete Emma ehrlich. Sie wollte ihren Job nicht verlieren, weil sie sich mit ihrer Arbeit identifizierte und ihre Kollegen, vor allem Amir, wirklich mochte.

»Dann beantworte mir bitte die Frage, warum du den Artikel ohne Rücksprache mit mir geschrieben hast.«

»Es war Ostern, du hattest Urlaub und ich wollte dich nicht stören. Außerdem war und bin ich davon überzeugt, dass der Artikel helfen kann, Jutta Johannsen zu finden«, antwortete Emma. Dass Amir an der Sache beteiligt gewesen war, verschwieg sie. Sie wollte nicht, dass er ebenfalls Ärger bekam.

»Mensch, Emma, so langsam müsstest du doch wissen, dass alles, was mit den Johannsens oder dem Bürgermeister zu tun hat, über meinen Tisch gehen muss.«

»Du hast ja viel Vertrauen in meine Fähigkeiten«, entgegnete Emma, um aus ihrer defensiven Rolle auszubrechen.

»Das hat nichts mit deinen Fähigkeiten zu tun. Ehrlich gesagt, bist du für meine Zeitung überqualifiziert. Du hast ein unglaubliches Talent und die Leser lieben deine Artikel.«

»Aber?«

Tobias antwortete nicht sofort, er warf ihr einen prüfenden Blick zu, als suchte er nach der Antwort in ihrem Gesicht.

»Aber … Du legst dich mit den falschen Leuten an. Gustav hat eine Menge Einfluss in der Gemeinde und Lange noch viel mehr. Du kannst natürlich nicht wissen, dass Albert Lange als Jugendlicher von Jutta und ihrem Mann aufgenommen wurde, weil seine Eltern früh verstarben. Egal was für ein unausstehlicher Kerl er sein mag, Jutta ist ihm nicht weniger wichtig als Gustav. Ich hatte vorhin ein Gespräch mit ihm.«

»Ich weiß. Ich habe euch an der Promenade gesehen.«

»Dann kannst du dir sicherlich vorstellen, worum es ging.«

»Lange und Johannsen haben sich bei dir ausgekotzt.«

»Nicht nur das«, gestand Tobias ein. »Diesmal bist du leider deutlich übers Ziel hinausgeschossen. Ich muss das jetzt wissen: Ist dieser Artikel nur auf deinem Mist gewachsen?« Er schaute Emma eindringlich an.

»Ja, ich allein hatte die Idee. Niemand anderer wusste davon. Wenn einer die Verantwortung dafür übernehmen muss, dann ich«, antwortete Emma, auch wenn sie für einen Moment mit dem Gedanken gespielt hatte, Amir zu verpetzen in der Hoffnung, dass die Strafe dann etwas milder ausfallen würde.

»Aber Amir hat den Artikel redaktionell abgenommen«, wandte Tobias ein.

»Mag sein, er hat trotzdem mit all dem nichts zu tun. Der Artikel ist allein mein Verantwortungsbereich.«

»Ganz sicher, dass du Amir nicht deckst?«

»Absolut sicher«, antwortete Emma.

Tobias schaute sie diesmal etwas länger an. Er wirkte betrübt, als wollte er die nächsten Worte nicht aussprechen.

»Du weißt, dass ich dich feuern muss. Lange hat die gesamte Gemeinde hinter sich und lässt mir keine Wahl.«

30

»Da glaubst du, du hast schon alles gesehen, und dann wirst du doch überrascht«, lachte Walter, als er und Brandt wieder im Auto saßen und Brandt ihr nächstes Ziel ansteuerte.

»Damals auf dem Kiez konnte man sich nicht so einfach outen«, erwiderte Brandt. »Ich finde es sehr mutig von ihm, dass er endlich zu seiner Sexualität steht. Wenn du dich auch outen möchtest, wäre jetzt ein guter Zeitpunkt.«

Walter schaute ihn schief von der Seite an. »Ich hatte noch nie Probleme mit meiner Sexualität. Glaub mir, wenn ich auf Männer stehen würde, hätte ich auch in jungen Jahren dazu gestanden.«

»Warum habe ich da so meine Zweifel?«, zog Brandt ihn weiter auf und wählte eine Nummer auf seinem Handy, das über Bluetooth mit der Freisprecheinrichtung des Wagens verbunden war.

»Wen rufst du an?«

»Gustav Johannsen. Ich will ihm von unserem Gespräch erzählen und ihn darüber informieren, dass wir der nächsten Person einen Besuch abstatten.«

»Macht Sinn.«

Gustav nahm den Anruf allerdings nicht an, sodass Brandt auflegte.

»Fahren wir trotzdem hin?«, fragte Walter.

»Klar.«

In dem Moment klingelte Brandts Handy, es war Aydin.

»Moin, Emre, was geht?«

»Ich bin's, Onkel Lasse, Tolga.«

»Moin, Tolga, mein Großer. Ich hoffe, du amüsierst dich«, rief Walter sogleich.

»Das tue ich, Onkel Walter. Aber ich vermisse dich und Onkel Lasse.« Tolgas Stimme klang traurig.

»Wir vermissen dich auch, aber wir helfen doch Mads. Du weißt ja, Freunden muss man helfen.«

»Ja, du hast recht. Eigentlich wollte ich nur deine Stimme hören.«

»Das ist sehr lieb.«

Brandt hörte allerdings heraus, dass Tolga noch etwas anderes auf der Zunge lag, er schien sich nur nicht zu trauen, es auszusprechen.

»Liegt dir noch was auf dem Herzen?«, fragte Brandt daher.

»Ja, dass du auf Onkel Walter aufpasst.«

»Ich passe immer auf ihn auf. Onkel Walter ist groß und stark, den haut so schnell nichts um.«

»Das stimmt«, erwiderte Tolga und gab eine Art gequältes Lachen von sich. »Aber er ist kein echter Polizist wie du oder Emre, und ich habe ein bisschen Angst, dass die bösen Männer das wissen.«

»Mach dir keine Sorgen, Großer. Niemand ist stärker als Onkel Walter«, antwortete Walter.

Brandt sah, wie sehr ihn Tolgas Worte berührten.

»Das stimmt, wobei Jörn vorhin meinte, dass Thor, also Mads, der Stärkste wäre. Es bringt mich echt durcheinander, ob Mads Thor ist oder nicht.«

»Was glaubst du denn? Wer ist der Stärkste?«, fragte Brandt.

»Onkel Walter natürlich«, erwiderte Tolga prompt.

Walter strahlte übers ganze Gesicht. »Das hast du lieb gesagt. Also, mach dir keine Gedanken. Uns geht es prima. Was hältst du davon, wenn wir beide heute Abend kurz den Grill anschmeißen?«

»Echt?«

»Klar doch. Ein paar Currywürste gehen immer, oder?«

»Auf jeden Fall«, sagte Tolga glücklich. Brandt konnte sich gut vorstellen, wie Tolga strahlte. »Jetzt habe ich auch keine Angst mehr wegen meinem bösen Traum gestern.«

»Was für ein Traum?«

»Dass du Onkel Lasse rettest und dann stirbst.«

31

Gustav blieb nichts anderes übrig, als Henning zu vertrauen. Er war zurück in sein Büro gefahren und hatte auf dem Weg Tim angerufen, um ihn zu bitten, herauszufinden wo sich Raphael Oblak, genannt Raffi, gerade befand. Henning hatte ihm das nicht sagen können, nur, dass er vor einem guten Monat in seiner Kneipe erschienen und übelst über Albert und ihn hergezogen sei. Er habe noch eine Rechnung mit ihnen offen und werde sich schon bald dafür rächen.

Henning hatte das als Spinnerei abgetan, weil Raffi betrunken gewesen war, und es deshalb nicht gemeldet. Außerdem hatte er selbst ein Problem mit Gustav. Oblak war Gustav seit seiner Festnahme vor zehn Jahren nicht mehr über den Weg gelaufen, daher war ihm nicht bekannt, was er in der Zeit nach dem Gefängnis getan hatte.

Als Gustav sein Büro betrat und sein Handy aus der Tasche seiner dünnen Jacke herausfischte, sah er, dass Brandt ihn angerufen hatte. Er rief gleich zurück.

»Wir waren eben bei Feik, diesem Bulle«, berichtete Brandt.

»Und, haben Sie etwas herausgefunden?«

»Leider nicht viel«, antwortete der Kölner und gab das Gespräch wieder. »Feik ist sauber, er hat mit dem Milieu nichts mehr zu tun und hegt Ihnen gegenüber auch keinen Groll«, schloss er.

»Wenigstens einer, bei dem die Resozialisierung im Gefängnis funktioniert hat«, rutschte Gustav ein trockener Kommentar heraus.

»Sieht so aus. Wir haben aber einen Tipp von ihm bekommen und wollten der Person jetzt einen kurzen Besuch abstatten.«

»Noch jemand, der mich hasst?«

»Was glauben Sie, wie viele dieser Idioten mich hassen, weil ich sie festgenommen habe«, gab Brandt lapidar zurück.

»Also meinen Sie nicht, dass ich meine Macht missbrauche?«

»Nein, Sie tun das, was notwendig ist, um Ihre Gemeinde sauber zu halten. Die Statistik spricht für Sie.«

»Danke. Geben Sie mir bitte Bescheid, sobald Sie fertig mit dem Besuch sind.«

»Machen wir«, erwiderte Brandt und beendete das Gespräch.

Gustav ließ sich in seinen Schreibtischstuhl fallen und schloss kurz die Augen. Er glaubte dem Kollegen. Brandt war jemand, der mit seiner Arbeitsweise wenig Probleme hatte. Aydin dagegen war wie Mads, er sah die Grauzonen der Polizeiarbeit kritisch, und in den letzten Stunden erwischte sich Gustav immer mehr dabei, dass er seine Methoden selbst hinterfragte. Ob das an dem Druck lag oder an der Tatsache, dass er zu viele Feinde hatte? Er wusste es nicht.

»Was hättest du getan?«, murmelte er und dachte an seinen Vater, dann nickte er. »Du hättest jeden Stein umgedreht, um Mama zu finden.«

Gustav schluckte, weil eine Erinnerung ihn heimsuchte. Sein letzter Satz entsprach nicht ganz der Wahrheit.

Ein Klopfen an seiner Bürotür holte ihn aus seinen Gedanken.

Petra trat ein. »Der Bürgermeister möchte dich sprechen.«

»Lass ihn rein.«

»Alles gut?«, fragte sie und runzelte leicht die Stirn.

»So weit ja, warum?«

»Du siehst aus, als hättest du ein Gespenst gesehen.«

»Nein, nur dich«, antwortete Gustav trocken.

»Fast der Alte.« Petra lächelte und verließ das Büro, kurz darauf trat Albert ein, grüßte und nahm ihm gegenüber Platz.

»Wie war dein Gespräch mit Henning?«, fragte er dann.

»Besser als erwartet. Er meinte, ich sollte mich mit Raphael Oblak unterhalten.«

»Diesem Jugo?«

»Halb-Jugo«, korrigierte Gustav.

»Ist der nicht im Knast?«

»Das war vor zehn Jahren. Da er sieben bekommen hat, müsste er seit drei Jahren draußen sein.«

»Ich weiß nicht.« Albert verzog zweifelnd das Gesicht.

»Was?«

»Ob das nicht Zeitverschwendung ist. Du hast so viele von diesen Idioten ins Gefängnis gebracht. Du kannst doch nicht jedem da draußen einen Besuch abstatten.«

»Welche Wahl habe ich denn? Hier rumsitzen und Däumchen drehen?«

»Nein, natürlich nicht. Aber ich denke, wir sollten alle Ressourcen auf diesen Autofahrer konzentrieren.«

»Den habe ich nicht vergessen. Ich warte noch auf das Labor, außerdem gibt es eine Fahndung nach ihm, Tim ist dran und deine Mitarbeiter wollten sich ebenfalls umhören. Was soll ich noch machen?«

»Entspann dich, ist angekommen.«

Es klopfte wieder an der Tür und Petra trat mit zwei kleinen Silbertabletts ein.

»Sie schickt der Himmel. Der Alte hier ist wieder mal bockig. Der Espresso und vor allem der Keks werden ihn besänftigen«, sagte Albert und zeigte seine weiße Zahnreihe.

»Witzig.« Gustav schüttelte den Kopf.

»Wir beide kennen den Chef«, kommentierte Petra und stellte die beiden Tabletts auf dem Tisch ab. »Möchten Sie noch etwas?«, fragte sie an Albert gerichtet.

»Wunschlos glücklich.«

Petra nickte und verließ das Büro.

Schweigend tranken sie ihren Espresso und Gustav gönnte sich den Keks. Auch wenn er es nicht zugeben wollte, Albert hatte recht. Die Kaffeepause entspannte ihn ein wenig.

»Wenigstens müssen wir von dieser Falk nichts mehr befürchten.«

»Wie meinst du das?« Gustav sah auf.

»Hallo?«, erhob Albert die Stimme. »Ich hatte dir doch gesagt, dass ich das kläre.«

»Ja, ich weiß. Aber so, wie du das sagst, hört es sich an, als wäre dir etwas wirklich Gemeines eingefallen.«

»Nichts Gemeines. Ich habe nur Nägel mit Köpfen gemacht«, erwiderte er spitz. »Jutta ist ungemein beliebt in der Gemeinde, da bleibt Tobias nichts anderes übrig, als sie zu entlassen. Diesen lästigen Parasiten sind wir jedenfalls los.« Er zuckte unschuldig mit den Schultern.

»Wieso habe ich das Gefühl, dass dir das sehr entgegenkommt? Du hast Emma noch nie gemocht, allerdings konnte sie deinen Gemeinheiten bisher immer standhalten. Mamas Entführung kommt dir wohl sehr gelegen.«

»Du spinnst«, entrüstete sich Albert. »Ja, ich mag diese Möchtegernjournalistin nicht, aber Juttas Entführung kommt mir ganz bestimmt nicht ›gelegen‹. Das war gerade deutlich übers Ziel hinaus.«

Gustav war sich da nicht so sicher, daher schwieg er.

Sein Bürotelefon klingelte und er nahm das Gespräch an. Es war Tim.

»Und, hast du die Adresse?«

»Ja, das war ein Klacks. Er wurde vor knapp drei Jahren aus dem Gefängnis entlassen, wohnt jetzt in Haffkrug. Ich habe die Anschrift in das System eingepflegt. Oblak hat sich mit der Übernahme von Hausmeistertätigkeiten selbstständig gemacht.«

»Danke dir. Hast du noch was?«

»Über ihn nicht, aber ich bin weiter dran.«

»Und das Handy meiner Mutter?«

»Die Software ist noch nicht ganz fertig. Parallel dazu habe ich versucht, mit Oles Hilfe die Fallhöhe zu rekonstruieren. Demnach wäre es möglich, dass ihr das Handy aus der Tasche gefallen ist.«

»Es könnte aber genauso gut jemand aus dem Wagen geschmissen haben, oder?«

»Leider kann ich das nicht ausschließen. Der sandige Boden im Graben und das Gras federn einiges ab.« Gustav nickte. Dummerweise standen sie damit wieder so da wie am Anfang. Er bedankte sich trotzdem und beendete das Gespräch.

»Wir finden Jutta«, sagte Albert, als ahnte er, dass Gustav kurz davor war, erneut in das mentale Loch der Hoffnungslosigkeit zu fallen. »Jutta ist taff, das weißt du. Sie hat das schon mal überstanden. Sie weiß, wie sie mit Psychopathen umgehen muss.«

Gustav nickte, denn Albert hatte recht. Er hatte den Vorfall längst verdrängt, aus gutem Grund, und er wollte ihn so schnell nicht wieder aus der Erinnerung hervorholen. Jutta war tatsächlich schon einmal Opfer einer Entführung geworden, lange bevor Lena und Mads Polizisten geworden waren. Sein Vater war damals Polizeichef gewesen, als ein Mann, der aus der geschlossenen Anstalt ausgebrochen war, Jutta entführt hatte. Mikkel hatte alle Hebel in Bewegung gesetzt, um seine Mutter zu befreien, und Gustav wusste, dass Mikkel jedes Mittel dafür recht gewesen war. Am Ende war es ihm gelungen, und niemand hatte je ein Wort darüber verloren, dass Mikkel Johannsen illegale, kriminelle oder verbotene Methoden angewendet haben könnte, um Jutta zu finden. Vielmehr wurde er als Held gefeiert, weil er seine Frau aus den Händen dieses Psychopathen befreit hatte. Einen Untersuchungsausschuss in dieser Sache zu beauftragen, hätte sich damals niemand getraut, sein Vater war unantastbar gewesen, zumindest nach Gustavs Empfinden. Etwas, was aktuell so nicht mehr vorkommen würde. Heute musste man als Polizist deutlich vorsichtiger agieren, wenn man an seinem Job hing. Aber Gustav hing nicht an seinem Posten, er hing an seiner Mutter.

»Sag mal, was ist eigentlich aus diesem Andreas Berg geworden?«, holte Albert ihn wieder einmal aus seinen Grübeleien.

»Mein Vater hat ihn erschossen, als er meine Mutter befreit hat.«

»Ist er bei dem Einsatz wirklich ums Leben gekommen?«, bohrte Albert weiter.

»Davon gehe ich aus. Ich war damals Anfang zwanzig und Vater hat mich von dem Fall ferngehalten. Es fiel mir unglaublich schwer, die Füße stillzuhalten, und als Mama wieder zu Hause war, hat mich der Dreckskerl nicht mehr interessiert.«

»Du solltest das lieber überprüfen.«

»Du glaubst doch nicht, dass Andreas Berg meine Mutter noch mal entführt hat, falls er noch am Leben ist«, sagte Gustav erstaunt. »Er müsste inzwischen um die siebzig sein.«

»Wenn er noch lebt und aus dem Gefängnis oder der Irrenanstalt entlassen wurde, halte ich alles für möglich«, erwiderte Albert.

Gustav lief es eiskalt den Rücken herunter.

32

Mads brauchte etwas Zeit für sich, daher kam es ihm ganz gelegen, dass Christian Lena gefragt hatte, ob sie mit ihm gemeinsam mittagessen wolle. Also hatte er sie im *Restaurant Hafenblick* abgesetzt, wo Christian bereits auf sie wartete, und anschließend sein Dienstfahrzeug am Niendorfer Hafen geparkt, um zum Imbiss von Oli und Ali zu gehen.

»Moin«, grüßte Oli ihn.

»Moin«, antwortete Mads.

»Ich habe heute die Ostseezeitung gelesen. Stimmt das?«, fragte Oli besorgt.

»Ja, es stimmt.«

»Das tut mir sehr leid. Ali und ich können noch gar nicht fassen, dass jemand Jutta entführt hat. Ausgerechnet Jutta!«

»Mir fällt es auch schwer, das zu akzeptieren.«

»Habt ihr denn schon eine Spur?«

»Nichts Konkretes.«

»Wir hören uns um«, versicherte Oli. »Vielleicht hat sie jemand gesehen. Ohne den Artikel hätten wir ja gar nichts davon gewusst. Das war eine sehr gute Idee von euch, mit der Ostseezeitung zusammenzuarbeiten. Irgendjemand in der Gemeinde wird sie bestimmt gesehen haben.«

Mads nickte und das schlechte Gewissen Emma gegenüber stieg wieder in ihm auf.

»Wo ist Ali?«, fragte er daher, um das Thema zu wechseln.

»Der ist auf unserem Kutter. Glaubt, er wäre der geborene Handwerker. Ich habe ja vorgeschlagen, dass wir jemanden kommen lassen, aber nein. Vermutlich macht er nur noch mehr kaputt.«

»Möglich«, erwiderte Mads geistesabwesend. »Kannst du mir ein Krabbenbrötchen machen?«

»Klar. Willst du was trinken?«

»Eine Cola.«

Oli zog eine Augenbraue hoch, vermutlich weil Mads sonst höchst selten Cola trank, erst recht nicht bei Oli, denn er achtete sehr auf seine Ernährung.

»Sagst du bitte auch deinem Onkel, dass wir uns umhören?«, bat Oli.

»Mach ich.«

»Und wenn ihr irgendetwas braucht, zögert nicht, mich oder Ali zu kontaktieren.«

»Werden wir machen, danke für das Angebot.«

Oli reichte Mads sein Brötchen und die Cola.

»Was schulde ich dir?«

»Geht auf's Haus.«

»Nein, ich möchte das bezahlen.«

Oli verschränkte die Arme vor der Brust und musterte Mads. »Möchtest du mit einem alten sturen Seemann tatsächlich eine sinnlose Diskussion darüber führen?«

Mads huschte ein Lächeln über die Lippen. »Danke.«

»Ich drücke die Daumen, dass ihr deine Oma schnell findet«, sagte Oli zum Abschied.

Mads nickte, verabschiedete sich und ging weiter.

Am Hafenbecken blieb er stehen, setzte sich auf eine Bank und ließ seinen Blick auf den Booten ruhen. Mit einem Mal überkam ihn der unbändige Drang, einfach abzuhauen. Ein Boot zu nehmen und wegzuschippern. Wohin? Egal. Hauptsache weit weg von seinen Problemen.

Er seufzte, denn das würde nur ein Gedanke bleiben. Erst ein Mal in seinem Leben hatte er die Flucht ergriffen, das war, nachdem sein Vater bei einem Einsatz ums Leben gekommen war. Doch noch einmal würde er seine Schwester nicht allein lassen. Vor allem, wie könnte er seiner Lieblingsoma je wieder in die Augen schauen, wenn er diesen feigen Gedanken jetzt in die Tat umsetzte?

Nachdem er sein Krabbenbrötchen aufgegessen und die Cola ausgetrunken hatte, beschloss er, sich einen Coffee-to-go im *Ahoi Kaffee* zu gönnen. Das Café lag direkt am Hafen.

Er wollte sich gerade in der Schlange anstellen, als er Emma sah, die mit einem Becher in der Hand vom Café weggehen wollte. Ihre Blicke trafen sich, doch Emma drehte sich sofort um und lief an ihm vorbei Richtung Strand, als wäre er Luft.

Diese Reaktion traf Mads schwerer, als er es für möglich gehalten hätte. Sein Magen zog sich zusammen und er fühlte sich noch elender als sowieso schon.

Mittlerweile war er an der Reihe, doch er konnte jetzt nichts bestellen.

»Ich komme später wieder«, sagte Mads zu der Barista und sprintete los, Emma hinterher.

Sie stand am Ende des Hafens, ihr Blick war auf den Timmendorfer Strand gerichtet. Von hier aus konnte man das Maritim Hotel sehr gut erkennen. Die Aussicht auf die Lübecker Bucht war immer wieder beeindruckend.

»Hey«, machte er sich bemerkbar, als er neben ihr stand.

Emma schaute ihn kalt an, drehte sich um und wollte gehen, als Mads sie am Oberarm berührte.

»Warte«, sagte er.

»Warum? Damit du mir wieder irgendwelche Gemeinheiten an den Kopf wirfst?« Emmas Stimme klang brüchig.

»Nein, weil ich mich entschuldigen möchte.«

»Entschuldigen?« Sie sah ihn mit großen Augen an. »Mads Johannsen möchte sich ernsthaft bei mir entschuldigen? Steckt da nicht eher wieder irgendeine Bosheit dahinter?«

»Du hast jeden Grund, wütend auf mich zu sein. Ich war ungerecht zu dir, und das tut mir unglaublich leid, weil ich weiß, dass du meine Oma magst und den Artikel nur verfasst hast, um mir zu helfen. Ich weiß das sehr zu schätzen.«

»Das klang am Telefon ganz anders«, entgegnete Emma knapp.

»Da war ich nicht ich selbst. Ich konnte vor Sorge keinen klaren Gedanken fassen.«

Emma schnaubte und schüttelte den Kopf. »Weißt du, Mads, ich bin es leid, immer diese Kämpfe mit den Johannsen-Männern und dem Bürgermeister auszufechten, der mich so dermaßen zu hassen scheint, dass er Tobias keine andere Wahl gelassen hat, als mir zu kündigen. Ich bin es so leid.«

»Was? Tobias möchte dir kündigen?«, fragte Mads erschrocken.

»Lange hat ihm keine Alternative gelassen.«

»Ich rede mit Albert und mit Gustav. Emma, das tut mir so leid.« Am liebsten hätte er sie in die Arme geschlossen und alles ungeschehen gemacht.

»Das muss es nicht«, entgegnete Emma sachlich. »Tobias hat sich für seine Mitarbeiterin entschieden. Ich bin aber zu müde, mich und meine Arbeit ständig rechtfertigen zu müssen. Vermutlich war das alles hier ein ganz großes Missverständnis.«

»Was willst du damit sagen?«

Emma atmete tief ein, schließlich antwortete sie: »Dass ich beabsichtige, zurück nach Köln zu gehen.« Dann drehte sie sich um und lief mit schnellen Schritten davon.

Mads blieb sprachlos zurück. Er fühlte sich wie nach einem K. o. im Boxkampf, er konnte nicht glauben, was er da gehört hatte.

»Verdammter Albert«, entfuhr es ihm.

Du selbst hast Emma auch schlecht behandelt, meldete sich sofort ein kritischer Gedanke. Die Vorstellung, dass sie zurück nach Köln gehen würde, war mehr, als er gerade ertragen konnte. Doch Emma wirkte absolut entschlossen und er konnte es ihr nicht einmal verübeln.

»Jetzt hast du sie endgültig verloren«, sagte er zu sich und ließ seinen Blick über die Lübecker Bucht wandern. Die Ostsee lag heute ruhig und es wehte nur ein leichter Wind. Eine Möwe kreischte über ihm, er sah nach oben und beobachtete, wie sie sich mit weit ausgebreiteten Flügeln vom Wind tragen ließ.

Wie eine kalte Hand ergriff Mads die Traurigkeit. Das Leben war unberechenbar. Noch vor Kurzem hatte er mit seiner Oma gescherzt und jetzt war sie vermutlich in den Fängen eines Wahnsinnigen. Noch vor ein paar Wochen hatte Kira Döring Zeit mit ihrem Vater verbracht und nun war er bei einem Autounfall ums Leben gekommen. Und es war noch nicht lange her, dass er angenommen hatte, Emma und er würden sich endlich näherkommen, doch nun hatte er sie endgültig verloren.

Aber im Gegensatz zu Kiras Vater lebte Emma. Sie würde nur ein Leben in Köln führen, ohne ihn, und bei seiner Oma bestand noch immer die Hoffnung, dass sie sie retten konnten. Dieses Privileg genoss Kira nicht. Ihr Vater würde nie wieder zu ihr zurückkommen.

Mads straffte die Schultern und atmete tief durch. Sich darüber Gedanken zu machen, war müßig. Er schaute auf seine Uhr und beschloss, ins Büro zu fahren, da Christian Lena dorthin zurückbringen wollte.

Als er wenige Minuten später vor der Dienststelle parkte, sah er, wie Albert Lange aus dem Gebäude trat und zu seinem Wagen ging.

Mads stieg aus. »Albert, warte bitte kurz«, rief er ihm hinterher und lief zu Alberts Auto.

»Moin, Mads, ist was passiert?«, fragte Albert, er war bereits eingestiegen und ließ das Fahrerfenster herunter.

»Ich wollte nur kurz mit dir reden.«

»Worüber?«

»Über Emma Falk.«

»Was ist mit ihr?«

»Ich möchte dich bitten, keinen Druck mehr auf Tobias auszuüben.«

»Druck?«

»Du weißt, was ich meine. Tobias wird ihr kündigen, weil du ihm keine andere Wahl lässt.«

»Das hat Frau Falk ganz allein zu verantworten«, erwiderte Albert kühl.

»Hat sie nicht. Sie macht nur ihren Job.«

»Mads, ich habe gerade keine Zeit für diesen Kindergarten. Wir müssen Jutta finden, alles andere ist unwichtig.« Und damit ließ er das Fenster hoch, startete den Motor und fuhr davon.

»Arrogantes Arschloch«, platzte Mads heraus. Er konnte sich gut vorstellen, dass Albert sich insgeheim darüber freute, dass er Emma endlich los war.

Er betrat das Gebäude und ging in sein Büro.

»Du siehst ganz schön angefressen aus. Was ist los?«, fragte Lena, die auch gerade angekommen war und an ihrem Schreibtisch Platz nahm.

»Albert Lange, dieses …« Mads brach ab.

»Was hat er angestellt?«

»Er hat dafür gesorgt, dass Emma gefeuert werden soll.«

»Wegen des Artikels?«

»Genau, dabei hatte sie am Ende recht. Ich muss mit Gustav reden und der muss mit Tobias und Albert reden. Vielleicht …«

»Das würde ich dir nicht raten«, fiel Lena ihm ins Wort.

»Warum?«

»Na ja, Gustav könnte den Eindruck gewinnen, dass du dir mehr Sorgen um Emma als um Oma machst. Du kennst ihn.«

Mads presste die Lippen zusammen, dann sagte er. »So ein Schwachsinn! Aber du hast recht.«

»Soll ich mit Tobias reden?«, schlug Lena vor.

»Besser wäre es, wenn du mit Emma redest.«

»Wie meinst du das? Ich dachte, Tobias feuert sie.«

»Nicht ganz, Albert möchte das, allerdings hat Tobias es wohl noch nicht getan. Das Problem ist: Emma kann nicht mehr. Sie hat dieses Mobbing satt.«

»Nur zu verständlich. Ich möchte Albert und Gustav auch nicht zum Feind haben«, stellte Lena fest.

»Dabei hat sie nur ihren Job gemacht.«

»Nicht falsch verstehen, Bruderherz, aber du bist ihr vor Kurzem selbst noch in den Rücken gefallen, weil du so aufgebracht warst, und das nicht zum ersten Mal. Auch wenn du es nicht gerne hören wirst, du hast deinen Anteil an der Situation, und jede Wette, genau das verletzt sie am meisten, weil sie dir eigentlich mehr vertraut, als es ihr Verstand erlaubt.«

Dieser Vorwurf tat weh, Mads fühlte sich bloßgestellt und wusste nicht, was er darauf erwidern sollte. Er fuhr sich mit der Hand über die kurzen, perfekt gestylten Haare.

»Du hast recht«, räumte er endlich ein. »Ich trage auch Verantwortung. Manchmal bin ich ein echter Esel.«

»Rede mit ihr.«

»Ich glaube kaum, dass sie mich noch an sich ranlässt.«

»Dann schnapp dir Amir.«

»Amir?«

»Ja, oder willst du ganz die Flinte ins Korn werfen? Sie bedeutet dir doch etwas. Ich möchte keinen misslaunigen Bruder hier vor meiner Nase haben, bloß weil Emma wieder zurück in Köln oder sonst wo ist. Amir ist ihr bester Freund.«

Mads lächelte. »Dir kann ich halt nichts vormachen.«

»Das solltest du dir auch gar nicht erst angewöhnen. Ich bin deine Schwester.«

»Stimmt.« Mads umarmte sie. Das kurze Gespräch hatte ihm gutgetan, und er glaubte nun zu wissen, was er zu tun hatte. Jedenfalls würde er nicht heimlich jammern und sich selbst bemitleiden, während er zusah, wie Emma kündigte und Niendorf den Rücken kehrte.

»Was machen wir als Nächstes?«

»Gute Frage. Wir sollten die restlichen Anwohner fragen, ob sie Oma gesehen haben.«

»Sollten wir uns nicht lieber kurz mit Gustav abstimmen?«

»Können wir auch. Vielleicht hat er neue Hinweise. Er muss im Büro sein, immerhin bin ich Albert vorhin begegnet.«

Lena stand auf, da klingelte Mads' Handy. Insgeheim hoffte er, dass es Emma war, doch zu seiner Überraschung war es jemand anders.

»Oli?«, murmelte er fragend, bevor er das Gespräch annahm. Oli rief ihn so gut wie nie an.

»Was gibt es?«, fragte Mads nach der Begrüßung.

»Ich habe hier jemanden, der Jutta gesehen haben will«, erklärte Oli.

»Am Sonntagmittag?« Mads wurde hellhörig und stellte auf Lautsprecher, damit Lena mithören konnte.

»Genau. Kurz nach 14 Uhr, ganz exakt weiß er es allerdings nicht.«

Mads sog scharf die Luft ein. »Der Zeuge soll bei dir bleiben. Spendiere ihm, was immer er will, wir kommen.«

33

Emmas Handy klingelte. Es war Amir.

»Wo bist du, Süße?«, fragte er.

»Am Strand, ein bisschen die Sonne genießen.«

»Gut. Setz dich in einen Strandkorb und schick mir die Koordinaten. Ich bin in zehn Minuten bei dir.«

»Eigentlich würde ich gerne …«

»Ganz sicher möchtest du jetzt nicht allein sein«, beendete Amir ihren Satz in seiner Version, dabei wollte sie wirklich lieber für sich sein und ihre Gedanken sortieren.

»Bis gleich, Süße«, sagte er, bevor sie etwas erwidern konnte, und legte auf.

Emma steckte ihr Handy zurück in die Tasche und schaute auf die sanften Wellen, die am Strand anrollten. Sie hatte ihre Schuhe ausgezogen und der feine, sonnengewärmte Sand streichelte ihre Füße. Sie liebte es, die Zehen in den feinen Sand zu graben, ihn beim Gehen unter den Fußsohlen zu spüren. Ihre Gedanken schweiften zu Mads. Es war schön gewesen, dass er sich bei ihr entschuldigt hatte, dennoch schmerzte es, dass er sie überhaupt erst so scharf angegangen war. Es konnte doch nicht sein, dass sie jedes Mal ohne Grund eins auf die Mütze bekam und der Herr sich dann dafür entschuldigte und alles war in Butter.

»Johannsen halt«, sagte sie zu sich, nahm jedoch sofort Jutta und Lena aus dieser Aussage heraus. Die beiden waren so ganz anders als die Männer.

Emma steuerte einen Strandkorb an und setzte sich hinein. Ob sie dafür schon zahlen musste oder hatte die Strandkorbsaison noch nicht begonnen? Sie kannte sich da nicht aus.

Der Besitzer wird schon kommen, wenn es was kostet, dachte sie und schaute wieder aufs Meer. An diesem Strandabschnitt gab es leichte Dünen.

Ein Pärchen ungefähr in ihrem Alter spazierte am Strand entlang. An der Hand der Frau ein kleiner Junge, etwa fünf, soweit Emma das einschätzen konnte. Der Junge sah zu ihr rüber und winkte ihr zu. Emma winkte zurück, was ein Lächeln auf das Gesicht des Kleinen zauberte. Emma lächelte automatisch mit. Der Junge war unglaublich süß, und dass er sie einfach so gegrüßt und angelächelt hatte, erwärmte ihr Herz.

Ob Mads als Kind auch so ausgesehen hat? Der Junge hatte etwas Skandinavisches an sich.

Was für Kinder sie wohl mit Mads bekommen würde? Hübsch und intelligent würden sie sicherlich sein, aber ganz bestimmt nicht so verzogen und narzisstisch wie er, dafür würde sie sorgen.

Rasch schüttelte Emma den Gedanken ab. Dass sie und Mads je gemeinsame Kinder haben würden, hielt sie für ausgeschlossen.

In dem Moment sah sie, dass Amir auf sie zueilte. Er hielt eine Tüte in der Hand.

»Schön, dass du gewartet hast«, sagte er und gab ihr je ein Küsschen auf die Wangen.

»Was hast du in der Tüte?«

»Das ist unser erstes Strandkorbdate. Das müssen wir gebührend feiern.« Er zog eine kleine Sektflasche und zwei Sektgläser aus der Tüte.

»Du spinnst«, lachte Emma. Ihr war kein bisschen nach Feiern zumute, aber wie könnte sie diese Einladung ablehnen? Amir verstand es immer wieder, sie zu erheitern.

Inzwischen hatte er die Flasche geöffnet und schenkte ein, dann reichte er Emma ihr Glas und beide stießen an.

»Ich möchte mich bei dir bedanken«, sagte Amir.

»Warum?«

»Nachdem du raus bist, ohne ein Wort zu sagen, kam wenig später Tobias zu mir ins Büro. Er meinte, er hätte dir heute freigegeben, damit du keine voreiligen Entscheidungen triffst, und er hat mir von Langes feigem Mobbing erzählt. Bevor Tobias mit mir gesprochen hat, hat er Lange klargemacht, dass du seine Mitarbeiterin bist und sein vollstes Vertrauen genießt. Langes Wunsch nach einer Kündigung wird er nicht nachkommen. Außerdem ist bei dem Gespräch mit Tobias noch etwas anderes herausgekommen.«

»Was?«

»Dass du die ganze Verantwortung auf dich genommen hast, um mich aus der Schusslinie zu nehmen.«

Emma winkte ab. »Es reicht doch, wenn einer von uns den Ärger bekommt, und ich scheine mich bestens als Prügelknabe von Lange zu eignen.«

»Ich habe Tobias die Wahrheit erzählt«, entgegnete Amir. »Wir beide tragen die Verantwortung, und den Tag möchte ich erleben, dass ich vor einem arroganten Arschloch wie Lange kneife!« Er sah Emma in die Augen und senkte die Stimme. »Dass du das für mich getan hast, bedeutet mir ungemein viel. Danke.«

»Das machen Freunde füreinander so«, erwiderte Emma und spürte, dass sie einen Kloß im Hals bekam.

»Ja, da hast du recht. Freunde passen aufeinander auf, sie halten zusammen und sorgen dafür, dass niemand einfach so abhaut.«

»Ich haue nicht ab, ich bin nur die ständigen Gängeleien von Lange und Gustav leid. Wofür? Sie werden sich nicht ändern. Ich …«

»Für uns, für dich«, unterbrach Amir. »Heute hat Lange von Tobias eine verbale Abreibung bekommen, und ich lasse nicht zu, dass meine beste Freundin und Kollegin Niendorf den Rücken kehrt. Notfalls muss ich dich in Ketten legen.«

Amir grinste. »Ganz ehrlich, Süße, du hast hier Menschen, die sich ein Leben ohne dich nicht vorstellen können. Ich kann dich nur bitten, zu bleiben.« Amir machte eine kurze, bedeutungsvolle Pause. »Das mit der Kette war übrigens kein Scherz.«

»Ich kann gerade keinen klaren Gedanken fassen«, gab Emma offenherzig zurück.

»Das verstehe ich. Aber seit wann ist die Emma Falk, die ich so sehr schätze, jemand, der die Flucht ergreift?«

Emma spürte, wie sich ihre Mundwinkel hoben, zugleich war sie kurz davor, vor Rührung zu weinen.

»Vielleicht hast du recht. Immerhin hat sich Mads vorhin bei mir entschuldigt«, sagte sie dann.

»Noch ein Grund, zu bleiben, wobei es für alle besser wäre, wenn du eine Zeit lang einen Bogen um diesen eingebildeten Dänen machst.«

»Stimmt.«

Amir sah sie skeptisch an. »Das kam jetzt nicht so überzeugend rüber«, sagte er und umarmte sie. Fast wäre ihr dabei das Glas aus der Hand gefallen. »Schön, dass du bleibst. Du bist mir wirklich unheimlich wichtig.«

»Du mir auch.«

»Wo sind die Taschentücher, wenn man eins braucht«, sagte Amir.

Emma sah, dass seine Augen feucht wurden, und sie wusste, dass das nicht gespielt war.

Ihr Handy klingelte und machte diesen schönen Moment kaputt. Es war eine Nummer, die sie nicht kannte. Da ihr privates Handy zugleich ihr Geschäftshandy war, in ihrer Branche keine Seltenheit, nahm sie das Gespräch an.

»Moin, Frau Falk«, meldete sich eine Frauenstimme. Sie klang etwas älter. »Ich rufe wegen Ihres Artikels an. Ich habe Jutta Johannsen gesehen.«

34

Auf dem Parkplatz sah Gustav das Dienstfahrzeug seines Neffen stehen. Wie es schien, waren Mads und Lena aus der Mittagspause zurück und im Büro. Es wunderte ihn ein wenig, dass sie ihn nicht aufgesucht hatten, aber er wollte jetzt nicht zurückgehen oder sie anrufen. Er musste nach Haffkrug, um sich mit Raphael Oblak, der nur Raffi genannt wurde, zu unterhalten.

Kaum war er vom Parkplatz gefahren, klingelte sein Handy, das er per Bluetooth mit der Freisprecheinrichtung seines Dienstfahrzeugs gekoppelt hatte.

»Ist dir langweilig?«, fragte er, nachdem er das Gespräch angenommen hatte. Auf dem Display hatte er gesehen, dass es Albert war.

»Kein bisschen. Ich bin wütend und sprachlos zugleich.«

»Was ist los?«

»Tobias hat mich eben angerufen, um mir nach angeblich reiflicher Überlegung mitzuteilen, dass er diese billige Journalistin nicht entlassen könne«, grollte Albert.

»Und deswegen rufst du mich an?«

»Dir ist bewusst, was das heißt? Diese Falk wird weiter Unruhe in deine Ermittlungen bringen.«

»Albert, mich interessieren Emma Falk und ihre Arbeit nicht.«

»Das sollten sie aber. Sprich mit Tobias, gib mir Rückendeckung.«

»Nein, das werde ich nicht. Frau Falk ist dein persönliches Egoproblem. Zieh mich da nicht mit rein. Ich lege jetzt auf.« Ohne eine Antwort abzuwarten, beendete er das Gespräch.

Dass Albert Emma nur wegen der Ermittlungen loswerden wollte, glaubte Gustav nicht. Vielmehr hatte er den Eindruck, dass Albert die Sache mit dem Artikel sehr gelegen kam, um Druck auf Tobias auszuüben, und wie es aussah, hatte Tobias endlich Rückgrat bewiesen und dem Druck standgehalten. Gustav würde den Teufel tun und Tobias jetzt auch noch beknien. Er hatte gerade ganz andere Baustellen, die ihm Kopfschmerzen bereiteten.

»Moin«, grüßte Gustav den Mann, der im Vorgarten des Mehrfamilienhauses am Aalweg in Haffkrug stand und ihn kritisch beäugte. Hier wohnte Raphael Oblak.

»Moin«, antwortete der Mann, den Gustav auf Ende siebzig schätzte, mit einer auffallend tiefen Stimme. Er war deutlich kleiner als Gustav, dafür beleibter. Er trug einen Elbsegler, eine Art Kapitänsmütze, die gerade bei Älteren in Norddeutschland sehr beliebt waren.

»Wohnen Sie hier?«

»Und wenn, was juckt Sie das?«, fragte der Mann.

»Verzeihen Sie. Ich bin von der Ostseekriminalpolizei. Mein Name ist Gustav Johannsen.«

»Gustav Johannsen? War Mikkel Johannsen Ihr Vater?«

»Das war er«, erwiderte Gustav. »Sie kennen ihn?«

»Das kann ich mit Stolz sagen. Hat mir mal den Arsch gerettet, als keiner an meine Unschuld geglaubt hat. Ich habe in der Zeitung von seinem Tod gelesen. Was führt Sie her?«

»Ich wollte zu Raphael Oblak«, antwortete Gustav und hoffte, dem Mann ein paar Informationen entlocken zu können.

»Hat er wieder Scheiße gebaut?«

»Tut er das denn öfter?«, reagierte Gustav mit einer Gegenfrage.

»Bei manchen bringt der Knast nichts. Er saß einige Jahre, weiß nicht, ob Sie das wissen.«

»Doch, ist mir bekannt. Woher wissen Sie es?«

»So was spricht sich schnell rum. Die Gemeinde zahlt für ihn die Miete, aber Raffi hängt nur ab. Angeblich kann er nicht arbeiten, weil er sich psychisch nicht mehr dazu in der Lage sieht, seit er ›unschuldig‹ in den Knast gewandert ist.« Der Mann zog die Nase hoch. »Unschuldig, dass ich nicht lache. Einen Gauner rieche ich fünfzig Meilen gegen den Wind. Dass ich unter demselben Dach wie dieser Halunke wohne, schmeckt mir nicht. Aber wie soll ich mir bei meiner schmalen Rente eine andere Wohnung leisten? Die Miete hier ist unschlagbar.«

»Hat er sich in letzter Zeit etwas zu Schulden kommen lassen?«, erkundigte sich Gustav.

»Sollten Sie als Polizist das nicht besser wissen?« Der Mann runzelte die Stirn.

»Ich meinte etwas, was nicht bei der Polizei aktenkundig ist.«

»Sie meinen …«, begann der Mann und beugte sich näher zu Gustav heran, »dass er noch krumme Geschäfte macht?«

»Genau.«

Der andere antwortete nicht sofort, er schien zu überlegen und gab dann ein leises Schnauben von sich. »Da bin ich leider überfragt. Der ist clever, ein raffinierter Jugo halt.«

»Ist Ihnen in letzter Zeit vielleicht irgendetwas Merkwürdiges aufgefallen?«

»Was meinen Sie?«

»Hat er sich zum Beispiel mit Personen getroffen, mit denen er sich vorher nicht getroffen hat? Hat er Dinge in seine Wohnung geschleppt oder herausgetragen, die auffällig waren? Ist er häufig spät nach Hause gekommen oder etwas in der Art?«, zählte Gustav auf.

»Der kommt doch fast jeden Abend spät nach Hause. Raffi hat ganz klar ein Alkoholproblem. Vielleicht ist wirklich was an dem Sprichwort dran, dass der Knast jeden Mann bricht.«

»Ist er denn jetzt zu Hause?«

Der Mann zuckte mit den Schultern. »Das kann ich Ihnen nicht sagen. Ich habe ihn heute noch nicht gesehen.«

Gustav nickte. »Danke, dass Sie mir Ihre Zeit geschenkt haben.«

»Das ist doch das Mindeste, was ich für den Sohn von Mikkel Johannsen tun kann. Leider muss ich jetzt los, sonst hätte ich Sie glatt zu einem Tee eingeladen.«

»Danke für das Angebot«, gab Gustav zurück, verabschiedete sich von dem Mann und trat an die Haustür, um bei Oblak zu klingeln.

Der Türsummer ertönte und Gustav drückte die Tür auf. Im zweiten Stock, wo Oblak wohnte, stand die Tür offen.

»Sie?«, sagte Oblak überrascht. Vermutlich hatte er jemand anderen erwartet und deshalb sofort geöffnet. Sein Atem roch nach Alkohol.

»Herr Oblak, ich muss kurz mit Ihnen sprechen«, sagte Gustav.

»Kommen Sie doch rein«, antwortete Oblak.

Gustav betrat den Flur und Oblak ließ die Tür ins Schloss fallen, während Gustav weiterging.

»Sie Mistkerl«, brüllte Oblak unvermittelt und noch ehe Gustav sich zu ihm umdrehen konnte, spürte er einen harten Schlag gegen den Hinterkopf und sackte zu Boden.

35

»Ich hätte nicht gedacht, dass die Sache Tolga derart zusetzt«, sagte Walter nachdenklich.

»Aus einem mir unerklärlichen Grund liebt dich der Kleine. Ob es an den Currywürsten liegt?«, versuchte Brandt die Stimmung aufzulockern.

»Tolga würde mich auch lieben, wenn ich keinen Imbiss hätte. Er hat einfach ein reines Herz. Ich hoffe, dass Emre ihn gut ablenkt, aber eins ist sicher: Nichts kann mich daran hindern, dass er und ich heute Abend ein paar Würstchen grillen.«

»Da wird er sich freuen«, stimmte Brandt zu.

Glücklicherweise war Walter nicht ganz so abergläubisch wie Aydin, auch wenn dieser das vehement bestritt. Tolga hatte einfach einen Albtraum gehabt, das kam vor und war kein Grund zur Besorgnis. Dennoch musste Brandt an einen früheren Fall denken, als Aydin geträumt hatte, dass er selbst in Lebensgefahr schwebte, was am Ende genau so eingetroffen war. Allein den bewundernswerten Fähigkeiten von Dr. Glück, einem begnadeten Chirurgen in Köln, war es zu verdanken, dass Brandt überlebt hatte. Und auch das hatte bei Walter und Aydin für jede Menge Spekulationen gesorgt, da sie meinten, Dr. Glück habe ihn von den Toten zurückgeholt.

Brandt sah die Dinge deutlich rationaler. Glücks Fähigkeiten als Mediziner hatten ihm damals das Leben gerettet, nicht irgendwelche mysteriösen Geisteskräfte, und Tolga hatte einfach nur Angst um seinen Lieblingsonkel.

In dem Moment bekam Brandt eine WhatsApp-Nachricht auf sein Handy. Sie war von Aydin. Er nahm sein Handy und las sie, was er beim Autofahren eigentlich grundsätzlich vermied.

Pass bitte auf Walter auf. Du weißt, er ist oft zu übermütig und kein ausgebildeter Polizist.

Wie es schien, hatte Tolgas Albtraum bei Aydin bereits Wirkung gezeigt.

»Nicht gut, dass du Nachrichten liest, während du Auto fährst«, bemerkte Walter.

»Du hast recht. Es war nur Emre. Er möchte, dass wir vorsichtig sind«, erwiderte Brandt.

»Trotzdem, wir sind gleich am Ziel. Lass mich doch nächstes Mal die Nachricht lesen, wenn du meinst, dass es eilt.«

»Jawohl, Papa«, sagte Brandt schmunzelnd, was Walter mit einem Brummen quittierte.

Sie erreichten Sierksdorf, wo der nächste potentiell Verdächtige eine kleine Autowerkstatt betrieb. Feik hatte nicht sagen können, wo Emil Schlüter wohnte, aber er kannte den Standort der Werkstatt. Sie lag jenseits der Promenade und war über einen Schotterweg zu erreichen. Neben der Werkstatt stand ein altes Einfamilienhaus, vermutlich wohnte Schlüter dort.

Brandt parkte, sie stiegen aus und betraten die Werkstatt.

»Moin«, machte er sich bemerkbar. Ein Auto stand auf einer Hebebühne, aber niemand war zu sehen.

»Zu Mittag?«, mutmaßte Brandt.

»Oder auf dem Pott.«

»Wir sollten am Wohnhaus klingeln«, schlug Brandt vor und beide verließen die Werkstatt wieder.

»Moin«, wurden sie draußen begrüßt. Ein Mann im Blaumann, ungefähr in Brandts Alter und ebenfalls etwas über einen Meter achtzig, kam auf sie zu. Er hatte ein rundes, freundliches Gesicht, ein Haarkranz schmückte sein Haupt.

»Sind Sie Emil Schlüter?«, fragte Brandt.

»Der bin ich«, antwortete der und reichte beiden die Hand zur Begrüßung. Sie stellten sich ebenfalls mit Namen vor, ohne jedoch zu erwähnen, dass Brandt Polizist war. »Sind Sie wegen dem Wagen hier?«, erkundigte sich Schlüter.

»Nein«, erwiderte Brandt.

»Weswegen dann?« Schlüters Mimik verkrampfte sich, er versuchte aber, weiterhin freundlich rüberzukommen.

»Wegen Herrn Feik«, antwortete Walter.

»Sie meinen Homo-Bulle?«

»Genau. Er und ich kennen uns aus früheren Zeiten.«

»Wer hätte geahnt, dass der auf Männerärsche steht«, lachte Schlüter. »Warum hat er Sie denn zu mir geschickt?«

»Es geht um die Mutter von Gustav Johannsen. Sie wurde entführt.«

»Echt?« Schlüter wirkte überrascht, aber nicht so überrascht, dass Brandt ihm abnahm, dass er nichts davon wusste. Oder Schlüter interessierte es schlichtweg nicht.

»Ja, echt«, erwiderte Brandt. »Wir wissen, dass Ihr Verhältnis zu Gustav Johannsen sehr belastet war und ist.«

»Was für ein Verhältnis? Der Kerl soll mir vom Leibe bleiben. Er und dieser Drecksbürgermeister. Zum Glück kann dieser eklige Lange seine Krallen nicht bis nach Sierksdorf ausfahren, hier hat er keinen Einfluss. Außerdem kenne ich Johannsens Mutter nicht.« Schlüter zog die Nase hoch und spuckte auf den Boden. Deutlicher konnte er nicht signalisieren, was er von Lange und Gustav hielt.

»Warum hassen Sie die beiden so sehr?«, wollte Brandt wissen.

Schlüter lachte abfällig. »Weil sie niederträchtige Menschen sind.«

»Und woran machen Sie das fest?«

»Allein durch ihre Schmierenkampagne habe ich meine Existenz verloren. Damals habe ich noch in Niendorf gewohnt und hatte da eine gut laufende Werkstatt, bis beide dafür gesorgt haben, dass niemand mehr zu mir kam und ich in Konkurs gehen musste.«

»Was war denn der Grund dafür, dass die beiden Sie so auf dem Kieker hatten?«, fragte Walter.

»Sie stellen echt viele Fragen. Ist doch am Ende auch scheißegal. Ich wohne jetzt hier, meine Werkstatt läuft wieder und sicherlich werde ich mir das nicht ein zweites Mal nehmen lassen, nur weil die Alte von Johannsen verschwunden ist.«

»Nach unseren Informationen haben Sie damals einem Kriminellen Unterschlupf geboten.«

»Er war mein Freund«, fauchte Schlüter. »Muss man einem Mann deshalb gleich seine Existenz zerstören?«

»Ihr Freund war ein gesuchter Mörder«, erinnerte Brandt ihn.

»Für mich war er ein loyaler Freund, er hat sich nie etwas zu Schulden kommen lassen und ich bin noch immer von seiner Unschuld überzeugt.«

Augenscheinlich gehörte Schlüter zu den Menschen, die kein bisschen selbstkritisch waren und die Schuld an ihrer Misere lieber anderen gaben.

»Sie sollten jetzt gehen«, fuhr Schlüter fort. »Mich interessieren weder Lange noch Johannsen und erst recht nicht seine Mutter.«

»Eine letzte Frage«, antwortete Brandt.

»Wenn es sein muss.«

»Wo waren Sie am vergangenen Sonntag zwischen 12 und 15 Uhr?«

»Verdammt noch mal, werde ich jetzt verdächtigt, Jutta Johannsen entführt zu haben?«, platzte Schlüter heraus.

»Ich dachte, Sie wissen nicht, wer die Mutter von Gustav ist?«, entgegnete Brandt.

36

Der Zeuge war nicht gerade der vertrauenswürdigste, aber Mads hatte ihn schon einmal in einem anderen Fall unterschätzt, daher wollte er diesen Fehler nicht erneut begehen. Jörn war immerhin ständig am Strand unterwegs, somit war es nicht unwahrscheinlich, dass er Jutta wirklich gesehen hatte.

Mads fuhr sofort zu Olis und Alis Imbiss. Lena blieb im Büro, sie wollte die noch zu befragenden Anwohner telefonisch kontaktieren.

»Wo ist er?«, fragte Mads, als er an der Bude am Hafen ankam.

»Kurz für kleine Jungs, müsste gleich zurück sein«, antwortete Oli.

»Nicht, dass er das Weite sucht.«

»Glaube ich nicht, ich habe ihm gesagt, dass es sehr wichtig ist.«

»Als ob Jörn das interessiert.« Mads schnaubte. »Sobald etwas anderes seine Aufmerksamkeit erregt, hat er doch alles vergessen.«

»Du tust ihm unrecht«, beschwichtigte Oli.

»Leider nicht, so ist Jörn. Ich hoffe, dass er meine wertvolle Zeit nicht für Wichtigtuerei verschwendet.«

»Hör dir doch an, was er zu sagen hat, dann kannst du immer noch entscheiden, ob er glaubwürdig ist oder nicht.«

Mads nickte nur, er konnte einfach nicht aus seiner Haut, was Jörn anbelangte. Außerdem hasste er es, zu warten, erst recht auf jemanden wie Jörn, der kein bisschen zuverlässig war.

»Möchtest du einen Espresso?«, fragte Oli.

»Dazu sage ich nicht Nein. Und ein stilles Wasser bitte.«

Oli machte ihm und sich einen Espresso und reichte Mads eine Flasche stilles Wasser.

Mads leerte die Espressotasse mit einem großen Schluck. »Nicht schlecht.«

»Nicht schlecht? Ali und ich haben uns extra eine neue Siebträgermaschine gekauft. Bitte etwas mehr Respekt.«

»Ist er immer noch auf dem Boot?«

»Auf dem Boot? Heute gönnst du dir aber einige Fettnäpfchen. Die Aage ist kein Boot, sie ist ein stolzer Kutter. Was bist du nur für ein Küstenkind, dass du den Unterschied nicht kennst?«, zog Oli ihn auf. »Ja, Ali ist noch auf der Aage. Möchte mir gar nicht ausmalen, was für ein Chaos er da hinterlässt.«

»Moin, Mads, kriege ich auch eine Cola?«, meldete sich Jörn, der wie aus dem Nichts plötzlich vor Mads auftauchte.

»Wieso auch? Siehst du mich eine Cola trinken?«

»Na ja, Wasser und Cola ist doch am Ende das Gleiche.«

»Oli, bitte ein Wasser für den Nörgler.«

»Ich hätte lieber eine Cola.«

»Ich dachte, es wäre das Gleiche?«

»Na gut, nicht ganz. Kriege ich jetzt eine Cola?«

»Gib ihm seine Cola, bevor ich …« Mads biss sich auf die Zunge. Er brauchte Jörn, auch wenn er seine fordernde Art wieder einmal sehr anstrengend fand.

Oli reichte Jörn eine kleine Flasche Cola, die dieser gleich an die Lippen setzte.

»Das Beste, was man bei diesem Wetter machen kann. Ich hatte heute schon eine sinnlose Diskussion mit Tolga«, bemerkte er anschließend.

»Was für eine Diskussion?«

»Über dich und dein Geheimnis.«

»Was für ein Geheimnis?«

»Na, dass du Thor bist.« Jörn schüttelte missbilligend den Kopf. »Tolga wollte das partout nicht glauben, weil dieser dicke Walter ihm gesagt hat, dass du Mads bist und als Mads angeblich viel cooler bist als Thor. Dabei weiß ich es besser, niemand ist so cool wie Thor und du bist Thor. Zum Glück konnte ich den kleinen Mongo …«

»Bitte wie hast du ihn eben genannt?«, fuhr Mads dazwischen.

»Warum schimpfst du? Ich habe dich doch nur verteidigt. Ich weiß, dass Tolga nicht so schlau ist, weil er eben ein Mongo ist.«

»Jörn, es reicht«, wurde Mads deutlich. »Mongo ist ein Schimpfwort, das sagt man nicht. Tolga hat Trisomie 21 und ist ein echt lieber junger Mann. Du solltest sein Vertrauen nicht zu deinem Vorteil ausnutzen.«

»Tu ich doch gar nicht. Außerdem wusste ich nicht, dass Mongo ein Schimpfwort ist. Ich mag Tolga, aber er ist halt wie ein Kind und ich wollte dich verteidigen. Dieser Walter und Lasse lügen. Du bist doch Thor.«

Mads biss sich auf die Unterlippe und riss sich zusammen. »Erzähl mir lieber, wo du meine Oma gesehen hast.«

»Wieso bist du eigentlich sauer auf mich?«

»Jörn, sag mir, wo du Oma gesehen hast.«

»Manchmal werde ich nicht schlau aus dir. Da verteidigt man dich und kriegt dafür noch eins auf die Mütze.«

»Jörn, mein Freund, du möchtest Mads doch helfen, oder? Er ist doch dein Freund«, mischte sich Oli nun in das Gespräch ein.

»Klar ist er mein Freund.«

»Dann sei so lieb und beantworte seine Frage.«

»Welche Frage?«

Mads musste sich extrem beherrschen, um nicht vor Verzweiflung laut loszulachen. Jörn war mal wieder in Höchstform. Er wusste zwar, dass Jörn eine geringere Intelligenz hatte und dadurch geistig beeinträchtigt war, aber in diesem Moment fühlte er sich arg verschaukelt.

»Wo du Oma Jutta gesehen hast. Wir haben doch vorhin darüber gesprochen«, erklärte Oli.

»Ach so, das. Klar. Warum hat er mich das nicht gleich gefragt?« Jörn strahlte übers ganze Gesicht und warf Mads einen Blick zu, als wollte er sagen: Du Dummerchen.

»Möchtest du es ihm jetzt erzählen?«

»Logisch, er hätte doch nur fragen müssen. Ich bin heute auch ein bisschen müde, der Tag mit Tolga war schon anstrengend.«

»Wo hast du denn nun Oma Jutta gesehen?«, fragte Mads.

»Meinst du am Sonntag?«

Mads presste die Kiefer aufeinander und zählte innerlich bis zehn, um nicht zu explodieren. Jörn trieb es mal wieder auf die Spitze. Nur das Wissen, dass er es nicht absichtlich tat, hinderte Mads daran, ihn zu packen und ordentlich durchzuschütteln. Wobei er manchmal Zweifel hatte, ob Jörn nicht doch Spielchen spielte und sich hinter seiner geistigen Behinderung versteckte.

»Ja, am Sonntagmittag. Wo hast du sie gesehen?«

»In der Nähe vom Edeka.«

»Beim Edeka? Bist du dir sicher?«

»Ich denke schon.«

»Was heißt, du denkst schon?«

»Dass ich sie da gesehen habe.«

Jetzt reichte es Mads. Er hatte eine Idee. »Kannst du mir die Stelle zeigen, wo du meine Oma gesehen hast?«

»Klar.«

»Ich zahle die Cola mit«, sagte Mads zu Oli.

»Lass stecken, Jörn ist heute mein Gast.«

»Sicher?«

»Ganz sicher.«

Mads bezahlte seinen Espresso und das Wasser, dann wandte er sich an Jörn.

»Komm.«

»Wohin?«

Mads strich sich ungeduldig über die Haare. »Zu meinem Auto. Wir fahren jetzt zu der Stelle, wo du Jutta gesehen hast.«

»Ich habe aber Hunger.«

»Du hast was?«

»Hunger. Cola macht hungrig und Tolgas Bruder hatte nichts zu essen am Strand. Ich glaube, der war zu geizig, um mich einzuladen.«

»Lüg nicht«, wurde Mads schroff. »Emre ist sicherlich einiges, aber nicht geizig.«

»Wenn ich es dir doch sage.«

»Du gehst mir gerade echt auf den Zwirn. Ich rufe jetzt Emre an und dann fragen wir ihn.«

»Lieber nicht«, beeilte sich Jörn zu sagen. »Ich habe halt noch Hunger.«

»Du musst lernen, weniger zu lügen, vor allem mir gegenüber, sonst kriegen wir beide wirklich ein Problem«, schimpfte Mads. Kapierte Jörn nicht, dass das Leben von Jutta auf dem Spiel stand und seine Aussage daher enorm wichtig war? Vor allem, dass er dabei bei der Wahrheit blieb? Gerade eben erst hatte er ihn schon angelogen, und wer sagte denn, dass er nicht auch in der Sache mit Jutta lügen würde, nur um eine kostenlose Mahlzeit abzustauben?

»Kriege ich jetzt noch ein Fischbrötchen?«, quengelte Jörn.

»Kein Ding, das geht aufs Haus«, meldete sich Oli zu Wort und reichte Jörn ein Fischbrötchen.

»Das isst du unterwegs«, forderte Mads und schob Jörn unsanft Richtung Auto. Das war augenscheinlich die einzige Sprache, die er gerade verstand, denn mit einem Mal wirkte er ziemlich eingeschüchtert.

»Ich möchte, dass du dich jetzt ernsthaft konzentrierst. Juttas Leben hängt davon ab. Ist das klar?«

»Ja, ist angekommen. Ich darf doch trotzdem mein Fischbrötchen essen?«

»Darfst du, aber nicht kleckern.«

»Mach ich schon nicht.«

Mads warf Jörn einen kritischen Blick zu, denn die Art, wie er das Brötchen vertilgte, ließ ihn nichts Gutes ahnen. Jörn schaute aus dem Beifahrerfenster und kaute genüsslich.

»Du musst mir schon sagen, wenn ich abbiegen soll.«

»Mach ich, keine Sorge«, erwiderte Jörn mit vollem Mund und ließ das letzte Stück Fischbrötchen darin verschwinden. Er hatte tatsächlich nicht gekleckert.

Kurz vor der Abbiegung zum Edeka sprach Mads Jörn erneut an. »Soll ich abbiegen?«

»Nein.«

»Ich dachte, du hättest sie beim Edeka gesehen?«

»Ich sagte: in der Nähe. Ich war nicht beim Edeka. Ist aber nicht mehr weit.«

Mads verlangsamte das Tempo. Wenn Jörn seine Oma tatsächlich in dieser Ecke gesehen hatte, bedeutete das, dass sie in der falschen Gegend gesucht hatten und daher auch keine Hinweise hatten finden können.

Aber warum lag das Handy dann im Graben auf der Landstraße?, überlegte Mads und hatte sogleich die Antwort. Um vom Vogelpark auf die Strandstraße zu fahren, auf der er sich gerade befand, gab es nur einen Übergang und der führte ein Stück über die Landstraße. Genau auf dieser kurzen Strecke hatten sie das Handy gefunden.

Mads schluckte. War das tatsächlich die Antwort?

»Jörn, sind wir noch richtig?«, fragte er, während seine Anspannung immer weiter stieg. Sie hatten gerade linker Hand die Seebrücke hinter sich gelassen und erreichten das ehemalige Hallenbad, wo jetzt ein hübsches Strandbistro untergebracht war. Wie nervös Mads war, schien Jörn wenig zu kümmern, er wirkte vollkommen entspannt, als würden sie einen Ausflug an den Strand unternehmen.

»Jörn?«

»Sind gleich da«, sagte der und zeigte dann mit dem Finger aus dem Fenster. »Da habe ich sie gesehen.«

Mads parkte den Wagen an der Seite und beide stiegen aus.

»Bist du dir ganz sicher?«

»Klar, bin ja nicht blöd.« Jörn, der gefühlt zwei Köpfe kleiner war als Mads, hob die Brust.

»Ist sie weitergeradelt?«

»Ja, die Straße rauf. Dann habe ich sie nicht mehr gesehen.«

»Hat sie dich bemerkt?«

»Nein, ich glaube nicht, sonst hätte sie mich bestimmt gegrüßt. Sie ist immer sehr nett zu mir. Was man von dir nicht gerade sagen kann.«

Der Seitenhieb saß, doch Mads ließ das kalt. Er suchte die Stelle ab in der Hoffnung, auf etwas zu stoßen, was ihm verriet, dass Jörn nicht gelogen hatte, aber er fand nichts.

»Nicht so schnell«, sagte Jörn, der Probleme hatte, mit Mads Schritt zu halten.

»Dann geh zurück zum Wagen«, ordnete Mads an. Er konnte und wollte gerade keine Rücksicht auf Jörns Befindlichkeiten nehmen. Während Jörn sich trollte, blieb Mads kurz stehen und schaute sich um. Hier gab es kaum Häuser, somit ein perfekter Ort, wenn man jemanden entführen wollte. Er ließ den Blick weiter schweifen und schlug sich dann gegen die Stirn.

»Der Friedhof!« Dieser Weg führte zum Friedhof und dort lagen sein Opa und seine Eltern begraben. Seine Oma besuchte die Stelle regelmäßig und pflegte die Gräber. Konnte es sein, dass sie auf dem Weg dorthin entführt worden war?

Zeitlich hätte es zumindest gepasst. Lena wollte erst um 16 Uhr bei ihr aufschlagen und Jutta hatte den Vogelpark gegen 14 Uhr verlassen. Es war Sonntag, Ostern, jede Menge Gründe für Jutta, kurz bei ihren Liebsten vorbeizuschauen.

Mads begann zu rennen und bog in die Pamirstraße ab, die direkt zum Friedhof führte. Sein Herz raste, ihm wurde plötzlich heiß, denn endlich fügte sich dieses verdammte Puzzle zusammen. Möglicherweise zu spät. Sie hatten wertvolle Zeit vergeudet.

Er erreichte den Friedhof und suchte auf dem Weg zu den Gräbern nach Spuren, fand jedoch nichts. Der Gang zu der Grabstelle fiel ihm noch immer ungemein schwer, seine Eltern waren viel zu früh auf tragische Weise verstorben. Der Vater bei einem Einsatz und seine Mutter hatte der verdammte Krebs dahingerafft.

»Moin, Mads«, sprach ihn da jemand an. »Lange nicht mehr hier gesehen.«

»Moin, Harald«, antwortete Mads dem Friedhofswärter. »Ich muss dich was fragen.«

»Was denn?«

»Weißt du, ob Oma am Sonntagmittag hier war?«

»Das war sie, wie es sich für eine gute Christin gehört«, erwiderte Harald. Mads verstand die Kritik, allerdings bereitete ihm jetzt etwas ganz anderes ernsthafte Sorgen: Alles deutete darauf hin, dass Jutta beobachtet und entführt worden war. Von jemandem, der diese Tat von langer Hand geplant hatte.

37

Irgendwann mache ich mich noch lächerlich, dachte Emma, denn sie hatte einen Rückzieher von ihrem Vorhaben gemacht, zu kündigen und Niendorf den Rücken zu kehren.

Amir war mittlerweile zurück in der Redaktion, während sie auf der Strandpromenade Richtung Seebrücke spazierte. Ihr blieben noch knapp zwei Stunden, bis sie sich mit der Zeugin, die sich vorhin telefonisch gemeldet hatte, treffen würde.

Eigentlich hatte sie Mads anrufen wollen, um ihn wegen der Zeugin zu informieren, aber Amir hatte das für keine gute Idee gehalten.

»Noch wissen wir nicht, ob sie nicht bloß eine Wichtigtuerin ist. Du solltest mit ihr sprechen, ehe du Mads in Alarmbereitschaft versetzt«, hatte Amir gesagt und Emma hatte zugestimmt.

In die Redaktion konnte sie momentan nicht gehen, da Tobias ihr den Tag freigegeben hatte, damit sie ihre Gedanken sortieren konnte, bevor sie eine Entscheidung traf, was sie ihm hoch anrechnete.

Sie betrat die Brücke, die weit in die Ostsee hineinreichte, und ging bis ans Ende. Noch immer war es recht windstill, die Wellen rollten sanft, es wirkte fast wie die Untermalung einer Entspannungsmusik. Nur die Möwen stimmten nicht in den Ton mit ein, sie schrien aus vollem Hals.

Emma blieb stehen, trat ans Brückengeländer und schloss die Augen, um die frische Meeresluft tief einzuatmen. Das war schon etwas anderes und nicht zu vergleichen mit der schlechten Luft in Köln oder Mannheim.

Obwohl sie noch nicht lange hier wohnte, hatte sie bereits

tolle ehrliche und verlässliche Freunde gefunden. Niendorf fühlte sich wie die Heimat für sie an, und ihr wurde wieder einmal bewusst, warum Menschen, die an der Küste groß wurden, diese nie verließen oder immer wieder dorthin zurückkehrten. Es war wie ein unsichtbares magisches Band zwischen der Küste und ihren Bewohnern.

»Hallo, Emma«, wurde sie angesprochen. Sie zuckte zusammen, weil sie so in Gedanken vertieft gewesen war.

»Sorry, wollte dich nicht erschrecken«, entschuldigte sich Stefan Möller gleich.

»Hallo. Nicht schlimm, ich habe nur ein bisschen geträumt«, erwiderte Emma. »Hast du Pause?«

»Nein, ich habe frei. Und du?«

»Ich warte auf mein nächstes Interview, das in ungefähr zwei Stunden ist.«

»Darf ich dich bis dahin zu einem Kaffee einladen?«

Emma überlegte kurz und antwortete dann: »Warum nicht. Wo magst du hin?«

»Wo hast du denn dein Interview? Wir könnten eine Location in der Nähe suchen.«

»Ich treffe mich mit der Frau beim *Junge Bäcker*, auf der anderen Straßenseite.«

»Wollen wir dann ins *Café Lieblingsplatz*?«, schlug Stefan vor.

»Warum nicht.«

Das Café-Bistro lag in der Nähe der Seebrücke und man hatte von dort eine wunderbar freie Aussicht auf die Ostsee. Außerdem lag es dicht bei der Bäckerei, sodass Emma in wenigen Minuten bei ihrem Treffpunkt wäre.

»Darf ich fragen, worüber du gerade schreibst?«, fragte Stefan auf dem Weg zum Bistro.

Emma erzählte ihm von dem Artikel, an dem sie aktuell arbeitete, doch währenddessen waren ihre Gedanken nur bei Jutta. Ihre tragische Entführung bewegte sie derzeit viel mehr, denn sie erinnerte sie an ihre eigene Entführung.

»Und die Person, die du interviewst, ist ein Informant?«

»Nein. Die Frau, mit der ich mich treffe, hat Informationen über Juttas Verschwinden. Du hast den Artikel bestimmt gelesen, oder?«, gab Emma zurück.

Stefan nickte. »Ich kann mir nicht erklären, wie eine so nette alte Dame einfach verschwinden kann. Die Johannsens sind sicher ziemlich fertig.«

»Das sind sie«, bestätigte Emma.

Sie betraten das Bistro und sogleich steuerte ein Kellner auf sie zu. Er begrüßte Stefan herzlich, denn er arbeitete hier ebenfalls als Kellner. Sie suchten sich einen freien Tisch und gaben ihre Getränkebestellung auf, dann entfernte sich der Kellner.

»Haben sich eigentlich noch mehr Leute auf deinen Aufruf gemeldet?«, erkundigte sich Stefan.

»Nein, nur sie.«

»Ich hoffe, dass die Polizei Jutta findet. Möchte mir gar nicht vorstellen, was sie gerade durchmacht.«

»Ich auch nicht«, gestand Emma ein. »Wie geht's dir denn? Ich habe dich eine ganze Weile nicht gesehen.« Sie wollte nicht mehr über die Entführung sprechen aus Sorge, dass Stefan sie über ihre eigene Entführung ausfragen könnte.

»Ich hatte viel um die Ohren. Ein paar Besichtigungen.«

»Ach, ziehst du um?«

»Nein, ich suche eine nette Location am Strand für mein kleines Projekt.«

»Darf ich fragen, was für ein Projekt?«

»Klar. Ich möchte so eine stylische Weinlounge eröffnen. Nichts Großes. Mit Wein, Kaffee und kleinen Sachen wie Käse oder Schinkenplatte. Glaube, so etwas fehlt hier.«

Emma war positiv überrascht. Sie hatte sich zwar bereits das ein oder andere Mal mit Stefan getroffen und er war immer nett und charmant gewesen, aber eher zurückhaltend im Vergleich zu Mads. Amir wollte sie ständig verkuppeln, doch Emma hatte jedes Mal dankend abgelehnt. Allerdings nicht, weil sie Stefan nicht mochte, sondern weil ihre Gedanken und ihr Herz nur bei Mads waren.

»Das hört sich sehr spannend an. Hast du schon etwas in Aussicht?«

Stefan nickte. »Da gibt es eine perfekte Location, nur vierhundert Meter entfernt von hier. Wenn ich die bekäme, wäre das ein Traum.«

»Ich drück dir die Daumen und zur Eröffnung der Weinlounge schreibe ich einen großen Artikel in der Ostseezeitung.«

»Das würdest du echt tun?«

»Selbstverständlich.«

»Das ist sehr lieb von dir.« Stefan lächelte.

Der Kellner kam mit der Bestellung, servierte und entfernte sich wieder.

Emma kam aus dem Staunen nicht heraus. Heute kam Stefan überhaupt nicht so zurückhaltend und introvertiert rüber wie sonst. Seine Körpersprache wirkte deutlich selbstbewusster. Ob das mit seinem Vorhaben zu tun hatte, konnte Emma nicht einschätzen, aber es gefiel ihr.

Stefan ist jemand, mit dem man eine Familie gründen kann, schoss ihr ein Gedanke durch den Kopf, den Amir ihr dauernd einzureden versuchte. In diesem Moment fand sie die Vorstellung gar nicht so abwegig.

»Ich kenne so einige, die sich über eine Weinlounge am Strand freuen würden. Das wird bestimmt ein großer Erfolg«, sagte sie.

»Das denke ich auch. Die Location ist halt das A und O. Ich suche jetzt seit einem Jahr danach.«

»Das wird schon.«

»Danke. Und bei dir? Was macht die Liebe?«, fragte Stefan und schaute sie dabei etwas länger an.

»Frag nicht. Ich versinke in Arbeit und wirklich tolle Männer laufen mir auch nicht ständig über den Weg. Und bei dir?«

Stefan lachte kurz, bevor er antwortete. »Nicht besser. Ich versinke genau wie du in Arbeit und habe gerade keinen Kopf für eine Beziehung. Dabei wäre es schön, sich zu verlieben.«

»Das stimmt.« Ihre Blicke trafen sich und plötzlich fand sie ihn alles andere als langweilig. Mads war ganz weit weg.

Die Zeit mit Stefan verging wie im Flug und er musste sie erst darauf aufmerksam machen, dass sie losmusste.

»Das war sehr schön«, sagte Emma zum Abschluss.

»Fand ich auch. Darf ich dich heute Abend zum Essen einladen?«

»Gerne. Welche Uhrzeit?«

»19 Uhr? Ich kann dich abholen.«

»Passt.«

Sie verabschiedete sich von Stefan und verließ die Terrasse. Die Begegnung und das Gespräch mit ihm hatten ihr sehr gutgetan.

Keine fünf Minuten später betrat sie die Bäckerei und hielt Ausschau nach der Frau, mit der sie sich verabredet hatte. Da sie ein Foto von sich in ihrem WhatsApp-Profil hatte, wusste Emma, wie sie aussah, aber in der Bäckerei sah sie keine Person, die dem Profilfoto auf WhatsApp entsprach.

Hatte sich jemand einen Scherz mit ihr erlaubt?

Emma entschied, sich einen Tee und etwas Süßes zu bestellen und auf der Terrasse Platz zu nehmen, von dort konnte sie am besten sehen, wer die Bäckerei betrat.

Sie stellte sich vor dem Tresen an, gab ihre Bestellung auf, bezahlte und ging mit dem Tablett auf die Terrasse, wo sie an einem freien Tisch Platz nahm.

Sie biss gerade etwas von ihrem Berliner ab, als sie die Frau bemerkte. Sie überquerte die Straße und wollte eben die Bäckerei betreten. Emma stand rasch auf.

»Guten Tag, Frau Haller«, machte sie sich bemerkbar.

»Sind Sie Emma Falk?«

»Genau. Möchten Sie etwas trinken und etwas Süßes?«

»Ein Kaffee wäre sehr lieb«, erwiderte Frau Haller.

»Ich bring Ihnen einen. Wollen wir auf der Terrasse bleiben?«

»Sehr gerne.«

Emma holte einen Kaffee und setzte sich wieder nach draußen zu der Frau, die Jutta gesehen haben wollte.

»Das ist sehr lieb von ihnen«, sagte Haller, als sie den Becher entgegennahm.

»Kein Problem. Es ist schön, dass Sie sich die Zeit nehmen konnten.«

»Ist doch selbstverständlich. Jutta und ich kennen uns eine Ewigkeit, was hier zugegebenermaßen auch nicht schwer ist. Der Ort ist ein Dorf. Mich wundert, dass sich noch niemand sonst bei Ihnen gemeldet hat.«

»Nicht nur Sie«, konnte sich Emma eine Bemerkung nicht verkneifen.

»Wird bestimmt noch. Ich kenne einige Freundinnen, die Ihre Artikel sehr gerne lesen. Sie haben einen wunderbaren Schreibstil. Man merkt, dass Sie Ihren Beruf lieben.«

»Vielen Dank.« Emma lächelte und gönnte Haller eine kurze Pause, um von ihrem Kaffee zu trinken, dann setzte sie wieder an: »Ich würde gerne mit Ihnen über Sonntag sprechen. Sie hatten gesagt, dass Sie Jutta gesehen haben.«

»Genau. Das war auf dem Friedhof. Wir hatten ein kleines Pläuschchen.«

»Wissen Sie noch, wann genau das war?«

»Das muss nach 14:30 Uhr gewesen sein. Ich war um 14:30 Uhr auf dem Friedhof, das weiß ich ganz genau, weil ich auf die Uhr geschaut habe.«

Emma nickte. »Und wie war sie drauf?«

»Gut gelaunt. Auch wenn man die Schwermut bei einem Friedhofsbesuch nur schwer verbergen kann.«

»Ist Ihnen bei dem Treffen irgendetwas merkwürdig vorgekommen?«

»Wie meinen Sie das?«

»Hat sie vielleicht jemand beobachtet, der nicht auf den Friedhof gehörte, jemand, der Ihnen aufgefallen ist.«

»Nein, da war niemand.«

»Sind Sie sicher? Versuchen Sie sich bitte genau zu erinnern. Möglicherweise war da eine Person, die sich nicht um die Gräber gekümmert hat. Jemand, der nur spazieren ging«, beharrte Emma. Ein Gefühl sagte ihr, dass der Täter Jutta beobachtet hatte, so wie der Täter damals auch sie beobachtet hatte, bevor er eiskalt zugeschlagen hatte.

»Es tut mir wirklich leid, aber ich habe niemanden gesehen, der auf Ihre Beschreibung passt. Glauben Sie, dass Jutta auf dem Friedhof entführt wurde?«

»Vermutlich auf dem Rückweg von dort zu ihrer Wohnung. Er wird ihr auf dem Friedhof aufgelauert haben. Ich kenne den Niendorfer Friedhof nicht, aber andere. Sie sind weitläufig und bieten dem Täter jede Menge Möglichkeiten, sich unauffällig an die Fersen seines Opfers zu heften.«

»Wie schrecklich!« Haller bekam große Augen. »Nicht mal an diesem heiligen Ort der Trauer darf man sich noch sicher fühlen. Was ist nur los mit der Menschheit?« Sie schüttelte den Kopf. »Ich sage Ihnen, woran das liegt. Es ist dieses Internet. Früher waren die Menschen nicht so abgestumpft. Das Internet schädigt den Verstand.«

Emma ging auf die Anspielung nicht ein, das war müßig. Zudem wollte sie Haller bei Laune halten, da sie ihre einzige heiße Spur war.

»Hat Jutta vor Ihnen den Friedhof verlassen?«, bohrte sie weiter.

»Das hat sie, weil ihre Enkeltochter und deren Freund sie besuchen wollten.«

»Ist vielleicht jemand zur selben Zeit weggegangen, ohne dass Jutta das bemerkt hat?«

»Gute Frage. Ich wünschte, ich könnte Ihnen das beantworten. Der Grabplatz ihrer Liebsten liegt etwas vor der meines Mannes, sie hat sich im Vorbeigehen von mir verabschiedet, aber ich habe nicht weiter darauf geachtet, ob zu dem Zeitpunkt noch jemand weggegangen ist.«

Emma nickte. Wie es schien, wusste die alte Dame wirklich nicht mehr.

»Sollte Ihnen doch noch etwas einfallen, rufen Sie mich bitte an. Sie haben ja meine Nummer«, sagte Emma.

»Das mache ich gerne. Ich wünschte, ich hätte mehr gesehen. Aber da war nichts …« Haller unterbrach sich. »Doch, warten Sie. Ja natürlich, da war dieser neue Gärtner, den ich noch nie zuvor auf dem Friedhof gesehen habe.«

38

Als Gustav zu sich kam, tat ihm noch immer der Schädel weh. Er lag auf dem Flur, über ihm stand Raphael Oblak und zielte mit der Dienstwaffe auf ihn.

»Lassen Sie die Waffe fallen«, forderte Gustav mühsam.

»Sie befehlen mir gar nichts«, blaffte Oblak. »Sie Dreckschwein.«

»Verdammt. Sind Sie noch bei Trost?«

»Ganz sicher nicht. Wie lange habe ich auf die Gelegenheit gewartet, Ihnen eins auszuwischen.«

Gustav wollte auf die Beine, aber Oblak brüllte: »Liegen bleiben, Wichser.«

Langsam begriff Gustav, dass Oblak nicht scherzte und auch mit gutem Zureden nicht umzustimmen war.

»Wollen Sie wieder in den Knast?«, versuchte Gustav eine andere Strategie.

»Und wenn schon. Was habe ich zu verlieren? Glauben Sie, das hier ist ein Leben? Niemand gibt einem Knacki wie mir eine zweite Chance. Ich lebe von Sozialhilfe und ein paar Gelegenheitsjobs. Im Knast war ich jemand, da hatten die Leute Angst vor mir.« Oblak grinste.

Gustav konnte sich gut vorstellen, wie Oblak die anderen Insassen im Gefängnis tyrannisiert hatte. Rudelbildung war dort völlig normal, deshalb war das Erste, was Häftlinge taten, sich einer Gruppe anzuschließen. Die Türken, Araber, Russen und die Leute vom Balkan bildeten dabei die stärksten Gruppen, sie waren unantastbar. Die anderen mussten zusehen, wie sie zurechtkamen.

»Worum geht es Ihnen?«, fragte Gustav.

»Um Gerechtigkeit.«

»Gerechtigkeit?« Gustav konnte es nicht fassen, dass Kriminelle immer wieder glaubten, zu Unrecht im Gefängnis gelandet zu sein.

»Grinsen Sie nicht so dämlich. Ich war unschuldig.«

»Unschuldig? Wir haben die Tatwaffe bei Ihnen gefunden.«

»Die wurde mir untergeschoben.«

»Und Ihre DNA am Tatort?«

»Fake. Muss doch nur jemand ein Haar von mir am Tatort ...«

»Machen Sie sich nicht lächerlich«, ging Gustav dazwischen.

»Sie haben mir zu keinem Zeitpunkt geglaubt. Sie und dieser Bastard von Lange. Er hat nur an seine Touristen gedacht und wollte der Öffentlichkeit schnell einen Täter präsentieren. Da kam der arbeitslose Jugo doch absolut gelegen.« Oblak zog die Nase hoch.

»Sie haben am Strand ein sechzehnjähriges Mädchen vergewaltigt und mit mehreren Messerstichen lebensgefährlich verletzt«, blaffte Gustav ihn an, er konnte diese Lügen nicht mehr hören.

»Die Tussi hat mich angemacht«, brüllte Oblak. Dieser kleine Ausbruch bestätigte nur, was Gustav gewusst und der Staatsanwalt bewiesen hatte.

»Sie war noch ein Kind«, grollte Gustav. »Lassen Sie die Waffe fallen.«

»Maul halten! Sie haben mir nichts zu befehlen«, rief Oblak.

»Haben Sie sich denn überlegt, wie das Ganze hier weitergehen soll? Wollen Sie mich in Ihrer Wohnung erschießen? Was glauben Sie, wie lange es dauert, bis meine Mitarbeiter Sie verhaften? Auf Polizistenmord steht lebenslänglich mit Sicherheitsverwahrung. Seien Sie froh, dass der Staat Ihnen eine zweite Chance gegeben hat. Haben Sie sich nicht selbstständig gemacht?«

»Selbstständig?« Oblak lachte.

»Haben Sie nicht eine Firma für Hausmeistertätigkeiten?«

Oblak lachte noch lauter. »Das war nur für die Stütze, da gab es so ein Programm, wo man extra Kohle abgreifen konnte. Ich bin ausgebrannt, ich kann nicht arbeiten. Der Knast hat mich kaputt gemacht.« Oblaks Blick wanderte etwas unsicher hin und her, seine Aggressivität hatte sich gelegt.

So viel dazu, dass der Knast gar nicht so schlecht ist, spottete Gustav in Gedanken, doch er musste sich dringend darauf konzentrieren, an die Waffe zu gelangen. Dafür musste er allerdings auf die Beine, nur so hatte er eine Chance, Oblak zu überwältigen. Aber wie sollte er das schaffen?

»Was wollen Sie überhaupt von mir?«, fragte Oblak jetzt.

»Es geht um meine Mutter. Sie wurde entführt.«

»Und Sie glauben, dass ich das war? Klar, einmal Krimineller, immer Krimineller.« Oblak gab ein abfälliges Geräusch von sich.

»Nein, ich wollte Sie fragen, ob Sie etwas mitbekommen haben«, log Gustav. In dieser Situation konnte er ihm unmöglich sagen, dass er von seinen Worten in der Kneipe bei Henning wusste.

»Was soll ich mitbekommen haben?«

»Ob jemand mir gegenüber Drohungen ausgesprochen hat.«

»Ich verkehre nicht mehr in diesen Kreisen. Ich möchte nur, dass man mich in Ruhe lässt.«

»Dann sollten Sie die Waffe fallen lassen«, machte Gustav einen erneuten Anlauf.

»Damit Sie mich wieder verhaften können?«

»Nein, damit wir in Ruhe reden können. Meine Mutter wurde entführt. Mir liegt ausschließlich daran, sie heil zu finden.«

Oblak musterte ihn aus schmalen Augen. »Vielleicht haben Sie das ja verdient.«

»Meine Mutter muss leiden, weil ich das verdient habe? Wenn ein Arschloch mit mir ein Problem hat, dann soll er mir das ins Gesicht sagen, aber meine Mutter da raushalten. Haben Sie eine Mutter?«

»Ja.«

»Sicherlich lieben Sie Ihre Mutter.«

»Jeder Sohn liebt seine Mutter.«

»Wie würden Sie es dann finden, wenn jemand Ihre Mutter entführt, weil er eigentlich Ihnen eins auswischen will?«

»Nur ein feiger Bastard würde so etwas tun. Ich würde ihn finden und töten.«

»Sehen Sie, mir geht es nicht anders.« Endlich hatte Gustav das Gefühl, dass er langsam zu Oblak durchdrang.

»Ich weiß, dass Sie nicht in die Entführung meiner Mutter verwickelt sind. Legen Sie bitte die Waffe weg, dann werde ich gehen und so tun, als wäre nichts passiert.«

Oblak zögerte mit einer Antwort, er fixierte Gustav mit seinem Blick. »Ich kann Ihnen nicht vertrauen«, sagte er dann.

Gustav versuchte, nicht die Fassung zu verlieren. Die Diskussion drehte sich nur noch im Kreis.

»Was soll denn als Nächstes passieren?«, fragte er daher. Sollte Oblak ihm doch aufzeigen, was sein Plan war – wenn er einen hatte.

»Das, wovon ich seit meinem Knastaufenthalt träume. Ich werde Sie töten.« Oblak lachte höhnisch. »Aber nicht hier. Wir beide werden jetzt einen Spaziergang machen. Nur eine Dummheit von Ihnen und ich jage Ihnen sofort eine Kugel in den Kopf.«

Der hasserfüllte Blick und sein plötzliches schrilles Lachen waren Beweis genug, dass Oblak nicht scherzte.

»Öffnen Sie die Tür und gehen Sie ganz langsam raus.«

39

»Glaubst du Schlüter?«, fragte Brandt. Er hatte mit Walter eine kurze Pause auf der Terrasse des Restaurants *Ocean's* in Haffkrug eingelegt.

»Ich neige dazu. Du?« Walter teilte ein Stück von dem Kuchen ab, der vor ihm stand, und angelte etwas Sahne mit der Gabel hinterher, während Brandt seinen Kaffee trank.

»Ich auch. Schlüter scheint geerdet zu sein. Seine Werkstatt läuft gut, jedenfalls hatte ich den Eindruck, dass es so ist. Warum sollte er da mit einer Entführung seine Existenz aufs Spiel setzen?«

»Sehe ich genauso. Er erinnert mich ein bisschen an mich selbst«, stimmte Walter mit etwas Wehmut in der Stimme zu. »Ich war auch nicht immer ein guter Junge, dafür schäme ich mich heute zutiefst.« Er ließ seinen Blick Richtung Ostsee wandern. Das Restaurant lag an der Seebrücke in Haffkrug und bot einen wunderbaren Blick aufs Wasser.

»Du bist nicht wie er«, entgegnete Brandt. »Das darfst du nicht mal denken. Ich habe im Gespräch mit ihm wenig Reue gespürt, ich hatte eher den Eindruck, dass er ein rational denkender Mensch ist, der sein gutgehendes Geschäft nicht aufs Spiel setzen möchte. Du hattest schon immer ein gutes Herz, und – nicht falsch verstehen – dein gutes Herz und deine Naivität haben andere eiskalt für ihre Zwecke ausgenutzt. Deswegen bist du auf der schiefen Bahn gelandet und nicht, weil du ein berechnender, böser Mensch bist.«

Walter schwieg einen Moment, dann sagte er: »Das hast du sehr lieb gesagt. Trotzdem gehört diese Vergangenheit zu mir und ist mir Mahnung genug, dass ich mich immer fürs

Gute einsetzen möchte. Das Böse darf niemals über das Gute siegen. Wenn wir Jutta nicht lebend finden, hat das Böse gewonnen.« Er ballte die Hand zur Faust und Brandt wusste, dass er diese Worte ernst meinte.

»Immerhin hat er uns einen weiteren Namen genannt.«

»Hoffentlich erlaubt er sich keinen Scherz mit uns«, brummte Walter und ließ das letzte Stück Torte in seinem Mund verschwinden. »Du weißt nicht, was du verpasst. Die Torte ist unglaublich lecker.«

»Es ist der Zucker, der dich das glauben lässt«, scherzte Brandt.

»Kein Wunder, dass du dich so gut mit Mads verstehst. Ihr und euer Körperwahn. Ihr wisst nicht, was ihr im Leben verpasst.«

Brandt grinste. »Aydin würde dir recht geben.«

»Weil ich recht habe.«

»Möchtest du noch ein Stück?«

»In diese Falle tappe ich nicht rein«, brummte Walter.

»Emre jedes Mal«, erwiderte Brandt lachend. »Ist aber keine Falle. Du bist im Urlaub, gönn dir, was immer du willst.«

»Das war Spaß. Jetzt bist du in meine Falle getappt«, konterte Walter. »Den Tag möchte ich erleben, an dem eine halbe Portion wie du mir den Appetit verdirbt.«

Brandt stimmte in Walters Lachen ein. Das war eben typisch Walter.

Der Kellner kam und fragte, ob sie noch etwas wünschten, und als Walter gerade verneinen wollte, kam Brandt ihm zuvor.

»Bringen Sie uns bitte noch zwei Stückchen von dieser Torte.«

»Gerne«, erwiderte der Kellner und verschwand.

»Welcher Teufel hat dich denn geritten?«, fragte Walter überrascht.

»Wäre ja langweilig, wenn nur du allein in den Genuss

kommst. Außerdem haben wir noch etwas Zeit. Tim hat sich bisher nicht gemeldet und wir sind im Urlaub.«

»So gefällst du mir.« Walter reichte ihm die Hand zum Abklatschen. »Ich glaube, hier an der Ostsee würde ein Currywurststand auch gut laufen.«

»Wenn es deiner ist, garantiert. Möchtest du denn hierher ziehen?«

»Ich werde da sein, wo meine besten Freunde sind, meine Familie«, antwortete Walter schlicht.

Brandt war insgeheim gerührt, weil er wusste, dass Walter auch diese Worte aufrichtig sagte und nicht, um Eindruck zu schinden. Genau das hatte Brandt vorhin mit Naivität gemeint: Walter sprach aus, was er dachte, und es gab Menschen, die solche Personen schamlos ausnutzten. Etwas, was Brandt in der Seele wehtat.

»Dem ist nichts hinzuzufügen«, gab er zurück.

Der Kellner servierte ihnen die Torte und entfernte sich wieder.

»Hau rein«, sagte Walter, während er die Gabel in das schmale Anfangsstück der Torte stach.

Brandt tat es ihm gleich. Er musste Walter recht geben, die Torte war der pure Genuss.

»Gib's zu, ein Gedicht«, sagte Walter.

»Wenn's dich glücklich macht: Ja, ich geb's zu«, erklärte Brandt schmunzelnd.

In dem Moment klingelte sein Handy, es war Tim.

»Und, hast du schon was?«, fragte er nach der Begrüßung.

»Ich kann euch mit der Adresse dienen. In einer Minute hast du sie.«

»Danke, auf dich ist Verlass. Vor allem, weil du so kurzfristig einspringen konntest. Ich habe weder Gustav noch Mads erreichen können, um sie nach der Anschrift zu fragen.«

»Ist schon gut. So was ist für mich keine große Sache.«

»Hast du darüber hinaus irgendwelche neuen Informationen zu dem Fall, die uns weiterhelfen könnten?«

»Nicht mehr als das, was Gustav hat. Ich bin mit Fischer noch immer an dem Programm dran und dann müssen wir das Handy auswerten.«

»Was sagen dein Hackerherz und dein IT-Sachverstand? Wurde das Handy weggeworfen oder ist es ihr runtergefallen?«

»Mein Gefühl sagt mir, dass es ihr aus der Tasche gefallen ist.«

»Meins auch«, bestätigte Brandt nachdenklich. »Liegen schon die Ergebnisse aus dem Labor vor?«

»Bisher nicht. Ich hatte vor einer Stunde ein Gespräch mit Ole. Er sitzt wie wir alle auf heißen Kohlen. Er hat da noch mal Druck gemacht.«

»Wäre super, wenn ich die Ergebnisse auch sofort erhalte. Wir und die Johannsens haben Teams gebildet. Daher haben wir immer mal wieder die Situation, dass wir uns nicht schnell synchronisieren können.«

»Sollte ich hinkriegen.«

Auch das mochte Brandt an Tim. Er kam ihm nicht mit irgendwelchen Kompetenzen. Bei Kollegen aus anderen Zuständigkeitsbereichen kannte Brandt das anders, die wollten erst eine schriftliche Genehmigung sehen, bevor sie Informationen teilten.

»Sehr gut. Darf ich dich noch was Indiskretes fragen?«, fühlte Brandt vor.

»Schieß los.«

»Was für ein Mensch ist Gustav? Könnten einige Personen ein berechtigtes Interesse daran haben, ihm ans Bein zu pinkeln, weil er etwas Illegales getan hat?« Brandt wusste, dass die Frage delikat war. Auch wenn Gustav ihm einen Eindruck davon vermittelt hatte, wie seine Vorgehens- und Denkweise aussah, wollte er doch noch Tims Meinung dazu hören, weil der die Dinge rational und technisch erklären und analysieren konnte. Er sah die Welt in 1 und 0, ohne persönliche Hintergedanken.

»Das ist in der Tat eine sehr delikate Frage«, antwortete Tim.

»Hör zu, wenn du nicht darauf antworten möchtest, ist das okay für mich«, beruhigte Brandt ihn.

»Nein, nein, ich habe keine Schwierigkeiten damit, darüber zu reden, weil Gustav, auch wenn er eine kurze Zündschnur hat und seine Befugnisse ziemlich weit auslegt, absolut loyal und zuverlässig ist. Er stellt sich immer hinter seine Mannschaft. Selbst wenn jemand aus seinem Team Mist gebaut hat, übernimmt er nach außen stets die Verantwortung, egal welche Konsequenzen das für ihn nach sich ziehen würde. Du stehst doch gut mit Arndt.«

»Klar.«

»Gustav und Arndt ticken sehr ähnlich. Sie sind halt Polizisten, die ihren Beruf auf der Straße gelernt haben. Sie verkörpern dieses gewisse Etwas, was auf der Polizeihochschule nicht gelehrt wird, weil es gesellschaftlich nicht mehr akzeptabel ist.«

»Danke für deine ehrliche Antwort«, gab Brandt zurück. »Genau so schätze ich ihn ein.«

»Hast du noch eine andere Frage?«

»Gerade nicht.«

»Gut. Ich melde mich, wenn ich was habe.«

»Mach das«, sagte Brandt und beendete das Gespräch.

»Das hättest du Tim gar nicht fragen brauchen«, bemerkte Walter.

»Warum?«

»Das hätte ich dir auch sagen können. Gustav ist der Typ ›raue Schale, weicher Kern‹.«

Brandt lachte, weil Walter recht hatte.

Sie aßen ihre Torte auf und Brandt bat um die Rechnung.

»Ich zahle«, sagte Walter.

»Lass den Unsinn. Das geht auf mich.«

»Spinnst du? Ich habe dich zur Torte verführt, erlaube mir dann wenigstens die Freude, es ganz auszukosten und dich einzuladen.«

»Na gut, danke dir«, antwortete Brandt. Er kannte Walter, er hätte sich allein aus purer Dickköpfigkeit nicht einladen lassen.

Walter bezahlte die Rechnung und beide verließen die Terrasse und gingen zu Brandts Wagen.

Ihr nächstes Ziel lag in Haffkrug, sie mussten also nur eine kurze Strecke zurücklegen.

»Hier soll dieser Raffi wohnen?«, fragte Walter, als sie laut Navi die Anschrift fast erreicht hatten.

»Glaube kaum, dass sich Tim irrt«, erwiderte Brandt und parkte.

Plötzlich lehnte sich Walter nach vorn. »Sag mal, ist das nicht Gustav Johannsen?«

Brandt folgte Walters Blick und sah nun auch, wie Gustav auf der anderen Straßenseite mit einer Person in sein Auto stieg. Gustav fuhr los, und als er an ihrem Wagen vorbeikam, warf er Brandt einen kurzen Blick zu.

»Sollten wir Gustav nicht anrufen? Wie es scheint, war er auch bei Raffi«, sagte Walter.

Doch Brandt hatte längst den Motor wieder angelassen und sah konzentriert in den Rückspiegel. »Das sollten wir nicht. Jede Wette dieser Typ auf dem Beifahrersitz war Raffi.«

»Raffi? Warum?«, fragte Walter erstaunt.

»Er entführt Gustav«, erklärte Brandt und nahm in gebührendem Abstand die Verfolgung auf.

40

Mads hatte sich noch eine Weile auf dem Friedhof umgesehen und nach Spuren gesucht, aber nichts gefunden. Wie auch? Die Entführung lag inzwischen einige Tage zurück, und dass eine genauere Untersuchung des Areals sinnvoll war, bezweifelte er, weil er davon ausging, dass es sich um eine gezielte Tat handelte. Und jemand, der ein Verbrechen so gut plante, machte keine Fehler. Jedenfalls keine solch offensichtlichen Fehler wie jemand, der spontan handelte. Dass Jutta ein Zufallsopfer war, wollte er nicht mehr glauben. Er kannte keinen einzigen Fall, wo eine ältere Frau zufällig zum Opfer geworden war und wo es nicht um Erpressung ging, um schnell an viel Geld zu gelangen. Jutta war Witwe und nicht vermögend. Ein Sexualdelikt schloss Mads ebenfalls aus.

»Gustav ist der Schlüssel. Es gab keinen Auffahrunfall auf der Landstraße, das wird das Labor bestätigen«, sagte Mads zu sich und lief Richtung Ausgang. Sein Handy lag noch im Auto, dort wollte er schleunigst hin, um sich mit seinem Onkel darüber abzustimmen, ob der Friedhof doch von der KTU untersucht werden sollte. Außerdem mussten sie die Anwohner auf dem Weg zum Friedhof befragen, jemandem könnte etwas aufgefallen sein.

»Das war ein Profi, da wird niemand was gesehen haben«, entfuhr es ihm enttäuscht. Aber warum hatte sich der Entführer dann noch nicht gemeldet? Solche Verbrecher hatten doch Forderungen.

Mads hatte darauf keine Antwort, die ihm gefiel. Die Gründe, warum der Täter bislang schwieg, kamen einem Horrorfilm gleich. Gleichzeitig machte ihm sein Schweigen aber auch Hoffnung, denn das konnte ebenso heißen, dass Jutta lebte, sonst hätte der Täter längst mit ihrer Leiche geprahlt. Das verschaffte ihnen vielleicht etwas Zeit, denn das hieß doch, dass der Täter einen Plan hatte.

Ganz sicher. Bevor er Oma umbringt, wird er mit Gustav Kontakt aufnehmen und ihm die Spielregeln diktieren, dachte Mads.

Einiges an der jetzigen Lage erinnerte ihn an die Entführung von Emma im letzten Jahr. Nur mit dem Unterschied, dass Emmas Entführer sich nicht an jemandem hatte rächen wollen, sondern dass er ein gestörter Psychopath gewesen war, der Freude daran gehabt hatte, seine Opfer zu quälen. So bizarr das klang, aber dieser kranke Fetisch hatte am Ende dafür gesorgt, dass Emma so lange am Leben geblieben war, bis es Mads gelang, sie zu retten.

Als er das Friedhofstor hinter sich schloss, sah er, wie ein Auto in der Nähe parkte.

»Was will Emma denn hier?«, fragte er sich und ging zu ihr.

»Hallo«, grüßte Emma, als sie ausstieg.

»Hey. Was führt dich an diesen Ort?«, erwiderte Mads und bemühte sich, freundlich zu bleiben. Er wollte ihr keinen Vorwand liefern, ihm irgendeine Gemeinheit vorzuwerfen, dabei war er sich sicher, dass Emma etwas über seine Oma in Erfahrung gebracht und ihr Ehrgeiz sie an diesen traurigen Ort geführt hatte, statt ihn darüber zu informieren.

»Ich habe vorhin versucht, dich anzurufen, aber du bist nicht ans Handy«, antwortete Emma.

»Mein Handy ist im Auto«, erklärte Mads. Er war geneigt, ihr zu glauben. »Weswegen wolltest du mich denn sprechen?«

»Heute hat sich eine Zeugin auf den Artikel gemeldet.«

»Eine Zeugin?«

Emma klärte ihn kurz auf.

»Und sie ist sich ganz sicher, dass sie den Gärtner noch nie hier gesehen hat?«, bohrte Mads nach.

»Ja, sehr sicher.«

»Das kläre ich gleich. Danke dir für den Hinweis.«

»Mach das und viel Erfolg.« Sie wollte gerade zurück ins Auto steigen, doch Mads hielt sie auf.

»Willst du nicht mit?«, fragte er.

»Darf ich das denn?«

»Klar, ist dein Hinweis.«

Emma lächelte, dabei wurden ihre Wangengrübchen sichtbar, die Mads so gefielen. Sie wirkte ein wenig verlegen und Mads war froh, dass er nicht gleich mit der Tür ins Haus gefallen war und ihr irgendwelche Vorwürfe gemacht hatte.

Ob sie doch in Niendorf bleibt?, fragte er sich, wagte aber nicht, diese Frage laut zu stellen. Es war endlich einmal alles gut zwischen ihnen und diesen Zustand wollte er um keinen Preis zerstören.

»Falls es dich interessiert, ich bleibe in Niendorf«, bemerkte sie da fast beiläufig, als hätte sie seinen Gedanken erraten.

»Das freut mich sehr.«

Emma belohnte seine Antwort erneut mit einem Lächeln. Gemeinsam betraten sie den Friedhof und machten sich auf die Suche nach Harald.

»Na, hast du noch Fragen?«, erkundigte sich der.

»Ja, es gibt eine Zeugin, Marlene Haller, du kennst sie doch?«

»Natürlich kenne ich Marlene. Was ist mit ihr?«

»Sie war Sonntag am frühen Nachmittag auch hier. Ihr ist ein neuer Mitarbeiter aufgefallen, den sie hier noch nie gesehen hat.«

Harald runzelte die Stirn. »Ein Mitarbeiter, hier vom Friedhof?«

»Ein Gärtner«, ergänzte Emma.

»Tja, das könnte auch ein Externer sein.«

»Weißt du, ob Sonntag jemand hier war, den du vorher noch nicht gesehen hast?«

»Ich bin meist so mit meiner Arbeit beschäftigt, gerade über die Ostertage, da achte ich nicht auf externe Gärtner, aber lass mich kurz nachdenken.«

Erst jetzt fragte sich Mads, warum ein Friedhofswärter über Ostern arbeiten musste, immerhin war es der wichtigste Feiertag für Christen. Warum gab die Kirche Angestellten wie ihm da nicht frei?

Harald schüttelte den Kopf. »Nein, mir fällt niemand ein. Weißt du, wie er aussah?«

Mads warf Emma einen kurzen Blick zu.

»Ungefähr«, kam Emma ihm zu Hilfe. »Die Zeugin glaubt, dass er etwas kleiner war als Mads, schlank und kurze braune Haare.«

»Alter?«

»Zwischen dreißig und vierzig.«

»Das ist sehr vage. Vielleicht spielt uns in die Karten, dass Ostersonntag war«, erklärte Harald.

»Und das heißt?«, hakte Mads nach.

»An dem Tag haben die meisten Gärtnereien geschlossen, aber ich kann euch gleich sagen, welche auf hatte.«

»Und was, wenn er gar kein Mitarbeiter war?«, warf Emma in den Ring.

»Das halte ich auch für sehr wahrscheinlich«, pflichtete Mads ihr bei. »Trotzdem müssen wir erst die Gärtnereien aufsuchen, um sicherzugehen.«

»Macht Sinn.«

»Wollt ihr mir bitte folgen?«, sagte Harald und gemeinsam gingen sie ihm hinterher.

»Hast du die Kontaktdaten von Frau Haller?«, wollte Mads wissen.

»Habe ich , ich leite sie dir nachher weiter.«

»Danke.«

»Fühlt sich fast wie im Team an«, stellte Emma fest. »Gefällt mir.«

Mads lächelte. »Ist schön, sich mal nicht mit dir zu streiten.«

»An mir liegt es nicht.«

»Asche auf mein Haupt, das war eigentlich als Lob gemeint«, erwiderte Mads und bereute augenblicklich, dass er diesen Satz überhaupt ausgesprochen hatte, dabei war er freundlich gemeint.

»Darfst mich gerne öfter loben. Wir Frauen mögen das«, sagte Emma schmunzelnd.

»Werde ich mir merken.«

Ihre Blicke trafen sich kurz und wieder einmal verspürte Mads den unbändigen Drang, sie einfach in den Arm zu nehmen, um ihr zu zeigen, dass er immer für sie da wäre und niemals etwas tun würde, was ihr schaden könnte.

»Schuhe bitte abtreten«, sagte Harald und riss Mads aus seinen romantischen Gedanken.

Beide klopften die Schuhe sorgfältig ab und betraten das kleine Büro.

Auf dem Schreibtisch lag ein großer Kalender, Harald fuhr mit dem Finger darüber.

»Ihr habt Glück. Am Sonntag war nur die Gärtnerei Paulsen hier.«

»Muss sich jeder Gärtner, der hier arbeitet, bei dir anmelden?«

»Das ist keine Pflicht, hat sich aber so eingebürgert, damit wir immer wissen, welche externe Firma auf dem Gelände ist.«

»Steht da auch der Name des jeweiligen Mitarbeiters?«

»Nein, den vermerken wir nie. Nur, von welcher Firma er kommt.«

»Und wo ist diese Gärtnerei Paulsen?«, wollte Mads wissen.

»Die sitzen in Travemünde. Ich schreibe dir die Adresse auf.«

»Danke dir.«

Harald notierte die Adresse auf einem Zettel und gab ihn Mads. Sie verabschiedeten sich von Harald, der versprach, sich umzuhören und sich bei Mads zu melden, falls er noch etwas anderes erführe.

Zusammen mit Emma verließ er den Friedhof und blieb vor Emmas Wagen stehen.

»Soll ich dich nach Travemünde fahren?«, fragte sie.

Mads musste sein Erstaunen unterdrücken. Immerhin parkte sein Auto nicht weit von hier und eigentlich hatte er alleine zur Gärtnerei fahren wollen.

»Darf ich dich was fragen, ohne dass du mir was unterstellst?«, fragte er daher.

»Schieß los.«

»Machst du das jetzt für mich oder wird das Teil eines neuen Artikels?«

»Ich mache das für Jutta«, antwortete Emma vielsagend. Ihr Blick wirkte besorgt und Mads glaubte ihr.

»Gut, warum nicht.«

Sein Polizistenverstand sagte ihm zwar, dass er dringend zurück zu seinem Wagen gehen und seinen Onkel informieren sollte, aber sein Herz riet ihm, ein wenig Zeit mit Emma zu verbringen. Immerhin hatten sie fast eine halbe Stunde ohne Streit verbracht, das kam einem Rekord gleich.

Emma gab die Anschrift ins Navi ein und fuhr los.

»Wäre es für dich okay, wenn wir die Zeugin kurz anrufen?«

»Klar.« Emma hatte ihr Handy mit der Freisprecheinrichtung des Wagens gekoppelt und rief sie an, dann stellte sie Mads kurz vor.

»Mads, mein Junge, es tut mir so unglaublich leid um Jutta. Hättet ihr den Artikel doch eher in die Zeitung gebracht, dann hätte ich mich viel früher gemeldet«, sagte Haller.

»Danke. Wir tun alles, um meine Oma zu befreien. Dafür brauche ich Ihre Hilfe«, erwiderte Mads und sah im Augenwinkel, dass Emma Mühe hatte, sich ein Schmunzeln zu verkneifen.

»Wie kann ich dir helfen?«, fragte die alte Dame.

»Kannst du mir bitte sagen, wie dieser Gärtner aussah und ob etwas an ihm seltsam war. Vielleicht sein Gang oder etwas in seinem Gesicht. Ein Pickel, eine Hautirritation, ein Leberfleck. Irgendetwas, was einem auffällt.«

»Ich habe mir seit dem Gespräch mit der lieben Emma schon die ganze Zeit den Kopf zerbrochen, aber mir fällt nicht mehr ein, als ich ihr gesagt habe.«

»Sicher?«

»Leider. Sollte ich mich an mehr erinnern, werde ich Emma sofort anrufen.«

»Mach das.«

»Danke, dass Sie sich die Zeit genommen haben«, ergänzte Emma, bevor sie das Gespräch beendete.

»Du kannst gerne lachen und mit dem Finger auf mich zeigen«, sagte Mads, weil das Grinsen in Emmas Gesicht immer größer wurde.

»In jeder anderen Situation hätte ich das getan«, gab Emma augenzwinkernd zurück, doch dann wurde sie wieder ernst. »Meine Absichten waren gut, mir ging es immer nur um Jutta.«

»Ich weiß und ich entschuldige mich nochmals für meinen emotionalen Fehltritt. Soll ich auch noch auf die Knie gehen?«

»Bitte nur, wenn du mir einen Antrag machst«, konterte Emma. Als sie realisierte, was sie da gerade gesagt hatte, starrte sie stumm auf die Fahrbahn.

Mads sah ebenso nachdenklich aus dem Fenster. Für sie würde er so etwas sogar tun, und obwohl es eigentlich vollkommen überflüssig war, speicherte er diesen Satz in seinem Gehirn ab, denn er ging nicht davon aus, dass ihr das nur so herausgerutscht war. Emma war im Gegensatz zu ihm ein sehr romantischer Mensch.

»Habt ihr schon eine andere Spur?«, fragte Emma schließlich, wohl um von ihrem Spruch abzulenken.

»Wir verfolgen einige, aber es ist noch nichts Konkretes dabei.«

»Geht ihr weiterhin von Fahrerflucht aus?«

»Ich nicht, mein Onkel vermutlich schon. Wir warten auf die Ergebnisse aus dem Labor, dann haben wir Gewissheit, ob es Omas Blut war, das wir auf der Fahrbahn gefunden haben.«

»Dann wäre die Spur mit dem Gärtner falsch.«

»Das stimmt. Aber im Büro sitzen und Däumchen drehen können wir nicht. Lasse und Walter gehen davon aus, dass sich jemand an Gustav rächen möchte.«

»Und deswegen hat er Jutta entführt?«

»Genau. Sie ist leider das leichteste Ziel.«

»Aber warum hat sich der Täter dann noch nicht mit einer Forderung gemeldet? Immerhin ist Jutta seit Sonntagnachmittag in den Fängen dieses Irren.«

»Auf diese Frage wüsste ich auch gerne die Antwort. Möglicherweise möchte er uns eine Zeit lang im Ungewissen lassen«, erwiderte Mads. Daran, dass der Verbrecher Jutta bereits getötet haben könnte, wollte er lieber nicht denken. Diese Vorstellung schnürte ihm die Kehle zu.

»Vielleicht steht er ja in gar keiner Verbindung zu deinem Onkel und ist nur ein durchgeknallter Wichser mit einer kranken Fantasie, so wie bei mir.« Emmas Augen funkelten wütend und ihre Mimik wirkte plötzlich steif.

Mads berührte kurz ihre Hand. »Solange ich Polizist bin, wird dich niemand mehr entführen.«

»Ich möchte dir gerne glauben«, kam es etwas zögerlich über ihre Lippen und fast war es Mads, als würde sie in Gedanken hinzufügen: *»Wie kannst du so ein Versprechen geben, wenn du nicht einmal deine Oma vor so einem Wahnsinnigen beschützen kannst?«*

Sie erreichten Travemünde, das Ziel lag noch fünf Minuten entfernt.

»Tu mir einen Gefallen«, sagte Mads.

»Welchen?«

»Wir wissen nicht, was uns da erwartet. Wenn die Person unser Mann ist, kann es sein, dass er gefährlich ist. Bleib bei mir, tu nichts Unüberlegtes.«

»Ich bin alt genug, mach dir keine Sorgen um mich«, entgegnete Emma. »Ich bin nicht das erste Mal einer brenzligen Situation ausgesetzt.«

Mads hätte gern aufgezählt, wie oft er sie in den letzten Monaten schon hatte retten müssen, da er aber wusste, dass das im Streit enden würde, hielt er seinen Mund.

Sie erreichten die Gärtnerei und Emma parkte.

Im Geschäftsraum ging Mads gleich auf die Mitarbeiterin zu, die hinter dem Tresen stand.

»Wie kann ich Ihnen helfen?«, fragte sie.

»Wir sind von der Ostseekriminalpolizei und müssen wissen, welcher Mitarbeiter von Ihnen am Ostersonntag auf dem Friedhof in Niendorf die Gräber gepflegt hat.«

»Kann ich zuerst Ihren Ausweis sehen?«, fragte die Frau.

Mads zückte seinen Ausweis und schob ihn über den Tresen. Die Frau warf nur einen flüchtigen Blick darauf.

»Kleinen Augenblick bitte, ich schau kurz in den Computer, da stehen alle Informationen drin.«

41

Jutta Johannsen stellte sich nicht die Frage, warum man sie entführt hatte und seit ein paar Tagen gefangen hielt. Sie war nicht so naiv, zu glauben, dass sie ein zufälliges Opfer war. Ihre Entführung hatte etwas mit ihrem Sohn zu tun, so viel war sicher. Einer seiner Feinde wollte über sie an ihn herankommen, aber sie würde es dem Entführer nicht so leicht machen.

Seit einigen Tagen hielt der Täter sie in diesem kargen Raum gefangen. Bisher hatte er sich nicht gezeigt, aber dafür gesorgt, dass sie ausreichend zu essen und zu trinken hatte.

Sie war bei guter körperlicher Gesundheit und versuchte auch ihre Psyche so weit wie möglich durch Atemübungen und Meditieren im Gleichgewicht zu halten. Außerdem versuchte sie sich zu versichern, dass dieser Zustand nur von kurzer Dauer sein würde, denn ihr Sohn und ihre Enkel würden sicherlich alles unternehmen, um sie zu befreien.

»Wie du damals, Mikkel«, sagte sie.

Ihre erste Entführung lag Jahrzehnte zurück. Achtunddreißig Tage lang hatte der Dreckskerl sie in seiner Gewalt gehabt. Jutta hatte jeden einzelnen Tag ihrer Gefangenschaft gezählt, so wie auch diesmal. Seit Sonntag wurde sie nun gefangen gehalten, und wenn sie sich nicht irrte, war mittlerweile Dienstag. Ihre Armbanduhr funktionierte noch, der Täter hatte kein Interesse daran gehabt.

Sie ließ den Blick an den kahlen Mauern entlang streifen. An Flucht war nicht zu denken. Die Tür war verriegelt und zu stabil, als dass sie sie hätte aushebeln können. Ihr blieb also nichts anderes übrig, als in diesem kleinen Raum zu verharren und zu warten, was als Nächstes geschah.

Diese Entführung war so ganz anders als ihre erste, die sie längst verdrängt hatte. Nur an ausgesprochen melancholischen Tagen suchten sie die bösen Erinnerungen daran in ihren Träumen heim. Selten geschah es, dass sie nachts vor Angst hochschrak, schweißgebadet. In diesen Momenten vermisste sie ihren Mikkel besonders. Früher hatte er sie dann in seine starken Arme genommen und ihr liebevoll zugeredet, um ihr die Furcht zu nehmen. Seit seinem Tod musste sie auch diesen Part in ihrem Leben übernehmen.

Von den Albträumen hatte sie weder ihren Enkelkindern noch ihrem Sohn gegenüber je gesprochen, weil sie nicht wollte, dass sie sich sorgten. Sie hatten schon genug eigenen Kummer, da wollte sie ihnen nicht auch noch zur Last fallen. Als Mutter und Oma musste sie doch für ihre Familie da sein, für sie stark sein.

Die Erinnerungen an ihren Mann machten Jutta traurig. Sie vermisste ihn jeden Tag und gerade ganz besonders. Er war ihre große Liebe gewesen, so wie sie seine. Seit er gestorben war, hatte es keinen anderen Mann in ihrem Leben gegeben, und nun mit fast achtzig Jahren hatte sie erst recht keinen Gedanken mehr daran verschwendet, dass es einen anderen Mann geben könnte.

Für ihr Alter war sie sehr fit und hoffte, dass sie noch so lange am Leben bliebe, bis Lena und Mads sie zur Uroma machten.

»Mads ist Vater«, korrigierte sie ihren Gedanken und rief sich den kurzen Besuch von Karola und ihrem kleinen Jungen ins Gedächtnis, der Mads wie aus dem Gesicht geschnitten war. Auch wenn Gustav seinen Neffen ermahnt hatte, erst einen DNA-Test abzuwarten, hatten ihre Augen und ihr Herz längst erkannt, dass dieser Junge Mads' Sohn war. Sie hatte ihn sofort ins Herz geschlossen. Was konnte der Kleine für das Fehlverhalten seiner Eltern?

Jutta würde ihm jedenfalls mit derselben Liebe begegnen,

mit der sie jedem ihrer Familienmitglieder begegnete. Ohne Vorwurf oder Vorurteil.

Sie setzte sich aufs Bett und fragte sich, ob Gustav bereits eine heiße Spur hatte oder noch völlig im Dunkeln tappte. Wie hatte der Täter nur ausgesehen? Wie die Tage zuvor auch versuchte sie, sich sein Gesicht ins Gedächtnis zu rufen, aber es gelang ihr nicht. Er hatte sie von hinten gepackt und ihr ein Tuch vors Gesicht gedrückt. Danach war ihr schwarz vor Augen geworden und sie hatte das Bewusstsein verloren, also gab es keine Chance, sich zu erinnern. Auf jeden Fall musste er stärker als sie sein. Kein Kunststück, dachte sie bitter, sie war kaum größer als einen Meter fünfundfünfzig, somit ein leichtes Opfer.

Wie sie hierher gebracht worden war, wusste sie nicht.

Ratlos stützte sie ihren Kopf auf die Hände. Im Gegensatz zu ihrem Mann erzählte Gustav deutlich weniger über seine Fälle. Mikkel war da viel offener gewesen, vielleicht auch, weil er nur ihr alles anvertrauen konnte, was ihn bewegte.

»Wer hasst dich dermaßen, dass er bereit ist, eine alte Frau zu entführen?«, murmelte sie. »Ich hoffe, dass du die Datenbank nach genau diesem Kriterium durchsuchst, mein Sohn. Mein Entführer kennt dich.«

Plötzlich lief es ihr eiskalt den Rücken herunter.

Andreas Berg!

Der Mann, der sie achtunddreißig Tage gefangen gehalten, gequält und missbraucht hatte.

Nein, der müsste jetzt weit über siebzig sein. Dieser Täter ist jünger. Es waren nicht die Hände eines alten Mannes, versuchte sie sich zu beruhigen, dabei konnte sie das gar nicht so genau wissen, weil der Täter Handschuhe getragen hatte. Sie erinnerte sich an schwarze Handschuhe.

Berg war groß und sportlich. Es wäre ihm auch heute noch ein Leichtes, dich zu überwältigen, dachte sie besorgt, denn sie wusste, wozu Berg fähig war. Ob er noch am Leben war, im Gefängnis oder auf freiem Fuß war ihr nicht bekannt. Nachdem Mikkel sie aus seinen Fängen befreit hatte, hatten sie nie wieder ein Wort über diesen Psychopathen verloren.

In der Familie wusste außer Gustav niemand, dass sie einst entführt worden war, nicht einmal Mads hatten sie es erzählt, und sie hoffte inständig, dass Gustav es weiterhin geheim halten würde. Lena war besonnen genug, um damit umzugehen, aber Mads nicht. Er war so furchtbar emotional und er würde möglicherweise zu viel riskieren, um sie zu retten. Dabei war es vor allem bei Entführungen so wichtig, einen kühlen Kopf zu bewahren, so wie es Mikkel getan hatte.

Jutta legte sich hin, sie brauchte Ruhe. Die Gedanken rasten wie ein Film mit zu hoher Geschwindigkeit durch ihren Kopf.

Die Müdigkeit überkam sie und ihre Augen wurden immer schwerer.

Irgendwann wachte sie wieder auf. Ihr Mund war trocken. Sie erhob sich und trat an den kleinen Tisch, auf dem eine Flasche Wasser stand. Sie nahm die Wasserflasche, öffnete sie und trank einen Schluck.

»Wie mutig von dir, eine alte Frau zu entführen«, sagte sie zynisch.

Sie stellte die Flasche wieder ab, da hörte sie Schritte.

Es war das erste Mal, dass sie jemanden hörte, bisher hatte sich der Täter in keiner Weise zu erkennen gegeben. Die Lebensmittel waren bereits in dem Raum gewesen, als sie hier aufgewacht war.

Dann hörte sie, wie ein Schlüssel ins Schloss gesteckt und die Tür geöffnet wurde.

Ein Mann trat ein.

»Guten Tag, Frau Johannsen.«

42

Mads war noch immer nicht zurück, das Treffen mit Jörn schien sich in die Länge zu ziehen.

Vielleicht hat er Mads ja dazu überredet, ihn zum Eisessen einzuladen, dachte Lena.

Sie hatte gerade die Daten im System auf den neuesten Stand gebracht und überlegte, was sie jetzt tun sollte, da klingelte ihr Handy. Es war Christian. Sie nahm das Gespräch.

»Was machst du?«, fragte er.

»Habe eben die Datenbank aktualisiert und die letzten Berichte geschrieben.«

»Lässt Mads das noch immer dich machen?«, fragte er mit kritischem Unterton.

»Mir macht das nichts aus. Ich erledige das gerne.«

»Wo ist er denn?«

»Er trifft sich mit Jörn. Der behauptet, dass er Oma gesehen hat.«

»Dann drücke ich euch die Daumen. Ich habe auch schon meine Kollegen gefragt und die hören sich um, aber leider bisher ohne Ergebnis.«

»Das ist sehr lieb von dir«, antwortete Lena.

»Das ist doch selbstverständlich. Du bist meine Freundin und ich möchte, dass ihr eure Oma gesund wiederbekommt.«

»Das werden wir. Wir haben unglaublich viele helfende Hände. Früher oder später finden wir sie.«

»Das ist gut. Hast du Lust auf ein Eis?«, fragte Christian.

»Wann?«

»So in zehn Minuten.«

Lena überlegte kurz. Etwas Abwechslung würde ihr guttun. Andererseits hatte die Suche nach Jutta höchste Priorität.

»Würde ich echt sehr gerne«, sagte sie daher, »aber ich muss hierbleiben, falls Mads gleich zurückkommt oder ein wichtiger Anruf reinkommt.«

»Schade, aber das verstehe ich. Sehen wir uns heute Abend?«

»Das wäre schön. Ich weiß leider nur nicht, wann ich Feierabend habe.«

»Meld dich einfach. Ich halte mir den Abend für dich frei.«

»Mach ich. Aber ich kann nichts versprechen«, erwiderte Lena, dabei überkam sie ein schlechtes Gewissen. Christian verabschiedete sich von ihr und Lena saß noch einen Moment stumm da und starrte auf das Handy in ihrer Hand.

»Ein Eis wäre wirklich nett gewesen«, sagte sie zu sich. Christian war so aufmerksam, so wie er es früher gewesen war. Bevor der Alkohol ihn fest im Griff gehabt und seine dunkelste Seite zutage gefördert hatte.

»Er ist darüber hinweg, er hat die Therapie gemacht«, schob sie diese bösen Erinnerungen schnell beiseite.

Sie nahm ihr Handy und wählte Mads' Nummer, sie wollte wissen, wo er war. Er nahm das Gespräch jedoch nicht an.

»Garantiert ist er ein Eis essen mit Jörn und hat das Handy im Auto liegen lassen, ich kenne doch Mads«, sagte sie und musste schmunzeln.

Sie trat an das große Whiteboard an der Wand und ging die gesammelten Informationen durch in der Hoffnung, auf etwas zu stoßen, was sie bislang übersehen haben könnten.

Wir müssen uns unbedingt mit Gustav und den Kölnern synchronisieren, dachte sie. Noch immer gab es bei näherer Betrachtung nur zwei Möglichkeiten, die für den Tathergang infrage kamen, und denen gingen sie bereits nach. Die eine war die Entführung wegen Fahrerflucht, die andere eine Entführung, weil jemand eine offene Rechnung mit Gustav hatte.

»Statt diese Wand anzustarren und mich im Kreis zu drehen, sollte ich die Datenbank nach Kriminellen durchsuchen, die Gustav festgenommen hat und bei denen in der Akte vermerkt ist, dass sie bereits bei ihrer Festnahme gegen Gustav Stellung bezogen haben. Und gegen Albert.« Lena nickte zufrieden, das war immerhin besser als sinnlos zu grübeln.

Ihr Bürotelefon klingelte. Anhand der Durchwahl erkannte sie, dass der Anruf von der Zentrale kam.

»Was gibt es?«, fragte sie.

»Da ist jemand, der eine Selbstanzeige wegen Fahrerflucht machen möchte«, antwortete der Kollege. Sofort begann Lenas Herz wie wild zu schlagen und ihre Handflächen wurden feucht. Hatte sich der Täter gemeldet, weil der Druck zu groß geworden war?

43

»Bist du sicher, dass es eine Entführung ist, und ihn nicht bloß ein Bekannter begleitet?«, fragte Walter. Er hatte sich in den Sitz gedrückt, als wären sie auf einer wilden Verfolgungsjagd, dabei fuhr Brandt nicht schnell.

»Du machst Witze, oder?«

»Nein, überhaupt nicht. Soll ich ihn anrufen?« Walters Hand fuhr bereits zu Brandts Handy.

»Bloß nicht. Nichts machen, was die Aufmerksamkeit auf uns lenken könnte.«

Walter zog die Hand weg. »Woher sollte der Entführer wissen, dass wir ihm folgen?«

»Vertrau mir, es ist momentan besser, nichts anderes zu tun, als dem Fahrzeug unauffällig hinterherzufahren.«

»Dann solltest du etwas Gas geben, der biegt die nächste ab.«

»Wie kommst du auf so einen Un…«, setzte Brandt an, als genau das geschah, was Walter angekündigt hatte.

»Sagte ich doch.«

Brandt bog ab und sie fuhren auf die Autobahn A1.

»Wohin will der bloß?«, murmelte Walter.

»Keine Ahnung. Vermutlich in eine Ecke, wo er Gustav ungestört …«

»… ermorden kann?«, beendete Walter den Satz.

»Davon ist auszugehen. Jedenfalls wird es kein Kaffeekränzchen.«

»Ist das also unser Mann?«

»Möglich. Oder jemand, der lange auf diese Gelegenheit gewartet hat, um Gustav eins auszuwischen.«

»Oder jemand, der plötzlich rot sieht, weil Gustav die Frechheit besessen hat, ihn aufzusuchen. So was habe ich auch schon erlebt, das sind so Trigger, die einen durchdrehen und nicht mehr klar denken lassen.«

»Wir kennen den Grund nicht, aber wir wissen von Schlüter, dass Oblak jede Menge Gründe hat, Gustav zu schaden.«

»Oder seine Mutter zu entführen. Vielleicht trifft beides zu und er fährt Gustav jetzt zu dem Versteck, wo er Jutta gefangen hält.«

»Möglich.« Brandt verlangsamte das Tempo und ließ einen weiteren Wagen vor sich einscheren. Jetzt fuhren zwei Autos zwischen ihnen.

An der Ausfahrt Pansdorf bog Gustav ab, Brandt folgte ihm. Zum Glück nahm auch eines der beiden Fahrzeuge, die vor ihm waren, die Abfahrt.

»Ich glaube, ich weiß, wohin er will«, sagte Walter.

»Wohin?«

»Nach Pansdorf, da gibt es einen Wald, der ziemlich dicht bewachsen und unübersichtlich ist. Ein perfekter Ort, um jemanden zu verstecken oder verschwinden zu lassen.«

»Das wäre möglich, ich kenne die Ecke. Elke hat in Pansdorf gewohnt, bevor sie Arndt geheiratet hat und beide umgezogen sind.« Brandt warf Walter einen fragenden Blick zu. »Woher kennst du den Ort?«

»Alte Geschichte. Ich habe früher oft in Lübeck auf einem Schiff angeheuert und hatte hier eine Perle.« Walters Grinsen verriet mehr, als Brandt hören wollte.

Er konzentrierte sich wieder auf Gustavs Auto und tatsächlich schienen sie richtig zu liegen. Beim Edeka bog das Fahrzeug nach rechts ab, um dann an der Kreuzung links auf die Eutiner Straße zu fahren.

»Wenn er den Waldweg Richtung Teich nimmt, wird es schwer, ihm unbemerkt zu folgen.«

»Wir haben keine andere Wahl«, erwiderte Brandt. Er

wusste, worauf Walter hinauswollte, und dieser behielt erneut Recht. Das Fahrzeug bog in den Packan ab, Brandt folgte in gebührendem Abstand. Er wusste, dass die Straße für gewöhnliche Fahrzeuge in einer Sackgasse endete. Man konnte den Pfad, der nur von Reitern, Spaziergängern oder dem Forstbetrieb genutzt wurde, dennoch befahren, was Gustav auch tat.

Brandt hielt knapp hundert Meter Abstand.

»Wir sollten hier parken und den Rest zu Fuß gehen«, schlug Walter vor. »Er kommt nicht mehr weit. Irgendwann wird er anhalten und dann mit Gustav zu Fuß weitergehen. Das ist unsere Chance, zuzuschlagen.«

»Du meinst, meine.«

»Wie?«

»Du bleibst im Wagen, ich mach das allein«, erwiderte Brandt.

»Spinnst du?«

»Das ist mein Ernst. Du bist nicht der Fitteste und der Wald ist voller Tücken.«

»So ist das also, der fette Sack stört.«

»Das habe ich nicht gemeint.«

»Gut, dann komme ich mit. Keine Widerrede.«

»Ich habe aber nur eine Waffe. Die andere hat Emre.«

»Na und?! Ich habe zwei Fäuste.«

Brandt ahnte, dass jede weitere Diskussion sinnlos war, er würde Walter in dieser Situation niemals zur Einsicht bewegen.

»Gut, aber du bleibst dicht hinter mir. Keine Heldentaten.«

»Die überlasse ich dir oder Mads, dem Thor unter den Polizisten«, bemerkte Walter trocken. »Obwohl ich eigentlich mehr der Iron-Man-Fan bin, wie Tolga.«

Brandt hielt am Rand an, dann sprangen sie aus dem Wagen und nahmen sofort die Verfolgung zu Fuß auf, während Gustav tiefer in den Wald fuhr. Sein Fahrzeug entfernte sich schneller, als Brandt es für möglich gehalten hatte. Plötzlich war es außer Sichtweite.

»Er kann nicht weit sein«, sagte Walter, als könnte er Brandts Gedanken lesen. »Es gibt nur diesen Pfad. Moment, ich habe eine Idee.« Walter bog nach rechts ab, in den Wald hinein. »Kommst du?«

»Bist du dir sicher? Wenn wir ihn verlieren …« Brandt war unschlüssig.

»Vertraust du Onkel Walter oder nicht?«

»Gut, geh voran«, antwortete Brandt und bereute seine Zusage augenblicklich. So gerne er Walter mochte, er war kein Polizist, und dass er eine Flamme in Pansdorf und einen sportlichen Körper gehabt hatte, lag gefühlt Ewigkeiten zurück.

Sie liefen immer tiefer in den Wald, von Gustav und seinem Entführer keine Spur. Brandt fühlte sich langsam darin bestätigt, dass er doch nicht auf Walter hätte hören sollen.

»Leise«, flüsterte Walter plötzlich und zeigte nach rechts. Brandt sah in die angegebene Richtung. Keine dreißig Meter vor ihnen parkte Gustavs Fahrzeug.

Durch die Büsche und Bäume waren sie so gut geschützt, dass sie sich vorsichtig dem Wagen nähern konnten und sahen, wie Gustav und ein Mann ausstiegen.

44

»Keine Dummheiten«, zischte Raphael Oblak, als Gustav und er aus dem Wagen stiegen.

»Wo soll das hinführen?«, fragte Gustav. Er hatte keinen Schimmer, was Oblak mit ihm vorhatte. Es wäre geradezu wahnsinnig, wenn Oblak ihn tatsächlich hier im Wald erschießen und verschwinden lassen wollte.

»Schnauze, weitergehen, und wehe, Sie spielen den Helden, dann puste ich Sie um.«

»Herr Oblak, wollen Sie wirklich als Polizistenmörder in den Knast gehen? Wissen Sie, was passieren wird, wenn Sie mich erschießen?«

»Wer sagt denn, dass ich das vorhabe?«, ein schiefes Lächeln huschte über Oblaks Gesicht.

Plötzlich hatte Gustav eine Idee.

»Wollen Sie mich gefangen halten?«

Oblak schwieg und drängte Gustav immer tiefer in den Wald.

»Bringen Sie mich zu dem Versteck, wo Sie meine Mutter eingesperrt haben?«, versuchte Gustav es weiter.

»Ich habe Ihre Mutter nicht in meiner Gewalt, so ein Feigling bin ich nicht. Ihre Mutter ist …« Oblak unterbrach sich, als ahnte er, dass er sich fast verplappert hätte.

»Wo ist meine Mutter?«

»Fresse. Woher soll ich das wissen?«

»Sie haben doch eben …«

»Verdammt, warum müssen Sie immer weiter bohren und nerven? Was ist das für eine dämliche Bullenkrankheit? Noch eine dumme Frage und ich puste Sie um.« Oblaks Atem ging schnell. »Ich scherze nicht«, fügte er lauter hinzu. Seine Augen waren weit aufgerissen und in diesem Zustand traute Gustav diesem Wahnsinnigen alles zu.

Plötzlich schoss Oblak und Gustav stürzte zu Boden. Jedoch nicht, weil ihn der Schuss traf, sondern aus purem Reflex.

»Ich sagte doch, ich scherze nicht«, sagte Oblak und lachte über seine gelungene Warnung.

»Wir sollten über den schmalen Pfad gehen«, schlug Gustav vor, weil die Büsche hier immer dichter wurden und es zusehends schwieriger war, sich einen Weg durch den Wald zu kämpfen.

»Wir sind gleich da«, antwortete Oblak.

Gustav wagte nicht, zu fragen, welches Ziel Oblak meinte, aber die leise Hoffnung, dass es das Versteck seiner Mutter sein könnte, blieb. Also kämpfte er sich weiter durchs Dickicht. Einmal schrie er auf, weil ein abgebrochener Ast sich in seinen Oberarm rammte und sofort eine blutende Wunde hinterließ.

»Sie sind wohl kein Waldmensch«, lachte Oblak ihn aus.

»Ein Küstenkind«, entgegnete Gustav und biss die Zähne zusammen.

Oblak behielt recht, der Wald lichtete sich, die Büsche wurden weniger und plötzlich standen sie mitten im Wald am Rande eines kleinen Moores. An sich kannte Gustav dieses Waldstück, aber er hatte nicht gewusst, dass es hier ein Moor gab. Bei der Turnhalle in Pansdorf hatte es einst einen Sumpf gegeben, der allerdings vor Jahren trocken gelegt worden war. Als er noch jünger war, hatten die Anwohner erzählt, dass es unzählige versteckte Moore und Sümpfe in den Wäldern gebe, einige von ihnen sehr gefährlich. Sie waren zwar nicht besonders tief, aber das Feststecken in Kombination mit dem kalten Wasser konnte schnell zu einer Unterkühlung führen. Hatte Oblak tatsächlich die kranke Idee, Gustav im Moor verschwinden zu lassen?

»Rein da«, sagte Oblak.

Er hatte!

»Wo ist meine Mutter?«, fragte Gustav. So leicht wollte er sich nicht geschlagen geben.

»Suchen Sie sie doch«, gab Oblak zurück und zeigte auf das Moor.

Konnte es wirklich sein, dass Oblak seine Mutter im Moor hatte verschwinden lassen? Die kalte Wut packte Gustav und er musste sich zügeln, nicht die Kontrolle zu verlieren.

»Haben Sie meine Mutter hier ermordet?«

»Nicht ich, das Moor war es. Ich bin kein Mörder. Hier findet Sie übrigens niemand. Sie werden sehr bald vom Morast eingesaugt werden und kein Schwein wird Sie jemals finden.« Oblak richtete die Waffe auf Gustavs Kopf. »Genug geschnackt. Rein ins Moor.«

»Ich gehe schon«, antwortete Gustav und ging etwas versetzt weiter in der Hoffnung, dass Oblak ihm mit seinem Blick folgen würde. Oblak tat ihm den Gefallen.

»Keine Dummheiten, sonst erschieße ich Sie und lasse Sie im Moor verschwinden«, drohte Oblak erneut, dabei sah er nicht, wer sich ihm von hinten näherte.

»Sie erschießen niemanden. Waffe fallen lassen«, hörte Gustav Brandt sagen, der plötzlich hinter Oblak stand und seine Waffe an dessen Hinterkopf drückte.

45

Es half nichts. Sie brauchten ein Phantombild. Der Mitarbeiter der Gärtnerei, der am Ostersonntag auf dem Friedhof gewesen sein sollte, passte überhaupt nicht zu der Beschreibung, die die Zeugin ihnen gegeben hatte.

Emma hatte Mads inzwischen vor seinem Auto an der Landstraße abgesetzt und war weitergefahren. Jörn war nicht mehr da, was Mads nicht wunderte, vermutlich war der junge Mann irgendwo am Strand.

Während er einstieg, musste er an das Gespräch mit Emma denken.

»Warum ausgerechnet Stefan?«, sagte er zu sich. Er hatte sie in einem Nebensatz gefragt, ob sie abends mit ihm etwas essen gehen wolle, um über die Ermittlungen zu sprechen. Immerhin war es möglich, dass sich weitere Zeugen bei ihr meldeten. Doch Emma hatte ihm zu verstehen gegeben, dass sie mit Stefan verabredet sei, und es hatte sich so angehört, als ob sie sich auf das Date freuen würde, was ihm gar nicht schmeckte. Jedes Mal, wenn sie sich endlich näherkamen, kam etwas dazwischen. Dennoch wollte er nicht glauben, dass Emma ausgerechnet mit Stefan eine ernste Beziehung starten würde.

»Sie gehen nur essen, wie Freunde das eben tun«, versuchte er sich zu beruhigen. »Außerdem, was regst du dich auf? Du hast Daniela, du führst eine Beziehung mit ihr, dann hat Emma wohl das Recht, sich mit wem auch immer zu treffen.«

Mads startete den Motor und fuhr los. Wenigstens würde sie in Niendorf bleiben.

Aber nur, weil Amir sie darum gebeten hat. Als Schwuler hat man ein leichtes Spiel bei den Frauen.

Mads presste die Lippen zusammen, denn ganz unschuldig war er an der Situation auch nicht.

Du willst immer deinen Willen bei ihr durchsetzen, wann kapierst du endlich, dass sie nicht so eine Frau ist? Emma juckt dein Machogehabe nicht.

Sich das einzugestehen, war nicht leicht.

Oma mag sie. Und warum? Weil Oma mit dem Herzen sieht. Sie erkennt, wer ein guter Mensch ist, und sie meinte sofort, dass Emma etwas ganz Besonderes sei. Das würde sie niemals sagen, wenn es nicht so wäre.

Mads hatte schon immer bei fast jeder Gelegenheit auf den Rat seiner Oma gehört, nur wenn es um Frauen ging, war er eigen. »*Mads, such dir eine liebevolle und taffe Frau, lass diese vielen Bettgeschichten*«, hatte sie oft gesagt. »*Ich möchte Urenkel.*«

Mads liebte jedoch sein unbeschwertes Leben, was auch daran lag, dass noch nie eine Frau sein Herz dermaßen berührt hatte, dass er glaubte, mit ihr eine Familie gründen zu wollen.

»Bis Emma in dein Leben trat«, sagte er leise.

Mads seufzte. Außerdem war er längst Papa, aber wo war sein Sohn? Wieso meldete sich Karola nicht? Wut stieg in ihm auf, weil er keine Kontrolle über Karola hatte und somit auch nicht über seinen Sohn. Der Gedanke, dass dem Kleinen etwas zugestoßen sein könnte, war nicht zu ertragen.

In kurzer Distanz sah er Jörn am Straßenrand stehen. Er hob die Hand, als suchte er eine Mitfahrgelegenheit. Mads fuhr langsamer und hielt an. *Nicht, dass der Idiot noch entführt wird,* dachte er.

»Moin, Mads. Fährst du nach Timmendorf?«, fragte Jörn.

»Hatte ich vor. Willst du mit?«

»Das wäre sehr cool. Ich muss aber nach Scharbeutz. Du würdest nicht vielleicht …«

»Steig ein. Die paar Minuten habe ich noch«, antwortete Mads.

Jörn stieg ein und Mads fuhr los.

»Danke, das ist sehr lieb von dir.«

»Wieso fährst du per Anhalter? Du hast doch ein Fahrrad und gehst gerne zu Fuß«, wollte Mads wissen.

»Das stimmt. Aber ich habe dein Auto erkannt …«

»Also hast du nur wegen mir den Daumen rausgehalten?«

»Ja, irgendwie schon.«

»Jörn, du solltest so was überhaupt nicht tun, bei niemandem. Es gibt genug kaputte Menschen. Das Letzte, was ich möchte, ist, dass du entführt wirst.«

»Cool. Macht Thor sich Sorgen um mich?« Jörn strahlte.

»Versprich mir, dass du nicht mehr per Anhalter fährst.«

»Mach ich.«

»Ehrlich?«

»Ja.«

»Gut. Ich muss kurz einen Anruf machen. Sei bitte leise.«

Jörn nickte und Mads rief die Zentrale in Lübeck an, um darum zu bitten, dass ein Phantomzeichner noch heute nach Timmendorf fuhr. Er wollte das Phantombild so schnell wie möglich haben, denn Emma hatte bereits mit Frau Haller telefoniert und sie darüber in Kenntnis gesetzt. Haller stand auf Abruf bereit.

Erst als Mads das Handy weglegte, sah er, dass er mehrere Anrufe und Nachrichten in Abwesenheit erhalten hatte, unter anderem von Emma. Sie hatte also nicht gelogen, aber davon war er auch nicht mehr ausgegangen.

»Was willst du in Scharbeutz machen?«, fragte er Jörn.

»Ich treffe mich mit Tolga.«

»Du magst ihn, oder?«

»Klar, er ist nett, ein bisschen wie ein Kind und manchmal klebt er wie eine Klette an mir, aber nett.«

»Bist du also der Coolere?«

»Was für eine Frage, natürlich. Ich bin auch viel schlauer als Tolga.«

»Du weißt, dass Tolga dich richtig mag und dass du für ihn ein guter Freund bist?«

»Kann sein. Jeder mag mich, weil ich so cool bin.«

»Weißt du, was Freundschaft bedeutet?«

»Logisch, weiß doch jeder.«

»Ich meine richtige, aufrichtige Freundschaft?«

Jörn zögerte, weil er es offensichtlich nicht wusste. Wenn er ehrlich gewesen wäre, hätte er sicherlich zugeben müssen, dass er wie Tolga keine Freunde hatte. Dass die meisten in seinem Alter sich eher einen Scherz mit ihm erlaubten, als zu ihm zu stehen, wie echte Freunde das taten.

Lasse, Emre und Walter verband so eine Freundschaft. Sie würden immer bedingungslos zueinanderstehen und irgendwie hoffte Mads, dass er ein ebensolcher Freund für sie sein könnte. Bei Lasse war er sich ziemlich sicher, dass das funktionieren könnte. Zu den beiden anderen hatte er ebenfalls einen guten Draht, aber noch nicht so unmittelbar. So etwas entwickelte sich, das konnte man nicht erzwingen, das war Mads klar.

»Ehrliche Freundschaft bedeutet, dass man seinen Freund so akzeptiert, wie er ist. Sich nicht für ihn schämt und ihn anderen gegenüber verteidigt. Es geht um Sympathie und vor allem um Vertrauen. Tolga hat dir seine Freundschaft geschenkt, bedingungslos. Es wäre schön, wenn du das auch könntest. Sonst möchte ich dich bitten, dich nicht mehr mit ihm zu treffen«, erklärte Mads mit einfachen Worten. »Kriegst du das hin?«

»Klar, ich mag ihn ja. Und als Kumpel von Thor ist es ja wohl meine Pflicht, für die Schwachen zu kämpfen.«

Mads bog bei der Ostseetherme ab und folgte der Straße.

»Wo genau musst du denn hin?«

»Zu der Jugendherberge. Da am Strand sind sie«, erwiderte Jörn.

Wenige Minuten später betraten Mads und Jörn den Strandabschnitt. Eigentlich hatte Mads vorgehabt, sofort zurück in die Dienststelle zu fahren, aber er wollte es sich nicht nehmen lassen, Tolga, Emre und den anderen kurz Hallo zu sagen.

Tolga war der Erste, der sie sah und auf sie zueilte.

»Moin, Jörn«, begrüßte er den Freund und umarmte ihn gleich. Er schien sich richtig zu freuen.

»Ich habe Thor mitgebracht. Wir waren in geheimer Mission unterwegs«, sagte Jörn mit stolz geschwellter Brust.

Tolga grüßte Mads und umarmte ihn ebenfalls. Diese Unbefangenheit mochte Mads. Tolga ließ einfach sein Herz sprechen.

»Ich freue mich total, dass du auch da bist. Willst du was mit uns machen?«, fragte Tolga.

»Das nächste Mal sehr gerne. Jetzt muss ich zurück ins Büro.«

»Die bösen Jungs fangen, mit Onkel Walter und Onkel Lasse?«

»Genau.«

Die Freude über den unerwarteten Besuch wich einem besorgten Ausdruck in Tolgas Gesicht. »Tust du mir einen Gefallen?«

»Welchen?«

»Passt du auf Onkel Walter auf? Du als Thor kannst das bestimmt sehr gut, auch wenn Onkel Lasse auf ihn aufpasst. Aber ich glaube, einer mehr ist immer besser.«

»Das mache ich, aber Onkel Walter kann auch gut auf sich selbst aufpassen. Er ist doch groß und stark«, antwortete Mads. Tolgas Wunsch überraschte ihn.

»Ich weiß. Er ist superstark, aber ich hatte gestern einen ganz schlimmen Traum, dass Onkel Walter stirbt. Da kann er nicht genug mutige Freunde an seiner Seite haben.«

Mit so einer Antwort hatte Mads überhaupt nicht gerechnet. Dass Tolga derart um das Wohl Walters besorgt war, war rührend.

Von diesem Wesenszug könnte sich Jörn eine Scheibe abschneiden, dachte Mads. Laut sagte er: »Ich verspreche es dir.«

»Danke. Das bedeutet mir viel. Du bist stark, sehr stark. Das ist gut«, sagte Tolga und schaute auf Mads' Bizeps.

»Ich werde diesen Onkel Walter auch beschützen«, meldete sich Jörn zu Wort, als fühlte er sich etwas ins Abseits gedrängt.

»Walter kann nicht genug Beschützer haben, ich liebe ihn sehr.« Tolga kicherte. »Und seine Currywürste. Die sind die leckersten auf der Welt.« Er rieb sich den Bauch.

»Komm, lass uns zu Emre und den anderen gehen«, sagte Mads.

Die beiden Jungs gingen vor und Mads grüßte in die Runde, so lernte er auch Aydins Frau und Tochter kennen und ebenso Ylva, Brandts Freundin. Lasse hatte einen ausgesprochen guten Geschmack, das musste Mads zugeben, alles andere hätte ihn auch gewundert.

»Morgen stoße ich wieder zu den Ermittlungen dazu«, sagte Emre.

»Quatsch. Du bist im Urlaub. Genieß die Zeit mit deinen Liebsten. Ich werde Lasse und Walter ebenso bitten, die Ermittlungen einzustellen«, widersprach Mads.

»Mach das bloß nicht«, sagte Ylva. »Lasse würde nur miese Laune verbreiten. Der hat es sich in den Kopf gesetzt, deine Oma zu finden, alles andere würde ihn nur unruhig machen.«

»Emre sollte morgen auch dabei sein. Sein schlechtes Gewissen ruiniert mir jetzt schon meinen Strandurlaub«, pflichtete Aydins Frau Nina der Freundin bei.

»Ich habe wirklich Skrupel deshalb«, beharrte Mads.

»Das musst du auf keinen Fall. Freunde sollten sich gerade in solchen Situationen helfen. Der Urlaub läuft uns ja nicht weg. Wichtig ist, dass Jutta schnell gefunden wird«, erklärte Nina. Es war nicht zu verkennen, dass sie die Frau eines Polizisten war, den sie sehr liebte. Sie schien zu verstehen, was für jemanden in dem Beruf wichtig war.

In dem Moment spürte Mads eine Berührung am Oberschenkel, und als er herunterschaute, sah er Emres Tochter Leah.

»Bist du Thor?«, fragte sie mit heller Stimme und schaute bewundernd zu ihm hoch.

Mads seufzte innerlich. Jörn schien ganze Arbeit geleistet zu haben. Er kniete sich zu ihr.

»Was glaubst du?«

Leah war zwar jung, aber er traute ihr zu, dass sie sich ihre eigenen Gedanken machte.

»Du siehst nur so aus«, stellte sie fest, nachdem sie ihn einen Moment kritisch gemustert hatte.

»Sehr gut. So ist es. Ich bin Mads.« Er lächelte sie an und Leah lächelte verlegen zurück.

Am liebsten hätte Mads sie an sich gedrückt und in die Luft gehoben, so süß war Leah. Kein Wunder, dass Emre seine Familie über alles liebte.

Er richtete sich wieder auf. »Ich muss leider los«, sagte er und verabschiedete sich von der Gruppe, die er schon jetzt ins Herz geschlossen hatte.

Ob Emma mir auch so eine süße Tochter schenken würde?, überlegte Mads, als er bereits auf dem Rückweg nach Timmendorfer Strand war. Dafür müssten sie allerdings erst mal ein Paar sein, stattdessen hatte sie ein Date mit diesem langweiligen Stefan.

Sein Handy leuchtete auf. Daniela hatte ihm eine Nachricht geschrieben.

»Mit Daniela kriegst du auch süße Babys«, sagte er zu sich und überlegte, ob es nicht doch vernünftiger wäre, Daniela offiziell zu seiner Freundin zu machen, ohne Hintertürchen, ganz exklusiv.

Die Überlegung klang logisch und richtig, aber er war noch nicht davon überzeugt.

Jetzt klingelte sein Handy und er nahm das Gespräch über die Freisprechanlage an. Es war Lena.

»Wo bist du?«, fragte sie, ihre Stimme klang besorgt und aufgeregt.

»Auf dem Rückweg. Was ist denn los?«

»Der Unfallfahrer ist hier. Er hat es die letzten Tage nervlich nicht mehr ausgehalten. Emmas Artikel hat ihn angeblich zu einem Geständnis bewegt.«

Mads schluckte und sein Hals wurde staubtrocken. Hatten sie endlich ihren Entführer? Und vor allem: Was war mit seiner Oma?

Also war es doch keiner, der Gustav ans Bein pinkeln wollte, überlegte Mads und antwortete: »Ich bin gleich da.«

Dann drückte er aufs Gaspedal.

46

»So möchte ich dich öfter sehen«, hörte Emma Amir sagen, als sie das Büro betrat.

»Habe ich was verpasst?«, gab sie zurück.

»Nein, ich finde es nur richtig gut, zu wissen, dass du in Niendorf bleibst und endlich mal deine Ellenbogen gegen Lange ausfährst.«

Emma lächelte. »Es war wirklich naiv von mir, mich von jemandem wie ihm so unter Druck setzen zu lassen und mir einzureden, es wäre besser, wenn ich die Flucht ergreife.«

»Das ist mein Mädchen«, sagte Amir grinsend. »Ist das für mich?«

»Na klar. Das Eis hast du dir redlich verdient. Was wäre ich nur ohne dich?«

»Soll ich dir diese Frage ernsthaft beantworten?« Amir nahm ihr eine der beiden Eiswaffeln ab und Emma setzte sich neben ihn.

»Wie war dein Gespräch mit der Zeugin?«

»Ganz gut. Aber die Person, die sie gesehen hat, war kein Mitarbeiter der Gärtnerei.«

»Wie? Was? Ich verstehe nur Bahnhof«, antwortete Amir und versuchte, etwas von dem Schokoeis vom Waffelrand abzulecken, dabei blieb ein wenig Eis an seiner Nasenspitze hängen.

Emma lachte.

»Was ist so witzig?«

»Du hast Eis an der Nase. Warte, ich mach es dir ab«, erklärte Emma und zückte ein Taschentuch.

»Mein Schatz hätte es abgeschleckt.«

»Du denkst wohl nur an Sex.«

»Pietro ist halt eine Granate im Bett. Das mit dem Sex ist doch so, wenn man keinen hat, vermisst man ihn nicht, aber wenn man ihn täglich hat, kriegt man nicht mehr genug. Pass bloß auf, dass du da unten nicht verstaubst.«

»Du Idiot«, entfuhr es Emma und sie knuffte ihn freundschaftlich in die Seite.

»Eine schöne Frucht wie du muss sich amüsieren. Ich kenne keine Hete, die dich nicht geil findet«, erklärte Amir.

»Ich bin aber nicht wie du. Sex ohne Gefühle geht bei mir nicht. Da verstaube ich gerne ›da unten‹«, gab Emma zurück. Prompt startete wieder ihr Kopfkino mit Mads, doch darüber wollte sie mit Amir nicht sprechen. Sie hatte schon öfter daran gedacht, wie der Sex mit Mads wäre. Immerhin hatte sie ihn am Strand mit freiem Oberkörper und in kurzer Badehose gesehen, das hatte ihr sehr gefallen. Im Bett war er sicher genauso leidenschaftlich wie im Alltag.

Und Stefan?, überlegte sie. *Stille Wasser sind tief.* Unwillkürlich musste sie schmunzeln.

»Wenn das eben kein schmutziger Gedanke war«, bemerkte Amir.

»Nein, war es nicht.«

»Raus damit. Mir kannst du nichts vormachen.«

»War es wirklich nicht, aber bevor du weiter nervst: Ich habe mich zufällig mit Stefan getroffen.«

»Ach, und?«

»Es war schön. Irgendwie anders als sonst. Er wirkte viel männlicher, selbstbewusster. Vielleicht weil er sich selbständig macht, keine Ahnung.«

»Gut, sehr gut. Ich sage dir doch immer wieder, Stefan wird total unterschätzt und im Gegensatz zu diesem Möchtegernplayboy Mads ist er was fürs Herz. Ich hoffe, er hat dich zu einem Date eingeladen.«

»Hat er.«

»Hast du zugesagt?«

»Habe ich. Zufrieden?«

»Sehr. Es wird Zeit, dass du dir Mads aus deinem komplizierten Kopf schlägst.« Amir hielt inne und musterte sie skeptisch. »Habe ich mich zu früh gefreut?«

»Nein, überhaupt nicht.«

»Aber?«

»Nichts aber.«

»Da kommt doch noch was. Hast du dich vorhin mit ihm getroffen?«, bohrte Amir weiter.

»Ja.«

»Deswegen diese übertrieben gute Laune. Seid ihr wieder versöhnt?«

»Wir haben uns wie Erwachsene benommen.«

Amir lachte. »Ihr? Schwer vorstellbar.«

»Nein, wirklich. Mads hat sich ein zweites Mal bei mir entschuldigt, und er wollte sogar, dass ich ihn zur Gärtnerei begleite.«

»Zu welcher Gärtnerei? Jetzt erzähl mal, was genau passiert ist.«

Emma klärte Amir kurz auf.

»Nun ergibt einiges Sinn. Geht Mads davon aus, dass dieser Mann etwas mit Juttas Verschwinden zu tun hat?«

»Ja. Warum kleidet er sich als Gärtner?«

»Ist sich die Zeugin denn sicher, dass er ein Gärtner war?«

»Na ja, er hatte so eine blaue Latzhose an, wie Gärtner oder Handwerker sie tragen. Ich habe sie noch mal angerufen, als ich Mads zu seinem Auto zurückgebracht habe. Dass er Gärtner war, konnte sie nicht zu hundert Prozent bestätigen, sie hat es nur an seiner Kleidung festgemacht.«

»Bloß weil jemand eine Latzhose trägt, muss er weder ein Gärtner noch ein Verbrecher sein. Es könnte genauso gut ein Handwerker gewesen sein, der seine Liebsten auf dem Friedhof besucht.«

»Oder ein Entführer, der glaubt, dass er mit einer Latzhose nicht weiter auffällt.«

»Ich sehe schon, Mads hat keine heiße Spur und klammert sich an jeden Hinweis, den er zu fassen bekommt«, stellte Amir fest.

»Da ist leider was dran. Vielleicht meldet sich ja noch ein Zeuge.« Momentan konnte Emma nicht einschätzen, wie hilfreich Hallers Aussage für die Ermittlungen war, aber sie wollte noch so viel mehr machen, um Mads bei der Suche nach Jutta zu helfen, nur wusste sie nicht wie. Ihr waren die Hände gebunden und sie war zum Warten verdammt, bis sich weitere Zeugen meldeten. So lange blieb ihr nichts anderes übrig, als an ihrem eigentlichen Artikel weiterzuarbeiten, der sie momentan leider überhaupt nicht interessierte.

»Wo bist du mit deinen Gedanken?«, hörte sie Amir sagen.

Emma atmete tief durch. »Bei Jutta. Ich weiß, wie schlimm es sein kann, wenn man entführt wurde, und ich kann nur hoffen, dass sie nicht auch an so einen durchgeknallten Psychopathen geraten ist wie ich damals.«

Amir wiegte den Kopf. »Schreib lieber an deinem Artikel, du hast in drei Tagen Abgabe. Jutta und die Entführung solltest du vergessen, du weckst damit nur Dämonen, die man besser nicht wecken sollte.«

»Wenn das so einfach wäre. Mich lässt diese Entführung nicht kalt. Sie zieht mich magisch an, wie ein Sturm, ein Tornado, der droht, mich zu verschlingen«, gestand Emma und spürte, wie sie plötzlich eine Gänsehaut bekam.

Amir presste schweigend die Lippen zusammen. Emma schaute auf ihren Bildschirm, um sich abzulenken, da sah sie, dass sie eine neue Nachricht hatte. Sie war über das Kontaktformular der Webseite der Ostseezeitung versendet worden.

Emma öffnete die Nachricht und las sie, sie war sehr kurz:

Es ist an der Zeit, dass die Welt die Wahrheit über Albert Lange und Gustav Johannsen erfährt.

47

»Wo ist der Mann?«, fragte Mads, als er das Büro betrat.

»Im Verhörzimmer. Ich warte nur auf dich«, antwortete Lena.

»Hast du schon mit ihm gesprochen?«

»Nicht lange. Er war sichtlich nervös und unsicher.«

»Und was denkst du?«

»Keine Ahnung. Wenn wir bloß die Laborergebnisse hätten, dann könnten wir wenigstens vorbereitet in das Gespräch gehen.«

»Ich rufe Ole an. Er soll Druck machen.«

Mads griff nach dem Hörer und wählte Oles Nummer, der den Anruf gleich annahm.

»Ich weiß schon, weswegen du anrufst«, sagte er.

»Tut mir leid, aber hier brennt die Hütte.«

»Kann ich mir gut vorstellen. Ich habe vor zwanzig Minuten im Labor angerufen. Sie arbeiten mit Hochdruck an der Sache. Wenn wir Glück haben, bekommen wir die Ergebnisse heute Abend vor 20 Uhr.«

»Mach trotzdem bitte noch mal Druck. Uns rennt die Zeit davon.«

»Ich verstehe dich«, antwortete Ole und seufzte. »Gut, ich rufe bei denen an, auch wenn ich die Antwort kenne.«

»Danke dir. Hast du sonst noch etwas für uns?«

»Gerade nicht. Sobald sich das ändert, seid ihr die Ersten, die ich kontaktiere. Versprochen. Leider sind mir diesmal wirklich die Hände gebunden.«

»Ich weiß«, presste Mads heraus und beendete das Gespräch.

»Wir dürfen Ole keinen Vorwurf machen«, sagte Lena, als hätte sie Mads' Gedanken gelesen.

Oles lockerer Ton hatte ihn eben ziemlich genervt, aber das war eben Oles Naturell. Er war bekannt für seine lockeren Sprüche und seinen trockenen Humor. Bisher hatte sich Mads selten daran gestört, doch diesmal war das anders, jetzt ging es um seine Oma. Trotzdem hatte Lena recht. Er atmete tief durch.

»Das stimmt. Komm, lass uns mit dem Typen reden. Wie heißt er überhaupt?«

»Nicolo Arciere. Er arbeitet als Eisverkäufer in Scharbeutz und ist polizeilich bisher nicht in Erscheinung getreten. Jedenfalls habe ich auf die Schnelle nichts in der Datenbank gefunden.«

»Wir reden mit ihm und dann entscheiden wir, ob Tim eine gründlichere Suche veranlassen soll.«

Lena nickte und stand auf. Sie verließen das Büro, Lena nahm draußen auf ihrem Rollstuhl Platz und dann begaben sie sich zum Verhörraum, wo der Verdächtige auf sie wartete.

»Wollen wir Kaffee mitnehmen?«, fragte Lena, als sie an der Küche vorbeikamen.

»Geh du vor, ich bringe Kaffee mit.«

»Mach ich.«

Mads schaute ihr kurz nach, wie sie den Flur entlang rollte. Dass sie nach so vielen Monaten immer noch dieses verdammte Ding benutzen musste, bedrückte ihn. Lena arbeitete so hart an sich, sie ging regelmäßig zur Physio und tat alles, dennoch war es ihr weiterhin nicht möglich, eine längere Strecke ohne Rollstuhl zurückzulegen. Es wurden zwar von Woche zu Woche einige Schritte mehr, aber das war kaum der Rede wert.

Mads glaubte, dass es vor allem eine psychische Blockade war, die ihre Fortschritte lähmte. Deshalb wollte er sich gar nicht vorstellen, was wäre, wenn sie Jutta nicht lebend finden würden. Es würde Lena vermutlich weit zurückwerfen

Nicht nur sie, ermahnte er sich, ehrlich zu sich zu sein.

Er füllte drei Becher mit Kaffee, verließ die Küche und ging zum Verhörraum. Als er eintrat, saß Lena bereits auf einem Stuhl und unterhielt sich mit dem Verdächtigen.

»Moin«, grüßte Mads und stellte die Becher auf den Tisch. Einen davon schob er Arciere zu.

»Moin. Danke«, antwortete dieser.

»Wir kennen uns doch?«, sagte Mads.

»Vom Sehen bestimmt. Ich habe Sie schon mal in der Eisdiele gesehen, in der ich arbeite.«

»Sie meinen das *Eiscafé Giorgio*?«

»Genau.«

Lena hatte recht. Arciere war die Nervosität deutlich anzusehen. Er war ein ganz schlechter Schauspieler, was seine Körpersprache anbelangte. Ansonsten wirkte er freundlich und sehr gepflegt. Mit seiner gebräunten Haut und den pechschwarzen gegelten Haaren wirkte er so, wie sich viele den typischen Italiener vorstellten. Dass er ein eiskalter Entführer oder Mörder war, mochte Mads nicht glauben. Dennoch saß er ihnen gegenüber und war bereit, ein Verbrechen zu gestehen, das er begangen hatte.

»Wie lange arbeiten Sie schon da?«, fragte Mads.

»Im Sommer fünfzehn Jahre«, erwiderte der Italiener.

»Das ist sehr lang«, stellte Mads fest. »Es spricht für Sie und Ihren Arbeitgeber.«

»Wir sind eine große Familie und deswegen …« Arciere brach ab und schluckte, als wäre sein Mund plötzlich trocken. Er griff nach dem Kaffeebecher und trank, Mads ließ ihm die Zeit.

Dann schaute Arciere zu Lena und senkte anschließend den Blick. »Es war dumm, ich hatte Angst. Ich habe so etwas noch nie getan.«

»Was haben Sie noch nie getan?«

»Na, das …«

»Sie müssen uns schon präzise erzählen, was geschehen ist«, forderte Mads.

»Dieser Unfall halt.« Arciere schluckte erneut, griff zum Becher und setzte ihn an. Es wirkte, als wollte er sein Gesicht verstecken.

»Sie meinen Sonntagmittag gegen 14 Uhr. Den Unfall auf der Landstraße, Richtung Timmendorfer Strand, auf der Höhe des Vogelparks«, sagte Lena.

»Genau den. Sie müssen mir glauben, ich wollte das nicht. Es ging so schnell und ich musste zur Arbeit.«

»Das erklärt aber nicht, warum Sie Fahrerflucht begangen haben«, stellte Mads fest. Er wollte endlich die ganze Wahrheit.

»Ich war in Panik und spät dran.«

»Ich dachte, Sie sind wie eine große Familie«, entgegnete Mads. Irgendetwas stimmte hier nicht. Er konnte nur hoffen, dass sein Bauchgefühl ihn täuschte.

Arciere bewegte sich unruhig auf seinem Stuhl hin und her.

»Herr Arciere, was verschweigen Sie uns?«, fragte Lena.

»Giorgio hätte mich gefeuert, wenn ich noch mal zu spät gekommen wäre, aber ich brauche den Job doch«, brach es aus Arciere heraus.

»Und deswegen haben Sie das Unfallopfer in den Kofferraum verfrachtet und den Tatort verlassen.«

»Ich habe mir nichts dabei gedacht. Erst als ich den Artikel in der Ostseezeitung gelesen habe, wurde mir bewusst, was ich getan habe und dass ich das Ganze aufklären muss.«

»Was aufklären?«

»Dass ich die Person bin, die Sie suchen. Ich kann mit dieser Schuld nicht leben.«

Arciere starrte ihn an und Mads war kurz zu keiner Regung fähig. War das eben ein Geständnis gewesen?

48

»Sie haben mein Leben gerettet«, sagte Gustav. Die Geschehnisse der letzten Stunde standen ihm noch deutlich ins Gesicht geschrieben. Nachdem Brandt Oblak gestellt hatte, waren sie alle in getrennten Autos zur Dienststelle gefahren. Oblak saß jetzt in einem Verhörraum, Brandt und Walter hatte Gustav in sein Büro gebeten.

»Sie haben gut geschaltet, das hätte auch ganz anders ausgehen können«, erwiderte Brandt.

»Ich habe aus dem Augenwinkel gesehen, wie Sie sich von hinten an ihn herangeschlichen haben. Ich musste dieses Risiko eingehen, aber ohne Ihr beherztes Eingreifen wäre ich sicherlich in diesem Moor umgekommen.«

»Ziemlich kranke Methoden, um jemanden loszuwerden«, bemerkte Walter.

»Oblak war schon immer nicht normal im Kopf.«

»Bleibt die Frage, ob er unser Täter ist. Wir sollten Oblaks Wohnung nach Spuren untersuchen lassen«, sagte Brandt, denn Gustav hatte viele Feinde, Oblak musste nicht zwingend in Verbindung zu Juttas Verschwinden stehen.

»Genau das wollte ich gerade veranlassen.« Gustav nahm den Hörer in die Hand und rief Ole an. Sie begrüßten sich und Gustav stellte das Gespräch auf Lautsprecher.

»Hat Mads dich nicht informiert?«, fragte Ole.

»Worüber informiert? Ich habe Mads nicht gesehen.«

»Dass die Ergebnisse aus dem Labor noch nicht da sind.«

»Deswegen rufe ich nicht an. Mithilfe von Brandt und Walter haben wir vorhin Raphael Oblak festgenommen. Ich möchte, dass ihr seine Wohnung und sein Auto untersucht. Er hat versucht, mich zu töten.«

»Hast du schon den richterlichen Beschluss?«

»Den habe ich, bevor du und dein Team vor der Wohnung von Oblak stehen. Ich schicke dir gleich die Anschrift.«

»Sehr gut. Kommst du auch?«

»Nachher. Oblak ist mir erst mal ein paar Antworten schuldig«, antwortete Gustav und beendete das Gespräch, dann wandte er sich wieder an die Kölner.

»Walter, seien Sie mir bitte nicht böse, aber ich kann Sie nicht mit zum Verhör nehmen, das ist eine rein polizeiliche Angelegenheit. Ich habe meine Befugnisse schon über Gebühr strapaziert.«

»Das verstehe ich, machen Sie sich deshalb keinen Kopf«, erwiderte Walter.

»Herr Brandt, möchten Sie mich begleiten?«

»Gern.« Brandt drehte sich zu Walter. »Warte bei Emre und den anderen auf mich. Ich melde mich.«

»Mach ich. Dann schmeiß ich doch glatt den Grill für heute Abend an.«

»Da kenne ich einen, der sich wie verrückt darüber freuen wird«, stimmte Brandt zu.

»Tolga hat halt Geschmack. Sie sind natürlich herzlich eingeladen«, sagte Walter an Gustav gewandt. »Bringt am besten gleich Mads und Lena mit.«

»Ich kann nichts versprechen«, blieb Gustav vage. »Auch wenn ich nur Gutes über Ihre Currywürste gehört habe, ich weiß leider nicht, wann ich hier rauskomme.«

»Für eine Currywurst sollte man sich immer fünf Minuten Zeit nehmen. Es wird Ihnen guttun. Glauben Sie mir.«

Gustav lächelte nur.

Walter verabschiedete sich von den beiden und verließ das Büro.

»Kurz zur Vorgehensweise«, begann Gustav. »Ich führe das Gespräch, aber wenn Sie meinen, eine wichtige Frage stellen oder etwas korrigieren zu müssen, seien Sie bitte so frei.«

»Werde ich tun. Ich mache das alles ja auch schon ein paar Jahre«, erwiderte Brandt. Er war erleichtert, dass Gustav ihm angeboten hatte, bei dem Verhör dabei zu sein, denn Gustav war sehr emotional und Brandt befürchtete, dass er sich beim Verhör vergessen könnte, was sich katastrophal auf das Ergebnis auswirken könnte.

Gemeinsam verließen sie das Büro.

»Wo ist Mads?«, fragte Gustav seine Sekretärin.

»Ich dachte, das wüsstest du.«

»Würde ich dann fragen?«

»Kann ich hellsehen?«, entgegnete Petra trocken. »Mads und Lena sind im Verhörraum.«

»Im Verhörraum? Weswegen?«

»Der Unfallfahrer hat sich gestellt.«

»Mads soll sich bei mir melden, wenn was dabei rumgekommen ist. Wir sind in Verhörraum drei.«

»Richte ich ihm aus.«

»Kannst du uns bitte Kaffee und einen Espresso bringen?« Gustav warf Brandt einen kurzen Blick zu. »Wollen Sie auch einen?«

»Wenn es keine Umstände macht.«

»Für Sie, lieber Herr Brandt, sowieso nicht, Sie haben wenigstens Manieren«, stichelte Petra.

Gustav grummelte etwas Unverständliches und bat Brandt dann, ihm zu folgen.

»Der Unfallfahrer war es nicht«, stellte er auf dem Flur fest.

»Glaube ich auch. Jemand, der eine ältere Dame umfährt und sie im Kofferraum verschleppt, kriegt ein paar Tage später keine Gewissensbisse.«

Gustav nickte zustimmend. Den Weg bis zum Verhörraum legten sie schweigend zurück. Ein Mitarbeiter Gustavs ließ sie eintreten und schloss die Tür hinter ihnen. Oblak saß am Tisch und schien in Gedanken versunken. Als er die beiden Beamten bemerkte, schaute er nach oben und pfiff durch die Zähne.

Brandt und Gustav nahmen ihm gegenüber Platz.

»Herr Oblak, ich muss Sie darüber belehren, dass dieses Gespräch aufgezeichnet wird.«

»Kommt mir bekannt vor.« Oblak zog die Nase hoch. »Es war derselbe Raum, in dem Sie mir beim letzten Mal all die Lügen aufgetischt haben, um mich in den Knast zu bringen.«

»Sie haben heute einen Polizeibeamten als Geisel genommen und versucht, ihn zu töten«, erwiderte Gustav, ohne auf den Vorwurf einzugehen.

»Wenn dieser Schönling nicht gewesen wäre, hätte Sie das Moor längst verschluckt. Niemand hätte Sie vermisst«, giftete Oblak.

»Das ist aber nicht passiert. Ich lebe und Sie haben wieder einmal die Arschkarte gezogen, statt die Chance zu nutzen, ein freier Mann zu sein«, entgegnete Gustav. Brandt spürte, dass sein Kollege Mühe hatte, seine Emotionen zu kontrollieren.

»Die Höhe der Haftstrafe, die Sie jetzt zu erwarten haben, liegt in Ihrer Hand«, mischte sich Brandt früher als beabsichtigt in das Verhör ein.

»In meiner Hand? Das glauben Sie doch selbst nicht. Der Bürgermeister und dieser alte Mann werden dafür sorgen, dass ich nie wieder rauskomme, dabei war das im Moor bloß ein Spaß. Ich fand es jedenfalls lustig. Ich wollte niemanden töten.« Oblak lachte und zeigte sein unvollständiges Gebiss.

»Wenn Sie uns helfen, Jutta Johannsen zu finden, wird sich das strafmildernd für Sie auswirken.«

Oblak lachte noch lauter und klopfte sich auf den Oberschenkel. »Wer sind Sie, dass Sie mir so ein Angebot machen? Hier herrscht das Recht der Johannsens. Sein Wort ist Gesetz, nicht Ihres.«

Es klopfte an der Tür und Petra trat mit den Getränken ein. Sie servierte und verließ den Raum wieder.

»Herr Brandt hat recht. Wenn Sie uns helfen, meine Mutter zu finden, haben Sie mein Wort, dass ich mich für eine Strafminderung einsetzen werde«, ergänzte Gustav.

»Ich vertraue Ihnen nicht. Sie lügen, wenn Sie nur das Maul auftun.«

»Sie haben mein Wort«, beharrte Brandt. »Das Gespräch wird aufgezeichnet, damit haben Sie ein Beweismittel.«

»Ein Beweismittel?« Oblak gab ein spöttisches Geräusch von sich. »Wegen diesem Hund habe ich sieben Jahre im Knast gesessen. Unschuldig!«

»Sie waren alles, aber ganz sicher nicht unschuldig«, brach es aus Gustav heraus. »Sie haben ein sechzehnjähriges Mädchen brutal missbraucht und mit mehreren Messerstichen lebensgefährlich verletzt. Sieben Jahre sind dafür ein Witz!«

»Die Kleine wollte es so. Das mit dem Messer war ihre Idee. Sie war crazy, das habe ich doch damals zu Protokoll gegeben. Sie hat mich verarscht.«

»Es reicht. Sie werden die Nacht in der Zelle verbringen. Vielleicht sind Sie morgen früh etwas vernünftiger«, erwiderte Gustav knapp.

Brandt beugte sich zu Gustav herüber und sagte leise: »Geben Sie mir fünfzehn Minuten mit ihm, anschließend kann er noch immer in eine Zelle.«

Gustav schien unentschlossen, doch dann stand er auf. »Fünfzehn Minuten.«

»Endlich ist der Hund weg«, sagte Oblak, als Gustav den Raum verließ. Darauf streckte er sich demonstrativ, um sein Wohlbehagen zu unterstreichen.

»Ihnen scheint der Ernst der Lage nicht bewusst zu sein«, mahnte Brandt. »Hat Ihnen die Zeit im Knast so gut gefallen?«

»Wem gefällt es schon, einzusitzen?«, gab Oblak zurück.

Brandt betätigte den Knopf, um die Aufzeichnung zu stoppen.

»Was soll das?«

»Was jetzt kommt, bleibt unter uns«, erklärte Brandt. »Was glauben Sie, was Sie dieses Mal im Knast erwartet?«

»Bestimmt keine leichten Mädchen.«

Brandt nickte. »Herr Johannsen wird dafür sorgen, dass Sie in eine Anstalt verlegt werden, wo man Ihnen das Leben zur Hölle machen wird. Sie scheinen ein stolzer Mann zu sein, aber glauben Sie mir, in einem solchen Knast werden Sie die Pussy von irgendjemandem sein, und wenn er mit Ihnen fertig ist, wird er Sie an seine Gang weiterreichen. Sie waren doch schon mal im Bau, Sie kennen das Spiel.«

»Ich bin Jugo, ich habe genug Brüder im Knast.«

»Nicht in diesem. Wir Polizisten haben spezielle Einrichtungen, um Idioten wie Sie zu bestrafen.«

Oblak wirkte zum ersten Mal unsicher, er schwieg. Brandt sah ihm an, dass seine Worte ihn ins Grübeln gebracht hatten.

Endlich sah Oblak auf. »Sie werden mir eh nicht glauben. Deswegen sage ich gar nichts mehr.« Und damit verschränkte er die Arme vor der Brust und lehnte sich zurück.

49

20. April, irgendwo …

Ihr Rücken schmerzte, an guten Schlaf war in dieser Situation nicht zu denken. Jutta erhob sich von ihrem Bett, schaltete das Licht ein, streckte sich und setzte sich dann im Schneidersitz auf den Boden.

Sie schloss die Augen und kontrollierte ihre Atmung, sie konzentrierte sich nur darauf, Ruhe zu finden und ein wenig zu meditieren. Das tat sie seit geraumer Zeit ohnehin immer wieder. Nicht jeden Tag, aber doch recht häufig. Es half ihr, die Dinge klarer zu sehen und den Stress von sich abfallen zu lassen.

Ganz langsam gelang es ihr auch jetzt und die vielen Fragen und vor allem die Sorgen lösten sich aus ihren Gedanken. Nun war sie mit sich im Reinen. Sie versuchte diesen Zustand zu intensivieren, zu halten, doch es gelang ihr nicht. Die Eindrücke der letzten Tage suchten sie mit aller Wucht heim.

»Heim?«, sie atmete heftig durch die Nase. »Das ist nicht mein Heim, das hier ist meine Hölle.« Sie knirschte mit den Zähnen.

»Aber mich kriegt er nicht klein.«

Noch immer wusste sie nicht, was der Entführer von ihr wollte. Er hatte sich ihr gestern kurz gezeigt, hatte sie begrüßt, allerdings hatte er eine Sturmhaube getragen, daher hatte Jutta sein Gesicht nicht erkennen können. Der Stimme nach zu urteilen, konnte der Mann nicht älter als fünfzig sein. Er klang jedenfalls nicht wie ein alter Mann und im Übrigen auch nicht wie Andreas Berg. Daher glaubte und hoffte sie, dass ihr neuer Peiniger nicht ihr alter war.

Sie wusste nicht, wie sie damit umgehen würde, wenn sie wüsste, dass sie Berg erneut in die Fänge geraten war.

Nur, was wollte der Entführer von ihr? Er hatte sie nur begrüßt und sie dann wie eine Wachsfigur angestarrt, auf ihre Fragen war er nicht eingegangen. Sie hatte ihm aber auch nicht viele gestellt, weil sie ihn nicht provozieren wollte.

Inzwischen war die Überzeugung in ihr gereift, dass es bei der Sache um etwas Persönliches ging. Der Täter hatte eine offene Rechnung mit ihrem Sohn.

»Gustav, ich hoffe, du hast die Datenbank nach diesem Muster durchsucht und stattest einem Feind nach dem anderen einen Besuch ab«, sagte sie und holte tief Luft. Sie spürte, wie ihr Herzschlag sich beschleunigte. Das war nicht gut, also konzentrierte sie sich wieder auf ihre Atmung.

Nach einer Weile brach sie ab. Es hatte keinen Sinn, heute wollte ihr das Meditieren nicht gelingen. Ihr Blick wanderte in die hintere Ecke des Raumes, wo ein Eimer für die Notdurft stand.

So vieles hier erinnerte sie an ihre erste Entführung, mit dem entscheidenden Unterschied, dass ihr jetziger Entführer ihr gegenüber bis jetzt anständig gewesen war.

Wie kann eine Entführung anständig sein?, dachte sie angewidert. Wenigstens hatte er ihr bisher keine körperliche Gewalt angetan.

Damals, als Berg sie in seinen Fängen gehabt hatte, hatte sie kein Auge zugetan, jeder kleinste Laut hatte sie zusammenzucken lassen aus Sorge, dass ihr Peiniger sie aufsuchen und missbrauchen könnte.

Dieser hier war anders, seine Aggressivität äußerte sich nicht körperlich, sondern eher subtil. Was nicht hieß, dass er ihr nicht bald physischen Schaden zufügen würde. Ein Schauder lief ihr über den Rücken. In ihrem Alter steckte man körperliche Gewalt nicht mehr so leicht weg.

Und noch etwas war anders an ihrem aktuellen Gefängnis. Damals war sie in einem dunklen Kellerraum festgehalten worden. Dieser Raum hatte zwar auch keine Fenster, aber die

Wände waren aus Holz, was ihr sagte, dass sie nicht unter der Erde versteckt gehalten wurde. Und es gab Strom, demnach war die Hütte an die Infrastruktur eines Hauses oder der Straße angeschlossen.

Ein weiterer Unterschied war, dass es neben diesem Zimmer noch ein Zimmer geben musste, denn in dem Raum waren zwei Türen. Eine, die nach draußen führte, und eine andere, die nur in ein weiteres Zimmer führen konnte. Zwei Ausgänge für eine kleine Hütte erschienen ihr unwahrscheinlich. All dies zusammengenommen ließ den Schluss zu, dass sie sich möglicherweise in einer kleinen Holzhütte befand, die an der Ostsee stehen könnte.

Eine Hütte, die normalerweise vermietet wurde?

»Statt an der Ostsee könnte sie genauso gut in einem Garten irgendwo auf dem platten Land stehen«, sagte sie vor sich hin. Vielleicht befanden sich im Nebenraum eine Toilette und eine Dusche. Warum der Idiot ihr dann den Eimer gab, musste man nicht verstehen.

Ihre Blase drückte und ihr blieb nichts anderes übrig, als sich über dem Eimer zu erleichtern. Für Stolz war wenig Raum in so einer Situation.

»Nicht mal ein Waschbecken, um sich die Hände zu waschen«, schimpfte sie. Sie tat es nicht ohne Hintergedanken, denn sie hoffte, durch Selbstgespräche, die wirklich bösen Gedanken von sich fernhalten zu können. Insgesamt schien ihr der derzeitige Zustand zu friedlich, das bereitete ihr Sorge.

Eine Entführung, bei der der Täter seinem Opfer mehrere Tage lang keinerlei Gewalt antat, war außergewöhnlich. Weder ihr Mann noch ihr Sohn hatten je von so einem Fall erzählt. In der Regel verfolgten die Täter ein Ziel, welches sie schnell umsetzen wollten.

»Warte«, ermahnte sie sich, nicht zu voreilige Schlüsse zu ziehen. »Was, wenn er bereits eine Nachricht an Gustav geschickt hat, dass du in seinen Händen bist? Du selbst glaubst doch, es war jemand, den Gustav ins Gefängnis gebracht hat, der eine offene Rechnung mit ihm hat. Das könnte bedeuten, dass er dir überhaupt nicht schaden möchte. Er braucht dich gesund und bei vollem Verstand. Und weißt du warum?«

Juttas Herzschlag beschleunigte sich. »Weil er dich gegen deinen Sohn eintauschen möchte. Oder gegen eines deiner Enkelkinder.«

Ihr wurde plötzlich kalt. Hoffentlich würde Gustav nicht so dämlich sein und dem zustimmen. Obwohl …

»Ich bin alt und er hat noch viele gute Jahre vor sich, meine Enkelkinder sogar ihr ganzes Leben. Macht bloß keinen Mist, meine Lieblinge.«

Jutta kannte ihre Familie. Jeder Einzelne von ihnen würde sich sofort zum Tausch anbieten und genau das machte ihr Angst. Sie wollte nicht in der Gewissheit leben, dass einer ihrer Liebsten dafür sterben müsste.

»Ob ich es schaffe, das Schloss zu knacken?« Sie trat an die Tür. Sie war mit einem dieser Profilzylinderschlösser gesichert, die millionenfach in Deutschland zum Einsatz kamen. Ihr Mann hatte ihr einmal erzählt, dass man sie mit einer Scheckkarte überlisten konnte. Nur hatte sie keine bei sich. Der Entführer hatte ihr die Handtasche genommen, und auf dem Esstisch lag nichts, was sie als Karte hätte benutzen können.

»Warte …« Sie trat an den Tisch und ihr Blick fiel auf den Verschlussstreifen der Brotverpackung. Außen bestand er aus Papier, aber das Innere war aus Metall. Sie löste das Papier und hielt nun den dünnen Draht in der Hand. Er passte auch in das Schlüsselloch, doch es gelang ihr nicht, das Schloss damit zu bewegen.

»Was für eine dämliche Idee«, schalt sie sich und rüttelte etwas an der Tür, aber diese gab nicht nach. Zu fest wollte sie allerdings nicht rütteln aus Sorge, dass der Entführer sie hören könnte.

Die andere Tür?, überlegte sie und versuchte es dort, doch das Ergebnis war genauso niederschmetternd.

Ihr blieb also nichts anderes übrig, als abzuwarten, was als Nächstes geschah. Ein Zustand, der ihr überhaupt nicht behagte.

Jutta setzte sich auf die Bettkante und spürte eine entsetzliche Leere, sie kam wie eine große Welle über sie und ließ sie schaudern.

Die Leere lähmte sie und erfüllte ihr Herz mit Angst. Die Angst war so groß, dass sie machtlos gegen sie war. Sie kapitulierte vor diesem gewaltigen Gefühl.

Dann wurde unvermittelt die Tür geöffnet.

»Guten Morgen, Frau Johannsen. Ich hoffe, Sie haben gut geschlafen.«

»Das ist nicht Ihr Ernst?«, entfuhr es Jutta.

»Das tut mir leid für Sie. Ich dachte, ich hätte es Ihnen so angenehm wie möglich gemacht. Gut, es ist kein Fünf-Sterne-Palast, aber angesichts der Umstände mehr als akzeptabel, denke ich.«

Jutta biss sich auf die Zunge, sie wollte den Entführer nicht provozieren, dabei gab es so einiges, was sie gegen ihn loswerden wollte. Wenigstens sprach er jetzt mit ihr. Vielleicht würde sie ihm einige Informationen entlocken können.

»Ich werte Ihr Schweigen als Zustimmung«, fuhr der Mann fort, der wie am vorigen Tag eine schwarze Sturmhaube trug. Er war deutlich größer als sie und von Stimme und Statur her sicher nicht älter als fünfzig, darauf wollte sie sich festlegen.

»Was wollen Sie von mir?«, fragte Jutta. Sie hatte diese Frage auch gestern gestellt, aber ihr Entführer hatte nicht darauf geantwortet.

Diesmal lächelte er, dann atmete er ein und aus. »Wenn ich in Ihrer Situation wäre, hätte ich mir diese Frage auch gestellt. Wieder und wieder. Dabei sollten Sie die Antwort kennen, oder nicht?«

»Es geht um meinen Sohn.«

Der Mann applaudierte. »Ich war schon immer der festen Überzeugung, dass die Frauen in Ihrer Familie die Schlaueren und Vernünftigeren sind.«

»Wenn es Ihnen um meinen Sohn geht, warum sind Sie dann so ein Feigling und entführen mich?«, rief Jutta. Sie hielt diese Anspannung nicht mehr aus.

»Nennen Sie mich nie wieder einen Feigling«, erwiderte der Mann drohend.

»Wirklich mutig muss man nicht sein, um eine alte Frau zu kidnappen.«

»Sie sollten meine Gastfreundschaft mehr zu würdigen wissen«, gab er zurück.

»Sie halten mich gefangen. Was hat das mit Gastfreundschaft zu tun?«

In dem Moment schlug der Mann mit der Faust zu und Jutta stürzte zu Boden.

»Verwechseln Sie niemals wieder meine Freundlichkeit mit Schwäche.«

50

»Wieso hast du mich nicht informiert?«, fragte Albert. Der Vorwurf in seiner Stimme war nicht zu überhören.

»Worüber hätte ich dich informieren sollen?«, knurrte Gustav. Auf eine sinnfreie Diskussion war er gerade nicht vorbereitet, geschweige denn dafür in Stimmung.

»Dass Oblak dich töten wollte.«

»Du siehst, ich lebe noch dank Lasse Brandts beherzten Eingreifens«, gab Gustav zurück. »Wie es scheint, hast du eh deine Informanten.«

»Als dein ältester Freund hättest du mich anrufen sollen«, tat Albert pikiert.

»Schmoll nicht, das steht dir nicht. Ich lebe noch, also wirst du dich ein paar weitere Jährchen mit mir rumschlagen müssen.«

Es klopfte an der Tür und Petra trat ein. Wie gewohnt mit zwei kleinen silbernen Tabletts in der Hand.

»Hat er Ihnen schon erzählt, dass er gestern fast hops gegangen wäre?«, fragte sie an den Bürgermeister gewandt.

»Gerade eben, und er tut, als wäre das eine Lappalie.«

»Gustav halt.« Petra stellte die beiden Tabletts mit Espresso und je einem Keks auf dem ausladenden Schreibtisch ab.

»Möchtest du noch was?«, fragte Petra an Gustav gerichtet.

»Fürs Erste nicht. Danke.«

»Darf es für Sie noch etwas sein?«

»Wunschlos glücklich. Der Nörgler ist am Leben, allein das zählt.«

Petra schmunzelte.

»Jetzt übertreib nicht. Ich war nie wirklich in Gefahr«, murrte Gustav.

»Wir haben nie über die Inschrift auf deinem Grab gesprochen ...«

»Weil ich dich überleben werde«, konterte Gustav, dann gönnte er sich seinen Morgenespresso und ließ zum Abschluss genüsslich den Keks in seinem Mund verschwinden. »Warum bist du überhaupt so früh bei mir? Hast du keine Pflichten als Bürgermeister, statt mich zu nerven?«

»Auch das ist eine Pflicht. Ich bin im Interesse der Gemeinde hier. Ohne Polizeichef funktioniert das Gemeinwesen nicht, daher bin ich sehr an deiner Gesundheit interessiert.«

Gustav nickte, aber er sah in Alberts Augen, dass er aufrichtig besorgt zu sein schien.

»Steckt Oblak hinter dem Verschwinden von Jutta?«

»Er hat Brandt gegenüber behauptet, dass er nicht geplant habe, mich als Geisel zu nehmen und im Moor zu ertränken. Es habe sich angefühlt, als hätte jemand einen Schalter in seinem Kopf umgelegt, als ich vor ihm stand. Was er getan habe, tue ihm sehr leid. Er wisse nicht, was in ihn gefahren sei.« Gustav schüttelte den Kopf. »So ein Dünnpfiff halt.«

»Du glaubst ihm nicht?«

»Kein Wort. Ich habe den Hass in seinen Augen gesehen. Er wollte mich tot sehen. Und er hätte mich an diesem Tag ohne mit der Wimper zu zucken ermordet.«

»Jemanden im Moor verschwinden zu lassen, ist ein ziemlich kranker Plan. Ich glaube, wirklich ertrinken kann man in dem Moor nicht. Es ist eher die Unterkühlung, die einen tötet.«

»Tot ist tot«, erwiderte Gustav. »Das beweist aber nicht, dass er meine Mutter entführt hat. Inzwischen ist Mittwoch und wir haben noch immer keine heiße Spur. Jutta wird jetzt seit Sonntag gefangen gehalten und ich weiß nicht, in welchem Zustand sie sich befindet. Wir haben nur Oblak. Ist doch verständlich, dass ich ihm kein Wort glaube.«

»Vielleicht sollten wir ihn etwas härter rannehmen«, schlug Albert vor.

»Wie meinst du das?«

»So wie wir es früher schon getan haben. Ist er noch hier oder in der JVA?«

»In einer meiner Zellen.«

»Du könntest ihn zur JVA fahren, aber einen kleinen Umweg machen, wo ich auf euch warte, und dann werden wir uns Oblak noch mal vorknöpfen.«

»Nein, das geht nicht.«

»Warum? Willst du hoffen, dass er freiwillig singt? Er hasst dich, immerhin wollte er dich töten. Er wird niemals verraten, wo er Jutta gefangen hält.«

»Wenn er sie denn entführt hat.«

»Genau das sollten wir herausfinden.«

»Aber nicht mit solchen Methoden«, blieb Gustav standhaft.

»Es wäre nicht das erste Mal, dass wir das durchziehen.«

»Damals waren wir deutlich jünger. Es waren andere Zeiten.«

»Wie du meinst. Mein Vorschlag steht, und ich bin mir nicht zu schade, mir die Hände schmutzig zu machen, wenn es hilft, Jutta zu befreien. Du weißt besser als ich, das ist die einzige Chance, jemanden wie Oblak zum Reden zu bringen.«

»Bevor ich keine Hinweise habe, dass er in die Entführung verwickelt ist, kann ich mit so einem Gedanken nicht spielen.«

Dabei bezweifelte Gustav, dass Oblak noch etwas sagen würde. Seit Brandt mit ihm gesprochen hatte, hatte Oblak geschwiegen, daher wusste er tief in seinem Herzen, dass Albert recht hatte.

»Hat die Durchsuchung denn nichts gebracht?«

»Nein, gar nichts. Nur den Rechner konnten wir noch nicht checken.«

»Warum?«

»Weil er verschlüsselt ist und Oblak sich weigert, uns den Code zu nennen. Tim und Fischer sind dran.«

»Fischer?«

»Ein Kollege von ihm aus Köln.«

»Du hattest den Namen mal erwähnt.«

»Genau.«

»Was ist mit dem Blut auf der Fahrbahn?«, fragte Albert weiter.

»Das stammte nicht von meiner Mutter. Ole hat gestern Abend angerufen, das Blut stammt von einem Tier. Auch der Unfallverursacher hat sich gestern gemeldet und die Tat gestanden. Wer immer Jutta entführt hat, er hat es auf mich abgesehen. Ich habe Tim gebeten, mir eine Liste mit allen Tätern zu beschaffen, die meinetwegen ins Gefängnis gekommen und wieder auf freiem Fuß sind. Es bleibt uns nichts anderes übrig, als allen einen Besuch abzustatten.«

»Das dürften einige sein. Viele von denen sind in Gefängnissen quer durch Deutschland verstreut. Ich kann mir schwer vorstellen, dass ein Knacki aus München an die Ostsee fährt, um Jutta zu entführen.«

»Ich kann mir das auch nicht vorstellen, dennoch müssen wir alle befragen.« Gustav rieb sich die Stirn. »Ich habe bereits Verstärkung aus Lübeck angefordert.«

Albert beugte sich vor und sagte eindringlich: »Vertrau mir, wir sollten uns Oblak vorknöpfen.«

»Ich brauche mehr Futter.«

»Hat nicht eine Zeugin jemanden auf dem Friedhof gesehen?«

»Du bist mal wieder bestens informiert.«

»Ist mein Job«, erwiderte Albert und grinste breit. »Also, ist es nicht so?«

»Doch, und bevor du weiter nervst: Die Person hat keine Ähnlichkeit mit Oblak.«

Sein Bürotelefon klingelte, Gustav nahm den Hörer ab.

»Moin, Tim. Gibt es Neuigkeiten?«

»Wir haben etwas auf dem Rechner gefunden«, antwortete Tim.

»Und das wäre?«

»Fotos von deiner Mutter.«

51

An Schlafen war nicht zu denken. Mads war zu aufgewühlt und hatte daher kurz vor 7 Uhr seine Wohnung verlassen. Zuerst hatte er mit dem Gedanken gespielt, eine Runde zu surfen, sich dann aber dagegen entschieden. Er wollte lieber am Strand joggen, seine Gedanken sortieren und die nächsten Schritte überlegen.

Inzwischen war er auf der Promenade, drehte zum Strand ab und erhöhte das Tempo.

Gefühlt standen sie wieder am Anfang ihrer Ermittlungen, aber wenigstens wussten sie jetzt, dass das Blut auf der Fahrbahn nicht von seiner Oma stammte. Blieb immer noch die Frage, wie das Handy dorthingekommen war.

Weil sie zum Friedhof gefahren ist. Der Teilabschnitt der Landstraße ist die einzige Strecke, um vom Vogelpark dorthin zu kommen, gab er sich selbst die Antwort.

So langsam kam sein Körper auf Temperatur, ein leichtes Schwitzen setzte ein und seine Gedanken kreisten weiter um den Friedhof und den Fremden, den die Zeugin gesehen haben mochte.

Vielleicht bringt uns das Phantombild weiter. Allerdings war es genauso gut möglich, dass die Zeugin sich irrte und die Person nur ein normaler Friedhofsbesucher gewesen war.

Zu viele unbekannte Faktoren, die wir weder verstehen, noch erklären können. Mads presste kurz die Kiefer aufeinander.

Dann gab es noch Raphael Oblak, der seinen Onkel hatte töten wollen und jetzt in der Zelle saß. Ob er etwas mit der Entführung zu tun hatte, konnte sein Onkel nicht sagen, Brandt ebenso wenig. Am vergangenen Tag war einiges geschehen, aber nichts, was sie dem Versteck seiner Oma näher brachte. Ein Umstand, der für Mads kaum zu ertragen war.

Er erreichte Timmendorfer Strand und wollte wieder umkehren, um zu duschen, sich umzuziehen und eine Kleinigkeit zu frühstücken, doch da sah er jemanden.

»Das ist doch …«, murmelte er und sah dann, wie Lasse Brandt ihm immer näher kam. Mads wartete.

»So früh beim Joggen?«, fragte Mads, als Brandt ihn erreicht hatte.

»Macht den Kopf frei. Wann habe ich schon mal die Möglichkeit, am Strand zu joggen. Und du?«

»Wie bei dir, Joggen hilft mir, die Gedanken zu sortieren.«

Brandt trug ein Muskel-Shirt, und zum ersten Mal sah Mads, was für einen durchtrainierten Körper sein fünfzigjähriger Kölner Kollege hatte.

»Hast du schon gefrühstückt?«, fragte Brandt.

»Ehrlich gesagt noch nicht.«

»Unser Hotel ist direkt um die Ecke, wollen wir?«

»Gerne.«

»Ich hoffe, es stört dich nicht, dass die anderen auch gleich dazustoßen.«

»Ganz und gar nicht. Ich habe sie gerne um mich«, erwiderte Mads lächelnd.

Wenig später erreichten sie die Terrasse des Hotels und nahmen Platz.

Der Kellner kam und beide gaben ihre Getränkebestellung auf. Mit dem Frühstück wollten sie warten, bis die anderen kamen.

»Was du und Walter für meinen Onkel getan habt, werde ich euch nicht vergessen«, begann Mads.

»Das darfst du aber gerne. Wir haben das nicht getan, damit wir bei dir oder Gustav was guthaben. Das ist unser Job. Du und ich, wir sind Polizisten, wir machen so was regelmäßig.

Außerdem sind wir Freunde. Da hilft man einander, ohne Hintergedanken oder etwas zu erwarten.«

»Hast recht, trotzdem habt ihr euch in Gefahr gebracht und Walter ist im Gegensatz zu dir kein Polizist. Du kannst mit Gefahrensituationen umgehen, aber der liebe Walter ist eher der Typ ›Mit-dem-Kopf-durch-die-Wand‹, wenn einer seiner Liebsten in Gefahr ist.«

»Das werden wir auch nicht mehr ändern können«, sagte Brandt lachend. »Du hast ihn durchschaut.«

»Ist auch nicht schwer. Er ist keiner, der sich verstellt, und seine Currywurst ist phänomenal. Danke für die spontane Einladung gestern«, erwiderte Mads. Walter hatte am vorigen Abend am Strand noch den Grill angeschmissen, und Brandt und Aydin hatten Mads und Lena dazu gedrängt, vorbeizuschauen. Am Ende hatte Mads es nicht bereut, die Ablenkung hatte ihm und seiner Schwester sehr gutgetan.

»Dass sie unwiderstehlich sind, hat Tolga am besten bewiesen.«

»Bei acht habe ich aufgehört zu zählen.« Mads schmunzelte. »Wie viele Würstchen in so einen kleinen Magen passen, ist mir unerklärlich.«

»Frag mal Emre, der kriegt jedes Mal die Krise, wenn Tolga ohne Sättigungsgefühl in Walters Imbiss in Köln reinhaut. Walter möchte auch nie, dass Emre das Essen bezahlt, da fühlt er sich immer mies, aber Tolga juckt das null.«

»Tolga ist wie Walter. Er liebt den Genuss und denkt nicht an das Geld. Emre muss lernen, dass die beiden eine tiefe Verbindung haben, die ihresgleichen sucht. Die zwei sind etwas ganz Besonderes.«

»So ist es. Aber ich verstehe Emre, er möchte halt nicht, dass der Eindruck entsteht, Tolga würde Walter ausnutzen«, gab Brandt achselzuckend zurück.

»Ich kenne Tolga nicht gut genug, aber eins ist selbst mir klar: Tolga nutzt Walter keine Sekunde aus. Im Gegensatz zu Jörn.«

»Das stimmt. Tolga besitzt diese Eigenschaft nicht. Jörn war aber gestern ganz umgänglich. Hast du mit ihm darüber gesprochen?«

»Habe ich. Mal sehen, wie lange das anhält. Eigentlich ist Jörn echt okay, wenn er nur nicht ständig angeben und übertreiben würde.«

»Er sucht Aufmerksamkeit. Sehnt sich nicht jeder ein bisschen danach?«

»Du nicht.«

»Doch, ich auch. Es ist nur nicht so offensichtlich, denn ich habe meine Freunde, die für mich Familie sind. Und ich habe Ylva. Sie alle geben mir genug Aufmerksamkeit.«

»Ihr seid aber nicht verheiratet, oder?« Das hatte Mads bisher nicht gefragt.

»Nein, obwohl ich weiß, dass sie es möchte.«

»Und warum tust es dann nicht? Sie scheint eine tolle Frau zu sein.«

»Das ist sie auch.« Brandt seufzte. »Es liegt an mir.«

»Bindungsängste?«

»So in etwa.«

Der Kellner kam und servierte die Getränke, dann fuhr Brandt fort: »Ich war einmal fast verheiratet.«

»Fast?«, hakte Mads nach.

»Meine Verlobte hat kurz vor der Hochzeit mit einem meiner besten Freunde das Weite gesucht.«

»Das tut mir leid.«

»Muss es nicht, ist lange her. Solche Tiefschläge gehören zum Leben dazu. Man darf sich nur nicht zu lange damit beschäftigen oder sich von ihnen quälen lassen. Was ist denn mit dir? Gibt es da jemanden?«

Mads leerte seine Espressotasse, um nicht gleich antworten zu müssen. Eigentlich wollte er mit niemandem darüber sprechen, aber jetzt, nachdem Brandt so ehrlich zu ihm gewesen war, war es nur fair, es ihm gleichzutun.

»Da gibt es jemanden«, sagte er daher.

»Aber? Du hörst dich nicht gerade glücklich an.«

»Ist sehr kompliziert«, wich Mads aus.

»Kompliziert? Du siehst nicht wie jemand aus, der Probleme haben dürfte, Mädels kennenzulernen.«

»Eigentlich nicht, aber mit ihr ist es wirklich knifflig. Wir beide finden uns anziehend, aber wenn wir uns näherkommen, streiten wir uns sofort. Dabei möchte ich das überhaupt nicht. Ich weiß auch nicht, warum es immer wieder geschieht.«

»Ist es diese Journalistin?«

Mads fühlte sich ertappt. »Wie kommst du darauf?«

»Na ja, als Lena gestern beim Grillen von ihr gesprochen hat, haben deine Worte und deine Körpersprache dich verraten.« Brandt grinste.

»Hätte ich nicht gedacht. Bisher ist meine Schwester die Einzige, die es ahnt, aber du bist der Erste, der es weiß«, gab Mads zu.

»Warum? Was behindert euer Glück?«

»Glaub mir, es ist echt kompliziert. Ich erkläre dir das mal in Ruhe bei einem Pils.«

»Was ist kompliziert?«, hörte Mads Walters prägnante Stimme, der gerade mit Tolga und Aydin die Terrasse betrat.

»Die Liebe«, antwortete Mads und begrüßte alle. Tolga umarmte ihn, als wäre er ein Teil der Familie, was Mads ein angenehm warmes Gefühl gab.

»Die Liebe ist nur kompliziert, weil wir zu viel mit dem Kopf entscheiden. Folge einfach deinem Herzen«, sagte Walter.

»Bist du verliebt?«, fragte Tolga. Er nahm neben Walter Platz, nachdem er auch Brandt herzlich umarmt hatte.

»Nein, eigentlich nicht. Onkel Lasse und ich haben nur ein bisschen philosophiert.«

»Du bist bestimmt ein cooler Papa«, stellte Tolga fest.

»Wie kommst du darauf?«, fragte Mads überrascht.

»Emre ist schon voll der coole Papa, aber du bist noch ein bisschen cooler als er«, antwortete Tolga und erntete ein Lachen in der Runde.

Der Kellner kam und nahm die Bestellung der Neuankömmlinge auf. Tolga und Walter wollten sich am Buffet bedienen, während die anderen aus der Menükarte bestellten, also standen die beiden kurz danach auf und gingen zum Buffet.

»Hat Oblak gesungen?«, erkundigte sich Aydin.

»Gestern Abend nicht. Nachdem Lasse mit Oblak gesprochen hat, ist er in die Zelle gekommen. Seitdem hat er kein Wort mehr gesprochen.«

»Und die Hausdurchsuchung?«, hakte Aydin nach.

»Hat nichts ergeben. Ich wollte ihn mir heute auch noch mal vorknöpfen. Wenigstens ist jetzt klar, dass das Blut auf der Landstraße nicht von meiner Oma ist«, antwortete Mads. Es war nur ein schwacher Trost, weil es nichts daran änderte, dass Jutta weiter verschwunden und ihr gesundheitlicher Zustand ungewiss war.

»Wenn es Oblak war, habt ihr immerhin die Gewissheit, dass er deiner Oma nichts antun kann, solange er in eurem Gewahrsam ist«, stellte Aydin fest.

Der Kellner kam mit der Getränkebestellung, genau in dem Moment, als Walter und Tolga wieder Platz nahmen.

»Wenn er es war, werden wir es erfahren. Männer wie Oblak können nicht immer schweigen. Dazu ist er zu temperamentvoll«, sagte Brandt.

»Jedenfalls wissen wir, dass es kein Autounfall war, deshalb sollten wir uns auf die Feinde von Gustav konzentrieren. Mein Onkel hat Tim gestern Abend gebeten, ihm eine Liste mit den Namen zu schicken.«

»Sehr gut. Wir teilen die Liste unter uns auf und statten diesen Leuten einen Besuch ab«, schlug Brandt vor. »Außerdem haben wir noch das Phantombild.«

Mads wiegte den Kopf. »Mit dem müssen wir vorsichtig

sein. Ich bin mir nicht sicher, wie glaubwürdig unsere Zeugin ist. Es könnte sich auch um einen gewöhnlichen Besucher handeln.«

»Trotzdem müssen wir dem nachgehen«, hielt Brandt dagegen.

»Das tun wir. Die Kollegen von der Streife sind informiert.«

»Wollt ihr das Phantombild nicht öffentlich posten? Sicherlich haben noch andere Personen ihn gesehen und ich will einen Besen fressen, wenn nicht jemand den Typen kennt. Niendorf ist doch eher ein Kaff«, meldete sich Walter zu Wort.

»Das dürfen wir nicht, weil wir keine Beweise haben, dass die Person tatsächlich in ein Verbrechen verwickelt ist. Datenschutz«, antwortete Mads. Er war sich auch nicht sicher, ob Walters Vorschlag so eine gute Idee war.

»Verdammter Datenschutz«, knurrte Walter und biss in sein belegtes Brötchen.

»Wir sollten das Phantombild den Kollegen bundesweit zukommen lassen«, schlug Aydin vor.

»Ich vermute den Täter eher im Umkreis«, entgegnete Mads.

»Schaden kann es nicht«, mischte sich Brandt ein. »Täter aus Norddeutschland werden bundesweit verlegt, so wie in Köln auch. Es wäre doch denkbar, dass diese Person in einem anderen Bundesland eingesessen hat.«

»Ihr habt recht«, lenkte Mads ein. »Ich werde das gleich im Büro veranlassen.«

Im selben Moment vibrierte sein Handy. Er hatte eine Nachricht von seinem Onkel erhalten.

9 Uhr im Besprechungsraum. Gerne die Kölner auch.

Wir werden da sein,

antwortete Mads. Er war ein wenig erstaunt, dass sein Onkel

explizit die Kölner Freunde erwähnt hatte. Wieder ein Zeichen, dass er viel von ihnen hielt, was sicher auch daran lag, dass Brandt und Walter ihm gerade erst das Leben gerettet hatten.

Dass sein Onkel so plötzlich eine Besprechung anberaumte, sagte ihm, dass etwas Dramatisches geschehen sein musste. Schließlich wusste Gustav, dass er grundsätzlich um 9 Uhr ins Büro kam. Warum dann diese Nachricht?

»Gustav möchte, dass wir uns um 9 Uhr im Besprechungsraum treffen«, sagte er an die Runde gewandt.

»Ist was passiert?«

»Das weiß ich nicht. Aber mein Onkel schreibt so etwas nicht ohne Grund«, antwortete Mads, während wieder Sorgen in ihm aufstiegen, die er lieber verdrängen wollte.

52

Brandt war nicht entgangen, wie angespannt Mads war, seit er die Nachricht von seinem Onkel bekommen hatte. Nach dem Frühstück hatte Aydin Mads nach Hause gefahren, damit er sich umziehen und Lena abholen konnte. Inzwischen waren sie alle auf der Dienststelle und warteten im Besprechungsraum auf Gustavs Erscheinen. Zunächst kam jedoch Gustavs Sekretärin zu ihnen, mit einem Tablett, auf dem zwei Kannen standen.

»Moin«, grüßte sie in die Runde. »Hier ist Kaffee. Softgetränke und Wasser findet ihr auf dem Tisch. Möchte jemand noch was Spezielles?«

»Ich hätte gerne einen Espresso«, sagte Mads.

»Wie der Onkel«, erwiderte Petra schmunzelnd.

»Wenn es keine Umstände macht, nehme ich auch einen«, bat Brandt.

»Das ist mein Job«, gab Petra knapp zurück. »Ich sehe schon, in Köln wird auch gerne Espresso getrunken.«

»Wie könnte ich zu Ihrem Espresso Nein sagen. Er schmeckt ausgezeichnet«, erwiderte Brandt.

»Danke für die Blumen. Ich hätte Ihnen auch ohne Charmeoffensive einen gebracht«, bemerkte Petra. Brandt hatte Mühe, nicht zu lachen. Er mochte Petras trockene Art.

»Sonst noch jemand besondere Wünsche?« Sie schaute in die Runde, aber alle schüttelten den Kopf. »Der Chef kommt gleich. Er und der Bürgermeister sind bei Oblak.« Dann wandte sie sich an Mads. »Ach ja, du sollst schon mal die Leitung zu Tim aufbauen.«

»Mach ich.«

Petra verließ das Büro.

»Warum ist Albert bei dem Verhör von Oblak dabei?«, fragte Lena überrascht.

»Die zwei sind doch fast wie Zwillinge«, frotzelte Mads. »Aber ich gebe zu, hier läuft einiges merkwürdig, nur möchte uns Gustav nicht aufklären.«

»Darf ich einschenken?«, fragte Walter an Lena gewandt.

»Danke, gern.«

»Wer noch?«

»Mir auch«, antwortete Aydin.

Walter schenkte allen Kaffee ein und Brandt dachte über die Worte von Mads nach. Auch sein Gefühl sagte ihm, dass Gustav und der Bürgermeister ihnen etwas verschwiegen. Warum auch immer.

Wenig später wurde die Tür geöffnet, diesmal traten Gustav und Albert ein.

»Moin zusammen. Verzeiht die kleine Verspätung«, sagte Gustav. »Mads, hast du die Leitung zu Tim aufgebaut?«

»Jetzt steht sie«, antwortete Mads.

»Gut. Wir sollten keine Zeit verlieren.« Gustav und Albert nahmen Platz. »Danke, dass Sie kommen konnten«, sagte er an die Kölner gewandt.

Es klopfte an der Tür und Petra trat wieder mit einem Tablett ein.

»Zwei Espresso«, sagte sie und reichte Brandt und Mads je eine Tasse.

»Ich möchte bitte auch einen«, sagte Gustav.

»Das habe ich mir schon gedacht. Und für unseren Bürgermeister natürlich ebenfalls.«

»Sie denken einfach mit, vielen lieben Dank«, antwortete Albert betont freundlich.

Petra nickte und verließ den Raum.

»Wie Sie sehen, sind wir wieder in kleiner Runde«, begann Gustav, »die Gründe dafür kennen Sie.« Sein Blick wanderte zur Wand, wo über den Projektor Tims Bild zu sehen war.

»Moin, Tim, hörst und siehst du uns?«, fragte Gustav.

»Klar und deutlich. Ich hoffe, ihr mich auch.«

»Ja. Ist Ole auf Stand-by, falls wir ihn benötigen?«

»Das ist er. Er kann in wenigen Minuten in meinem Büro sein, wenn nötig.«

»Gut, dann klär uns bitte auf, was du auf dem Rechner von Oblak gefunden hast. Nur für unsere Kölner Freunde als Update: Es gab gestern eine Hausdurchsuchung, die keine Hinweise auf Juttas Entführung geliefert hat, der Rechner hingegen schon.«

»So sieht es aus«, bestätigte Tim. »Wir haben auf dem Computer heute Morgen einige Fotos gefunden, auf denen Jutta zu sehen ist.«

»Was?«, entfuhr es Mads.

»Beruhig dich«, antwortete Gustav. »Tim, fahr bitte fort.«

»Die Fotos habe ich vor einer halben Stunde in unser System geladen, ihr habt also alle Zugriff darauf. Ich konnte sie mittlerweile auch zeitlich zuordnen.«

»Seit wann beobachtet dieses Schwein meine Oma?«, wollte Mads wissen, er war deutlich aufgewühlt.

»Seit knapp einem Monat.«

»Und das letzte Mal?«, fragte Lena.

»Das war vor genau einer Woche.«

»Gab es keine Fotos vom Ostersonntag?«, erkundigte sich Brandt.

»Nein, keine. Jedenfalls keine auf dem Rechner.«

»Und das Handy?«

»Auf dem Handy auch nicht, aber …«

»Hat er die Fotos denn nicht mit dem Handy aufgenommen?«, fiel Mads ihm ins Wort.

»Doch, diese Fotos wurden eindeutig mit dem iPhone-Modell gemacht, das Oblak besitzt. Er wird die Fotos auf dem Handy gelöscht haben, aber ich bin gerade dabei, sie wiederherzustellen. Gebt mir noch etwas Zeit, das Programm ist sehr komplex.«

»Solltest du fündig werden, melde dich bitte umgehend.«

»Mach ich.«

»Habt ihr noch was anderes gefunden? Etwas, was darauf schließen lässt, dass er eine Entführung plante?«, fragte Aydin.

»Nein, gar nichts. Die Analyse des Rechners ist abgeschlossen. Es gab nur diese Fotos.«

»Wenn keiner mehr Fragen hat, würde ich Tim in seine Arbeit entlassen«, sagte Gustav. Keiner meldete sich zu Wort, also verabschiedete Gustav den Kollegen aus Lübeck: »Danke für deine Zeit, Tim. Und melde dich bitte, sobald du die Liste mit den potentiellen Verdächtigen hast.«

»Das war geplant«, antwortete Tim, verabschiedete sich ebenfalls und loggte sich aus dem Online-Meeting aus.

»Kollege Brandt hatte mit seiner frühen Vermutung, dass Jutta meinetwegen entführt wurde, demnach recht. Wir haben wertvolle Zeit verloren, was wir jetzt leider nicht mehr ändern können.«

»Es kann nur Oblak gewesen sein«, bemerkte Mads. Brandt sah ihm an, dass er mächtig angefressen war.

»Wir haben keinen eindeutigen Beweis«, entgegnete Gustav.

»Was für einen Beweis brauchst du denn noch? Warum fotografiert er Oma, wenn er sie nicht entführen möchte?«

»Und warum hat er vor einer Woche damit aufgehört? Hätte er nicht bis kurz vor der Tat Fotos machen sollen, wenn er sie entführen wollte?«, entgegnete Gustav. »Ich habe mich vorhin mit Oblak getroffen. Er spricht nicht.«

»Gib mir zehn Minuten mit ihm«, forderte Mads.

»Ganz sicher nicht. Albert und ich fahren ihn nachher in die JVA. Sollte er tatsächlich in die Entführung verwickelt sein, wird Jutta nichts geschehen, solange er in unserem Gewahrsam ist.«

»Geben Sie mir eine halbe Stunde mit ihm«, bat nun auch Brandt. »Ich bin nicht vorbelastet. Vielleicht wird er mir gegenüber doch noch reden.« Dass Gustav seinen Neffen nicht mit Oblak sprechen ließ, konnte er nachvollziehen, aber ihm würde er die Bitte nicht so leicht abschlagen können.

Gustav atmete hörbar ein und aus. »Gut. Sie haben zwanzig Minuten, danach fahren Albert und ich ihn zur JVA.«

»Das können auch Lena und ich übernehmen«, schlug Mads vor.

»Nein, ihr bleibt hier, falls Tim sich mit der Liste meldet. Eure Aufgabe wird es sein, die Liste einzuordnen und die Ziele in Abstimmung mit mir unter uns aufzuteilen. Wir müssen jedem darauf einen Besuch abstatten.«

»Sind es so viele?«, erkundigte sich Walter.

»Ja, es gibt viel zu viele Verbrecher, die ich festgenommen habe.«

Brandt fand es seltsam, dass Gustav Oblak ausgerechnet mit dem Bürgermeister in die JVA fahren wollte, vor allem weil Lange kein Polizeibeamter war. Er musste sich an Mads' Worte erinnern, der vorhin behauptet hatte, sein Onkel würde einiges vor ihnen verheimlichen, und der Bürgermeister erweckte bei ihm den Eindruck, dass er sich gerne in anderer Angelegenheiten einmischte. Er mochte sich irren, aber dieses Gefühl wollte nicht verschwinden.

»Auf das Phantombild hat sich bisher kein Kollege gemeldet«, fuhr Gustav fort. »Mir sagt die Person auf dem Foto auch nichts, und wenn wir davon ausgehen, dass der Täter ein Problem mit mir hat, können wir daraus schließen, dass die Person auf dem Foto nicht in Verbindung zu Juttas Entführung steht. Die Zeugin muss sich geirrt haben.« Dann wandte er sich an Brandt. »Sie sollten jetzt mit Oblak reden.«

»Mach ich. Ich würde gerne Emre dabei haben. Er und ich sind ein perfekt eingespieltes Team.«

»Dann tun Sie das bitte.«

»Und ich würde gerne die Zeugin Haller noch mal aufsuchen«, sagte Mads.

»Warum? Hatte ich nicht eben …«

»Mads kann zu ihr, ich kümmere mich um das Administrative«, schlug Lena vor. »So verlieren wir keine Zeit und können die Zeugin trotzdem befragen.«

»Ich wüsste nicht, was das bringen sollte«, gab sich Gustav weiterhin skeptisch.

»Haller und Oma sind eine Generation, sie besuchen den Friedhof wesentlich öfter als wir und sie kennen die Menschen in Niendorf und Umgebung sehr gut. Dass die Person aus purem Zufall auf dem Friedhof war, kann ich mir …«

»Ist gut. Geh hin«, fuhr Gustav seinem Neffen dazwischen. Brandt hatte das Gefühl, dass hier eher Gustavs schlechtes Gewissen sprach als seine Überzeugung, denn als Mads erwähnt hatte, dass bis auf Jutta keiner von ihnen den Friedhof häufiger aufsuchte, hatte Gustav beschämt nach unten geschaut.

»Ich denke, jeder kennt seine Aufgabe«, fuhr Gustav fort. »Herr Brandt, kommen Sie nach dem Gespräch bitte zu mir ins Büro.« Gustav stand auf und verließ mit Albert den Besprechungsraum.

»Danke, Schwester«, sagte Mads.

»Kein Thema. Du hast recht, es kann nicht schaden, Haller ein zweites Mal zu befragen.«

»Wäre es okay, wenn ich dich begleite?«, fragte Walter, er schien etwas verloren.

»Sehr gerne sogar. Jemand mit deinem Feingespür ist dabei sicher nützlich.«

»Feingespür, merk dir das«, sagte Walter zu Brandt und grinste.

»Wir bleiben in Kontakt«, sagte Mads und erklärte Brandt anschließend, in welcher Zelle Oblak gefangen gehalten wurde. Danach verabschiedete sich die Runde.

Aydin und Brandt blieben zurück.

»Schön, Walter so begeistert zu sehen«, bemerkte Aydin.

»Wem sagst du das. Er sollte nur weniger risikofreudig sein.«

»Mads wird schon dafür sorgen, dass er sich nicht in Gefahr begibt.«

»Mads? Wenn nicht mal wir beide es schaffen, den sturen Esel davon abzubringen, sich für seine Freunde in den Tod zu stürzen, wie soll es da ausgerechnet Mads gelingen?«

»Sag nicht so was. Walter stürzt sich für niemanden leichtfertig in den Tod«, entgegnete Aydin.

»Du weißt, wie ich das meine.«

»Ja, trotzdem.«

»Sag nicht, dass du noch immer an Tolgas Albtraum denkst?«

Aydin schwieg einen Moment, ehe er sagte: »Ja, ich weiß, du glaubst nicht daran. Aber das hatten wir schon mal. Wenn zum Beispiel Dr. Glück und seine magischen Hände nicht gewesen wären, wärst du jetzt mausetot. Na ja, einen Vorteil hätte es gehabt, du würdest mich nicht mehr piesacken.«

»Das tue ich doch nur, weil ich dich mag«, gab Brandt zurück. Er wollte mit Aydin keine sinnlose Diskussion über den Tod oder irgendwelche übernatürlichen Spinnereien führen. »Lass uns zu Oblak gehen.«

Aydin nickte und beide verließen den Besprechungsraum.

»Dieser Bürgermeister ist mir nicht ganz geheuer«, bemerkte Aydin auf dem Flur.

»Warum?«

»Irgendwas läuft da zwischen Gustav und ihm. Warum begleitet er Gustav zur JVA?«

»Meinst du, die sind ein heimliches Paar?«

»Quatsch.« Aydin schüttelte den Kopf. »Wobei, wissen kann man es nie. Sie gehören noch zu der Generation, die eher nicht zu ihrer Homosexualität steht. Ich hatte vielmehr daran gedacht, dass der Bürgermeister sich zu sehr in Polizeiangelegenheiten einmischt.«

»Das hier ist eine kleine Gemeinde. Außerdem hat Mads mir erzählt, dass das Verhältnis zwischen Lange und Gustav sehr eng ist. Sie kennen sich, seit sie kleine Kinder sind, und Lange hat eine Zeit lang bei den Johannsens gewohnt«, erklärte Brandt, obwohl er Aydins Gefühl gut verstehen konnte, es erging ihm ja nicht anders.

Sie erreichten den Zellentrakt, ein Mitarbeiter saß im Vorraum.

»Moin. Sie sind bestimmt Lasse Brandt«, sagte er.

»Genau.«

»Gustav hat mich informiert. Soll ich den Verdächtigen in den Verhörraum bringen?«

»Nein, wir führen das Gespräch in der Zelle«, antwortete Brandt. Er hoffte, dass Oblak mit dem Ort vor Augen, an dem er die nächsten Jahre verbringen würde, mitteilungsfreudiger sein könnte.

Sie folgten dem Beamten und dieser öffnete die Zelle.

»Was soll das?«, blaffte Oblak sie sofort an.

»Entspannen Sie sich. Wir wollen uns nur unterhalten«, antwortete Brandt und gab dem Beamten ein Zeichen, dass er gehen könne.

»Und wer ist das?«, grollte Oblak.

»Das ist mein Kollege Emre Aydin.«

»Auch ein Kölner Bulle?«

»Auch ein Kölner Polizist«, korrigierte Aydin.

»Was geht denn jetzt ab, dass Johannsen Hilfe von Kölner Bullen braucht.«

»Herr Oblak, wir wollen es kurz machen. Auf Ihrem Rechner wurden Fotos von Jutta Johannsen gefunden«, erwiderte Brandt.

»Die wurden mir untergeschoben. Johannsen will mich bloß einbuchten.«

»Sie wurden Ihnen nicht untergeschoben. Ihr Rechner war passwortgeschützt und wurde von der IT in Lübeck gehackt.«

»Das ist illegal.«

»Jetzt machen Sie sich nicht lächerlich. Was glauben Sie wohl, was wir denken, wenn wir Fotos von einer vermissten Frau auf Ihrem Rechner finden?«

Oblak schien zu überlegen, er biss sich auf die Unterlippe und wippte unruhig auf dem Bettkasten, auf dem er saß. Schließlich sagte er: »Sie können nichts für mich tun. Johannsen wird dafür sorgen, dass ich den Knast nie wieder verlasse. Er ist gut im Beweisefälschen und Menschen Einschüchtern.«

»Wir wollen nur Jutta Johannsen finden. Wo halten Sie sie versteckt? Noch haben Sie Einfluss auf Ihr Strafmaß. Darauf haben Sie mein Wort.«

»Ihr Wort zählt hier nichts. Das ist Lange- und Johannsen-Land.«

»Würde ich mich dann mit Ihnen unterhalten? Sagen Sie uns, wo Sie Frau Johannsen gefangen halten, und ich sorge dafür, dass Sie noch heute nach Köln verlegt werden.«

»Können Sie mir das schriftlich geben?«, fragte Oblak. Es war nicht zu übersehen, dass er Angst vor Gustav hatte.

»Wenn Sie uns das Versteck von Jutta nennen, kriegen Sie es schriftlich.«

»Ich verrate Ihnen die Wahrheit«, antwortete Oblak und holte tief Luft.

53

»Danke, dass ich mitkommen darf«, sagte Walter, als sie im Auto saßen.

»Du gehörst zum Team. Außerdem kann es nie schaden, Verstärkung dabei zu haben.«

»Da stimme ich dir zu. Ich bin zwar kein Polizist, aber meine harte Rechte sollte niemand unterschätzen.«

»Das glaube ich dir«, antwortete Mads.

»Für Lasse und Emre spiele ich immer mal wieder den Informanten in Köln, weil ich sehr gut in der Unterwelt vernetzt bin. Auch Kriminelle essen gerne Currywurst.«

»Das hat mir Lasse schon erzählt. Und dass du manchmal ein zu hohes Risiko eingehst.«

»Kalkuliertes Risiko«, korrigierte Walter. »Für meine Freunde tue ich alles, aber darauf wollte ich nicht hinaus. Ich habe einige Zeit hier im Norden gelebt, ist lange her und war ein anderes Leben, aber ich bin auch hier gut vernetzt. Wenn du mal Hilfe oder Informationen brauchst, darfst du mich gerne jederzeit anrufen.«

»Das mache ich. Danke dafür.«

Nach einer Weile erreichten sie die Anschrift von Frau Haller, die ihnen sofort öffnete.

»Moin, Mads, ich habe dich bereits aus dem Fenster gesehen«, grüßte Haller und reichte ihm die Hand.

»Das ist Walter, ein sehr enger Freund aus Köln«, stellte Mads den Imbissbudenbesitzer vor. Hallers Körpersprache zeigte ein leichtes Unbehagen, immerhin sah Walter mit seiner kräftigen Statur, den Tattoos, der Glatze und der einen oder anderen Narbe nicht wie jemand aus, dem man sofort sein Vertrauen schenkte.

»Freut mich«, sagte Haller dennoch und reichte Walter ebenfalls die Hand.

»Mich auch, Frau Haller«, antwortete Walter höflich.

»Kommt doch rein, aber zieht bitte die Schuhe aus. Ich habe erst vorhin geputzt.«

Mads und Walter taten ihr den Gefallen und folgten ihr ins Wohnzimmer.

Die Inneneinrichtung erinnerte Mads stark an die typische Achtzigerjahre-Wohnung. Wie es schien, hatte Haller seitdem keine neuen Möbel angeschafft, aber es sah alles sehr gepflegt aus.

»Möchtet ihr was trinken?«

»Ich nicht, danke«, antwortete Mads. Walter verneinte ebenso.

»Habt ihr deine Oma endlich gefunden?«

»Leider noch nicht«, erwiderte Mads.

»Wie schrecklich. Welcher Feigling entführt eine liebenswürdige alte Dame wie Jutta?« Haller schüttelte traurig den Kopf. »Wir treffen uns oft auf dem Friedhof. Jutta kümmert sich so liebevoll um die Gräber.«

Mads schluckte, er bekam wieder einmal ein schlechtes Gewissen, denn es war einige Monate her, dass er am Grab seines Opas und seiner Eltern gewesen war. Er mochte den Friedhof nicht, der Tod war ihm unheimlich, dabei gehörte er zum Leben dazu.

»Wir hoffen, dass Sie sich vielleicht an mehr erinnern, als Sie uns bisher erzählen konnten. Selbst kleinste Details können wichtig sein«, erklärte Mads.

»Hat die Phantomzeichnung nicht gereicht?«

»Leider nicht. Zumindest wissen wir, dass die Person kein Gärtner ist. Es war nur eine Gärtnerei am Ostersonntag auf dem Friedhof und der anwesende Mitarbeiter entsprach nicht Ihrer Beschreibung.«

»Ich hätte schwören können, dass der Mann mit der Latzhose ein Gärtner war. Ich meine behaupten zu können, dass ich jeden auf dem Friedhof kenne, wenigstens vom Sehen her. So groß ist der Friedhof nicht und ich bin sehr oft da. Wenn man alleine ist wie ich, als Witwe ohne Kinder, ist der Friedhof ein Ort, an dem man sich nicht so einsam fühlt.«

»Sind Sie sicher, dass Sie die Person nicht schon mal gesehen haben?«, hakte Walter nach. »Vielleicht ist er ein Hinterbliebener, der ein eben erst angelegtes Grab besucht hat und deswegen kennen Sie ihn nicht.«

»Das letzte Grab wurde vor zwei Monaten ausgehoben, da kenne ich die Hinterbliebenen. Nein, nein, das wüsste ich. Es sei denn, Friedhoftourismus ist neuerdings in Mode.« Der Spott in ihrer Stimme war nicht zu überhören.

Wie sollte Mads diese Worte einordnen? Wenn sie recht hatte, musste die Person in Verbindung zu Juttas Verschwinden stehen, was im Umkehrschluss der These widersprach, dass der Entführer eine offene Rechnung mit Gustav hatte. Mads konnte kaum einen klaren Gedanken fassen.

»Gab es vielleicht etwas, was an der Person merkwürdig war? Hat er Jutta möglicherweise beobachtet, war er verdächtig lange in ihrer Nähe oder hat er auffällig versucht, nicht aufzufallen?«, bohrte Walter weiter, während Mads noch immer seine Gedanken sortierte.

»Da fragen Sie was, junger Mann.« Haller blies ihre Wangen auf und ließ die Luft mit einem leisen Schnaufen entweichen.

»Junger Mann hat mich schon lange niemand mehr genannt«, sagte Walter und lachte.

»Wenn Sie in meinem Alter sind, sind die meisten jung«, antwortete Haller und zwinkerte ihm zu. »Lassen Sie mich kurz nachdenken.«

»Nehmen Sie sich alle Zeit der Welt.«

In dem Moment vibrierte Mads' Handy. Er fischte es aus der Hosentasche und sah, dass Emma ihm geschrieben hatte.

Ich muss mit dir sprechen, es ist dringend,

las er und tippte gleich eine Antwort:

Bist du in Niendorf?

Jetzt gerade bei Jule.

Gut, ich komme gleich mit Walter zu dir. Wir unterhalten uns mit Frau Haller.

Bis gleich.

Was es wohl so Wichtiges gab, dass Emma dringend mit ihm sprechen wollte? Ob sich ein weiterer Zeuge gemeldet hatte? Dass es etwas war, was nicht mit seinen Ermittlungen zusammenhing, konnte sich Mads nicht vorstellen, aber er wollte sie per WhatsApp nicht danach fragen, da sie sowieso in Niendorf war.

Und weil du sie sehen möchtest, gestand er sich ein und musste an Walters Worte denken, der gesagt hatte, dass die Liebe eigentlich nicht kompliziert war, wenn man auf sein Herz hörte.

»Moment, ich habe doch etwas bemerkt«, hörte er Haller sagen.

»Und das wäre?«, klinkte sich Mads wieder in das Gespräch ein.

»Ein kleines Tattoo.«

»Was für eins und wo?«

Haller schloss kurz die Augen, sie schien zu grübeln. »Es war am Hals, sehr klein, sah wie eine Spielkarte aus.«

»Meinen Sie ein Pik-Ass?«, fragte Walter.

»Ja, genau. Das schwarze Pik-Ass, das man vom Skat kennt.«

»Erinnern Sie sich an mehr?«, wollte Mads wissen.

»Leider nicht, ich bin wirklich untröstlich«, erwiderte Haller betrübt.

»Sie haben uns bereits sehr geholfen«, munterte Walter sie auf.

»Und falls Ihnen noch etwas einfällt, melden Sie sich bei uns«, fügte Mads hinzu.

»Mach ich. Ich werde heute Abend eine Kerze für Jutta anzünden, so wie ich es die Tage zuvor auch getan habe. Mit Gottes Hilfe werden wir sie gesund finden.« Ihr Blick wanderte zu der Kerze, die auf dem Tisch stand.

»Danke«, erwiderte Mads. Er glaubte nicht an diese spirituellen Dinge. Wenn überhaupt würden sie Jutta durch gute Ermittlungsarbeit finden. Gott würde sicher nicht aus dem Himmel herabsteigen und den Johannsens helfen, weil er das noch nie getan hatte, denn wenn es ihn wirklich gäbe, hätte er ihm seine Eltern nicht so früh genommen.

Sie verabschiedeten sich von Haller und eilten zurück zum Auto.

»Du hast bei dem Tattoo gezuckt, sagt es dir was?«, fragte Mads, als sie wieder im Wagen saßen.

»Ich bin mir nicht sicher, aber zu meiner nicht ganz so rühmlichen Zeit hier im Norden und am Hamburger Hafen gab es einen Mafiaclan, dessen Mitglieder sich ein schwarzes Pik-Ass-Tattoo am Hals haben stechen lassen.«

»Kennst du noch den Namen?«

»Klar. Ihr Anführer war Alessio Savini. Ein berüchtigter Pate.«

»Ich weiß ehrlich gesagt nicht, warum ein Mafiaclan Interesse daran haben sollte, meine Oma zu entführen. Vielleicht ist es nur Zufall, aber es wird sicherlich in der Polizeidatenbank der Hamburger Kollegen Informationen zu dem Clan geben. Lena soll sich mit denen kurzschließen und ihnen das Phantombild schicken. Möglicherweise haben wir ein Match. Was weißt du noch über den Clan?«

»Dass sie äußerst brutal sind. Neben Drogenhandel waren sie in Glücksspiel, Menschenhandel und illegalen Waffenhandel involviert. Wie gesagt, das liegt schon sehr lange zurück. Ob sie heute noch aktiv sind, weiß ich nicht. Kann ich aber schnell in Erfahrung bringen.«

»Lena soll sich darum kümmern, dann schauen wir weiter«, gab Mads zurück. Obwohl er sich schwer vorstellen konnte, dass sich sein Onkel mit der Mafia angelegt hatte, bereitete ihm diese Wendung arge Bauchschmerzen. Zumal an der Lübecker Bucht keine Mafiastrukturen existierten, dafür hatte schon sein Großvater gesorgt, der vor seinem Onkel Polizeichef der Region gewesen war.

»Albert«, entfuhr es Mads.

»Der Bürgermeister?«, fragte Walter.

»Genau. Albert Lange ist mit allen Wassern gewaschen. Wenn es um das Wohl seiner Gemeinde geht, traue ich ihm durchaus zu, dass er Geschäfte mit der Mafia gemacht oder sich mit denen angelegt hat. Überleg mal, der Täter wäre nicht jemand, der mit meinem Onkel eine offene Rechnung hat, sondern mit Albert?«

»Daran möchte ich lieber nicht denken, weil unsere Liste dadurch noch größer werden würde. Wollen wir hoffen, dass es nicht der Savini-Clan ist. Die sind wirklich äußerst brutal«, antwortete Walter, was auf Mads kein bisschen beruhigend wirkte.

Er griff zum Handy und wählte Lenas Nummer, um sie zu bitten, die Hamburger Kollegen zu kontaktieren. Sie wollte sich gleich darum kümmern.

Kaum hatte er das Gespräch beendet, steuerte er den Parkplatz an, der in der Nähe der *Seaside Lounge* lag.

»Wohin gehen wir?«, fragte Walter.

»Zu einer Freundin, die möglicherweise weitere Hinweise für uns hat«, antwortete Mads und beide stiegen aus.

Kurz darauf betraten sie die *Seaside Lounge,* wo Emma an einem Tisch saß.

Sie stand auf und sie begrüßten sich.

»Das ist mein Kumpel Walter aus Köln«, stellte Mads seine Begleitung vor.

»Der die leckersten Currywürste grillt? Freut mich«, erwiderte Emma und gab ihm die Hand.

»Genau. Freue mich auch. Du bist zum nächsten Grillfest herzlich eingeladen.«

»Danke, ich komme sehr gern.«

Mads und Walter nahmen ihr gegenüber Platz.

»Endlich sehe ich dich auch mal«, machte sich Jule bemerkbar. Mads stand auf und Jule umarmte ihn so fest, als wollte sie ihn gar nicht mehr loslassen. Sie zitterte am ganzen Körper. »Das tut mir so leid mit Jutta«, schluchzte sie.

»Wir finden sie. Danke für deine Worte.«

»Ich habe so oft versucht, dich zu erreichen, aber ich kann mir gut vorstellen, dass du keinen Kopf dafür hattest.«

»Du kennst mich«, presste Mads heraus. Die lange Umarmung Jules vor Emmas Augen war ihm etwas unangenehm. Er löste sich von Jule, stellte sie und Walter einander vor und nahm wieder Platz.

»Möchtest du einen Espresso?«, fragte Jule.

»Und ein stilles Wasser. Walter, was möchtest du?«

»Ich nehme ein Pils, wenn es keine Umstände macht«, antwortete der.

»Tut es nicht«, erwiderte Jule und entfernte sich. Emma hatte bereits einen Cappuccino bestellt.

»Warum wolltest du mit mir sprechen?«, fragte Mads. Er wollte nicht unnötig Zeit verlieren. Lena war allein im Büro und er hatte ihr schon einige zusätzliche Aufgaben übertragen.

»Ich habe gestern eine seltsame Nachricht über unser Kontaktformular erhalten.«

»Was für eine Nachricht?« Den Zusatz: *»Warum erfahre ich das erst jetzt?«*, schluckte Mads herunter, weil er sich vor Walter nicht mit Emma streiten wollte, dabei fand er die Frage absolut gerechtfertigt.

»Es ist an der Zeit, dass die Welt die Wahrheit über Albert Lange und Gustav Johannsen erfährt«, antwortete Emma. »Das stand in der Nachricht.«

»Über Albert und Gustav? Was für eine Wahrheit?«

»Woher soll ich das wissen?«

»Weißt du, von wem die Nachricht ist?«

»Leider nicht. Der Absender hat keine Kontaktdaten hinterlassen. Vermutlich nur ein Spinner, der sich wichtigmachen möchte. Was soll die Entführung mit dem Bürgermeister zu tun haben?«, sinnierte Emma. »Das war auch der Grund, warum ich dich erst jetzt darüber unterrichtet habe. Ich wollte deine Zeit nicht verschwenden.«

»Das tust du nicht«, antwortete Mads und musste sofort wieder an das Tattoo denken. Was, wenn Albert jemanden bei der italienischen Mafia verärgert hatte und Jutta deswegen entführt worden war? Jemand wie Albert hatte viele Feinde. Genauso hielt er es für möglich, dass Gustav Albert bei einer Straftat, die in Verbindung mit der Mafia stand, gedeckt hatte. Den Preis für diese Mauschelei musste nun seine Oma zahlen. Der Gedanke machte Mads fassungslos.

Das würde auch den Mann auf dem Friedhof erklären. Jede Wette, jemand von der Mafia ist im Gefängnis gelandet, Gustav hat Albert ein Alibi oder sonst was verschafft und jetzt ist die Person raus aus dem Gefängnis und will sich an Albert und Gustav rächen, überlegte er.

»Hast du die Nachricht noch?«, fragte er.

»Ja, warum?«

»Tim muss sie sich anschauen.«

»Glaubst du, da steckt mehr dahinter?«

»Möglich.«

Emma zückte ihr Handy.

»Was machst du?«

»Die Nachricht an Tim weiterleiten.«

»So funktioniert das nicht. Tim muss die Nachricht auf deinem Handy oder Laptop prüfen, möglicherweise kann er so herausfinden, von wo sie abgesendet wurde«, erklärte Mads. Es war nur eine winzige Hoffnung.

»Wenn wir Glück haben, hat der Täter einen Fehler gemacht«, fügte Walter hinzu. Seine Miene strahlte mehr Zuversicht aus, als Mads sie hatte.

Emma nickte und Mads rief Tim an, der vorschlug, sich remote darum zu kümmern, sobald Emma in der Redaktion wäre. Die beiden würden das Prozedere eigenständig abstimmen und Mads über das Ergebnis unterrichten. Als Mads auflegte, spürte er, dass Emma plötzlich angespannt war.

»Was ist?«, fragte er.

»Ich habe eine neue Nachricht über das Kontaktformular erhalten«, sagte sie mit gerunzelter Stirn.

»Was steht drin?«

»Guten Tag, Frau Falk, wir hatten gestern das Vergnügen. Heute etwas konkreter: Ich möchte, dass Sie Albert Lange und Gustav Johannsen interviewen. Sie sollen Ihnen erzählen, wie oft sie Beweise gefälscht haben, um Unschuldige ins Gefängnis zu bringen. Anbei eine kleine Belohnung für eine ehrgeizige Journalistin wie Sie.« Emma öffnete den Anhang und ein Foto von Jutta erschien.

Mads konnte sich kaum beherrschen, als er das Foto sah. Jemand hatte seine Oma übel zugerichtet.

Unvermittelt sprang er von seinem Stuhl auf.

»Wohin?«, fragte Walter.

»Zu Gustav. Er ist mir ein paar Antworten schuldig.«

54

»Wieso lässt du diesen Brandt mit Oblak reden?«, fragte Albert.

»Weil ich ihm vertraue.«

»Du kennst ihn doch kaum.«

»Er hat mir das Leben gerettet.«

»Das heißt aber nicht, dass er ein Geständnis aus Oblak herausbekommt.«

»Du verstehst das nicht«, erwiderte Gustav. »Er ist bei Josef Peters in die Ausbildung gegangen. Brandt hat diesen Polizeiinstinkt der alten Schule, den lernt man nicht mehr auf der Akademie.«

»Wenn du mich fragst, sollten wir uns Oblak schnappen und dann in ein einsames Waldstück fahren. Da prügeln wir die Wahrheit schon aus ihm heraus«, hielt Albert dagegen.

»Das werden wir nicht tun, bevor Brandt nicht das Gespräch beendet hat.«

»Oblak wird nicht singen«, beharrte Albert. »Wir verlieren nur Zeit.«

»Glaubst du, mir gefällt das? Allein der Gedanke, nicht zu wissen, was meine Mutter gerade durchmacht, belastet mich schwerer, als du ahnst. Ich würde meinen rechten Arm opfern, wenn das helfen würde, aber wir haben nichts, wo ich ansetzen kann.«

»Genau deswegen sollten wir Oblak härter rannehmen.«

»Mensch, Albert, es reicht!«, wurde Gustav laut. »Wir warten.«

Es klopfte an der Tür und Lena kam in ihrem Rollstuhl herein.

»Was gibt es?«, fragte Gustav. Etwas musste passiert sein, sonst hätte Lena zum Hörer gegriffen.

»Vielleicht haben wir eine Spur«, antwortete sie.

»Und die wäre?«, fragte Albert.

»Die Zeugin Haller konnte sich an ein weiteres Detail erinnern. Ein kleines Tattoo am Hals der Person auf dem Friedhof.«

»Was für ein Tattoo?«, fragte Gustav.

»Ein schwarzes Pik-Ass«, antwortete Lena.

Gustav entging nicht, dass Alberts Unterlippe kaum merklich zuckte.

»Kennst du das Tattoo?«, fragte er daher an Albert gerichtet.

»Möglicherweise.«

»Was soll das heißen?« Gustav musste sich sehr zusammenreißen, ruhig zu bleiben. Albert verschwieg ihm etwas und er war gewillt, es herauszufinden.

»Das sollten wir unter vier Augen besprechen«, erwiderte Albert.

»Lena, lässt du uns …«, begann Gustav, überlegte es sich dann aber anders. »Nein, Lena bleibt hier. Was hat es mit dem Tattoo auf sich?«

»Es kann auch Zufall sein. Das Ganze liegt lange zurück, es war, noch bevor du Polizeichef geworden bist. Dein Vater hatte damals das Sagen«, erklärte Albert und hielt inne. Er schaute erst Lena an, dann wieder Gustav. »Das sind Themen, die nur den Bürgermeister und den Polizeichef der Gemeinde etwas angehen. Niemand anderer sollte darin involviert sein.«

Gustav zögerte. Sein Gefühl sagte ihm, dass sein Vater und Albert in irgendwelche Machenschaften verwickelt gewesen waren, und er wollte nicht, dass Lena diese Dinge über ihren Großvater wusste. Sie und Mads hatten ihren Großvater als liebenswürdigen Patriarchen und Familienmenschen in Erinnerung, so sollte es auch bleiben.

»Lena, was gibt es zu dieser Person noch zu sagen? Was hat Mads herausgefunden?«

»Nicht Mads, aber Walter«, antwortete Lena.

»Walter?«

»Ja, er kennt das Tattoo. Es ist das Zeichen eines italienischen Mafiaclans in Hamburg, jedenfalls war es das vor langer Zeit. Ob sie noch aktiv sind, konnte er nicht einschätzen. Ich wollte mich mit den Hamburger Kollegen kurzschließen und dachte, es wäre besser, wenn du das beim Polizeichef direkt eingibst. Das Letzte, was wir haben, ist Zeit.«

»Gut gemacht, ich übernehme das. Ich kenne den Polizeipräsidenten. Wie heißt denn der Mafiaclan? Haben wir einen Namen, vielleicht sogar den des Anführers?«

»Alessio Savini«, antwortete Lena.

»Ich kümmere mich darum.«

»Danke.« Lena nickte ihm zu und verließ das Büro.

»Das liebe ich an meiner Nichte, sie respektiert meine Entscheidungen. Mads wäre nicht gegangen, er hätte wissen wollen, was es mit diesem Tattoo auf sich hat. Lena dagegen vertraut mir blind, mein Neffe leider nicht.« Gustav seufzte und wandte sich an Albert. »So, und jetzt erzählst du mir, was es mit diesem Savini auf sich hat.«

»Wahrscheinlich ist er es gar nicht. Er müsste auf die achtzig zugehen, wenn ich mich nicht irre«, gab Albert zurück.

»Mit Wahrscheinlichkeiten komme ich nicht weiter. Erzähl mir die Wahrheit.«

Albert atmete tief durch, es schien ihn Überwindung zu kosten, über das Thema zu sprechen. »Ich war gerade Bürgermeister geworden, da gab es den einen oder anderen Fall, dass Besitzer von italienischen Restaurants drangsaliert wurden.«

»Schutzgeld?«

»Genau, aber noch cleverer ausgeklügelt. Savini hatte ein Import- und Exportunternehmen, deshalb hat er die Gaststätten dazu verpflichtet, bei ihm einzukaufen, natürlich zu total überteuerten Preisen. Ich bin damit zu Mikkel gegangen, deinem Vater. Er hat getobt, als er mitbekommen hat, was da in seiner Gemeinde vor sich geht. Du kennst ja sein Temperament.«

»Und wie habt ihr das Problem gelöst? Ich weiß jedenfalls nichts von mafiösen Strukturen an der Lübecker Bucht.« Gustav erinnerte sich gut daran, wie temperamentvoll und cholerisch sein Vater sein konnte, zumindest in seiner Funktion als Polizeichef. Zu Hause war er das genaue Gegenteil gewesen, vermutlich weil Jutta es gut verstanden hatte, ihn zu bändigen. Mikkel war bei seinen Kindern nie die Hand ausgerutscht, was zu der damaligen Zeit in den Familien noch gang und gäbe war.

»Mikkel ist nach Hamburg gegangen, zu Savini.«

»Allein?«

»Ganz allein. Ich wollte ihn begleiten, habe ihn gebeten, Polizisten mitzunehmen, aber er hat es abgelehnt und sich dem Gespräch mit Savini gestellt. Vermutlich hat Savini das imponiert und er hat von da an einen Bogen um die Lübecker Bucht gemacht.«

»Ein Gespräch, mehr nicht? Sicher?«

»Ganz sicher. Falls etwas anderes vereinbart wurde, hat mir dein Vater das verschwiegen, aber das war mir am Ende egal. Die Gemeinde hatte Ruhe, nur das interessierte mich.«

»Warum treibt sich dann jemand von denen bei uns auf dem Friedhof rum?«

»Ich kann mir beim besten Willen nicht vorstellen, dass Savini hinter der Entführung von Jutta steckt. Mikkel hatte keine Probleme mit ihm und die Sache liegt viel zu lange zurück.«

»Mal sehen, was die Hamburger Kollegen wissen«, sagte Gustav und griff zum Hörer. Er hoffte, dass seine gute Verbindung zum Polizeichef half, die Anfrage auf dem kurzen Dienstweg zu lösen.

Der Polizeichef nahm das Gespräch sofort an und nach

einem kurzen Austausch der üblichen Höflichkeiten kam Gustav auf den Grund seines Anrufes zu sprechen.

»Das mit deiner Mutter tut mir sehr leid. Ich wusste nichts davon«, sagte der Polizeichef.

»Danke. Jetzt brauche ich deine Hilfe. Was weißt du über einen Alessio Savini?«

»Er ist der Kopf einer italienischen Großfamilie, war bis Anfang 2010 hoch kriminell. Danach hat er es irgendwie geschafft, mehr oder weniger sauber zu werden. Wir konnten ihm leider nie etwas nachweisen. Was soll mit ihm sein?«

»Möglicherweise wurde einer seiner Männer auf dem Niendorfer Friedhof gesehen, wo meine Mutter zuletzt war, bevor sie entführt wurde.«

»Hast du ein Foto von der Person?«

»Das nicht, aber ein Phantombild.«

»Schick es mir, ich kümmere mich sofort darum. Obwohl es mir schwerfällt, zu glauben, dass jemand aus dem Savini-Clan hinter der Entführung steckt.«

»Danke dir.«

»Wenn ich noch anderweitig behilflich sein kann, sag mir Bescheid.«

»Mach ich.« Gustav verabschiedete sich und legte auf.

»Ich sag's doch, das ist ein Zufall«, bemerkte Albert, er hatte mitgehört. »Savini ist sauber, der wird sein neues Leben nicht für die Entführung von Jutta aufs Spiel setzen.«

»Mag alles stimmen, dennoch müssen wir der Sache nachgehen. Wenn die Hamburger Kollegen das Phantombild einer Person zuordnen können, kann uns das nützlich sein.«

Gustavs Blick wanderte zu seiner Armbanduhr. »Was macht Brandt nur so lange?«

Es klopfte an der Tür, aber anders als erwartet war es nur Petra mit zwei Espresso.

»Ich dachte, das wäre jetzt nötig«, sagte sie und servierte den Herren die Tassen mit dem obligatorischen Keks dazu.

»Sie können Gedanken lesen. Der alte Herr explodiert schon vor Anspannung«, bemerkte Albert scherzhaft.

»Das müssen Sie mir nicht sagen, das verrät allein seine Hautfarbe«, stellte Petra fest.

Gustav überging das Geplänkel. »Schickst du dem Hamburger Polizeichef das Phantombild? Ich habe vorhin mit ihm telefoniert.«

»Mach ich doch ausgesprochen gerne, wenn man mich so freundlich bittet«, war Petras trockene Reaktion, die Albert zum Schmunzeln brachte und bei Gustav ein kurzes Kopfschütteln auslöste.

Petra verließ das Büro.

»Null Feingefühl, diese Frau. Meine Mutter wurde entführt, soll ich mich da jetzt für jeden Pups bedanken? Das ist ihr Job.«

»Entspann dich. Du kennst Petra, sie wird sich nicht ändern. Dass Jutta entführt wurde, ist schlimm, aber sollen wir deswegen alle in Mitleid zerfließen? Das wird dir deine Mutter auch nicht zurückbringen, und du weißt besser als ich, dass sie das niemals wollen würde. Sie ist der Mittelpunkt und der Sonnenschein der Johannsens.«

Gustav leerte schweigend seine Tasse und genehmigte sich den Keks. Eins musste man Petra lassen, die Zubereitung des Espressos beherrschte sie perfekt und sie hatte wirklich ein Gefühl dafür, wann er einen benötigte.

»Du hast recht«, sagte er daher.

»Ich weiß.« Albert nickte zufrieden. »Du darfst gerne noch meinen Keks haben«, fügte er lachend hinzu.

»Ausnahmsweise.« Gustav ließ auch diesen Keks in seinem Mund verschwinden.

Es klopfte erneut an der Tür und diesmal traten endlich Brandt und Aydin ein.

»Wie war das Gespräch?«, fragte Gustav und spürte, wie sein Blutdruck wieder in die Höhe schoss.

55

»Möchtest du einen Ratschlag von einem Mann, der früher Experte für die Methode Mit-dem-Kopf-durch-die-Wand war?«, fragte Walter, als er und Mads zu Dienststelle zurückfuhren.

»Der wäre?«

»Du scheinst unglaublich wütend auf deinen Onkel zu sein.«

»Ist das ein Wunder? Seine verdammten Hintertürmauscheleien könnten dafür verantwortlich sein, dass meine Oma entführt wurde. Er und Albert treiben schon viel zu lange diese Spielchen.«

»Ich verstehe dich, aber Savini war vor dreißig Jahren ein brutaler Gangster, mittlerweile müsste er um die achtzig sein. Ich kann gut mit ihm. Ich werde nach Hamburg fahren und mit ihm sprechen.«

»Das solltest du nicht tun, das ist zu gefährlich«, warnte Mads.

»Vertrau mir. Er kennt mich, der wird mir nichts tun. Viel wahrscheinlicher ist, dass dieses Tattoo rein gar nichts mit Juttas Verschwinden zu tun hat, und genau deswegen sollte ich das machen. Ich bin am ehesten entbehrlich, außerdem sind die Risiken für mich überschaubar. Und du solltest deinen Onkel nicht gleich gegen die Wand klatschen, wenn du mit ihm sprichst.«

»Ich? Meinen Onkel? Das würde ich mich niemals trauen«, erwiderte Mads belustigt.

»Du weißt, wie ich das meine.«

»Verbal habe ich keine Angst vor ihm, er ist mir ein paar Antworten schuldig.«

»Wieder hast du recht.« Walter sah ihn jetzt direkt an. »Liebst du deinen Onkel?«

Die Frage erwischte Mads kalt, noch nie hatte ein Fremder ihn gefragt, ob er Gustav gern hatte. »Was hat das mit Jutta zu tun?«, reagierte er daher mit einer Gegenfrage.

»Liebst du ihn? Oder magst du nicht darüber sprechen?«

»Er ist mein Onkel«, erwiderte Mads und fügte nach kurzem Überlegen hinzu: »Ja, ich glaube schon, dass ich ihn liebe, auch wenn ich mit seinen Methoden nicht einverstanden bin.«

Walter nickte. »Siehst du, und gerade weil du ihn liebst, fühlst du dich so schnell von ihm angegriffen und gehst sofort hoch. Mein Rat an dich: Stell ihm deine Fragen, aber ohne Emotionen. So wie du sonst auch bist. Du bist doch ein kluger, smarter Junge.«

Mads schnaubte leise. Walter hatte recht, doch wenn die Emotionen hochkochten, konnte er sich kaum beherrschen. In der Hinsicht kam er eher nach seinem Onkel und seinem Großvater. Sein Vater war nie so gewesen, er war die Ruhe selbst, viel mehr wie Lena.

»Ich versuche es«, räumte er dennoch ein.

»Sehr gut. Bei all deiner Wut darfst du nicht vergessen, dass Jutta auch Gustavs Mutter ist. Er macht sich nicht weniger Sorgen um sie als du, nur kann er es nicht so ausdrücken, das liegt an seiner Generation. Er wurde erzogen«, Walter malte Gänsefüßchen in die Luft, »ein Mann zu sein. Schwäche zeigen gehört für ein Familienoberhaupt nicht dazu.«

Mads sah nachdenklich auf die Straße. Es war erstaunlich, wie einfühlsam und klar Walter die Dinge sah. Seine Persönlichkeit passte so gar nicht zu seiner äußeren Erscheinung.

Doch, tut sie. Nimm die Tattoos und Narben weg, dann sieht er wie der liebe gutmütige Onkel aus, der keiner Fliege was zuleide tun kann, dachte Mads. So gesehen wirkte das runde Gesicht von Walter in der Tat plötzlich sehr freundlich, beinahe bescheiden.

»Du hast recht«, räumte Mads ein, »es bringt nichts, mit

meinem Onkel zu streiten. Wir müssen an einem Strang ziehen.«

»So ist es. Ihr seid eine Familie und als Familie solltet ihr viel öfter auf euer Herz hören. Nur mit dem Herzen sieht man gut.«

»Das hast du schön gesagt«, erwiderte Mads und ihm wurde mit einem Mal warm ums Herz.

»Es sind eigentlich die Worte eines ganz besonderen Freundes.«

»Ein guter und wertvoller Freund muss das sein. Lebt er in Köln?«

»Er ist Straßenmusiker«, antwortete Walter und seine Stimme bekam einen wehmütigen Beiklang. »Nie bin ich einem Menschen mit reinerem Herzen begegnet. Wo er aktuell ist, weiß ich leider nicht, aber ich hoffe sehr, dass es ihm gut geht. Du musst einmal seine Stimme hören. Ein begnadeter Sänger.«

»Wie heißt er denn?«

»Rémy«, antwortete Walter und Mads sah bei einem kurzen Seitenblick, wie die Augen dieses Berges von einem Mann leuchteten wie die eines kleinen Kindes. Dieser Rémy musste wirklich außergewöhnlich wichtig für diesen gutmütigen Imbissbudenbesitzer sein.

»Ich hoffe, dass ich irgendwann das Vergnügen habe, ihn kennenzulernen«, sagte Mads daher.

»Du wirst ihn lieben, wie wir alle ihn lieben. Meine Gedanken sind ständig bei Rémy. Wo immer er gerade ist, ich hoffe, dass er seinen Frieden gefunden hat.« Walter sah aus dem Beifahrerfenster und Mads registrierte, wie er sich mit der Hand übers Gesicht fuhr.

Den Rest der Fahrt verbrachten sie schweigend.

»Denk bitte an meine Worte«, sagte Walter, als sie die Dienststelle betraten, dann gingen sie weiter zum Büro von Gustav.

»Ist mein Onkel da?«, fragte Mads im Vorzimmer.

»Er und der Bürgermeister«, antwortete Petra.

»Lasse Brandt nicht?«

»Nein, er war vorhin da und hatte ein längeres Gespräch mit Gustav, danach haben Herr Brandt und sein Kollege Raphael Oblak in die JVA gefahren. Sie müssten bald zurück sein.«

»Danke.«

»Du siehst gereizt aus«, bemerkte Petra und warf Mads einen kritischen Blick zu.

»Das ist nur die Anspannung. Diesmal habe ich mir keinen Rüffel abzuholen, es ist eher andersherum. Mein Onkel muss mir einiges erklären.«

»Dann Waidmannsheil.«

»Darf ich mit?«, fragte Walter.

Mads ahnte, dass der Kölner ihm für alle Fälle als Vermittler zur Seite stehen wollte, daher antwortete er: »Klar.«

Er klopfte an die Tür und trat mit Walter ein. Sie begrüßten einander und setzten sich.

»Ich habe gehört, dass Lasse und Emre Oblak zur JVA fahren. Wolltet ihr das nicht machen?«, begann Mads.

»Herr Brandt hat sich freundlicherweise angeboten, das zu übernehmen, denn ich warte noch auf die Ergebnisse der Polizei in Hamburg und die Liste von Tim. Außerdem hatte ich vorhin eine Telko mit der Direktion in Lübeck. Daher war ich sehr froh über das Angebot.«

»Ist Oblak demnach unschuldig?«, schlussfolgerte Mads. Er kannte seinen Onkel, wenn er überzeugt gewesen wäre, dass Oblak in die Entführung Juttas verwickelt war, hätte er Brandt nie allein fahren lassen.

»Zumindest haben wir keine Beweise, dass er schuldig ist. Dennoch wird er nicht so schnell aus dem Gefängnis rauskommen, was uns einen Zeitvorteil bringt, sollte er doch etwas mit der Entführung zu tun haben.«

»Wie hat Lasse dich überzeugt?«

»Oblak hat gestanden, mit der Idee gespielt zu haben, Jutta zu entführen, aber er hat sie angeblich schnell verworfen, weil er nicht wieder ins Gefängnis wollte. Was immerhin erklären würde, warum er seit einer Woche keine Fotos mehr von ihr gemacht hat. Ich vertraue Brandts Instinkt.«

»Daran tust du gut«, bestätigte Mads.

»Worauf willst du hinaus?« Gustav zog eine Augenbraue hoch.

»Unser Täter hat Emma Falk kontaktiert.«

»Warum kontaktiert er die Journalistin?«, fragte Gustav.

»Sicherlich verheimlicht sie uns wieder was. Jede Wette«, ätzte Albert.

»Nein, das tut sie nicht. Sie ist gleich damit zu mir gekommen«, ergriff Mads Partei für sie. Er konnte es einfach nicht leiden, wie vor allem Albert jedes Mal über sie herzog.

»Und woher weiß sie, dass es der Täter ist?«, hakte Gustav nach.

»Bis vorhin wusste sie es nicht und hat geglaubt, es wäre nur ein Trittbrettfahrer. Aber dann kam eine eindeutige Nachricht.«

»Was für eine Nachricht? Lass dir doch nicht alles aus der Nase ziehen«, wurde Gustav ungemütlich.

»Ich soll mir nicht alles aus der Nase ziehen lassen?«, reagierte Mads scharf. »Es ist doch eure Schuld, dass Oma entführt wurde.«

»Jetzt gehst du zu weit«, warnte Albert.

»Ganz sicher nicht. Die erste Nachricht an die Redaktion der Ostseezeitung lautete: *Es ist an der Zeit, dass die Welt die Wahrheit über Albert Lange und Gustav Johannsen erfährt.*« Sein Atem ging schneller. »Was verheimlicht ihr? Was habt ihr Schlimmes getan, dass Oma dafür jetzt den Preis zahlen muss? Musste ein Unschuldiger ins Gefängnis?«

»Wie kommst du auf so einen Unsinn? Am Ende entscheiden Staatsanwälte und Gerichte, wer ins Gefängnis wandert, nicht dein Onkel oder ich«, konterte Albert schroff. »Diese Emma benebelt deinen Verstand.«

Mads schnaufte, er zückte sein Handy, öffnete die Foto-App und rief das Foto von Jutta auf, das der Täter an Emma geschickt hatte. Mads hatte es abfotografiert. Er zeigte es den beiden.

Gustav wich die Farbe aus dem Gesicht, er sah aus wie ein Gespenst, seine Augen waren weit aufgerissen. Mads konnte sich gut vorstellen, dass ihn der Anblick seiner Mutter schockierte. Albert sah nicht viel besser aus.

»Hast du Tim informiert?«, fragte Gustav, als er sich gefasst hatte.

»Er prüft gerade remote, ob er die IP-Adresse herausfinden kann.«

»Zeig mir noch mal das Foto«, bat Gustav.

Mads reichte ihm sein Handy.

Gustav atmete hörbar ein und aus, er fixierte das Foto mit seinem Blick und bald ähnelten seine Augen denen eines Adlers, der nach Beute sucht.

»Das Foto ist keine vierundzwanzig Stunden alt, die Wunde ist frisch«, stellte Gustav fest. »Was heißt, dass Oblak unschuldig ist.«

»Es sei denn, er hat es vor seiner Festnahme aufgenommen«, gab Albert zu bedenken.

»Dann müsste er einen Helfer haben.«

»Der Mann auf dem Friedhof, der mit den Tattoos.«

»Das glaube ich nicht«, entgegnete Mads. »Ich habe mir gestern die Akte von Oblak kurz angeschaut. Er ist nicht unschuldig ins Gefängnis gewandert.«

»Keiner, den ich oder mein Team festgenommen haben, war oder ist unschuldig«, korrigierte Gustav seinen Neffen.

»Und die Botschaft an Emma?«

»Glaub doch nicht jeden Mist! Der Täter hat ein Problem

mit mir, ja, das sehe ich ein. Aber wenn wir mal ehrlich sind, fühlt sich jeder Kriminelle bei der Urteilsverkündung ungerecht behandelt. Das heißt allerdings nicht, dass ich einen Unschuldigen ins Gefängnis schicke.«

»Sicher?« Die Worte seines Onkels klangen zwar logisch, dennoch glaubte Mads ihm nicht. »Der Täter hasst dich dermaßen, dass er bereit war, Oma zu entführen. Wenn es nicht jemand ist, der unschuldig in den Bau gewandert ist, wer dann?«

»Ich habe keinen Unschuldigen festgenommen. Es reicht«, fuhr Gustav Mads an und schlug mit der flachen Hand auf den Schreibtisch.

Mads blieb ungerührt, er zuckte nicht einmal zusammen, was man von Walter nicht gerade sagen konnte.

»Noch immer suchst du nach Ausflüchten«, erwiderte Mads kühl. »Oma wird misshandelt, aber du und Albert schützt euch mit euren Lügen gegenseitig. Denk nur ein Mal an Oma und nicht an deinen oder Alberts Ruf. Wem hast du Unrecht angetan?« Die letzten Worte sprach er besonders langsam und mit Betonung.

»Wenn ich einen Vorschlag unterbreiten dürfte«, mischte sich Walter ein.

»Was für einen Vorschlag?«, fragte Gustav.

»Ich kenne Alessio Savini, und ich weiß, wo ich ihn finden kann. Geben Sie mir einen Ausdruck von dem Phantombild, dann fahre ich zu ihm und werde mit ihm sprechen. Danach sollten wir wissen, ob der Savini-Clan dahintersteckt oder nicht.«

»Warum sollte Savini die Wahrheit sagen?«

»Weil er mir was schuldet«, erwiderte Walter schlicht.

Gustav seufzte. »Gut, meinetwegen. Aber warten Sie auf Brandt und Aydin. Mir ist etwas unwohl, Sie alleine zu jemandem wie Savini zu schicken.«

»Mach ich. Danke.«

Gustavs Bürotelefon klingelte. Er nahm das Gespräch an und stellte es auf laut, es war Tim.

»Die Liste ist gerade raus. Es sind knapp sechzig Personen«, berichtete Tim.

»Ich schaue sie mir gleich an, danke«, erwiderte Gustav.

Die Anzahl der infrage kommenden Personen überraschte Mads. Er hatte mit einigen gerechnet, aber dass fast sechzig ein Interesse daran haben könnten, Gustav eins auszuwischen, war doch erstaunlich.

»Was ist mit der IP-Adresse?«, klinkte sich Mads ein.

»Ich bin dran. Möglicherweise hat der Täter einen Fehler begangen und geglaubt, man könnte seine Nachricht nicht zurückverfolgen, wenn er sich über das Kontaktformular meldet, aber auch da werden IP-Adressen gespeichert. Ich analysiere jetzt das Foto. Vielleicht finden wir da noch einen Hinweis. Ich gehe davon aus, dass der Täter nicht versiert ist, was IT oder Internettechnologie angeht.«

»Gib uns Bescheid, sobald du was hast«, sagte Gustav.

»Mach ich.«

»Ich hätte noch eine letzte Frage«, schaltete sich Mads wieder ein. »Gibt es bei den fast sechzig Personen welche, denen wir aus deiner Sicht besondere Aufmerksamkeit schenken sollten?«

»Es gab nur einen seltsamen Fall«, antwortete Tim. »Ein Mann ist vor drei Wochen aus dem Gefängnis entlassen worden, weil die damals vorgelegten Beweise nicht hätten verwendet werden dürfen.«

»Gefälschte Beweise?«, fragte Mads und warf seinem Onkel einen vernichtenden Blick zu.

»Das geht aus den Unterlagen nicht hervor, nur dass sie als Beweismittel nicht zulässig waren. Sein Anwalt konnte dadurch eine Entlassung erwirken.«

»Wie heißt die Person?«, fragte Gustav.

»Jasper Bartels.«

Gustav fiel der Hörer aus der Hand, er wirkte zu Tode erschrocken. Hastig nahm er den Hörer wieder hoch. »Gibt es einen Vermerk über seinen Aufenthaltsort?«, fragte er.

»Nein, sein Anwalt hat ihn abgeholt.«

»Ich will die Kontaktdaten von dem Anwalt und Bartels' Akte. Wie kann es sein, dass er auf freiem Fuß ist?« Gustav kochte innerlich, sein Gesicht war rot angelaufen.

Am liebsten hätte Mads geantwortet: *»Weil du die Beweise gefälscht hast«*, hielt sich aber zurück, was auch daran lag, dass Walter seine Schulter berührte.

»Sind in fünf Minuten in deinem Postfach.«

»Danke«, kam es schwach über Gustavs Lippen. Er beendete das Gespräch, dann holte er tief Luft. »Welcher idiotische Richter hat einen mehrfachen Kindermörder aus der Haft entlassen?«

»Das ist alles deine Schuld«, platzte es nun doch aus Mads heraus. »Weil du und Albert Beweise gefälscht haben, wurde Bartels entlassen, und jetzt rächt er sich mit der Entführung von Oma an dir. Wenn Oma stirbt, bist du allein dafür verantwortlich!« Egal was sein Onkel noch sagen würde, Mads könnte ihm nicht verzeihen.

»Mads, das alles ist komplizierter«, versuchte Albert ihn zu beschwichtigen.

»Kompliziert? Ein Kindermörder hat Oma in seiner Gewalt. Ein Mensch, der zu allem fähig ist, weil ihr Scheiße gebaut habt. Was ist daran kompliziert? Ein Mal, nur ein Mal möchte ich, dass mein Onkel sich nicht hinter seiner Position versteckt, sondern mir in die Augen schaut und Verantwortung übernimmt.« Mads kämpfte über die Maßen, um seine Emotionen unter Kontrolle zu halten, weil er die brutale Gewissheit hatte, dass jemand, der Kinder ermorden konnte, erst recht kein Problem damit hatte, eine ältere Frau zu töten.

Gustav warf seinem Neffen einen mitfühlenden Blick zu. Es lag keine Wut in seinen Augen, sondern vielmehr Sorge und

Angst. Dann antwortete er leise: »Du hast recht. Albert hat damit nichts zu tun. Ich habe damals die Beweise gefälscht, weil ich kein weiteres missbrauchtes und totes Mädchen ertragen hätte. Ich allein bin dafür verantwortlich, dass Oma entführt wurde.«

56

»Was war denn da drin los?«, fragte Brandt. Es war nicht zu übersehen, wie aufgewühlt Walter war. Sie waren sich im Flur über den Weg gelaufen und Brandt hatte nur noch gesehen, wie Mads wutentbrannt fortgelaufen war.

»Jede Menge Sprengstoff«, erwiderte Walter und bedeutete den beiden Freunden, lieber wieder hinauszugehen. Draußen erzählte Walter ihnen in groben Zügen von dem Gespräch und seinem Wunsch, Alessio Savini aufzusuchen. Brandt willigte sofort ein und so befanden sie sich nun auf dem Weg nach Hamburg.

»Jetzt erklär uns bitte noch mal genauer, was wir eben bei Gustav verpasst haben«, bat Brandt.

»Wie es ausschaut, jagen wir einen Jasper Bartels. Ein übler Kerl. Er soll vier Kinder missbraucht und ermordet haben.«

»Ist er aus dem Gefängnis geflohen?«, fragte Aydin.

»Nein, er wurde entlassen, weil einige Beweise nicht zulässig waren. Sein neuer Anwalt hat ihn aus dem Knast rausgeboxt.«

»Wie kann das sein? Hat der Staatsanwalt damals bei der Beweisaufnahme geschlampt?« Brandt schüttelte verständnislos den Kopf. Dass jemand, der Kinder misshandelte und sogar ermordete, auf freiem Fuß war, erzürnte ihn. Solche Kriminelle gehörten in seinen Augen für immer weggesperrt.

»Genau das ist der Knackpunkt. Gustav hat vorhin zugegeben, dass er Beweismittel gefälscht hat. Sie hatten wohl keine handfesten Beweise, um Bartels anzuklagen, und weil er nicht noch mehr tote Kinder ertragen hätte, wusste er sich nicht anders zu helfen, als zu dieser drastischen Maßnahme zu greifen.«

»Und was sagt uns das? Wenn du als Polizist nicht sauber arbeitest, ist das wie ein Boomerang, es fällt dir früher oder später vor die Füße«, bemerkte Aydin.

»Gab es nach der Verhaftung denn weitere tote Kinder?«, wollte Brandt wissen.

»Nein, keine.«

»Dann war es dieser Mistkerl. So viel Zufall kann es nicht geben. Gustav hat das Richtige getan.«

»Findest du?« Aydin schien nicht überzeugt.

»Manchmal muss man seine Befugnisse etwas ausdehnen«, blieb Brandt vage.

»Wir leben in einem Rechtsstaat.«

»Könntest du weitere tote Kinder verantworten, wenn du wüsstest, dass mit ein wenig Manipulation die richtige Person im Gefängnis landet?«, fragte Brandt.

»Was unterscheidet uns dann von Kriminellen? Wo ziehst du die Linie?«

»Ich muss da keine Linie ziehen. Kinder sind für mich immer eine rote Linie, die ein Krimineller in meiner Gegenwart niemals überschreiten sollte. Du und deine Moral von der Akademie. Walter, wie siehst du das?«

»Ich bin kein Polizist, aber wenn mir ein Kinderschänder unter die Finger kommt, dann gnade ihm Gott.«

»Mads ist demzufolge nicht gut auf Gustav zu sprechen, oder?«, mutmaßte Brandt.

»So kann man es sagen. Er ist wütend abgedampft. Glaubt, dass Jutta niemals entführt worden wäre, wenn sein Onkel damals nicht die Beweise gefälscht hätte«, erklärte Walter.

»Der wird sich wieder einkriegen. Mads ist durch und durch ein Familienmensch.«

»Das hoffe ich. Wobei ich bei den beiden manchmal nicht das Gefühl habe, dass Onkel und Neffe streiten, sondern vielmehr Vater und Sohn. Sie sind sich so ähnlich, das ist schon seltsam.«

»Eine Familie halt«, sagte Brandt achselzuckend. »Wir sollten trotzdem ein paar Infos über diesen Bartels einholen.«

»Ich schreibe Mads und bitte ihn um die Akte«, schlug Aydin vor.

»Gute Idee. Walter, klär uns solange über diesen Alessio Savini auf. Was hat er mit der Entführung zu tun und vor allem mit dir?«

»Ich kenne Savini aus der Zeit, als ich auf dem Kiez gearbeitet habe, wenn keines der großen Schiffe auslief und einen Matrosen brauchte.«

»Was soll er mit der Entführung zu tun haben?«

»Die Person, die die Zeugin auf dem Friedhof gesehen hat, trug ein Tattoo, es ist das Erkennungszeichen des Clans, den Savini anführte.«

»Könnte Zufall sein«, erwiderte Brandt.

»Mag sein, deswegen möchte ich das ja persönlich mit Savini besprechen. Petra hat mir das Phantombild ausgedruckt.«

»Du willst es doch nicht etwa Savini zeigen?«

»Hatte ich vor, warum?«

»Weil das nach hinten losgeht. Gut, dass ich dabei bin. Wie kommst du überhaupt darauf, dass ein Mafiaboss dir verraten sollte, ob die Person einer seiner Männer ist?«

»Weil ich ihm das Leben gerettet habe. Er schuldet mir was.«

»Das ist aber bestimmt zig Jahre her.«

»So eine Schuld hat keine Laufzeit«, beharrte Walter.

»Mag sein, trotzdem fällt es mir schwer, zu verstehen, warum ein Mafiaboss Mads' Oma entführen sollte. Egal, jetzt sind wir auf dem Weg. Ich persönlich hätte mir diesen Anwalt geschnappt.«

»An dem ist Gustav dran. Und zu deiner Frage nach der Querverbindung: Vor sehr langer Zeit wollte Savini die Lübecker Bucht mit Schutzgeldern unter seine Kontrolle bringen, aber Mikkel Johannsen, Gustavs Vater, hat das zu verhindern gewusst. Jetzt denk mal weiter, dass es eine Abmachung gab, die mittlerweile hinfällig ist, deshalb will Savini mit der Entführung ein Zeichen setzen, dass sich von nun an niemand mehr in seine Geschäfte einmischen sollte.«

»Du hast zu viel Fantasie. Bartels ist unser Mann. Vertrau mir.«

»Na ja, so unrecht hat Walter nicht. Wäre nicht das erste Mal, dass die Mafia mithilfe einer Entführung an Einfluss gewinnen möchte«, wandte Aydin ein.

»War klar, dass du in dieselbe Kerbe schlägst. Du schaust zu viel Netflix«, spottete Brandt, doch tief in seinem Herzen hoffte er, dass seine Theorie die richtige war. Wenn nämlich die Mafia involviert wäre, befürchtete er das Schlimmste für Jutta.

»Ich habe die Akte über einen sicheren Kanal bekommen, Mads hat Tim damit beauftragt«, meldete Aydin.

»Dann lies mal vor.«

Aydin nickte und informierte die Freunde über die Inhalte zum Fall Bartels.

»Gustav hat das einzig Richtige gemacht«, schloss Walter, nachdem Aydin geendet hatte. »Wie kann ein Mensch so abartig und böse sein.«

»Trotzdem ist er frei«, kommentierte Brandt. »Unser Rechtssystem ist manchmal alles andere als fair und logisch.«

»So ist es«, pflichtete Walter ihm bei. »Habt ihr nicht auch von dem Fall gelesen, wo ein Mann eine vierundachtzigjährige Frau überfallen hat? Er hat sie misshandelt und ihr mehrere Rippen gebrochen. Mit viel Glück hat sie überlebt, und was für eine Strafe bekommt dieser Dreckskerl dafür? Nur drei Jahre. Drei Jahre!« Walter lachte verächtlich. »Die arme Frau ist für ihr Leben gezeichnet. Wie viel Mut gehört dazu, eine Rentnerin nicht nur zu überfallen, sondern sie auch noch zu misshandeln? Durch diese lächerlichen Urteile fühlt sich doch jeder Kriminelle nur motiviert so was nachzuahmen. Ich kann gar nicht so viel essen, wie ich kotzen möchte. So jemand soll mir unter die Finger kommen, dann kann ich für nichts garantieren.« Walter schnaufte empört.

Brandt verstand seinen Freund, viele Urteile waren wie eine schallende Ohrfeige für die Opfer. Da kam ihm eine Idee, die ihn wieder auf den Fall zurückbrachte. Er rief Lutz Fischer, den Leiter der Kölner Informationsabteilung an. Er nahm sofort ab.

»Seid ihr noch an der Ostsee?«, fragte Fischer. Er wusste von Tim, dass Brandt und Aydin aktuell den Johannsens halfen.

»Das sind wir. Tim ist zu mit Arbeit, deshalb kannst du uns vielleicht helfen.«

»Schieß los.«

»Aydin schickt dir gleich die Akte von einem Jasper Bartels. Wir sind gerade auf dem Weg zu Alessio Savini, dem Kopf eines italienischen Mafiaclans im Hamburger Raum. Mich würde interessieren, ob es irgendeine Verbindung zwischen Bartels und Savini oder zwischen Bartels' Anwalt und Savini gibt. Gustav glaubt, dass Bartels seine Mutter entführt hat, denn er wurde vor Kurzem aus dem Gefängnis entlassen. Aufenthaltsort unbekannt. Kannst du herausfinden, ob er Freunde oder Familie an der Lübecker Bucht oder in Norddeutschland hat?«

»Hört sich verzwickt an.«

»Das ist es. Leider stehen wir mächtig unter Druck.«

»Kann ich mir gut vorstellen. Ich kümmere mich darum und stimme mich mit Tim ab«, erwiderte Fischer.

»Besten Dank.« Brandt beendete das Gespräch.

»Fischer und Tim scheinen gut zusammenzuarbeiten«, bemerkte Walter.

»Beide Meisterhacker«, sagte Brandt.

»Fehlt nur noch Joe im Bunde«, fügte Aydin hinzu.

»Soviel ich weiß, arbeiten sie immer mal wieder mit ihm zusammen. Gerade wenn es ums Hacken geht. Aber alles höchst inoffiziell«, erklärte Brandt.

»Das stimmt. Wir haben lange nichts von Joe und Peter Walsh gehört. Jemand wie Walsh an unserer Seite wäre Gold wert«, sagte Walter.

»Sind wir nicht gut genug?«, zog Brandt ihn auf.

»So meine ich das nicht. Ihr seid halt Polizisten und Walsh juckt das Gesetz nicht, er macht, was er für richtig hält. Ein Superheld. Die Welt braucht leider mehr Menschen wie ihn.«

»Kollege Aydin, du bist so ruhig. Normalerweise springst du als Fanboy sofort darauf an, wenn du den Namen Walsh hörst.«

»Witzig. Ich schreibe gerade Fischer.«

»Steh doch dazu, dass du ein Fanboy bist«, stichelte Brandt weiter.

»Im Gegensatz zu dir habe ich kein Problem damit, zuzugeben, dass Walsh verdammt cool ist und uns beide zweimal in die Tasche steckt. Wie er sich mit bloßer Muskelkraft am fliegenden Hubschrauber festgehalten hat, war schon Hammer.«

»Sag ich doch, Fanboy«, lachte Brandt. Es machte einfach zu viel Spaß, seinen besten Freund zu necken, weil es so leicht war. Dabei hatten beide recht. Jemand wie Walsh hätte ihnen sehr hilfreich sein können. Aber Walsh war nicht da, somit mussten sie es allein regeln.

»Nächste rechts«, sagte Walter und Brandt bog ab.

Er folgte der Straße und wenig später bat Walter ihn, erneut rechts abzubiegen.

»Du bist sicher, dass du weißt, wohin du uns führst?«

»Klar. Die Ecke kenne ich wie meine Westentasche.«

»Und was ist, wenn Savini nicht mehr in dieser Gegend sitzt? Immerhin ist das bestimmt dreißig Jahre her oder so.«

»Savini zieht nicht weg. Der hängt an dem Gebäude, weil

es die erste Immobilie war, die er gekauft hat. Er ist ein Mensch, der viel Wert auf solche Symbolik legt.«

Brandt schwieg, er hoffte, dass sein Freund sich nicht irrte.

»Hab mehr Vertrauen in Walter«, sagte Aydin.

»Das hat nichts mit Vertrauen zu tun. Eher mit Logik«, gab Brandt zurück.

»Diesmal liegst du falsch. Menschen wie Savini sind Bauchmenschen«, entgegnete Walter.

»Ist ja gut. Gegen euch zwei Dickschädel komme ich eh nicht an«, spottete Brandt. »Wie weit noch?«

»Die nächste Straße links. Ist eine Sackgasse. Am Ende steht sein Import- und Exportladen.«

Brandt bog ab und fuhr die Straße hinunter. Walter behielt recht. Am Ende der kleinen Straße stand ein Gebäude, auf dem ein Firmenschild angebracht war.

»Was habe ich gesagt?«, freute sich Walter.

Aydin schmunzelte und warf Brandt einen wissenden Blick zu.

»Wie gut, dass Walter kein Polizist ist. Ihr zwei in einer Combo seid schwer zu ertragen. Aber sei's drum, soll dieser kleine Triumph euch gehören. Trotzdem wissen wir nicht, ob Savini überhaupt da ist, geschweige denn, ob das Gebäude noch genutzt wird.«

»Das wird es, vertrau Onkel Walter. Manche Dinge ändern sich nie.«

Brandt parkte und die drei stiegen aus. Als sie das Gelände betraten, kamen ihnen sofort fünf Männer entgegen. Das Erste, was Brandt auffiel, war das kleine Tattoo am Hals: ein Pik-Ass.

»Zu wem wollen Sie?«, fragte einer der Männer.

»Zum Boss. Er kennt mich«, antwortete Walter.

»Ich bin der Boss und ich kenne dich nicht«, erwiderte die Person, die Walter gegenüberstand.

»Sie sind sicherlich nicht Alessio Savini«, blieb Walter unbeeindruckt.

»Ich bin sein Sohn.«

»Stefano?«

»Woher kennen Sie meinen Namen?«, fragte der Mann und rückte ihnen bedrohlich näher.

»Ich kenne dich, da warst du noch ein kleiner Windelscheißer. Ich heiße Walter, damals habe ich für deinen Vater …«, setzte Walter an, wurde jedoch sofort unterbrochen.

»Mich nennt niemand Windelscheißer, du Hund!«, brüllte Stefano und wollte Walter einen Faustschlag verpassen.

Brandt sah das kommen, er stellte sich vor Walter und konnte den Schlag abwehren.

»Alle entspannen sich jetzt«, sagte Brandt betont ruhig. »Wir wollen uns nur mit Ihrem Vater unterhalten.«

»Ich wusste es doch. Bullen. Jungs, schnappt sie euch«, rief Stefano und seine Männer kreisten die drei Kölner ein.

57

»Was ist los?«, fragte Lena, als Mads ihr gemeinsames Büro betrat. Er schäumte vor Wut.

»Ich wusste es. Ich habe es von Anfang an gewusst. Es ist Gustavs Schuld, dass Oma entführt wurde.«

»Wie meinst du das?«

»Er hat vor Jahren Beweise gefälscht, um einen Kinderschänder und Mörder ins Gefängnis zu bringen. Und rate mal, wer gerade aus der Haft entlassen wurde: genau dieser Kinderschänder«, erklärte Mads und lief dabei im Zimmer auf und ab.

»Gab es eine Wiederaufnahme des Verfahrens?«

»Richtig. Der Typ heißt Jasper Bartels. Er wurde vor einem Monat oder so aus der Haft entlassen, er hatte also genug Zeit, um Oma zu entführen.« Mads ließ sich auf die Schreibtischkante sinken und rieb sich die Stirn.

»Und es ist ausgeschlossen, dass es jemand anderer war?«, fragte Lena.

»Nein, natürlich nicht. Aber er ist die einzige Person, die Gustav verhaftet hat und die vorzeitig aus der Haft entlassen wurde, und zwar nicht wegen guter Führung.«

»Wissen wir, wo er ist?«

Mads hob die Handflächen. »Keine Ahnung. Tim ist dran. Immerhin wir haben die Anschrift seines Anwalts. Tim müsste die Daten bereits auf dem Server hinterlegt haben. Wir sollten diesen Anwalt unbedingt aufsuchen.«

Lena schien zu überlegen.

»Woran denkst du?«

»Möglicherweise ist es nichts, aber findest du es nicht seltsam, dass Oblak vor einem Monat angefangen hat, Oma zu bespitzeln, und es vor einer Woche eingestellt hat, weil er angeblich kalte Füße bekam?«

»Worauf willst du hinaus?«

»Was, wenn Bartels das spitzgekriegt hat und ein Gespräch mit Oblak hatte. Könnte doch sein, dass Bartels Oblak verständlich gemacht hat, dass er die Finger von Jutta lassen soll.«

Mads griff mit beiden Händen an seine Nackenmuskeln und massierte sie kurz, er war vor lauter Wut ganz verkrampft. »Dann sollten wir Oblak einen Besuch abstatten.«

»Und Gustav dem Anwalt?«

»Ist mir völlig egal, was er macht. Wenn Oma stirbt, habe ich keinen Onkel mehr.«

»Lass uns zu Oblak gehen, und wenn deine Wut abgekühlt ist, reden wir in Ruhe über die Fehler von Gustav«, schien Lena vermitteln zu wollen.

Mads sah jedoch keinen Grund, seine Einstellung zu ändern, denn die Wahrheit war, dass seine Oma ihm viel mehr bedeutete als Gustav, und der Gedanke, dass sie wegen seiner Kungelei sterben könnte, war unerträglich.

»Was machst du?«, fragte Mads, als Lena zum Hörer griff.

»Unseren Onkel darüber informieren, wo wir hinfahren, und mich mit ihm abstimmen, ob wir auch den Anwalt aufsuchen sollen.«

»Ich warte draußen. Ich kann seine Stimme gerade echt nicht ertragen.«

Mads nahm seine Waffe und verließ den Raum.

Auf dem Flur atmete er tief ein und aus und versuchte, die Wut und die Angst in den Griff zu bekommen, doch es gelang ihm nicht. Er ballte die Hand zur Faust und hätte sie am liebsten gegen die Wand geschlagen. Das Foto, das seine Oma so übel zugerichtet zeigte, hatte sich in sein Gehirn gebrannt.

»Wie mutig muss man sein, eine arme alte Frau krankenhausreif zu schlagen?«, platzte er heraus. Er wusste nicht, was er tun würde, wenn er dem Täter jetzt gegenüberstünde.

»Wir können«, sagte Lena in dem Moment, sie war eben aus dem Büro getreten.

»Gehen wir auch zu dem Anwalt?«

»Das übernimmt Gustav. Erstaunlicherweise hat der Anwalt seine Kanzlei in Lübeck.«

Mads nickte. »In welchem Knast war Bartels?«

»Irgendwo im Mannheimer Raum, wenn ich Gustav richtig verstanden habe, deswegen fand er es seltsam, dass sich Bartels einen Verteidiger aus dieser Ecke genommen hat.«

»Oder der Anwalt ist auf ihn zugekommen. Wenn Gustav Bartels festgenommen hat, wird er sicher an der Lübecker Bucht groß geworden sein.«

»Oder er war ein Tourist.«

»Nicht bei vier toten Mädchen«, hielt Mads dagegen.

»Während der Fahrt schau ich mir die digitale Akte an, die hat Tim auf dem Server abgelegt.«

»Gute Idee. Kannst du bitte bei Tim veranlassen, dass Emre die Akte auch einsehen kann? Er hat mich vorhin danach gefragt.«

»Klar.« Lena setzte sich in ihren Rollstuhl und gemeinsam begaben sie sich zum Parkplatz.

Auf der Fahrt zur JVA Lübeck las Lena in der Akte.

»Übrigens hast du recht. Bartels hat in Haffkrug gelebt. Die Opfer waren vier Mädchen im Alter zwischen sieben und elf Jahren.« Lena hielt inne und schluckte.

»Ich muss nicht wissen, was dieser Bastard gemacht hat«, grollte Mads.

»Ich auch nicht. Aber das hier ist interessant.«

»Was?«

»Papa war der leitende Ermittler.«

»Nicht ungewöhnlich, immerhin war er so etwas wie die rechte Hand von Gustav.«

»Stimmt«, erwiderte Lena. »Was machen wir eigentlich mit den anderen potenziellen Tatverdächtigen?«

»Vergiss sie, Bartels ist unser Mann. Die Kollegen sollen die anderen auf der Liste abtelefonieren. Wir konzentrieren uns nur auf ihn. Wo wohnt der Anwalt?«

»In Lübeck, Bruderherz, das sagte ich eben.«

»Ich meinte die Anschrift«, versuchte Mads sich herauszureden. Die Wahrheit war, dass er gerade keinen klaren Gedanken fassen konnte.

»Wir finden Oma, mach dich nicht verrückt«, sagte Lena und strich Mads über die Hand.

Diese kleine Geste tat ihm gut. Lena hatte ja recht, er musste einen kühlen Kopf bewahren.

»Ihr scheint ja Sehnsucht zu haben«, bemerkte der Beamte der JVA, der sie zu einem Verhörraum führte.

»Schön wär's«, entgegnete Mads.

»Ich bring Ihnen den Häftling«, sagte der Beamte und verließ den Raum.

»Wir haben Oblak zu früh in die JVA gebracht«, murrte Mads.

»Warum?«

»Auf der Dienststelle hätten wir ihn mehr unter Druck setzen können, da stand er unter unserer Kontrolle.«

Lena zog die Augenbrauen hoch. »Du hörst dich fast wie unser Onkel an.«

»Ganz sicher nicht. Du weißt, wie ich das meine.«

»Nein, weiß ich nicht«, beharrte sie. »Würdest du etwa Gewalt anwenden, um an Informationen zu gelangen?« Lenas Blick wirkte ernst.

Mads umarmte sie und drückte ihr einen Kuss auf die Stirn. »Niemand soll sich mit meiner Familie anlegen«, antwortete er vieldeutig.

Lena konnte darauf nichts mehr erwidern, denn in diesem Moment wurde die Tür geöffnet und der Wärter trat mit Oblak ein.

»Haben Sie mich vermisst?«, scherzte Oblak.

»Nehmen Sie Platz«, antwortete Mads. Und an den Wärter gerichtet fügte er hinzu: »Wir kommen allein klar.«

Der Wärter nickte und verließ den Raum.

»Was wollen Sie von mir? Ich habe diesem Brandt doch schon deutlich gemacht, dass ich nichts mit der Entführung von Jutta Johannsen zu tun habe«, fuhr Oblak auf.

»Das wissen wir. Deswegen sind wir auch nicht hier«, antwortete Mads.

»Weswegen dann?«

»Entspannen Sie sich. Wir verdächtigen Sie nicht und wir wollen Ihnen nichts anhängen.«

»Was dann?« Oblak blieb skeptisch, lehnte sich schließlich jedoch im Stuhl zurück.

»Sagt Ihnen der Name Jasper Bartels etwas?«

»Nein, wer soll das sein?«

»Denken Sie genau nach«, entgegnete Mads. Er war sich nicht sicher, ob Oblak die Wahrheit sagte, seine Körpersprache verriet ihn zumindest nicht.

»Da muss ich nicht weiter nachdenken, der Name sagt mir nichts.«

»Wir gehen davon aus, dass Jasper Bartels Jutta Johannsen entführt hat«, erklärte Mads. »Wenn wir herausfinden, dass er Sie aufgesucht hat, und Sie verschweigen uns das, ist Ihnen sicherlich klar, dass Sie sich strafbar machen. Hinzu kommen die Entführung von Gustav Johannsen und versuchter Mord. Das dürfte locker für fünfzehn Jahre reichen.«

»Arschloch«, entfuhr es Oblak. »Ihr Johannsens seit wie Ratten, egal was man anstellt, man wird euch einfach nicht los.«

Lena berührte Mads' Hand, offensichtlich spürte sie, dass er sofort zurückschießen wollte.

»Herr Oblak, ich verstehe Ihre Wut, aber wenn Sie uns helfen, Jutta zu finden, verspreche ich Ihnen, dass mein Onkel dafür sorgen wird, dass Sie nicht ins Gefängnis müssen«, schaltete sich Lena nun ein.

»Sie machen wohl Witze.«

»Tue ich nicht. Er kann aussagen, dass das Ganze ein großes Missverständnis war.«

»Und da spielt der Staatsanwalt mit?«

»Das wird er. Sie kennen meinen Onkel«, sprang Mads seiner Schwester bei. Er war erstaunt über ihren Vorschlag, doch wenn sie so zum Ziel kamen, sollte es ihm recht sein. »Sie haben mein Wort darauf, dass Sie frei kommen, sobald wir unsere Oma gefunden haben.«

»Und was, wenn er sie längst umgebracht hat?«, rutschte es Oblak heraus.

58

So brutal konnte einen die Vergangenheit einholen. Gustav war kaum mehr fähig, klar zu denken.

»Lass das nicht zu nah an dich heran«, sagte Albert.

»Du hast leicht reden. Mads hat recht, wenn ich mich damals anders entschieden hätte …«

»… hätte Bartels weiter gemordet. Es war im Übrigen dein Bruder, der diese Idee hatte.«

»Lass meinen Bruder da raus. Er ist tot und kann sich nicht verteidigen. Ich allein trage die Verantwortung.«

»Willst du jetzt in Selbstmitleid zerfließen oder wollen wir den Anwalt aufsuchen?«, mahnte Albert.

Gustavs Bürotelefon klingelte, es war Lena. Das Gespräch dauerte nicht lange.

»Lena und Mads wollen Oblak einen Besuch abstatten«, sagte Gustav, nachdem er aufgelegt hatte.

»Warum? Er hat doch nichts mit der Entführung zu tun.«

»Möglicherweise schon«, erwiderte Gustav und klärte Albert kurz auf.

»Das ist ein verdammt guter Ansatz. Wer hatte die Idee?«

»Lena sagt, Mads und sie. Aber ich bin mir sicher, dass es Lena allein war. Mads war viel zu aufgewühlt, als dass er solch klare Vorschläge hätte machen können. Tja, so ist Lena, nie aufs Einheimsen der Lorbeeren bedacht.«

»Genau deswegen ist sie die perfekte Nachfolgerin für deinen Posten.«

»Vielleicht hast du recht«, gab Gustav nachdenklich zurück. Dabei hatte er sich immer gewünscht, dass Mads seine Position übernehmen und Lena beschützen würde, so wie er die Position von seinem Vater übernommen hatte, um seinen Bruder zu beschützen.

Dein Bruder ist tot, gestorben bei einem Einsatz, als er dir das Leben gerettet hat. Du hast ihn nicht schützen können, mahnte ihn eine innere Stimme. Die Erinnerung war wie eine schmerzende Wunde, die niemals heilen würde. Weil Gustav es nicht zuließ.

»Lass uns zu dem Anwalt fahren«, sagte Albert und stand auf. »Du kennst Mads, er wird sich beruhigen.«

Gustav schüttelte den Kopf. »Diesmal ist es anders. Ich habe zum ersten Mal Hass in seinen Augen gesehen. Hass auf mich. Und er hat allen Grund dazu, weil ich weiß, wie sehr er seine Oma liebt.«

»Die zufälligerweise deine Mutter ist, die du genauso liebst.«

»Natürlich liebe ich meine Mutter. Aber die Beziehung zwischen Mads und Jutta war immer etwas Besonderes.«

»Lass diese Sentimentalitäten. Wir müssen dringend den Anwalt in die Mangel nehmen.« Albert hatte bereits die Hand auf der Türklinke.

»Und wieder hast du recht«, stimmte Gustav zu. Er nahm seine Waffe und beide verließen das Büro.

»Wohin des Weges?«, fragte Petra.

»Wir wollen zu Dr. Bernd Roth, dem Anwalt von Jasper Bartels, falls jemand fragen sollte.«

»Habe ich notiert.«

Gustav nickte nur und eilte mit Albert aus dem Gebäude.

»Reiß dich bitte zusammen, wenn wir gleich reingehen«, sagte Albert, als Gustav vor der Kanzlei von Bartels' Anwalt parkte. Während der Fahrt hatte Albert ein paar Anrufe getätigt, um Informationen über Roth einzuholen, außerdem hatte er Gustav die Daten vorgelesen, die Tim über Roth herausgefunden und im System hinterlegt hatte.

»Was denkt ihr eigentlich alle von mir? Dass ich wie ein

wildgewordener Stier alles niederrenne?« Gustav schüttelte den Kopf. »Noch bin ich Polizeichef und ich weiß, wie ich mich als solcher zu benehmen habe.«

»So habe ich das doch nicht gemeint. Wir haben es hier mit einem Anwalt zu tun, solche Leute ticken anders als unsere einfältigen Kriminellen. Mein Vorschlag, den du sicherlich ablehnen wirst: Lass mich reden.«

»Genau, du kennst mich«, gab Gustav zurück und lief zum Eingang vor, blieb dort aber kurz stehen. »Gut, die ersten fünf Minuten gehören dir.«

»Mehr brauche ich nicht.«

Sie betraten das Gebäude und gingen in den ersten Stock, wo die Kanzlei lag.

»Moin«, machte sich Albert am Empfang bemerkbar. »Wir möchten uns mit Herrn Dr. Roth unterhalten.«

»Haben Sie einen Termin?«, fragte die junge Assistentin.

»Den haben wir leider nicht. Hat sich kurzfristig ergeben.«

»Dann wird es vermutlich schwierig. Herr Roth hat einen sehr engen Terminkalender.«

»Sagen Sie ihm bitte, dass Albert Lange, der Bürgermeister der Gemeinde Timmendorfer Strand, und der dortige Polizeichef Gustav Johannsen mit ihm sprechen wollen. Das ist sehr lieb von Ihnen«, blieb Albert beharrlich. Er gab sich außerordentlich freundlich, sodass Gustav fast den Eindruck hatte, er würde mit der Empfangsdame flirten, obwohl sie vom Alter her locker seine Tochter hätte sein können.

Die Frau tat ihm den Gefallen, griff zum Telefonhörer und unterhielt sich kurz, dann sagte sie: »Nehmen Sie bitte einen Moment im Wartezimmer Platz. Herr Dr. Roth hat gleich Zeit für Sie.«

»Danke«, antwortete Albert und Gustav folgte ihm nach nebenan. »Na, hast du gesehen, wie man das macht?«

»Ich habe nur gesehen, wie ein alter Mann mit einer viel zu jungen Frau geflirtet hat«, gab Gustav spöttisch zurück.

»Sei doch nicht gleich so gehässig. Was kann ich dafür, wenn mein Charme auch bei jungen Frauen ankommt?«

»Ich hatte eher den Eindruck, dass du nicht abgeneigt warst.«

»Quatsch«, antwortete Albert, aber sein Blick war vielsagend.

»Guten Tag, meine Herren. Sie wollten mich sprechen?«, wurde ihr Gespräch durch Roth unterbrochen.

»Dr. Roth?«, fragte Albert und stand auf, Gustav tat es ihm gleich.

»Genau. Sie sind sicherlich Albert Lange, der Bürgermeister.«

»Richtig. Soweit ich informiert bin, wohnen Sie in meiner Gemeinde.«

»Letztes Jahr endlich hingezogen. Meine Frau und ich haben gebaut.«

»Gratuliere.«

»Und Sie sind Gustav Johannsen?«, wandte sich der Anwalt an Gustav.

»Polizeichef der Ostseekriminalpolizei«, antwortete er und gab ihm die Hand. Roth hatte einen festen Händedruck und schaute Gustav in die Augen, als würde er prüfen, ob sein Gegenüber Beute oder ein ebenbürtiger Gegenspieler war. Doch solche Spielchen konnten Gustav nicht beeindrucken, er hatte auch einen ordentlichen Händedruck und so war Roth der Erste, der den Griff löste.

»Wenn Sie mir bitte folgen wollen.«

Gemeinsam gingen sie in sein Büro und setzten sich.

»Was führt Sie zu mir?«, fragte Roth und sah seine Gäste abwartend an.

»Es geht um einen Mandanten von Ihnen«, begann Albert und Gustav wäre am liebsten sofort dazwischengegangen. So dämlich konnte Roth gar nicht sein, dass er nicht wusste, worum es ging.

Roth fuhr sich kurz über die pechschwarzen Haare, die stramm nach hinten gegelt waren. *Ein gelackter Affe, der Typ Anwalt, der seine Klienten im Milieu hat,* dachte Gustav abfällig. Roth wirkte wie jemand, der im Fitnessstudio nicht nur trainierte, sondern dort auch seine Klienten akquirierte. Von Tim wusste er, dass der Anwalt achtundvierzig Jahre alt war.

»Sie wollen etwas über einen Mandanten wissen? Nun, Ihnen ist sicher bekannt, dass ich an die Schweigepflicht gebunden bin.«

»Das ist mir bewusst. Es geht aber auch nicht um irgendeinen Mandanten, sondern um Jasper Bartels. Sie haben ihn aus dem Gefängnis rausgeboxt.«

»Was nicht gerade schwierig war. Der mit den Verhandlungen betraute Staatsanwalt hat massiv geschlampt, was vor allem an den unqualifizierten Beweisen lag. Es ist mir ein Rätsel, wie der damalige Anwalt von Herrn Bartels das übersehen konnte.« Roth zeigte seine strahlend weißen Zähne, von denen einer golden glänzte. Es passte viel zu gut in das Bild, das Gustav von dem schmierigen Anwalt hatte.

»Wir müssten uns mit Herrn Bartels unterhalten. Können Sie uns seinen Aufenthaltsort nennen?«, fuhr Albert ungerührt fort.

»Den kenne ich nicht.«

»Sicher? Als sein Anwalt, der ihn gerade aus dem Gefängnis geholt hat, sollten Sie wissen, wo er sich aufhält.«

»Er ist ein freier Mann und hat niemandem Rechenschaft abzulegen. Vielleicht ist er im Urlaub, irgendwo in Griechenland, Zypern oder Italien.«

»Sicherlich haben Sie eine Handynummer«, blieb Albert beharrlich.

»Nein, die habe ich nicht. Was soll das hier überhaupt werden? Wollen Sie meinem Mandanten seine wiedergewonnene Freiheit streitig machen?«

»Lassen wir die Spiele. Sie wissen, dass ich dafür verantwortlich bin, dass Bartels ins Gefängnis gewandert ist«, platzte Gustav heraus. »Er hat vier kleine Mädchen missbraucht und ermordet, und ich weiß, dass er meine Mutter entführt hat. Wenn Sie mir nicht verraten, wo sich Bartels aufhält, nehme ich Sie wegen Behinderung der Ermittlungen fest.«

Tim war zwar schon dabei, den Aufenthaltsort von Bartels herauszufinden, aber das war nicht so leicht. Gustav hatte keine Zeit, darauf zu warten.

»So hat Sie mein Mandant beschrieben. Von oben herab. Vergessen Sie nicht, mit wem Sie reden«, reagierte Roth gelassen.

»Wollen Sie dafür verantwortlich sein, dass eine fast achtzigjährige Frau stirbt?«, fragte Albert ruhig. »Wir finden Bartels, so oder so. Aber wenn wir dann zu spät kommen, wird Sie weder Ihr Perlweiß-Lächeln noch ihre Anwaltslizenz davor retten, dass Sie direkt mit Bartels in den Knast wandern, und das war's dann mit der Karriere.«

»Ich weiß wirklich nicht, wo er ist. Meine Herren, ich kann Ihnen nicht helfen. Das Gespräch ist beendet.« Roth stand auf und wies mit der Hand zur Tür.

»Ist es nicht. Ich nehme Sie fest«, antwortete Gustav und stand ebenfalls auf, dabei griff er nach den Handschellen.

»Sie scherzen?«

»Kein bisschen, oder sehen Sie mich lachen?«

Zum ersten Mal wirkte Roth unschlüssig, die Souveränität wich aus seinem Gesicht.

»Wollen Sie wirklich, dass jeder mitkriegt, wie Sie abgeführt werden wie ein Kleinkrimineller?«, fragte Albert.

»Wenn Sie das wagen, wird das ein Nachspiel haben«, motzte Roth.

»Das interessiert mich herzlich wenig. Sie kennen den Fall Bartels und wissen, wie weit ich gehen würde. Diesmal geht es um meine Mutter.« Gustav ging um den Schreibtisch herum und wollte Roth gerade die Handschellen anlegen, da spürte er, dass Albert ebenfalls aufgesprungen war und ihn am Arm festhielt.

»Ist es das wert?«, fragte er an den Anwalt gerichtet. »Wollen Sie Ihre Karriere wirklich für einen Kindermörder aufs Spiel setzen?«

»Die Beweise waren ungültig.«

»Komischerweise gab es nach seiner Verhaftung keine weiteren Opfer. Glauben Sie an so viel Zufall?«

»Ich glaube nur an das Recht.«

»Albert, das hat keinen Sinn«, schaltete sich Gustav wieder ein. »Ich nehme ihn mit auf die Dienststelle.«

Roth zuckte die Achseln und versuchte, gleichgültig zu wirken. »Und wenn schon, morgen früh bin ich spätestens wieder raus.«

»Haben Sie tatsächlich so viel Angst vor Bartels, dass Sie diese Blamage in Kauf nehmen würden?«, provozierte Albert.

»Ich habe vor niemandem Angst«, blaffte Roth. Sein Kopf lief rot an.

»Sie können sich sicherlich denken, dass nicht nur die Ostseezeitung, sondern auch die LN morgen über die Festnahme berichten werden. Dort wird zu lesen sein, dass es Hinweise gibt, dass die Verhaftung in Verbindung zu der Entführung von Jutta Johannsen steht«, erklärte Albert ruhig.

»Sie drohen mir?«

»Keineswegs, offenbar haben Sie keine Ahnung, was eine echte Drohung ist. Was ich beschreibe, sind nur die logischen Schritte. Als Anwalt sollten Sie das doch wissen, genauso wie Ihnen bewusst sein dürfte, dass danach immer wieder Namen an die Presse durchsickern werden. Was glauben Sie, was aus Ihrem Image wird, wenn morgen ganz Deutschland Ihren Namen mit der Entführung einer armen alten Frau in Verbindung bringt?« Albert fixierte den Anwalt mit seinem Blick. »Außerdem haben Sie noch einen Fehler begangen. Sie haben sich eine fette Villa in meiner Gemeinde bauen lassen. Gleich, wenn ich zurück im Rathaus bin, werde ich dafür Sorge tragen, dass der gesamte Bau und alle Genehmigungen einer erneuten Prüfung unterzogen werden. Wollen Sie das alles wirklich für einen Kindermörder wie Bartels riskieren? Hat er Sie so an den Eiern?«

»Es ist nicht so leicht«, sagte Roth zögerlich und ließ sich auf seinen Stuhl sinken.

Gustav und Albert setzten sich ebenfalls und Gustav fragte sich, ob Roth das nur so gesagt hatte oder ob ihn jemand unter Druck setzte. Hatte er etwa Angst? Vor Bartels?

»Doch, das ist leicht«, widersprach Albert. »Wir wollen nur wissen, wo wir ihn finden, dann haben Sie mein Wort, dass dieses Gespräch nie stattgefunden hat.«

»Ich weiß wirklich nicht, wo er ist.«

»Aber?«, hakte Gustav nach, da er spürte, dass Roth reden wollte. Möglicherweise wusste der Anwalt, dass Bartels schuldig war, und hatte nur eine Lücke in der Rechtsprechung geschickt ausgenutzt, um ihn aus dem Gefängnis zu holen.

Roth atmete tief durch, als müsste er sich ein Herz fassen, dann sagte er: »Ich kenne die Anschrift des Sohnes. Er hat mir den Auftrag erteilt.« Er sah Gustav eindringlich an. »Sein Sohn hat extrem gefährliche Freunde. Wenn das hier jemals rauskommt, bin ich ein toter Mann.«

59

»Macht keinen Scheiß«, brüllte Walter. »Ich möchte nur mit deinem Vater sprechen. Sag ihm, dass Walter hier ist. Ich habe früher für ihn gearbeitet.«

»Und jetzt arbeitest du Ratte für die Polizei.« Stefano und seine Männer hatten die Kölner eingekreist.

»Der lügt, die wissen …«, flüsterte einer der Männer Stefano zu. Brandt konnte es gerade so erahnen. Die Clanmitglieder waren äußerst angespannt, und langsam verstand Brandt auch, warum. Sicher nicht, weil sie das Grundstück betreten hatten, nein, es musste etwas auf dem Grundstück geben, wovon die Polizei keine Kenntnis haben durfte.

Drogen!

»Walter hat recht. Bringt uns Alessio Savini. Was ihr hier macht, juckt uns nicht«, meldete sich Brandt daher zu Wort.

»Das ist eine Falle, Stefano, ich sagte doch, die wissen was«, reagierte der Mann von eben noch nervöser.

»Aber nur, wenn du nicht deine Fresse hältst«, schimpfte Stefano. »Macht sie platt.«

Die Männer ließen sich nicht zweimal bitten und rückten näher an die Kölner heran. Dann holte der Erste aus und traf Walter am Rücken. Walter, der trotz seiner stattlichen Erscheinung neben dem Angreifer kleiner wirkte, verpasste dem Anabolikahünen eine harte Rechte, doch den schien das überhaupt nicht zu jucken. Er holte erneut aus, aber diesmal ging Aydin dazwischen, der Schlag traf ihn am Hinterkopf und Aydin ging zu Boden.

»Das war ein Fehler«, brüllte Walter und stürzte sich wie ein Wahnsinniger auf den Hünen, riss ihn zu Boden und schlug immer wieder mit der Faust auf ihn ein.

Brandt hatte keine Zeit, sich um die anderen zu kümmern, er drehte sich schnell nach rechts, um der Faust des zweiten zu entgehen und ihm im Gegenzug einen rechten Haken zu verpassen. Der Mann taumelte, Brandt hatte ihn präzise getroffen. Er holte erneut aus, aber der Schlag ging ins Leere. Fast wäre Brandt gestürzt, konnte sich jedoch rechtzeitig abfangen.

Aus dem Augenwinkel sah er, wie Aydin wieder auf den Beinen stand und sich mit dem dritten Mann prügelte. Nur der Sohn von Savini machte sich die Hände nicht schmutzig. Er schaute zu.

In dem Moment traf Brandt ein Schlag in die Niere. Er schrie auf und holte mit dem gestreckten Bein aus, um dem Gegner ebenfalls mit dem Fuß einen Stoß gegen die Niere zu verpassen. Der andere brüllte und ging zu Boden. Brandt stürzte sich sofort auf ihn und schlug einige Male fest zu, dann drehte er ihm die Hände hinter den Rücken und legte ihm Handschellen an. »Keine Dummheiten!«, rief Brandt.

Als er auf die Beine kam, sah er, dass auch Aydin einem der Anabolikahünen Handschellen angelegt hatte.

»Nicht schlecht«, kommentierte Brandt. Er war erleichtert, dass Aydin sich von dem Hieb erholt hatte.

»Ich war mit den Handschellen schneller«, gab Aydin schmunzelnd zurück. »Wir sollten jetzt Walter helfen.«

Brandt nickte und sie eilten zu Walter, der sich mit den übrigen zwei Männern von Savini schlug. Einen hatte er gerade zu Boden geschickt, dem anderen verpasste er ein Veilchen, das seinesgleichen suchte, als Brandt und Aydin ihm schlagkräftig zu Hilfe kamen und den Angreifer endgültig niederstreckten.

»Und da sag mal einer, Onkel Walter hätte es nicht drauf«, lachte Walter. Er war deutlich gezeichnet von dem Kampf, immerhin hatte er zwei Männern niederringen müssen.

»Denk nicht mal dran«, sagte Walter, als einer der beiden auf die Beine kommen wollte.

In dem Moment wurde Brandt klar, dass sie Stefano beinahe vergessen hatten. Als er sich umdrehte, hielt dieser eine Waffe in der Hand und zielte auf Aydin.

»Jetzt lacht ihr nicht mehr«, sagte Stefano höhnisch.

»Lass den Scheiß«, brüllte Walter und schob sich vor Aydin, dann machte er einen großen Schritt auf Stefano zu. »Erst musst du an mir vorbei, wenn du dich mit meinen besten Freunden anlegen willst.«

»Dann knall ich dich eben als Ersten ab«, zeigte sich Stefano unbeeindruckt.

Brandt sah in den Augen des Italieners, dass dieser nicht scherzte. Was immer hier auf dem Grundstück war, es schien mehr wert zu sein als Walters Leben, und plötzlich musste er an Tolgas Worte denken, an den Albtraum. Er und Aydin waren zwar bewaffnet, aber jetzt ebenfalls die Waffe zu zücken, hätte den hochnervösen Stefano zu einer Dummheit verleiten können.

»Steht auf, ihr Schlappschwänze«, rief Stefano.

»Stefano, lass die Waffe fallen«, erwiderte Walter. »Mensch, ich bin ein Freund der Familie. Mich interessieren deine Geschäfte oder was auch immer nicht. Wir sind wirklich nicht hier, um Ärger zu suchen, sondern weil wir helfen wollen, eine alte Frau zu retten, die entführt wurde.«

»Ich weiß nichts von einer Entführung. Du verarschst mich doch«, sagte Stefano drohend.

»Ich wünschte, es wäre so. Hör mir zu, es gibt da jemanden, der das gleiche Tattoo trägt wie du, an derselben Stelle am Hals. Wir müssen diesen Mann finden, deswegen bin ich hier.«

»Willst du damit sagen, dass einer meiner Männer eine alte Frau entführt hat?«

»Ich weiß es nicht. Wir müssen einfach mit ihm sprechen.«

»Walter hat recht«, mischte sich Brandt ein. »Wir helfen nur dem Enkel dieser Frau. Sie heißt Jutta Johannsen. Was ansonsten hier passiert, geht uns nichts an. Wir vergessen auch gerne diese Schlägerei, aber lassen Sie die Waffe fallen. Wenn

Sie die Person nicht kennen, ist das so. Dann gehen wir und das war's.« In dieser Situation war Brandt nur eines wichtig: Walter aus der Schusslinie zu holen, bevor eine Dummheit seinen Freund das Leben kostete.

Stefano bekam schmale Augen. »Ganz sicher nicht. Ich vertraue Bullen niemals. Ihr wisst zu viel.«

»Was wissen wir denn? Wir wissen einen Dreck. Mich interessiert nur Jutta«, wurde Walter ungemütlich und wollte weiter auf Stefano zugehen, da brüllte der: »Keinen Schritt, sonst ist dein Kopf Ketchup!«

»Walter, bleib bitte, wo du bist«, sagte Aydin eindringlich. Brandt sah ihm an, dass er in großer Sorge um seinen Freund war.

Stefanos Männer waren mittlerweile wieder auf den Beinen.

»Mach ihnen die Handschellen ab«, forderte Stefano.

Brandt und Aydin taten ihm den Gefallen.

»Sollen wir sie endgültig plattmachen?«, fragte einer der Hünen.

»Halt die Klappe«, entgegnete Stefano und fuhr sich mit der Hand über die Haare. Er wirkte komplett überfordert, kein bisschen wie der Sohn eines Mafiapaten.

»Wir sollten sie kaltmachen und in der Elbe verschwinden lassen. Die Schiffsschrauben werden den Rest erledigen«, schlug einer der Männer vor.

»Und was, wenn sie Verstärkung haben? Die Bullerei wird doch wissen, dass sie hier sind«, entgegnete ein anderer. Es war derselbe, der vorhin schon so nervös reagiert hatte.

»Ich sagte, dass ihr die Klappe halten sollt«, wurde Stefano laut.

»Lassen Sie uns gehen«, schaltete sich Brandt wieder ein. Er wartete auf eine Gelegenheit, Stefano zu überwältigen.

»Ich mach dir einen Vorschlag«, setzte Walter an. »Du lässt meine Freunde gehen und behältst mich als Pfand.«

Brandt konnte nicht glauben, was Walter da gesagt hatte. Aber es sah ihm ähnlich, dass er für das Wohl seiner Freunde bereit war, sein Leben so leichtfertig aufs Spiel zu setzen.

»Niemals«, reagierte Aydin scharf. »Wir gehen alle gemeinsam und vergessen das Ganze.«

»Ich entscheide, was geschehen wird«, entgegnete Stefano.

»Was soll uns der Fette als Pfand bringen, wenn die Bullen mit Verstärkung zurückkommen?«, mahnte der Nervöse.

»Stimmt, lasst uns alle abknallen«, pflichtete ein anderer ihm bei.

»Was ist hier los?«, hörte Brandt da eine Stimme hinter seinem Rücken. Der italienische Akzent war nicht zu überhören.

Ein älterer Mann, der sich beim Gehen auf einen Krückstock stützte, kam mit zwei Männern, die wie Bodyguards aussahen, auf sie zu.

»Die haben geschnüffelt«, sagte Stefano. Er wirkte mit einem Mal fahrig.

»Geschnüffelt?« Der Mann schien nicht zu verstehen, er schaute die Männer überrascht an. »L'uomo comune ragiona«, sagte er an Stefano gerichtet, dann wandte er sich an Walter. »Bist du nicht Walter?«

»Das bin ich, Don Alessio«, antwortete Walter beinahe demütig.

»Lass die Waffe fallen, du Idiot«, forderte Alessio seinen Sohn auf.

»Papa …«

»Nichts, Papa … Wolltest du tatsächlich Walter erschießen?«

»Woher soll ich …«

»Hat Walter nicht erwähnt, dass er mich kennt?«

»Hat er nicht. Sie haben geschnüffelt«, verteidigte sich Stefano.

»Ihr Sohn lügt. Walter hat ihm mehrmals zu verstehen gegeben, dass er nur mit Ihnen sprechen möchte«, hielt Brandt dagegen.

»Du wirst doch nicht diesem gelackten Bullen glauben«, wurde Stefano laut.

»Du und deine Gorillas gehen mir aus den Augen. Und ihr drei kommt mit mir«, sprach Savini ein Machtwort.

Der Sohn schäumte vor Wut, beugte sich aber dem Wunsch seines Vaters.

Die drei Kölner folgten dem alten Mann und dessen Bodyguards. Sie betraten ein kleines Gebäude und nahmen an einem Tisch Platz.

»Wollt ihr was trinken?«, fragte Savini.

»Eine Flasche Wasser«, sagte Walter.

»Und ihr?«

»Wasser hört sich gut an«, stimmte Aydin zu.

»Für mich einen Espresso, wenn möglich«, antwortete Brandt.

»Fast wie ein Italiener«, sagte Savini und lachte. »Ich nehme auch einen.« Er schaute einen der Bodyguards auffordernd an und dieser verließ den Raum.

»Du kannst gehen«, sagte er zu dem anderen.

Der Mann wirkte nicht gerade begeistert, kam aber der Bitte seines Chefs nach.

»Sie haben ständig Sorge um mich«, sagte Savini heiser. »Ich bin wie ein Vater für meine Jungs.« Dann schaute er zu Walter. »Wie die Zeit vergeht. Trotzdem hast du noch immer die gleiche hässliche, dabei gutmütige Visage wie damals.«

»Und Sie sind charmant wie eh und je«, gab Walter zurück.

»Der Körper macht schlapp, aber nicht mein Verstand und erst recht nicht mein Charme«, antwortete Savini. »Ich wünschte nur, dass mein Holzkopf von Sohn etwas mehr nach mir käme. Na, was jammere ich. Es ist meine Schuld. Ich habe ihn zu sehr verwöhnt und gehätschelt. Hätte ich bloß noch einen anderen Sohn.«

»Das tut mir leid für Sie, Don Alessio.« Walter sah dem alten Mann ruhig in die Augen. »Ich bin nicht wegen Ihres Sohnes hier und erst recht nicht, weil wir schnüffeln wollten.«

Savini schaute zu Brandt, dann zu Aydin. »Sind das Bullen?«

»Das sind wir. Wir arbeiten für die Kölner Polizei«, antwortete Brandt. Es hatte keinen Sinn, den Mann anzulügen.

»Ich vertraue nicht vielen Menschen, das hat mir in den Jahren mehr als einmal das Leben gerettet, und die wenigen Menschen, denen ich vertraue, kann ich an einer Hand abzählen. Einer von ihnen ist Ihr Freund Walter. Er hat mir vor langer Zeit das Leben gerettet, obwohl ich sicherlich nicht immer nett und fair zu ihm gewesen bin.«

»Sie haben mir Arbeit und Lohn gegeben«, lenkte Walter ein.

»Das stimmt, trotzdem war es so. Du warst naiv und gutgläubig. Ich frage mich bis heute, warum du für mich gearbeitet hast, und mich beschleicht das Gefühl, dass du nicht gewusst hast, womit ich wirklich mein Geld verdient habe.«

»Das hat mich auch nicht interessiert. Sie haben mir einen Job gegeben, als ich ihn dringend benötigte«, erklärte Walter schlicht. »Aber die Zeiten sind vorbei, sie gehören schon lange der Vergangenheit an. Seit einigen Jahren habe ich eine Imbissbude und verdiene mein eigenes Geld. Deshalb bin ich auch nicht wegen Geld hier.«

»Weswegen dann?«, fragte Savini und sah ihn wachsam an.

Es klopfte an der Tür und der eine Bodyguard trat mit den Getränken ein, stellte sie auf den Tisch und entfernte sich wieder.

»Wir helfen einem Freund. Seine Oma wurde entführt«, erklärte Walter.

»Und wie heißt dieser Freund?«

»Mads Johannsen, seine Oma wurde am Ostersonntag gekidnappt.«

»Die Frau heißt nicht zufällig Jutta?«, fragte Savini und runzelte die Stirn.

»Doch. Kennen Sie sie?«

»Nicht persönlich, aber ich kenne ihren Mann, Mikkel Johannsen. Ich hatte vor sehr langer Zeit mit ihm zu tun. Seitdem ist mir nie wieder ein Bulle mit so viel Rückgrat begegnet.« Er schüttelte den Kopf. »Wer hat die Eier und entführt ausgerechnet Jutta? Soviel ich weiß, hat Mikkels Sohn die Gemeinde gut im Griff.«

»Das hat er. Wir glauben, es war jemand, den Gustav ins Gefängnis gebracht hat, aber an sich geht es uns um etwas anderes.«

»Und das wäre?«

»Ein Mann mit einem Pik-Ass-Tattoo am Hals wurde am Ostersonntag auf dem Niendorfer Friedhof gesehen. Kurz bevor Jutta entführt wurde.«

Savinis Blick wurde streng, er verengte die Augen zu Schlitzen. »Wir entführen keine alten, hilflosen Frauen.«

»Das habe ich nicht gesagt«, beeilte sich Walter zu versichern. »Aber wenn dieser Mann zu euch gehört, müssen wir ihn sprechen.«

»Hast du ein Foto?«

Walter fischte das Phantombild aus der Hosentasche und zeigte es Savini.

»Auf dem Bild ist kein Tattoo.«

»Daran hat sich die Zeugin später erinnert.«

»Das könnte Zufall sein.«

»Möglich. Wenn Sie ihn nicht kennen, könnte vielleicht Ihr Sohn wissen, wer das ist. Uns rennt die Zeit davon.«

Savini griff nach seinem Handy, er rief Stefano an und forderte ihn auf, sofort zu ihm zu kommen.

»Wenn er für meinen Sohn arbeitet, könnten wir ein Problem bekommen«, sagte er, nachdem er das Gespräch beendet hatte. Sein Blick wanderte zu den Polizisten.

»Nein, das wird nicht passieren, darauf haben Sie mein Wort. Unser Interesse liegt allein darin, Jutta zu befreien. Es wäre doch denkbar, dass die Person auf dem Bild auf eigene Rechnung gehandelt hat und Ihr Sohn nichts davon weiß.«

Savini wirkte nicht überzeugt. Es klopfte an der Tür und Stefano trat ein.

»Warum willst du mich sprechen?«, fragte er, er wirkte noch immer aufgewühlt.

»Kennst du diesen Mann?«, fragte Savini und schob ihm das Phantombild zu.

»Nein.«

»Nein? Du hast doch gar nicht richtig hingeschaut. Ich frage dich nur noch ein Mal: Kennst du diesen Mann? Und wage es ja nicht, deinen Vater zu belügen. Wenn ich herausfinde, dass du es getan hast, kannst du was erleben.«

Stefano verzog das Gesicht und sah sich das Foto erneut an. »Möglich, dass ich ihn kenne«, räumte er schließlich ein.

»Wer ist das?«

»Warum willst du das wissen?«

Savini stand auf und gab seinem Sohn ohne Vorwarnung eine schallende Ohrfeige. Der schluckte seine Wut offenbar schweigend herunter.

»Noch bin ich dein Vater und habe das Sagen hier. Wenn du meine Position noch einmal vor anderen infrage stellst, lernst du mich von einer anderen Seite kennen. Wer ist der Mann?«

»Mario.«

»Seit wann arbeitet er für dich? Er ist kein Italiener, oder?«, bellte Savini.

»Nein ist er nicht. Er arbeitet seit knapp einem Jahr für mich, aber auf eigene Rechnung. Er ist loyal. Was soll er denn angestellt haben?«

»Wo wohnt er?«, fragte Savini.

»Auf so einem Hausboot am Selmsdorfer Traveufer. Er

würde niemals etwas tun, was uns schaden könnte. Die Bullen lügen, Mario hat nichts mit der Entführung von dieser Jutta zu tun. Ich lege meine Hand für ihn ins Feuer. Hätte ich ihm sonst geholfen, dass er seinen Vater aus dem Knast rausboxt?«

»Wie heißt der Vater?«, fragte Brandt. Dieser Hinweis hatte ihn aufhorchen lassen.

»Jasper oder so Bartels.«

60

»Jasper Bartels muss einen Komplizen haben«, sagte Mads.

Lena hatte vorgeschlagen, einen kurzen Zwischenstopp in der *Seaside Lounge* einzulegen, damit sich ihr Bruder wieder beruhigte, denn der Streit mit Gustav hatte ihn mehr belastet, als er ihr gegenüber zugeben wollte. Seine Überzeugung, dass ihr Onkel für die Entführung ihrer Oma verantwortlich war, schien unerschütterlich zu sein. Lena fand das etwas kurzsichtig, aber sie kannte Mads. Wenn er sich wieder abgeregt hätte und über den Vorfall nachdachte, würde er zu einem anderen Ergebnis kommen.

»Das denke ich auch. Es dürfte dieser Typ vom Friedhof sein«, bekräftigte Lena. »Die Zeugin lag mit ihrer Vermutung sicher richtig.«

»Stimmt. Dennoch wissen wir nicht, wer die Person ist«, murrte Mads.

Jule kam und servierte ihnen die Getränke. »Und, habt ihr schon News wegen Jutta?«, fragte sie. Lena sah ihr an, dass sie besorgt war.

»Noch keine«, kam Mads ihr mit einer Antwort zuvor.

»Das ist echt kaum mehr zu ertragen. Was ist mit dem Foto von …?«

»Hat dir Emma von dem Foto erzählt?«, fiel Mads ihr ins Wort.

»Warum nicht, sie ist meine beste Freundin.«

»Weil das Beweismittel sind und kein Tratsch.«

»Manchmal übertreibst du echt. Glaubst du, du bist die einzige Person, die sich Sorgen um Jutta macht?«, gab Jule zurück und wartete Mads' Antwort nicht ab, sondern lief zum nächsten Tisch, um dort zu bedienen.

»Da muss ich Emma wohl …«

»Entspann dich, Bruderherz, und trink deinen Espresso. Du tust Emma unrecht. Jule macht sich Sorgen um Oma wie wir. Sie beide haben einen guten Draht zu Jutta.«

»Jeder hat einen guten Draht zu Oma, weil sie sehr empathisch ist«, erwiderte Mads und leerte seinen Espresso in einem Zug.

Lena nippte schweigend an ihrem Cappuccino.

»Wir müssen unbedingt die Identität des Mannes herausfinden«, sagte Mads und biss sich auf die Unterlippe.

»Gustav wollte sich darum kümmern. Soll ich ihn mal anrufen?«

»Ruf lieber Petra an. Sie wird darüber Bescheid wissen«, antwortete Mads.

Lena tat ihm den Gefallen, aber Petra konnte nicht weiterhelfen, da es noch keinen Rückruf des Polizeipräsidenten aus Hamburg gegeben hatte und auch im System nichts hinterlegt war.

»Da müssen wir uns wohl oder übel gedulden«, bemerkte Mads. Ihm war anzusehen, dass ihm das gar nicht behagte.

»Bleiben noch Tim und die Kölner Kollegen. Die wollten doch nach Hamburg«, sagte Lena.

In dem Moment klingelte Mads' Handy.

»Moin, Tim. Wir haben gerade über dich gesprochen. Ich stelle dich auf laut.«

Auf der Terrasse war wenig Betrieb und neben ihnen saß keiner, sodass niemand lauschen konnte.

»Wir hatten vorhin ein Gespräch mit Raphael Oblak«, setzte Mads an. »Vor einer guten Woche hat ihm jemand gedroht, dass er ihn töten werde, wenn er weiter Fotos von Jutta macht. Es war die Person auf dem Phantombild. Wir wissen noch nicht, in welchem Zusammenhang der Mann zu Bartels steht, aber es muss einen geben.«

»Er ist der Sohn von Jasper Bartels«, erwiderte Tim.

»Du kennst ihn?«

»Habe ich vorhin herausgefunden. Gustav und Herr Lange haben dem Anwalt von Bartels einen Besuch abgestattet, dabei haben sie erfahren, dass es Bartels' Sohn war, der den Anwalt beauftragt hat. Die Anwaltsrechnung hat allerdings jemand anderer übernommen.«

»Wer?«

»Ein Stefano Savini.«

»Einer vom Savini-Clan?«

»Genau. Der Sohn des Paten.«

»Was hat denn die Mafia mit meiner Oma zu schaffen?«

Auch Lena zog die Brauen hoch. Legten sie sich jetzt etwa mit der Hamburger Mafia an?

»Das weiß ich nicht. Ich werde mich gleich mit Brandt unterhalten. Er und die anderen wollten zu Savini, meinte Gustav.«

»Stimmt. Wenn was herauskommt, informier mich.«

»Das sowieso.«

»Weswegen rufst du an?«

»Wegen der Nachricht und dem Foto, das bei der Ostseezeitung ankam.«

»Und?«

»Ich habe die IP-Adresse einer echten Anschrift zuordnen können. Ich nehme nicht an, dass wir es mit einer Fake-IP zu tun haben. Der Absender hat sich schlichtweg in falscher Sicherheit gewähnt, aber im Internet wird alles protokolliert.«

»Das ist sehr gut. Kann ja nicht jeder Psycho ein Internetexperte sein. Von wo hat er die Nachricht geschrieben?«

»Ich schicke euch gleich die genauen Koordinaten. Es liegt zwischen Sierksdorf und Süsel.«

»Was ist mit der Anschrift des Sohnes? Hast du die auch?«, fragte Lena.

»Habe ich. War nicht schwer, da der Anwalt sie hatte, ich musste sie nur noch verifizieren, schicke ich euch gleich. Gustav und Herr Lange sind auf dem Weg zu dem Sohn.«

»Das war sehr gute Arbeit«, bedankte sich Lena.

Mads beendete das Gespräch.

»Zu dem Sohn oder zu der IP-Anschrift?«, fragte Lena an Mads gewandt.

»Zu der Anschrift. Sollen sich Gustav und Albert mit dem Sohn rumschlagen. Ich wette, dass Bartels Oma dort gefangen hält, von wo die Nachricht an Emma geschickt wurde. Sie kann nur von ihm stammen«, antwortete Mads und winkte Jule zu sich, um zu zahlen.

Als sie gerade aufstanden, sahen sie, wie Emma und Stefan die Terrasse betraten. Emma winkte ihnen zu und Lena winkte zurück. Stefan hob ebenfalls grüßend die Hand, nur Mads tat so, als hätte er nichts gesehen, was Lena stark bezweifelte. Sie folgte ihm zum Wagen.

»Datet Emma Stefan?«, fragte sie, als Mads Richtung Sierksdorf fuhr.

»Woher soll ich das wissen? Ihr Frauen tratscht doch die ganze Zeit. Wenn, müsstest du das wissen.«

»Ich weiß es nicht, Jule vielleicht. Am Ende ist das auch egal. Sie war lange genug allein und Stefan ist ein ganz Lieber, er wird ihr das Herz nicht brechen.«

»Ist das eine Anspielung auf mich?« Mads schaute kurz zu ihr rüber.

»War nur so dahergesagt«, antwortete Lena, aber sie sah ihrem Bruder an, dass es ihn heftig wurmte, dass Emma sich mit Stefan traf. Er konnte ihr nichts vormachen.

Als Mads bei der Ostseetherme rechts abbog, ließ Lena ihren Blick zur See wandern. Die Sonne schien, darüber spannte sich ein strahlend blauer Himmel und ließ die sanften Wellen ebenso blau schimmern. Alles wirkte harmonisch, als wäre hier der schönste Fleck auf Erden. Sie seufzte.

»Wunderbar und doch schrecklich«, kommentierte Mads.

»Wie bitte?«, fragte Lena, sie war mit den Gedanken für einen Moment weit abgeschweift.

»Unsere geliebte Lübecker Bucht. Schau nur, was für eine Kulisse, da kann kein Hollywoodfilm mithalten. Wir leben, wo Millionen Menschen im Jahr Urlaub machen, weil sie die Gegend so faszinierend finden. Aber als Polizisten kennen wir auch die dunkle Seite mit all den kranken Gestalten, die nichts als Unheil im Kopf haben.«

»Da hast du leider recht.« Lena presste die Lippen zusammen. Sie wusste nicht, was sie darauf erwidern sollte, doch dann fiel ihr ein, was ihre Oma immer sagte: »Deswegen sind die Johannsens Polizisten, weil sie diesen schönsten Ort der Welt, ihre Heimat, lieben und möchten, dass es die anderen ebenso tun. Solange ein Johannsen Polizist ist, muss niemand Angst haben, an der Ostsee Urlaub zu machen.«

»Omas Worte«, sagte Mads und biss sich auf die Unterlippe. »Heute befreien wir dich, Oma, versprochen.«

Sie ließen Scharbeutz hinter sich und erreichten Haffkrug, das Navi zeigte an, dass sie bald abbiegen und der Ostsee den Rücken kehren mussten. Es ging aufs platte Land. Die Landschaft wurde grüner, Felder zogen sich an der Straße entlang. Mads bog nochmals auf eine recht schmale Straße ab, von denen es in Schleswig-Holstein jede Menge gab.

Keine hundert Meter vor ihrem Ziel hielt Mads an. Lena sah ihrem Bruder an, wie angespannt er war. Ihr ging es nicht anders.

»Von hier stammt die IP-Adresse, hier hält Bartels Oma versteckt«, sagte er.

Lena wollte gerade aussteigen, als Mads sie am Arm berührte.

»Was ist?«, fragte sie.

»Wir wissen nicht, was uns da erwartet. Du solltest im Wagen bleiben.«

»Kommt nicht infrage, ich lasse dich nicht alleine gehen.«

»Schwesterherz, du hast ein Handicap, ansonsten würde ich das niemals sagen.«

»Mads, Jutta ist genauso meine Oma wie deine. Vielleicht werde ich nie wieder laufen können, soll ich auf ewig das Gefühl haben, keine vollwertige Polizistin zu sein? Außerdem bin ich im Rollstuhl sehr flink.«

»Schau dir das Grundstück an, es ist nicht gepflastert, deine Reifen …«

»Das Risiko ist überschaubar. Wieso habe ich das Gefühl, dass es noch einen anderen Grund gibt, warum du mich nicht dabei haben möchtest?«

»Welchen?«

»Du willst Jasper Bartels töten«, antwortete Lena und sie sah in den Augen ihres Bruders, dass sie mit ihrer Annahme recht hatte.

61

»Hast du deine Waffe dabei?«, fragte Gustav an Albert gewandt.

»Immer. Ich gehe nie ohne«, antwortete Albert.

»Und traust du dir das auch zu? Nur du und ich?«

»Du machst wohl Witze. Du kennst mich und du weißt, ich bin ein ichbezogener Mensch, der mehr an seine Karriere und seine Gemeinde denkt als an andere. Nur bei Jutta und deinem Vater nicht. Ohne deinen Vater wäre ich nicht so lange Bürgermeister dieser Gemeinde gewesen. Er hat mich immer bedingungslos unterstützt und ohne Jutta wäre ich möglicherweise gar nichts geworden. Der Tod meiner Eltern hat eine furchtbare Leere in mir hinterlassen, Jutta hat diese Leere mit ihrer Liebe gefüllt.«

»Du bist niemandem etwas schuldig, alter Freund. Wenn du aussteigst, werde ich niemals ein böses Wort darüber verlieren. Mit dem Sohn werde ich auch allein fertig.«

»Du bist sechzig.«

»Noch nicht«, erwiderte Gustav schmunzelnd, es war erst in wenigen Monaten so weit.

»Trotzdem bist du nicht mehr der durchtrainierte Däne mit der Entschlossenheit in den Augen, vor dem die Kriminellen allein wegen seines Namens erzittern«, entgegnete Albert, fügte jedoch sofort hinzu: »Nein, warte, das war dein Vater.« Er lachte herzhaft.

Gustav schüttelte den Kopf, aber Alberts Humor war ansteckend und irgendwie hatte er auch recht. Sein Vater war unantastbar gewesen, selbst die Kriminellen schienen großen Respekt vor ihm gehabt zu haben, doch damals waren es andere Zeiten, Mads hatte ihm das sehr deutlich gemacht.

»Ich meine es ernst«, sagte Gustav eindringlich. »Ich werde nicht zögern, den Mistkerl zu erschießen, um an mein Ziel zu gelangen und Jutta zu befreien.«

»Du hast meine volle Rückendeckung«, versicherte Albert. »Je schneller wir Jutta befreien, desto schneller können wir zur Tagesordnung übergehen und es ist Ruhe in der Gemeinde. Aber das macht mir gar nicht so große Kopfschmerzen.«

»Was dann?«

»Ich frage mich, warum der Sohn dieses Mafiapaten die Anwaltskosten übernimmt.«

»Vielleicht schuldet er seinem Mitarbeiter einen Gefallen?«

»Der Sohn eines Paten schuldet einem seiner Handlanger einen Gefallen? Ernsthaft?«

»Nein, du hast recht, aber das interessiert mich nicht. Mich interessiert nur, dass wir meine Mutter lebend befreien.«

»Ich finde, das sollte dich schon interessieren. Was, wenn der Sohn des Paten jetzt der starke Mann ist und sich nicht mehr an das Wort seines Vaters gebunden fühlt? Dann könnte er meine Gemeinde mit Schutzgelderpressungen in die Knie zwingen.«

»Lass uns Mama befreien, anschließend kümmern wir uns um den Sohn. Was mein Vater hinbekommen hat, werden wir auch schaffen«, beharrte Gustav. Natürlich verstand er Alberts Sorge, doch das hatte gerade keine Priorität für ihn.

Auf dem Weg zum Auto hatte er mit Tim telefoniert, damit er die Anschrift von Bartels' Sohn, die der Anwalt ihnen gegeben hatte, verifizierte. Außerdem sollte er Informationen über Savini und seinen Clan sammeln. Dadurch wären sie vorbereitet, wenn der Sohn die Finger Richtung Lübecker Bucht ausstreckte.

»Ich weiß bis heute nicht, was Mikkel Savini angeboten hat, damit er meine Gemeinde in Ruhe lässt. Dein Vater hat es mir zumindest nie verraten, und ehrlich gesagt, habe ich mich auch nie getraut, ihn zu fragen. Ich hatte schon ungeheuren Respekt vor ihm.«

»Ein bisschen davon mir gegenüber wäre manchmal nicht

schlecht«, gab Gustav augenzwinkernd zurück. »Immerhin bin ich der Ältere von uns beiden.«

»Das eine Jahr zählt nicht.«

»Ach, jetzt zählt es nicht? Sonst ziehst du mich immer damit auf.«

»Du weißt doch, ich picke mir gerne die Rosinen raus.« Albert grinste breit.

Es tat gut, mit seinem alten Freund etwas herumzualbern, das beruhigte die Nerven und ließ ihn diese verdammte Anspannung kurzzeitig vergessen, die immer stärker wurde, je näher sie ihrem Ziel kamen.

Sie hatten die Hansestadt Lübeck bereits hinter sich gelassen, Gustav folgte der Landstraße 104 Richtung Selmsdorf und jeder gab sich seinen Gedanken hin.

»*Pass auf die größte Liebe meines Lebens auf. Du musst jetzt meine Aufgaben übernehmen, mein Sohn, enttäusche mich nicht*«, hatte sein Vater ihm am Sterbebett aufgetragen, und Gustav hatte sich all die Jahre bemüht, dem Versprechen gerecht zu werden. Nach der Entführung seiner Mutter und dem heftigen Streit mit Mads hatte er jedoch große Zweifel, dass ihm das auch nur annähernd gelungen war.

»Mir sind diese Hausboottypen grundsätzlich suspekt«, holte Albert ihn aus seinen Gedanken.

»Wieso?«

»Na ja, wie kann man auf so einem kleinen Hausboot leben? Ferien machen, ja, sehr gerne. Aber ein Hausboot ist weder Fisch noch Fleisch. Das ist so wie bei diesen Dauercampern. Falsche Romantik.«

»War klar, dass dieser Vergleich kommt. Passt halt nicht ins Schickeriabild von deiner Gemeinde«, entgegnete Gustav. Er musste sofort an ihren letzten Fall denken, wo sie den Mörder eines Campingplatzbesitzers gejagt hatten.

»Das hat damit nichts zu tun. Aber wie willst du auf zehn Quadratmetern deine Kinder großziehen?«

»Es gibt Hausboote, die größer sind.«

»Ich rede von einem Wohnmobil«, versuchte sich Albert herauszureden.

»Wie auch immer. Wir sind da«, erwiderte Gustav und drosselte die Geschwindigkeit.

Die Straße mündete in einen Parkplatz, Gustav hielt an.

»Das ist echt am Arsch der Welt, null Infrastruktur. Würdest du in meiner Gemeinde nicht erleben. Jede Wette, dass dieser Mario Bartels gar keine Genehmigung für das Hausboot hat, und es würde mich nicht wundern, wenn das Ding weder an die Kanalisation …«

»Albert, es reicht«, wurde Gustav lauter.

»Ich sag ja nur.« Albert hob abwehrend die Hände.

Beide stiegen aus und Gustav öffnete den Kofferraum.

»Für dich«, sagte er und reichte Albert eine schusssichere Weste, von denen er immer zwei im Kofferraum dabei hatte. Eine zog er selbst an.

»Schnappen wir uns diesen Mistkerl«, sagte Albert und zog sein Jackett über die Weste.

»Du bleibst dicht hinter mir. Ich gebe das Tempo vor, keine Alleingänge. Hast du mich verstanden?«

»Ja, bin kein kleines Kind.«

»Das ist hier kein Spiel und für Heldentum ist kein Platz«, mahnte Gustav.

»Muss ich dich daran erinnern, dass ich dir beim letzten Fall das Leben gerettet habe?«

»Aber nur, weil Emma draußen im Auto auf Mads gewartet hat, anderenfalls wärst du genauso in die Falle getappt.«

»Hör mir bloß mit dieser Emma auf, davon kriege ich nur schlechte Laune.«

»Komm«, sagte Gustav und ging voraus.

Der Weg zum Hausboot, das vermutlich am Ufer vor ihnen lag, war uneben, das Gelände nicht erschlossen. Büsche versperrten den Blick. Rechts war eine Wiese, an die in kurzer

Entfernung ein Wald grenzte. Auch auf der wilden Wiese wuchsen jede Menge Büsche und ein paar Bäume. Für einen Polizeieinsatz war dieses Gelände alles andere als optimal. Kurz hatte Gustav mit dem Gedanken gespielt, Verstärkung zu rufen, aber er schob ihn schnell beiseite.

»Da ist es«, flüsterte Gustav, er konnte das Hausboot endlich sehen. Es war in der Tat deutlich größer als die zehn Quadratmeter, von denen Albert gesprochen hatte.

»Das ist im Leben nicht legal«, murrte Albert erneut.

»Und deswegen konnte Tim die Anschrift so schnell in der Datenbank finden?« Gustav schüttelte den Kopf. »Folge mir.«

Langsam schlichen sie sich an das Hausboot heran und suchten Schutz hinter einem Strauch. Dort blieben sie stehen und schauten sich um.

»Ein paar Meter weiter und wir haben keine Deckung. Bartels kann uns sehen, bei den vielen bodentiefen Fenstern«, flüsterte Gustav.

»Und was schlägst du vor?«

Gustav überlegte. Sich von der Wasserseite an das Hausboot anzunähern, war vielleicht eine Option, aber er wusste nicht, wie tief das Wasser war und vor allem, ob es nicht gefährliche Unterströmungen gab, die sie runterziehen würden.

»Risiko«, antwortete er. Sie würden sich weiter an Land heranschleichen.

»Ich bin ein Freund des Risikos«, gab Albert zurück und fischte seine Waffe aus der Innentasche seines Jacketts.

»Nicht auf mich zielen, du Idiot«, zischte Gustav. In diesem Moment schien es ihm keine gute Idee mehr zu sein, ausgerechnet Albert hierhin mitzunehmen.

Er verließ die Deckung, machte ein paar Schritte auf das Boot zu und sah plötzlich, wie Bartels herauskam. Er sprang nach rechts, um sich hinter dem Busch zu verstecken.

»Was ist?«, fragte Albert, der ihm dicht folgte.

»Der Sohn hat das Boot verlassen. Unsere Gelegenheit«,

antwortete Gustav. Er konnte sein Glück kaum fassen. Vielleicht ging es sogar noch ein Stück weiter und servierte ihnen Mario Bartels auf dem Silbertablett.

Wie ein Raubtier wartete Gustav auf seine Chance, den Sohn zu überwältigen. Er kam jetzt immer näher und blieb dann stehen. Er schien nach etwas Ausschau zu halten.

»Noch die paar Meter«, sagte Albert, er wirkte extrem angespannt.

»Geht's noch lauter?«, flüsterte Gustav. Er wollte sicherlich nicht wegen Alberts Dummheit auffliegen.

Mario Bartels ging weiter, es fehlten nur noch wenige Meter, dann würde die Falle zuschnappen, und Gustavs Hoffnung, dass er gleich seine Mutter befreien würde, stieg.

Jetzt stand Mario zwei Schritte vor ihm. Gustav sprang aus der Deckung, zückte die Waffe und rief: »Hände hoch, keine Bewegung.«

Bartels schaute ihn, als würde er einen Geist sehen, doch dann hoben sich seine Mundwinkel und er lachte. »Marco Polo.«

Gustav verstand diese seltsame Reaktion nicht.

»Wenn ich was hasse, dann Schnüffler«, hörte er jemanden hinter sich sagen. Als er sich umdrehte, sah er, wie jemand die Waffe auf Albert gerichtet hatte.

62

»Warum hast du dich eigentlich nicht schützend vor mich gestellt?«, scherzte Brandt.

»Das kann ich dir erklären. Emre hat Frau und Kinder. Und Tolga. Außerdem bist du ein Straßenbulle – verzeih den Ausdruck. Du bist halt wie ein Wolf, der nur auf seine Gelegenheit wartet und dann zuschnappt, während Emre versucht hätte, die Verbrecher mit Worten zu überzeugen.«

»Ich kann auch zubeißen«, maulte Aydin. »Trotzdem Danke, mein Lieber. Ich hätte es ehrlich gesagt am liebsten, wenn du weder für Brandt noch du für mich stirbst.«

»Siehste«, sagte Walter grinsend. Brandt musste ebenfalls schmunzeln. Er wusste, was Walter meinte, und er gab ihm uneingeschränkt recht.

»Dieser Stefano ist mir nicht ganz geheuer. Habt ihr seine hasserfüllten Augen gesehen, als er abgedampft ist?«, fragte Brandt.

»Ist mir nicht entgangen«, antwortete Aydin. »Der ist zu ehrgeizig, er möchte seinen Vater überholen.«

»Überholen? Dieses Hohlbrot?«, ätzte Walter. »Der kann doch keine fünf Sätze frei sprechen. Savini senior ist ein Gangster der alten Schule, bei dem zählt das Wort eines Mannes.«

»Du scheinst ja viel für ›Don Savini‹ übrigzuhaben«, zog Brandt ihn auf.

»Das hat was mit Respekt zu tun, etwas, worin ich dir gerne ein paar Nachhilfestunden geben kann.«

»Eins zu null für Walter«, lachte Aydin.

»Es sei dir gegönnt. Trotzdem kann ich mit dieser falschen

Gangsterromantik nichts anfangen. Auch Savini hat viel Dreck am Stecken.«

»Ich behaupte doch gar nicht das Gegenteil, aber er war immer irgendwie gerecht. Glaubst du im Ernst, dass jemand wie dieser Stefano uns die Informationen gegeben und dann unbehelligt wieder abdampfen lassen hätte?«

»Der wollte, dass wir ins Gras beißen«, bestätigte Aydin.

»Ich sehe schon, gegen die Mädchengang komme ich verbal heute nicht an«, konterte Brandt.

»Mädchengang«, Walter schnaubte. »Wo ist mein Nudelholz, wenn ich es brauche.« Seine Augen blitzten und es war nicht zu übersehen, wie sehr er die Zeit und vor allem die Ermittlungen mit den beiden Polizisten genoss.

Dass Walter sich schützend vor Aydin gestellt hatte, war ziemlich naiv von ihm gewesen. Stefano hätte einfach abdrücken können, weil er sich provoziert gefühlt hatte, doch das behielt Brandt für sich. Er wollte die Stimmung nicht kippen lassen, und auch wenn sie Jutta noch nicht gefunden hatten, hieß das nicht, dass sie nur Trübsal blasen mussten. Die Anspannung brauchte ein Ventil.

Inzwischen waren sie auf dem Weg zu Mario Bartels, und obwohl es von Hamburg bis zum Selmsdorfer Traveufer ein ganzes Stück zu fahren war, kamen sie gut voran, der Verkehr war günstig.

»Bist du dir sicher, dass wir Gustav oder Mads nicht benachrichtigen sollten?«, fragte Aydin.

»Ganz sicher. Mario Bartels kennt uns nicht, diesen Vorteil dürfen wir nicht aus der Hand geben. Wir können da nicht mit einer ganzen Armee auftauchen, das gefährdet Juttas Leben. Außerdem herrscht dicke Luft zwischen Onkel und Neffe. Das können wir ebenso wenig gebrauchen«, erklärte Brandt erneut, denn diese Diskussion hatten sie bereits geführt, als sie aus Hamburg abgefahren waren.

»Brandt hat recht. Mads möchte seine Oma selbst befreien

und dabei seinem Onkel eins auswischen. Er ist ungemein emotional, und wer dazu neigt, kann Fehler machen, weil er zu sehr auf sein Herz hört.«

»Ich dachte, genau das sollte man idealerweise tun«, entgegnete Brandt. Diese Steilvorlage konnte er sich nicht entgehen lassen.

»Ist auch so, du Held. Aber nicht, wenn wir es mit Entführern zu tun haben, da sollten wir unseren Verstand benutzen«, antwortete Walter. Er wirkte plötzlich nachdenklich.

»Alles gut?«, fragte Brandt.

»Ja, alles gut. Ich musste nur an Rémy denken, es war fast so, als würde er gerade neben mir stehen. Ich bin mir leider sicher, dass auch er in so einer Situation nach seinem Herzen gehandelt hätte, deswegen hat der arme Junge ja immer so viel Ärger am Hals. Die Menschen haben Angst, wenn jemand zu nett ist.« Walter fuhr sich über die Arme, als hätte er eine Gänsehaut.

»Das kannst du so nicht vergleichen«, widersprach Brandt. »Mads liebt seine Oma, ja, aber seine Emotionen kommen aus dem Bauch. Jemand, der seinem Herzen folgt, kann trotzdem seinen Verstand benutzen. Ich bezweifle, dass einer wie Rémy sich so mit seinem Onkel gemessen hätte, wie Mads es tut. Mads ist ein Rebell, dem würde die Bindung zu einer Frau sehr guttun, auch wenn er dann vermutlich zu einem Pantoffelhelden wird wie Kollege Aydin, deswegen tut er sich schwer damit, sich zu binden.«

»Ich bin kein Pantoffelheld«, maulte Aydin.

»Er liebt und schätzt seine Frau. Was ist falsch daran?«, sprang Walter ihm zu Hilfe.

»Es macht heute keinen Spaß, euch aufzuziehen«, gab Brandt seufzend zurück und wurde wieder ernst. »Wir sind gleich da. Bitte konzentriert euch und denkt an unseren Plan.« Er schaute in den Rückspiegel und warf besonders Walter einen kurzen Blick zu.

»Keine Sorge, Boss, ich halte mich dran.«

Genau das hoffte Brandt. Einen übermütigen Walter konnte er jetzt nicht gebrauchen, da sie nicht wussten, wie gefährlich dieser Bartels war. Bloß weil er allein in dem Hausboot lebte und sie nicht kannte, hieß das nicht, dass ihr Vorhaben ein Spaziergang werden würde. Es war ein kalkuliertes Risiko, bei dem Walter und sein selbstloses Helfersyndrom allerdings schwer zu kalkulieren waren.

In kurzer Distanz tauchte ein Parkplatz auf, auf dem ein Auto parkte.

»Ist das nicht ein Dienstwagen der Ostseekriminalpolizei?«, fragte Aydin.

»So ist es. Kann nur der von Gustav sein. Den von Mads kenne ich sehr gut«, antwortete Brandt.

»Sollen wir ihn anrufen?«, schlug Aydin vor. »Vielleicht hat er Bartels überwältigt.«

»Nein, tun wir nicht. Was, wenn er in eine Falle getappt ist? Wenn Gustav Bartels festgenommen hätte, hätten wir das sicherlich erfahren«, widersprach Brandt. Das flaue Gefühl in seiner Magengegend wurde stärker. Am liebsten hätte er Walter gebeten, im Auto zu bleiben, was zu Diskussionen geführt, das Szenario aber komplett geändert hätte.

»Meinst du, Bartels hat ihn geschnappt?«, fragte Walter.

»Ich weiß es nicht. Auf jeden Fall müssen wir noch vorsichtiger sein.« Brandt knirschte mit den Zähnen.

»Bleiben wir trotzdem bei unserem Plan?«, fragte Aydin.

»Einfach zum Hausboot gehen und uns bemerkbar machen?« Brandt wartete Aydins Reaktion nicht ab. »Nein, das wäre zu gefährlich. Etwas gefällt mir hier nicht.«

»Verstehe, also wie immer. Wir bleiben dicht hinter dir«, erwiderte Aydin mit leisem Vorwurf in der Stimme, da Brandt jedes Mal vorausging.

»Wie immer«, gab Brandt ruhig zurück. Er würde an dieser Taktik auch so schnell nichts ändern, weil er zum einen der erfahrenere und deutlich ältere Polizist war und Walter mit seinen Worten vorhin recht hatte. Aydin hatte Frau und Kind, er wollte nicht dafür verantwortlich sein, wenn Aydin ums Leben kam.

Er stellte den Wagen etwas vom Parkplatz entfernt dicht an einer Hecke ab, damit Außenstehende ihn nicht so leicht entdecken konnten. Sie stiegen aus, Brandt öffnete den Kofferraum und reichte den Freunden die schusssicheren Westen.

»Was ist mit dir?«, fragte Walter, da Brandt nur zwei dabei hatte.

»Ich kriege das so hin.«

»So hatten wir nicht gewettet. Du nimmst meine.«

»Walter, wir hatten einen Plan«, mahnte Brandt.

»Ich wusste aber nicht, dass du nur zwei Westen hast.«

»Lass die Diskussion und zieh die Weste an. Wir haben für so einen Kindergarten gerade keine Zeit«, wurde Brandt deutlich.

Walter knurrte nur und zog die Weste an.

»Folgt mir langsam und schaut euch in alle Richtungen um. Waffe entsichern.«

»Ist sie«, sagte Aydin. »Wie immer.«

Walter hatte nur ein Messer bei sich, da er keine Waffe besaß.

Brandt spürte, wie die Anspannung stieg, je näher sie dem Hausboot kamen. Sie half ihm, nicht leichtsinnig zu sein, Gefahren richtig einzuschätzen und keine unüberlegten Schritte zu tun. Bald konnten sie das Hausboot sehen, auch wenn die umliegenden Sträucher und Bäume ihnen guten Schutz boten.

»Stimmen«, sagte Walter, Brandt hörte sie ebenfalls. Es waren mehrere.

»Bartels ist nicht allein«, flüsterte Aydin.

»Etwas stimmt hier nicht«, äußerte Walter. »Die Stimme kommt mir bekannt vor.«

Brandt ging es nicht anders, leise gingen sie weiter.

»Was macht Stefano hier?«, raunte Walter.

»Glaubst du, Savini senior hat uns in eine Falle laufen lassen?«, fragte Aydin.

»Nein, nicht der Don. Stefano handelt hier auf eigene Rechnung«, reagierte Walter verstimmt.

»Wollen wir's hoffen, sonst haben wir ein ganz großes Problem«, erwiderte Brandt. Dass Savini hier war, war kein gutes Zeichen. Sollte der Senior doch seine Finger im Spiel haben, legten sie sich jetzt mit der italienischen Mafia in Hamburg an. Kein schöner Gedanke.

Brandt schaute sich um und überlegte, wie sie Savini und Bartels am besten überraschen könnten. Als unwissende Touristen, die sich verlaufen hatten, konnten sie sich kaum ausweisen, da Savini sie kannte.

Dann hatte er eine Idee.

»Wir schleichen uns von rechts an, die Büsche geben uns Deckung«, sagte er zu den anderen.

»Warum suchen wir nicht Deckung im Hausboot?«, schlug Aydin vor. »Von rechts können wir uns ungehindert reinschleichen, die werden uns nicht entdecken.«

»Und wenn noch mehr Männer von ihm da drin sind?«

»Glaube ich nicht. Es sind die vier Gorillas, die uns mit Savini angegriffen haben.«

»Gut, lass uns hinschleichen, dann bewerten wir die Situation neu«, erwiderte Brandt. Aydins Idee war nicht dumm. In der Hütte waren sie besser geschützt, und wenn sie Glück hatten, hielt Bartels Jutta auf dem Boot fest.

Langsam schlich Brandt voran, seine Freunde folgten ihm. Plötzlich ertönte ein Knacken. Brandt schaute sich um und sah, dass Walter auf einen Ast getreten war.

»Runter«, flüsterte er und alle gingen in die Knie.

»War da was?«, hörte Brandt Savini sagen. Sein Blick wanderte in ihre Richtung. Die Sträucher vor ihnen gaben ihnen Deckung, das hoffte Brandt zumindest.

»Hier wimmelt es von Hasen«, sagte Bartels. Er lachte.

Savini entspannte sich. »Ich brauche dich, das ist dir hoffentlich klar. Wenn der Alte nicht mehr da ist, musst du deine Kontakte aktivieren und dann werde ich die Lübecker Bucht mit Koks überschwemmen. Die ganzen reichen Spastis werden mich dafür lieben, dass ich sie mit dem Dreck versorge«, sagte er lachend.

»Was ist mit deinem Vater?«, fragte einer seiner Bodyguards.

»Der ist alt und senil. Glaubt, er könnte mit den paar Immobilien auf legale Weise Geld verdienen, dabei liegt das Geld auf der Straße und ich werde mir dieses Geschäft sicherlich nicht von diesem Greis kaputt machen lassen.«

Da war die Erklärung, warum Savini Bartels' Sohn brauchte. Er schien Kontakte zu Drogenlieferanten zu haben, die Savini nicht hatte.

»Jetzt«, sagte Brandt und ging weiter, weil die Gruppe wieder in ihr Gespräch vertieft war und sie nicht beachtete.

Unentdeckt näherten sie sich dem Hausboot.

»Los, rauf«, sagte Brandt. Er war der Erste, der das Boot betrat, dann folgten Walter und Aydin.

»Was jetzt?«, fragte Walter kaum hörbar.

»Wir schauen uns um. Vielleicht haben wir Glück und finden Jutta.«

Brandt ging voraus und die Treppe nach unten, die Waffe nach vorn gerichtet und entsichert, bereit, bei der kleinsten Gefahr abzudrücken. Von außen wirkte das Hausboot schon groß, aber es war noch geräumiger, als es den Anschein machte. Unten gab es zwei Räume. Brandt zeigte auf den rechts von ihm und prüfte, ob die Tür offen war.

Abgeschlossen.

Brandt nahm sein Spezialwerkzeug, das er immer dabei hatte, und hatte das gewöhnliche Schloss damit in wenigen Sekunden geknackt. Sein Blick wanderte zu Aydin. Der verstand, er hielt die Waffe nach vorn gerichtet und machte einen Schritt zur Seite, als Deckung für Brandt. Dieser öffnete die Tür und wollte seinen Augen nicht trauen.

63

Mads hatte sich breitschlagen lassen und Lena erlaubt, ihn zu begleiten, denn er verstand ihren Wunsch, wieder als vollwertige Polizistin wahrgenommen zu werden. Er hatte sie auch als nichts anderes gesehen, aber da sie selten auf Einsätzen dabei war, musste sich dieses Gefühl in ihr breitgemacht haben. Da Mads zudem glaubte, dass Lena vor allem aus psychischen Gründen noch nicht richtig laufen konnte, wollte er ihr keinen Anlass liefern, diese Art Blockade im Kopf zu verfestigen. Und es gab noch einen Grund: Er hatte wirklich mit dem Gedanken gespielt, Jasper Bartels bei der ersten Gelegenheit zu erschießen und es als Notwehr darzustellen. Dass sein Onkel eine Untersuchung deshalb einleiten würde, hielt Mads für ausgeschlossen, immerhin war Gustav keinen Deut besser und Jutta war seine Mutter. Nur Lena hätte ihm Vorwürfe gemacht.

»Du bleibst aber hinter mir«, forderte Mads, als er und Lena in ihrem Rollstuhl sich dem Haus näherten.

Das Grundstück, auf dem das Haus von Bartels stand, war sehr großzügig, es gehörte wohl zu einem alten Gehöft. Eigentlich viel zu groß für einen allein. Mads fragte sich, wie ein Exknacki wie Bartels zu so einem großen Grundstück kam. Ob der Mistkerl hier seine Oma gefangen hielt?

»Wir nähern uns von hinten an das Haus an«, schlug Mads vor, weil sie da mehr Deckung hatten. Kurz überlegte er, ob er Lena nicht doch zum Wagen zurückschicken sollte, mit dem Rollstuhl gingen sie ein großes Risiko ein.

»Gute Idee«, erwiderte sie und fügte hinzu: »Keine Sorge, der Sand ist fest, wegen der Trockenheit der letzten Tage. Mein Rollstuhl läuft wie geschmiert.«

Sie musste seine Gedanken erraten haben. Mads schmunzelte, er hatte ihr selten etwas vormachen können.

»Bleib trotzdem hinter mir.«

Er entsicherte seine Waffe und sie betraten das Grundstück. Aus dem Haus kamen keine Signale, die darauf hinwiesen, dass sie gesehen worden waren.

Langsam näherten sie sich ihrem Ziel. Mads ließ seinen Blick über das große Grundstück wandern und entdeckte zwei Holzhütten. Plötzlich bekam er eine Gänsehaut.

»Sie ist da drin«, sagte Lena.

»Wie kommst du darauf?«

»Das Foto. Ich könnte schwören, dass ich im Hintergrund eine Holzwand gesehen habe.«

Mads zückte sein Handy und schaute sich das Foto an.

»Du hast recht.« Sein Herzschlag beschleunigte sich. Es war für ihn der Beweis, dass Jutta hier gefangen gehalten wurde.

»Zuerst befreien wir Oma, dann schnappen wir uns den Wichser«, sagte Mads und sie eilten zur ersten Hütte.

Sie war verschlossen, aber Mads hatte sein Spezialwerkzeug, damit war das Schloss rasch geknackt. Langsam betrat er die Hütte, die Waffe entsichert und nach vorne gerichtet.

Die Hütte war leer.

»Mist«, entfuhr es ihm.

»Die nächste muss es sein«, sagte Lena. Sie war draußen geblieben und hatte Mads gesichert.

Die Anspannung und Sorge raubte Mads schier den Verstand. Er wollte sich gar nicht vorstellen, was wäre, wenn Jutta nicht hier gefangen gehalten würde.

Sie schlichen sich zur zweiten Hütte, die keine Fenster hatte, und wieder fand Mads die Tür verschlossen. Er knackte das Schloss und öffnete langsam die Tür. Der Gestank von Urin und Kot schlug ihm entgegen und weckte Erinnerungen an den Moment, als er Emma aus den Fängen des Psychopathen befreit hatte.

Er betrat den Raum und sah eine Person schlafend auf dem Bett liegen, sie hatte ihnen den Rücken zugedreht.

»Oma?«, sagte er leise.

Lena stieg aus dem Rollstuhl und trat ebenfalls ein. Nun regte sich die Gestalt auf dem Bett und wandte sich ihnen beiden zu.

»Meine Lieblinge«, sagte Jutta mit schwacher Stimme. Sie sah übel zugerichtet aus.

Bei ihrem Anblick stieg eine Wut in Mads auf, die er nicht in Worte fassen konnte. Gleichzeitig überkamen ihn die Tränen, er konnte sie nicht zurückhalten.

Jutta stand langsam von ihrem Bett auf. Sie war wacklig auf den Beinen.

»Bleib liegen, Oma«, sagte Lena.

»Ich habe lange genug gelegen. Ich möchte meine Enkelkinder in den Arm nehmen«, widersprach Jutta mit Stolz in der Stimme. Mads hatte sie dafür immer bewundert, er kannte sie als starke und zugleich überaus einfühlsame Frau.

Lena umarmte sie zuerst, dann Mads.

»Alles ist gut. Ich wusste, dass ihr mich befreit. Keine Sekunde habe ich daran gezweifelt«, sagte sie ruhig.

Mads war nicht in der Lage, etwas zu sagen. Noch immer weinte er, denn endlich fiel der ganze Druck von ihm ab. Jutta sah schlimm aus, ja, aber sie lebte. Bartels hatte sie nicht gebrochen.

»Schnapp dir den Mistkerl«, sagte sie. Dann schaute sie zu Lena. »Du bleibst hier bei mir.«

»Oma hat recht. Du bleibst hier, falls Bartels doch nicht im Haus ist«, stimmte Mads zu, denn Jutta hatte ihm eben einen Blick zugeworfen, den Mads so deutete, dass er, was immer er jetzt tun würde, ihren Segen hatte.

»Einverstanden, jemand sollte bei Oma bleiben«, willigte Lena ein und Mads atmete erleichtert aus. Eine weitere Diskussion war in seinen Augen nicht zielführend. Also verabschiedete er sich von Jutta und verließ die Hütte. Lena wartete drinnen bei ihr.

»Mads, vergiss nicht, du bist ein guter Polizist. Du bist anders als Gustav. Mach nicht die Fehler, die du ihm vorwirfst.«

Mads presste nur die Lippen zusammen und entfernte sich, weil er Lena das Versprechen, Bartels nicht zu erschießen, gerade nicht geben konnte. Dieser Mistkerl hatte seine Oma wie ein Tier gefangen gehalten und misshandelt, eine arme alte Frau, die keinem Menschen je ein Leid zugefügt hatte. Wie konnte man da von ihm erwarten, dass er Bartels am Leben ließ?

Dieser Verbrecher hatte es verdient, zu sterben.

Mads schlich sich an das Haus heran und suchte nach einem Eingang.

Sein Blick wanderte zu einer Treppe, die runter in den Keller führte. Er ging hinunter, doch die Tür war verschlossen. Gerade als er sein Spezialwerkzeug herausholen wollte, bemerkte er, dass auf der rechten Seite ein Fenster war. Es war offen!

* * *

Wirklich zufrieden war Lena mit der Situation nicht. Sie hatten Jutta befreit und eigentlich hätten sie sofort zurück ins Auto gehen und das Weite suchen sollen, um Verstärkung zu holen. Andererseits hätte Bartels so auch untertauchen können, daher war es nicht verkehrt, dass sie versuchten, ihn festzunehmen.

Zu gern hätte sie ihren Bruder begleitet, aber sie wusste, dass es vernünftiger war, bei ihrer Oma zu warten. Schließlich wussten sie nicht, wo Bartels war, im Haus oder gar nicht erst auf seinem Grundstück?

»Ich habe keine Sekunde daran gezweifelt, dass ihr mich befreien werdet«, holte Jutta sie aus ihren Gedanken.

»Wir auch nicht«, antwortete Lena. »Hat Bartels den Grund verraten, warum er dich entführt hat?«

Jutta nickte und machte ein abfälliges Geräusch. »Er sagte, Gustav und dein Vater hätten ihn unschuldig ins Gefängnis gebracht, weil sie Beweise gefälscht hätten.«

»Papa auch?«

»Das ist die kranke Fantasie eines Psychopathen«, schimpfte Jutta. »Und das Schlimme ist, er glaubt tatsächlich, dass er unschuldig ist. Ich erinnere mich noch sehr gut an den Fall, er hat bundesweit für Schlagzeilen gesorgt. Damals waren du und Mads noch jung. Die Taten liefen alle nach einem ähnlichen Muster ab. Jedes Mal waren es kleine Mädchen, die er brutal missbrauchte und denen er die Kehle aufschnitt, um sie anschließend in Mülltonnen zu entsorgen. Grauenvoll.« Jutta sah zu Boden. »Meine Jungs hatten bald einen Verdacht, wer es sein könnte. Alles sprach für Bartels. Nach dem zweiten Mord verhafteten sie ihn, aber er wurde schnell aus der Untersuchungshaft entlassen. Darauf folgten Mord drei und vier. Es gab also keinen Zweifel mehr an seiner Schuld und dein Vater hat getan, was er in dieser Situation tun musste. Mit der Verhaftung von Bartels endeten die schrecklichen Morde. Und da soll noch jemand sagen, dass er unschuldig ist. Mir unverständlich, wie er freikommen konnte.«

»Mads wird ihn festnehmen, Oma, mach dir keine Sorgen.«

»Ich glaube an Mads' Fähigkeiten«, erwiderte Jutta, »ebenso wie ich an deine und die meines Sohnes glaube. Trotzdem, ich bin alt und ihr müsst leben.«

»Wir alle werden leben«, entgegnete Lena. Sie sah, dass die Tage hier in Gefangenschaft nicht spurlos an ihrer Oma vorbeigegangen waren.

Plötzlich hörte Lena ein Geräusch, sie hielt den Finger an die Lippen. Ihre Oma verstand und verstummte augenblicklich. Es war ein leises Knacken, als wäre es der Wind, ein Hase oder ein Fuchs. In dieser Gegend war das nicht ungewöhnlich, dennoch war es besser, vorsichtig zu sein.

Sie gab Jutta ein Handzeichen, dass sie sich kurz draußen umschauen würde. Ihr Rollstuhl stand ja noch vor der Tür.

Als sie vor die Hütte trat, traf sie ein heftiger Schlag gegen den Kopf. Ihr wurde schwarz vor Augen und sie sackte zusammen.

»Dreckiges Miststück«, hörte sie eine männliche Stimme brüllen. Dann spürte sie, wie sie an den Haaren in die Hütte zurückgezogen wurde.

Das Gefühl der herannahenden Ohnmacht ließ nach und wurde vom Schmerz abgelöst.

»Lassen Sie mein Enkelkind los«, rief ihre Oma wütend. Sie stand von ihrem Bett auf und gab dem Mann eine Ohrfeige, doch der lachte nur und holte mit der Faust aus. Jutta krachte aufs Bett.

Endlich hatte Lena ihre Sinne wieder beisammen, sie versuchte sich von dem Griff zu lösen, aber Bartels war stärker. Er schlug ihr mit der Faust auf den Kopf und schubste sie aufs Bett.

»Die zwei Johannsen-Frauen. Muss wohl mein Glückstag sein«, höhnte Bartels. »Schade, dass ich auf Jüngeres stehe, sonst hätten wir ein wenig Spaß haben können.«

Erneut hieb er auf Lena ein. Ihr Kopf brummte, ihr war, als würde ihr Schädel jeden Augenblick explodieren. Als Bartels ein weiteres Mal zuschlagen wollte, reagierte Lena blitzschnell, sie holte mit dem Fuß aus und traf den Angreifer im Schritt.

Bartels schrie auf und ging auf die Knie, gleichzeitig drehte Lena sich zur Seite und sprang auf die Beine. Den Schmerz, der durch ihren Körper jagte, ignorierte sie und trat erneut mit dem Fuß gegen Bartels' Kopf. Er stürzte zu Boden.

Lenas Blick wanderte zu der Waffe, die auf dem Boden lag, und wollte sie greifen, aber Bartels war schneller. Er packte zu und wollte auf Lena zielen, als sie einen beherzten Sprung wagte und ihm die Waffe aus der Hand schlug.

Aus dem Augenwinkel sah sie, dass ihre Oma noch immer auf dem Boden lag. Wo blieb nur Mads?

Plötzlich bekam sie Angst. Was, wenn Bartels ihren Bruder getötet hatte?

Der Gedanke wurde übermächtig und sie fühlte sich wie gelähmt, so sehr sie auch dagegen ankämpfte.

Bartels nutzte diese Sekunde und griff Lena an. Er hieb ihr auf die Brust und Lena blieb die Luft weg, sie hatte Mühe, zu atmen, was Bartels bemerkte und dazu animierte, ihr noch mehr Prügel zu verpassen.

»Du Fotze, ich töte dich«, brüllte er und wollte nach der Waffe greifen.

»Keine Bewegung, Sie Mistkerl«, hörte sie da ihre Oma sagen. Sie musste auf die Beine gekommen sein und die Waffe an sich gerissen haben, ohne dass es Lena mitbekommen hatte.

»Dafür sind Sie zu feige.« Bartels machte einen Schritt auf Jutta zu, er schien keine Angst vor ihr zu haben.

Langsam bekam Lena wieder Luft, sie stand auf.

»Ich aber nicht«, hörte sie plötzlich Mads' Stimme. Er war unbemerkt aufgetaucht und zielte auf den Hinterkopf von Bartels.

Lena sah in den Augen ihres Bruders, dass er abdrücken wollte.

»Sie werden nie wieder jemandem wehtun«, sagte er kalt.

»Drücken Sie doch ab«, brüllte Bartels, und Mads schien entschlossen, es zu tun, aber da hatte er die Rechnung ohne seine Schwester gemacht.

»Tu es nicht, Mads. Wir haben ihn. Sei besser als er. Du bist Polizist«, rief sie.

»Er hat es nicht anders verdient!«, hielt Mads dagegen. »Schau, was er Oma angetan hat. Meiner Oma. Und den Kindern.« In Mads' Augen glühte die Wut, die nur ein Ziel kannte: Rache.

Jutta machte einen Schritt auf ihren Enkel zu. »Lena hat

recht. Nimm den Dreckskerl fest. Die Johannsens töten nur aus Notwehr.«

Mads atmete schwer, er schien nicht überzeugt, dennoch sagte er schließlich: »Hände hoch, Sie sind festgenommen.«

64

»Wieder haben Sie uns das Leben gerettet«, sagte Gustav, nachdem Brandt ihn und Albert von den Fesseln und dem Klebeband auf dem Mund befreit hatte.

»Danken Sie uns später. Wir wissen noch immer nicht, wo Jutta ist.«

»Sie muss auf dem Boot sein. Wir wurden leider überrascht«, antwortete Gustav.

»Aydin und ich schauen uns um. Bleiben Sie hier.«

»Nein, Sie und ich schauen uns um, die anderen bleiben hier«, widersprach Gustav.

»Gut.«

Walter schien wenig begeistert von dem Vorschlag, er verzog das Gesicht.

»Aydin, gib Gustav bitte deine Waffe«, sagte Brandt. »Ihre Waffe ist sicherlich im Besitz der Gangster?«, fragte er an Gustav gerichtet.

»Leider.«

Aydin reichte ihm die Waffe, dann verließen sie den Raum und schauten sich vorsichtig um, immer mit dem Gefühl im Nacken, überrascht zu werden. Erst jetzt wurde Brandt klar, dass er einen Fehler begangen hatte. Seine Freunde hatten keine Waffe, abgesehen von Walters Messer.

Das Boot war jedoch überschaubar. Hier unten gab es nur noch den zweiten Raum, der ebenfalls abgeschlossen war. Brandt knackte das Schloss und sah hinein.

Leer!

»Oben?«, flüsterte Gustav.

»Möglich«, gab Brandt zurück und eilte Richtung Treppe.

Oben angekommen, bückte er sich, damit er durch die bodentiefen Fenster nicht gesehen wurde.

»Zwei Zimmer«, wisperte er. »Das rechte.«

Gustav nickte nur und beide schlichen sich zu dem rechten Zimmer. Erstaunlicherweise war es offen. Sie traten ein, aber wieder gab es keinen Hinweis auf Jutta, also schlichen sie zu dem nächsten – mit demselben ernüchternden Ergebnis.

Jutta war nicht auf dem Hausboot!

Sie gingen zurück zu den anderen.

»Habt ihr sie gefunden?«, fragte Albert.

»Nein, sie ist nicht hier«, antwortete Gustav.

»Was jetzt?« Aydin sah sie ratlos an.

»Wir müssen Bartels zu fassen kriegen.«

Brandt stimmte Gustav zu. Jetzt zu fliehen oder Verstärkung anzufordern, war nicht zielführend. Bartels war zum Greifen nahe, und sobald sie ihn hätten, würden sie schnell herausfinden, wo er Jutta gefangen hielt.

»Leider haben wir nur zwei Waffen«, sagte Brandt.

»Ich habe ein Messer«, entgegnete Walter.

»Vielleicht finden wir im Schiff Baseballschläger«, fügte Albert hinzu.

»Jedenfalls lassen wir euch nicht allein …«

»Die sind alle bewaffnet«, fuhr Brandt dazwischen.

»Wir sollten erst mal vom Hausboot runter, dann schleichen wir uns von hinten an die Bande ran«, schlug Gustav vor.

Brandt und die anderen waren einverstanden.

Gustav verließ als Erster den Raum, gefolgt von Walter, Albert und Aydin. Brandt ging als Letzter. Auf leisen Sohlen ging es die Treppe nach oben. Gerade als Brandt das Erdgeschoss erreicht hatte, hörte er, wie jemand brüllte: »Die wollen abhauen.«

Kaum hatte die Person ausgesprochen, schoss jemand scharf. Die Kugel schlug in die Wand ein.

»In Deckung«, rief Gustav und eilte hinter eine Couch, die

er hastig umwarf. Die anderen folgten ihm, bis auf Walter und Brandt. Sie hechteten hinter die zweite Couch und schoben sie zu der anderen, damit sie sich dahinter verstecken konnten.

»Knallt die Schweine ab«, brüllte Stefano Savini.

Brandt sah, wie jemand versuchte, sich von rechts an das Hausboot heranzuschleichen. Ohne zu zögern kam Brandt aus der Deckung, machte ein paar Schritte und schoss. Die Kugel verfehlte ihr Ziel nicht, der Kerl fiel wie ein nasser Sack zu Boden, doch gleichzeitig wurde auf ihn geschossen. Mit einem Hechtsprung warf er sich runter und spürte noch den Windzug am rechten Ohr. Die Kugel musste ihn nur um Zentimeter verfehlt haben. Hastig suchte er hinter einem Tisch Deckung und lugte hinter der Tischplatte vorbei. Savini und seine Männer betraten mit Bartels das Hausboot.

Als müssten sie sich bemerkbar machen, schossen sie wie die Wilden um sich. Brandt musste reagieren, die Holzplatte des Tisches würde keine Kugel abfangen. Sein Blick wanderte zu einer Kommode, die aus Metall war und als Deckung dienen könnte. Er robbte hin, da hörte er jemanden sagen: »Verrecke.«

Einer von Stefanos Gorillas stand über ihm. Er musste sich von der anderen Seite angeschlichen haben, ohne dass Brandt es bemerkt hatte. Damit standen seine Chancen schlecht, der Hüne würde ihn mit einem Kopfschuss ins Jenseits befördern.

Dann ging alles sehr schnell.

Ein Messer flog in die Richtung des Angreifers und traf diesen in die rechte Brust. Kurz darauf lief Walter wie ein Wahnsinniger los und stürzte sich auf den Hünen. Es kam zu einer Keilerei, beide schenkten sich nichts und rollten durch eines der bodentiefen Fenster in den Außenbereich.

Brandt kam wieder auf die Beine und wollte Walter zu Hilfe eilen, doch da sah er, wie eine andere Person auf Aydin zielte. Brandt schoss, der nächste Helfer Stefanos stürzte vom Hausboot.

Auch Gustav löste sich nun aus der Deckung und feuerte auf den dritten Bodyguard. Dieser sackte zu Boden. Inzwischen hatten Savini und Bartels Deckung gesucht. Soweit Brandt die Lage überschauen konnte, gab es nur noch einen Hünen, der mit Walter draußen einen Kampf ausfocht. Er wollte eben zu ihm sprinten, da hörte er einen Schuss. Und noch einen. Hilflos musste er zusehen, wie Walter vom Hausboot ins kalte, tiefe Wasser stürzte. Blut bedeckte den Holzboden.

Brandt schoss auf den Hünen, der sofort in Deckung ging und zurückschoss.

Eine unbändige Wut erfasste Brandt. Mit seinen Blicken suchte er die Wasseroberfläche nach Walter ab – vergebens.

Die schlimmsten Befürchtungen stiegen in ihm auf. Hatte der gutmütige Imbissbudenbesitzer sein Leben opfern müssen, um Brandt zu schützen?

Er wollte das Offensichtliche nicht glauben und feuerte mehrere Schüsse auf den Hünen ab, der wieder aufstand und ebenfalls schoss, aber Brandts Schuss war präziser und traf. Der letzte Bodyguard aus Stefanos Truppe sackte zu Boden.

Brandt eilte zu ihm und schoss ein weiteres Mal, um ganz sicher zu sein, dass der Mistkerl tot war. Dann nahm er die Waffe an sich und ließ seinen Blick erneut über das Wasser schweifen.

»Walter, verdammt, wo bist du?«, brüllte er. Aber er konnte den Freund nirgends entdecken. Was zur gleichen Zeit im Hausboot geschah, nahm er überhaupt nicht wahr. Vor lauter Sorge wollte er gerade ins Wasser springen, als er einen Schrei hörte. Er drehte sich um und sah, dass Albert getroffen worden war.

»Mist«, brüllte Brandt. Er konnte nicht mehr nach Walter suchen, weil er damit riskierte, dass Aydin und die anderen starben, und Walter hatte recht: wenn einer am Leben bleiben musste, dann Aydin. Das war er nicht nur sich, sondern auch Walter schuldig.

Also schluckte er die Angst und die Tränen um den Kölner Freund herunter und überlegte, wie er Savini und Bartels überwältigen könnte. Er musste auf volles Risiko gehen.

Die Waffe von sich gestreckt und unablässig Schüsse abfeuernd warf er sich hinter die Kommode. Gerade noch rechtzeitig, trotzdem streifte ihn eine Kugel am Arm. Die Stelle fing sofort an zu bluten, aber das Adrenalin, das durch seine Adern schoss, unterdrückte den Schmerz. Allein die Wut und der Drang, die beiden Männer zu töten, beherrschten ihn. Er war gute fünf Meter von ihnen und den anderen entfernt.

»Das hier muss nicht sein«, hörte Brandt plötzlich die Stimme von Stefano.

»Was schlagen Sie vor?«, fragte Gustav.

»Wir wollen nur Walter. Der Rest kann gehen«, forderte Savini.

»Sie kriegen niemanden und keiner wird gehen. Legen Sie die Waffen nieder und ergeben Sie sich«, entgegnete Gustav, der nicht wusste, dass Walter vermutlich längst tot war. Entweder durch die Schussverletzung oder ertrunken.

»Warum wollen Sie das Leben eines naiven, dummen Imbissbudenbesitzers, eines Losers und Fußabtreters der Gesellschaft für Ihr Leben aufs Spiel setzen?«

»Wir gehen keinen Deal ein. Geben Sie auf«, entgegnete Gustav entschlossen.

»Und was, wenn ich im Gegenzug Ihre Mutter freilasse?«

»Wir spielen weder Freunde noch Familie gegeneinander aus«, blieb Gustav unbeeindruckt. »Ich warne Sie ein letztes Mal. Geben Sie auf. Gleich wird es hier nur so von Polizisten wimmeln.«

Brandt nutzte die kurze Ablenkung durch das Gespräch, um sich an Savini heranzuschleichen. Wo sich Bartels versteckte, konnte er aus dieser Position nicht erkennen, aber er ging davon aus, dass er sich in der Nähe von Savini verschanzt hatte.

»Aufgeben?« Savini lachte höhnisch. »Ich werde Ihre kleine verfickte Gemeinde in ein Schlachtfeld verwandeln, wenn Sie mir jetzt nicht diesen fetten Bastard aushändigen.«

Brandt hatte mittlerweile den Außenbereich erreicht, da bemerkte er eine Bewegung. Er wollte seinen Augen nicht trauen. Bartels schien dieselbe Idee zu verfolgen wie er – nur mit einem entgegengesetzten Ziel. Da die anderen durch das Gespräch abgelenkt waren, nutzte Bartels den Moment und näherte sich von der anderen Seite Aydin, der wie Gustav nur Augen für Savini hatte.

»Mist«, fluchte Brandt leise, drehte um und schlich sich nun an Bartels heran, dem nur noch ein paar Schritte fehlten, um sein Ziel zu erreichen. Weder Aydin noch Gustav schienen den Hinterhalt zu ahnen, während Albert auf dem Boden lag und sich stumm vor Schmerzen krümmte.

»Waffe fallen lassen oder ich knall den Kanaken ab«, hörte Brandt Bartels rufen.

Gustav drehte sich um und sah in den Lauf von Bartels' Waffe.

»Schachmatt, du Idiot«, konterte Bartels.

Gustav zögerte, er ließ die Waffe nicht fallen, sondern erwiderte: »Sie können nicht uns beide töten.«

»Lassen Sie die Waffe fallen. Ich werde den Schwarzkopf so oder so umlegen, und da Sie Bulle sind, werden Sie jetzt die Waffe fallen lassen.«

»Werde ich nicht«, erwiderte Gustav und gab Aydin ein Zeichen, seine Position nicht zu verlassen. Savini konnte sie hier nicht treffen, sodass nur Bartels als Gefahr blieb.

»Waffe fallen lassen«, wiederholte Bartels laut.

»Ich denke, das wird er nicht tun«, ließ sich nun Brandt vernehmen und hielt seine Waffe an den Hinterkopf von Bartels. Gustav hatte richtig reagiert, indem er Bartels in ein Gespräch verwickelt hatte.

Der schien unsicher, senkte jedoch die Waffe und Brandt

packte sofort zu. Er reichte sie Aydin, dann legte er Bartels Handschellen an.

Gustav hatte sich indes wieder umgedreht und rief: »Geben Sie auf, Stefano Savini. Wir haben Bartels und Ihre Männer sind tot.«

Aber Savini antwortete nicht.

»Geben Sie auf«, wiederholte Gustav. Wieder keine Reaktion.

»Der hat sich bestimmt aus dem Staub gemacht«, sagte Brandt und eilte in die Richtung, wo Savini sich verschanzt hatte.

Er behielt recht. Savini musste kalte Füße bekommen haben, als er gesehen hatte, wie sie Bartels festnahmen.

»Wo ist meine Mutter?«, hörte Brandt Gustav fragen.

»Woher soll ich das wissen?«, antwortete Bartels frech.

»Lügen Sie mich nicht an. Wo halten Sie meine Mutter versteckt?«

»Ohne meinen Anwalt sage ich kein Wort. Ich bin schneller raus, als Sie bis drei zählen können.«

Aydin war ebenfalls aufgestanden und kam zu Brandt, der wieder nach draußen getreten war und auf das dunkle Wasser starrte. »Wo ist Walter?«, fragte er besorgt.

Im selben Moment klingelte sein Handy, doch Brandt ignorierte das Klingeln.

»Wo ist Walter?«, wiederholte Aydin.

»Ich weiß es nicht«, brachte er endlich hervor. »Er ist ins Wasser gestürzt, beim Kampf mit einem von Savinis Männern.«

»Walter kann doch schwimmen.« Aydins Blick wanderte zum Holzboden, wo die Blutflecken noch deutlich zu sehen waren. »Sag mir bitte nicht, dass das Walters Blut ist.«

Brandt nickte. »Doch, er hat sich mindestens zwei Kugeln eingefangen, als er mir das Leben gerettet hat«, antwortete Brandt heiser.

Ein Platschen ertönte und Aydin verschwand im trüben Wasser des Flusses. Brandt zog seine Schuhe und seine Hose aus und sprang hinterher, auch wenn er sich wenig Chancen ausrechnete. Möglicherweise gab es hier Unterströmungen, der Fluss war an dieser Stelle alles andere als ruhig. Wenn Walter überlebt hätte, hätte er sich ans Ufer gerettet. Viel wahrscheinlicher war jedoch, dass das kalte Wasser einen Schock bei ihm ausgelöst und die Strömung ihn weggetrieben hatte.

Brandt wollte es nicht aussprechen, er weigerte sich, den Gedanken an sich heranzulassen, aber er wurde mehr und mehr zur Gewissheit: Walter war tot.

Immer wieder tauchten beide unter, um nach Walter zu suchen, doch es fehlte weiter jede Spur.

Er ist tot.

Die Erkenntnis und traf Brandt mit voller Wucht.

* * *

»Wo ist meine Mutter?«, wiederholte Gustav. Er wollte nicht glauben, dass Bartels es nicht wusste.

Albert kam auf die Beine.

»Du solltest liegen bleiben. Vielleicht hast du innere Verletzungen«, mahnte Gustav.

»Die Weste hat ihren Zweck erfüllt. Ich wurde nur an der Seite getroffen. Ist ein Streifschuss«, gab Albert mühsam zurück, aber sein schmerzverzerrtes Gesicht sagte Gustav, dass er log.

»Geben Sie mir Ihr Handy«, forderte Albert Bartels auf.

»Warum?«

»Fresse, hergeben.« Albert trat zu ihm und zog ihm das Handy aus der Hosentasche. »Einmal in die Kamera lächeln.«

Obwohl sich Bartels umdrehte, reagierte die Kamera des Handys und entsperrte es.

»Was machst du?«, fragte Gustav.

»Petra anrufen. Sie sollen Verstärkung schicken und einen Rettungswagen.«

»Und meine Mutter?«

»Solange wir den Sohn haben, kann Jutta nichts passieren.«

»Was ist mit seinem Vater? Er könnte meine Mutter entführt haben.«

Bartels junior lachte und verriet damit, dass Gustav richtig lag.

»Okay, ruf Petra an«, entschied Gustav. Solange sie Mario Bartels als Pfand hatten, konnten sie das Risiko eingehen.

Albert wählte Petras Nummer und stellte auf Lautsprecher, als sie das Gespräch annahm.

»Gustav hier, wir brauchen Verstärkung und einen Rettungswagen«, sagte er.

»Wen hat es erwischt?«

»Mich nicht«, konnte er sich einen sarkastischen Spruch nicht verkneifen. »Wo ist Mads?«

»Er hat vorhin angerufen. Er und Lena haben Jutta befreit. Sie sind alle in Sicherheit und Jasper Bartels ist festgenommen.«

Petra konnte nicht ahnen, was für ein Druck in diesem Moment von Gustavs Schultern fiel. Zu hören, dass seine Mutter lebte und es seiner Nichte und seinem Neffen gut ging, war das Schönste, was man ihm hätte sagen können.

»Schick die ganze Truppe, auch Ole mit seinem Team. Und vor allem einen Rettungswagen«, bat Gustav und Albert beendete das Gespräch. Dann wandte er sich an Bartels: »Ich werde dafür sorgen, dass Sie und Ihr Vater das Gefängnis nie wieder verlassen und weit entfernt voneinander im Knast einsitzen werden, darauf können Sie Gift nehmen.«

Er atmete tief durch, endlich konnte er seine Gedanken wieder sortieren. Wo waren die Kölner?

»Pass auf ihn auf«, sagte Gustav und reichte Albert die Waffe.

»Bitte geben Sie mir nur einen Grund, abzudrücken«, knurrte Albert und zielte auf Bartels.

Von der Arroganz des Unterlegenen war nichts mehr übrig. Seine Schultern hingen schlaff nach unten, ein deutliches Zeichen, dass er seine Niederlage akzeptiert hatte.

In dem Moment betraten Brandt und Aydin durchnässt das Boot. Beide völlig außer Atem. Erst jetzt bemerkte Gustav, dass Walter nicht dabei war.

»Wo ist Walter?«, fragte er.

»Er wurde schwer verwundet und ist ins Wasser gestürzt. Wir haben ihn nicht gefunden«, antwortete Brandt rau.

Gustav sah in seinen und Aydins Augen die Angst und Sorge um den Freund, bei Brandt erkannte er zudem Wut. Vermutlich die Wut auf sich selbst, dass er Walter nicht hatte retten können.

»Ich fordere einen Hubschrauber und die Küstenwache mit Tauchereinheiten an. Wir finden Walter. Möglich, dass er von der Strömung weggerissen wurde, ihr könnt ihn nicht finden, er könnte längst Richtung Lübeck getrieben sein«, erwiderte Gustav.

Brandt griff nach seinem Handy, entsperrte es und reichte es wortlos Gustav, der sofort Verstärkung anforderte.

»Wir finden Walter«, wiederholte er, für sich dachte er: *Vermutlich seine Leiche.*

65

Einen Tag später …

Die Suchaktion hatte bis tief in die Nacht gedauert, doch von Walter fehlte jede Spur.

Mads fühlte mit seinen Freunden, die furchtbar niedergeschlagen waren. Auch ihn berührte das Ganze mehr, als er sich eingestehen wollte. Er kannte Walter zwar noch nicht lange, dennoch hatte er in seinem Leben nie zuvor einen anständigeren Menschen kennengelernt als ihn.

Weder Brandt noch Aydin wollten aussprechen, dass Walter tot war, und er verstand sie gut. Trotzdem hielt er es für ausgeschlossen, ihn lebendig zu finden. Wenn die Strömung den schwerverletzten Mann Richtung offenes Meer getrieben hatte, würde die kalte Ostsee dafür gesorgt haben, dass Walter an Unterkühlung starb. Oder es hatte ihn, was nicht weniger wahrscheinlich war, eine Schiffsschraube erwischt, was ebenfalls den sofortigen Tod bedeutete.

An diesem Tag saßen Mads und Lena auf der Terrasse des *Café Wichtig*. Lena trank einen Aperol Spritz, während sich Mads ein kühles Blondes gönnte.

»Wie werden sie es Tolga wohl erklären?«, sagte Lena nachdenklich.

»Ich weiß es nicht. Tolga hat Trisomie 21 und ich kenne niemanden, der vernarrter in Walter war als dieser Junge. Er himmelt ihn regelrecht an. Die beiden hatten eine unglaubliche Bindung zueinander, so etwas habe ich zuvor noch nie gesehen. Ich möchte nicht in Emres Haut stecken.«

»Vielleicht sollten sie einen Profi zu Rate ziehen, einen Psychotherapeuten. Wenn die Bindung tatsächlich so eng war, kann das bei Tolga zu einem schweren Trauma führen.«

»Die Idee ist nicht verkehrt, das werde ich ihnen vorschlagen.« Mads ließ seinen Blick über die Terrasse schweifen und sah, wie Albert auf sie zusteuerte.

»Moin«, grüßte Albert die beiden.

Sie erhoben sich und gaben sich die Hand.

»Wolltest du zu Gustav?«, fragte Lena.

»Nein, ich wollte mit euch sprechen. Mit Gustav treffe ich mich später.«

Mads zog erstaunt die Brauen hoch.

»Nimm doch bitte Platz«, sagte Lena, sie schien nicht weniger überrascht als er. »Was macht die Wunde?«

»Alles halb so wild«, erwiderte Albert. Sie setzten sich. »Die Ärzte in der Klinik haben hervorragende Arbeit geleistet, ich wurde heute Morgen um 8 Uhr entlassen.«

»Das klingt gut. Gönn dir trotzdem ein bisschen Ruhe«, mahnte Lena.

Mads sah ihr an, dass sie besorgt war. Ihm tat es auch leid, dass Albert sich bei dem Einsatz verletzt hatte, dennoch hielt sich seine Sorge in Grenzen. Seit sich Albert mit Emma angelegt hatte, war ihr Verhältnis abgekühlt.

Albert nickte. »Deswegen nehme ich mir heute frei. Aber ich bin nicht hier, um über meine Wehwehchen zu klagen. Es gibt da ein paar Dinge, die ihr wissen müsst, auch wenn Gustav das nicht möchte.«

Der Kellner kam und Albert bestellte den obligatorischen Espresso.

»Was für Dinge?«, fragte Mads, als sie wieder allein waren.

»Dinge, die Jasper Bartels betreffen.«

»Und die wären?«

»Ihr wisst aus der Akte, was für entsetzliche Dinge er getan hat. Gustav, euer Vater und ich waren damals in großer Sorge, dass er noch mehr Mädchen missbrauchen und töten würde. Außerdem stornierten viele ihre Reisen an die Ostsee. Eines Abends kam dein Vater, den das Ganze am meisten mitnahm, zu Gustav. Er war am Boden zerstört und bat seinen Bruder darum, irgendetwas zu tun, da er eine weitere Kinderleiche nicht ertragen könne. Gustav bewegte das sehr. Ihr wisst, wie eng das Verhältnis zwischen den beiden war. Gustav erklärte ihm, dass der endgültige Beweis fehle, erst wenn sie den hätten, würde der Mistkerl für immer ins Gefängnis wandern. Da schlug euer Vater vor, Beweise zu manipulieren.« Albert unterbrach sich, da der Kellner mit dem Espresso kam.

»Willst du damit sagen, dass es Papa war, der die Beweise gefälscht hat?«, fragte Lena, nachdem der Kellner sich entfernt hatte.

»Es war seine Idee, er hat Druck auf Gustav ausgeübt.« Albert sah nachdenklich auf seine Hände. »Egal wie sehr Gustav das Gesetz schon zu seinen Gunsten gedehnt oder übertreten hat, er hat noch nie Beweise gefälscht. Aber als dein Vater mit dieser Bitte zu ihm kam, konnte er nicht anders, weil er wie euer Vater dachte. Sie weihten mich ein und ich stimmte sofort zu, weil wir kein weiteres totes Mädchen wollten. Nach Bartels' Verhaftung hörten die Morde auf und wir haben wer weiß wie vielen kleinen Mädchen großes Leid und den Tod erspart.«

Mads schluckte und lehnte sich in seinem Stuhl zurück, diese Geschichte musste er erst einmal sacken lassen. Dass sein Vater, den er als moralisch höchste Instanz sah, tatsächlich diesen Vorschlag unterbreitet hatte, erwischte ihn kalt.

»Und warum hat Gustav es uns nicht gesagt?«, fragte er nach einer Weile.

»Du schätzt deinen Onkel in manchem falsch ein. Ich weiß, dass dein Verhältnis zu deinem Vater sehr eng war und dass er ein Mann mit hoher Moral war, aber ich kenne niemanden, der deinen Vater mehr geliebt hat als dein Onkel, und niemanden, der loyaler war als er. Gustav wollte sein Andenken durch dieses Vorkommnis nicht beschmutzen.«

Alberts Worte schnürten Mads die Kehle zu. Er fühlte sich schuldig, weil er seinen Onkel zu Unrecht beschuldigt hatte.

»Mir wäre es lieb, wenn ihr mit eurem Onkel nicht darüber redet. Er würde mir die Hölle heißmachen, wenn er erführe, dass ich es euch erzählt habe.« Albert leerte die Espressotasse. »Besucht ihr heute noch Oma?«

»Wir wollten später zu ihr«, antwortete Lena. »Und du?«

»Nachher mit eurem Onkel.« Albert stand auf und fischte seine Geldbörse aus der Hosentasche.

»Das mache ich«, beeilte sich Mads zu sagen und stand auch auf. »Danke, dass du uns die Wahrheit erzählt hast.« Er reichte Albert die Hand. »Und unter uns, ich hätte wie Gustav gehandelt. Bartels ist schuldig.«

»Ich weiß. Du bist deinem Onkel viel ähnlicher, als du ahnst.« Albert reichte auch Lena die Hand zum Abschied. »Danke für den Espresso.«

Mit diesen Worten entfernte er sich.

»Dass Papa mit so einer Bitte an unseren Onkel herantritt, hätte ich nie für möglich gehalten«, sagte Lena.

»Ehrlich gesagt, ich auch nicht. Aber misshandelte, tote kleine Mädchen können selbst den gesetzestreuesten Polizisten zu einer Dummheit verleiten. Tja, und am Ende war es nicht einmal eine Dummheit. Die Morde hörten ja auf.«

»Ja, es hörte auf, aber Jahre später kam Bartels frei und konnte mit der Hilfe seines Sohnes Oma entführen«, hielt Lena dagegen.

»Das stimmt, leider. Aber wir haben ihn und den Sohn festgenommen und sie werden für lange Zeit niemandem mehr Angst einjagen.«

Der Kellner kam und fragte, ob sie noch etwas wünschten. Mads bestellte ein zweites Bier, während Lena dankend ablehnte.

»Was werden die Kölner jetzt machen?«, überlegte Lena laut.

»Weitersuchen. Gustav und ich unterstützen sie, wo wir können. Omas Freiheit haben wir teuer erkauft.«

»Wenn Walter wirklich tot ist«, entgegnete Lena.

»Ich wünschte, es wäre nicht so, aber wir beide wissen, dass er tot ist. Schwerverletzt im kühlen Gewässer treiben, wo es nur so von Schiffen wimmelt, das kann niemand überleben. Wenn er Glück hatte, hat er einen Kälteschock erlitten und ist dann ertrunken. Ich möchte mir gar nicht vorstellen, was es für eine Qual sein muss, wenn dich eine Schiffsschraube …«

»Red nicht weiter«, unterbrach Lena ihn.

»Du hast recht.« Mads holte tief Luft und ließ sie nach einer Weile mit leisem Schnauben durch die Nase entweichen. Der Kellner brachte ihm sein Bier.

»Ist das nicht Emma?«, fragte Lena und Mads folgte ihrem Blick. Seine ohnehin gedrückte Stimmung sackte noch ein Stück weiter ab. Emma war nicht allein, Stefan war bei ihr.

Sie winkte den beiden zu und nur Lena winkte zurück. Erst als auch Stefan winkte, grüßte Mads sie mit einem Handzeichen.

Sie nahmen ein paar Reihen weiter links Platz, die Terrasse des *Café Wichtig* war groß, und wenn man wollte, konnte man sich aus dem Weg gehen.

»Sieht so aus, als ob da wirklich was läuft«, sagte Lena.

»Warum nicht? Sie sind beide alt genug und Singles.«

»Keine Missgunst?«

»Warum? Ich habe Daniela. Das mit Emma und mir war eh nichts Halbes und nichts Ganzes. Jemand wie Stefan wird ihr guttun, da kann sie ihre Dickköpfigkeit voll ausleben.«

»Also wurmt es dich doch«, bohrte Lena weiter und schmunzelte.

Mads seufzte. Natürlich wurmte es ihn, dennoch gab es einen Teil in ihm, der Emma von ganzem Herzen nur das Beste wünschte, aber eben mit ihm an ihrer Seite, nicht mit diesem Frauenversteher Stefan.

»Ich werde Emma keine Steine in den Weg zu ihrem Glück legen«, gab Mads zurück, dabei sah er im Augenwinkel, wie

Emma etwas auf ihrem Handy las. Dann stand sie auf und kam auf sie zu. Sie wirkte besorgt.

»Ist etwas passiert?«, fragte Mads.

»Ich habe eben eine Nachricht von Amir bekommen«, antwortete Emma.

»Was für eine Nachricht?«

Emma schien total verunsichert, als könnte sie gerade keinen klaren Gedanken fassen.

»Karola ist seit einer Woche auf der Intensivstation«, brachte sie schließlich hervor.

»Karola? Die Mutter meines Sohnes?«

»Genau.«

Mads schluckte. Der Gedanke an seinen Sohn, den er noch immer nicht richtig kennengelernt hatte, kennenlernen durfte, weil Karola spurlos verschwunden war, durchzuckte ihn.

»Wo ist mein Sohn?«, fragte er.

»Das weiß ich nicht.«

66

»Gibt es Neuigkeiten?«, fragte Brandt.

Gustav und Albert waren ihm und Aydin über den Weg gelaufen, als sie mit Meiko am Strand spazieren gingen. Die Kölner streichelten Gustavs Schäferhund ausgiebig, der das ruhig geschehen ließ, als spürte er, dass sie alle etwas niedergeschlagen waren.

»Leider nicht. Die Küstenwache folgt dem Lauf der Strömungen, trotzdem fehlt von Walter noch immer jede Spur«, antwortete Gustav und senkte die Stimme. »Ich sage es ungern laut, aber ihr macht diesen Job schon ein paar Jahre, und ihr wisst, was es bedeutet, wenn eine schwerverletzte Person ins kühle treibende Gewässer stürzt.« Er hielt kurz inne. »Niemand weiß, wie schwer er verletzt war.«

»Wir müssen doch irgendetwas tun«, sagte Aydin hilflos.

»Sie können nichts tun. Die Kollegen von der Küstenwache suchen die Nadel im Heuhaufen, so bitter das ist. Ihnen und mir bleibt nichts anderes übrig, als auf ein Wunder zu hoffen.«

Gustav sah, dass Aydin deutlich mehr darunter litt als Brandt, möglicherweise konnte Brandt aber auch seine Gefühle besser kontrollieren.

»Melden Sie sich, sobald Sie etwas haben. Wir sind sofort da«, bat Brandt.

»Das mache ich. Sie bleiben noch ein paar Tage?«

»Genau.«

»Gut. Ich möchte mich nochmals bei Ihnen beiden bedanken, dass Sie geholfen haben, meine Mutter zu befreien, und mir –«, Gustav korrigierte sich rasch, »uns das Leben gerettet haben.«

»Sie hätten nicht anders gehandelt. Wir sind Polizisten geworden, weil wir Menschen helfen wollen.«

»Wenn Sie etwas brauchen, zögern Sie bitte nicht, mich zu kontaktieren.«

»Machen wir.«

Albert und Gustav verabschiedeten sich von den Kölnern und gingen am Strand weiter. Meiko ein paar Schritte vor ihnen.

»Aydin hat es richtig erwischt«, bemerkte Albert.

»Glaube ich auch. Er hatte eine enge Beziehung zu Walter, aber auch Brandt sieht ziemlich mitgenommen aus. Ich glaube, er kann es nur gut überspielen. Dieser Walter war etwas ganz Besonderes für die beiden. Ich habe ihn auch schnell in mein Herz geschlossen.«

»Ich fand ihn irgendwie komisch. Der Kriminelle, der plötzlich ein Heiliger ist. Das ist mir ein bisschen suspekt.«

»War klar, weil er nicht deinem gesellschaftlich oberflächlichen Bild entsprach. Walter hat sein Leben geopfert, um seinen Freund zu beschützen. Ich habe große Zweifel, dass du dir für mich eine Kugel einfangen würdest.«

»Sogar zwei, alter Freund«, lachte Albert.

»Wer's glaubt.« Gustav seufzte. »Trauer lässt einen nicht mehr objektiv sein. Walter ist tot und je eher die beiden das begreifen, desto schneller können die Wunden heilen.«

»Sie sind Polizisten. Es wird ihnen bald gelingen.«

»Es wäre ihnen zu wünschen.«

»Wie war dein Gespräch mit den Bartels?«, fragte Albert.

»Sag mir lieber, warum du dich aus dem Krankenhaus entlassen hast.«

»Weil es der Chefarzt höchstpersönlich angeordnet hat.«

»Wieso habe ich da meine Zweifel?«

»Brauchst du nicht. Die Wunde war nicht tief, die Blutung konnte schnell gestoppt werden und dank meiner Supergene heilt das Ganze auch rasch.«

»Arrogant bist du nicht, oder?«

»Mensch, was willst du hören? Dass mir die Decke auf den Kopf gefallen ist?«

»Nach einer Nacht im Krankenhaus?«

»Ich hasse Krankenhäuser, sie haben mich schon immer mehr an den Tod als an Gesundheit erinnert.«

Gustav schwieg, weil er seinen Freund verstehen konnte. Albert hatte früh seine Eltern verloren und seit dieser Zeit haderte er mit Krankenhäusern.

Gustav ließ seinen Blick hinaus aufs Meer wandern. Es war ein schöner Tag und die Ostsee etwas unruhig. In kurzer Entfernung konnte er eine Jacht sehen.

»Das wäre was, oder?« Albert schien denselben Gedanken zu haben wie er.

»Wem sagst du das. Einfach aufs nächste Schiff und wegfahren, egal wohin, Hauptsache auf die offene See.«

»Sobald du in Pension bist, schnappen wir uns ein Segelschiff. Dann kann uns nichts und niemand mehr stoppen. Erzähl mir jetzt endlich von deinem Verhör mit den Bartels.«

»Jasper Bartels hat alles gestanden. Er hat lange von dem Tag geträumt, sich an mir zu rächen, und war erstaunt, wie leicht es war, Jutta zu entführen. Er hat jedoch bestritten, dass sein Sohn in die Entführung verwickelte wäre. Es sei sein Plan gewesen, Jutta am Friedhof aufzulauern, sie zu betäuben und zu verschleppen.«

»Glaubst du ihm das?«

»Nein. Sein Sohn hat Mama eine ganze Weile beschattet. Tim hat mich vorhin angerufen. Es gab jede Menge belastendes Material auf seinem Rechner. Jasper hatte zwar die Idee, aber sein Sohn war der Gehilfe. Am Ende ist das auch egal. Sein Sohn hat versucht, Polizeibeamte zu erschießen, und auf dem Hausboot wurde eine größere Menge Kokain sichergestellt, ebenso auf dem Gehöft hinter Süsel. Außerdem haben wir Hinweise auf seinen Lieferanten gefunden. Es scheint, als wollte Stefano Savini über Mario groß ins Kokaingeschäft einsteigen. Die Auswertung aller Hinweise und Informationen wird Monate dauern, aber das liegt nicht mehr in meiner Zuständigkeit. Jutta ist frei und die beiden Bartels wandern für lange Zeit ins Gefängnis und kein Anwalt wird sie da rausboxen können.«

»Was ist mit Stefano Savini?«, fragte Albert.

»Wir haben ihn zur Fahndung ausgeschrieben. Er ist untergetaucht.«

»Vielleicht sollten wir mit dem Senior sprechen. Wirklich blöd, dass Walter tot ist. Der hatte doch einen guten Draht zu Savini Senior.«

»Und was soll das bringen?«

»Ich denke halt weiter als du. Was, wenn Savini meine Gemeinde tatsächlich mit Drogen überschüttet?«

»Das war die Idee seines Sohnes. Der Senior ist nicht mehr interessiert an illegalen Aktivitäten, er baut seit einigen Jahren ein sauberes Imperium auf und das wird er sicherlich nicht wegen des Ehrgeizes seines Sohnes aufs Spiel setzen. Außerdem wird Stefano mit internationalem Haftbefehl gejagt.«

»Trotzdem ist und bleibt er Savinis Sohn. Du kennst Italiener, für ihre Familie werfen sie alle guten Vorsätze über Bord.«

»Was schlägst du stattdessen vor?«

»Dass wir beide dem Senior einen Besuch abstatten. Immerhin ist es deinem Vater schon mal gelungen, Savini daran zu hindern, seine Finger nach meiner Gemeinde auszustrecken. Zudem könnten wir ihm einen Deal vorschlagen.«

»Was für einen Deal?«

»Dass wir den internationalen Haftbefehl zurückziehen.«

»Du hast komplett den Verstand verloren.«

»Ganz und gar nicht. Stefano hat niemanden ermordet, da kann so eine Suche schon mal im Sande verlaufen, wenn Savini mir garantiert, dass er weiterhin einen großen Bogen um meine Gemeinde macht. Du weißt, was auf dem Spiel steht. In einigen Jahren kriegen wir hier ein Luxushotel, tolle Restaurants und Nobelboutiquen, da kann ich keine Mafia gebrauchen.«

»Damit sollen sich Mads oder Lena beschäftigen. Ich bin raus.«

»Wie, raus?«

Gustav blieb stehen, er schaute seinen Freund an, holte tief Luft und antwortete: »Ich werde am Montag meinen Rücktritt bekanntgeben. Mads hat recht, ich hätte damals dem Vorschlag meines Bruders nicht zustimmen dürfen. Es ist Zeit, dass eine jüngere Johannsengeneration übernimmt.«

»Du spinnst«, rief Albert entrüstet.

»Mir war eine Entscheidung nie ernster als diese«, erwiderte Gustav. Er sah Meiko zu, wie er eine Stelle im Sand beschnupperte und anschließend schwanzwedelnd auf ihn zugelaufen kam.

Die Entführung seiner Mutter hatte vieles aufgewühlt und in Bewegung gebracht. Mads hatte recht, als er sagte, dass Hintertürmentalität und Klüngel bei der Ostseekriminalpolizei nichts mehr zu suchen hatten.

67

Seit Walters Verschwinden kam Brandt beinahe um vor Selbstvorwürfen. Hätte er doch nur auf sein Bauchgefühl gehört und Walter im Wagen warten lassen, dann hätte ihr gutmütiger Freund noch leben können. Im Vergleich dazu war der Streifschuss an seinem Oberarm, der gestern Nacht im Krankenhaus versorgt worden war, eine unbedeutende Schramme.

»Wir müssen doch etwas tun können«, wiederholte Aydin. Brandt zählte nicht mehr mit, wie oft sie ihre Möglichkeiten schon durchgegangen waren.

»So schwer es mir fällt, aber ich wüsste nicht, was. Gustav hat recht. Uns bleibt nichts anderes übrig, als auf ein Wunder zu hoffen.«

Aydin sah Brandt an, seine Augen glänzten, er schluckte und schien heftig mit seinen Gefühlen zu kämpfen. »Ich akzeptiere nicht, dass er tot ist. Walter ist nicht tot!«

Brandt spürte einen Kloß im Hals. Seinen besten Freund so leiden zu sehen, war schwer zu ertragen.

Jetzt konnte Aydin seine Gefühle nicht mehr kontrollieren und ließ seinen Tränen freien Lauf, er weinte hemmungslos. Brandt drückte ihn an sich.

»Schäm dich deiner Tränen nicht«, versuchte er Aydin Mut zuzusprechen, dabei fühlte er sich keinen Deut besser und er hätte am liebsten auch geweint oder seine Wut herausgebrüllt.

»Wir hätten ihn nicht mitnehmen dürfen, erst recht nicht, nachdem Tolga diesen Traum hatte. Ich hätte Walter nicht gehen lassen dürfen«, schluchzte Aydin.

»Nein, es ist meine Schuld. Ich hätte ihn im Wagen warten lassen sollen«, presste Brandt hervor und kämpfte nun ebenfalls mit den Tränen. Walter hatte nie einen Hehl daraus gemacht, dass er für seine Freunde in den Tod gehen würde, ohne mit der Wimper zu zucken. Allein deshalb war es geradezu fahrlässig gewesen, ihn auf dieses Hausboot mitgenommen zu haben.

»Es ist nicht deine Schuld, denk das nicht«, hielt Aydin dagegen. Er zog die Nase hoch und sah Brandt ernst an. Dann straffte er sich und wischte sich die Tränen vom Gesicht.

Als Brandt sich umdrehte, sah er, dass Tolga auf sie zusteuerte, zusammen mit Jörn. Sie begrüßten sich und Tolga tat das wie gewohnt überaus herzlich, doch es war nicht dasselbe überschwängliche Umarmen wie früher. Zum Glück wirkte er aber schon nicht mehr so niedergeschlagen wie am Morgen, als er am Frühstückstisch Walter vermisst und Aydin ihm eine Notlüge aufgetischt hatte.

»Ich bin stolz auf Onkel Walter«, sagte Tolga.

»Wir alle sind stolz auf Onkel Walter«, antwortete Brandt, obwohl er nicht verstand, worauf Tolga hinauswollte.

»Dann wisst ihr also auch, dass er in geheimer Mission unterwegs ist.«

»Das wissen wir. Woher weißt du es?«

»Schuldig im Sinne der Anklage«, antwortete Jörn. »Ich habe Tolga die Wahrheit erzählt, dass Walter nämlich leider auf eine streng geheime Avengers-Mission mit Iron Man musste und sich nicht verabschieden konnte.«

»Das stimmt. Walter hätte sich gerne von uns allen und ganz besonders von dir verabschiedet und ein paar Würstchen gegrillt, aber die Avengers brauchen seine Hilfe, daher musste er mitten in der Nacht abreisen«, bestätigte Brandt, um das Spiel mitzuspielen.

»Ich bin Onkel Walter nicht böse, weil ich ihn lieb habe, mehr als einmal ums Universum und wieder zurück. Man muss ja den Menschen helfen, die in Not sind, und ich weiß, dass Onkel Walter zurückkommt. Er ist der stärkste Mann der

Welt, noch stärker als Thor. Onkel Walter ist nicht tot, das war nur ein blöder Traum, den ich hatte«, erklärte Tolga. Seine Augen leuchteten und Brandt fragte sich, ob er Jörns Lüge tatsächlich für bare Münze nahm oder ob ihm die Geschichte nur gelegen kam, damit er sich einreden konnte, dass Walter wohlauf und in einer Heldenmission unterwegs war.

»Onkel Walter ist der Stärkste, da hast du recht, liebster Bruder. Er wird bald zurückkommen, dann grillen wir den ganzen Tag leckere Currywürste und du kannst so viele essen, wie du magst.«

»Und du schimpfst nicht?«

»Nein, ganz bestimmt nicht.«

»Das ist schön. Dann habe ich etwas, worauf ich mich freuen kann. Onkel Walter weiß sicher, wie sehr ich ihn lieb habe, auch wenn er keine leckeren Würstchen grillt, ich werde ihn immer lieb haben. Und ich werde auf ihn warten, egal wie lange es dauert. Ich warte.« Tolga presste die Lippen zusammen und schaute verlegen nach unten.

»Komm, Tolga, lass uns Ball spielen«, sagte Jörn.

»Okay«, gab Tolga zurück, dann sah er mit einem schiefen Lächeln zu Aydin und Brandt. »Onkel Walter ist nicht tot, oder? Er kommt doch zurück?«

»Er kommt zurück, versprochen, Bruderherz«, antwortete Aydin.

»Onkel Walter würde niemals grundlos gehen, ohne sich von dir zu verabschieden, weil er dich ganz doll lieb hat«, sagte Brandt.

»Ich weiß, weil ich ihn auch superdoll lieb habe.«

»Tolga, kommst du?«, rief Jörn und Tolga eilte zu ihm.

»Das hat Jörn gut gemacht«, sagte Brandt.

»Ja, ich hoffe, Tolga glaubt ihm das.«

»Ich denke schon«, erwiderte Brandt, er wollte nicht, dass sich Aydin noch mehr Sorgen machte. »Trotzdem werden wir irgendwann professionelle Hilfe brauchen.«

»Nein, werden wir nicht. Weil Walter lebt. Ich akzeptiere nicht, dass er tot ist«, beharrte Aydin.

Da sah Brandt eine weitere Person auf sie zugehen. Es war Mads.

»Moin. Mein Onkel meinte, dass ihr hier seid.«

Brandt und Aydin erwiderten den Gruß, dann sagte Brandt: »Sag mal, war das deine Idee mit Onkel Walter und den Avengers?«

»Hat Jörn also mal was richtig gemacht?«, fragte Mads. »Ich habe ihn heute Morgen am Strand gebeten, Tolga aufzubauen, falls er traurig ist. Ich hatte mir so was schon gedacht.«

»Das war sehr gut. Tolga war heute Morgen unheimlich traurig, dass Walter nicht beim Frühstück war und auch nicht an sein Handy ging. Der Kleine hat keinen Bissen herunterbekommen und viel geweint. Wir konnten ihn zwar einigermaßen beruhigen, aber die Idee mit den Avengers war wirklich gut. Das verschafft uns Zeit.«

»Es tut mir so leid. Die Küstenwache tut alles, was möglich ist, außerdem haben wir sämtliche Kollegen angewiesen, Augen und Ohren offen zu halten. Ich wünschte, ich könnte irgendwie helfen. Obwohl ich Walter nicht so gut und lange kenne wie ihr, ist er mir sehr ans Herz gewachsen. Was werdet ihr jetzt machen?«

»Wir bleiben noch ein paar Tage.«

»Ich hoffe, wir sehen uns. Morgen?«

»Sehr gerne«, antwortete Brandt.

»Lena und ich fahren jetzt zu Oma. Wenn was ist, meldet euch bitte bei mir. Egal wann.«

»Machen wir«, versicherte Brandt.

»Ich weiß nicht warum, aber ein Gefühl sagt mir, dass Walter noch lebt«, fügte Mads hinzu. »Ich habe selten so einen starken Lebenswillen und so viel Lebensfreude in den Augen eines Menschen gesehen wie bei ihm. Und er weiß, wie sehr

Tolga und ihr an ihm hängen. Er wird nicht einfach so von der Bildfläche verschwinden.«

»Walter ist ein Überlebenskünstler. Solange wir keine Leiche gefunden haben, gibt es für mich keinen Grund, zu glauben, dass er tot ist«, bekräftigte Aydin. »Walter lebt.«

»Walter lebt«, wiederholte Brandt die Worte seines besten Freundes. Nicht nur, weil er Aydin Mut zusprechen wollte, sondern auch sich selbst, denn noch immer schmerzte die alte Wunde, dass er damals seinen Freund und Partner bei einem Einsatz nicht hatte retten können. Nun hatte er erneut versagt, weil er wieder einen teuren Freund bei einem Einsatz verloren hatte.

68

Tage später …

Wie so oft war Ebbe auch an diesem Tag mit seinem Boot rausgefahren, um zu angeln. Nicht nur weil er gerne Fisch aß, sondern weil das Meer ihn magisch anzog und er beim Angeln am besten abschalten konnte.

»Du wirst auch nich' mehr jünger«, sagte er mit seinem starken norddeutschen Akzent zu sich. Dennoch konnte sich Ebbe kein Leben an Land vorstellen. Wann immer es ging, zog es ihn aufs Meer hinaus.

Mit zweiundfünfzig war er zwar nicht mehr der Jüngste, aber einer der Erfahrensten, der auf einem Schiff diente.

Seit seinem vierzehnten Lebensjahr heuerte er auf Schiffen an, als Matrose, wie er von sich sagte, dabei hatte er nicht mal eine richtige Ausbildung. Die hatte er allerdings auch nie benötigt, da er alles, was man über Schiffe wissen musste, an Deck gelernt hatte.

Ebbe konnte sich noch gut an das erste Schiff erinnern, auf dem er angeheuert hatte. Damals war er von zu Hause abgehauen und hatte irgendwann den Hamburger Hafen erreicht. Da hatte dieser große Kasten gelegen und ihn magisch angezogen. Er hatte sich auf das Schiff geschmuggelt, bereit für das Abenteuer, das da kommen würde.

»War doch klar, dass man dich entdecken würde«, sagte er lachend zu sich und gönnte sich eine Prise Schnupftabak.

Zum Glück war er erst auf offener See entdeckt worden, somit hatte der Kapitän ihn nicht von Bord werfen können. Und er hatte Glück gehabt, dass einer von der Besatzung sich für ihn stark gemacht und ihn unter seine Fittiche genommen hatte. Eine enge Freundschaft war dadurch zwischen ihnen entstanden, eine Freundschaft, die ihm bis heute sehr viel bedeutete.

Die Angelschnur straffte sich, ein Fisch hatte angebissen. Ebbe holte die Schnur ein, der Fisch zappelte wie verrückt, aber Ebbe war kräftig, sodass der Fisch keine Chance hatte. Es war ein Barsch, ein stattliches Exemplar. Kaum lag er auf dem Boot, sorgte Ebbe dafür, dass der Barsch mit einem gezielten Schlag mit dem Fischtöter betäubt war, dann schnitt er ihm mit einem Messer ins Herz, damit er schnell ausbluten und ohne Qualen sterben konnte. Erst danach entfernte er den Köder und legte den Fisch in den Eimer.

»Für heute reicht das«, sagte Ebbe und beschloss, zurück zur Küste zu fahren. Er hatte ein kleines Motorboot, das auch mit Rudern bewegt werden konnte.

An der Anlegestelle vertäute er das Boot, nahm Angel und Eimer und ging über den Steg zu seiner Hütte.

Vor Jahren hatte er dieses Grundstück und die Hütte gekauft, für schmale Mark, weil diese Ecke nicht gerade beliebt war. Die Hütte war heruntergekommen gewesen, aber mit Arbeit und Geduld hatte er ein schönes Heim daraus gemacht.

Er trat ein, stellte die Angel und den Eimer ab, dann wusch er sich die Hände und betrat ein Zimmer.

Sein Blick wanderte zu dem Bett, in dem eine Person schlief. Jetzt regte sie sich, drehte sich zu ihm und schaute ihn aus glasigen Augen an.

»Wo bin ich?«, fragte die Person leise.

»Ruh dich aus. Du hast lange geschlafen.«

»Lange geschlafen?« Die Person versuchte aufzustehen, doch ein Schmerz unterbrach das Unterfangen, sie stöhnte auf und ließ sich in die Kissen zurücksinken.

»Ich sehe schon, du hörst noch immer auf niemanden«, lachte Ebbe. »Du hast dich kein bisschen verändert.«

»Kennen wir uns?«, fragte die Person heiser.

»Das tun wir. Schon sehr lange. Du brauchst jetzt Ruhe,

immerhin wurdest du von einer Kugel getroffen. Aber hier bist du sicher.«

»Eine Kugel? Ich?«

»Ich glaube, du hattest außerdem eine Gehirnerschütterung. Schlaf noch ein bisschen. Ich bereite uns einen leckeren Barsch zu, dann reden wir.«

– Ende –

Anmerkungen des Autors

Was für ein Finale. Dazu die dramatischen Wendungen und offenen Fragen – ich hoffe, dass dieser Küstenkrimi Sie gut unterhalten hat.

Zum ersten Mal ermitteln die Kölner Jungs (plus Walter) mit der Johannsen-Familie in einem gemeinsamen Fall. Das ist auch der Hauptgrund, warum dieser Krimi der bisher umfangreichste aus der Reihe ist.

Ich wollte, dass die Hauptfiguren genug Raum bekommen, um sich zu entwickeln. Hoffentlich ist es mir gelungen.

Wie immer in meinen Küstenkrimis gibt es so gut wie alle Orte in den Büchern auch im realen Leben. Ich denke, das macht zum einen die Krimis authentischer und zum anderen freut sich mancher Leser, diese Orte zu besuchen.

Die Idee mit dem Hausboot hatte ich, nachdem ein guter Freund mir erzählte, dass er ein Hausboot gekauft habe, welches er an Urlauber vermiete. Es liegt in der Nähe von Lübeck. Inzwischen gibt es einige Städte in Deutschland, wo das Leben auf einem Hausboot möglich ist, dazu zählen Köln, Hamburg oder Leipzig. Ich denke, das ist ein Trend, der auf weitere Städte übergreifen wird, ich persönlich finde die Idee sehr spannend.

Eine genaue Auflistung der realen Orte an der Ostsee gibt es auf den folgenden Seiten, ebenso wie je eine Leseprobe aus dem ersten Köln-Krimi und dem ersten Küstenkrimi, für diejenigen unter Ihnen, die diese nicht kennen und zum ersten Mal in Kontakt mit den Kölner Jungs und den Johannsens getreten sind.

Für meine Stammleserinnen und -leser waren die letzten

Seiten sicherlich alles andere als erfreulich, dennoch, so hoffe ich, unterhaltsam.

Ich hatte bereits auf Facebook angekündigt, dass Walter diesmal eine tragende Rolle spielen wird, und ich habe Wort gehalten. Der gutherzige Imbissbudenbesitzer mit der Vergangenheit als Kleinkrimineller ist vielen meiner Leserinnen und Leser ans Herz gewachsen, was ich sehr gut verstehen kann, aber eine Reihe lebt von der Spannung, daher muss man als Autor manchmal »tragische« Entscheidungen treffen.

Ist Walter nun tot?

Dazu am Ende mehr, zunächst möchte ich auf die großen Themen im Buch zu sprechen kommen.

Einige Verbrechen, die ich erwähne, sind leider Realität, so zum Beispiel der brutale Überfall und Missbrauch der alten Frau. Ich kann es leider nur wiederholen, die Realität stellt jede Fantasie eines Autors in den Schatten.

Aufmerksame Leserinnen und Leser werden feststellen, dass Jasper Bartels bereits im letzten Buch Erwähnung fand, da ich zu dem Zeitpunkt schon die Idee zu dem aktuellen Krimi hatte und so eine Querverbindung hergestellt habe. Ich wollte noch tiefer in Alberts und Gustavs Vergangenheit eintauchen und zeigen, welche Persönlichkeiten sie sind und warum sie handeln wie sie handeln. Daher war es mir auch wichtig, dass Sie etwas über den Vater von Gustav erfahren.

Der Norden ist rau, die Menschen dort sind kühler und zurückhaltender als im Rest der Nation, aber sie sind loyal und zuverlässig und der norddeutsche Klüngel spielt noch immer eine wichtige Rolle.

Kurz hatte ich mit dem Gedanken gespielt, dass Jutta sterben könnte, aber im Laufe der Arbeit an dem Roman war mir schnell klar, dass das unmöglich wäre. Jutta ist wie der Kleber dieser Familie. Sie wird an allen Ecken und Kanten gebraucht.

Ebenso wie Jörn immer wichtiger für die Geschichte der Johannsens wird. Auch ihn wollte ich in einem der vorangegangenen Fälle sterben lassen. Gut, dass ich es nicht getan habe, denn in diesem Buch war er wichtig als Bezugsperson für Tolga, Aydins Bruder, der von allen Figuren am meisten an Walter hängt, nicht nur wegen der leckeren Currywurst. Jörn ist es gelungen, Tolga hoffen zu lassen, dass Onkel Walter auf einer Heldenmission ist.

Da ich selbst in meinem Umfeld Menschen mit Behinderung, darunter Trisomie 21, habe, ist es mir sehr wichtig, immer wieder auf diese Menschen aufmerksam zu machen und zu zeigen, was für verständnisvolle, gutmütige und liebevolle Personen sie sind. Leider gibt es noch immer Menschen, die die Gutmütigkeit und bisweilen Naivität vor allem von Menschen mit Trisomie 21 ausnutzen oder ihnen schaden wollen. Auch Menschen mit Behinderung haben das Recht auf ein würdiges Leben und respektvollen Umgang.

Nun zu den offenen Fragen in den letzten Kapiteln des Buches:

Karola liegt auf der Intensivstation. Warum? Und vor allem: Wo ist der Sohn?

Die Antworten darauf folgen im nächsten Küstenkrimi.

Dann gibt es die Ankündigung, dass Gustav zurücktreten möchte. Die zweite Entführung seiner Mutter hat viel von ihm gefordert, da kann man verstehen, dass er glaubt, dass es Zeit wäre, für Jüngere Platz zu machen. Aber wird er das tatsächlich in die Tat umsetzen oder kann ihn jemand davon abhalten? Vielleicht die Ereignisse im nächsten Krimi?

Lassen Sie sich überraschen. Auch wenn ich der Meinung bin, dass Lena oder Mads ebenso gut die Leitung der Dienststelle übernehmen könnten.

Kommen wir nun zur sicherlich brennendsten Frage: Was ist mit Walter? Ist er tot?

Ich will ehrlich sein, vieles spricht dafür. Aber wenn das so ist, wer ist dann die Person, die im letzten Kapitel gerettet wurde?

Es könnte Walter sein, das stimmt. Allerdings wissen wir auch, dass Walter schwer verletzt und Stefano Savini noch am Leben ist. Möglicherweise beendet der zukünftige Mafiaboss, was er begonnen hatte, und tötet Walter, wo auch immer er jetzt sein mag.

Die Person in Ebbes Fischerhütte könnte aber auch Stefano Savini selbst sein, der möglicherweise doch von einer Kugel getroffen und von Ebbe gerettet wurde. Oder es ist einer der Männer von Savini.

Die Auflösung dazu gibt es Ende August in meinem nächsten Buch (Arbeitstitel: Walters Weg), das Walters Leben zum Thema haben wird. Die Kölner und die Johannsens spielen in diesem dramatischen Band mit, aber Walter gehört die Hauptrolle. Hier erfahren wir, wie Walter vom Kleinkriminellen zu dem gutherzigen Imbissbudenbesitzer wurde, als den wir ihn vor allem aus den Köln-Krimis kennen.

Über alles Weitere, was in dem Buch geschehen wird, und darüber, welche Rolle die Kölner und die Johannsens dort spielen werden, hülle ich mich in Schweigen.

Sie sehen, es bleibt dramatisch und hochspannend.

Wie immer können Sie mich über Facebook oder über meine Webseite kontaktieren.

Bis dahin Ihnen alles Gute
Ihr
Salim Güler

Wichtige reale Orte im Buch

Seaside Lounge, Niendorf
Café Wichtig, Timmendorfer Strand
Wullenwever, Lübeck
Vogelpark Niendorf
Strandküche, Niendorf
Seehotel LUV, Niendorf
Roof Bar, Scharbeutz
Restaurant Hafenblick, Niendorf
Bistro - Café Lieblingsplatz, Niendorf
Junge - die Bäckerei, Niendorf
Restaurant Oceans, Haffkrug
Ahoi Kaffee, Niendorf und Haffkrug

Ausgedachte Locations:

Eiscafé Giorgio, Scharbeutz
Hennings Kajüte
Olis und Alis Imbiss

Der Autor

Salim Güler, aufgewachsen in Norddeutschland, studierte in Köln Wirtschaftswissenschaften und promovierte an der TU-Chemnitz.

Schon als Schüler begann er mit dem Schreiben von selbsterfundenen Geschichten und diese Leidenschaft ließ ihn bis heute nicht los.

In seinen Romanen finden sich immer wieder gesellschaftlich aktuelle Themen, die er geschickt in eine fiktive und hochspannende Geschichte einzubetten versteht.

Seine Bücher landen regelmäßig in den Bestsellerlisten der Amazon und Bild Verkaufs-Charts. Mit mehr als 1 Million verkaufter Bücher gehört er zu den beliebtesten und erfolgreichsten Krimi- und Thriller-Autoren Deutschlands.

Güler ist sehr am Austausch mit seinen Leserinnen und Lesern interessiert und freut sich daher über jeden Kontakt, entweder über Facebook oder über seine Homepage.

www.salim-gueler.de
https://www.facebook.com/salim.gueler.autor
https://www.instagram.com/salimgueler

Christ Karlden

Monströs

Der ehemalige Strafverteidiger Martin Waller reist während der Saisonferien in ein nobles Berghotel, um dort Möbel zu restaurieren. Noch am Abend seiner Ankunft erhält Waller eine E-Mail, die ihn völlig aus der Bahn wirft. Der Absender ist seine Frau Anna, doch die ist auf den Tag genau seit drei Jahren tot. Im Laufe der folgenden Nacht, in der die Zahl der Überlebenden unaufhörlich abnimmt, kommt Martin einem mon-strösen Plan auf die Spur. Nichts ist, wie es scheint.

Taschenbuch, 404 Seiten, € 12,90 [D]
ISBN 978-3-96357-199-2